ବଧୂ ନିରୁପମା

ବଧୂ ନିରୁପମା

ବିଭୂତି ପଟ୍ଟନାୟକ

BLACK EAGLE BOOKS
2020

BLACK EAGLE BOOKS

USA address:
7464 Wisdom Lane
Dublin, OH 43016

India address:
E/312, Trident Galaxy, Kalinga Nagar,
Bhubaneswar-751003, Odisha, India

E-mail: info@blackeaglebooks.org
Website: www.blackeaglebooks.org

First International Edition Published by
BLACK EAGLE BOOKS, 2020

BADHU NIRUPAMA
By **Bibhuti Pattanaik**

Cover: **Hiralal Bariha**
Interior Design: Ezy's Publication

ISBN- 978-1-64560-060-2 (Paperback)

Printed in United States of America

‘ବଧୂ ନିରୁପମା’: ଆନ୍ତର୍ଜାତିକ ସଂସ୍କରଣର ଭୂମି ଓ ଭୂମିକା

୧୯୬୩ ମସିହା ନଭେମ୍ବର।

ହଠାତ୍ ଦିନେ ଓଡ଼ିଆ ଚଳଚ୍ଚିତ୍ରଜଗତର ପ୍ରବାଦ ପୁରୁଷ ଧୀର ବିଶ୍ୱାଳ ମୋ କଟକ କାଳିଗଳି ବସାରେ ପହଞ୍ଚି ଯାଇ କହିଲେ- “ବିଭୂତି ବାବୁ! ତୁମକୁ ଆମ ପାଇଁ ଗୋଟିଏ ଚଳଚ୍ଚିତ୍ର କାହାଣୀ ଲେଖିଦେବାକୁ ହେବ। ନାହିଁ କଲେ ଚଳିବ ନାହିଁ।” ମୁଁ ପଚାରିଲି- “ଆମ ପାଇଁ ମାନେ କାହା ପାଇଁ? ବାବୁ ଭାଇଙ୍କ ‘ଛାୟାବାଣୀ’ ପାଇଁ ନା ଆପଣମାନଙ୍କ ପଞ୍ଚସଖା ପିକ୍‌ଚର୍ସ ଲାଗି କାହାଣୀ ଲେଖିଦେବାକୁ କହୁଛନ୍ତି।”

- ନା, ‘ଛାୟାବାଣୀ’ ପାଇଁ ନୁହେଁ କି ‘ପଞ୍ଚସଖା’ ଲାଗି ନୁହଁ। ମୁଁ ଆସିଛି ଶ୍ରୀନିବାସ ପାଇକରାୟଙ୍କ ଦେବାଶିଷ ପିକ୍‌ଚର୍ସର ଦ୍ୱିତୀୟ ଛବିର କାହାଣୀ ଲାଗି ତମ ପାଖକୁ।

୧୯୬୩ ମସିହାରେ ଦେବାଶିଷ ପିକ୍‌ଚର୍ସର ପ୍ରଥମ ଛବି ‘ଜୀବନ ସାଥି’ ମୁକ୍ତିଲାଭ କରିଥିଲା। ମୁଁ ସେ ଛବି ଦେଖି ନଥିଲି କି ଚିତ୍ର ପ୍ରଯୋଜକ ଶ୍ରୀନିବାସ ପାଇକରାୟଙ୍କୁ ଚିହ୍ନି ନଥିଲି। ଓଡ଼ିଶାର ଅନେକ ଲବ୍ଧ-ପ୍ରତିଷ୍ଠା ଲୋକପ୍ରିୟ ନାଟ୍ୟକାର ଥାଉ ଥାଉ ମୋ ଭଳି ଜଣେ ଗଳ୍ପ-ଉପନ୍ୟାସ ଲେଖକଙ୍କଠାରୁ ଶ୍ରୀ ପାଇକରାୟ ତାଙ୍କ ଦ୍ୱିତୀୟ ଛବି ଲାଗି କାହାଣୀ ଲେଖାଇନେବାକୁ ଚାହୁଁଛନ୍ତି ତାହା ମୋ ପାଇଁ ସହଜବୋଧ ନଥିଲା।

ମୋର ମୁଖଭଙ୍ଗୀ ଲକ୍ଷ୍ୟ କରି ଧୀର ବାବୁ ମୋ ମନ କଥା ଜାଣି ଗଲେ। କହିଲେ- “ପ୍ରକୃତରେ ଆମେ ଏଥିପାଇଁ ନାଟ୍ୟକାର ଗୋପାଳ ଛୋଟରାୟଙ୍କ ପାଖକୁ ଯାଇଥିଲୁ। ସେ ତମ ନାମ କହିଲେ। ‘ଜୀବନ ସାଥୀ’ ଖୁବ୍ ଭଲ ପ୍ରଡକ୍ସନ ହୋଇଥିଲେ ମଧ୍ୟ କାହାଣୀର ଦୁର୍ବଳତା ଯୋଗୁଁ ଦର୍ଶକମାନଙ୍କୁ ବିଶେଷ ଆକୃଷ୍ଟ କରିପାରୁ ନାହିଁ। ଆମେ

ଏକ ଭଲ କାହାଣୀର ଅନ୍ୱେଷଣରେ ଅଛୁ। ଗୋପାଳ ବାବୁଙ୍କ ଦୃଢ଼ମତ ତମେ ହିଁ କେବଳ ଆମେ ଚାହୁଁଥିବା ଭଳି ଏକ ପାରିବାରିକ ଚଳଚ୍ଚିତ୍ର କାହାଣୀ ଲେଖିଦେଇ ପାରିବ।

କିଛିଦିନ ଆଗରୁ ମୋ 'ପରପୁରୁଷ' ଉପନ୍ୟାସର ବିଶିଷ୍ଟ ନାଟ୍ୟକାର ରାମଚନ୍ଦ୍ର ମିଶ୍ର ନାଟ୍ୟ ରୂପ ଦେଇ କଟକ ଅନ୍ନପୂର୍ଣ୍ଣା ରଙ୍ଗମଞ୍ଚରେ ସଫଳତାର ସହ ଅଭିନୀତ କରାଇଥିଲେ। 'ପରପୁରୁଷ' ନାଟକର ପ୍ରାଚୀରପତ୍ର ସେତେବେଳରେ ମଧ୍ୟ କାନ୍ଥବାଡ଼ରେ ଲାଗି ରହିଥିଲା।

ଧୀର ବାବୁଙ୍କୁ ସେ କଥା ମନେପକାଇ ଦେଇ ନୂଆ କାହାଣୀ ଅପେକ୍ଷା ମୋର ପ୍ରକାଶିତ କୌଣସି ଉପନ୍ୟାସକୁ ଚଳଚ୍ଚିତ୍ରରେ ରୂପାୟିତ କରିବା ପାଇଁ ପ୍ରସ୍ତାବ ଦେଇଥିଲି।

ସେ କିନ୍ତୁ ମୋ ପ୍ରସ୍ତାବକୁ ହସରେ ଉଡ଼ାଇ ଦେଇଥିଲେ।

କହିଥିଲେ- କୌଣସି ପ୍ରକାଶିତ ଉପନ୍ୟାସ କିମ୍ବା ନାଟକକୁ ଆମେ ଚଳଚ୍ଚିତ୍ର ରୂପ ଦେବାକୁ ଚାହୁଁନାହୁଁ। କାରଣ କାହାଣୀ ଦର୍ଶକମାନେ ଆଗରୁ ଜାଣି ଯାଇଥିଲେ ଟିକେଟ କାଟି ସେ ସିନେମା ଦେଖିବାକୁ କାହିଁକି ଯିବେ? ଆମେ ପୂରାପୂରି ଏକ ନୂଆ କାହାଣୀ ଚାହୁଁ। ତମେ ଡରି ଯାଉଛ କାହିଁକି? ତମେ ପାରିବ- ନିଶ୍ଚୟ ପାରିବ, ତମେ ହଁ କୁହ, ନାହିଁ କର ନାହିଁ।

ସେ ମୋ ହଁ ନାହିଁକୁ ଅପେକ୍ଷା ନକରି ତାଙ୍କ ଶେଷ କଥା ଶୁଣାଇ ଦେଇଥିଲେ- ୧୯୬୪ ମସିହା ଜାନୁୟାରୀ ମାସରେ ଶ୍ରୀନିବାସ ବାବୁ ତାଙ୍କ ଦ୍ୱିତୀୟ ଛବିର ମୁହୂରତ୍ କରିବାକୁ ଚାହାନ୍ତି। ନିର୍ଦ୍ଦିଷ୍ଟ ତାରିଖ, ସ୍ଥାନ ଓ ସମୟ ତମକୁ ଠିକ୍ ସମୟରେ ଜଣାଇ ଦେବୁ।

ନିର୍ଦ୍ଦିଷ୍ଟ ତାରିଖ ଏବଂ ନିର୍ଦ୍ଧାରିତ ସମୟରେ କଟକ ହୋଟେଲରେ ମୁଁ ଉପସ୍ଥିତ ହେଲି। ଚିତ୍ରନାଟ୍ୟ ଓ ସଂଳାପ ଲେଖକ ଗୋପାଳ ଛୋଟରାୟ ଏବଂ ସଂଗୀତ ନିର୍ଦ୍ଦେଶକ ଭୁବନେଶ୍ୱର ମିଶ୍ର ମଧ୍ୟ ଆସି ପହଞ୍ଚିଲେ। ଦେବାଶିଷ ପିକ୍‌ଚର୍ସର ପ୍ରଯୋଜକ ଶ୍ରୀନିବାସ ପାଇକରାୟ ତାଙ୍କର ଆଇନପରାମର୍ଶଦାତା ଧୀରେନ୍ଦ୍ର ନାଥ ବିଶ୍ୱାଳ ଆଗରୁ ଆମ ତିନିଜଣଙ୍କ ସହିତ ଚୁକ୍ତିପତ୍ର ସ୍ୱାକ୍ଷର କରିବା ପାଇଁ ଦଲିଲ୍ ପ୍ରସ୍ତୁତ କରି ରଖିଥିଲେ। ମୋ ଚୁକ୍ତିପତ୍ରରେ କାହାଣୀର ପାରିତୋଷିକ ଅର୍ଥର ପରିମାଣ ଉଲ୍ଲେଖ ଥିଲେ ମଧ୍ୟ କାହାଣୀ ନାମ ସ୍ଥାନ ଶୂନ୍ୟ ଥିଲା।

ଧୀରବାବୁ କହିଲେ- ଶ୍ରୀନିବାସ ବାବୁଙ୍କ ରାଶି, ନକ୍ଷତ୍ର ଗଣନା ଅନୁସାରେ କାହାଣୀର ନାମ ଛଅଅଙ୍କ ବିଶିଷ୍ଟ ହେବା ଶୁଭଙ୍କର। ତମେ ସେ କାହାଣୀର ଛଅ ଅକ୍ଷରିଆ ନାମ ଲେଖି ଶୂନ୍ୟସ୍ଥାନ ପୂରଣ କରିଦିଅ।

ମତେ ଯେ ଗୋଟିଏ ଛଅ ଅକ୍ଷରିଆ କାହାଣୀର ଶୀର୍ଷକ ସ୍ଥିର କରିବାକୁ ହେବ, ସେ କଥା ଆଗରୁ କୁହା ଯାଇନଥିଲା। ମୁଁ ପାରିବାରିକ କାହାଣୀର ନାମ 'ବଧୂ' ରଖିବି ବୋଲି ଭାବିଥିଲି। ଛଅ ଅକ୍ଷରବିଶିଷ୍ଟ ନାମ ରଖିବାକୁ ହେବ ବୋଲି ଜାଣିଲା ପରେ ମୋ ପାଟିରୁ ବାହାରି ପଡ଼ିଲା- 'ବଧୂ ନିରୁପମା'। ଗୃହବଧୂର ନାମରେ ଚଳଚ୍ଚିତ୍ର ନାମ।

ମହୁରତରୁ ଫେରିବା ଆଗରୁ ଗୋପାଳ ଛୋଟରାୟ ମତେ ଉତ୍ସାହିତ କରିବା ପାଇଁ କହିଲେ- ତମେ ଯେମିତି ଉପନ୍ୟାସ ଲେଖ, ଏ ଚଳଚ୍ଚିତ୍ରର କାହାଣୀକୁ ସେଇ ଉପନ୍ୟାସ ଲେଖା ଢାଞ୍ଚାରେ ଲେଖିଯାଅ। ଚିତ୍ରନାଟ୍ୟ ଲେଖିଲା ବେଳେ ଯଦି କିଛି ପରିବର୍ତ୍ତନ ପ୍ରୟୋଜନ ହୁଏ-ଦୁହେଁ ବସି ଆଲୋଚନା କରିବା। ସଟ୍ ଡିଭିଜନ ବେଳେ କାହାଣୀକୁ ଆଗପଛ କରିବାକୁ ପଡ଼ିପାରେ। କିନ୍ତୁ ଏ ସବୁ ଟେକ୍‌ନିକାଲ୍ କଥା ମୁଣ୍ଡରେ ନ ପୂରାଇ ତମେ ତମ ନିଜ ଢଙ୍ଗରେ ଉପନ୍ୟାସ ଫର୍ମାଟ୍‌ରେ କାହାଣୀ ଲେଖି ଯାଅ।

ଚିତ୍ରନାଟ୍ୟ ରଚନାର କଳାକୌଶଳ ମତେ ଜଣା ନ ଥିଲା। ତେଣୁ ସେସବୁ ବିଷୟରେ ମୁଣ୍ଡ ନଖେଳାଇ ଉପନ୍ୟାସ ଲେଖା ଆରମ୍ଭ କରିଥିଲି। ଚଳଚ୍ଚିତ୍ର ପ୍ରଯୋଜକଙ୍କ ପ୍ରତ୍ୟାଶା ପୂରଣ କରିବା ଦୁଃଶ୍ଚିନ୍ତା ମୁଣ୍ଡରେ ପୂରାଇ ନ ଥିଲି। ଝାପ୍‌ସା ଝାପ୍‌ସା ନିରୁପମା ଚରିତ୍ର ମନ ଭିତରେ ଥିଲା। ତାକୁ ଉପନ୍ୟାସରେ ରୂପ ଦେବାବେଳେ ସେ ମୋ ସହିତ ଲୁଚକାଳି ଖେଳ ଆରମ୍ଭ କରିଦେଲା। ସେ ବିଂଶ ଶତାବ୍ଦୀର ଆଧୁନିକା ଶିକ୍ଷିତା ନାରୀ। ଆଚାର୍ଯ୍ୟ ପରିବାରର ଆଦର୍ଶ ବୋହୂ କରିବା ପାଇଁ କେତେଥର ମୁଁ ଆଦର୍ଶର ଓଢ଼ଣା ଟାଣିଦିଏ, ସେ ତାକୁ ମୁଣ୍ଡରୁ କାଢ଼ି ଆଣି ବେକରେ ଗୁଡ଼ାଇ ଦିଏ। ନିଚ୍ଚ ଜାତିର ଝିଅ ବୋଲି ଶାଶୂଙ୍କୁ ସନ୍ତୁଷ୍ଟ କରି ତାଙ୍କ ମନ ପରିବର୍ତ୍ତନ କରିବାକୁ ମୁଁ ତାକୁ ଯେତେଥର ଶାଶୂ ସେବା କରିବା ଲାଗି ତାଙ୍କ ପାଖକୁ ପଠାଏ, ସେ ତା ଶାଶୂଙ୍କୁ ପିଠି କରି ମୋ ମୁହଁକୁ ମୃଦୁ ହସି ଚାହିଁରହେ। ମତେ ଚୁପ୍‌ଚାପ୍ ପଚାରେ-ମତେ ଶାଶୂଙ୍କ ପଦସେବା କରିବା ଲାଗି ଗୃହଦାସୀ କରି ପଠାଇବା ବେଳେ ତମେ କ'ଣ ମୋର ଆତ୍ମସମ୍ମାନକୁ ଆଘାତ କରୁନାହଁ? ତମେ ଜାଣ-ବସନ୍ତ କୁମାରୀଙ୍କ 'ଅମଡ଼ା ବାଟ'ର କାବେରୀ ଚରିତ୍ର ଭଳି ଅଭିନୟ କରି ଜାଣେ ନାହିଁ। ମୋର ରୁଚି ଓ ପ୍ରକୃତି ଜାଣି ସୁଦ୍ଧା ତମେ ମତେ ନିରୁପମା ନାମ ଦେଇ କାବେରୀ ରୋଲ୍ କରିବା ଲାଗି ବାଧ କରୁଛ କାହିଁକି?

ମୁଁ ତାକୁ ଆଖି ତରାଟି ଧମକ ଦିଏ। କହେ- ତମେ ମୋ ଉପନ୍ୟାସର ବାସ୍ତବବାଦୀ ନାୟିକା ନୁହଁ, -ତମେ ଚଳଚ୍ଚିତ୍ରର ଆଦର୍ଶ- ନାୟିକା ହେବାକୁ ଯାଉଛ। ଅଭିନୟ ନାରୀର ସହଜାତ ଗୁଣ। ଚଳଚ୍ଚିତ୍ରର ନାୟିକା ରୋଲ କଲାବେଳେ ତୁମକୁ ନିଖୁଣ ଅଭିନୟ କରିବାକୁ ହେବ। କିନ୍ତୁ ମୁଁ ତୁମକୁ 'ଅମଡ଼ା ବାଟ' ଚଳଚ୍ଚିତ୍ରର

ପାର୍ଶ୍ୱନାୟିକା କାବେରୀ ଭଳି କୃତ୍ରିମ ଅଭିନୟ କରିବାକୁ ଦେବି ନାହିଁ। ଶାଶୂ ଶ୍ୱଶୁରଙ୍କ ସେବା କରିବା ବୋହୂର ଧର୍ମ। କାରଣ ବୋହୂ ଦିନେ ଶାଶୂ ହେବ। ବୋହୂ ହୋଇ ଶାଶୂଙ୍କ ସହିତ ସେ ଯେପରି ଆଚରଣ କରିଥିବ, ସେ ଶାଶୂ ହେଲାପରେ ବୋହୂଠାରୁ ଅନୁରୂପ ବ୍ୟବହାର ପାଇବ। ସେବା ଦାସୀ ଭାବରେ ନୁହେଁ, ସ୍ୱାମୀଙ୍କ ସହଧର୍ମିଣୀ ଭାବରେ ତାଙ୍କ ବୃଦ୍ଧା ଜନନୀଙ୍କ ସେବା କରିବା ତମର ପବିତ୍ର କର୍ତ୍ତବ୍ୟ।

ନିରୁପମା ସହିତ ଏଇ ଲୁଚକାଳି ଖେଳ ଭିତରେ ମଜ୍ଜି ରହିଥିବାବେଳେ ମୋ ଲେଖାର ବେଗ ବଢ଼ି ଯାଉଥିଲା। ଆବେଗବିହୀନ ଏଇ ବେଗ ମୁଁ ବେଶ୍ ଉପଭୋଗ କରୁଥିଲି। ବାସ୍ତବବାଦୀ ଉପନ୍ୟାସ ଲେଖିଲାବେଳେ ଥରକୁ ଥର ପଛକୁ ଫେରି ଚାହିଁବାର କଷ୍ଟ ଆଦର୍ଶବାଦୀ 'ବଧୂ ନିରୁପମା' ଲେଖିଲା ବେଳେ ମୁଁ ଅନୁଭବ କରିନଥିଲି। ଉପନ୍ୟାସ ଲେଖା ନିର୍ଦ୍ଧାରିତ ସମୟ ପୂର୍ବରୁ ଶେଷ ହୋଇ ଯାଇଥିଲା।

ଉପନ୍ୟାସ ଲେଖି ସାରିଲା ପରେ ଗୋପାଳ ଛୋଟରାୟଙ୍କୁ ଚିତ୍ରନାଟ୍ୟ ଲେଖିବା ପାଇଁ କାହାଣୀର ପାଣ୍ଡୁଲିପି କେବେ ନେଇଯିବି ବୋଲି ପଚାରିବା ମାତ୍ରେ, ସେ କହିଲେ- ଯାହା ଶୁଣୁଛି, ଦେବାଶିଷ ପିକ୍‌ଚର୍ସ ତାଙ୍କର ଦ୍ୱିତୀୟ ଛବିର ସୁଟିଂ ପୂର୍ବ ନିର୍ଦ୍ଧାରିତ ସମୟ ଅନୁସାରେ ଆରମ୍ଭ କରିବାର ସମ୍ଭାବନା ନାହିଁ। 'ଜୀବନ ସାଥି' ଖର୍ଚ୍ଚ ଉଠିନାହିଁ, ଅଥଚ ହଲ୍‌ରୁ ଛବି ଉଠି ଗଲାଣି। ପ୍ରଯୋଜକଙ୍କ ବ୍ୟବସାୟ ମଧ୍ୟ ମାନ୍ଦା। ତେଣୁ ମୁଁ 'ବଧୂ ନିରୁପମା'ର ଚିତ୍ରନାଟ୍ୟ ସଂଳାପ ଲେଖିବା ପାଇଁ ତରତର ହେଉନାହିଁ। ବରଂ ତମେ ଉପନ୍ୟାସକୁ ପକାଇ ନରଖି ଛାପିଦିଅ। ଛାପାବହିରୁ ମୁଁ ସ୍କ୍ରିନ୍ ପ୍ଲେ, ଡାଇଲଗ୍ ଲେଖିଦେବି।

ଗୋପାଳ ବାବୁଙ୍କ ପରାମର୍ଶ ଅନୁସାରେ 'ବଧୂ ନିରୁପମା'ର ପାଣ୍ଡୁଲିପି ଛାପି ପ୍ରକାଶ କରିବା ଲାଗି ଓଡ଼ିଶା ବୁକ୍‌ଷ୍ଟୋରର ପ୍ରୋପ୍ରାଇଟର ଗୋବିନ୍ଦ ଚରଣ ପାତ୍ରଙ୍କୁ ଦେଇଥିଲି। ଦିନେ କଟକ ବିନୋଦ ବିହାରୀ ଛକରେ ପ୍ରକାଶକ ଗୋବିନ୍ଦ ବାବୁ, ୟୁନାଇଟେଡ୍ ବୁକ୍ ହାଉସ୍‌ର ମାଲିକ ଆଲିବାବୁଙ୍କ ସହ ଆମେ କେତେଜଣ ସକାଳ ବେଳା ଏକାଠି ବସି ଚା' ପିଉଥିଲୁ। ହଠାତ୍ ଆଲିବାବୁ ମତେ ଲକ୍ଷ୍ୟ କରି କହିଲେ- ଆପଣଙ୍କ ଏ ନୂଆ ଉପନ୍ୟାସ ଖୁବ୍ ଲୋକପ୍ରିୟ ହେବ। ମୁଁ ଆବାକ୍। ସେ ଉପନ୍ୟାସ ଏ ପର୍ଯ୍ୟନ୍ତ ପ୍ରକାଶିତ ହୋଇନାହିଁ। ଅସିତ୍ ମୁଖାର୍ଜୀ କଭର ଡିଜାଇନ ମଧ୍ୟ ଦେଇ ନାହାନ୍ତି। ଆଉ ୟୁନାଇଟେଡ୍ ବୁକ୍ ହାଉସ୍‌ର ଆଲିବାବୁ କେମିତି ସେ ଉପନ୍ୟାସର ନାମ ଜାଣିଲେ ? ସେ ଉପନ୍ୟାସ ଲୋକପ୍ରିୟ ହେବା କଥା ତାଙ୍କୁ କିଏ କହିଲା ?

ଆଲିବାବୁ ରହସ୍ୟ ଉଦ୍‌ଘାଟନ କରି କହିଲେ- ଆପଣଙ୍କ ନୂଆ ଉପନ୍ୟାସ ଆମ ପ୍ରେସ୍‌ରେ ଛପା ହେଉଛି। ଲେଟର ପ୍ରିଣ୍ଟିଂ ପ୍ରେସ୍, କମ୍ପୋଜିଟରମାନେ ହାତରେ

ଟାଇପ୍ ଖଂଜି ଛପା ଫର୍ମା ପ୍ରସ୍ତୁତ କରନ୍ତି। ସେଥିପାଇଁ ଉପନ୍ୟାସର ପାଣ୍ଡୁଲିପି ପୃଷ୍ଠା ଭାଗ ଭାଗ କରି ତିନି ଚାରି ଜଣ କମ୍ପୋଜିଟରମାନଙ୍କୁ ବାଣ୍ଟି ଦିଆଯାଏ। କେବେ କୌଣସି କମ୍ପୋଜିଟର ନିଜେ କଂପୋଜ କରି ସାରିଥିବା ପୃଷ୍ଠାର ପରବର୍ତ୍ତୀ ପୃଷ୍ଠାମାନଙ୍କରେ ଥିବା ପାଠ ବିଷୟରେ ଜାଣିବା ପାଇଁ ଆଗ୍ରହ ପ୍ରକାଶ କରନ୍ତି ନାହିଁ। କିନ୍ତୁ ଆପଣଙ୍କ ଏ ନୂଆ ଉପନ୍ୟାସ ତା'ର ଏକ ବ୍ୟତିକ୍ରମ। ଆମ ପ୍ରେସ୍‌ର ଚାରିଜଣଯାକ କମ୍ପୋଜିଟର ନିଜେ କଂପୋଜ କରୁଥିବା ପାଣ୍ଡୁଲିପିର ପୂର୍ବବର୍ତ୍ତୀ ଓ ପରବର୍ତ୍ତୀ ପୃଷ୍ଠାରେ କ'ଣ ଲେଖା ଅଛି ଜାଣିବା ପାଇଁ ପରସ୍ପର ଭିତରେ ଟଣାଓଟରା ଲଗାଉଛନ୍ତି। ମୁଁ ଏଇଥିରୁ ଅନୁମାନ କରୁଛି- ଛପା ହେଲାବେଳେ 'ବଧୂ ନିରୁପମା' ଯଦି କମ୍ପୋଜିଟରମାନଙ୍କ ମନକୁ ଏତେ ଆକର୍ଷଣ କରିପାରିଛି, ବହି ଛପା ହୋଇ ବାହାରିଗଲେ ଓଡ଼ିଆ ଉପନ୍ୟାସ ପାଠକମାନେ ବି ଏ ଉପନ୍ୟାସ ପାଇଁ ଟଣାଓଟରା ଲଗାଇବେ।

ପାଠକମାନଙ୍କ ପାଇଁ ମୁଁ ଏ ଉପନ୍ୟାସ ଲେଖିନାହିଁ। ଲେଖିଥିଲି ଚଳଚ୍ଚିତ୍ର ଦର୍ଶକମାନଙ୍କ ପାଇଁ। କମ୍ପୋଜିଟରମାନେ ସମ୍ଭବତଃ କାହାଣୀର ପରିଣତି ଜାଣିବା ପାଇଁ ଉତ୍ସୁକ ଦର୍ଶକ ଶ୍ରେଣୀର ଲୋକ। ଯାହା ଦର୍ଶକମାନଙ୍କର ପ୍ରିୟ। ତାହା ପାଠକମାନଙ୍କର ପ୍ରିୟ ହେବ ବୋଲି କିଛି କଥା ନାହିଁ।

କିନ୍ତୁ ଆଲିବାବୁଙ୍କ ତୁଣ୍ଡ ସୁତୁଣ୍ଡ ହୋଇଥିଲା।

୧୯୬୫ ମସିହା ବିଷୁବ ସଂକ୍ରାନ୍ତି ଦିନ 'ବଧୂ ନିରୁପମା'ର ପ୍ରଥମ ସଂସ୍କରଣ ଏଗାର ଶହ କପି ଛପା ହୋଇଥିଲା। ବିନା ବିଜ୍ଞାପନରେ ସମସ୍ତ କପି ଛଅମାସ ମଧ୍ୟରେ ବିକ୍ରି ହୋଇ ସାରିଥିଲା। ଦ୍ୱିତୀୟ ମୁଦ୍ରଣ ୧୯୬୬ ମସିହା ରାକ୍ଷୀପୂର୍ଣ୍ଣିମା ଦିନ ପ୍ରକାଶିତ ହୋଇଥିଲା। ଏଗାର ଶହ ପରିବର୍ତ୍ତେ ଛପା ହୋଇଥିଲା ଏକୋଇଶି ଶହ କପି। ସେହି ଦ୍ୱିତୀୟ ମୁଦ୍ରଣଠାରୁ ୨୦୧୫ ମସିହା ପର୍ଯ୍ୟନ୍ତ- ଯେଉଁ ଷୋଳଟି ମୁଦ୍ରଣ ପ୍ରକାଶିତ ହୋଇଛି- ପ୍ରତି ମୁଦ୍ରଣର ସଂଖ୍ୟା ଏକୋଇଶି ଶହ! ଓଡ଼ିଆ ଉପନ୍ୟାସ ପ୍ରକାଶନ କ୍ଷେତ୍ରରେ ଏହା ଏକ ବିରଳ ବ୍ୟତିକ୍ରମ।

ମଝିରେ ହରିହର ପ୍ରସାଦ ପଟ୍ଟନାୟକ ନାମକ ଜଣେ ପୁସ୍ତକ ବିକ୍ରେତା 'ବଧୂ ନିରୁପମା'ର ଏକ ଜାଲି ସଂସ୍କରଣ ଛାପି ଧରାପଡ଼ିଥିଲେ। ପଶ୍ଚିମ ଓଡ଼ିଶାର ବିଭିନ୍ନ ବହି ଦୋକାନକୁ ଏହି ଜାଲି ସଂସ୍କରଣ ବହି ବାଦାମବାଡ଼ିରୁ ବସ୍‌ରେ ପଠାଉଥିବା ବେଳେ ପୋଲିସ୍ ସୂଚନା ପାଇ ବହି ଜବତ କରିଥିଲା। ଓଡ଼ିଶା ବୁକ୍‌ଷ୍ଟୋରଠାରୁ ଏ ବହି କିଣି ସେ ଅନ୍ୟତ୍ର ପଠାଉଥିବାର କୌଣସି ପ୍ରମାଣ ଦେଇ ନପାରିବାରୁ ପୋଲିସ୍ ଜାଲିଆତି ଅଭିଯୋଗରେ ତାଙ୍କ ବିରୁଦ୍ଧରେ ମକଦ୍ଦମା ଦାୟେର କରିଥିଲେ। ସେତେବେଳେ ପୋଲିସ୍

ଡି.ଜି. ଥିଲେ ସାହିତ୍ୟିକ ଦୁର୍ଗାମାଧବ ମିଶ୍ର। ମକଦ୍ଦମା ଚାଲିଥିଲା ବେଳେ ସେ ଥରେ ମତେ ପାଖକୁ ଡାକି କହିଥିଲେ- ଜାତୀୟକରଣ ହୋଇଥିବା ସରକାରୀ ପାଠ୍ୟ ପୁସ୍ତକକୁ ଅସାଧୁ ପୁସ୍ତକ ବ୍ୟବସାୟୀ ଜାଲି ସଂସ୍କରଣ ଛାପୁଥିବାର ଅନେକ ପ୍ରମାଣ ରହିଛି। କିନ୍ତୁ ଆପଣଙ୍କ ଏକ ଓଡ଼ିଆ ଉପନ୍ୟାସକୁ ଆଉ ଜଣେ ପୁସ୍ତକ ପ୍ରକାଶକ ଜାଲି ସଂସ୍କରଣ ଛାପି ଧରାପଡ଼ିବା ଏଇ ପ୍ରଥମ। 'ବଧୂ ନିରୁପମା'ର ଜାଲି ସଂସ୍କରଣ ଯୋଗୁଁ ଆପଣ ଚାରି-ପାଞ୍ଚ ହଜାର କପିର ରୟାଲିଟି ହରାଇ ପାରି ଥାଆନ୍ତି, କିନ୍ତୁ ଏହା ଦ୍ୱାରା ଆପଣଙ୍କ ଉପନ୍ୟାସର ଅପୂର୍ବ ଲୋକପ୍ରିୟତାର ପ୍ରମାଣ ବହନ କରୁଛି। ଏହି ଲୋକପ୍ରିୟତା ଅନ୍ୟମାନଙ୍କର ଈର୍ଷାର କାରଣ ମଧ୍ୟ ହୋଇଛି।

ଦେବାଶିଷ ପିକ୍‌ଚର୍ସ ପାଇଁ ଚଳଚ୍ଚିତ୍ର କାହାଣୀ ଭାବରେ ମୁଁ 'ବଧୂ ନିରୁପମା' ଲେଖିଥିଲି। ସେମାନେ ନିର୍ଦ୍ଧାରିତ ସମୟରେ ଚଳଚ୍ଚିତ୍ର ନିର୍ମାଣ କରି ନପାରିବାରୁ ମୁଁ ତାକୁ ଉପନ୍ୟାସ ଭାବରେ ଲେଖି ପ୍ରକାଶ କରିବାକୁ ଦେଇଥିଲି। ସାହିତ୍ୟ ଭାବରେ ଯେଉଁ ଗଳ୍ପ ବା ଉପନ୍ୟାସ ଲୋକପ୍ରିୟତା ଅର୍ଜନ କରିବ, ଚଳଚ୍ଚିତ୍ରରେ ମଧ୍ୟ ସେ ଦର୍ଶକମାନଙ୍କ ହୃଦୟ ହରଣ କରିବ,ଏମିତି କିଛି କଥାନାହିଁ। ୧୯୮୭ ମସିହା ଅବଶେଷରେ ଯୁଗଳ ଦେବତାଙ୍କ ପ୍ରଯୋଜନାରେ 'ବଧୂ ନିରୁପମା' ଚଳଚ୍ଚିତ୍ର ଆକାରରେ ହଲ୍‌ରେ ପ୍ରଦର୍ଶିତ ହୋଇଥିଲା। କିନ୍ତୁ ଚିତ୍ର ପ୍ରଯୋଜକ ମୂଳ କାହାଣୀରେ ପରିବର୍ତ୍ତନ କରିଥିବା ହେତୁ ଦର୍ଶକମାନେ ସେ ଛବିଆଡୁ ମୁହଁ ଫେରାଇ ନେଇଥିଲେ।

ଗତ ପଞ୍ଚାବନ ବର୍ଷ ଭିତରେ 'ବଧୂ ନିରୁପମା' ଆମ ସମାଜ ଜୀବନକୁ ଯେପରି ଭାବରେ ପ୍ରଭାବିତ କରିଛି, 'ଛ'ମାଣ ଆଠଗୁଣ୍ଠ' ଓ 'ମାଟିର ମଣିଷ'କୁ ବାଦ୍ ଦେଲେ ଅନ୍ୟ କୌଣସି ଉପନ୍ୟାସ ସେପରି ଭାବରେ ପ୍ରଭାବିତ କରିପାରିଛି ବୋଲି ମନେ ହୁଏନାହିଁ। ଅଥଚ ଏଇ ତିନି ପ୍ରଭାବଶାଳୀ ଉପନ୍ୟାସର ଚଳଚ୍ଚିତ୍ର ରୂପ ଦର୍ଶକମାନଙ୍କୁ ପ୍ରଭାବିତ କରିପରିନାହିଁ।

ଏ ଉପନ୍ୟାସର ପ୍ରଭାବ କେତେ ସୁଦୂର ପ୍ରସାରୀ, ତାହା ଗୌହାଟି ବିଶ୍ୱବିଦ୍ୟାଳୟର ଉପାଧ୍ୟୁତ୍ତର ଏମ୍.ଆଇ.ଏଲ୍. ଛାତ୍ରଛାତ୍ରୀମାନଙ୍କଠାରୁ ଆରମ୍ଭ କରି ଓଡ଼ିଶାରେ ସର୍ବଶିକ୍ଷା ଅଭିଯାନରେ ଏହି ଉପନ୍ୟାସ ପାଠ୍ୟ ପୁସ୍ତକ ଭାବରେ ନିର୍ବାଚିତ ହେବା ଦ୍ୱାରା ପ୍ରମାଣିତ ହୋଇଛି, କେବଳ ଛାତ୍ର ପାଠ୍ୟ ଆଦର୍ଶବାଦୀ ଉପନ୍ୟାସ ଭାବରେ ନୁହେଁ-ସାଂସାରିକ ଜୀବନ ଗଠନର ମାର୍ଗ ନିର୍ଦ୍ଦେଶିକା ଭାବରେ ବାପଘରୁ ଶିକ୍ଷିତା ନବବଧୂ ଶାଶୂଘରକୁ ଗଲାବେଳେ ଗୀତା, ଭାଗବତ ବଦଳରେ ତା' ହାତ ବାକ୍ସରେ 'ବଧୂ ନିରୁପମା' ଯାଉଥିଲା, ଏବେ ମଧ୍ୟ ଯାଉଛି। ସେଥିପାଇଁ କୁହା ଯାଉଥିଲା 'ବଧୂ ନିରୁପମା' ହେଉଛି ଓଡ଼ିଆ ଶିକ୍ଷିତା ଝିଅ ବୋହୂମାନଙ୍କ ଗୀତା, ଭାଗବତ।

'ବଧୂ ନିରୁପମା'ର ଲୋକପ୍ରିୟତା କେବଳ ଓଡ଼ିଶାର ଭୌଗୋଳିକ ସୀମାରେଖା ମଧ୍ୟରେ ସୀମିତ ହୋଇ ରହିନାହିଁ। ଦେଶ, ବିଦେଶରେ ରହୁଥିବା ପ୍ରବାସୀ ଓଡ଼ିଆମାନଙ୍କ ପାଇଁ ମଧ୍ୟ ଏହି ଉପନ୍ୟାସର ଚୁମ୍ବକୀୟ ଆକର୍ଷଣ ଅବ୍ୟାହତ ରହିଛି। ୨୦୧୯, ଜୁନ୍ ସଂଖ୍ୟା 'କଥା'ରେ ଗାଳ୍ପିକ-ଗବେଷକ ରଂଜନ ପ୍ରଧାନ 'କଥା ଝରକା'ରେ ଉଲ୍ଲେଖ କରିଥିଲେ- 'ସୁଦୂର ମାଲେସିୟାର ରାଜଧାନୀ କୁଆଲାଲମପୁରରେ ଏକ ସାରସ୍ୱତ କାର୍ଯ୍ୟକ୍ରମରେ ଜଣେ ପ୍ରବାସୀ ଓଡ଼ିଆ ମହିଳା (ବୀଣାପାଣି ପ୍ରଧାନ) ନିଜର ପ୍ରିୟ ସାରସ୍ୱତ ସ୍ରଷ୍ଟା ପ୍ରଖ୍ୟାତ ଔପନ୍ୟାସିକ ବିଭୂତି ପଟ୍ଟନାୟକଙ୍କୁ ପାଖରେ ଦେଖି ଆତ୍ମବିଭୋର ହୋଇ ପଡ଼ିଥିଲେ। ତାଙ୍କର ଚକ୍ଷୁ ଦୁଇଟି ଆନନ୍ଦାଶ୍ରୁରେ ପୂରି ଉଠିଥିଲା। ସେହି ମହିଳା ବିଭୂତି ପଟ୍ଟନାୟକଙ୍କ ଉଦ୍ଦେଶ୍ୟରେ କହିଥିଲେ- 'ତାଙ୍କ ମାଆ ଯେତେବେଳେ ନୂଆ ବାହାହୋଇ ଶାଶୂଘରକୁ ଆସିଥିଲେ, ତାଙ୍କ ବାକ୍ସରେ ଆସିଥିଲା ବିଭୂତି ପଟ୍ଟନାୟକଙ୍କ ଉପନ୍ୟାସ 'ବଧୂ ନିରୁପମା'। ଆଉ ସେ ଯେତେବେଳେ ଶାଶୂଘରକୁ ବୋହୂହୋଇ ଆସିଥିଲେ ତାଙ୍କ ବାକ୍ସରେ ଥିଲା 'ବଧୂ ନିରୁପମା'। ଏବେ ସେ ଅପେକ୍ଷା କରିଛନ୍ତି ତାଙ୍କ ବୋହୂ ବାକ୍ସ ସଜରେ କେବେ ଆସିବ ଦିନେ 'ବଧୂ ନିରୁପମା'!

ପିଢ଼ିପରେ ପିଢ଼ି, ଗୋଟିଏ ବହିର ଏପରି ସୁଦୀର୍ଘ ଓ ସଫଳ ଯାତ୍ରା ଆମ ସମୟର ଏକ ବିରଳ ଘଟଣା। ବିଭୂତି ପଟ୍ଟନାୟକ ଏଭଳି ଜଣେ ସଫଳ ଲେଖକ, ଯାହାଙ୍କ ଉପନ୍ୟାସ ତଳ ପିଢ଼ିକୁ ଏକ ସାଂସ୍କୃତିକ, ସାମାଜିକ ଓ ନୈତିକ ସୂତ୍ରରେ ଆବଦ୍ଧ କରି ରଖି ପାରିଛି।'

କେବଳ ମାଲେସିଆ ନୁହେଁ ଆମେରିକାରୁ ଆରମ୍ଭ କରି ଆଫ୍ରିକା-ୟୁରୋପର ବିଭିନ୍ନ ଦେଶରେ ବସବାସ କରୁଥିବା ଲକ୍ଷାଧିକ ପ୍ରବାସୀ ଓଡ଼ିଆ ମୋ ଉପନ୍ୟାସ ବିଶେଷତଃ 'ବଧୂ ନିରୁପମା' ପଢ଼ିବା ଲାଗି ଆଗ୍ରହୀ ଓ ଉତ୍କଣ୍ଠିତ। ଓଡ଼ିଶା ବାହାରେ ରହୁଥିବା ଆଗ୍ରହୀ ଓଡ଼ିଆ ପାଠକ ପାଠିକାମାନଙ୍କ ପାଖରେ ପହଞ୍ଚାଇ ଦେବା ପାଇଁ 'ବ୍ଲାକ୍ ଇଗଲ ବୁକ୍ସ୍' ପ୍ରକାଶନୀ ସଂସ୍ଥା 'ବଧୂ ନିରୁପମା'ର ଆନ୍ତର୍ଜାତିକ ସଂସ୍କରଣ ପ୍ରକାଶ କରୁଛନ୍ତି।

ଆଶା କରୁଛି 'ବଧୂ ନିରୁପମା'ର ଆନ୍ତର୍ଜାତିକ ସଂସ୍କରଣ ପ୍ରବାସୀ ଓଡ଼ିଆ ପାଠକମାନଙ୍କ ଦୀର୍ଘ ଦିନର ଚାହିଦା ପୂରଣ କରିବ।

ବିଭୂତି ପଟ୍ଟନାୟକ

ତା/୦୧/୦୧/୨୦୨୦
ଭୁବନେଶ୍ୱର-୭୫୧୦୧୪

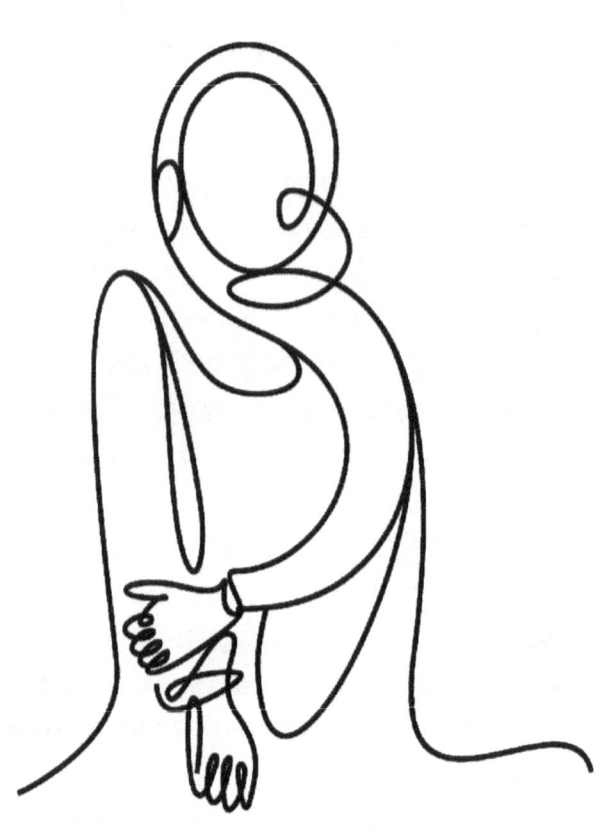

ସନ୍ନ୍ୟାସୀ ହୋଇ ଗହନ ଅରଣ୍ୟରେ ତପସ୍ୟା କରିବା ସହଜ, କିନ୍ତୁ ବିବାହ କରି ଘରସଂସାର କରିବା ଆଦୌ ସରଳ କଥା ନୁହେଁ। ସନ୍ନ୍ୟାସୀର ସାଧନା ବ୍ୟକ୍ତିଗତ ତ୍ୟାଗ, ନିଷ୍ଠା ଉପରେ ନିର୍ଭର କରେ; କିନ୍ତୁ ବିବାହିତ ବ୍ୟକ୍ତିର ଘରସଂସାର ସଫଳତା ନିର୍ଭର କରେ ସାରା ପରିବାର ଆଉ ସମାଜ ପ୍ରତି ତା'ର କର୍ତ୍ତବ୍ୟ ପାଳନରେ। ଅରଣ୍ୟରେ ସନ୍ନ୍ୟାସୀ ଏକାକୀ; କିନ୍ତୁ ପରିବାରରେ ବ୍ୟକ୍ତି ବହୁମୁଖୀ। ସେଥିପାଇଁ ବିବାହ କରି ଘରସଂସାର କରୁଥିବା ବ୍ୟକ୍ତିର ତ୍ୟାଗ, ନିଷ୍ଠା, ଅରଣ୍ୟର ସାଧକ ସନ୍ନ୍ୟାସୀଠାରୁ ଯଥେଷ୍ଟ ବେଶୀ, ଅଧିକ ଗୁରୁତ୍ୱପୂର୍ଣ୍ଣ।

ଏ କଥା ଓ ଚିନ୍ତାଧାରା ନିର୍ମଳର ନିଜସ୍ୱ ନୁହେଁ। ଜୀବନର ସ୍ୱଳ୍ପ ଅବସର ସମୟରେ ସେ ଯେଉଁ ଅଳ୍ପ ସମୟ ପାଏ, ସେ ସମୟରେ ସେ ପାଠକରେ ମହାପୁରୁଷଙ୍କ ବାଣୀ। ସନ୍ନ୍ୟାସୀ ଓ ସାମାଜିକ ବ୍ୟକ୍ତି ସମ୍ପର୍କରେ ଏ କଥାଟା କେଉଁ ଜଣେ ମହାପୁରୁଷ କହିଥିଲେ।

ଯେଉଁଦିନ ମହାପୁରୁଷଙ୍କର ଏ ମତାମତଟା ନିର୍ମଳ ପଢ଼ିଥିଲା, ସେଦିନ ଅନେକ ବ୍ୟଙ୍ଗାତ୍ମକ ହସର ପ୍ରଗଳ୍ଭ ତରଙ୍ଗରେ ଅଧରର ବେଳାଭୂମି ତା'ର ଉଚ୍ଛ୍ୱସିତ ହୋଇ ଉଠିଥିଲା। ଜୀବନର ମର୍ମାନ୍ତିକ ସତ୍ୟକୁ ସେଦିନ ଭଲ କରି

ବୁଝି ନଥିଲା ନିର୍ମଳ। ଜୀବନଟା ସେଦିନ ଥିଲା ତା'ର ଅଶିଣ ଆକାଶର ଭାସମାନ ଲଘୁ ମେଘଖଣ୍ଡ ଭଳି ହାଲୁକା। ଅନେକ ସମ୍ଭବ, ଅସମ୍ଭବ, ବର୍ଣ୍ଣିଳ ସ୍ୱପ୍ନ ସମ୍ଭାରରେ ମନର ଆକାଶଟା ତା'ର ରଙ୍ଗିନ ହୋଇ ରହିଥିଲା। ଇନ୍ଦ୍ରଧନୁର ସେଇ ସପ୍ତରଙ୍ଗୀ ସ୍ୱପ୍ନରେ ଭୁଲି ସେ ନିଜ ଅନାଗତ ବିବାହିତ ଜୀବନର ଏ ଆଲୋକ ଅନ୍ଧାର କଥାକୁ ସମ୍ପୂର୍ଣ୍ଣ ବିସ୍ମୃତ ହୋଇଯାଇଥିଲା।

ଇନ୍ଦ୍ରଧନୁର ରଙ୍ଗ କିନ୍ତୁ ସ୍ଥାୟୀହୋଇ ରହେ ନାହିଁ।

ରାତ୍ରିର ଅନ୍ଧକାର ପୋଛି ନିଏ ଆକାଶର କାନ୍‌ଭାସ୍‌ରୁ ଏ ସାତ ରଙ୍ଗର ସ୍ୱପ୍ନ।

ଜୀବନର ବିବର୍ଣ୍ଣ କାନ୍‌ଭାସ୍ ଉପରେ ଫୁଟିଉଠେ ଅଦୃଶ୍ୟ ଅପଦେବତାର ହସ୍ତାଙ୍କିତ ଏକ ବିକୃତ ଛବି, ଅସହ୍ୟ ଦୃଶ୍ୟପଟ।

ନିର୍ଜନପ୍ରାୟ ଗୃହାଙ୍ଗନର ଏକ କୋଣରେ ଚେୟାର ଉପରେ ବସି ନିର୍ମଳ ନିରୀକ୍ଷଣ କରି ଦେଖୁଥିଲା ତା' ନିଜ ଅନିଚ୍ଛାରେ, ଅଜ୍ଞାତରେ ତା' ଭାଗ୍ୟର ପଟ୍ଟ ଉପରେ କେଉଁ ନିଷ୍ଠୁର ଶିଳ୍ପୀ ଆଙ୍କି ଦେଇଛି ବିକଳାଙ୍ଗ, ବିକୃତ ଏକ ଛବି। ଅଥଚ ଦିନ କେତୋଟି ଆଗରୁ କଳ୍ପନାର ରଙ୍ଗନେଇ ସେ ତା'ର ଏକ ଭାଗ୍ୟପଟ୍ଟ ଉପରେ କି ସୁନ୍ଦର ସ୍ୱପ୍ନିଳ ଛବି ଆଙ୍କି ନଥିଲା ସତେ !

ଆଜି ତା'ର ବିବାହର ଚତୁର୍ଥ ଦିବସ।

ତରୁଣ ଜୀବନର ବହୁ ଆକାଙ୍‌କ୍ଷିତ ବାସର ରାତ୍ରି।

କିନ୍ତୁ ପରିବାରର କୌଣସି ଗୋଟିଏ ସ୍ଥାନରେ ସୁଦ୍ଧା ହସର ହିଲ୍ଲୋଳ ନାହିଁ। ଆନନ୍ଦର ଆବେଗ ନାହିଁ। ଚାରିଆଡ଼େ ମରୁର ରୁକ୍ଷତା, ଶ୍ମଶାନର ଭୟାବହ ନିର୍ଜନତା। ଯାହାକିଛି ପୂଜା, ଉତ୍ସବ ପାଳିତ ହୋଇଛି, ତାହା ଏକାନ୍ତ ଗତାନୁଗତିକ। ସେଥିରେ ବିବାହ ଉତ୍ସବର ଉଷ୍ଣତା ନଥିଲା। ନଥିଲା ବି ନବବଧୂ ଗୃହପ୍ରବେଶର ସ୍ୱାଭାବିକ ଉଚ୍ଛ୍ୱାସ ଉନ୍ମାଦନା।

ନିର୍ମଳ ଜାଣେ, ତା' ବାସର ଗୃହରେ ପାଖୁଡ଼ାଟାଏ ଫୁଲ ବି ନଥିବ। ଅତରର ଭୁରୁ ଭୁରୁ ସୁରଭି ତ ବହୁ ଦୂରର କଥା...

କିଛି ସମୟ ଆଗରୁ ନିର୍ମଳ ନିଜ କାନରେ ଶୁଣିଥିବା କଥା କେଇ ପଦ ତା' କର୍ଣ୍ଣକୁହରରେ ଆଉଥରେ ଆସି ଅଜାଡ଼ି ହୋଇପଡୁଥିଲା।

ଏମିତି ମୁହଁ ଶୁଖାଇବସିଲେ କାଇଁକି ନାନୀ ! ପୁଅ ଯେତେବେଳେ ବାହାହେଲାଣି, ସେ ହେଲା ଘରର ବୋହୂ। ବଡ଼ବଡୁଆଙ୍କୁ ପାଣିଦେବ। ଆଉ ରାଗକରି ବସିଲେ କ'ଣ ହେବ ? ପୁଅର ଆଜି ଚଉଠି ରାତି... ମାଳୁଣୀକୁ କୁହ ଫୁଲ ଦି'ତୋଡ଼ା ଦେଇଯାଉ। ଆରସାଇ ପଦ୍ମା ନୂଆବୋଉଙ୍କ କଣ୍ଠସ୍ୱର।

ବୋଉ କଅଣ ଉତ୍ତର ଦେବ ଶୁଣିବାପାଇଁ ଉତ୍କର୍ଣ୍ଣ ହୋଇ ବସିରହିଲା ନିର୍ମଳ।

ବୋଉର କଣ୍ଠସ୍ୱର କିଛି ଶୁଭିଲାନାହିଁ। ହୁଏତ କଥା କହିଥିଲେ ସେ ବିଷ ଉଦ୍‌ଗାର କରିଥାଆନ୍ତା। ଗ୍ରାମର ଅପର ସ୍ତ୍ରୀଲୋକମାନଙ୍କ ଆଗରେ ବିଷ ଉଦ୍‌ଗାର କରି ନିଜ ପାରିବାରିକ ମର୍ଯ୍ୟାଦାକୁ ତଳେ ପକାଇବା ପାଇଁ ସେ ରାଜି ହେଲାନାହିଁ। ଏତେ ଦୁଃଖ ଭିତରେ ବି ପରିବାରର ମର୍ଯ୍ୟାଦା କଥା ସେ ପାସୋରି ଦେଇପାରି ନାହିଁ। କିନ୍ତୁ ନିର୍ମଳ... !

ପଦ୍ମା ନୂଆବୋଉଙ୍କ କଥାର ଉତ୍ତର ଆସିଥିଲା ରମା ନୂଆବୋଉଙ୍କ କଣ୍ଠରୁ।

ହଇଲୋ ପୁନାବୋଉ ! ଆଉ ଚଉଠିରାତି କଅଣ ବା ! ଭାବ ନାବ ବାହାଘର। କଟକ ନଈକୂଳେ ନହେଲେ ସିନେମାଘରେ କେତେ ଚଉଠିରାତି ଦିହେଁଯାକ ପାଳିଥିବେ। ଆଉ ଆଜି ଚଉଠି ପାଳିବା ପାଇଁ ପଲଙ୍କରେ ଫୁଲ ସଜଡ଼ା ନହେଲେ ମନ୍ତ୍ର ଅଶୁଦ୍ଧ ହୋଇଯାଉଛି...

ରମା ନୂଆବୋଉଙ୍କ ଜିଭଟା ଗୋଟାଏ ଶାଣଦିଆ ଛୁରି।

ନିର୍ମଳର ମନେହେଉଥିଲା ସେ ବସି ବସି ଆଉ କଥା ଶୁଣିଲେ ସେ କଥାର ଛୁରି ଧାରରେ ତା' ଛାତିର କଲିଜା ଧାର ଧାର ହୋଇ ଚିରି ହୋଇଯିବ। ଶେଷକଥା ସେ ଶୁଣିନେଇଛି... ଦେଖାଚାହାଁ ରାଜିରୁଜା ବାହାଘରରେ ବାସର ଫୁଲଶେଯରେ ଆଉ ସୁରଭି ନଥାଏ। ଆଖିର ଲୁହରେ ବାସର ରାତିଟା ତା'ହେଲେ ତା'ର ସଜଳ ହୋଇଉଠିବ !

ଶୁଣିଥିବା କଥାକୁ ଭୁଲିଯିବାପାଇଁ ଅନେକ ଚେଷ୍ଟା କରିଛି ନିର୍ମଳ।

ପାରି ନାଇଁ।

ଫୁଲଶଯ୍ୟାରେ ରାତି ତା'ର ଲୁହର ମୁକ୍ତାମାଳାରେ ସଜା ହେବ ବୋଲି ବ୍ୟକ୍ତିଗତ ଭାବରେ ତା'ର ଅବସୋସ ନାହିଁ। କାରଣ ସେ ତା'ର ପରିବାରକୁ ଜାଣେ, ଭଲ କରି ବୁଝେ ମଧ୍ୟ ତା' ବୋଉର ମନକଥା। ଏଭଳି ଏକ ଝଡ଼ର ସମ୍ଭାବନା ରେଜିଷ୍ଟ୍ରି ବିବାହ କରିବା ପୂର୍ବରୁ ମଧ୍ୟ ସେ ଆଶଙ୍କା କରିଥିଲା। କିନ୍ତୁ ତା'ର ଦୃଢ଼ ଧାରଣା ଥିଲା ଝଡ଼ଟା ଉଠି ତା' ମୁଣ୍ଡ ଉପର ଦେଇ ଚାଲିଯିବ... କିଛି କ୍ଷତି କରିବ ନାଇଁ। ନିରୁପମାକୁ ଅନ୍ତତଃ ସେ ସେହି ଧାରଣାଟି ହିଁ ଦେଇଥିଲା।

କିନ୍ତୁ ଘରେ ପହଁଚିଲା ପରେ ସେ ବୁଝିଲା, ବଂଶମର୍ଯ୍ୟାଦା, ଜାତିଆଣ ଭାବ, ସାମାଜିକ କୁସଂସ୍କାର ସମ୍ପର୍କରେ ତା'ର ଯେଉଁ ଭୁଲ୍ ଧାରଣା ଥିଲା, ତାହା ସହସ୍ର ଗୁଣ ଭୟଙ୍କର ରୂପ ଧରି ଦାଣ୍ଡ ଦରଜା ପାଖରେ ଅପେକ୍ଷା କରିଛି। ଟେଲିଗ୍ରାମ ପାଇଲା ପରେ ବୋଉ କବାଟ କିଳି ଘରେ ଶୋଇ କାନ୍ଦୁଛି। ମାମୁ ଚଉପାଢ଼ୀ ଉପରେ ଗୋଡ଼

ଲମ୍ବାଇ ବସି ଗର୍ଜନ କରୁଛନ୍ତି, "ପଣ୍ଡା ଘରର ଝିଅ ଆଚାର୍ଯ୍ୟ ପରିବାର ଭିତରେ କିପରି ପ୍ରବେଶ କରିବ, ମୁଁ ଦେଖିବି... ହଁ- ମୁଁ କହି ରଖୁଚି ମୋ ପିଣ୍ଡରେ ପ୍ରାଣ ଥିବାଯାଏ ଏକଥା ସମ୍ଭବ ହେବ ନାଇଁ। ନୀଳାମ୍ବର ଭାଇନା ମରିଗଲା ବୋଲି କ'ଣ ଚତୁର୍ଭୁଜ ମିଶ୍ର ମରିଗଲା ? ଯଦି ସେମାନେ ଏ ଘର ଭିତରକୁ ଯିବେ, ତେବେ ମୋ ମଲାଦେହ ଉପରେ ପାଦ ରଖି ଯିବେ।

ମଣିଷର ଧମକ୍ ଏ ନୁହେଁ, ସିଂହର ଗର୍ଜନ।

ମାମୁ ଚତୁର୍ଭୁଜ ମିଶ୍ରଙ୍କୁ ଭଲ କରି ଜାଣେ ନିର୍ମଳ। କାଉଁରିଆ କାଠି। ଭାଙ୍ଗିଯିବେ ପଛେ ନଇଁବେ ନାହିଁ। ତେଣୁ ତାଙ୍କ କଥା ଶୁଣି ଛାତି ଭିତରଟା ତା'ର ପ୍ରକମ୍ପିତ ହୋଇଉଠିଲା। ଅନୁଭବ କରି ଦେଖିଥିଲା, ନିରୁପମାର ହାତଟା ମଧ୍ୟ ଝାଳେଇ ଉଠିଛି।

ଗୃହ ପ୍ରବେଶର ପ୍ରଥମ ଝଡ଼ ବହିଗଲା, କ୍ଷତ ଚିହ୍ନ ରହିଗଲା ମନରେ।

ଗ୍ରାମ ଲୋକେ ବୁଝାଇଦେଲା ପରେ ଆଚାର୍ଯ୍ୟ ପରିବାରର ସଦର ଦରଜା ପଣ୍ଡାଘରର ଝିଅ ପାଇଁ ଉନ୍ମୁକ୍ତ ହୋଇଯାଇଥିଲା। ସାତପର, ଅପରାଧୀ ପରି ନିର୍ମଳ ପ୍ରବେଶ କରିଥିଲା ନିଜ ଗୃହରେ। କିନ୍ତୁ ବାହାରଠାରୁ ଗୃହର ଅଭ୍ୟନ୍ତରଟା ଯେ ଏଡ଼େ ଅନ୍ଧକାର, ସେ କଥା କେବେ ତା'ର କଳ୍ପନାକୁ ମଧ୍ୟ ସ୍ପର୍ଶ କରିନଥିଲା।

ଭଲପାଇବାର ଭ୍ରମ ପାଇଁ ତାକୁ ଯେ ଏପରି ଶାସ୍ତି ଗ୍ରହଣ କରିବାକୁ ହେବ, ସେ କଥା କେବେହେଲେ ସେ ଚିନ୍ତା କରିନଥିଲା।

ନିର୍ମଳର ମନେ ହେଉଥିଲା ପାପଠାରୁ ପ୍ରାୟଶ୍ଚିତ୍ତ ତା'ର ବଳି ପଡ଼ିଛି।

ଯେଉଁ ପରିବାରରେ ସେ ଏତେ ବଡ଼ ହେଲା, ହସିଲା, ଖେଳିଲା, ବୁଲିଲା, ଯେଉଁ ସମାଜକୁ ସେ ପିଲାଦିନୁ ଆଜିଯାଏ ଦେଖି ଆସିଥିଲା, ସେ ପରିବାର, ସେ ସମାଜ ବିଷୟରେ ଭଲ କରି ନ ଜାଣି, ନ ଶୁଣି ଗୋଟିଏ ଝିଅ ମନରେ ଏତେ ପ୍ରତ୍ୟୟ ଆଣିଦେବା ଠିକ୍ ହୋଇନାହିଁ।

ନିମୁ- ରାତି ହୋଇଯାଉଛି ଯେ... ପଦ୍ମା ନୂଆବୋଉଙ୍କ କଣ୍ଠସ୍ୱର।

ଚମକି ଚାହିଁଲା ନିର୍ମଳ।

ରାତ୍ରି ସତରେ ବେଶୀ ହୋଇଯାଉଛି।

ବାସର ରାତିଟା ସବୁ ପୁରୁଷଙ୍କ ପାଇଁ ଛୋଟ ମନେହୁଏ, କିନ୍ତୁ ନିର୍ମଳର ମନେହେଲା ଏ ରାତ୍ରି ଯେପରି ସାତ ରାତିରେ ପରିଣତ ହୋଇଯାଉଛି !

ନିର୍ମଳ ହୁଏତ ସେଇଠାରେ ବସି ଆହୁରି ଅନେକ ସମୟ ଭାବି ଥାଆନ୍ତା। ପଦ୍ମା ନୂଆବୋଉ କିନ୍ତୁ ତାକୁ ତଡ଼ି ତଡ଼ି ଘର ଭିତରେ ଛାଡ଼ି ଆସିଲେ।

ସେଇ ଆଲୋକଉଜ୍ଜ୍ୱଳ କକ୍ଷରେ ପଲଙ୍କରେ ଏକ ପ୍ରାନ୍ତରେ ବସି ରହିଥିଲା

ନିରୁପମା। ବୋଧହୁଏ ଆଗରୁ ତାକୁ ଏ ଘରେ ଛାଡ଼ିଦେଇ ଯାଇଥିଲେ ପଦ୍ମା ଭାଉଜ।

ତାକୁ ଦେଖି ପଲଙ୍କ ଉପରୁ ଉଠି ଆସିଲା ନିରୁପମା।

ଶାଢ଼ିର ପଣତକାନିକୁ ବେକ ଚାରିପଟେ ଗୁଡ଼ାଇ, ଭୂମିରେ ମୁଣ୍ଡ ଲଗାଇ ସେ ପ୍ରଣତି ନିବେଦନ କଲା।

ଥରେ ନୁହେଁ-ଅତୀତରେ ବହୁ ସହସ୍ରଥର ନିରୁପମାର ମୁହଁ ଦେଖିଛି ନିର୍ମଳ। ଅନୁଭୂତିର ଅନେକ ସ୍ପର୍ଶ ସେ ଗଚ୍ଛିତ ରଖିଛି ନିରୁପମାର ସ୍ନାୟୁଗ୍ରନ୍ଥିରେ, କିନ୍ତୁ ଆଜି ଅବଗୁଣ୍ଠନବତୀ ନିରୁପମାକୁ ବାସର କକ୍ଷରେ ଦେଖି ସେ ରୋମାଞ୍ଚିତ ହେଲା। ଜୀବନର ସମସ୍ତ ଗ୍ଲାନି, ଅବସାଦ ଅପସାରିତ ହୋଇଯାଇ ବିଚିତ୍ର ଭାବାବେଗରେ ଉଚ୍ଛ୍ୱସିତ ହୋଇଉଠିଲା ତା'ର ଦେହ ମନ।

ନିଜର ଦୁଇହାତରେ ନିରୁପମାର ସଲ୍ଲଜ ମୁହଁଟାକୁ ଟେକିଧରି ସେ ଅନୁଭବ କଲା, ସତେ ଯେମିତି ତା'ର ପ୍ରେମିକା ନିରୁପମା ଆଉ ବଧୂ ନିରୁପମା ମଧ୍ୟରେ ଯୋଜନ ଯୋଜନର ଦୂରତ୍ୱ।

ଏଇ ତା'ର କଲ୍ୟାଣୀ ବଧୂ ନିରୁପମା।

ଯାହାର ଲଜ୍ଜା-କୁଣ୍ଠିତ ଆରକ୍ତ ମୁହଁର ତ୍ୱକ୍ ଆଉ ମୁଦ୍ରିତ ନୟନର ପ୍ରାନ୍ତେ ପ୍ରାନ୍ତେ ନୀଳରଚନା କରିଛି ଅନେକ ଅର୍ଦ୍ଧ ମୁକୁଳିତ ସ୍ୱପ୍ନ।

ନିର୍ମଳର ଦୁଇହାତ ପାପୁଲି ମଧ୍ୟରେ ଥାଇ ଥରିଥରି ଉଠୁଥିଲା ନିରୁପମାର ମୁହଁ। ଛାୟାଚନ୍ଦ୍ରିକାର ମଧୁର ମାୟାରେ ଅପରୂପ ମନେ ହେଉଥିଲା ତା'ର ରୂପ।

ସ୍ୱଗତୋକ୍ତି କଲାଭଳି କ୍ଷୀଣସ୍ୱରରେ ନିର୍ମଳ କହିଉଠିଲା, ଏ ଘରେ ଚନ୍ଦନର ସୁରଭି ନାହିଁ, ନାହିଁ ବି ମଲ୍ଲୀ ଗୋଲାପର ସ୍ତବକ। ଏ ବାସର ରାତ୍ରି ଏକ ଅଭିଶାପର ରାତ୍ରିରେ ପରିଣତ ହୋଇଗଲା ନିରୁ...

ନିର୍ମଳ ପାଟିରେ ହାତଦେଇ ଚୁପ୍ କରିଦେଲା ନିରୁପମା।

କହିଲା, ଛି... ସୁନାଟିପରା! ଆଜିପରା ଦିନରେ ଏମିତି କହନ୍ତି...

ନିର୍ବାକ୍ ହୋଇ ନିରୁପମାକୁ ଚାହିଁ ରହିଲା ନିର୍ମଳ।

ଝରକାର ପରଦା ଟେକିଦେଇ ନିରୁପମା କହିଲା, ଏଇ ଦେଖ...ଆକାଶରେ ଚନ୍ଦ୍ର, କେତେ ଜ୍ୟୋତ୍ସ୍ନା! ଧୀର ସମୀରଣରେ କି ବିଚିତ୍ର ସ୍ପର୍ଶାନୁଭୂତି। ମାଲୁଣୀ ସିନା ଫୁଲ ଦେବନି, ହେଲେ ଆକାଶରେ ତାରା ଫୁଲର ଝୋଟି ଚିତା ଲେଖିବାକୁ ପ୍ରକୃତି କ'ଣ ଭୁଲିଯାଇଛି। ମଧୁଚନ୍ଦ୍ରିକାରେ ଏଇ ରାତ୍ରିର ଅଙ୍ଗନକୁ ସ୍ୱପ୍ନିଳ କରିଦେଇଛି ଚନ୍ଦ୍ର! ପ୍ରକୃତି ଆମ ପାଇଁ କୃପଣ ନୁହେଁ, ଆମେ ତ ପ୍ରକୃତିର ସନ୍ତାନ!

ସ୍ୱପ୍ନ ଦେଖିଲାଭଳି ନିର୍ମଳ ଠିଆହୋଇ ରହିଥିଲା କେବଳ।

ଏତେ ନିନ୍ଦା, ଏତେ ଅପମାନ ପରେ ବି ନିରୁପମାର ନିଭୃତ ମନରେ ଏତେ କବିତା ଛପି ରହିଥିଲା।

ନିର୍ମଳର କାନ୍ଧଉପରେ ମୁଣ୍ଡରଖି ନିରୁପମା ଅଧୀର ଆନନ୍ଦରେ କହିଲା, ହେ ଶୁଣୁଛ ! ପବନର ପ୍ରବାହରେ ଆମ ମିଳନର ମଧୁର ସଂଗୀତ କେମିତି ଅନୁରଣିତ ହୋଇଉଠୁଛି !

ନିରୁପମା ହାତ ପାପୁଲିରେ ମୃଦୁଚାପ ଦେଇ ନିର୍ମଳ କହିଲା, ଶୁଣୁଛି... ତମର ଗଭୀର ଆତ୍ମପ୍ରତ୍ୟୟ ଭିତରେ ମୁଁ ଶୁଣୁଛି ଜୀବନର ସେଇ ମହାସଂଗୀତ। ସତ କହିଲ ନିରୁ ! ତମେ କ'ଣ ଏ ପରିସ୍ଥିତି ସହିତ ନିଜକୁ ମିଳାଇନେବାକୁ ଠିକ୍ କରିଛ ? ତମେ କ'ଣ ସତରେ ମତେ କ୍ଷମା କରିଛ ?

ପଚାରିଲା ପଚାରିଲା ଦୃଷ୍ଟିରେ ଚାହିଁରହିଲା ନିରୁପମା।

କଣ୍ଠ କୋମଳକରି ନିର୍ମଳ କହିଲା, ଭଲପାଇବାର ଭୁଲ୍‌ପାଇଁ ଆମକୁ କଡ଼ାଗଣ୍ଡା ହିସାବ କରିଏତେ ମୂଲ୍ୟ ଦେବାକୁ ହେବ-ବିଶ୍ୱାସ କର-ମୁଁ ଏହା କେବେ ଭାବି ନଥିଲି। ମୋର ଅଦୂରଦର୍ଶିତା ପାଇଁ ତମକୁ ଅନେକ ଶାସ୍ତି ଭୋଗ କରିବାକୁ ହେଲା...

ନିର୍ମଳର କଥା ଶେଷ ହେବା ଆଗରୁ ନିରୁପମା ଆଖିରୁ ଲୁହ ନିଗିଡ଼ି ପଡ଼ିଲା।

ନିମିଷକ ଆଗରୁ ଯାହା ମୁହଁରେ ହସର ଶୁଭ୍ରମଲ୍ଲିକା ଫୁଟିଥିଲା, ଆଖିର ପଲକରେ ତାହାରି ଆଖିରୁ ପୁଣି ଲୁହର ସୁନାଫୁଲ ବୃନ୍ତଚ୍ୟୁତ ହେଲା।

ଆରେ- ତମର କଅଣ ହେଲା ନିରୁ ! ତମେ କାନ୍ଦୁଛ ଯେ... ନିର୍ମଳର କଣ୍ଠରେ ଭୟମିଶ୍ରିତ ବେଦନାର ଚିହ୍ନ।

ଦୃଢ଼ଭାବରେ ନିର୍ମଳର ହାତକୁ ଚାପିଧରି ନିରୁପମା କହିଲା, ତମେ ସବୁ କୁହ ମୁଁ ସହିବି-କିନ୍ତୁ ଆମର ଭଲପାଇବାକୁ ଜୀବନର ଏକ ଭୁଲ୍ ବୋଲି କହିବ, ଏହା ମୋ ପକ୍ଷରେ ଅସହ୍ୟ। ଆମ ଭଲପାଇବାର ଅପମାନ ମୁଁ କଦାପି ସହିପାରିବି ନାହିଁ। ଜୀବନର ବହୁମୂଲ୍ୟ ଦେଇ ମୁଁ ସେ ପ୍ରେମ ପାଇଛି-ତାକୁ ଏଡ଼େ ସହଜରେ ହଜିବାକୁ ଦେବି ନାହିଁ। ତମେ ଏ କୁଳଦୀପ ଛୁଇଁ ଶପଥ କର- ଜୀବନରେ ଯେତେ ଦୁର୍ଯ୍ୟୋଗ, ଯେତେ ନିବିଡ଼ ଅନ୍ଧାର ରାତି ଆସିଲେ ବି ତମେ ମତେ ତମ ପାଦତଳୁ ଦୂରକୁ ଠେଲିଦେବ ନାହିଁ...

ଆହତ କପୋତଟି ଭଳି ନିର୍ମଳ ଦେହକୁ ଆଶ୍ରା କରି ଛିଡ଼ାହୋଇଥିବା ନିରୁପମାର ଦେହ ଥରି ଥରି ଉଠୁଥିଲା। ନିରୁପମାକୁ ଭଲ କରି ନିରୀକ୍ଷଣ କରି ଦେଖିସାରିଲା ପରେ ନିର୍ମଳର କାହିଁକି ବେଶୀବଶୀ ମନ ହେଲା ସେ ପ୍ରେମିକା ନୁହେଁ, ବଧୂ ନୁହେଁ,

ସେ ନାରୀ। ଏକାନ୍ତ ଭାବରେ ନାରୀ। ସୃଷ୍ଟିର ସମସ୍ତ କୋମଳତା, ସହିଷ୍ଣୁତା ନେଇ ସେ ଗଠିତ।

ଏଭଳି ଏକ କଲ୍ୟାଣୀ ନାରୀକୁ ଆପଣାର କରି ପାରିଲା ପରେ ତା' ଜୀବନର କେଉଁ ପାତ୍ର ଆଉ ଅପୂର୍ଣ୍ଣ ରହିପାରେ !

ନିଜ ଶୟନକକ୍ଷର ଦରଜା ଭିତରପଟୁ ବନ୍ଦକଲେ।

ଭିତରୁ କିଳିଣୀ ଦେଲେ ହେମାଙ୍ଗିନୀ।

ଛାତି ଭିତରର ରୁଦ୍ଧ ଆବେଗଗୁଡ଼ାକ ଫୁତ୍କାରତୋଳି ବାହାରକୁ ଆତ୍ମପ୍ରକାଶ କରିବାକୁ ଚେଷ୍ଟା କରୁଛି। ଧୈର୍ଯ୍ୟର ପଥର ଚାପା ଦେଇ ସେ ଅବରୁଦ୍ଧ ଆହତ ଆବେଗକୁ ନିଜ ଭିତରେ ଚାପିରଖିବାକୁ ଚାହାନ୍ତି।

ପୁଅର ଆଜି ଚଉଠି ରାତି... ସେ ଆକାଶ ଫଟାଇ ଲୁହ ଝରାଇ କାନ୍ଦିବେ ! ଛି... ଛି... କି ଅମଙ୍ଗଳ କଥା।

ହେମାଙ୍ଗିନୀ କବାଟରେ କିଳିଣୀଟି ଦେଇ- କବାଟକୁ ଆଉଜି କିଛି ସମୟ ଠିଆ ହୋଇ ରହିଲେ। ଦିନ ସାରା ଆଜି ଆଖି ତାଙ୍କର ଲୁହରେ ସଜଳ ହୋଇଆସିଛି-କିନ୍ତୁ ସେ ଲୁହକୁ ଆଖିପତାରେ ଜମି ରହିବାକୁ ଦେଇ ନାହାନ୍ତି। ପୁଅର ଶୁଭ କାମନାରେ ମାଆ କାନ୍ଦିବା ଅମଙ୍ଗଳ। ଯେତେହେଲେ ବି ନିର୍ମଳର ଗର୍ଭଧାରିଣୀ ମାଆ ସେ... କେମିତି ସେ ଦେହ ଧରି ତା'ର ଏତେ ବଡ଼ ଅମଙ୍ଗଳ କାମନା କରିପାରିବେ ?

ହେମାଙ୍ଗିନୀ ଠିଆ ହୋଇଛନ୍ତି।

ଦେହ ତାଙ୍କର କାଠ ହୋଇଗଲା ଭଳି ସେ ଅନୁଭବ କରୁଛନ୍ତି।

ଗୋଟିଏ ଆଡ଼େ ତାଙ୍କର ପୁଅ-ଅନ୍ୟ ଆଡ଼େ ବଂଶମର୍ଯ୍ୟାଦା। ଜାତି, ଗୋତ୍ର, ବନ୍ଧୁ, ସମାଜ। ମାଆ ହୋଇ ପୁଅର ଅନ୍ୟାୟ ସେ ସହିଗଲେ-କିନ୍ତୁ ଏ ଆଚାର୍ଯ୍ୟ ପରିବାରର କର୍ତ୍ତ୍ରୀ ହୋଇ ନିର୍ମଳର ଏ ଅନାଚାରକୁ ବରଦାସ୍ତ କରିବେ କିପରି ?

ସ୍ୱାମୀ ଥିଲାବେଳେ ସେ ଥିଲେ ଗୃହ ଅଭ୍ୟନ୍ତରର ସ୍ତିମିତ ଦୀପଶିଖା।

ସ୍ୱାମୀ ମଲା ପରେ ସେ ହୋଇଛନ୍ତି ପରିବାରର ଦାଣ୍ଡକବାଟ।

ପରିବାର ମଧ୍ୟରେ ପାପ, ଅନ୍ୟାୟ, ଅନୀତି, ପୁଣ୍ୟ-ଯାହା କିଛି ପ୍ରବେଶ କରିବା ଆଗରୁ ତାଙ୍କ ଦେହରେ ପ୍ରଥମେ ଆଘାତ ଲାଗିବ। ସ୍ୱାମୀଙ୍କ ମୃତ୍ୟୁର ସାତବର୍ଷ ହେଲା, ପରିବାରର ମର୍ଯ୍ୟାଦାର ସେ ଗୋଡ଼େ ଗୋଡ଼େ ଜଗି ଆସିଛନ୍ତି। କୌଣସି ଗୋଟିଏ ନୀତି, ଶୃଙ୍ଖଳା ହୁଗୁଳା ହୋଇଯିବାକୁ ସେ ଦେଇ ନାହାନ୍ତି।

ଆଜି ତା'ର ବ୍ୟତିକ୍ରମ ହେଲା।

ତାଙ୍କରି ଆଖି ଆଗରେ ପଣ୍ଡାଘରର ଝିଅ ଆସିଲା ଆଚାର୍ଯ୍ୟ ବଂଶର ସାତପୁରୁଷଙ୍କୁ

ପାଣି ଦେବାପାଇଁ। ବାଧା ଦେବାକୁ ଚେଷ୍ଟାକରି ସେ ବାଧା ଦେଇପାରିଲେ ନାହିଁ। କେବଳ ନିର୍ମଳ... ନିର୍ମଳ ଯୋଗୁଁ।

ଅଥଚ ନୂପୁର ବେଳକୁ...!

ନୂପୁର କଥା ଭାବିବାମାତ୍ରେ ମନର ବେଦନା ଅସମ୍ଭାଳ ହୋଇ ଉଠୁଥିଲା। କୌଣସିମତେ ନିଜକୁ ସମ୍ଭାଳିନେଇ ସେ କକ୍ଷ ଭିତରକୁ ଆସି ମଝିକାନ୍ଥ ପାଖରେ ଠିଆହେଲେ।

ଉପରକୁ ଚାହିଁ ଦେଖିଲେ, ସ୍ୱାମୀଙ୍କ ଫଟୋଟା ସେମିତି ଝୁଲୁଛି। ଫଟୋ ଦେହରେ ଦିଆଯାଇଥିବା ଫୁଲହାରଟା ଶୁଖିଗଲାଣି। ଚନ୍ଦନବିନ୍ଦୁ ଝରିପଡ଼ିଲାଣି।

ଲୁହ ଡବଡବ ଆଖିରେ ସ୍ୱାମୀଙ୍କ ଫଟୋକୁ ବ୍ୟାକୁଳ ଦୃଷ୍ଟିରେ ଚାହିଁ ହେମାଙ୍ଗିନୀ ଆପେ ଆପେ କହିଉଠିଲେ, ପାରିଲି ନାହିଁ- ଯେଉଁ ବଂଶମର୍ଯ୍ୟାଦା, ଜାତିର ସମ୍ମାନକୁ ଏତେବଡ଼ କରି ଧରି ରଖିଥିଲି-ଯାହାପାଇଁ ନୂପୁର ମୋର ବେକରେ ରସି ଲଗାଇ ଆତ୍ମହତ୍ୟା କଲା- ସେଇ ବଂଶମର୍ଯ୍ୟାଦାକୁ ମୁଁ ନିଜ ହାତରେ ଛୋଟ କରିଦେଲି...

ଚୁପ୍ ହୋଇଗଲେ ହେମାଙ୍ଗିନୀ। କଣ୍ଠ ହେଲା ରୁଦ୍ଧ, ପାଟିରୁ ଆଉ କଥା ବାହାରିଲା ନାହିଁ।

ତା'ପରେ ଛୋଟପିଲାଙ୍କ ପରି ଅଳି କଲାଭଳି ନିମ୍ନକଣ୍ଠରେ ସେ କହିଲେ, ତମେ ଯାହା ପାରିଥିଲ, ମୁଁ ସେଥିପାଇଁ ଅଭାଜନ ହେଲି ବୋଲି ମୋ ଉପରେ ରାଗୁଛ? ତମେ କ'ଣ ଜାଣନା ତମେ ଥିଲ ପୁରୁଷ-ସିଂହ ଆଉ ମୁଁ ମାଇପି ଲୋକ- ମାଆ। ଆଖିବୁଜିଲା ଆଗରୁ ତମେ ତ କହିଯାଇଥିଲ-ମୁଁ ଯାଉଛି, ହେଲେ ନିର୍ମଳ ରହିଲା। ନନା ତା'ର ମରିଯାଇଚି ବୋଲି ତାକୁ ଯେମିତି ଅନୁଭବ କରିବାକୁ ଦେବ ନାଇଁ- ଆଜିଠୁଁ ତମେ ତା'ର ନନା, ବୋଉ- ଉଭୟ, ସବୁକିଛି। ପିଲାଟାକୁ ମୁଁ କେବଳ ଶାସନ କରିଗଲି-ସ୍ନେହଦେଇ ଯାଇପାରିଲି ନାହିଁ। ତମେ ମୋର ଏ ଋଣ ଶୁଝିଦେବ- ନିର୍ମଳ ମନରେ କଷ୍ଟ ଦେବ ନାହିଁ।

ପଣ୍ଡାଘରର ଝିଅକୁ ବୋହୂ ହେବାକୁ ଅନୁମତି ଦେଇ ମୁଁ ତମର ସେ ଋଣଶୋଧ କରିଦେଇଛି। କିନ୍ତୁ ତମେ କ'ଣ କେବେ ଭାବିଥିଲ-ନିର୍ମଳ ଆଚାର୍ଯ୍ୟବଂଶର ସନ୍ତାନହୋଇ ଏତେ ତଳକୁ ଯିବ? ତମେ ଜାଣିନଥିଲ। ନରମାୟା ନାରାୟଣଙ୍କୁ ଅଗୋଚର-ମୁଁ ତ ମାତ୍ର ନାରୀ।

ଫଟୋଟା ସେମିତି ଝୁଲୁଛି।

କାଚର ବନ୍ଧନୀ ଭିତରେ ବନ୍ଦୀ ହୋଇ ରହି ସ୍ୱାମୀ ନୀରବ ରହିଲେ। ହେମାଙ୍ଗିନୀଙ୍କ ପ୍ରଶ୍ନର ଗୋଟିଏ ହେଲେ ଉତ୍ତର ମିଳିଲା ନାହିଁ।

ହେମାଙ୍ଗିନୀଙ୍କ ମୁହଁରେ ଅଭିମାନର ଛାୟା ପଡ଼ିଲା ।

ଏ ଅଭିମାନ ନୂଆ ନୁହେଁ-ଅନେକ ଥର ସ୍ୱାମୀଙ୍କ ପାଖରେ ସେ ଏ ଅଭିମାନକୁ ପ୍ରକାଶ କରିଛନ୍ତି, ଅନୁଯୋଗ କରିଛନ୍ତି, ତମେ ପୁରୁଷ ସତ, କିନ୍ତୁ ଜନକ ନୁହଁ । ସବୁ ପୁରୁଷ ଜନକ ହୋଇପାରନ୍ତି ନାହିଁ-ପୁତ୍ର, କନ୍ୟାଙ୍କୁ ରକ୍ତ ଦେଇ ଜନ୍ମଦେଲେ ସୁଦ୍ଧା, ଜନକ ହେବାପାଇଁ ଏକ କୋମଳ ଉଦାର ମନ ଲୋଡ଼ା । ବଂଶର ଆଭିଜାତ୍ୟର ମୋହରେ ତୁମେ ମନର ସେ କୋମଳତା, ଉଦାରତାକୁ ହରାଇ ବସିଛ... ତମର ନିଷ୍ଠୁରତା ପାଇଁ ନୂପୁର ମୋର ବେକରେ ରସି ଲଗାଇ ଆତ୍ମହତ୍ୟା କଲା ।

ହେମାଙ୍ଗିନୀଙ୍କର ବେଶ୍ ମନେ ଅଛି, ତାଙ୍କର ଏ ଅନୁଯୋଗ ଶୁଣିଲେ ସ୍ୱାମୀଙ୍କ ବାହୁର ମାଂସପେଶୀଗୁଡ଼ାକ ଫୁଲିଫୁଲି ଉଠେ । ନିଃଶ୍ୱାସର ଗତି ହୁଏ ପ୍ରଖର । ସାରା ମୁହଁଟା ଅସହ୍ୟ ଏକ କଠୋରତାରେ ରୁକ୍ଷ ହୋଇଉଠେ । ଅସ୍ଥିର ଭାବରେ କକ୍ଷରେ ପଦଚାରଣ କରୁ କରୁ ସେ କହନ୍ତି, ଏ ବଂଶର ମର୍ଯ୍ୟାଦାକୁ କ୍ଷୁଣ୍ଣ କରିବାର ଅଧିକାର ମୋର ନାହିଁ ହେମାଙ୍ଗିନୀ... ତମର ନାହିଁ, କାହାର ନାହିଁ । ତମେ ତ ଆମ ବଂଶର ସେ ଇତିହାସ ତାଳପତ୍ର ପୋଥିଟା ଦେଖିଛ । ଏତେ ବର୍ଷର ସେ ସୁବର୍ଣ୍ଣ ଇତିହାସରେ ଏ କଳଙ୍କର ଅଧ୍ୟାୟ ମୁଁ ଯୋଗ କରିଯିବି କେମିତି ? ଏ ବଂଶର ପୁଣ୍ୟ ଯୋଗୁଁ ଆମର ଏ ଧନ, ସମ୍ପଦ । ଆଉ ମୁଁ କହି ରଖୁଛି, ଯେଉଁଦିନ ଏ ବଂଶର ଗତି ନିମ୍ନମୁଖୀ ହେବ, ସେ ଦିନ ଏ ଐଶ୍ୱର୍ଯ୍ୟର ଲକ୍ଷ୍ମୀକୁ ବାଟ ଓଗାଳି କେହି ଅଟକାଇ ରଖିପାରିବେ ନାହିଁ... ।

କ୍ଷୀଣ କଣ୍ଠରେ ପ୍ରତିବାଦ କରିଥିଲେ ହେମାଙ୍ଗିନୀ, ଝିଅଠାରୁ କ'ଣ ତମର ବଡ଼ ଐଶ୍ୱର୍ଯ୍ୟ କିଛି ଅଛି ?

ଝିଅ ।

ଅକ୍ଷର ଦୁଇଟି ଉଚ୍ଚାରଣ କରିବା ସଂଗେ ସଂଗେ ସ୍ୱାମୀଙ୍କ ଆଖିକୋଣରେ ଘୃଣାର ଯେଉଁ ତୀର୍ଯ୍ୟକ୍ ରେଖା ଫୁଟିଉଠିଥିଲା, ତାହା ଲକ୍ଷ୍ୟକରି ଭୟରେ ଶଙ୍କିତ ହୋଇପଡ଼ିଥିଲେ ହେମାଙ୍ଗିନୀ । ପ୍ରତିବାଦ କରିବାର ସମସ୍ତ ଉତ୍ସାହ ତାଙ୍କର ନିମିଷକ ମଧ୍ୟରେ ଲୋପ ପାଇ ଯାଇଥିଲା ।

ଘୃଣାକଣ୍ଟକିତ କଠୋର କଣ୍ଠରେ ସ୍ୱାମୀ ଉତ୍ତର ଦେଇଥିଲେ । ଆଚାର୍ଯ୍ୟବଂଶର କନ୍ୟା ହୋଇ ଯଦି ସେ ଏକ କ୍ଷତ୍ରିୟ ତରୁଣକୁ ପ୍ରେମ କରିପାରିଲା, ସେ କନ୍ୟାର ଜନକ ହେବାର କୌଣସି ପ୍ରଲୋଭନ ମୋର ନାହିଁ ହେମାଙ୍ଗିନୀ । କେଉଁ ଯୁଗରେ ଆମ ବଂଶରେ କିଏ କି ପାପ କରିଥିଲା କେଜାଣି ! ସେଇ ପାପର ରନ୍ଧ୍ର ଦେଇ ଆମ ବଂଶରେ ପ୍ରବେଶ କରିଥିଲା ଏକ ଦୁଷ୍ଟଗ୍ରହ । ନୂପୁରର ଆତ୍ମହତ୍ୟା ପରେ ସେ ଗ୍ରହ ଯାଇଛି... ।

ନିଜ କାନରେ ହାତ ଦେଇଥିଲେ ସେଦିନ ହେମାଙ୍ଗିନୀ।

ସ୍ୱାମୀଙ୍କ କଥା ଶୁଣିବାର ଧୈର୍ଯ୍ୟ, ସାହସ ତାଙ୍କର ନଥିଲା।

ଆଖିର ଲୁହ, ବୁକୁର କୋହକୁ ଚାପିଧରି ସେଦିନ ସେ ଏଇ ଶୋଇବା ଘରକୁ ପଳାଇଆସି ଭିତରପଟୁ ଜଞ୍ଜିର ଲଗାଇ ଦେଇଥିଲେ।

ସେଇଦିନୁଁ... ଆଖିରୁ ଲୁହ ତାଙ୍କର ଶୁଖି ନଥିଲା।

ନାରୀ ହେଲେ ଯେ ଜୀବନସାରା କାନ୍ଦିବାକୁ ପଡ଼େ, ଏକଥା ଆଜି ତାଙ୍କର ବେଶୀ କାହିଁକି ମନେହେଲା। କେତେ ଆଶା ସେ କରିଥିଲେ, ମନଲାଖି ବୋହୂଟିଏ ଆଣିଲେ ଝିଅର ଅଭାବ ସେ ଭୁଲିଯିବେ। ଜୀବନର ଶେଷଦିନ କେତେଟା ହସ, ଖୁସିରେ କଟିଯିବ।

କିନ୍ତୁ ତାଙ୍କ ଜୀବନର ଏ କଅଣ ହେଲା ?

ବଂଶ ମର୍ଯ୍ୟାଦା ଜଗିବା ପାଇଁ ନିର୍ମଳ ପ୍ରତି କଠୋର ହେବାକୁ ଯାଇ ସେ କଠୋର ହୋଇପାରିଲେ ନାହିଁ। ନୂପୁରର କଥା ବେଶୀ ତାଙ୍କର ମନେପଡ଼ିଲା। ସେଥିପାଇଁ ସ୍ୱାମୀ ଯାହା ପାରିଥିଲେ, ତାହା ପାରିଲେ ନାହିଁ ହେମାଙ୍ଗିନୀ।

ଝିଅ ଯାଇଥିଲା-ବଂଶମର୍ଯ୍ୟାଦା ବି ଗଲା।

ଆଉ କଅଣ ନେଇ ସେ ବଂଚିରହିବେ ?

ନିର୍ମଳ ତାଙ୍କୁ ଆଜି ଜାଣିଜାଣି ଦୂରେଇ ଦେଇଛି।

ଯାହାପାଇଁ ପ୍ରଦୀପର ଶିଖାଭଳି ଜଳି ଜଳି ସେ ନିଜକୁ ନିଃଶେଷ କରି ଆସିଛନ୍ତି, ସେ ଆଜି ତାଙ୍କୁ କନ୍ଦାଇ କନ୍ଦାଇ ରେଜିଷ୍ଟ୍ରି ବିବାହ କରିଛି। ଜାୟା ଆଜି ଜନନୀଠାରୁ ତା'ର ବଡ଼। ଜନନୀର ଆବଶ୍ୟକତା ଆଜି ତା' ଜୀବନରେ ଶେଷ ହୋଇଯାଇଛି।

ନିର୍ମଳ ଉପରେ ମନେ ମନେ ସେ ଅଭିମାନରେ ଫାଟିପଡୁଥିଲେ।

ତାଙ୍କର ଧାରଣା ହେଉଥିଲା, ପଣ୍ଡା ବଂଶର ସେଇ କୁହୁକିନୀ ପାଠୋଇ ଝିଅଟା ତାଙ୍କର ଏଡ଼େ ଗେହ୍ଲା ପୁଅକୁ ତାଙ୍କ କୋଳରୁ ଛଡ଼ାଇ ନେଇଛି। ଆତ୍ମହତ୍ୟା ମୁହଁକୁ ନୂପୁରକୁ ଠେଲିଦେଇ ସେ ଯେଉଁ ବଂଶମର୍ଯ୍ୟାଦା ରକ୍ଷା କରିବାକୁ ଚେଷ୍ଟା କରିଥିଲେ, ସେଇ ବଂଶମର୍ଯ୍ୟାଦାକୁ ଧୂଳିରେ ମିଶାଇ ଦେଇ ନୂପୁର ଆତ୍ମହତ୍ୟାର ପ୍ରତିଶୋଧ ନେଇଛି ନିରୁପମା।

ହେମାଙ୍ଗିନୀ ଏଥିରେ ଆଉ ଠିଆ ହେବାର ଶକ୍ତି ସଂଗ୍ରହ କରି ପାରିଲେ ନାହିଁ।

ଆଲୁଅ ଲିଭାଇଦେଇ ସେ ଖାଲି ପଲଙ୍କ ଉପରେ ଲୋଟିପଡ଼ିଲେ।

ଆଲୁଅଟା ଲିଭାଇଦେଲା ପରେ ତାଙ୍କର ଧାରଣା ହେଲା- ରାତି ଅନେକ ହେଲାଣି। ଜହ୍ନ ବୁଡ଼ିବାକୁ ବସିଛି... ଝରକା ଆରପଟେ ବାହାରଟା ଛାଇଛାଇଆ ଦିଶୁଛି।

ଘର ଗୋଟିଏ କଣରେ ବସିରହିଛି ନିରୁପମା ।

ମୁଣ୍ଡରେ ହାତେ ଲମ୍ବ ଓଢ଼ଣା ।

ପ୍ରଥମେ ପ୍ରଥମେ ଅଡୁଆ ଅଡୁଆ ଲାଗୁଥିଲା ନିରୁପମାକୁ । ଓଢ଼ଣା ଦେବାରେ ସେ ଅଭ୍ୟସ୍ତା ନୁହେଁ । ଜୀବନରେ କେବେ ତାକୁ ଏକଥା କେହି କହିନଥିଲେ । କଲେଜ ଜୀବନରେ ଏଇ ଓଢ଼ଣା ନେଇ ସାଙ୍ଗ ସାଥୀ ମେଳରେ କେତେ ଲଘୁ ପରିହାସ ସେ କରିଛି । ନିଜ ଜୀବନରେ ସେଇ ପରିହାସ ଏଡ଼େ ନିର୍ମମ ସତ୍ୟ ହୋଇଉଠିବ, ଏକଥା ସେ କଳ୍ପନା କରିନଥିଲା ।

ଶାଶୂଘରେ ବି ସେ କଥା କେହି କହି ନାହାନ୍ତି ।

ନିଜ ମନକୁ ମନ ଓଢ଼ଣା ଦେଇଥିଲା ନିରୁପମା ।

ଅବଗୁଣ୍ଠନବତୀ ନିରୁପମାକୁ ଦେଖି ପ୍ରଥମେ ନିର୍ମଳ ଚମକି ଉଠିଥିଲା । ବିସ୍ମୟର ମୃଦୁ ଆଘାତ ଲାଗିଥିଲା ତାର ମନର କୋଣ ଅନୁକୋଣରେ । ଚକିତକଣ୍ଠରେ ସେ ପ୍ରଶ୍ନ କରିଥିଲା ଆରେ, ଏ କି ଅପୂର୍ବ ବେଶ !

ନିର୍ମଳ କଥାର କିଛି ଉତ୍ତର ଦେଇନଥିଲା ନିରୁପମା । ଓଢ଼ଣାଟିକୁ ଆଉ ଟିକିଏ ମୁହଁ ଉପରକୁ ଟାଣି ସେ ଲମ୍ବ କରିଦେଇଥିଲା ।

ପାଖରେ କେହି ନଥିଲେ । ଗାଁର କୌଣସି ସ୍ତ୍ରୀଲୋକ କିମ୍ବା ବୋଉ, ଅନ୍ୟ କେହି ।

ରସିକତା କରିବା ପାଇଁ ନିର୍ମଳର ମନ ଉଚ୍ଛନ୍ନ ହୋଇ ଉଠିଥିଲା ।

ନିମ୍ନ କଣ୍ଠରେ ସେ କହି ଉଠିଥିଲା-ରାତିରେ କଅଣ ଏତେ ପାପ କରିଛ ଯେ, ଦିନରେ ସୁଦ୍ଧା ମୁହଁ ଦେଖାଇବାକୁ ଲାଜ ଲାଗୁଛି ?

ଦିନ କେତୋଟି ତଳର ମହିଳା କଲେଜର ସେଇ ପ୍ରଗଲ୍‌ଭା ତରୁଣୀ ନିଜ ସ୍ୱାମୀର ଏଇ ମୃଦୁ ପରିହାସରେ ସତେ ଯେମିତି ଲୋଟି ମାଟିରେ ମିଶିଗଲା !

ନିର୍ମଳର ମନେହେଲା, ଲଜ୍ଜାଟା ନାରୀର ଆଜୀବନ କୁସଂସ୍କାର । ଯେତେ ପାଠ ପଢ଼ିଲେ ବି ସେଥିରେ ତା'ର କୌଣସି ପରିବର୍ତ୍ତନ ହୁଏ ନାହିଁ ।

କଥାର ସ୍ରୋତକୁ ବିପରୀତମୁଖୀ କରିଦେଲା ନିର୍ମଳ ।

କହିଲା, ଓଃ-ବୁଝୁଚି । ବୋହୂ ହୋଇ ଆସିଲା ପରେ ଆମ ଘରେ ତୁମ ପ୍ରତି ଏପରି ଦୁର୍ବ୍ୟବହାର କରିଛନ୍ତି ଯେ, ତମେ ଅପମାନରେ କାହାରି ମୁହଁ ଦେଖିବାକୁ ଚାହଁନା !

ଏ ଉପହାସ ନୁହଁ-ଆକ୍ଷେପ ।

ଆହତ ହେଲା ନିରୁପମା ।

ଆକ୍ଷେପର ଆଘାତରେ ଆରକ୍ତ ହୋଇଉଠିଲା ତାର ମୁହଁ, ନାସାଗ୍ର, କର୍ଣ୍ଣମୂଳ। ନିର୍ମଳ ପଚାରିଲା, ରାଗିଲ ?

ନିରୁତ୍ତର ରହିଲା, ନିରୁପମା।

ନିରୁପମାର ଓଢ଼ଣାଟିକୁ ଟିକିଏ ଉପରକୁ ଘୁଞ୍ଚାଇ ଦେଇ ନିଜ ପ୍ରିୟତମାର ଚୂର୍ଣ୍ଣକୁନ୍ତଳ କେତୋଟିକୁ ସଜାଡ଼ି ଦେଉ ଦେଉ ନିର୍ମଳ ପଚାରିଲା, ପରିହାସ କରିବାକୁ ଯାଇ ତମକୁ ବୋଧହୁଏ ଅପମାନିତ କଲି, ନା ! କଅଣ କରିବି କୁହ ! ସେ ତ ମୋର ଗୋଟାଏ ବଦଅଭ୍ୟାସ। ମଣିଷର ଅଭ୍ୟାସଟା କଅଣ ଏଡ଼େ ସହଜରେ ବଦଳେ ?

ନିଜ ସ୍ୱାମୀଙ୍କ ମୁହଁକୁ ଦୃଷ୍ଟି ଉତ୍ତୋଳନ କରି ଚାହିଁଲା ନିରୁପମା।

ନିଜ ହାତପାପୁଲିରେ ନିର୍ମଳର ହାତକୁ ମୃଦୁ ଚାପ ଦେଇ କହିଲା, ଏ କ'ଣ ତମ ଘର-ମୋ ଘର ନୁହେଁ ? ଏ ଘରର ଆନନ୍ଦ, ଆଘାତରେ ତମ ସାଙ୍ଗରେ ସମଭାଗୀ ହେବାର ଅଧିକାର କଅଣ ମୋର ନାହିଁ ? ମୁଁ କଅଣ ଏ ଘରର ଅତିଥି- ଏ ପରିବାରର ଏକ ଅଂଶ ନୁହେଁ ?

ନିର୍ମଳ ନିରୁପମାର ମୁହଁକୁ ଗଭୀର ଦୃଷ୍ଟିରେ ଚାହିଁଲା।

ନିରୁପମାର ଆଖିକୋଣରେ ଆଲୋକର ଝର-ନିର୍ଝର ଧାରା। ନୂତନ ଜୀବନର ଆଲୋକରେ ସେ ଉଦ୍‌ଭାସିତ ହୋଇ ଉଠିଛି, ଉଦ୍‌ବେଳିତ ହୋଇ ପଡ଼ିଛି। ଆଘାତ, ଅପମାନର କାଳିମା ତା' ମନର ସେଇ ଜ୍ୟୋତିକୁ ମଳିନ କରିଦେଇ ନପାରେ। ଅମୃତର ମଧୁର ଆସ୍ୱାଦନରେ ମନ ତୃପ୍ତ ହୋଇଉଠିଲା। ଗଭୀର ଆବେଗରେ ସେ ନିରୁପମାର ହାତ ପାପୁଲିଟିକୁ ଆଣି ଚାପି ଧରିଲା ନିଜ ଛାତି ଉପରେ।

ବୋହୂ କାଇଁ କି ନାନୀ ! କାଇଁ କେଉଁଠି ଦିଶୁନାଇଁ ତ !- ଆର ସାଇ ରମା ନୂଆବୋଉଙ୍କ ଶାଣିତ କଣ୍ଠସ୍ୱର। ବୋହୂ ଦେଖିବାକୁ ବୋଧହୁଏ ସେମାନେ ଆସିଛନ୍ତି ! ପାଟି ଶୁଣୁ ଶୁଣୁ ନିର୍ମଳଠାରୁ ନିଜକୁ ମୁକ୍ତ କରିନେଇ ଛାଟିପିଟି ହୋଇ ପଳାଇଲା ନିରୁପମା। ଗାଁର ଝିଅ, ବୋହୂମାନେ ତାକୁ ନିଜ ସ୍ୱାମୀ ପାଖରେ ଦେଖିଲେ କେତେ ପରିହାସ କରିବେ। ସେଇ ଭୟ, ସେଇ ସଂକୋଚରେ ଦେହମନ ତା'ର ଜଡ଼ ପାଲଟିଯାଇଛି।

ନିର୍ମଳ ବି କିଛି ଜାଣିନଥିବା ସୁନାପିଲାଟି ଭଳି ଖଣ୍ଡେ ବହିର ପୃଷ୍ଠା ଲେଉଟାଇବାକୁ ଲାଗିଲା।

ହେମାଙ୍ଗିନୀ କହିଲେ, କିଏ ? ରମା କିଲୋ ! ତୁ ଅପୂରୁବ କୁଆଡ଼େ ମ ? ବୋହୂ ପରା ରୋଷେଇ ଘରେ, ଯାଆ ମ ! ଆରେ ଏଇ ପୁଣି କିଏ ? ଠୁକୁରୀ କି ?

ଠୁକୁରୀ ରମା ନୂଆବୋଉଙ୍କର ନଣନ୍ଦ, ହାଇସ୍କୁଲରେ ପଢୁଛି କଟକରେ ରହି।

ଗାଆଁ ଭିତରେ ଯେତେ ବୋହୂ ଅଛନ୍ତି, ରମା ନୂଆବୋଉ ସମସ୍ତଙ୍କ ଠାରୁ ବେଶୀ ପାଠୋଇ। ମାଇନର୍ ପାଶ୍। କିନ୍ତୁ କଥା କହିଲାବେଳେ ବି.ଏ. ପାଶ୍ କରିଥିବା ସ୍ତ୍ରୀ ଲୋକଟିଏ ଭଳି କଥାବାର୍ତ୍ତା କରନ୍ତି। ଖଣ୍ଡି ଖଣ୍ଡିଆ ହିନ୍ଦୀ, ବଙ୍ଗଳା, ଇଂରେଜୀ ଶବ୍ଦ ତାଙ୍କର ପ୍ରତି କଥାରେ ବାରି ହୋଇପଡ଼େ। ସମସ୍ତେ ତାଙ୍କୁ ମନେମନେ ଭୟ କରନ୍ତି। ରମା ନୂଆବୋଉଙ୍କ କଥାରେ କେହି କେବେ ପ୍ରତିବାଦ କରନ୍ତି ନାହିଁ। କଲେ ମହାଭାରତ ଯୁଦ୍ଧ ଆରମ୍ଭ ହେବା ନିଶ୍ଚିତ।

ନିର୍ମଳ ମିଛରେ ବହିର ପୃଷ୍ଠା ଉପରେ ଆଖି ରଖିଥିଲେ ବି କାନଟା ଥିଲା ରମା ନୂଆବୋଉଙ୍କ ପାଖରେ। ନାରୀ ତ ନୁହଁନ୍ତି-ଗୋଟିଏ ଅଶାନ୍ତ ଗ୍ରହ। ବିନା ଉଦ୍ଦେଶ୍ୟରେ ସେ କେବେ କାହା ଘର ଏରୁଣ୍ଡି ବନ୍ଧ ଡେଇଁଯାହାନ୍ତି ନାହିଁ। ହୁଏତ ଆଚାର୍ଯ୍ୟ ପରିବାରର ଗୃହର ଅନ୍ତରାଳାର ଯେଉଁସବୁ ନାଟକୀୟ ଦୃଶ୍ୟ ଅଭିନୟ ଚାଲିଛି; ସେଇ ଦୃଶ୍ୟସବୁ ଦେଖିଯିବାକୁ ସେ ଯୋଜନା କରି ଆସିଛନ୍ତି। କିଛି ଗୋଟାଏ ଅଘଟଣ ନ ଘଟାଇ ସେ କେବେ ଯିବେ ନାହିଁ।

ଅଜ୍ଞାତ, ଅନାଗତ ଭୟର ଆତଙ୍କରେ ନିର୍ମଳ ଉତ୍କର୍ଣ୍ଣ ହୋଇ ରହିଲା।

ନାନୀ ମ ! ବୋହୂଙ୍କୁ କଅଣ ରୋଷେଇଘର କଳାଧୂଆଁ ଭିତରେ ଲୁଚାଇ ରଖିଲ ! - ରମା ନୂଆବୋଉଙ୍କ କଣ୍ଠରେ ବ୍ୟଙ୍ଗର ବ୍ୟଞ୍ଜନା।

ଅନ୍ୟମନସ୍କ ଭାବରେ ହେମାଙ୍ଗିନୀ କହିଲେ, ଇଏତ କିଛି ନୂଆ କଥା ନୁହେଁ ରମା ! ତୁ ବି ଯେତେବେଳେ ବୋହୂ ହୋଇ ଆସିଥିଲୁ ସେତେବେଳେ ତୋ ଶାଶୂ ବି ତୋତେ ଏଇ ରୋଷେଇଘରେ ପୂରାଇଥିଲା-କଅଣ ଭୁଲିଗଲୁଣି କି ?

ଗୋଟାଏ ଦୀର୍ଘଶ୍ୱାସ ପକାଇ ବିଚିତ୍ର ଭଙ୍ଗୀ କରି ରମା ନୂଆବୋଉ କହିଲେ, ଜାଣିଲେ ନାନୀ ଆମେ ତ ପୁଅଙ୍କର ଭାରିଯା ହୋଇ ଆସିଥିଲୁ- ହେଲେ ତମ ବୋହୂ ତ ଆଉ ନିର୍ମଳର ଭାରିଯା ନୁହେଁ- ୱାଇଫ୍... ୱାଇଫ୍...।

ୱାଇଫ୍ ଶବ୍ଦଟା ଉଚ୍ଚାରଣ କଲାବେଳେ ରମା ନୂଆବୋଉଙ୍କ ସଂପ୍ରସାରିତ ଓଠର ଉପକୂଳରେ ଯେଉଁ ତାଚ୍ଛଲ୍ୟର ତରଙ୍ଗ ଉଦ୍‌ବେଳିତ ହୋଇ ଉଠିଥିଲା, ତାହା ନିର୍ମଳର ଆତଙ୍କିତ ହୃଦୟବେଳାରେ ଖୁବ୍ ଜୋରରେ ଆଘାତ କଲା। ଅନେକ କିଛି କହିବ ବୋଲି ଭାବୁଥିଲେ ବି ସେ ନିଜେ ଇଚ୍ଛାଟାକୁ ଚାପିନେଲା ମନେ ମନେ।

ରମା ନୂଆବୋଉ ବୋହୂ ଦେଖିବାକୁ ରୋଷେଇ ଘର ଆଡ଼କୁ ଗୋଡ଼ ବଢ଼େଇଲେ। ପଛେ ପଛେ ନଣନ୍ଦ ଠୁକୁରୀ।

ବୋହୂ ହେବାର ଅଭିନୟ କରିବା ପାଇଁ ପ୍ରସ୍ତୁତ ହେଲା ନିରୁପମା।

ଓଢ଼ଣୀଟିକୁ ଆଉ ଟିକିଏ ଲମ୍ବ କରି ଟାଣିନେଲା ମୁଣ୍ଡ ଉପରକୁ। ମୁହଁ ଦେଖାଇବାକୁ

କହିଲେ ଆଖିବୁଜି କେମିତି ମୁହଁ ଦେଖାଇବ, ସେଥିପାଇଁ ମଧ୍ୟ ଥରେ ଅଭିନୟ କରିନେଲା। ଆଚାର୍ଯ୍ୟ ପରିବାରର ବୋହୂ ସେ। କଲ୍ୟାଣମୟୀ, ମମତାମୟୀ ବଧୂ। ତା' ମୁହଁରେ ଚାଞ୍ଚଲ୍ୟ, ଉତ୍ତେଜନା ଶୋଭାପାଏ ନାହିଁ। ପାହାନ୍ତାର ଆଲୋକ ଭଳି ସେ ସ୍ନିଗ୍‌ଧା, ପୃଥିବୀ ଭଳି ସେ ସହନଶୀଳା, ଆକାଶ ଭଳି ସେ ଉଦାରହୃଦୟା ! ଏ କଥା ପ୍ରତି କାମ, ପ୍ରତି ପ୍ରକାଶଭଙ୍ଗୀରେ ସେ ପ୍ରକାଶ କରିବା ଉଚିତ୍।

ରମା ନୂଆବୋଉ ପାଖକୁ ଆସିଲେ।

ନିରୁପମାକୁ ଲକ୍ଷ୍ୟକରି କହିଲେ, ଆରେ ଆମ ବି.ଏ. ପଢ଼ା ବୋହୂ କ'ଣ ମାଣ ବସିଲା ଭଳି ଘୋଡ଼ିପୋଡ଼ି ହୋଇ ବସିଛନ୍ତି। ନାନୀ ବଣହରିଣୀକୁ ତମେ ଆଣି ଏମିତି ଯନ୍ତାରେ ପୂରାଇ ରଖିଛ ? ଭଲ- ଭଲ। ଏ ତ ଆଚାର୍ଯ୍ୟଘରର ଚଳଣି। ହେଲେ ଏ ବଣରେ ଉଡ଼ା ଚଢ଼େଇକି କେଇଦିନ ପିଞ୍ଜରାରେ ଅଟକାଇ ରଖିପାରିବ ?

ଠୁକୁରୀ ସେତେବେଳେ ଯାଇ ନିରୁପମାର ପିଠିରେ ଲଦି ହୋଇପଡ଼ିଥିଲା। ହିସାବରେ ଛୋଟ ନଣନ୍ଦ, ଅତୁଆ ଲାଗୁଥିଲେ ବି ମୁହଁ ଖୋଲି କିଛି କହି ହେଉନାହିଁ। ରମା ନୂଆବୋଉଙ୍କ କଥାଗୁଡ଼ାକ କଣ୍ଟା ଭଳି ଫୋଡ଼ି ହୋଇଯାଉଛି। ସେଥିରେ ପୁଣି ବୋହୂ ଦେଖା ଅଭିନୟ ଆରମ୍ଭ ହୋଇନାହିଁ... ମଞ୍ଚର ପରଦା ଉଠିବାକୁ କିଛି ଡେରି। ଦେହ ଯାକ ଝାଳ କଣ୍ଟି ଆସିଲାଣି।

ରମା ନୂଆବୋଉ ମୁହଁ ଦେଖିବାକୁ ଓଢ଼ଣା ଟେକିବାକୁ ଆରମ୍ଭ କଲେ।

ଠିକ୍ ସେତିକିବେଳେ ଠୁକୁରୀ ବି ନିରୁପମା ପିଠିକୁ ଜୋରରେ ଚିମୁଟି ଧରିଛି।

ଭାରି କାଟୁଛି ଠୁକୁରୀର ଚିମୁଟା। କିନ୍ତୁ ପ୍ରତିବାଦ କରିପାରୁ ନାହିଁ ନିରୁପମା। କଷ୍ଟକୁ ସହିନେବାକୁ ସେ ଚେଷ୍ଟା କରୁଛି, କାରଣ ସେ ଜାଣେ, ଘର ସଂସାର କରି ବୋହୂ ହୋଇ ସମସ୍ତଙ୍କ ମୁହଁରେ ହସ ଫୁଟାଇବାକୁ ହେଲେ ଏମିତି କେତେ ଚୁମୁଟାର କଷ୍ଟ ଦେହକୁ ପଥର କରି ସହିବାକୁ ପଡ଼ିବ। କଷ୍ଟ ସହିବାର ସହନଶୀଳତା ନଥିଲେ ଆଉ ଯାହା ହୋଇଥାଉ ପଛକେ, ବୋହୂ ହୋଇ ହୁଏ ନାହିଁ। ଏ ଚୁମୁଟା ତ ମାତ୍ର ଆରମ୍ଭ ହେଲା।

କିନ୍ତୁ ନିରୁପମାର ମନରେ ଆକଟ ମାନିଲା ନାହିଁ ତା'ର ଦେହ। କାରଣ ତା' ମୁହଁରେ ଫୁଟି ଉଠିଥିବା ଯନ୍ତ୍ରଣାର ଚିହ୍ନକୁ ଲକ୍ଷ୍ୟ କରି ରମା ନୂଆବୋଉ ଚିତ୍କାର କରି ଉଠିଲେ, ଦେଖୁଛ ଦେଖୁଛ ନାନୀ। ତମ ବୋହୂ ମତେ ଦେଖି କେମିତି ମୁହଁ ମୋଡୁଛି। ଯେତେହେଲେ ହଳୁଆ ବ୍ରାହ୍ମଣ ଘରର ଝିଅ-ସଗୁଣା ଶିଖିବ କୁଆଡୁ ! ଛି...ଛି !

ମୁଣ୍ଡର ଓଢ଼ଣା ଛାଡ଼ିଦେଲେ ରମା ନୂଆବୋଉ।

ଠୁକୁରୀ ସେତେବେଳେ ଯାଏ ମଧ୍ୟ ନଖରେ ନିରୁପମାର ପିଠିକୁ ଚିମୁଟି ଧରିଛି।

ଓଢ଼ଣା ଉହାଡ଼ରେ ନିରୁପମାର ଆଖିରୁ ଲୁହ ନିଗିଡ଼ି ଆସିଲା । ମନେ ମନେ ନିଜ ଉପରେ ସେ ବିରକ୍ତ ହୋଇଉଠିଲା । ନିଜ ଛୋଟ ନଣନ୍ଦର ଏଇ ଟିକିଏ ଥଟ୍ଟା ଟିମୁଟାକୁ ସମ୍ଭାଳି ନପାରି ସେ ମୁହଁଟାକୁ ବିକୃତ କଲା କାହିଁକି ?

କଷ୍ଟ ସହିବାର ପ୍ରଥମ ପରୀକ୍ଷାରେ ସେ ହାରିଗଲା ।

ଜୀବନର ଲମ୍ବା ବାଟ ପଡ଼ିଛି । ଏହାଠାରୁ ବଳି କେତେ କଷ୍ଟ ପରୀକ୍ଷା ଆସିବ । ସହିବ କେମିତି ଏ ଜୀବନର ଜ୍ୱାଳା ।

ରମା ନୂଆବୋଉ ପାଉଁଜି ଝମଝମ କରି ନିରୁପମାର ବୋହୂ ପଣିଆକୁ ଧିକ୍‌କାର କରି ଦାଣ୍ଡପିଣ୍ଡା ତଳକୁ ଓହ୍ଲାଇଗଲେଣି । ଶାଶୂ ରାଗରେ ଗରଗର ହେଉଛନ୍ତି । ନିରୁପମାର ଇଚ୍ଛା ହେଉଥିଲା ଛୁଟିଯାଇ ସେ ରମା ନୂଆବୋଉଙ୍କ ପାଦ ଧରି କ୍ଷମା ମାଗିନିଅନ୍ତା । ବୁଝାଇ ଦିଅନ୍ତା, ଜାଣି ଜାଣି ସେ ମୁହଁମୋଡ଼ି ନାହିଁ, ମୁଖ ବିକୃତ କରି ନାହିଁ । କିନ୍ତୁ ଅଜ୍ଞାତ ଏକ ସମ୍ମାନବୋଧ ତା'ର କଣ୍ଠରୋଧ କଲା । ସେ ଜାଣେ ଯେତେ କହିଲେ ବି ତା' କଥା କେହି ବିଶ୍ୱାସ କରିବେ ନାହିଁ । ପୁଣି ସେ ପଣ୍ଡାଘରର ଝିଅ ।

ନିର୍ମଳ ଆସି ଠିଆହେଲା ନିରୁପମାର ପାଖରେ ।

ଆହତ କଣ୍ଠରେ କହିଲା, ଏ ଅଭିନୟ ମତେ ଭଲ ଲାଗୁ ନାଇଁ ନିରୁ ! ଗାଁ ଲୋକଙ୍କ ଦେହଜଳା, ହାଡ଼ଶୂଳା କଥା ମୋ କାନକୁ ଭଲ ଶୁଭୁ ନାହିଁ । ତମେ ଏ ଓଢ଼ଣୀ କାଢ଼ ।

ନିର୍ମଳର ହାତକୁ ଚାପିଧରି ସେ କେବଳ ଛୋଟ ପାଟିରେ କହିଲା- ଛି, ଏମିତି କୁହ ନାଇଁ । ବୋଉ ମନକଷ୍ଟ କରିବେ ।

ବୋଉ ମନକଷ୍ଟ କରିବେ !

ଏଇ କଥାଟା କାହିଁକି କେଜାଣି ନିରୁପମା ଏ ଘରେ ବୋହୂ ହୋଇ ପାଦ ଦେଲାଦିନୁ ମନେ ମନେ ଘୋଷି ହେଉଛି । ବାପଘରୁ ପାଦକାଢ଼ି ଆସିଲାଦିନ ବୋଉର ଲୁହ ଡବଡବ ଆଖି ଦୁଇଟା ତା' ଛାତି ଥରାଇ ଦେଇଥିଲା । ନିଜ ବୋଉ ଆଖିର ଲୁହ ଦେଖିବା ନିରୁପମା ପକ୍ଷରେ ସେଦିନ ନୂଆ ନୁହେଁ, ଏ ଲୁହ ଅନେକ ଥର ସେ ନିଜ ବୋଉ ଆଖିରେ ଦେଖିଛି । ଝିଅ ବାପଘର ଛାଡ଼ିଲାବେଳେ ମାଆର ଆଖିରେ ସମୁଦ୍ର ଉଦ୍‌ବେଳିତ ହୋଇଉଠିବା ସେ ଅନେକ ଥର ଲକ୍ଷ୍ୟ କରିଛି । ସେ କଥା ବୁଝିବାର ବୟସ ନିରୁପମାର ହୋଇଥିଲା ।

ତଥାପି ସେଦିନ କାହିଁକି ବୋଉ ଆଖିର ଲୁହ ତା' ଆଖିକୁ ବେଶୀ କରୁଣ ମନେ ହୋଇଥିଲା; ପରାଶ ଗଭୀର ହୋଇ ଲାଗିଥିଲା ଛାତିର ଗଭୀର ଗହନ ଅଞ୍ଚଳରେ । ମନେ ହୋଇଥିଲା, ଏ ବିବାହ ହୋଇ ନଥାନ୍ତା କି ?

ନିର୍ମଳ ଏପଟୁ ଟାଣୁଥିଲା, ଚାଲିଆସ-ବେଳ ଡେରି ହୋଇ ଯାଉଛି।

ଗୋଟିଏ ପଟେ ବୋଉ, ବାପା, ଭାଇ, ଭଉଣୀ, ପରିବାରବର୍ଗ, ଯେଉଁମାନଙ୍କ ପାଖରେ ଅଳିଅର୍ଦ୍ଦୋଳି କରି ସେ ଏଡୁଟିରୁ ଏଡୁଟିଏ ହୋଇଛି। ଆରପଟେ ସ୍ୱାମୀ, ଯାହାଙ୍କ ସହିତ ଅବଶିଷ୍ଟ ଜୀବନ କଟାଇବା ପାଇଁ ସେ ସ୍ଥିର କରିଛି।

ଦୁଇପଟର ଟଣାଓଟଣା ଚାଲିଛି।

ଜଣେ ଟାଣୁଛି ପଛକୁ, ଆଉ ଜଣେ ଆଗକୁ।

ଝିଅ ଜୀବନର ଏଇ ସନ୍ଧି, ମାହେନ୍ଦ୍ର ବେଳା।

ପଛକୁ ଫେରିବାର ବାଟ ନାହିଁ। ଆଗର ରାସ୍ତା ଭଲ ହୋଇ ଦିଶି ବି ଦିଶୁନାହିଁ। ଅନିଶ୍ଚିତତାର କୁହୁଡ଼ିରେ ଅସ୍ପଷ୍ଟ ସେ ପଥ-ରେଖା।

ବଞ୍ଚିବାକୁ ହେଲେ ଆଗକୁ ପାଦ ବଢ଼ାଇବାକୁ ହିଁ ହେବ। ପଛରେ ଛାଡ଼ିଆସିଥିବା ବାଟ ଯେତେ କୋମଳ, ଯେତେ ମଧୁର ହେଲେ ବି ତା'ର କିଛି ଆକର୍ଷଣ ନାହିଁ।

ନିରୁପମା ନିର୍ମଳର ହାତଧରି ଆଗକୁ ଚାଲି ଆସିଥିଲା। ଛାତିର କୋହକୁ ଚାପି ଧରିଥିଲା। ମନର ପରାଶକୁ ଗୋପନ କରି ରଖିଥିଲା।

ସେ ଆସିଲାବେଳେ କିନ୍ତୁ ମନରେ ଗୋଟିଏ ପଣକରି ଆସିଥିଲା, ସେ ଗୋଟିଏ ବୋଉର ଆଖିରେ ଲୁହ ଭରିଦେଇ ଯାଉଛି। ଆଉ ଗୋଟିଏ ବୋଉର ଓଠରେ ନିଶ୍ଚୟ ହସର ଦିହୁଡ଼ି ଜାଳିଦେବ। କାରଣ ସେ ବି ଦିନେ ହେବ ବୋଉ!

ନିଜର ନୂଆ ସଂସାରକୁ କିପରି ସୁନ୍ଦର କରି ଗଢ଼ିବ, ତାର ମଧୁର ସ୍ୱପ୍ନରେ ମନ ତା'ର ରଙ୍ଗିନ ହୋଇ ଉଠିଥିଲା। କଳ୍ପନାର ରଙ୍ଗ ଦେଇ ସେ ନିଜ ବିବର୍ଣ୍ଣ ବର୍ତ୍ତମାନକୁ ବି କରି ବସିଥିଲା ଚିତ୍ର ବିଚିତ୍ରିତ। ଅନେକ... ଅନେକଥର ପ୍ରଶ୍ନିଳ ଦୃଷ୍ଟିରେ ନିର୍ମଳ ଚାହିଁଛି ତା' ଆଡ଼କୁ। ପ୍ରଶ୍ନ କରିଚି, ତମେ କଅଣ ସତରେ ସେ ନିରୋଳା ମଫସଲରେ ଚଳିପାରିବ ନିରୁ? ସେଇ ସାପ, ବେଙ୍ଗଙ୍କ ଆଦିମ ଉପତ୍ୟକା... କାଦୁଅ, ତେଲୁଣୀପୋକମାନଙ୍କ ନିତ୍ୟ ରାସସ୍ଥଳୀ ସେଇ ପଡ଼ା ଗାଆଁରେ ତମେ କଅଣ ସବୁଦିନେ ରହିପାରିବ?

ନିର୍ମଳ ମୁହଁକୁ ନିର୍ବୋଧ ଦୃଷ୍ଟିରେ ଚାହିଁ ନିରୁ ଉତ୍ତର ଦେଇଚି, କାଇଁ-ମୁଁ କଅଣ ମଫସଲରେ ଜନ୍ମ ହୋଇନି! ମଫସଲରେ କଅଣ ମୋ ଜୀବନର ୧୮ ବର୍ଷର ସୁଦୀର୍ଘ ଅତୀତ କାଟି ନାଇଁ!

ମୁହଁ ଉପରେ ଅଜସ୍ର ଉଚ୍ଛ୍ୱାସରେ ଉଦ୍‌ବେଳିତ ହୋଇଉଠୁଥିବା ହସକୁ ଚାପିରଖି ନିର୍ମଳ ଆକ୍ଷେପ କରିଚି-ଅଠର ବର୍ଷର ଗ୍ରାମ୍ୟ ଅତୀତକୁ ଚାରିବର୍ଷର ଏ ସହରୀ ବର୍ତ୍ତମାନ କିପରି ଆତ୍ମସାତ୍ କରିଯାଇଛି, ମଫସଲରେ କିଛି ଦିନ ନ ରହିଲେ ତମେ ମୋତେ

କଳ୍ପନା କରିପାରିବ ନାହିଁ ନିରୁ। ଆଦର୍ଶ ଦୃଷ୍ଟିରୁ ମଫସଲ ଭଲ, ବାସ୍ତବତା ଦିଗରୁ କିନ୍ତୁ ଏଇ ସହର।

ଅପମାନର ଆଘାତ ଲାଗିଥିଲା ସେଦିନ ନିରୁପମାର ମନର କୋଣ ଅନୁକୋଣରେ। ନିର୍ମଳ ଯେ ତା' କଥାକୁ ବିଶ୍ୱାସ କରୁନି, ତା'ର ସହନଶୀଳତାକୁ ଶୂନ୍ୟ ଆଦର୍ଶବାଦ ବୋଲି ଉପହାସ କରୁଛି, ସେକଥା ଜାଣିଲା ପରେ ସେ ମନେ ମନେ ସଂକଳ୍ପ କରିଥିଲା, ନିଜ ଆଦର୍ଶରେ ସେ ଅଟଳ ରହିବ। ବାସ୍ତବତା ନାମରେ ସେ ବାଟ ଭୁଲିବ ନାହିଁ।

ନିର୍ମଳ ହାତ ଧରି ଯେଉଁ ଦିନ ସେ ସହର ଛାଡ଼ି ଏ ମଫସଲକୁ ଆସିବା ପାଇଁ ଜିପ୍‌ରେ ଉଠିଥିଲା, ନିଜ ଆଦର୍ଶବାଦର ସଂକଳ୍ପ ମନରେ ତା'ର ସେଦିନ ସହସ୍ରଗୁଣିତ ହୋଇ ରୂପ ପରିଗ୍ରହ କରିଥିଲା।

କିନ୍ତୁ ଗୃହରେ ପ୍ରବେଶ କରିବା ଆଗରୁ ମୁଣ୍ଡରେ ତା'ର ଚାଳ ବାଜିଲା।

ପଣ୍ଡା ଘରର ଝିଅ ବୋଲି ଗୃହରେ ପ୍ରବେଶ କରି ସୁଦ୍ଧା ପାଇଲା ନାହିଁ ସେ ଗୃହିଣୀର ଅଧିକାର। ସେ ଆଜି କେବଳ ନିର୍ମଳର ସ୍ତ୍ରୀ, କିନ୍ତୁ ଆଚାର୍ଯ୍ୟ ପରିବାରର ବଧୂ ନୁହେଁ।

ଆକାଶ ପାତାଳ ଅନେକ ଭାବିଛି ନିରୁପମା। ବିବାହ କରିବାକୁ ଜିଦ୍ କରି ନିର୍ମଳକୁ ସେ ଭୁଲ୍ ବାଟରେ ନେଇଛି ବୋଲି ଅନୁତାପ କରିଛି। ପଛକୁ ଫେରିବାର ବାଟ ଖୋଜି ପାଇ ନାହିଁ। ବଞ୍ଚିରହିବା ନାରୀ ଜୀବନରେ ଝଅକମାରି। ସଂସାର କରି ବଞ୍ଚିରହିବାର ନୂଆ ବାଟ ଖୋଜି ବାହାର କରିବା ଛଡ଼ା ତା'ର ଅନ୍ୟ ଉପାୟନାହିଁ।

ଆଉ ନିରୁପମା ଜାଣେ, ତା'ର ବଞ୍ଚିରହିବାର ବାଟ ସବୁବେଳେ ବଙ୍କା, ଜୀବନପଥ ତା'ର ସାପେଇ ସାପେଇ କେତେ କଣ୍ଟା ଝଣ୍ଟା ମାଡ଼ି ଆଗେଇବ। ସହିବାପାଇଁ ମନରେ ଶକ୍ତି ଦରକାର। ବୋଝ ବୋହିବା ପାଇଁ ମନରେ ଦମ୍ଭ ଦରକାର। ଯେ ଦୁଃଖକଷ୍ଟ ସହିପାରେ, ଯେ ସଂସାରର ବୋଝ ବୋହିପାରେ, ସେ ହିଁ ତ କେବଳ ବୋହୂ!

ଶାଶୂ ସେ କାଳର ଲୋକ। ଝଡ଼ି ବଢ଼ି ସହିସହି ବୁଢ଼ୀ ହେଲେଣି। ତାଙ୍କୁ ଏ କାଳର ନୂଆ ଶ୍ଳୋକ ଶିଖାଇଲେ ସେ ଶିଖିବେ ନାହିଁ। ଶିଖାଇବା ମଧ୍ୟ ବାହାରକୁ ସୁନ୍ଦର ଦିଶିବ ନାହିଁ। ତାଙ୍କୁ ଅଣହେଳା ମଧ୍ୟ କରିଯିବା ଉଚିତ ନୁହେଁ। ବୟସର ଭାରରେ ଅଣ୍ଟା ନଇଁ ପଡ଼ିଥିଲେ ବି ଘରର ଦାଣ୍ଡ କବାଟ ହୋଇ ସେ ଜଗି ବସିଛନ୍ତି। କାହାପାଇଁ? ଗଲାବେଳେ ସାଙ୍ଗରେ ତ ଆଉ ସେ ଧନସମ୍ପଦ ବୋହି ନେବେ ନାହିଁ! ମହୁମାଛି ଭଳି ସବୁ ସଞ୍ଚିଛନ୍ତି ଆମରି ପାଇଁ। ସେଇ ସଞ୍ଚିବାର ବଡ଼େଇ ତାଙ୍କର ଭାଗିଁ ଲାଭ କଅଣ?

ନିରୁପମା ଭାବେ, ଆଜି ସେ ବୋହୂ ହୋଇଛି। କାଲି ଛୁଆପିଲା କୋଳକୁ ଆସିଲେ ସେ ପୁଣି ହେବ ବୋଉ। କିଛିଦିନପରେ ଶାଶୂଙ୍କ ଭଳି ମୁଣ୍ଡବାଳ ବି ତାର ଝୋଟ ହେବ। ସେ ହେବ ଆଈ। ସଂସାରରେ ଏକଥା ସବୁଦିନ ଲାଗି ରହିଛି। ଚକ ଘୂରୁଚି ବି ତା' ସାଙ୍ଗରେ ଅଖ। ସେଇ ଘୂରନ୍ତ ଚକର ଗତିକୁ କେହି ହାତ ଦେଇ ରୋକିପାରିବ ନାଇଁ।

ନିରୁପମାର କଥା ଶୁଣି ମୁହଁ ବୁଲାଏ ନିର୍ମଳ।

କହେ, ଆଜିଠୁ ଆଈ ହେବା କଥା ଭାବିଲଣି। ତମେ ବୋଉକୁ ଅଣହେଳା କଲେ ତମ ବୋହୂ କାଲେ ତମକୁ ଅବହେଳା କରିବ, ସେଥିପାଇଁ ଆଜିଠୁଁ ହାତେ ମାପି ଚାଖଣ୍ଡେ ଚାଲିବା ଅଭ୍ୟାସ କଲଣି! ଧନ୍ୟ-ଧନ୍ୟ ତମେ ନାରୀ!

ନିରୁପମା ମୁହଁରେ ହସ ଚହଟାଏ।

କହେ-ତମେ ପୁରୁଷ। ତମର ଆଗପଛ ନାହିଁ। ବାହାରେ ତମ ଜୀବନର କର୍ମକ୍ଷେତ୍ର। ଘର ଭିତର କଥାରେ ମୁଣ୍ଡ ପୂରାଅ ନାଇଁ। ଘର ଘରଣୀର କାମ। ତମେ ତ ଦୂର ପ୍ରବାସୀ ପାନ୍ଥ! ଦିନ କେତୋଟି ବର୍ଷକେ ଛୁଟି ମିଳିଲେ ଆସି ଅତିଥି ହେବ ଏ ଘରେ! ଛୁଟି ପୂରିଲେ ପୁଣି ଉଡ଼ିଯିବ ଦୂର ବିଦେଶକୁ। ତମର ଏତେ ଚିନ୍ତା କାହିଁକି?

ନିରୁପମା କଥା ଶୁଣି ଶାନ୍ତ ପିଲାଟି ଭଳି ମୁଣ୍ଡ ତଳକୁ ପୋତେ ନିର୍ମଳ।

କହେ, ତମେ ବୋଉର ସେବା କରିବ- ଏକଥା କଅଣ ମୁଁ ପୁଅ ହୋଇ ଚାହେଁନା! ଚାହେଁ-କିନ୍ତୁ ବୋଉ ଯଦି ଅନ୍ୟାୟ କରେ, ଅଯଥାରେ ତମକୁ ଅପମାନିତ କରେ, ତମେ ତାକୁ ମୁଣ୍ଡପୋତି ସହିଯିବା ଉଚିତ ନୁହେଁ।

ନିର୍ମଳର କଥା ଶୁଣି ମନେ ମନେ ହସେ ନିରୁପମା!

କହେ, ମାଆ କେବେ ଅପମାନିତ କରିପାରନ୍ତି ନାହିଁ। ତାଙ୍କର କୌଣସି କାମ ଅନ୍ୟାୟ ନୁହେଁ। ସେ ସର୍ବଂସହା ଧରିତ୍ରୀ। ତାଙ୍କୁ ଦୋଷ ଦେବାକୁ ଇଚ୍ଛା ଲାଗୁନି?

ସତରେ ଲଜ୍ଜାରେ ନିର୍ମଳର ମୁହଁ ଆରକ୍ତ ହୋଇଉଠେ।

ସେ ମନେ ମନେ ଭାବେ, ବୋଉ ଏଭଳି ବୋହୂକୁ ଘୃଣା କରୁଛି, ହତାଦର କରିପାରୁଛି! ଛି... ଛି...!

ତା' କଣ୍ଠରୁ ଆଉ କଥା ବାହାରେ ନାହିଁ।

ଆପେ ଆପେ ସେ ମୌନ ହୋଇଯାଏ।

ବାହାଘର ସରିଲେ ବେଦିମୁହଁ ପୋଡ଼ିଯାଏ।

କିନ୍ତୁ ନିର୍ମଳ ବାହାଘରକୁ ବେଦି ବନ୍ଧା ହୋଇନଥିଲା। ବୈଦିକ ଶ୍ଳୋକ ପଢ଼ାଯାଇ

ନଥିଲା। ଶଙ୍ଖ, ହୁଳହୁଳିର ଧ୍ୱନି ଶୁଭି ନଥିଲା। ତାକୁ ବାଡ଼ୁଅପାଣିରେ ଗାଧୋଇ ଦେବାକୁ ସାଇର ସାତ ସଧବା ବୋହୂ ଆସିନଥିଲେ। ଦିଅଁ ମଙ୍ଗୁଳିବାକୁ କେଉଁ ଅନୁଢ଼ା ତରୁଣୀ କାଖରେ କଳସୀ ଧରି ବାଜା ବଜାଇ ଶୋଭାଯାତ୍ରା କରି ଯାଇନଥିଲା।

ବାହାଘରର ସରାଗ ତେଣୁ ମଉଳିଯାଇଥିଲା ଗୃହପ୍ରବେଶ ଆଗରୁ।

ସେଥିପାଇଁ ଛଟପଟ ହେଉଥିଲା ନିର୍ମଳର ମନ। ଭାବୁଥିଲା, ଯେଉଁ ଘରେ ଆଦର ନାହିଁ, ଆନ୍ତରିକତା ନାହିଁ, ସେ ଘରକୁ ଆପଣାର ବୋଲି ଦାବିକରି ସେଠାରେ ମୁହଁମାଡ଼ି ପଡ଼ିରହିବାର କିଛି କାରଣ ନାହିଁ। ଡେପୁଟି କଲେକ୍ଟର ଚାକିରି ପାଇଛି ସେ। ପେଟ ପୋଷିବାକୁ, ନୂଆ ଜାଗାରେ ବସା ବାନ୍ଧିବାକୁ ତାକୁ କଷ୍ଟ ଲାଗିବ ନାହିଁ। ନିରୁପମାକୁ ସାଙ୍ଗରେ ନେଇ ସେ ଦୂର ପ୍ରବାସକୁ ଉଡ଼ିଯିବ। ଠିକ୍ ଗୋଟିଏ ମୁକ୍ତ ବିହଙ୍ଗ ଭଳି, ସ୍ୱାଧୀନ ମଣିଷଟି ପରି।

ଏହି କଥା ନିରୁପମାକୁ କହିବ ବୋଲି ଅନେକ ସମୟରୁ ଭାବୁଛି ନିର୍ମଳ। କିନ୍ତୁ କହିବାର ସୁବିଧା ପାଉନାହିଁ। ଦିନବେଳେ ମୁହୂର୍ତ୍ତେ ସୁଦ୍ଧା ଦେଖା ହେଉ ନାହିଁ ନିରୁପମା ସହିତ। ବୋହୂ ସାଜି, ମୁଣ୍ଡରେ ଓଢ଼ଣା ଟାଣି ସବୁବେଳେ ସେ ରୋଷେଇ ଘରେ, ବୋଉର ଶୋଇବା ଘରେ।

ଦିନବେଳେ କିଛି ସମୟ ତା' ନିକଟରେ ରହିବାକୁ ଗତ ରାତିରେ ନିରୁପମା ପାଖରେ ଦାବି କରିଥିଲା ନିର୍ମଳ। ଯୁକ୍ତି କରିଥିଲା, ଘରଟାରେ ଏକୁଟିଆ ଶୋଇଶୋଇ ଭଲ ଲାଗୁନି। ତମେ ଥିଲେ କେତେ ଗପ କରାଯାଆନ୍ତା। ଛୁଟି ଆଉ ଦିନ କେତେଟା। ଘରକୁ ଆସିଲାପରେ ତମ ସହିତ ମନଖୋଲି ଟିକିଏ କଥାବାର୍ତ୍ତା ବି କରିହେଲା ନାହିଁ।

କକ୍ଷର ଛାୟାଅନ୍ଧାର ମଧ୍ୟରେ ଚେନାଏ ହସର ଆଲୋକ ଝଲସାଇ ନିରୁପମା ତା' ପାଖକୁ ଘନିଷ୍ଠ ହୋଇ ଆସି କହିଥିଲା, ବୋହୂ ହେଲା ଘରର ମଧୁଚନ୍ଦ୍ରିକା। ନିଜର ଆଲୁଅରେ ସେ ଘରର ସବୁ କୋଣ ଅନୁକୋଣ ଉଜ୍ଜ୍ୱଳ କରିବ। ଖାଲି ତମରି ପାଖରେ ବସିରହିଲେ ଲୋକେ ହସିବେ। କହିବେ, କଟକର ନଈକୂଳେ, ସିନେମାଘରେ ଗପ କରି ଶେଷ ହେଲା ନାହିଁ ଯେ, ଅଲାଜୁକୀଙ୍କ ଭଳି ଦିନବେଳେ...। ଆଉ ଚନ୍ଦ୍ର କଅଣ ଦିନରେ ଉଏଁ? ତମ ମନ ଆକାଶରେ ସେ ଉଇଁବ କେବଳ ରାତି ନିର୍ଜନ ହେଲେ... ଘରର ଚାରିଆଡ଼େ ଶୂନଶାନ୍ ହେଲେ...।

ନିରୁପମା ମୁହଁକୁ ଚାହିଁ ନିର୍ମଳ ଭ୍ରୂକୁଟିରେ ବିରକ୍ତିର କୁଞ୍ଚନ ଦେଖାଯାଇଥିଲା।

ସେ କହିଥିଲା, ତୁମେ ଯଦି ଚନ୍ଦ୍ର ହୁଅ ଆଉ ମୁଁ ଯଦି ହୁଏ ସୂର୍ଯ୍ୟ- ତେବେ ଆମ ଦୁହିଁଙ୍କର କେବେହେଲେ ଦେଖା ହେବ ନାହିଁ। ତମେ କଅଣ ସତରେ ଏଇଆ ଚାହଁ?

ନିରୁପମା ତା'ପରେ ନିର୍ମଳର ଦେହରେ ଘନିଷ୍ଠରୁ ଘନିଷ୍ଠତର ହୋଇଗଲା।

ନିଜ ମୁହଁକୁ ଚାପି ଧରିଥିଲା ନିର୍ମଳର ଲୋମଶ ଛାତି ଉପରେ। ତା'ପରେ କ୍ଷୀଣ ଆହତ କଣ୍ଠରେ ଉତ୍ତର ଦେଇଥିଲା, ମୁଁ କଅଣ ଚାହେଁ-ତା' ଯଦି ମୋ ମନର ପାଣ୍ଡୁଲିପିରୁ ତୁମେ ପଢ଼ିପାରିଲ ନାହିଁ, ତାହାହେଲେ ଚିତ୍କାର କରି ମୁଁ ବୁଝାଇ ପାରିବି ନାହିଁ। ବୁଝାଇ ବି କିଛି ଲାଭ ନାହିଁ।

ନିରୁପମାର ଉତ୍ତର ଶୁଣି ନିର୍ମଳ ସ୍ତମ୍ଭିତ ହୋଇଯାଇଥିଲା।

ପ୍ରଥମ ଥର ସେ ବୁଝିଥିଲା ନିରୁପମାଠାରୁ ତା' ମନ ମଧ୍ୟରେ କେଉଁଠି କିଛି ଫାଙ୍କ ସୃଷ୍ଟି ହୋଇଛି। ଗୋଟିଏ ଝିଅକୁ କେବଳ ବିବାହ କରିଦେଲେ ସେ ନିଜର ହୋଇଯାଏ ନାହିଁ। ଦେହ ଏକାକାର ହେଲେ ମନ ଏକ ହୁଏ ନାହିଁ। ପ୍ରତି ମୁହୂର୍ତ୍ତରେ ନାରୀର ମନକୁ ତିଳତିଳ କରି ଜୟ କରିବାକୁ ହୁଏ। ଏଥିପାଇଁ ପୁରୁଷକୁ ଅନେକ କଥା ଲାଞ୍ଛଦେବାକୁ ହୁଏ। ଅନେକ ନୀତି ସହିତ ସାଲିସ କରିବାକୁ ପଡ଼େ। ଏହାକୁ ହିଁ କୁହାଯାଏ ବ୍ୟକ୍ତିଗତ ସ୍ୱାର୍ଥତ୍ୟାଗ। ଏଇ ତ୍ୟାଗର ଭୂମି ଉପରେ ଗଢ଼ା ହୁଏ ପାରିବାରିକ ଜୀବନର ନୂତନ ସୌଧ।

ନାରୀର ଅନେକ ଇଚ୍ଛା ପାଖରେ ନିଜକୁ ଦାସ କଲେ ପୁରୁଷ ହୁଏ ସ୍ୱାମୀ।

ଯେଉଁ ପୁରୁଷ ନାରୀର ଇଚ୍ଛା, ଖିଆଲର ଦାସ ହୋଇପାରେ ନାହିଁ ସେ ଆଉ ଯାହାହେଉ ପଛେ କେବେ ସ୍ୱାମୀ ହୋଇପାରେ ନାହିଁ।

ନିର୍ମଳ ନିରୁପମାକୁ ପ୍ରେମ କରୁଥିଲା। ସେ ଥିଲା ତା'ର ପ୍ରେମିକ। ସେଥିରେ କିଛି ଦାୟିତ୍ୱ ନଥିଲା, ତ୍ୟାଗର ଭୂମିକା ଲୋଡ଼ା ନଥିଲା। କେବଳ କିଛି ପରିମାଣରେ ଭାବପ୍ରବଣତା, କିଞ୍ଚିତ୍ ମପାଚୁପା ଅଭିନୟକୁ ପୁଞ୍ଜି କରି ପ୍ରେମ କରିହୁଏ, ପ୍ରେମିକ ହୋଇ ହୁଏ।

କିନ୍ତୁ ସ୍ୱାମୀ ହେବାକୁ ହେଲେ... !

ସଚକିତ ହୋଇଥିଲା ନିର୍ମଳ ନିରୁପମାର କଥା ଶୁଣି।

ଝରକା ଫାଙ୍କରେ ବାହାରର ଆକାଶକୁ ଚାହିଁଥିଲା। ଭାବୁଥିଲା, ନିରୁପମାକୁ ସେ ନିଜର କରିପାରିଛି, କିନ୍ତୁ ତା' ମନର କଥା କେବେ ବୁଝିବାକୁ ଚେଷ୍ଟା କରିନାହିଁ। ସେ ଯାହା ଭାବୁଛି, ତା' ସ୍ତ୍ରୀ ଠିକ୍ ସେଇ କଥା ଭାବୁଥିବ ବୋଲି ତା'ର କିପରି ଏକ ଧାରଣା ହୋଇଯାଇଥିଲା। ଏବେ ସେ ବୁଝିଲା, ନିରୁପମା ମନର ଗୋପନ ପାଣ୍ଡୁଲିପି ପଢ଼ିବାପାଇଁ ତା'ର ବର୍ଣ୍ଣ ପରିଚୟ ସୁଦ୍ଧା ହୋଇନାହିଁ।

ନିରୁପମା ପଚାରିଲା, ରାଗିଲ କି ? କଅଣ ଏତେ ଭାବୁଛ ?

ନିର୍ମଳ ଉତ୍ତର ଦେଲା, ଭାବୁଛି ତମରି କଥା। ଆଗ ମତେ ମୁହୂର୍ତ୍ତେ ନ ଦେଖିଲେ ତମେ ଅସ୍ଥିର ହେଉଥିଲ, ଆଜି ତୁମକୁ ମୁଁ ପାଖରେ ପାଇବାକୁ ଚାହିଁଲେ ତୁମେ ଯୁକ୍ତି କରୁଛ।

ନିର୍ମଳ ଆଉ କ'ଣ କହିଥାଆନ୍ତା। ତା' ଆଗରୁ ତା' ପାଟିରେ ହାତପାପୁଲି ଚାପି ଧରିଲା ନିରୁପମା। କହିଲା, ସେସବୁ କଥା ମନରେ ଭାବ ନାହିଁ। ତମେ ଆଗରୁ ମୋ ପାଖରେ ଯାହା ଥିଲ, ଏବେ ତାଠୁଁ ବେଶୀ ବଡ଼ ହୋଇଯାଇଛ। ତମକୁ ମୁଁ କେତେ ଭଲପାଏ ସେ କଥା ଆଜି ପ୍ରମାଣ ଦେବା ଦରକାର ନାହିଁ। ଏ ସହର ନୁହେଁ... ମଫସଲ। ଲଜ୍ଜା ଏଠାରେ ନାରୀତ୍ୱ, ଗୋପନତା ଏଠାରେ ସାମାଜିକତା। ଦିନବେଳେ ତମ ପାଖକୁ ଆସିଲେ ଗାଆଁଯାକ ଫୁସ୍‌ଫାସ୍, ଟୁପ୍‌ଟାପ୍ ଚାଲିବ ଆମେ ଶିକ୍ଷିତ, ସଭ୍ୟ। ଗାଆଁ ଲୋକଙ୍କ କଥା କାନକୁ ନେବା ନାହିଁ। ଏହାକୁ ଏକ ସାମାଜିକ କୁସଂସ୍କାର ବୋଲି କହି ହସି ଉଡ଼େଇ ଦେବା। କିନ୍ତୁ ବୋଉ ? ଅପମାନରେ ସେ ବାହାରେ ମୁଣ୍ଡ ଟେକିପାରିବେ ତ ? ସମସ୍ତେ କହିବେ, ଆଚାର୍ଯ୍ୟଘରର ବୋହୂ ଲାଜ ସରମ ଶିଖି ନାହିଁ। ସାମାଜିକତା କଅଣ ଜାଣି ନାହିଁ। ହୁଏତ ଆମ ଆଗରେ ଏ କଥା କେହି କହିବେ ନାହିଁ, ଆମ କାନରେ ଏକଥା ପଡ଼ିବ ନାହିଁ। କିନ୍ତୁ ବୋଉଙ୍କ କାନରେ ଏ କଥା ଲୋକେ ବାଜା ବଜାଇ କହିବେ। ସେତେବେଳେ ତାଙ୍କ ମନ କଅଣ ହେବ କହିଲ ଦେଖି ! ନୂଆ ବୋହୂ ହୋଇ ଆସିଲେ ମନର କଥାକୁ ମନରେ ମାରି ବରଷେ ଛ'ମାସ ଏମିତି ଚଳିବାକୁ ହୁଏ। ତମେ ଏମିତି ଅବୁଝା ହେଲେ ଚଳିବ ?

ନିରୁପମାର କଥା ଶୁଣି ନିର୍ମଳ ଆଖିର ତନ୍ଦ୍ରା ତୁଟିଯାଇଥିଲା।

ବୋହୂ ହୋଇ ଆସିବାର ଦିନ କେଇଟା ନ ଯାଉଣୁ, ପାଦରୁ ଅଳତା ନ ଲିଭୁଣୁ ଏତେ କଥା ଶିଖିଗଲାଣି ସେ ? କେଉଁଠୁ ଶିଖିଲା ସେ ଏକଥା ?

ଅର୍ଥନୀତି, ଇତିହାସ-କେଉଁ ବହିର ପୃଷ୍ଠାରେ ଏ ନୀତିବାଣୀ ସବୁ ଲେଖା ହୋଇଥିଲା ?

ନିରୁପମାର ଦୂରଦୃଷ୍ଟି, ସତର୍କ ଭାବକୁ ଲକ୍ଷ୍ୟ କରି ମନେମନେ ଉଲ୍ଲସିତ ହୋଇଥିଲା ନିର୍ମଳ। ମନେ ମନେ ଭାବିଥିଲା, ପୁରୁଷଠାରୁ ନାରୀ ଅନେକ ବୁଦ୍ଧିମତୀ। କେହି ନ କହିଲେ ବି ଅନେକ କଥା ସେ ସହଜରେ ବୁଝିଯାଇପାରେ।

ଆଉ ନିରୁପମା... !

ନିରୁପମା ଆକ୍ଷରିକ ଅର୍ଥରେ ଜଣେ ଗୃହବଧୂ ହେବାକୁ ଚାହେଁ। କେବଳ ସ୍ତ୍ରୀ ହୋଇ ସେ ସନ୍ତୁଷ୍ଟ ନୁହେଁ। ବୃକ୍ଷରେ ଲତା ହୋଇ ଲଟେଇବା ଆଗରୁ ସେ ଜାଣିବାକୁ ଚାହେଁ ମାଟିର କେତେ ଗଭୀରକୁ ଯାଇଛି ବୃକ୍ଷର ଚେର। ଯେଉଁ ଗଛର ଚେର ଦୁର୍ବଳ, ସେ ଗଛକୁ ଆଶ୍ରା କରି ଲଟେଇବାର କିଛି ଅର୍ଥ ନାହିଁ। ସେ ଗଛକୁ ଆଶ୍ରା କଲେ ସବୁବେଳେ ବିପଦ।

ସେଥିପାଇଁ ନାରୀ କେବଳ ନିଜ ସ୍ୱାମୀର ପ୍ରେମ, ପୌରୁଷ ଚାହେଁ ନାହିଁ ସେ ଚାହେଁ ନିଜ ପରିବାରର ଅକୁଣ୍ଠିତ ବିଶ୍ୱାସ, ସମସ୍ତ ସାମାଜିକ ମର୍ଯ୍ୟାଦା।

ନିରୁପମା କଥାର ଆଉ ପ୍ରତିବାଦ କରିପାରି ନଥିଲା ନିର୍ମଳ।

କିନ୍ତୁ ନିଜ ମନକୁ ମଧ୍ୟ ସେ ଭଲକରି ବୁଝାଇ ପାରିନଥିଲା। ସାମାଜିକ, ପାରିବାରିକ ମର୍ଯ୍ୟାଦା ନାମରେ କେତେକ ଅନ୍ଧ କୁସଂସ୍କାରକୁ ଆଖିବୁଜି ମାନିନେବା ପାଇଁ ମନ ତା'ର ପ୍ରସ୍ତୁତ ହେଉନଥିଲା। ଆଜି ସେ ଘରେ ଅଛି। କାଲି ଯିବ ସେ ପ୍ରବାସ। ନିରୁପମାକୁ ବାଦ୍‌ଦେଇ ସେ ଚଳିବ କେମିତି ?

ନିରୁପମା କିନ୍ତୁ ନିର୍ବିକାର !

ଦିନବେଳେ ସେ ନିର୍ମଳକୁ ଧରାଛୁଆଁ ଦିଏ ନାହିଁ। କେତେବେଳେ କେମିତି ଧରା ପଡ଼ିଗଲେ ବି ନାନା ଜରୁରୀ କାମର ଛଳନା କରି ଛୁଟି ପଳାଏ ଶାଶୂଙ୍କ ପାଖକୁ। ଜବରଦସ୍ତି କାନି ଧରି ଟାଣିଲେ ହାତ ଯୋଡ଼ି ମିନତି କରେ।

ଆଉ ତା' ପାଖକୁ ଆପେ ଆପେ ସେ ଆସେ ନିଶୀଥ ନିର୍ଜନ ହେଲେ, ଘରେ ସମସ୍ତେ ଶୋଇସାରିଲେ, ପାଦ ଚିପି ଚିପି, ସତର୍କରେ...

ଭିତରକୁ ଆସି ଚାପା ଗଳାରେ ପ୍ରଶ୍ନ କରେ, କଅଣ ଶୋଇଲଣି ? ଜାଣେ ପରା ମିଛରେ ଛଟା ଗାଳି ଶୁଆ ହୋଇଛି...

ଆଉ ନିର୍ମଳ ସତରେ ଯଦି ଶୋଇବାର ଛଳନା କରେ, ତେବେ ନିରୁପମାର ଚିମୁଟା ଖାଇ ପିଠି ତା'ର ଛଟପଟ ହୋଇଯାଏ। ଯଦି ସେ ଚିତ୍କାର କରିଉଠେ, ପାଟିରେ ହାତଦେଇ ତାକୁ ଚୁପ କରିଦିଏ ନିରୁପମା। ଅନୁନୟ କରି କହେ, ସୁନାଟିପରା, ପାଟିକରନା। ବୋଉ ଶୁଣିବେ। କଅଣ ଭାବିବେ ? ତମ ଗୋଡ଼ତଳେ ପଡୁଛି। ସତରେ କଅଣ ମୋ ଚିମୁଟା କାଟିଲା ?

ସତକୁ ସତ ତା' ପାଦ ପାଖରେ ସମୁଦ୍ରର ଢେଉଟି ଭଳି ଲୋଟିପଡ଼େ ନିରୁପମା।

ତାକୁ ଲକ୍ଷ୍ୟ କରି ମୁଗ୍ଧ ହୁଏ ନିର୍ମଳ।

ନିରୁପମାକୁ ଗତ ଦୁଇବର୍ଷ ଧରି ଅନେକ ଥର ଅନେକ ଭଂଗୀରେ ସେ ଦେଖିଛି। ପାଖରେ ବସି ସିନେମା ଦେଖିଲାବେଳେ, ନଈଧାରରେ ବସି ଗପ କଲାବେଳେ, କଲେଜ ଲାଇବ୍ରେରି ପୋର୍ଟିକୋ ପାଖରେ ଚୋରେଇ ଚୋରେଇ ଚାହିଁ ଅଳ୍ପ ହସି ଚାଲିଗଲା ବେଳେ। କିନ୍ତୁ ଆଜି ଏ ବିନୀତ ବଧୂ ବେଶରେ ନିରୁପମାର ମୁହଁରେ ଯେଉଁ ସ୍ନିଗ୍ଧ, ଶାନ୍ତ ସୁଷମା ସ୍ୱାଭାବିକ ଭାବରେ ଫୁଟି ଉଠୁଛି, ସେ ପ୍ରାକୃତିକ ସୌନ୍ଦର୍ଯ୍ୟ ତା' ଠାରେ କେବେହେଲେ ସେ ଦେଖି ନଥିଲା।

ରାତି ସଂକ୍ଷିପ୍ତ ମନେହୁଏ ନିର୍ମଳକୁ।

ଗୁଡ଼ାଏ ଅବ୍ୟକ୍ତ ବେଦନା ଏକତ୍ରିତ ହୋଇ ମନ ଭାରି ଭାରି ଜଣାପଡ଼େ।

ବିଗତ ରାତ୍ରିର ସେଇ ସଞ୍ଚିତ ସ୍ମୃତିକୁ ସ୍ମରଣ କରି ଦିନଯାକ ଆଜି ଛଟପଟ ହେଉଛି ନିର୍ମଳ। ଛୁଟି ଶେଷହୋଇ ଆସୁଛି। ଆଉ ଦିନ କେତେଟା ପରେ ତାକୁ ବିଦାୟ ନେବାକୁ ହେବ। ରିଲିଫ୍ ଚାଉଳ ବଣ୍ଟା, ସରକାରୀ ଋଣ ଆଦାୟ, ସେଟଲ୍‌ମେଣ୍ଟ ଜମିମାପ-ଅନେକ, ଅନେକ କାମର ତାଲିକା ତାକୁ ଅପେକ୍ଷା କରି ରହିଛି।

କିନ୍ତୁ ସେଇ କାମରେ କଅଣ ତା' ମନ ଭୁଲିବ ?

ଆହା ! ମଣିଷ ଯଦି ତା' ନିଜ ମନକୁ ଇଚ୍ଛାଧୀନ କରିପାରନ୍ତା !

ନିର୍ମଳକୁ ତା' ନିଜ ଭବିଷ୍ୟତ ଚିନ୍ତା କିପରି ଅସହ୍ୟ ମନେ ହେଲା। ମନେ ମନେ ସେ ସିଦ୍ଧାନ୍ତ କଲା, ଯାହା ଭାବୁ ପଛେ ତା' ସାଙ୍ଗରେ ଯିବାପାଇଁ ନିରୁପମାକୁ ସେ ଅନୁରୋଧ କରିବ। ତା'ନ ହେଲେ ଅଭିମାନ କରିବ।

ଅଭିମାନ !

ଶାଶୂ କେତେବେଳୁ ଶୋଇଗଲେଣି।

ପାଦତଳେ ବସି ଗୋଡ଼ ଚିପି ଦେଉଛି ନିରୁପମା। ଅଧଘଣ୍ଟାରୁ ବେଶୀ ହେଲାଣି। ଯାଆ ବୋଲି ନ କହିଲେ ଗୋଡ଼ ମୋଡ଼ା ଛାଡ଼ି କେବେ ଉଠେ ନାହଁ ସେ। କିନ୍ତୁ ଆଜି ଶାଶୂ ଶୋଇଗଲେଣି। ଆପେ ଆପେ ସେ ଉଠିଯିବ କେମିତି ? ବୁଢ଼ୀ ଲୋକ। ଦିନଯାକ ଖଟଣି। ଟିକିଏ ଶୁଶ୍ରୂଷା ପାଇଲେ ଆଖିକି ନିଦ ଘୋଟିଆସୁଛି। ଏଥିପାଇଁ ତାଙ୍କୁ ଦୋଷ ଦେଇହେବ ନାହିଁ। ଅଥଚ ଏମିତି କେତେ ସମୟ ଧରି ସେ ପାଦ ଚିପି ଦେଉଥିବ ?

ନିର୍ମଳ ତିନିଥର ବାହାରକୁ ଆସି ଗଳା ଖଙ୍କାରି ଗଲାଣି।

ନିରୁପମା ବୁଝୁଛି, ବାବୁଙ୍କ ଧୈର୍ଯ୍ୟର ବାଲିବନ୍ଧ ଭୁଶୁଡ଼ି ପଡ଼ିବାକୁ ଆରମ୍ଭ କଲାଣି। ଆଉ ଏକୁଟିଆ ଶୋଇବାକୁ ଆଖିକୁ ନିଦ ଆସୁନି। ଶଯ୍ୟା ବୋଧହୁଏ କଣ୍ଟକିତ ହେଉଛି।

ନିର୍ମଳର ଏ ସ୍ତୈଣ ଭାବ ଦେଖି ମୁହଁରେ ବିରକ୍ତ ହୁଏ ନିରୁପମା। କିନ୍ତୁ ମନେମନେ ଖୁସି ହୁଏ। ନାରୀ ତ ଏତିକି କେବଳ ଚାହେଁ ! ତା' ବିନା ସ୍ୱାମୀ ତା'ର କ୍ଷଣେହେଲେ ଚଳିପାରୁ ନାହିଁ, ଏତିକି ବୁଝିଲେ ତା'ର ଆଉ କୌଣସି କଥା ବୁଝିବାକୁ ବାକି ରହେ ନାହିଁ।

ଯୁକ୍ତି ଦେଇ ମନର ପିପାସାକୁ ନିୟନ୍ତ୍ରଣ କରିହୁଏ। କିନ୍ତୁ ଦେହର କ୍ଷୁଧା... !

ପୁରୁଷର ମନ ଚିର ଅଶାନ୍ତ। ଶାସ୍ତ୍ରରେ ନାରୀ ଯେତେ ଦୁର୍ବଳ ବୋଲି କୁହାଯାଉ, ଏ ଦୃଷ୍ଟିରୁ ପୁରୁଷ ହିଁ ସବୁଠୁଁ ବଳି ଦୁର୍ବଳ ! ସାଂସାରିକ ଜୀବନରେ ପୁରୁଷର ଏଇ ଦୁର୍ବଳତା

ହିଁ ନାରୀର ସବୁଠାରୁ ବଡ଼ ଶକ୍ତି। ନାରୀ ତାର ବହୁ କଷ୍ଟ ସଂଞ୍ଚିତ ଶକ୍ତିକୁ ସହଜରେ ଅପବ୍ୟୟ କରିବାକୁ ଚାହେଁ ନାହିଁ। ଯେଉଁ ନିର୍ବୋଧ ନାରୀମାନେ ଏଇ ସରଳ ସୂତ୍ର ଜାଣନ୍ତି ନାହିଁ, ସାରା ଜୀବନ ସେମାନଙ୍କୁ ଶାଢ଼ି କାନିରେ ଲୁହ ପୋଛିବାକୁ ପଡ଼େ।

ଅବଶ୍ୟ ନିରୁପମା ନିର୍ମଳର ଏ ଦୁର୍ବଳତାକୁ ପୁଞ୍ଜିକରି ନିଜେ ସୁଖୀ ହେବାକୁ କେବେ ଚାହେଁ ନାହିଁ। କାରଣ ସେ ଜାଣେ, ଅନ୍ୟର ଦୁର୍ବଳତାର ଯେ ସୁବିଧା ନିଏ, ସେ ଅତି ଛୋଟ। ସେଥିରେ ସୁଖ ମିଳୁ କି ନମିଳୁ ଶାନ୍ତି ମିଳେ ନାହିଁ। ଆଉ ଏ ଦୁର୍ବଳତା ତ କାହାରି ସବୁଦିନ ପାଇଁ ରହେ ନାହିଁ। ଅଥଚ ନାରୀକୁ ନିଜ ସ୍ୱାମୀର ସଂସାର ନେଇ ସବୁଦିନ ଲାଗି ଘର କରିବାକୁ ପଡ଼େ।

ନିର୍ମଳର ଦୁର୍ବଳତା ଦେଖିଲେ ତା' ମନରେ ମାୟା ଜାଗେ। ହୃଦୟ ବିଗଳିତ ମହମ ଭଳି ତରଳିଯାଏ। ଅନେକ ସମୟରେ ସେଥିପାଇଁ ନିର୍ମଳ ଜବରଦସ୍ତ ଦାବି କରି ତା' ପ୍ରାପ୍ୟ ନେବାକୁ ଚେଷ୍ଟା କରିବା ଆଗରୁ ତାକୁ ତାହା ଯାଚି ଦେଇଦିଏ ନିରୁପମା।

ପୁରୁଷ ଯଦି କୌଣସି ଜିନିଷ ସହଜରେ ପାଇଯାଏ, ତେବେ ହଠାତ୍ ସେ ସିଂହ ଭଳି କେଶର ଫୁଲାଇ ଦାର୍ଶନିକ ହୋଇଉଠେ। ନାରୀକୁ ଉପଦେଶ ଦିଏ, ପରିହାସ କରେ।

ନିର୍ମଳ ତାକୁ ଥଟ୍ଟା କରେ। କହେ, ତମେ ଗୋଟିଏ ଶଙ୍ଖୀ ବିଲେଇ ନିରୁ! ଟିକିଏ ଆଦର, ସ୍ନେହ ପାଇଲେ ଦେହରେ ଆସି ଘସି ହୁଅ। ନାଇଁ? ଭାରି ସ୍ନେହକାଙ୍ଗାଳିନୀ!

କେବଳ ଆଖି ମିଟିମିଟି କରି ନିରୁପମା ନିର୍ମଳର ବିଜୟପ୍ରାପ୍ତ ଉଜ୍ଜ୍ୱଳ ଆଖି ଦୁଇଟିକୁ ଚାହିଁ ଅଳ୍ପ ଅଳ୍ପ ହସେ। କିଛି କହେ ନାହିଁ। ନିର୍ମଳର ଉଜ୍ଜ୍ୱଳ ଆଖି ଦୁଇଟିରେ ବିଚିତ୍ର ଏକ ଆକର୍ଷଣ ଶକ୍ତି ରହିଛି। ସେଇ ଆକର୍ଷଣରେ ତା' ଆଡ଼କୁ ଟାଣି ହୋଇଯାଏ ନିରୁପମା।

ଏଇ ତା'ର ସ୍ୱାମୀ, ତା'ର ସାହସ, ତାର ଶକ୍ତି।

ତାଙ୍କୁ ବାଦ୍ ଦେଲେ ତା'ର କିଛି ନାହିଁ। କେବଳ ଶୂନ୍ୟତା।

ଯିଏ ତା' ଜୀବନର ସର୍ବସ୍ୱ, ତାଙ୍କର ଦୁର୍ବଳତାକୁ ନେଇ ସେ ଖେଳିବ- ଏକଥା ଭାବିପାରେ ନାହିଁ ନିରୁପମା। ନିଜ ସୁଖ ନିର୍ମଳର ସ୍ୱାର୍ଥ ପାଖରେ ଛୋଟ ହୋଇଯାଏ ଆପେ ଆପେ। ନିର୍ମଳକୁ ସନ୍ତୁଷ୍ଟ କରିବା ପାଇଁ ସେ ସବୁବେଳେ ଚେଷ୍ଟା କରିଆସିଛି। କିନ୍ତୁ ପରିବାରର ସ୍ୱାର୍ଥ ଯେତେବେଳେ ସ୍ୱାମୀର ଇଚ୍ଛା ସହିତ ସଂଘର୍ଷର ସମ୍ମୁଖୀନ ହୋଇଛି, ସେତେବେଳେ ନିଃସହାୟା ହୋଇଯାଇଛି ନିରୁପମା।

ନିଜ ଅବୁଝା ସ୍ୱାମୀକୁ ବୁଝାଇବାକୁ ଚେଷ୍ଟା କରି ସୁଦ୍ଧା ପାରିନାହିଁ । ଜାଣି ଜାଣି ଦୁଃଖ ଦେଇଛି ସେ ନିର୍ମଳର ମନରେ ।

ଆଜି ଶାଶୂଙ୍କ ସେବା ସାରି ଯିବାରେ ବିଳମ୍ବ ହେବା ଦେଖି ସେଥିପାଇଁ ମନ ତା'ର ବିଷଣ୍ଣ ହୋଇଗଲା ।

ବିଜୁଳି ଝଲସି ଉଠିଲା ଆକାଶରେ । ଅନେକବେଳୁ ମେଘ ଜମି ରହିଥିଲା ।

ହଠାତ୍ ଗୋଟିଏ ଉପାୟ ନିରୁପମାର ଆଖିରେ ଦେଖାଗଲା ।

ଶାଶୂଙ୍କୁ ହଲାଇ ଦେଇ ସେ କହିଲା, ବୋଉ... ବର୍ଷା ଆସିଲାଣି । କୁଣ୍ଡା ବସ୍ତାଟା ଦୁଆରେ ଥୁଆ ହୋଇଛି । ଓଦା ହୋଇଯିବ....

ହେମାଙ୍ଗିନୀ ଅଳସ ଭାଙ୍ଗି ଆଖି ମେଲିଲେ ।

କିଏ ? ମା ! ଏତେବେଳଯାଏ ମୋଡ଼ି ଦେଉଛୁ ? ନିଦ ହୋଇ ଗଲା ଯେ... ହେମାଙ୍ଗିନୀ ଦୁଇହାତ ପାପୁଲିରେ ଆଖି ମଳିଲେ ।

ଲଜ୍ଜାରେ ଅପତଭ ହୋଇପଡ଼ିଲା ନିରୁପମା ।

କହିଲା, ନାଇଁ - ବୋଉ ! ଏ ବର୍ଷା ଆସୁଛି ଯେ - କୁଣ୍ଡା ବସ୍ତାଟା ପଦାରେ ଥୁଆ ହୋଇଚି । ଓଦା ହୋଇଯିବ.....

ହେମାଙ୍ଗିନୀ ଶାନ୍ତ କଣ୍ଠରେ କହିଲେ, ଯାଆ ମା ! ଚାକର ନିଧିଆକୁ କହିଦେବୁ - ପିଣ୍ଡା ଉପରେ ବସ୍ତାଟା ଥୋଇଦେବ । ଆଖି ମାଡ଼ିହୋଇ ପଡୁଛି । ମୁଁ ଉଠିପାରିବି ନାଇଁ ।

ମାଆ ସମ୍ବୋଧନ ଶୁଣି ନିରୁପମା ଛାତି ଭିତରଟା ଆବେଗରେ ଅସ୍ଥିର ହୋଇଉଠିଲା ।

ରାତିରେ ମୋଡ଼ି ଘଷିଦେଇ ସାରିଲା ପରେ ଶାଶୂଙ୍କଠାରୁ ଏଇ ସାନ୍ତ୍ୱନାର ସମ୍ବୋଧନଟି ଶୁଣେ ନିରୁପମା । ଦିନସାରା ତାଙ୍କ କଣ୍ଠରୁ କେବଳ ଗରଳ ଝରୁଥାଏ ।

ସେବାରେ ଏକ ସ୍ୱାଭାବିକ ପ୍ରଭାବ ଅଛି । ମଣିଷ ଯେତେ ବୁଢ଼ା କିମ୍ବା ବୁଢ଼ୀ ହୁଏ, ଏଇ ସେବା ଶୁଶ୍ରୂଷା ସେତେବେଳେ ତା' ଉପରେ ସେତେ ମନ୍ତ୍ର ଭଳି ପ୍ରଭାବ ବିସ୍ତାର କରେ । ଆଉ ପର ଘରର ଝିଅ ଅପରିଚିତ ପରିବାରକୁ ବୋହୂ ହୋଇ ଆସି ଏଇ ସେବାର ମନ୍ତ୍ରରେ ହିଁ ଅଜଣା, ଅଶୁଣା ଲୋକଙ୍କୁ ବଶ କରିପାରେ ।

ନିରୁପମା ଶାଶୂଙ୍କ ପାଦସେବା ଛାଡ଼ି ଉଠିଲା ।

ନିଧିଆକୁ କହି କୁଣ୍ଡା ବସ୍ତାଟା ଉଠାଇଦେଲା ପିଣ୍ଡା ଉପରକୁ । ନିଜେ ଯାଇ ବାହାରର ଦରଜା ଭିତରପଟ ବନ୍ଦ ଅଛି କି ନାହିଁ ପରଖ କରିଦେଇ ଆସିଲା । ତା'ପରେ ନିଜ ଘରର କବାଟ ବନ୍ଦକରି ଚାହିଁଲା କକ୍ଷ ଭିତରକୁ !

ଟେବୁଲ ଉପରେ ଲଣ୍ଠନ ଜାଳି କଅଣ ଗୋଟାଏ ବହି ପଢୁଛନ୍ତି ନିର୍ମଳ। ବହିର ମଲାଟ ଦେଖି ଅଳ୍ପ ହସିଲା ନିରୁପମା। କହିଲା, ବହିଟା ତ ଥରେ ପଢ଼ିଥିଲ- ପୁଣି କ'ଣ ମୁଖସ୍ଥ କରୁଛ ନା କ'ଣ ?

ନିର୍ମଳର ଗମ୍ଭୀର ମୁହଁରେ କିଛି ଚାଞ୍ଚଲ୍ୟ ଦେଖାଗଲା ନାହିଁ।

ବହିଟା ଟେବୁଲ ଉପରେ ମୁହଁ ମଡ଼ାଇ ପକାଇ ସେ କହିଲା, ନା, ନଭେଲ ବହି କେହି ମୁଖସ୍ଥ କରେ ନାହିଁ! ଏ ପୁଣି ଦୁଇ ଥର ପଢ଼ିଲା ଭଳି ବହି ବି ନୁହେଁ। କାଳେ ଆଖିକୁ ନିଦ ଆସିଯିବ, ସେଥିପାଇଁ ବହିର ପୃଷ୍ଠା ଓଲଟାଉଥିଲି।

ନିରୁପମା ଭ୍ରୂକୁଞ୍ଚିତ କଲା।

କହିଲା, ରାତି ତ ଅନେକ ହେଲାଣି - ନିଦ ଆସିବ ବୋଲି ଭୟ କରିବାର କଅଣ ଅଛି ? ବରଂ ରାତି ଅନିଦ୍ରା ହେଲେ ଦେହ ଖରାପ ହେବ...।

ନିର୍ମଳ ଉଠି ଠିଆହେଲା।

ନିରୁପମା ନିକଟବର୍ତ୍ତୀ ହୋଇ କହିଲା, ତମକୁ ଗୋଟିଏ କଥା କହିବି ବୋଲି ଜଗି ବସିଛି ନିରୁ! ମୋର ରାତ୍ରିଜାଗରଣ ପଛରେ କୌଣସି ଦୁର୍ବଳତା ନାହିଁ।

କଥା କଅଣ ଶୁଣିବ ବୋଲି ଉତ୍‌କର୍ଣ୍ଣ ହୋଇ ଠିଆହେଲା ନିରୁପମା।

ମୁଣ୍ଡ ତଳକୁ ପୋତି ନିର୍ମଳ କହିଲା, ଆଉ ଦୁଇ ଦିନ ପରେ ମୁଁ କଟକ ଯିବି।

ନିରୁପମାର ଛାତି ଭିତରଟା ହଠାତ୍ ଚାଉଁକିନି ହୋଇଗଲା।

ଆତଙ୍କିତ କଣ୍ଠରେ କାନ୍ଥରେ ଟଙ୍ଗା ହୋଇଥିବା କ୍ୟାଲେଣ୍ଡରକୁ ଲକ୍ଷ୍ୟ କରି ସେ କହିଲା, ତମର ଛୁଟିତ ଆହୁରି ସାତଦିନ ବାକି ଅଛି। ହଠାତ୍ ଯିବା କଥା କାହିଁକି ? କଅଣ ମୋ ଉପରେ ରାଗିଛ ?

ନା' କାମ ଅଛି। ବାରିପଦା ଚାକିରିରେ ଯୋଗଦେବାକୁ ଯିବା ଆଗରୁ କଟକରେ କେତେକ ଜରୁରୀ କାମ ଶେଷକରି ଯିବାକୁ ପଡ଼ିବ। ଭାବୁଛି, ତମକୁ ସାଙ୍ଗରେ ନେଇଯିବି।

କଥାଗୁଡ଼ାକ ନିର୍ଲିପ୍ତ ଭାବରେ କହିଗଲା ନିର୍ମଳ।

ମତେ ସାଙ୍ଗରେ ନେଇଯବ! - ସ୍ୱଗତୋକ୍ତି କରିଉଠିଲା ନିରୁପମା।

ତା'ପରେ ଢୋକ ଗିଳି କହିଲା, ବାହାଘର ଦିନ କେତେଟା ହୋଇନି। କାହୁଁ ଆସିଲା ଭଳି ଦିହେଁ ହାତ ଧରାଧରି ହୋଇ ଆସିଲେ ଏ ଘରକୁ। କେତେ ନିନ୍ଦା, କେତେ ଅପମାନ! ସେସବୁ ଆଜି ସୁଦ୍ଧା ଶେଷ ହୋଇନି। ହଠାତ୍ ପୁଣି ଭଡ଼ା ଚଢ଼େଇଙ୍କ ଭଳି ବସା ବାନ୍ଧିବା ଆଗରୁ ଉଡ଼ିଗଲେ ଲୋକେ କଅଣ କହିବେ ?

ନିର୍ମଳ ମୁହଁ ଉପରକୁ ଉଠାଇ ନିରୁପମାକୁ ଚାହିଁଲା।

କହିଲା, ମୁଁ ଚାଲିଯିବି - ଏ ନିନ୍ଦା, ଅପମାନ ସବୁ ସହି ତମେ ଏକାକିନୀ ରହିପାରିବ ତ ?

ନିରୁପମାର ମୁହଁରେ ସଲଜ୍ଜ ହସର ଢେଉ ଚହଲି ଉଠିଲା ।

ନିର୍ମଳର ହାତପାପୁଲିକୁ ନିଜ ହାତରେ ଚାପିଧରି ସେ କହିଲା, ମୁଁ ତ ଏ ଘରକୁ କୁଣିଆ ହୋଇ ଆସିନି- ବୋହୂ ହୋଇ ଆସିଛି । ଏ ଦିନ ଅଧିକର ତୀର୍ଥଭ୍ରମଣ ସ୍ଥାନ ନୁହେଁ, ସାରା ଜୀବନ ପାଇଁ ଏ ମୋର ଜୀବନତୀର୍ଥ । ନିନ୍ଦା, ଅପମାନକୁ ଡରି ମୁଁ ପଳାଇବି ?

ନିର୍ମଳ ଅନୁଭବ କଲା, ତା' ହାତପାପୁଲି ଭିତରେ ନିରୁପମାର ହାତଟା ଝାଳେଇଯାଇ ଆହତ କପୋତୀ ଭଳି ଥରି ଉଠୁନାହିଁ । ନିରୁପମାର ପାପୁଲିର ଉଷ୍ମତାରେ ଭରି ରହିଛି ଏକ ଅଟଳ ପ୍ରତିଜ୍ଞାର ଦୃଢ଼ତା ।

ଶାଶୂଘରକୁ ସେ ତୀର୍ଥ ଭ୍ରମଣରେ ଆସି ନାହିଁ, ଏ ତା'ର ସବୁ ଦିନର ଜୀବନତୀର୍ଥ ।

ଆଚାର୍ଯ୍ୟ ପରିବାରକୁ ପାଠୋଇ ବୋହୂ ଆସିଛି, ସେଥିପାଇଁ ସାରା ଗାଆଁରେ ଚହଳ ।

କେତେକଙ୍କ ଆଖିରେ ଆଶ୍ଚର୍ଯ୍ୟର ଚିହ୍ନ, ଆଉ କେତେକଙ୍କ ମୁହଁରେ କୌତୂହଳର ଦୀପ୍ତି । ଗାଆଁର କୁଳୀନ ଠାକୁର ଘରେ ଜୋତାମଡ଼ା, କଲେଜ ପଢ଼ା ବୋହୂ, ସେ ଘରେ କଅଣ ଆଉ ଧର୍ମ ଦେବତା ଆସନ ମାଡ଼ି ବସିଛନ୍ତି ?

ଗାଆଁରେ ଏଇ ପ୍ରଶ୍ନକୁ ନେଇ ଆଲୋଚନା, ଟିକାଟିପ୍ପଣୀ ।

ଗାଆଁ ପୋଖରୀହୁଡ଼ାର କଇଁଥ ଗଛ ଉପରେ ଯେତେବେଳେ ଅଳସ ଗୋଧୂଳିର ମଳିନ ସ୍ପର୍ଶ ଲାଗେ, ଗଉଡ଼ଘରର ବଡ଼ବୋହୂ ସୁନେଇ ଗୋବର ଗୋଟାଉ ଗୋଟାଉ ପ୍ରଶ୍ନକରେ, ହଇଲୋ ରମାବୋଉ ନାନୀ ! ନିମବୋଉ ମାଉସୀ ସେ କଲେଜ ପଢୁଆ ବୋହୂ ହାତରୁ ପାଣି ଛୁଉଁଚି ? କଲେଜରେ ପଢ଼ିଲାବେଳେ ପଠାଣ, କରିସ୍ତାନ- କେତେ ଜାତିର ଲୋକଙ୍କ ସାଙ୍ଗରେ ମିଶିଥିବ ! କେତେ ଛୋଟ ଜାତିର ଲୋକଙ୍କ ଦେହର ପବନ ତା' ଦେହରେ ବାଜିଥିବ ! ସେ ବାରମିଶା ଝିଅ ଆସି ଠାକୁରଘର ବଡ଼ବଡୁଆରେ ପାଣି ଢାଳିଲା ? ଏକଥା ନିମବୋଉ ମାଉସୀ ଦେହ ଧରି ସହିଲେ ?

ରମାବୋଉ ନାନୀ ଗାଈଟା ଫିଟାଇବା ପାଇଁ ପୋଖରୀହୁଡ଼ାକୁ ଆସିଥିଲା । ବିଧବା ମଣିଷ । ଘରେ କେହି ନାହିଁ । ଗାଈର ଦୁଧ ଘିଅ ହିଁ ତା'ର ଭରସା । ତା କ୍ଷୀର ବିକି ସେ ପେଟ ପୋଷେ । ସକାଳୁ ଗାଈଟାକୁ ହୁଡ଼ା ଉପରେ ସେ ବାନ୍ଧି ଦେଇଯାଏ । ସଞ୍ଜବେଳକୁ ଫିଟାଇନିଏ ଆସି ।

ଏଥିପାଇଁ ଆସିଥିଲା ସେ ଆଜି।

ହଠାତ୍ ଗଉଡ଼ଘରର ବଡ଼ବୋହୂଠାରୁ ପୁରୋହିତ ଘର ନୂଆବୋହୂ ବିଷୟରେ ଏ କଟୁମନ୍ତବ୍ୟ ଶୁଣି ସେ ଚାରିଆଡକୁ ଚାହିଁଲା। ତା' କଥା ଆଉ କିଏ ଶୁଣୁଛି କି ନାହିଁ ଜାଣିବା ପାଇଁ ସେ ଚାରିଆଡ଼େ ଆଖି ବୁଲେଇ ନେଲା। ନା-ହୁଡା ନିଛାଟିଆ। ଆଉ କେହି ନାହାନ୍ତି।

ଆଖି ମିଟି ମିଟି କରି ରମାବୋଉ ନାନୀ କହିଲା, ଯାହା କହ ଗଉଡ଼ଘର ବୋହୂ! ଠାକୁରଘର ବୋହୂଟି ଭାରି ଭଲ ମଣିଷ।

ସନେଇ ଏଭଳି ଏକ ଉତ୍ତର ଆଶା କରି ନଥିଲା। ପରଘରର ନିନ୍ଦା ଗାଇବାରେ ରମାବୋଉ ନାନୀର କେହି ସରି ସରିସା ନାହାନ୍ତି। ଉପରେ ପଡ଼ି କଳି କଲା ମଣିଷ ସେ। ହଠାତ୍ ଠାକୁର ଘର ପାଠୋଇ ବୋହୂର ପ୍ରଶଂସା ତା' ମୁହଁରୁ ଶୁଣି ସୁନେଇ ଛାତି କରତି ହୋଇଗଲା। ଗୋବର ନଣ୍ଡାକ ଟୋକେଇରେ ପୂରାଉ ପୂରାଉ ସେ କହିଲା, ସତ କି ନାନୀ। ଯାଇଥିଲ ତାଙ୍କ ଘରଆଡ଼େ? ମତେ ତ ମରିବାକୁ ସମୟ ନାହିଁ - ଯାଉଛି କୁଆଡ଼େ? ଯାହା ଶୁଣିବା କଥା...

ରାମବୋଉ ନାନୀ ଚାଲି ଚାଲି ଗଉଡ଼ଘର ବଡ଼ବୋହୂ ପାଖକୁ ଆସିଲା।

କହିଲା, ଜାଣିଲୁ ବୋହୂ! କାଲି ଯାଇଥିଲି ବାଆଁରେଇ ହୋଇ ଟିକିଏ ତାଙ୍କ ଘରଆଡ଼କୁ। କହିଲି, ବାହାଘର ଗାଆଁରେ ହୋଇଥିଲେ କେତେ ଖିଆପିଆ ହୋଇଥାଆନ୍ତି.... ଖିରିପୁରିରେ ଭାସିଥାଆନ୍ତୁ ଆମେ। ଆଉ ନାନୀ-ନିମ ତ ସେ କଥା କରାଇ ଦେଲା ନାଇଁ। ବାଦ ସାଧିଲା। ହେଲେ ନୂଆବୋହୂ ହାତ ପାନ ଖଣ୍ଡେ କଅଣ ମିଳିବ ନାଇଁ?

ଏତିକି କହି ରମାବୋଉ ନାନୀ ଅଣ୍ଟା ସିଧା କରି ଠିଆହେଲା।

ଗୋବର ଟୋକେଇକୁ ଛାଡ଼ି ପାଖକୁ ଆସି ସୁନେଇ କହିଲା, ତମ କଥା ଶୁଣି ନିମବୋଉ ମାଉସୀ କଅଣ କହିଲେ ନାନୀ! ସେ ତ ଅପର ଲୋକକୁ ଘର ଏରୁଣ୍ଡି ବନ୍ଧ ଡିଆଇଁ ଦିଅନ୍ତି ନାଇଁ...

ପିଚ୍‌କିନି କଳେ ପାନପିକ ପକାଇଦେଇ ତୁନିତୁନି ରମାବୋଉ ନାନୀ ଉତ୍ତର ଦେଲା, ନିମବୋଉର ସେ ଜମିଦାରିଆଣୀ ଆଣ୍ଠ ଭାଙ୍ଗିଗଲାଣି ମ ବୋହୂ! ମତେ ଦେଖି ଆଦର କରି ପାଖରେ ବସାଇଲା। କହିଲା, ସବୁ ଭାଗ୍ୟ। ଯାହା ହେବାର ଥିଲା ହେଲା। ସବୁ କଥାକୁ ଧରିବସିଲେ ଚଳେ ନାହଁ। ଯେତେ ହେଲେ ବୋହୂ ତ!

ନୁହେଁ ଆଉ କଅଣ? ବୋହୂକୁ ପଦେ କହିଲେ ପୁଅ ସାତ ହାତ ଦୂର ହୋଇଯିବ। ବେଳକାଳ ତ ସେଇଆ ହେଲା। ହଁ, ବୋହୂ କେମିତି କୁହ ମ ? ମାନ୍ୟ କଲାଟି- ସୁନେଇ ମୁହଁରେ ବୋହୂର କଥା।

କଲାଭଳି କଲା କି? ଆସି ପାଦଧୂଳି ନେଇ ମୁଣ୍ଡରେ ମାରିଲା। ହାତ ଧରି ଭିତର ଘରକୁ ଡାକିନେଲା। ପାନ ଭାଙ୍ଗି ବସିଲା। ଫାଳ ଗୁଆ କୁଢ଼ା ହୋଇଥାଏ। ବୋହୂ ଯେମିତି ଆରପଟକୁ ଅନେଇଛି, ଚାରି ଫାଳ ଗୁଆ ଆଣି ମୁଁ ଅଣ୍ଟାରେ ଖୋସିଦେଲି....

କଥାଟା ଅଧା ରଖି ଚମକିଉଠିଲା ରମାବୋଉ ନାନୀ।

କହୁ କହୁ ବଡ଼ ଅପ୍ରିୟ କଥାଟା କହି ପକାଇଛି ସେ। ଗଡ଼ି ଯାଇଥିବା ପାଣି, ବୁଡ଼ି ଯାଇଥିବା କଥା ଆଉ ଫେରି ଆସେ ନାଇଁ। ରମାବୋଉ ନାନୀ ନିଜ ନିର୍ବୋଧତା ପାଇଁ ନିଜ ଉପରେ ରାଗ କଲା। କହିଲା, କହୁ କହୁ ସତ କହିଦେଲି ଗଉଡ଼ଘରର ବୋହୂ! ମୋ ମୁଣ୍ଡ ଖାଉଟି! କାହାକୁ କହିବୁ ନାହିଁ... ଫାଳ ଗୁଆ ଦେଖି ଲୋଭ ସହିଲା ନାଇଁ। କଅଣ କରିବି?

ସୁନେଇ ଆଖିରେ ବାପା ହସର ଆଭା ଉକୁଟି ଉଠିଲା।

ସେ ରମାବୋଉ ନାନୀକୁ ଅଭୟଦେଇ କହିଲା- ଆଖିଛୁଉଁଛି ନାନୀ।

ହବ ଆଉ କଅଣ? ଗୁଆ ଚାରି ଫାଳ ଅଣ୍ଟାରେ ମାରି ମୋ ଦେହରେ ତ ଝାଳ କଣ୍ଟି ଆସୁଥାଏ। କେମିତି ପଳାଇ ଆସିବି- ବାଟ ଦିଶୁ ନଥାଏ। ହେଲେ ବୋହୂଟି ଭାରି ଭଲ। ଧୀର, ସ୍ଥିର। କଥାରୁ ମହୁ ଝରୁଥାଏ। ଅନେକ ବେଳ ଯାଏ ବସି ଗପିଲା। ଯେତେ ଆସିବି ବୋଲି ବାହାରିଲି ଛାଡ଼ିଲା ନାହିଁ। ଆସିଲାବେଳେ କହିଲା, ସବୁଦିନେ ଘଡ଼ିଏ ଆସୁଥିବ... ଆହା! କି ସୁଧାର ପଲାଟି।

ରମାବୋଉ ନାନୀର ଓଲେଇ ଗାଈଟା ପଘା ଛିଡ଼ାଇ ଡିଆଁ ମାରିଲା।

କଥା ଅଧାରଖି ରମାବୋଉ ନାନୀ ଦଉଡ଼ିଲା ତା'ପଛେ ପଛେ।

ସଞ୍ଜ ମାଡ଼ିଆସୁଛି।

ଦିନର ଆଲୁଅ ପୋଛି ହୋଇଗଲାଣି ଗଛ, ଲତା, କିଆରୀ, ପୋଖରୀ- ଚାରିଆଡୁ।

ଘର ଛାଡିବା ଦିନ ପାଖ ହୋଇଆସୁଛି।

ସରକାରୀ ଚାକିରି। ନୂଆ ନିଯୁକ୍ତି। ମୂଳରୁ ଜଗିରଖି ନ ଚଳିଲେ ପଛରେ ପସ୍ତେଇବାକୁ ପଡ଼ିବ।

ନିର୍ମଳ ନିଜ ମନକୁ ଦୃଢ଼ କରୁଛି। ଘରର ମମତାକୁ ତୁଟାଇବାକୁ ଚେଷ୍ଟା କରୁଛି।

ପାରୁ ନାହିଁ।

ନିରୁପମା ପ୍ରତି ନିଜ ମନର ଦୁର୍ବଳତା ପାଇଁ ନୁହେଁ, ପରିବାରର ପରିବେଶ ପାଇଁ।

ସେ ଗ୍ରାମ ଛାଡ଼ି ଚାଲିଗଲେ ତା'ର କିଛି ଅସୁବିଧା ହେବ, ଏକଥା କେବେ ମୁହଁ ଖୋଲି ସେ କହି ନାହିଁ। କିନ୍ତୁ ସେ କଥା ନିଜ ମନର ସମବେଦନା ହେଇ ବେଶ୍ ବୁଝିପାରୁଛି ନିର୍ମଳ।

ସବୁ ପାଠୋଇ ଝିଅ ପ୍ରଥମେ ମୁହଁ ଟାଣ କରନ୍ତି। ମଫସଲର ପାଣିକାଦୁଅ ଗଙ୍ଗାଜଳ, ଚନ୍ଦନ ବୋଲି ଭାଷଣ ଶୁଣାନ୍ତି। କିନ୍ତୁ ଅଙ୍ଗେ ନିଭେଇଲା ବେଳେ ନିଜ ଭାଗ୍ୟକୁ ଅଭିଶାପ ଦିଅନ୍ତି। ସହରର ବିଜୁଳି ଆଲୁଅ, ସିନେମା ଘରକୁ ଝୁରି ଝୁରି କଣ୍ଟା ହୁଅନ୍ତି। ଘରେ କନ୍ଦଳର ନୂଆ ଖିଅ ବାହାର କରନ୍ତି। ବାଟ ଖୋଜନ୍ତି ନାଲି ସଡ଼କରେ କାର୍ ଜିପ୍‌ରେ ଉଡ଼ିଯାଇ ପୁଣି ସହରରେ ବାବୁଆଣୀ ହେବାପାଇଁ।

ନିରୁପମା ମନରେ ସେମିତି କିଛି ଗୋପନ-କଥା ଛପି ରହି ନାହିଁ ତ।

ନିର୍ମଳ ଦେହ ଚାଉଁକିନି ହୋଇଗଲା।

ଚିତ୍ ହୋଇ ଶୋଇରହି କଥାଟାକୁ ଭଲ କରି ଭାବିଲା ସେ।

ନିଜର ସ୍ତ୍ରୀକୁ କେବେ ଅବିଶ୍ୱାସ କରି ନାହିଁ ନିର୍ମଳ।

ନିରୁପମାକୁ ସେ ଭଲକରି ଜାଣେ। ତା ମନରେ କଷ୍ଟ ହେଲାଭଳି କୌଣସି କାମ ସେ କରିବାକୁ ଚାହିଁବ ନାହିଁ। ବୋଉକୁ ଛାଡ଼ି ସହରକୁ ଯିବା କଥା କହିଲେ କାଳେ ସେ ମନ କଷ୍ଟ କରିବ, ସେଥିପାଇଁ ହୁଏତ ଭରସି କରି କିଛି କହୁ ନାହିଁ।

ଭାରି ଚାପା ସ୍ୱଭାବର ଝିଅ ନିରୁପମା।

କୌଣସି କଥା କେବେହେଲେ ମୁହଁ ଖୋଲି କହିବ ନାହିଁ। ହସେଇ ହସେଇ, ବୁଝେଇ ବୁଝେଇ, ବେଳେବେଳେ ଧମକ ଦେଇ, ବିରକ୍ତ କରି ତା'ଠୁଁ ତା' ମନ କଥା ଜାଣିବାକୁ ହୁଏ।

ନିର୍ମଳ ମନ ସ୍ଥିର କରିନେଲା, ଆଜି ସେ ଯେପରି ହେଉ ନିଜ ମନର ପ୍ରଶ୍ନର ଉତ୍ତର ଜାଣିନେବ।

ରାତିରେ ଶୋଇବାକୁ ଆସି ନିରୁପମା ଦେଖିଲା, ବିଛଣାରେ ଶୋଇ ଛଟପଟ ହେଉଛି ନିର୍ମଳ। ଆଖିରେ ଅନେକ ଅକୁହା କଥାର ନିଶା। ମୁଖମଣ୍ଡଳର କୁଞ୍ଚିତ ରେଖାରେ ଅଜସ୍ର ଅମୀମାଂସିତ ପ୍ରଶ୍ନର ଭିଡ଼। ଏଇ ତାର ସ୍ୱାମୀ, ଦେବତା, ସାରା ଜୀବନର ସ୍ଥାୟୀ ଅବଲମ୍ବନ।

ଭିତର ପଟୁ କବାଟ ଜଞ୍ଜିର ଦେଲା ନିରୁପମା।

ଅର୍ଦ୍ଧ ମୁକୁଳିତ ହସର ବଣମଲ୍ଲୀରେ ଓଠର ଅରଣ୍ୟକୁ ସେ କୁସୁମିତ କଲା।

ପଚାରିଲା, ନିଦ ହେଉନି ? ରାତି ଅନେକ ହେଲାଣି ଯେ..!

ନିଜ ସ୍ତ୍ରୀର ମୁହଁକୁ ଅଚିହ୍ନା ଅଚିହ୍ନା ଆଖିରେ ଚାହିଁ ଦେଖିଲା ନିର୍ମଳ। ସାରା

ଦିନର ହାଡ଼ଭଙ୍ଗା ଶ୍ରମ, ନିନ୍ଦା ଅପମାନର ଅଗ୍ନିଦାହ ମଧ୍ୟରେ ବି ମୁହଁର ଜ୍ୟୋତି ଅମଳିନ। ବରଂ ଶୁଦ୍ଧ ସୁବର୍ଣ୍ଣର ଏକ ଅପୂର୍ବ ଆଲୋକରେ ମୁହଁର ତ୍ୱକ୍ ସମୁଜ୍ଜ୍ୱଳ।

ଏଇ ଝିଅ ନିରୁପମା।

କଲେଜରେ ଶେଷ ପିରିୟଡ୍‌ର ପଢ଼ାସାରି ଫେରିଲାବେଳେ ମୁହଁ ଝାଉଁଳି ପଡ଼ିଥାଏ। ଆଖିର ଦୃଷ୍ଟି ଶୂନ୍ୟ ଉଦାସ ହୋଇ ଉଠିଥାଏ। ଦ୍ରୁତ ପାଦରେ ଚାଲିବାର ଶକ୍ତି ବି ସେ ହରାଇ ବସିଥାଏ।

ଅଥଚ ବୋହୂ ହୋଇ ଆସିଲା ପରେ ତା'ଠାରେ କି ଅପୂର୍ବ ଶକ୍ତି ! କି ପରିବର୍ତ୍ତନ।

ନିର୍ମଳର ମନେ ହେଲା, ନାରୀଠାରେ ଗଚ୍ଛିତ ଥାଏ ଏକ ଅଦୃଶ୍ୟ ଶକ୍ତି। ଜୀବନର ଦୁର୍ଦ୍ଦିନରେ ସେ ଏହି ଗଚ୍ଛିତ ଶକ୍ତିରୁ ସାହସ ସଂଗ୍ରହ କରି ସଂସାରର ଗୁରୁଭାର ବହନ କରେ।

କଅଣ ଏତେ ଚାହୁଁଛ ! ମତେ କଅଣ ନୂଆ କରି ଦେଖୁଛ।

ବରଂ ଆଇନାରେ ନିଜ ମୁହଁକୁ ଦେଖ। କେତେ ଝଡ଼ିଗଲଣି। ମୁହଁ ରକ୍ତଶୂନ୍ୟ ଦେଖାଯାଉଛି। ସବୁବେଳେ ଦୁର୍ଭାବନାରେ ବୁଡ଼ିରହୁଛ। ମୁଁ ବୋଧହୁଏ ଠିକ୍ ଭାବରେ ତମର ଯତ୍ନ ନେଇପାରୁ ନାହିଁ। ନାହିଁ ? ନିଜର ଯତ୍ନ ନିଜେ ନେଇ ପାରୁନଥିଲେ ବୋଲି ମୁଁ ଏତେ ତରତର ହୋଇ ଆସିଲି। ହେଲେ ତମର ଯତ୍ନ ନେଇପାରୁ ନାଇଁ। କଅଣ କରିବି ? ଘରେ ତମେ ଏକା ନୁହେଁ ତ ! ସମସ୍ତଙ୍କ କଥା ବୁଝିବାକୁ ହେଉଛି....। ନିରୁପମାର କଣ୍ଠ ଆତ୍ମଗ୍ଲାନିରେ ଭାରି ଭାରି ଜଣାପଡ଼ିଲା। ନିଜ ଅପରାଧରେ ନିଜେ ସେ ମ୍ରିୟମାଣ।

ତା' ହାତ ନିଜ ଛାତି ଉପରକୁ ଟାଣିନେଲା ନିର୍ମଳ।

ନିର୍ମଳର ପ୍ରଶସ୍ତ ଛାତି ଉପରେ ଝୁଙ୍କିପଡି ନିରୁପମା ତା'ର ଲୋମଶ ଛାତିରେ ଆଙ୍ଗୁଠିରେ ଗାର କାଟିଲା। ତା'ପରେ ଅସ୍ଥିର ଆବେଗରେ ହଁ ସ୍ୱାମୀଙ୍କ ଛାତିରେ ନିଜ ମୁହଁକୁ ଚାପିଧରିଲା।

ନିର୍ମଳ ପଚାରିଲା, କାଲି ମୁଁ କଟକ ଚାଲିଯିବି। ତମେ ଏ ଘରେ ଏକୁଟିଆ ରହିବ। ଦିନଯାକ ଖଟି ଖଟି ଆସି କ୍ଲାନ୍ତି ବିନୋଦନ ପାଇଁ କାହା ଛାତିରେ ଆଉ ମୁହଁ ମାଡ଼ିବ ?

ନିର୍ମଳ ଅନୁଭବ କଲା, ତା' କଥା ଶୁଣି ନିରୁପମାର ଦେହବଲ୍ଲରୀ ପ୍ରକମ୍ପିତ ହୋଇଉଠିଲା। ମୁହଁ ଉଠାଇ ଚାହିଁଲା ସେ ତା' ଆଡ଼କୁ।

ନିରୁପମାର ଆଖିପତା ଓଦା ହୋଇଉଠିଛି।

ଆଦ୍ୟ ଆଷାଢ଼ର ମୌସୁମୀ ସ୍ପର୍ଶ ଲାଗିଛି ମୃଣ୍ମୟ ପ୍ରତିମାର ସ୍ଥିର ଆଖିପତାରେ।

ନିର୍ମଳ ନିରୁପମାର ଚୂର୍ଣ୍ଣକୁନ୍ତଳ କେତୋଟିକୁ ସଜାଡ଼ି ଦେଉ ଦେଉ କହିଲା, ତମ କଥା ଭାବି ବେଦନାରେ ମୁଁ ଅସ୍ଥିର ହେଉଛି ନିରୁ। ତମେ ମୋ ଜୀବନରେ ଏକ ଅବିଭାଜ୍ୟ ଅଂଶ ହୋଇଉଠିଛ। ତମକୁ ଛାଡ଼ି ମୁଁ ସେ ନିର୍ଜନ କର୍ମଭୂମିରେ ଏକାକୀ ରହିବି କେମିତି ?

ନିରୁପମା ନିର୍ମଳ ମୁହଁକୁ ଅଶ୍ରୁ ସଜଳ ଆଖିରେ ଚାହିଁଲା।

ସେ ଜାଣେ, ନିର୍ମଳର ଗୃହତ୍ୟାଗର ଦିନ ଆସନ୍ନ ହୋଇଆସୁଛି। କାଲି ସେ ବିଦେଶକୁ ଯିବ। ଏଥିରେ କାହାରି ବ୍ୟକ୍ତିଗତ ଇଚ୍ଛା, ଅନିଚ୍ଛାର ପ୍ରଶ୍ନ କିଛି ନାଇଁ। ପୁରୁଷ ଜୀବନରେ ଗୃହତ୍ୟାଗ କିଛି ଆକସ୍ମିକ ଘଟଣା ନୁହେଁ। ସରକାରୀ ଚାକିରି କଲେ ଏ ବିଦେଶଯାତ୍ରା ଅବଶ୍ୟମ୍ଭାବୀ।

ସେଥିପାଇଁ ଅନେକ ଦିନୁ ନିଜ ମନକୁ ଦୃଢ଼ କରିନେଇଥିଲା ନିରୁପମା। ହସି ହସି ନିର୍ମଳକୁ ବିଦାୟ ଦେବ ବୋଲି ମନେମନେ ସ୍ଥିର କରି ନେଇଥିଲା। କୌଣସି ଦୁର୍ବଳତାକୁ ହୃଦୟରେ ସ୍ଥାନ ଦେବ ନାହିଁ ବୋଲି ଶପଥ କରିଥିଲା।

କିନ୍ତୁ ଯିବାଦିନ ନିକଟ ହୋଇଆସିବା ଜାଣି କେଜାଣି କାହିଁକି ଛାତି ଭିତରଟା ତା'ର ଏକ ଅଦ୍ଭୁତ ବେଦନାରେ ଥରିବାକୁ ଲାଗିଲା।

ନିଜର ସ୍ୱାମୀକୁ ସେ ଭଲକରି ଜାଣିଛି।

ଅଳ୍ପ ଦିନ କେତୋଟିର ନିବିଡ଼ ସାନ୍ନିଧ୍ୟ ପରେ ଭଲକରି ତାକୁ ବୁଝିଛି।

ବାହାରକୁ ଯେତେ ପୁରୁଷ ମନେହେଲେ ବି ଭିତରେ ଭିତରେ ସେ ଏକ ଛୋଟ ପିଲା। ବାଧ୍ୟକରି ଖାଇବାକୁ ନ କହିଲେ ସେ କେବେ ଖାଆନ୍ତି ନାହିଁ। ପାଖରେ ବସି ବଳେଇ ବଳେଇ ଖାଇବାକୁ ନ କହିଲେ ଭାତଥାଳି ଅଧା ହୁଏ ନାହିଁ। ବଜାର ଜିନିଷ ଖାଇବାରେ ପୁଣି ତାଙ୍କର ସମ୍ପୂର୍ଣ୍ଣ ଅରୁଚି।

ବିଦେଶ ଜାଗାରେ ଏକୁଟିଆ ସେ ସତେ ଚଳିବେ କେମିତି ?

କଥାକୁ ଯେତେ ଗଭୀର ଭାବରେ ଭାବୁଥିଲା, ଛାତି ଭିତରଟା ତାର ସେତେ ଅଧୀର ଆବେଗରେ ଅସ୍ଥିର ହୋଇ ଉଠୁଥିଲା।

ନୂଆ ଡେପୁଟି କଲେକ୍ଟର ଚାକିରି। ନାନା ପ୍ରକାର ହିନସ୍ତା। ଖାଇବା ପିଇବାର ଠିକଣା ରହିବ ନାହିଁ। ଦେହ ମୁଣ୍ଡର ଯତ୍ନନେବାକୁ ବି ପାଖରେ କେହି ଆପଣାର ଲୋକ ନଥିବେ। ପାଖରେ ଥାଇ ବି ସେ ଅନେକ ଝଡ଼ିଯାଇଛନ୍ତି। ଚାହିଁଲେ ଚାହିଁ ହେଉ ନାହିଁ। କାଲି ସେ ଚାଲିଯିବେ।

ନିରୁପମାର ଆଖିରୁ ଅଶ୍ରୁ ଉଦ୍‌ବେଳିତ ହୋଇଉଠିଲା।

ନିଜର ପ୍ରିୟତମା ପତ୍ନୀକୁ ବକ୍ଷସଂଲଗ୍ନ କରି ଆବେଗଆକୁଳିତ କଣ୍ଠରେ ନିର୍ମଳ କହିଲା, ତମର ଯେବେ ମନକଷ୍ଟ ହେଉଛି, ମୁଁ କେବେ ତୁମକୁ ଏଠାରେ ଏକାକିନୀ ଛାଡ଼ିଦେଇ ଯିବି ନାହିଁ। ମୁଁ ତମ ପାଖରେ ରହିବି ନିରୁ! ତମର ପଣତତଳେ ରହି ଜୀବନର ସବୁ ଦୁଃଖ ମୁଁ ଭୁଲିଯିବି।

ଆଉ ଏକ ଚମକର ସ୍ପର୍ଶ ଲାଗିଲା ନିରୁପମା ଦେହରେ।

ଏ କଅଣ କହୁଛି ନିର୍ମଳ?

ସେ କଅଣ ଏଇଆ ଚାହିଁଥିଲା?

ପ୍ରତି ନାରୀ ଚାହେଁ ନିଜର ସ୍ୱାମୀକୁ ପଣତକାନିରେ ବାନ୍ଧି ରଖିବ। କିନ୍ତୁ ସେ କେବେ କାମନା କରେ ନାହିଁ, ସ୍ୱାମୀ ବାନ୍ଧିହୋଇ କର୍ତ୍ତବ୍ୟର ଆହ୍ୱାନକୁ ଏଡ଼ି ତା'ର ପାଖରେ ରହିଥିବ। ନାରୀର ପଣତ ସୁଦୀର୍ଘ। ସେ କାନିର ଦୈର୍ଘ୍ୟ କଟକରୁ କଲିକତା ଯାଏ କିମ୍ବା ଭାରତବର୍ଷରୁ ଆମେରିକା ପର୍ଯ୍ୟନ୍ତ ମଧ୍ୟ ଲମ୍ବ ହୋଇପାରେ। ସେ କାନିର ଗଣ୍ଠି କେବଳ ସୂତାର ବନ୍ଧନ ନୁହେଁ, ମନର ବନ୍ଧନ, ଆତ୍ମାର ବନ୍ଧନ। ଯେତେ ଦୂର ବିଦେଶରେ ଥିଲେ ବି ଏଇ ମନ, ଆତ୍ମାର ବନ୍ଧନ ପାଖରେ ଆବଦ୍ଧ ହୋଇ ରହିଥାଏ ସ୍ୱାମୀର ମନ।

ନାରୀ ଚାହେଁ ପୁରୁଷ ତା'ର କର୍ତ୍ତବ୍ୟପାଳନରେ ବଜ୍ରଠୁଁ ବଳି କଠୋର ହେଉ। ସ୍ୱାମୀର କର୍ମକଠୋରତାରେ ହିଁ ନାରୀର ଗୌରବ, ଆନନ୍ଦ। ଯେଉଁ ପୁରୁଷ କର୍ମଭୀରୁ, ସେ ଦେଖିବାକୁ ଯେତେ ସୁନ୍ଦର, ଗୁଣରେ ଯେତେ ବିଖ୍ୟାତ ହେଇଥାଉ ପଛେ, ସେ ଆଉ ଯାହାହେଉନା କାହିଁକି, ନିରୁପମା ଭଳି ଏକ ନାରୀର କେବେ ସ୍ୱାମୀ ହୋଇପାରେ ନାହିଁ।

ଏଭଳି ଦୁର୍ବଳ ସାନ୍ତ୍ୱନା କଅଣ ନିରୁପମା ଆଶା କରିଥିଲା ନିର୍ମଳଠାରୁ!

ସେ କାମନା କରିଥିଲା, ତା' ଆଖିର ଲୁହ ଦେଖି ନିର୍ମଳ ଆଖିର ତାରକା ଦୁଇଟି ସମବେଦନାରେ ଉଜ୍ଜ୍ୱଳ ହୋଇଉଠିବା ସଙ୍ଗେ ସଙ୍ଗେ ମୁହଁର ରେଖାଗୁଡିକ କଠୋରତାରେ କୁଞ୍ଚିତ ହୋଇଉଠିବ। ତାକୁ ପାଖକୁ ଟାଣିନେଇ ସେ ସାନ୍ତ୍ୱନା ଦେବ- ନିଜ ମନକୁ ସୁଦୃଢ଼ କର ନିରୁ! ମତେ ହସି ହସି ବିଦାୟ ଦିଅ। ତମରି ମୁହଁରେ ହସ ଦେଖିଗଲେ ଦୂର ବିଦେଶରେ କାମ କରିବାପାଇଁ ମୋ ମନରେ ସିଂହର ବଳ ଆସିବ।

ସ୍ୱାମୀର ଏ ସାନ୍ତ୍ୱନା ବାଣୀ ଶୁଣିଥିଲେ ସେ ଆଖିରୁ ଲୁହ ପୋଛି ଦେଇଥାଆନ୍ତା, ନିଜ ଦୁର୍ବଳ ମନକୁ ସୁଦୃଢ଼ କରି ନେଇଥାଆନ୍ତା। କିନ୍ତୁ ତା' ବଦଳରେ ଏଡ଼େ ଭୀରୁ, ଦୁର୍ବଳ ଭଳି ଏ କଅଣ କହିଲେ ନିର୍ମଳ!

ବାହାରେ ରାତ୍ରିର ଅନ୍ଧକାର ସାନ୍ଦ୍ର ହୋଇଆସୁଥିଲା।

ରାତ୍ରିର ନିଶ୍ଚଳତାରେ ସ୍ପଷ୍ଟ ହୋଇଉଠୁଥିଲା ନିଶୀଥ ଟିଟ୍ଟିଭର ସ୍ୱର।

ନିର୍ମଳ ନିରୁପମାର ଗୋଟିଏ ହାତ ପାପୁଲିରେ ମୃଦୁ ଚାପ ଦେଇ କହିଲା, ମୁଁ ଗୋଟିଏ କଥା ଭାବୁଛି ନିରୁ !

ଆଲୋକ ଲିଭିଯାଇଥିଲା।

କକ୍ଷ ଅନ୍ଧକାର।

ସେ ଅନ୍ଧକାରରେ ନିଜ ସ୍ୱାମୀଙ୍କ ମୁହଁ ଭଲକରି ଦେଖିପାରୁ ନଥିଲା ନିରୁପମା। ତଥାପି ତାଙ୍କର କଣ୍ଠସ୍ୱରର ଗମ୍ଭୀରତାରୁ ସେ ଅନୁମାନ କରିପାରୁଥିଲା, ସେ ଯାହା କହିବାକୁ ଚାହୁଁଛନ୍ତି, ସେ କଥା କିଛି ଲଘୁ ପ୍ରଣୟର କାହାଣୀ ନୁହେଁ !

ସେ ନିମ୍ନସ୍ୱରରେ ଉତ୍ତର ଦେଲା - କୁହ।

ନିରୁପମାର ପାପୁଲିରେ ନିଜ ହାତର ଚାପକୁ ଆହୁରି ନିବିଡ଼ କରି ନିର୍ମଳ କହିଲା, ତମେ ଚାକିରି କରିବାପାଇଁ ମନ ସ୍ଥିର କରିନିଅ। ମୁଁ ବି କଟକ ଚାଲିଆସିବି। ତମେ ଏ ମଫସଲରେ ଚଳିପାରିବ ନାହିଁ। କଣ କହୁଛ ?

ନିର୍ମଳର କଥା ଶୁଣି ଏଥର ଆତଙ୍କିତ ହୋଇଉଠିଲା ନିରୁପମା।

ଏଇଆ ହିଁ ତାହାହେଲେ ନିର୍ମଳର ମନକଥା !

ସେ ଚାହେଁ, ସ୍ତ୍ରୀ ତା'ର ସରକାରୀ ଅଫିସରେ ନ ହେଲେ କୌଣସି ଶିକ୍ଷାୟତନରେ ଚାକରାଣୀ ହେବ ! କ୍ରୀତଦାସୀର ଜୀବନ।

ମୋ କଥା କଅଣ ମନକୁ ପାଇଲା ନାହିଁ ? - ନିର୍ମଳର କୁଣ୍ଠିତ କଣ୍ଠସ୍ୱର।

ଆଷାଢ଼ର ବର୍ଷଣ ଆକାଶଟି ଭଳି କାନ୍ଦଣାର ଉଚ୍ଛ୍ୱାସରେ ଉଦ୍‌ବେଳିତ ହୋଇଉଠିଲା ନିରୁପମା। ନିଜର ମୃଣାଳ-ମସୃଣ ବାହୁ ଦୁଇଟିରେ ନିର୍ମଳର ଗଳା ବେଷ୍ଟନ କରି ସେ ଫୁଲି ଫୁଲି କାନ୍ଦିବାକୁ ଲାଗିଲା।

ବିଚଳିତ, ବିବ୍ରତ ହୋଇପଡ଼ିଲା ନିର୍ମଳ।

ଉଦ୍‌ବିଗ୍ନ କଣ୍ଠରେ ସେ ପ୍ରଶ୍ନ କଲା, ତମର ଏ କଅଣ ହେଲା ନିରୁ। ତମେ ଏମିତି ପିଲାଙ୍କ ଭଳି କାନ୍ଦୁଛ ଯେ !

କୋହ ଉଚ୍ଛ୍ୱସିତ କ୍ରନ୍ଦନକାତର କରୁଣ କଣ୍ଠରେ ନିରୁପମା ଉତ୍ତର ଦେଲା, ଆଚାର୍ଯ୍ୟ ପରିବାରର ବଧୂ ମୁଁ। ସ୍ୱାମୀ, ଶାଶୂ ଓ ଅନ୍ୟ ସମ୍ପର୍କୀୟ ଲୋକଙ୍କୁ ନେଇ ମୋର ଏ ପରିବାର। ତୁମେ ମୋର ସ୍ୱାମୀ, ଦେବତା। ମୁଁ ତୁମର ପତ୍ନୀ; ସେବିକା। ଜୀବିକା ପାଇଁ, ସମ୍ଭୋଗ ପାଇଁ ଆଉ କୌଣସି ଅଫିସର କର୍ମକର୍ତ୍ତା କିମ୍ବା ବିଦ୍ୟାଳୟର କର୍ତ୍ତୃପକ୍ଷ ମୋର ପ୍ରଭୁ ହେବେ, ଏ କଥା ମୋ ପକ୍ଷରେ ଅସହ୍ୟ। ଆଜୀବନ ଏଇ ପରିବାରର ସେବାରେ ମୋର ଦିନ କଟୁ। ଏଇ ମୋର ସ୍ୱର୍ଗ, ଏଇ ମୋର ପବିତ୍ର ତୀର୍ଥ ଭୂମି। ତମେ ଏଠାରୁ ଛଡ଼ାଇ ନିଅ ନାହିଁ।

ଏ କଅଣ ନିରୁପମାର ପ୍ରକୃତ ମନକଥା ?

ଏ କଅଣ ସଦ୍ୟ କଲେଜ ଛାଡ଼ିଥିବା ଏକ ତରୁଣୀ କନ୍ୟାର ଆତ୍ମାର ବାଣୀ !

ନିରୁପମାକୁ ହଲାଇ ଦେଇ ନିର୍ମଳ କହିଲା, କଅଣ କହିଲ, ଆଉ ଥରେ କୁହ। ମୁଁ ନିଜ କାନରେ ତମର ଏକଥା ଆଉ ଥରେ ଶୁଣେ। ଶୁଣି ବି ମୁଁ ତମ କଥା ଭଲକରି ଶୁଣି ନାହିଁ। ବୁଝି ମଧ୍ୟ ତମ କଥା କିଛି ହେଲେ ମୁଁ ବୁଝିନାଇଁ। ଆଜି ତମର କୌଣସି କଥା ବୁଝିବା ପାଇଁ ମୋର ଯେପରି ଶିକ୍ଷା ନାହିଁ।

ନିରୁପମା ନିରୁତ୍ତର ରହିଲା।

ରାତ୍ରିର ସମୀରଣ ଝରକା ଆରପଟେ ଦୁରନ୍ତ ହୋଇଉଠିଛି।

ସେଇ ସମୀରଣ ସ୍ପର୍ଶର ପ୍ରଶାନ୍ତ ନମ୍ରତା, ସ୍ନିଗ୍ଧଶୀତଳତାରେ ତା'ର ଦେହରେ ଜାଗିଛି ନୂତନ କିଶଳୟର ସ୍ପର୍ଶ, ରୋମାଞ୍ଚ, ସମ୍ମୋହନ।

ଘର ଆଜି ଖାଲି ଖାଲି ବୋଧ ହେଉଥିଲା ହେମାଙ୍ଗିନୀଙ୍କୁ।

ପାହା ପାହା ରାତିରୁ ନିର୍ମଳ କଟକ ବାହାରିଗଲା। ସେଠାରୁ ବାରିପଦା ଗଲା।

ସରକାରୀ ଚାକିରିର ଡାକରା, ନାହିଁ କରି ହେବ ନାଇଁ।

ପୁଅକୁ ସେଥିପାଇଁ ମନା କରିପାରି ନଥିଲେ ହେମାଙ୍ଗିନୀ। ମନା କରିଥିଲେ ବି ସେ ମନା ମାନି ନଥାନ୍ତା।

କେଉଁ କଥା ସେ ତାଙ୍କର ରଖିଛି ଯେ, ଏଇ କଥାଟା ନ ରଖିଲେ ତାଙ୍କ ମନ କଷ୍ଟ ହୋଇଥାଆନ୍ତା !

ନିର୍ମଳ ପିଲାଦିନୁ ଏମିତି ଅମାନିଆ। ବୟସ ବଢ଼ିଲେ ଏ ଅମାନିଆ ଅଭ୍ୟାସ ଭାଙ୍ଗିଯିବ ବୋଲି ହେମାଙ୍ଗିନୀ ଭରସା କରିଥିଲେ। ବୟସ ଯେତେ ବେଶୀ ହେଲା, ଏ ଜିଦ୍‌ଖୋର ଅଭ୍ୟାସ ସେତେ ଅଧିକ ବଢ଼ିଲା ସିନା, କମିଲା ନାହିଁ। ଶେଷକୁ ଗୋଟିଏ ପଣ୍ଡାଘରର ଝିଅକୁ... !

ବୋହୂ କଥା ଭାବିଲା କ୍ଷଣି ହେମାଙ୍ଗିନୀଙ୍କ ଭାବନା ହଠାତ୍ ଚହଲି ଉଠିଲା।

ମନେପଡ଼ିଲା ନିର୍ମଳ ଘର ଛାଡ଼ି ଯିବାବେଳର କଥା !

ସଙ୍କୋଚ ନ କରି ତାଙ୍କ ମୁହଁକୁ ଚାହିଁ ବଡ ସ୍ପଷ୍ଟ କଣ୍ଠରେ ସେ କହିଗଲା, ନିରୁର ସୁବିଧା ଅସୁବିଧା କଥା ଟିକିଏ ବୁଝିବୁ ବୋଉ- ତା'ର କୌଣସି କଥାକୁ ଗଣ୍ଠି କରି ଧରିବୁ ନାଇଁ !

ନିର୍ମଳ ତାଙ୍କ ମୁହଁକୁ ଚାହିଁ ଏସବୁ କଥା କହିଯାଇ ପାରିଲା; କିନ୍ତୁ ମାଆ ହୋଇ ପୁଅ ମୁହଁକୁ ସେ ଭଲ କରି ଚାହିଁ ଏ କଥା ଶୁଣିପାରି ନଥିଲେ।

ଛି... ଛି... ଯୁଗଟା କଅଣ ବରଷ କେତେଟାରେ ଏମିତି ଓଲଟିଗଲା ! ବାହାଘରର ଦିନ କେତେଟା ନ ଯାଉଣୁ...

ପୁଅ ବିଦାୟର ଦୁଃଖରେ ସେ ଏଡ଼େ ବିମର୍ଷ ଥିଲେ ଯେ, ପୁଅ ଗଲାବେଳେ କଣ କହିଗଲା, ସେ କଥା ସେ ସେତେବେଳେ ଭଲ କରି ବୁଝିପାରି ନଥିଲେ। ପୁଅ ଗଲାପରେ ସେ ବର୍ତ୍ତମାନ ସେ କଥାକୁ ହେଜି ହେଉଛନ୍ତି।

ବୋହୂକୁ କେମିତି ଚଳାଇବାକୁ ହେବ ସେ କଥା ଉପଦେଶ ଦେଇଗଲା ନିର୍ମଳ।

ହେମାଙ୍ଗିନୀଙ୍କର ମନେହେଲା ଏ ନିର୍ମଳର ପରାମର୍ଶ, ଉପଦେଶ ନୁହେଁ, ଆଦେଶ। ବୋହୂକୁ କେମିତି ଚଳାଇବାକୁ ହୁଏ, ବୋହୂ ହୋଇ ଆସି ବୁଢ଼ୀ ହେଲା ପରେ ବି ସେ କଥା ଜାଣି ନାହାନ୍ତି। ସେଥିପାଇଁ ପୁଅ ଉପଦେଶ ଦେଇଗଲା।

କଥାଟାକୁ ଯେତେ ତଳେଇ କରି ଭାବୁଥିଲେ ହେମାଙ୍ଗିନୀ, ଅସନ୍ତୋଷର ବିଷରେ ମନର କୋଣ ଅନୁକୋଣ ତାଙ୍କର ସେତିକି ବିଷାକ୍ତ ହୋଇଉଠୁଥିଲା।

ସେ ବୁଝିପାରିଥିଲେ, ଏତେ ଦିନ ଧରି ଆଚାର୍ଯ୍ୟ ପରିବାରର ସେ ସର୍ବମୟବର୍ତ୍ତୀ ଥିଲେ, ଏବେ ପରିବାରର କର୍ତ୍ତୃତ୍ୱର ସେ ଚାବିକାଠି ତାଙ୍କ ହାତରୁ ଚାଲିଗଲା।

ସେ କେବଳ ନାମକୁ ମାତ୍ର !

ବୋହୂ ସେ ଘରର ନୂଆ କର୍ତ୍ତ୍ରୀ ହେବ, ଏକଥା ଜାଣିଥିଲେ ହେମାଙ୍ଗିନୀ। ସେଥିପାଇଁ ଘରର ସବୁ ଚାବି ସେ ନିରୁପମାର ପଣତ କାନିରେ ଜବରଦସ୍ତ ବାନ୍ଧି ଦେଇଥିଲେ। ଆସ୍ତେ ଆସ୍ତେ ଘରର ସମସ୍ତ ଦାୟିତ୍ୱ ବୋହୂ ମୁଣ୍ଡରେ ଲଦିଦେଇ ନିଜେ ରାଧାମାଧବଙ୍କ ପୂଜା ଆରାଧନାରେ ନିଜର ସମୟ ଖର୍ଚ୍ଚ କରିବେ ବୋଲି ମନ ଠିକ୍ କରି ନେଇଥିଲେ, କିନ୍ତୁ ନିର୍ମଳର ଉପଦେଶ ଶୁଣିଲା ପରେ ତାଙ୍କ ମନ ପୁଣି ବିଷରେ ଜର୍ଜ୍ଜରିତ ହୋଇଉଠିଲା।

ନିର୍ମଳ କଅଣ ଭାବୁଛି, ନିଜ ବୋହୂର ଶିରୀ ସେ ଦେଖି ପାରୁ ନାହାନ୍ତି।

କଥାଟା ଭାବିବା ମାତ୍ରେ ଅପମାନରେ ମନଟା ତାଙ୍କର ଭାରାକ୍ରାନ୍ତ ହୋଇପଡୁଥିଲା କାହିଁକି ?

ତାଙ୍କଠାରୁ ତାଙ୍କର ଅଧିକାର କାଢ଼ିନେବା ପାଇଁ ଏ ବଳ ପ୍ରୟୋଗ କାହିଁକି ?

ହେମାଙ୍ଗିନୀ ନିଜ ପୁଅକୁ ଭଲିକରି ଜାଣନ୍ତି। ଯୁବକ ମନର ଭ୍ରମରେ ପଡ଼ି ସେ ଅଜାତି ଘରର ଝିଅକୁ ବାହା ହୋଇପଡ଼ିଲା ସତ, ହେଲେ ତା' ମନ ଭିତର ଏଡ଼େ ଛୋଟ କେବେ ନଥିଲା। କିଏ ଆଜି ତା ମନକୁ ଏଡ଼େ ଛୋଟ କରିଦେଲା ? ଯେଉଁ ପୁଅ ତାଙ୍କ ଆଖି ଆଗରେ ଭରସି ସିଧା ଠିଆ ହୋଇ ପାରୁ ନଥିଲା, ଆଜି ତାଙ୍କ ଆଖି

ଆଗରେ ଉପଦେଶ ଦେବାକୁ ସେ ସାହସ ପାଇଲା କେଉଁଠୁ ? କିଏ ଦେଲା ତାକୁ ଏ ମନ୍ତ୍ରଣା !

ସେ କେବଳ ଛୋଟ ଘରର ଝିଅ ନୁହେଁ, ମନଟା ବି ତ'ର ଭାରି ଛୋଟ।

ଗାଆଁ ଲୋକେ ଠିକ୍ କହୁଛନ୍ତି।

ସେବା, ଯତ୍ନ, କଥାବାର୍ତ୍ତା, ଢ଼ଙ୍ଗଢ଼ାଙ୍ଗରୁ ଯେତେ ଭଲ ବୋଲି ମନେ ହେଉଛି, ବୋହୂର ମନ ଭିତର ସେତେ ଭଲ ନୁହେଁ। ସେବା, ସମ୍ମାନ- ଏସବୁ ମନ ଭୁଲାଣିଆ, ଉପର ଦେଖାଣିଆ କଥା। ଭିତରେ ଭିତରେ ପୁଅକୁ ତା'ର ସେ କୁମନ୍ତ୍ରଣା ଦେବାରେ ଲାଗିଛି।

ହେମାଙ୍ଗିନୀ କଅଣ ଏଡ଼େ ସହଜରେ ହାର ମାନିଯିବେ ?

ନା-ନା-ନା

ହେମାଙ୍ଗିନୀଙ୍କ ନିଃଶ୍ୱାସର ଗତି ପ୍ରଖର ହେଲା। ଅସ୍ଥିର ହେଲା ମନ। ସେ ବେକ ସଳଖ କରି ସିଧା ହୋଇ ବସିଲେ। ତାଙ୍କର ଧାରଣା ହେଲା, ପଣ୍ଡାଘରର ଝିଅ ଆଚାର୍ଯ୍ୟଘରର ମାନ ସମ୍ମାନକୁ ନଷ୍ଟ କରି କେବଳ ସନ୍ତୁଷ୍ଟ ନୁହେଁ, ଆଚାର୍ଯ୍ୟଘରର ପୁଅକୁ ମନ୍ତ୍ର କରି ସେ ସାରା ପରିବାର ଉପରେ ପ୍ରତିଶୋଧ ନେବାକୁ ଚାହେଁ। ସ୍ୱାମୀକୁ ବଶ କରି ସେ ଚାହେଁ ହେମାଙ୍ଗିନୀକୁ ଶାସନ କରିବ।

କଥାଟା ଚିନ୍ତା କଲାମାତ୍ରେ ନୂଆ ଏକ ରହସ୍ୟର ଦ୍ୱାର ହେମାଙ୍ଗିନୀଙ୍କ ଆଖି ଆଗରେ ଉନ୍ମୁକ୍ତ ହୋଇଯାଇଥିଲା।

ଏତେ ପାଠଶାଠ ପଢ଼ିଥିବା ଝିଅ ଗାଉଁଲି ଝିଅଙ୍କଠୁଁ ବଳି ଧୂଳି ଧୂସରିତ ହୋଇ କେମିତି କାମକରୁଛି, ସେକଥା ଭାବି ହେମାଙ୍ଗିନୀ ଦିନେ ସମବେଦନାରେ ବିଗଳିତ ହୋଇପଡ଼ିଥିଲେ। ଆଜି ସେ ବୁଝିପାରିଲେ ଏସବୁ ଛଳନା। ସେ ନିଜେ ଭଲ ବୋଲି ବାହାରକୁ ଦେଖାଇ ହୋଇ ଭିତରେ ଭିତରେ ତାଙ୍କ ବିରୁଦ୍ଧରେ ପୁଅକୁ ତାଙ୍କର ମତାଉଛି। ତାଙ୍କ ନାମରେ ହୁଏତ ଅନେକ କଥା କହୁଛି। ତା' ନହେଲେ ଘରୁ ବିଦାୟ ନେଲାବେଳେ ନିର୍ମଳ ଏସବୁ କଥା କହିଯାଆନ୍ତା କାହିଁକ ?

ଗାଁ ସାଇ ମାଇପଙ୍କ କେତେପଦ କଥା ମନେ ପଡ଼ିଲା ହେମାଙ୍ଗିନୀଙ୍କର।

ଗାଆଁରେ ଏତେ ଝିଅ ବୋହୂ ଦେଖିଛି, ହେଲେ ଏମିତି ବୋହୂଟିଏ ମୁଁ କେବେ ଦେଖି ନଥିଲି। କେଉଁ କଥାରେ ହେଲେ ଛଳ ନାହିଁ - ଲୋଟଣୀ ପାରା ଭଳି ଖଟୁଛି। କଲେଜ ପଢୁଆ ଝିଅ ବୋଲି ଶୁଣି ମୁଁ ଭାବିଥିଲି ଉପରମୁହାଁ ଘୋଡ଼ୀଟିଏ ହୋଇଥିବ- ଏଥର ନିମବୋଉ କପାଳ ପୋଡ଼ିଗଲା। ହେଲେ ଦେଖୁଛୁଟି ଝିଅ ! - ଭାଗ୍ୟ ! ଭାଗ୍ୟ ! କରମରେ ଥିଲେ ଏମିତିଆ ଲକ୍ଷ୍ମୀ ବୋହୂ ମିଳେ। ପାଠପଢ଼ିଛି ବୋଲି ବାରିଦେବା ଭଳି କିଛି ଗୋଟାଏ ଅବିଗୁଣ ଅଛି ? - ରାମାବୋଉ କଣ୍ଠସ୍ୱର।

ଏଇ ଛଟକ ଦେଖି ଭୁଲିଯାଉଛ ମାଉସୀ? ଏସବୁ ଉପର ଦେଖାଣିଆ କଥା। ପାଠ ପଢ଼ିଛନ୍ତି କି ନା- ସବୁ ଭାବିଚିନ୍ତି କରାହେଉଚି। ପହିଲେ ଏମିତି ଚିକ୍‌କଣ କଥା - ତା'ପରେ ବାହାରିବ ଗରଳ... ହୁଣ୍ଡି ଗାଉଁଲି ଝିଅ ହୋଇଥିଲେ କଥା ଭାଷାରୁ ଜଣା ପଡ଼ି ଯାଆନ୍ତା - କଲେଜ ପଢ଼ା ଝିଅଟି। ପଛାନ୍ତେ ଶୁଣିବ ଗୋ ମାଉସୀ! ମୁହଁରେ ମିଠା, ପେଟରେ ପିତା... ଜଗିରଖି ଚଳୁଥିବ ମାଉସୀ!! ଶାସନ ହୁଗୁଳା କରିଦେଲେ ହାତରୁ ଖସି ଅଣହାତ-ହୁଁ-କହି ଦେଉଛି, କାନିରେ ଗଣ୍ଠି ପକାଇଥାଅ- ବୁଝିବ ମୁଁ ସତ କହୁଛି କି ମିଛ କହୁଛି। -ଆର-ସାଇ ଧୋବୀବୋଉର ଉତ୍ତର।

ରାମାବୋଉ ନାନୀଙ୍କ କଥା ଶୁଣି ହେମାଙ୍ଗିନୀଙ୍କ ମନ ସରାଗରେ ଭରିଯାଇଥିଲା। ଧୋବୀବୋଉ କଥା ଶୁଣି ସେ ମନର ସରାଗ ମଉଳି ପଡ଼ିଲା।

ଧୋବୀ ବୋଉ ଠିକ୍ କହୁଥିଲା।

କଟକ ଝିଅ କେତେ ଛଟକ ଜାଣନ୍ତି। ସବୁ ବିଦ୍ୟା ତାଙ୍କୁ ଜଣା। ମୁହଁରେ ହସ- ପେଟରେ ବିଷ। ଶାସନ ମୁଠାକୁ ହୁଗୁଳା କରିଦେଲେ ପଛରେ କହୁଣୀରେ ଲୁହ ପୋଛିବାକୁ ହେବ, ହନ୍ତସନ୍ତ ହେବାକୁ ପଡ଼ିବ।

ହେମାଙ୍ଗିନୀ ଉଠି ଠିଆ ହେଲେ।

ପୁଅ ବିଦେଶ ଯାଇଥିବାରୁ ଯେଉଁ ମନ ତାଙ୍କର ଖାଲି ଖାଲି ଲାଗୁଥିଲା, ଏସବୁ କଥା ହେଜିବା ପରେ ସେଇ ମନ ତାଙ୍କର କ୍ରୋଧରେ ଭାରି ଭାରି ଜଣାପଡ଼ିଲା।

ନିର୍ମଳବାପାଙ୍କ ମୂର୍ତ୍ତି ଉଭା ହେଲା ଆସି ଆଖି ଆଗରେ।

ବଂଶମର୍ଯ୍ୟାଦା, ଆଭିଜାତ୍ୟ ପାଖରେ ଆଉ କେହି ବଡ଼ ନୁହେଁ ନିମବୋଉ! ଏ ଆଚାର୍ଯ୍ୟ ପରିବାରର ମାନ ସମ୍ମାନ ମୁଁ ଟିକିଏ ହେଲେ ତଳକୁ ହେବାକୁ ଦେବିନାଇଁ। ନୂପୁର ଆତ୍ମହତ୍ୟା କଲା, ମୋ ଆଖିରୁ ବିନ୍ଦୁଏ ହେଲେ ଲୁହ ବହିନି। ବଞ୍ଚିଥିଲେ ମୁଁ ତାକୁ ସହିପାରି ନଥାନ୍ତି। ନନା, ଜେଜେବାପାଙ୍କ ଅମଳରୁ ଏ ଆଚାର୍ଯ୍ୟବଂଶର ଯେଉଁ ଖ୍ୟାତି ରହିଆସିଛି, ନୂପୁର ବଞ୍ଚି ରହିଥିଲେ ସେ ଖ୍ୟାତିରେ କଳଙ୍କର ଦାଗ ଲାଗି ଥାଆନ୍ତା। ନୂପୁର ମରିଛି - ସେ କଳଙ୍କର କାଳିମାଗ୍ରାସରୁ ଏ ବଂଶ ମର୍ଯ୍ୟାଦା ରକ୍ଷା ପାଇଛି। ସେତିକିରେ ମୁଁ ଖୁସି।

ନୂପୁର ଆତ୍ମହତ୍ୟା କଲା।

କିଏ ଏଥିପାଇଁ ଦାୟୀ?

ବଂଶର ମର୍ଯ୍ୟାଦାକୁ ଆଜି ଆଉ ରଖିହେଲା ନାହିଁ - ପଣ୍ଡା ଘରର ଝିଅ ଆସି ଆଚାର୍ଯ୍ୟ ପରିବାରର ବଡ଼ବଡୁଆରେ ପାଣି ଢାଳିଲା। କିନ୍ତୁ ନୂପୁର କଅଣ ଆଉ ଫେରିଆସିଲା?

ହେମାଙ୍ଗିନୀଙ୍କର ପରଳମଡ଼ା ଆଖିରେ ପରଦାରେ ନାଚିଉଠୁଥିଲା ଗୋଟିଏ ଅଶ୍ରୁମତୀ ଅଭାଗିନୀ ଝିଅର ଛବି।

ଲୁହ ଛଳଚଳ କୋହ ଉଚ୍ଛଳ କଣ୍ଠରୁ ତାର ମିନତିଭରା କରୁଣ ସ୍ୱର ଭାସି ଆସୁଥିଲା, ମତେ କେବଳ ଦୟାକରି ଛାଡ଼ିଦେ' ବୋଉ - ମୁଁ ତାଙ୍କ ସାଙ୍ଗରେ ଏ ରାଜ୍ୟ ଛାଡ଼ି ଚାଲଯିବି- ଅଜାତି ହେଲେ ବି ସେ ମୋର ସ୍ୱାମୀ- ତାଙ୍କ ସାଙ୍ଗରେ ଭିକ୍ଷା ଝୁଲି ଧରି ମୁଁ ମାଗି ଖାଇବି। ମୁଁ ଏ ଦେଶରେ ରହିବି ନାହିଁ କି ଏ ବଂଶରେ କଳଙ୍କ ବୋଳିବି ନାଇଁ.... !

ସେ କଣ୍ଠସ୍ୱର ଶୁଣି ଆଉ ଏକ ଉଦାତ୍ତ କଣ୍ଠର ଉତ୍ତର ଭାସି ଆସିଥିଲା, ଯେଉଁଠି ରହିଲେ ବି ଲୋକେ କହିବେ ଆଚାର୍ଯ୍ୟ ପରିବାରର କନ୍ୟା। ମୁଁ ଏ କଥା କଦାପି ସହିବି ନାଇଁ, ହେମ! ଏଭଳି ବିବାହ କେବେହେଲେ ସଫଳ ହେବ ନାହିଁ।

ଯେଉଁ ପୁଅ ଝିଅ ନିଜ ବାପ-ମାଆଙ୍କ ମନରେ କଷ୍ଟ ଦେଇ ବିବାହ କରନ୍ତି, ସେମାନେ ଭବିଷ୍ୟତରେ କେବେହେଲେ ଭଲ ବାପ ମାଆ ହୋଇପାରିବେ ନାହିଁ। ଆଉ ଯେଉଁ ଝିଅ ନିଜ ବାପାମାଆଙ୍କର ନୁହେଁ, ପୃଥିବୀରେ ସେ କାହାରି ନୁହେଁ- ଏଭଳି ଝିଅର ମୁହଁ ଚାହିଁବା ମଙ୍ଗଳ ନୁହେଁ....

ସେ କଠୋର କଣ୍ଠର ବଜ୍ରନିର୍ଘୋଷ ଏବେ ବି କାନରେ ଅନୁରଣିତ ହେଲେ ହେମାଙ୍ଗିନୀ ଭୟରେ ନୟନ ମୁଦ୍ରିତ କରନ୍ତି।

ନୁପୁର ମୁହଁ ସତରେ ଆଉ କେହି ଚାହିଁ ନାହାନ୍ତି।

ଉପଯୁକ୍ତ ପିତାର କନ୍ୟା ସେ।

ଆରଦିନ ସକାଳୁ ତା'ର ଝୁଲନ୍ତ ବୀଭତ୍ସ ମୃତଦେହଟା ଦେଖି ହେମାଙ୍ଗିନୀ ସଂଜ୍ଞା ହରାଇଥିଲେ।

ନୂପୁର ପାଇଁ ସେଦିନ ସେ ଏଡ଼େ ପାଷାଣୀ ହୋଇଥିଲେ।

ଆଜି ପଣ୍ଡାଘରର ଝିଅ ପାଇଁ ସେ ସେମିକି କଠୋର ହୋଇପାରିଲେ ନାଇଁ ?

ହେମାଙ୍ଗିନୀଙ୍କ ମୁହଁରେ ଦୃଢ଼ତାର ବ୍ୟଞ୍ଜନା ଫୁଟିଲା।

ଆଚାର୍ଯ୍ୟ ପରିବାରର ମାନ ସମ୍ମାନକୁ ଜାଣି ଜାଣି ସେ ଧୂଳିଧୂସରିତ କରିଛି, ତା' ପାଇଁ ହେମାଙ୍ଗିନୀଙ୍କ ମନରେ କୌଣସି ଦୟାମାୟା ନାହିଁ।

ଅଫିମ ପାଇଁ ପଇସା ନାହିଁ।

ବେଳା ବିତିଗଲାଣି। ନାକରୁ ପାଣି ନିଗିଡ଼ି ପଡୁଛି। ଚାରିଆଡ଼ ଅନ୍ଧକାର ଦିଶୁଛି। ମନେ ହେଉଛି, ସତେ ଯେମିତି ଏ ବିଶ୍ୱବ୍ରହ୍ମାଣ୍ଡ ଖାଲି କୁରାଳ ଚକ୍ର ଭଳି ଘୂରୁଛି।

ଚତୁର୍ଭୁଜ ମିଶ୍ରେ ତରଙ୍ଗ ତରଙ୍ଗ ହୋଇ ଏଣେତେଣେ ଚାହୁଁଛନ୍ତି। ଜୁଳୁଜୁଳୁ

ହୋଇ ଜଳୁଥିବା ଆଖି ଦୁଇଟା ଦପ୍ ଦପ୍ ହେଉଛି। ହେଲେ ପାଟିରୁ କଥା ବାହାରୁ ନାହିଁ।

ସ୍ତ୍ରୀ ଚମ୍ପାବତୀଙ୍କୁ ଦୁଇଦିନ ହେଲା ଜ୍ୱର। ସେ ଶଯ୍ୟାରେ ଶୋଇ କୁନ୍ଥାଉଛନ୍ତି। ନିଜ ଭାଗ୍ୟକୁ ନିନ୍ଦା କରୁଛନ୍ତି। ବାପ ମାଆ ତାଙ୍କୁ ଗୋଟିଏ ଅଫିମିଆ ହାତରେ ଛନ୍ଦି ଦେଇଥିଲେ ବୋଲି ସେମାନଙ୍କୁ ଅଭିଶାପ ଦେଉଛନ୍ତି। ଜ୍ୱର ପାଇଁ ଔଷଧ ନାହିଁ। ଖାଇବାକୁ ପଥି ନାହିଁ। ଦେହ ଦୁର୍ବଳ ଲାଗୁଛି। ଦୃଷ୍ଟିଶକ୍ତି ଝାପ୍‌ସା ହୋଇଉଠୁଛି।

ସାତଟି ସନ୍ତାନର ଜନନୀ ଚମ୍ପାବତୀ।

ସମ୍ପତ୍ତି ଭିତରେ ଏଇ ସାତଟି ସନ୍ତାନ। ସ୍ୱାମୀ ଦେବତା ଏଇ ସନ୍ତାନ ସାତଟି ହେବା ବ୍ୟତୀତ ଅନ୍ୟ କିଛି ସମ୍ପତ୍ତି ଦେଇ ନାହାନ୍ତି ତାଙ୍କୁ। ଏଇ ସାତୋଟିଯାକ ଛୁଆ ଝୁଣି ଝୁଣି ତାଙ୍କ ଜୀବନ ଖାଉଛନ୍ତି। ହେଲେ ସ୍ୱାମୀ ଦେବତାଙ୍କର ତେଣିକି ନିଘା ନାହିଁ। ଅଫିମ ନାହିଁ ବୋଲ ସେ ନ ବରଷିଲା ମେଘ ଗର୍ଜନ କରୁଛନ୍ତି। ଅଶ୍ରାବ୍ୟ ଭାଷାରେ ଗାଳିଗୁଲଜ କରୁଛନ୍ତି।

ସାନ ଛୁଆଟା ବୋଧହୁଏ ମଝିଆଁ ଛୁଆଟାର ହାତ କାମୁଡ଼ି ଦେଇଛି।

ସେଥିପାଇଁ ସବୁ ଛୁଆ ହାଉ ହାଉ ହେଉଛନ୍ତି।

ଶକ୍ତି ଥିଲେ ଚମ୍ପାବତୀ ଉଠିକରି ଛୁଆଗୁଡ଼ାଙ୍କୁ ଶାସନ କରି ଥାଆନ୍ତେ। କିନ୍ତୁ ମ୍ୟାଲେରିଆ କମ୍ପଜ୍ୱର ତାଙ୍କଠାରୁ ସେ ଶକ୍ତି ଅପହରଣ କରିନେଇଛି। ମନରେ କ୍ରୋଧ ଅସମ୍ଭାଳ ହୋଇଉଠୁଥିଲେ ବି କ୍ରୋଧ ଶାନ୍ତ କରିବାପାଇଁ ତାଙ୍କର ଉପାୟ ନାହିଁ।

ବଡ଼ ଝିଅ ଉଷା ଆସି କାବଟକୁ ଆଉଜି ଠିଆ ହୋଇଛି।

ପଚାରୁଛି, ଚୁଲିରେ ହାଣ୍ଡି ବସି ପାଣି ଫୁଟିଲାଣି। ଚାଉଳ ନାହିଁ। କଅଣ କରିବି କହ! ନନା ତ ଯେତେ କହିଲେ ବି କିଛି ଶୁଣୁନାହାନ୍ତି।

ଚମ୍ପାବତୀ ରାଗରେ ଅସ୍ଥିର ହୋଇଉଠିଲେ।

ରୋଗଶୀର୍ଣ୍ଣ ପାଣ୍ଡୁର ମୁହଁରେ ତାଙ୍କର କ୍ରୋଧର ଅରୁଣିମା ଫୁଟିଉଠିଲା।

ଝିଅକୁ ସେ ଉତ୍ତର ଦେଲେ; ମତେ ଏଥର ଖାଇଯାଅ- ଖାଇବ ଖାଇବ ବୋଲି ଆକାଶ ଫଟାଉଛ। ମୁଁ କଅଣ କାହା ଘରୁ ଚୋରି କରିବି ତମ ପାଇଁ!

ଉଷା ରାଗରେ ଗରଗର ହୋଇଯାଇ ଚୁଲି ଉପରୁ ପାଣିହାଣ୍ଡିକୁ ଓହ୍ଲାଇଦେଲା।

ଆଜି ସାରା ପରିବାର ଉପବାସ।

ଚମ୍ପାବତୀ ଅପରିଚ୍ଛନ୍ନ ରୋଗଶଯ୍ୟାରେ ଶୋଇ ଭାବିବାକୁ ଲାଗିଲେ-

ବୋହୂ ହୋଇ ଏ ଘରକୁ ଆସିଲାଦିନ ସମ୍ପତ୍ତିରେ ଭରିଉଠୁଥିଲା ଘର। ବଡ଼ ଘର ଦେଖି ବିବାହ ଦେଇଛନ୍ତି ବୋଲି ନନା ଚାରିଆଡ଼େ ଛାତି ଫୁଲାଇ କହି

ହେଉଥିଲେ। କିନ୍ତୁ ସେ ବଡ଼ଘରର ବଡ଼ତି ଭାଙ୍ଗିବାକୁ ବେଶୀ ଦିନ ଲାଗିଲା ନାହିଁ। କଳାକୃଷ୍ଣଙ୍କର ସେବା କରିବାକୁ ଯାଇ ସ୍ୱାମୀ ତାଙ୍କର ଏକର ପରେ ଏକର ଜମି ବିକିବାକୁ ଲାଗିଲେ। ଘରର ଖଟ ପଲଙ୍କ ବି ବିକ୍ରୀ ହେଲା। କଂସା ବାସନ ବନ୍ଧା ପଡିଲା।

ଚମ୍ପାବତୀ ସେଥିରେ ବାଧାଦେଲେ ତାଙ୍କ ଦେହ ଉପରକୁ ହାତ ଉଠାଇଲେ ଚତୁର୍ଭୁଜ ମିଶ୍ରେ। ହାତ ଧରି ଯାହାକୁ ବିବାହ କରିଥିଲେ ତାଠୁଁ ମାଡ଼ ଖାଇ ଚୁପ୍ ହେଲେ ଚମ୍ପାବତୀ। ଘରେ କଳାକନା ବୁଲିଲା।

ସବୁ ଆସବାବପତ୍ର ଶେଷ ହେଲା ପରେ ସ୍ୱାମୀ ଦେବତାଙ୍କର ଦୃଷ୍ଟି ପଡିଲା ତାଙ୍କ ଗହଣା ଉପରେ। ଗହଣା ଦେବେ ନାହିଁ ବୋଲି ଜିଦ୍‌କଲେ ଚମ୍ପାବତୀ। କନ୍ଦାକଟା କରି ଘର ଫଟାଇଲେ। ସାତଟା ପିଲାଙ୍କ ଭିତରୁ ଛଅଟି ଝିଅ। କାହାରି କାନରେ, ବେକରେ ମଶାଏ ହେଲେ ସୁନା ନାହିଁ। ଗହଣାଗୁଡ଼ାକ ଭାଙ୍ଗି ପିଲାଙ୍କ କାନକୁ ହଳେ ହଳେ କାନଫୁଲ କରାଇବେ ବୋଲି ସେ ଯୋଜନା କରିଥିଲେ। କିନ୍ତୁ ଶେଷରେ ତାଙ୍କ ଯୋଜନା ବିଫଳ ହେଲା। ଜବରଦସ୍ତ ତାଙ୍କ ବାକ୍‌ସ ଭାଙ୍ଗି ଗହଣାତକ ନେଇଗଲେ ଚତୁର୍ଭୁଜ ମିଶ୍ରେ।

ରାଗରେ, ଅଭିମାନରେ ନିଜ ବାପଘରକୁ ପଳାଇଥିଲେ ଚମ୍ପାବତୀ।

ଭାବିଥିଲେ, ବାପଘରକୁ ଚାଲିଗଲେ ହେଲେ ସ୍ୱାମୀଙ୍କର ମନ ବଦଳିବ। କିନ୍ତୁ ଫଳ ହେଲା ଠିକ୍ ଓଲଟା। ତିନିମାସ କଟାଇଲା ପରେ ବି ଏଣୁ କିଛି ଖବର ଗଲା ନାହିଁ, ବରଂ ଦିନ କେତେଟା ପରେ ସବୁ ଛୁଆତକ ମୁହଁ ଶୁଖାଇ ପହଞ୍ଚିଲେ ଯାଇ ମାମୁଁ ଘରେ।

ସାତଟା ପିଲାଙ୍କୁ ନେଇ କେତେଦିନ ଆଉ ରହନ୍ତେ ଚମ୍ପାବତୀ ବାପଘରେ।

ଭାଇ ଭାଉଜ ଦେଖେଇ ଶିଖେଇ କଡ଼ାକଥା ଶୁଣାଇଲେ। ସାତଟା ଛୁଆଙ୍କ ପାଇଁ କେତେ ସେର ଚାଉଳ ନିତି ଖର୍ଚ୍ଚ ହେଉଛି, ତା'ର ହିସାବ କଲେ। ଲଜ୍ଜାରେ ମରିଗଲେ ଚମ୍ପାବତୀ। ଆଉ ସ୍ୱାମୀଙ୍କ ନିମନ୍ତ୍ରଣକୁ ଅପେକ୍ଷା ନରଖି ଭାଉଜଙ୍କ ସହିତ କଳହ କରି ଦିନେ ଉଦୁଉଦିଆ ଖରାବେଳେ ସେ ନିଜେ ଫେରିଆସିଲେ ଏ ନରକ ଭୂଇଁକୁ।

ସେଇଦିନୁ ଆଉ ବାପଘର ନାମ ଧରିନାହାନ୍ତି ସେ। ବାପଘର ଟାଣ ତାଙ୍କର ଭାଙ୍ଗିଯାଇଛି। ଏଇଠି ପିଲାଙ୍କ ବାର ଦହଗଞ୍ଜ ଆଖିରେ ଦେଖି, ଆଖି ଲୁହ ପଣତକାନିରେ ପୋଛି ସେ କାଳ କାଟୁଛନ୍ତି। ଦିନ ଗୋଟିଏ ବିତିଲା ମାତ୍ରେ ଦୁଃଖର ବୋଝ ତାଙ୍କର ବଢ଼ିଚାଲିଛି।

ଓଷିକି ଆସି ବାର ପୂରି ତେର ଚାଲିଲା।

କୁଳୀନ ବ୍ରାହ୍ମଣ ଘର। ଝିଅକୁ ବେଶି ଦିନ ରଖି ହେବନାହିଁ। ସେକଥା ତାଙ୍କୁ ଏକାହିଁ ଭାବିବାକୁ ହେବ। ସାତ ବର୍ଷର ପୁଅଟି ସ୍କୁଲକୁ ଯାଉଛି। ପଢ଼ିବା ପାଇଁ ବହି ଖଣ୍ଡେ ବି କିଣାଯାଇ ପାରୁନି। ଏସବୁ କଥାକୁ ଦିନେ ହେଲେ ସେ ଭାବୁ ନାହାନ୍ତି, ବୁଝୁ ନାହାନ୍ତି।

ଚମ୍ପାବତୀ କର ଲେଉଟାଇ ଶୋଇଲେ।

ହେଇ ଶୁଣୁଛ ?

ଶୁଣିବା ପାଇଁ ଚମ୍ପାବତୀ ପୁଣି କର ଲେଉଟାଇଲେ।

ସ୍ୱାମୀ ଦେବତା ପାଖରେ ଠିଆ ହୋଇ କ'ଣ କହିବେ କହିବେ ହୋଇ ପାଟ ପାକୁ ପାକୁ କରୁଛନ୍ତି। କଅଣ ଆଉ ଶୁଣିବେ ଚମ୍ପାବତୀ ? ଗୀତା, ଭାଗବତ ? ଖାଇବାପାଇଁ ଘରେ ଚାଉଳ ନାହିଁ। ଅଫିମ ସେବା ପାଇଁ ପାଖରେ ପଇସା ନାହିଁ। ଚମ୍ପାବତୀଙ୍କ ଦେହରେ ବନ୍ଧାପକାଇବା ପାଇଁ ବି ଆଉ ଗହଣା ନାହିଁ। ଆଉ କେଉଁକଥା ଶୁଣିବାକୁ ତାଙ୍କର ବାକି ଅଛି ?

ମୁଁ ଭାବୁଥିଲି କି... ? କଥାଟା ଅସଂପୂର୍ଣ୍ଣ ରଖି ମିଶ୍ରେ ଢୋକ ଗିଳିଲେ।

କଅଣ କହିବ କହୁନ ! ଏତେ ଚଦୁଛ କାହିଁକି ? – ରୁକ୍ଷ ଶୁଣାଗଲା ଚମ୍ପାବତୀଙ୍କ କଣ୍ଠ ସ୍ୱର। କଣ୍ଠରୁ କୋମଳତା ଅନେକ ଦିନୁ ମରିଗଲାଣି – ଜଠର ଜ୍ୱାଳାରେ, ଜୀବନର ଯନ୍ତ୍ରଣାରେ।

ଭାବୁଥିଲି ଓଷିକି ନାନୀ ଘରେ ଛାଡ଼ି ଦେଇ ଆସିବି। ନିଜ ଭାବନାଟାକୁ ମିଶ୍ରେ ସ୍ପଷ୍ଟ କଣ୍ଠରେ ପ୍ରକାଶ କଲେ।

ଶୁଣିଲା ଭଳି କଥା ପଦେ।

ଚମ୍ପାବତୀଙ୍କ ଆଖିର ତାରାରେ ବିସ୍ମୟର ବିଦ୍ୟୁତ ଝଲସି ଉଠିଲା।

ହଠାତ୍ ନାନୀଘର କଥା କାଇଁକି ମନେ ପଡିଲା ? – ଚମ୍ପାବତୀ ନିର୍ଲିପ୍ତ ଭାବରେ ପ୍ରଶ୍ନ କଲେ।

ହଠାତ୍ ନୁହେଁ – ଅନେକ ଦିନୁ ଭାବୁଛି। ପିଲାଟା ନୂଆବୋଉ ପାଖରେ କିଛି ଦିନ ରହିଲେ ସଣ୍ଢଣା ଶିଖି ଯାଆନ୍ତା। ପାଠ ପଢୁଆ ବୋହୂ। ଆଜି କାଲିକାର ଚଳଣି ଦେଖୁଛ ତ ?

ମିଶ୍ରେ ହଠାତ୍ ଚିନ୍ତାଶୀଳ ବ୍ୟକ୍ତି ଭଳି ନିଜ ଭାବନାଟାକୁ ବ୍ୟକ୍ତ କଲେ।

ହସର ସରୁ ଏକ ଗାର ଟାଣି ହୋଇଗଲା ଚମ୍ପାବତୀଙ୍କ ରୋଗଶୀର୍ଣ୍ଣ ଓଠଧାରରେ। ବାପା ତାହାହେଲେ ଭଣଜା ବାହାଘର ପରେ ଝିଅର ବିବାହ କଥା ଚିନ୍ତା କଲେଣି।

ଝିଅକୁ ସଣ୍ଣା ଶିଖାଇବା ପାଇଁ ନୁହେଁ- ଝିଅ ବୋଝରୁ ମୁକ୍ତି ପାଇବାପାଇଁ ନିଜ ମୁଚୁଳା ଅନ୍ୟ ମୁଣ୍ଡତଳେ ଦେବାକୁ ବିଚାରୁଛନ୍ତି।

ବ୍ରାହ୍ମଣ ଘର।

ଝିଅକୁ ବା'ର ପୂରି ତେର ଚାଲିଲାଣି। ଆଉ କିଛି ଦିନ ଘରେ ରହିଲେ ଗାଆଁରେ ନିନ୍ଦା ରଟିବ। ସେଥିରୁ ମୁକ୍ତିପାଇଁ ଏ ଯୋଜନା।

ନାନୀ କଅଣ ଭାବିବେ? - ଚମ୍ପାବତୀ ପ୍ରଶ୍ନ କଲେ।

ମିଶ୍ରଙ୍କ ମୁହଁର କୁଞ୍ଚିତ ରେଖାଗୁଡିକ ହଠାତ୍ ସମତଳ ହୋଇଗଲା।

ନା- ବାହାଘରବେଳେ ସେ ନିଜେ କହୁଥିଲେ - ବୋହୂ ପାଖରେ ପିଲାଟିଏ ଲୋଡ଼ା। ଓଷା ଆସିଲେ ଭଲ ହୁଅନ୍ତା। ସେଇଆ ଭାବୁଛି।....ମିଶ୍ରେ କଥା ଶେଷ କଲେ।

ଚମ୍ପାବତୀଙ୍କର କିଛି ଭାବିବାର ନ ଥିଲା।

ଚୁଲିରୁ ଫୁଟା ପାଣିହାଣ୍ଡି ଓହ୍ଲାହୋଇ ତଳେ ଶୀତଳ ହେଉଛି। ଚାଉଳ ନାହିଁ।

ଝିଅଟା କାହା ହାଣ୍ଡିରେ ଚାଉଳ ପକାଇଛି କିଏ ଜାଣେ?

ଆଉଟା ସୁନାରଙ୍ଗର କଅଁଳ ଖରା ଚଉପାଢ଼ୀର ସିମେଣ୍ଟ ଚଟାଣକୁ ଯେତେବେଳେ ନିବିଡ଼ ଆଲିଙ୍ଗନରେ ଉଷ୍ଣକରି ତୋଳୁଥିଲା, ନିରୁପମାର ଆଖିର ଆକାଶରେ ସେତେବେଳେ ପ୍ରତିଫଳିତ ହେଉଥିଲା ନିଜ ପାରିବାରିକ ଜୀବନର ଅସହ୍ୟ ସଂକୀର୍ଣ୍ଣତା, ଅବୋଧ୍ୟ ଦୁର୍ବୋଧତା।

ଆଜି ସାଇ ବୁଲି ଆସିଥିଲେ ରାମାବୋଉ ମାଉସୀ, ଠୁକୁରୀ ଆଉ ଗଉଡ଼ ଘର ବୋହୂ ସୁନେଇ। ସମସ୍ତଙ୍କୁ ହସି ହସି କଥା କହିଲା ସେ। ଆଦର ଅଭ୍ୟର୍ଥନା କଲା। କାଚଥାଳିରେ ପାନ ମସଲା ଦେଲା। ଗଲାବେଳେ ପାନଡାଲାରେ ଥିବା ଗୁଆ ଦି'ଫାଳ ଦେଖି ରାମାବୋଉ ମାଉସୀ କହିଲେ, ଗୁଆଫାଳ ତ ଆଜିକାଲି ମଫସଲରେ ଅପୁରୁବ। ନିମ ଆଣିଥିଲା କି ଏ ଗୁଆ କଟକରୁ ବୋହୂ? କେତେ ଅଉଲ ହୋଇଛି ମାଁ!

ପାନଡାଲା ଉପରେ ରାମାବୋଉ ମାଉସୀଙ୍କର ବେଶୀ ଲୋଭ।

ବିଧବା ଗରିବ ଘରର ଲୋକ ସେ। ପାନ ଖାଇବା ଏକ ସଉକ। ଆରଥର ଗଲାବେଳେ ସେ ଲୁଚେଇକରି ଗୁଆ କେତେଫାଳ ନେଇଗଲେ। ସେ ଦୃଶ୍ୟ ଦେଖି ବି ନଦେଖିଲା ଭଳି ଆଖି ବୁଜି ଦେଇଥିଲା ନିରୁପମା। ସାମାନ୍ୟ ଗୁଆ କେଇଫାଳ। ଏଥିପାଇଁ କଅଣ କଜିଆ କରିଥାନ୍ତା।

ଆଜି ତାଙ୍କ ମୁହଁରୁ ଗୁଆକଥା ଶୁଣି ସେଦିନ କଥା ମନେପଡ଼ିଗଲା।

ଲୁଚେଇ କରି ସେ ଗୁଆ ଦି'ଫାଳ ଅଣ୍ଟାରେ ମାରିବା ଆଗରୁ ସେ ଯାଚିକରି

ଦେଇଥିଲା ଗୁଆ ଦି'ଫାଳ । କହିଥିଲା, ନେଇଯାଅ ମାଁ ମାଉସୀ.... ଆଉ କେତେଦିନ ଦାନ୍ତ ରହିବ ଯେ ଗୁଆ ପକାଇ ପାନ ଖାଇବ ? ଗୁଆ ତ ଘରେ ଆହୁରି ଅଛି...

ଶାନ୍ତି ଓ ସନ୍ତୋଷରେ ରାମାବୋଉ ମାଉସୀଙ୍କ ଆଖିଡୋଳା ଦୁଇଟା ଉଜ୍ଜ୍ୱଳ ହୋଇଉଠିଥିଲା । ସେ କହିପକାଇଥିଲେ, ତୋ କାଚ ବଜର ହେଉ ମା ! ତୋ ମନ ସବୁଦିନେ ଏମିତି ଉଞ୍ଚା ହୋଇଥାଉ...

ଗଲାବେଳେ ଶାଶୂଙ୍କୁ ଡାକି କହିଦେଇ ଯାଇଥିଲେ, ବୋହୂ ତମର ଗୁଆ ଦି'ଫାଳ ଦେଇଚି ଗୋ ନିମବୋଉ । ପାନ ଖାଉଥିବି, ଗୁଣ ଗାଉଥିବି । ଭଗବାନ ତାକୁ ଭଲରେ ରଖନ୍ତୁ ।

ନିରୁପମା ଲକ୍ଷ୍ୟ କରିଥିଲା ରାମାବୋଉ ମାଉସୀଙ୍କର ଏ ଆଶୀର୍ବାଦ ବାଣୀ ଶୁଣି ଶାଶୂଙ୍କ ମୁହଁ କିନ୍ତୁ ଆନନ୍ଦରେ ଆଲୋକିତ ହୋଇଉଠି ନଥିଲା । ବରଂ ଅପ୍ରସନ୍ନତାର କାଳିମାରେ ଆଖିର କୋଣ ଅନୁକୋଣ ତାଙ୍କର ଭାରି ଭାରି ଜଣାପଡୁଥିଲା ।

ସେମାନେ ବିଦା ହୋଇଗଲା ପରେ ନିରୁପମାକୁ ସେ ଗମ୍ଭୀର କଣ୍ଠରେ ପାଖକୁ ଡାକିଥିଲେ ।

କଣ୍ଠର କଠୋରତାରୁ ନିରୁପମା ବୁଝି ପାରିଥିଲା ଗୋଟିଏ ଅଶାନ୍ତଝଡର କରାଳଛାୟା ଆଜି ତା' ମୁଣ୍ଡ ଉପରେ ନିଶ୍ଚୟ ବହିଯିବ । ସେଥିପାଇଁ ଶଙ୍କା କୁଣ୍ଠିତ ପଦକ୍ଷେପରେ ସେ ଯାଇ ମୁଣ୍ଡ ତଳକୁପୋତି ଠିଆ ହୋଇଥିଲା ଶାଶୂଙ୍କ ପାଖରେ ।

ବୋହୂର ମୁହଁକୁ ଦୃଷ୍ଟି ତୋଳି ନ ଚାହିଁ ହେମାଙ୍ଗିନୀ ପ୍ରଶ୍ନ କରିଥିଲେ, ରାମାବୋଉକୁ ତୁ ଗୁଆ ଦି'ଫାଳ ଦେଲୁ କି ବୋହୂ ?

ଗୋଡ଼ ନଖରେ ମାଟିରେ ଗାର କାଟୁ କାଟୁ ନିରୁପମା ସଂକ୍ଷେପରେ ଉତ୍ତର ଦେଲା, ହୁଁ...

ଏଥର ହେମାଙ୍ଗିନୀ ନିରୁପମାଙ୍କ ମୁହଁକୁ କଟମଟ ଆଖି କରି ଚାହିଁଲେ ।

କହିଲେ, ଗାଆଁ ଲୋକଙ୍କ ମୁହଁରୁ ପ୍ରଶଂସା ଶୁଣିବାପାଇଁ ଘରକୁ ଏମିତି ଉଜାଡ଼ି ଦେଲେ ଚଳିବ ନାହିଁ ବୋହୂ ! ଥରେ ସେମାନଙ୍କୁ ଆଙ୍ଗୁଠି ଦେଖେଇଲେ ସେମାନେ ବାହା ଗିଳିଯିବେ । ନଥିବା ଘରର ଛୋଟଲୋକ ସେମାନେ । ଆମ ଘର ପିଣ୍ଡାକୁ ଉଠିବାକୁ ସେମାନେ ସାହସ କରୁ ନଥିଲେ । ଏବେ ବୋହୂ ଦେଖିବା ବାହାନାରେ ଗୋଟି ପିଲା ଭଳି ଗୋଟି ଗୋଟି ହୋଇ ନିତି ଗଡୁଛନ୍ତି । ଆଉ ତୁ ଯଦି ଦାନୀ କର୍ଣ୍ଣ ଭଳି ଫାଳ ଫାଳ ଗୁଆ ଦାନ କରୁ, ତେବେ ସେମାନେ ଘରସାରା ବୋହିନେବେ.... ।

ଶାଶୂଙ୍କର ଏଇକଥା କହିବାକୁ ଥିଲା !

ନିରୁପମାର ଆଖି ଦୁଇଟା ଲୁହରେ ଛଳଛଳ ହୋଇଆସୁଥିଲା। ବିଚିତ୍ର ଏକ ଅସହାୟବୋଧ ମଧ୍ୟରେ ସେ ଅସ୍ଥିର ହୋଇଉଠୁଥିଲା।

ଶାଶୂ ବୋଧହୁଏ ତା' ମନର ଅବସ୍ଥା ବୁଝିପାରିଲେ। ସେଥିପାଇଁ ଆଉ କୌଣସି କଠୋର ମନ୍ତବ୍ୟ ନକରି ସେ ଅବଶେଷରେ କହିଲେ, ସବୁ ତୋ ଭଲ ପାଇଁ ବୋହୂ। ଏ ଗାଆଁ ଲୋକଙ୍କୁ ତୁ ଜାଣି ନାହୁଁ। ଏ ଘରର ଆଢ଼ତି ଥିଲାବେଳେ ସେମାନେ ଭରସି କରି କିଛି କହି ପାରୁନଥିଲେ, ସହି ବି ପାରୁ ନଥିଲେ ଏ ଘରର ସୁଖ, ସମ୍ପଦ। ନିମ ବାହାଘର ପରେ ସେମାନଙ୍କ ମୁହଁରୁ ତୁଣ୍ଡି ଖୋଲିଯାଇଛି... ହଉ ଯାଆ ମାଆ।

ପଛକୁ ଠେଲିହୋଇ ଆସିଥିଲା ନିରୁପମା। କ୍ଷୀଣ ପ୍ରତିବାଦ କରି ପାରି ନଥିଲା।

ତା'ର ବିବାହକୁ ନେଇ ଆକ୍ଷେପ! ସେ ସହିପାରନ୍ତା କିପରି!

ଶୋଇବା ଘରକୁ ଆସି ପଲଙ୍କ ଛୁଇଁବାକ୍ଷଣି ନିରୁପମାର ଅଶ୍ରୁ ଉଦ୍‌ବେଳିତ ହୋଇଉଠିଲା। ଭିତରପଟୁ କବାଟ ବନ୍ଦ କରି ମନଭରି ଅନେକ ସମୟ କାନ୍ଦିଲା ସେ।

ସାମାନ୍ୟ ଗୁଆ ଦି'ଫାଳ କାହାକୁ ଦେବାପାଇଁ ଏ ଘରେ ତାହାର ଅଧିକାର ନାହିଁ।

ସେ କଅଣ ପରିବାରର ଗୃହବଧୂ ନୁହେଁ, କ୍ରୀତଦାସୀ!

ଏଇ ତା'ର ପରିବାର, ସଂସାର- ଯାହାକୁ ନେଇ ତା'ର ଏତେ ଗର୍ବ, ଶ୍ରମ ଓ କଷ୍ଟସ୍ୱୀକାର।

ନିରୁପମା ଜାଣେ, ସେ ଗୁଆ ଦିଫାଳ ଦେଇଦେଲା ବୋଲି ଯେ ଶାଶୂ ତା' ଉପରେ ରାଗିଗଲେ, ତା' ନୁହେଁ। ତାଙ୍କର ରାଗ କରିବାର ପ୍ରଧାନ କାରଣ ରାମାବୋଉଙ୍କ ପ୍ରଶଂସା। ଶାଶୂ ସବୁ ସହିପାରିବେ, କିନ୍ତୁ ନିଜ ବୋହୂର ପ୍ରଶଂସା ତାଙ୍କ କାନରେ ଏଡ଼େ ଶ୍ରୁତିକଟୁ।

ବାମ ହାତ ନେଡ଼ିରେ ନିଜ ଲୁହ ପୋଛିନେଲା ନିରୁପମା।

ନିଜ ମନକୁ ପ୍ରବୋଧନା ଦେଲେ। ଶକ୍ତି, ସାହସ ସଂଗ୍ରହ କଲା।

ଶାଶୂ ଯାହା କହୁଛନ୍ତି, ସେସବୁ ତାଆରି ଭଲ ପାଇଁ। କିଏ ଜାଣଣ ଏ ଗାଆଁ ଲୋକେ ପ୍ରକୃତରେ କେମିତି ? ହୁଏତ ସେମାନେ ତା ମୁହଁରେ ପ୍ରଶଂସା କରିଛନ୍ତି ଶାଶୂ ବୋହୂଙ୍କ ମଧ୍ୟରେ ମନାନ୍ତର ସୃଷ୍ଟି କରିବା ପାଇଁ – ବାହାରେ ଯାଇ ହୁଏତ ତା ବିରୁଦ୍ଧରେ କହୁଥିବେ।

ମଫସଲ ଲୋକେ ସବୁ ପାରନ୍ତି। ଅନ୍ୟ ଘରେ କଳି ଲଗାଇବାରେ ସେମାନଙ୍କର ଆନନ୍ଦ। ଶାଶୂ ପୁରୁଖା ଲୋକ। ବୋହୂ ହୋଇ ଆସି ଏସବୁ କଥା ସେ ହୁଏତ ଅଙ୍ଗେ ନିଭେଇଛନ୍ତି। ହାଡ଼େ ହାଡ଼େ ଚିହ୍ନିଛନ୍ତି ଏ ଲୋକଙ୍କୁ। ସେଥିପାଇଁ ସେ ସାବଧାନ କରିବାକୁ ଚାହାନ୍ତି ବୋହୂକୁ!

ସେ ନିଜ ମନକୁ ନିଜେ ବୁଝାଉଥିଲା।

ଭାବୁଥିଲା, ଜମିଦାର ଘର ଗୃହିଣୀ ଥିଲେ ତା'ର ଶାଶୂ। ସମସ୍ତଙ୍କୁ କଠୋର କଣ୍ଠରେ କହିବା ବୋଧହୁଏ ତାଙ୍କର ଅଭ୍ୟାସରେ ପଡ଼ିଯାଇଛି। ଆଜି ଜମିଦାରୀ ନାହିଁ - ସେ ଅନୁଗତ ଲୋକ ବି ନାହାନ୍ତି। କିନ୍ତୁ ନିଜ ଜିହ୍ୱାର ତୀକ୍ଷ୍ଣଧାର ନ ହରାଇ ସେମିତି ରହିଯାଇଛି। ସେ ଧାରୁଆ କଥାରେ ଆଘାତ ସହିବାକୁ ପଡୁଛି ତା' ନିଜକୁ।

ମନେ ମନେ ହସିଲା ନିରୁପମା।

ନିଜ କ୍ରନ୍ଦନ-କାତର ମୁହଁରେ ଏ ଅପ୍ରତ୍ୟାଶିତ ହସଟା କେମିତି ଦିଶିଲା, ସେ ତାହା ନିଜ ଆଖିରେ ନିଜେ ଦେଖିପାରିଲା ନାହିଁ।

ଭାବିଲା, ନିଜକୁ ବୁଝାଇବା ପାଇଁ ସେ ଯେଉଁ ମୁକ୍ତି ମନକୁ ଆଣୁଛି ସେ କଥା ସତ ହୋଇପାରେ- ମିଛ ବି ହୋଇପାରେ। ଏହି ଯୁକ୍ତି ଯଦି ମିଛ ହୁଏ - ଶାଶୂ ଯଦି ଖରାପ, ରାହାବାଳୀ ହୁଅନ୍ତି- ତେବେ ତା' ଆଖିରୁ ଲୁହ କେବେ ଶୁଖିବ ନାହିଁ। ସେ ଯେଉଁ ନୂଆ ସଂସାର ଗଢ଼ିବାକୁ ଆସିଛି ସେ ସଂସାର ଗଢ଼ା ଅଧା ରହିଯିବ। ଫଳରେ ସେ ଦୁଃଖ ପାଇବ - ତା'ଠାରୁ ବେଶୀ ଦୁଃଖ ପାଇବେ ନିର୍ମଳ-ଯାହାଙ୍କୁ ନିଜେ ସେ ନିଜଠାରୁ ବେଶୀ ଭଲ ପାଏ।

ସବୁ କଥାରେ ଭଲମନ୍ଦ ଦୁଇଟି ଦିଗ ଅଛି।

ସବୁ କଥାରେ ମନ୍ଦ ଦିଗଟିକୁ ଧରି ବସିଲେ ମଣିଷ ନିଜ ଜୀବନକୁ ଦୁଃଖରେ ଭାରାକ୍ରାନ୍ତ କରେ, ପରିବାରର ଅନ୍ୟମାନଙ୍କ ଜୀବନକୁ ବି ଦୁର୍ବିଷହ କରି ଗଢ଼ି ତୋଳେ। ସେଥିପାଇଁ ମିଛ ହେଉ ପଛେ- ସବୁ କଥାର ଭଲ ଦିଗଟିକୁ ଗ୍ରହଣ କରିବାପାଇଁ ଶପଥ କରିଛି ନିରୁପମା।

ଏ ଶିକ୍ଷା ସେ କଲେଜର ଅଧ୍ୟାପକଙ୍କଠାରୁ ଶିଖି ନଥିଲା, ଶିଖିଥିଲା ସ୍ନେହମୟୀ ବୋଉଙ୍କ ପାଖରୁ। ଯେଉଁ ବୋଉ ତା' ଭଳି କଲେଜର ମୁହଁ ଦେଖି ନଥିଲା, କଠୋର ଜୀବନ ସଂଗ୍ରାମର ମହାବିଦ୍ୟାଳୟରୁ ହିଁ ସେ ଗ୍ରହଣ କରିଥିଲା ସେ ଶିକ୍ଷା।

ମଧ୍ୟବିତ୍ତ ପରିବାରର ଝିଅ ସେ। ଅଭାବ ଅସୁବିଧା ସେଠାରେ ବୁଢ଼ିଆଣୀର ଜାଲ ଭଳି ଚାରିଆଡ଼ ଘେରାଇ ହୋଇରହିଛି। ଭାଇ ସେତେବେଳେ ପାଠପଢ଼ି ଚାକିରି କରି ନଥିଲେ - ବାପା ସାମାନ୍ୟ ମାତ୍ର ହୋମିଓପାଥି ଡାକ୍ତର।

କେତେ ବା ତାଙ୍କର ରୋଜଗାର।

ସେମାନେ ଭାଇ ଭଉଣୀ ଚାରିଜଣ - ଦୁଇ ଭାଇ, ଦୁଇ ଭଉଣୀ। ସମସ୍ତେ ପାଠ ପଢ଼ିବେ। ସ୍କୁଲ, କଲେଜ ଖର୍ଚ୍ଚ, ଲୁଗାପଟା, ରୋଗ, ଦୁଃଖ।

ବାପା ଏ ବଢ଼ି ଚାଲିଥିବା ଖର୍ଚ୍ଚ ଭାରାରେ ଭାଙ୍ଗି ପଡୁଥାଆନ୍ତି। ତା'ର କଲେଜ

ପଢ଼ା ବନ୍ଦ ହୋଇଯିବା ଏକ ପ୍ରକାର ସ୍ଥିର ହୋଇଯାଇଥିଲା । ସେଦିନ ଏମତି କବାଟ କିଳି ଅନେକ କାନ୍ଦିଥିଲା ସେ । ଶେଷକୁ ବୋଉ ଆସି ତା' ଆଖିରୁ ଲୁହ ପୋଛି ଦେଲା- କହିଲା, ତୋ ପଢ଼ା ବନ୍ଦ ହେବ ନାଇଁ-ମୁଁ ତୋ ଖର୍ଚ୍ଚ ପଠାଇବି ।

ତାକୁ ପାଠ ପଢ଼ାଇବା ପାଇଁ ବୋଉର ସେ କି ଅସାଧ୍ୟ ସାଧନା !

ସବୁ ଆଜି ଗୋଟି ଗୋଟି ହୋଇ ମନେପଡୁଥିଲା ନିରୁପମାର । ଭୂତପୂର୍ବ ଜମିଦାର ଆଚାର୍ଯ୍ୟ ପରିବାରର ବୋହୂ ହୋଇ ଆସିଛି ବୋଲି ମଧ୍ୟବିତ୍ତ ପଣ୍ଡାଘରର ଜୀବନଯନ୍ତ୍ରଣା ସେ ଭୁଲି ନାହିଁ- ଭୁଲିପାରିବ ନାହିଁ । ବୋଉର ଅର୍ଦ୍ଧାହାର, ଯାତନାପୀଡ଼ିତ ମୁହଁରେ ବିଲୋଳ ହସର ସେଇ ଉଜ୍ଜ୍ୱଳ ରେଖା ଦେଖି ଜୀବନର ତାତ୍ପର୍ଯ୍ୟ ସେଦିନ ବୁଝିଥିଲା ନିରୁପମା । ଅନୁଭୂତିର ମୂଲ୍ୟ ଦେଇ ସେ ଶିଖିଥିଲା ନିଜେ ମରି ଅନ୍ୟକୁ ବଞ୍ଚାଇବାର ମନ୍ତ୍ର ।

ଶାଶୂ ଆଜି ତାର ସୁଖ, ହସ, ଆନନ୍ଦ ସହି ପାରୁନାହାନ୍ତି ।

କାରଣ ନିଜ ଅଜ୍ଞାତରେ, ନିଜ ଅନିଚ୍ଛାରେ ସେ ତାଙ୍କ ମର୍ଯ୍ୟାଦା ବୋଧ, କୁଳୀନତା ଉପରେ ଆଘାତ କରିଛି । ସେ ଆଘାତ କ୍ଷତର ଯନ୍ତ୍ରଣା ଭୁଲିବାକୁ ହୁଏତ କିଛିଦିନ ଲାଗିବ । ସେଥିପାଇଁ ନିରୁପମା ବିଚଳତ ହେବ କାହିଁକି ?

ନିରୁପମା ନିଜ ମନକୁ ସଂଯତ କରି ଶକ୍ତି ସଂଗ୍ରହ କଲା ।

ବାହାରୁ ଶାଶୂଙ୍କ ପାଟି ଶୁଭିଲା, ଏ ବୋହୂ ! ଆରେ ଘରେ କବାଟ କିଳି ପଶିରହିଲୁ କଅଣ ମ ? ଏଇ - ମାମୁଁ ଆସିଲେଣି ପରା ! ପାଣି ଢାଳ ଆଣ-ଆରେ-ଇଏ କିଏ ଚଇଁ ! ଓଷି କି - କେଡୁଟିଏ ହୋଇଗଲାଣି ମ ? ମୁଁ ତ ଦି'ବରଷ ହେଲା ଆଉ ତାକୁ ଦେଖି ନଥିଲି - ଭଲ କରିଛୁ- ସାଙ୍ଗରେ ନେଇଆସିଛୁ । ଘରେ ପିଲାଏ ଭଲ ଅଛନ୍ତିଟି । ମତେ ଗୋଡ଼ କାଢ଼ି ପଦାକୁ ଯିବାକୁ ତଅର କାହିଁ - ଗଲେ ଯମଘରକୁ ଯିବି...

ନିରୁପମା କାନପାରି ଶୁଣିଲା ।

ନିଃଶ୍ୱାସ ନ ନେଇ ଅନେକଗୁଡ଼ାଏ କଥା କହିଗଲେଣି ଶାଶୂ । ସବୁକଥା ଭଲକରି ଶୁଣିପାରି ନାହିଁ - ଏମାନେ କିଏ ଆସିଲେ ? ମାମୁଁ ? ଆଉ ଓଷି କିଏ ?

ନିରୁପମା କବାଟ ଖୋଲିଲା ।

ନୂତନ କଣ୍ଠର କଳରବରେ ବାହାରର ବାୟୁମଣ୍ଡଳ କଲ୍ଲୋଳିତ ହୋଇଉଠୁଛି ।

ଚୂତ, କଦଳୀ, ତାଳ, ନାରୀକେଳ ତରୁର ଅରଣ୍ୟଠାରୁ ଅନେକ ଦୂରରେ ଏଇ ସହର ।

ଜୀବନ ଏଠାରେ ସ୍ୱଚ୍ଛ ନ ହୋଇପାରେ, କିନ୍ତୁ ସହଜ । ଲୋକ ଗୁଡ଼ିକଙ୍କର

ରୁଚି ବେଶ୍ ପରିଛନ୍ନ। ଅଧିକାଂଶ ପଡ଼ୋଶୀ ଶିକ୍ଷିତ, ସଭ୍ୟ, ଭଦ୍ର। ସହରର ନାମ ବାରିପଦା। ନିର୍ମଳ ଚାକିରି ଜୀବନର ପ୍ରଥମ ନିଯୁକ୍ତି ଏଇ ସହରରେ। କିନ୍ତୁ କର୍ମକ୍ଷେତ୍ର ମଫସଲ, ଗଡ଼ଜାତ, ପାହାଡ଼ମାଳ ଅଞ୍ଚଳରେ। ଏଇଟା ହେଲା କେବଳ ହେଡ୍‌କ୍ୱାର୍ଟର। ଋଣ ଆଦାୟ, ରିଲିଫ୍ ବଣ୍ଟନ ଏଇ ହେଲା ମୋଟାମୋଟି କାମ।

ସରକାରୀ ଚାକିରି ଏକ ନିର୍ଭରଯୋଗ୍ୟ ଜୀବିକା - କିନ୍ତୁ, ଜୀବିକାରେ ଜୀବନ ନାହିଁ। ଏ ଏକ କ୍ରୀତଦାସର ଜୀବନ। ଶାସନ ବିଭାଗରେ ଚାକିରି ପାଇ ପ୍ରଥମେ ଉତ୍‌ଫୁଲ୍ଲ ହୋଇଉଠିଥିଲା ନିର୍ମଳ। ନନା ଜମିଦାର ଥିଲେ - ଅନେକ ପ୍ରଜାଙ୍କୁ ଶାସନ କରୁଥିଲେ। ନନା ଗଲେ, ତାଙ୍କ ଆଗରୁ ଜମିଦାରୀ ମଧ୍ୟ ଯାଇଥିଲା। ନିର୍ମଳ ଭାବିଥିଲା, ଶାସନ ବିଭାଗର କର୍ମକର୍ତ୍ତା ହେଲେ ସେ ବି ଅନେକ ଲୋକଙ୍କୁ ଶାସନ କରିବ, ପୈତୃକ ପରମ୍ପରାର ଧର୍ମ ରକ୍ଷା କରିବ।

କିନ୍ତୁ ଚାକିରିର ମାସ କେତୋଟି ପରେ ବୁଝିଲା, ଏଠାରେ ଏ ଚାକିରିରେ ଶାସନ କରିବାର କ୍ଷମତା ନାହିଁ କି ସେବା କରିବାର ସ୍ୱାଦ ନାହିଁ। ଜିଲ୍ଲା କଲେକ୍ଟରଙ୍କ ହୁକୁମ ତାଲିମ କରିବା ହିଁ ତା'ର କାମ। ଶାସନ ବିଭାଗର ସୁଦୀର୍ଘ ସିଡ଼ିରେ ସେ ହେଉଛି ସଦା ଶେଷ ପାହାଚ। ଯେଉଁମାନେ ଏ ଅଞ୍ଚଳର ଲୋକଙ୍କୁ ପ୍ରକୃତରେ ଶାସନ କରନ୍ତି, ଜିଲ୍ଲା ମାଜିଷ୍ଟ୍ରେଟ୍, ଏମ୍.ଏଲ୍.ଏ., ମନ୍ତ୍ରୀ, ଜିଲ୍ଲା ପରିଷଦ ଚେୟାରମ୍ୟାନ- ଏ ସମସ୍ତେ ତା' ମୁଣ୍ଡ ଉପରେ ଗୋଡ଼ ରଖି ସିଡ଼ିର ଉପର ପାହାଚକୁ ଉଠନ୍ତି, ଓହ୍ଲାଇବା ବେଳେ ବି ତାହାରି ମଥା ଉପରେ ପାଦଧୂଳି ଦେଇ ଅବତରଣ କରନ୍ତି।

ପ୍ରଥମେ ଆସି ଏକ ବିଚିତ୍ର ପରିସ୍ଥିତିର ସମ୍ମୁଖୀନ ହେଲା ନିର୍ମଳ।

ତା' ପାଇଁ ଯେଉଁ କ୍ୱାର୍ଟର୍ ନିର୍ଦ୍ଦିଷ୍ଟ ଥିଲା, ଆଗରୁ ଗୋଷ୍ଠୀ ଉନ୍ନୟନ ବିଭାଗର ଆଉଜଣେ ଅଫିସର ତାହାକୁ ଦଖଲ କରିଯାଇଛନ୍ତି। ସେହି ଘର ଛାଡ଼ିବାକୁ ସେ ନାରାଜ। ସେଥିପାଇଁ ଉପରକୁ ଲେଖାଲେଖି କରି ଘର ଦଖଲ ଆଣିଲାବେଳକୁ ହୁଏତ ସେତେବେଳକୁ ଅନ୍ୟ ସ୍ଥାନକୁ ତାର ବଦଳି ହୋଇଯାଇଥିବ। ତେଣୁ ଶାସନ ବିଭାଗର ତଳ ଶ୍ରେଣୀର କର୍ମକର୍ତ୍ତା ନିର୍ମଳ ପ୍ରଥମେ ନିଜ ମନକୁ ହିଁ ଶାସନ କଲା, କ୍ୱାର୍ଟର ପାଇଁ କଳହ କରି ନାହିଁ ବୋଲି ସେ ମନେ ମନେ ସ୍ଥିର କଲା।

ଅନୁସନ୍ଧାନ କଲା ଆଉ ଏକ ଭଡ଼ାଘର।

ଠିକ୍ ଏତିକିବେଳେ ଦେଖାହେଲା ତା'ର ଅନିରୁଦ୍ଧ ସହିତ। କବି ଅଧ୍ୟାପକ ଅନିରୁଦ୍ଧ ଦାସ।

ହଜିଯାଇଥିବା ଜିନିଷ ଆଉ ମିଳିବ ନାହିଁ ବୋଲି ମନରେ ସ୍ଥିର କରିନେଲା ପରେ ହଠାତ୍ ଯଦି ସେ ଜିନିଷ ଅବଲୀଳାକ୍ରମେ ମିଳିଯାଏ, ତାହାହେଲେ ମନରେ

ସୃଷ୍ଟି ହୁଏ ଅପୂର୍ବ ଏକ ଆବେଗ। ଅନିରୁଦ୍ଧ ସହିତ ଦେଖା ହୋଇଯିବା ପରେ ସେଇଭଳି ଅପର୍ଯ୍ୟାପ୍ତ ଖୁସିରେ ନିର୍ମଳର ମନର କୋଣ ଅନୁକୋଣ ଭରଉଠିଲା।

ସ୍କୁଲ ଜୀବନର ସୁହୃଦ୍ ଅନିରୁଦ୍ଧ।

ମଧୁର କୈଶୋରର ଅପାସୋରା ସ୍ମୃତି...

ସ୍ଥାନୀୟ କଲେଜରେ ଅଧ୍ୟାପନା କରୁଛି ଅନିରୁଦ୍ଧ। ରାସ୍ତା ମଝିରେ ହଠାତ୍ ନିର୍ମଳକୁ ଦେଖି ସେ ଉତ୍‌ଫୁଲ୍ଲ ହୋଇଉଠିଲା। ତା'ପରେ ଆରମ୍ଭ ହେଲା ଅତୀତର ସେହି ସ୍ମୃତି-ଚାରଣ। ନିର୍ମଳକୁ ହଠାତ୍ ଦେଖି ସେ ଏକ ପ୍ରକାର ଛୋଟ ପିଲାଙ୍କ ଭଳି ପ୍ରଗଲ୍‌ଭ ହୋଇଉଠିଲା। କହିଲା, ଏ ରାସ୍ତାରେ ଠିଆ ହୋଇ ଗପ୍ପ କଲେ ଚଳିବ ନାହିଁ। ଆମ ବସାକୁ ଚାଲ୍...

ସେ ଟାଣିଲା ତାକୁ ଆଗକୁ।

ନିର୍ମଳର ମନେ ହେଲା, ଏ ଟଣା କେବଳ ଆଗ ରାସ୍ତାକୁ କିମ୍ବା ତା' ବସାକୁ ନୁହେଁ। ଏ ଟଣା ଅତୀତରୁ ବର୍ତ୍ତମାନ ଆଡ଼କୁ। ପଛ ଜୀବନର ସେ ଅପାସୋରା ସ୍ମୃତିର ସାମ୍ରାଜ୍ୟରୁ ସେ ଟାଣି ଟାଣି ତାକୁ ବର୍ତ୍ତମାନର ମରୁଦ୍ୟାନ ଆଡ଼କୁ ନେଉଛି।

ନିର୍ମଳ କହିଲା, ମୁଁ ଯିବି, କିନ୍ତୁ ଗୋଟାଏ ସର୍ତ୍ତରେ। ମୁଁ ଏ ଅଞ୍ଚଳରେ ନୂଆ, ତୁ ତ ଅନେକ ଆଗରୁ ଏଠାରେ ରହିଲୁଣି। ତତେ ମୋ ଲାଗି ଖଣ୍ଡେ ବସା ଖୋଜି ଦେବାକୁ ହେବ।

ଅନିରୁଦ୍ଧ ଅବାକ୍ ହେଲେ।

ପ୍ରଶ୍ନ କଲା, ମାନେ - ଏ ଅଞ୍ଚଳରେ ଡେପୁଟି କଲେକ୍ଟର ଏମିତି ତରୁଣୀ ବିଧବା ଭଳି ନିଃସହାୟା।

ଅନିରୁଦ୍ଧ ରାସ୍ତା ମଝିରେ କବିତ୍ୱ କଲା।

ବାକ୍ୟ ଶେଷ କରିବାକୁ ସୁଯୋଗ ଦେଇ ନଥିଲା ନିର୍ମଳ।

ଚାପା କଣ୍ଠରେ ଉତ୍ତର ଦେଇଥିଲା, ବିଧବା ହେଲେ ବି ତରୁଣୀ ହୋଇଥିଲେ ନିଃସହାୟା ହେବାର କିଛି କାରଣ ନାହିଁ। ଦେହର ଯୌବନ ପାଇଁ ଅନ୍ତତଃ ଅନେକ ଲୋକ ସମବେଦନାରେ ମନ ଓଦା କରି ଆଶ୍ରୟ ଯାଚନ୍ତେ... କିନ୍ତୁ ପ୍ରକୃତରେ ମୁଁ ବାଲ୍ୟବିଧବା ଭଳି ନିଃସହାୟା... କାହାଠି ସାହାଯ୍ୟ ଭିକ୍ଷା କରିବି ତା'ତ ଜାଣେ ନାହିଁ, ଅଥଚ କାହାରି ବିନା ସାହାଯ୍ୟରେ ଚଳି ମଧ ପାରିବି ନାହିଁ।

ନିର୍ମଳ କଥା ଶେଷରେ ଦୁଇ ବନ୍ଧୁ ମନଖୋଲା ହସ ହସିଲେ।

ଅନିରୁଦ୍ଧର ବସାରେ ପହଞ୍ଚିଲା ନିର୍ମଳ।

ବେଶ୍ ପରିଚ୍ଛନ୍ନ ପ୍ରଶସ୍ତ ବସାଘର।

ଘରେ ପ୍ରବେଶ କରିବା ମାତ୍ରେ ନିର୍ମଳର କାନରେ ବାଜିଲା ଚୁଡ଼ିର ରୁଣଝୁଣୁ ଶବ୍ଦ।

ଅନିରୁଦ୍ଧ ତାହାହେଲେ ବିବାହିତ।

ନିର୍ମଳ ମନରେ ସଙ୍କୋଚର ସ୍ପର୍ଶ ଲାଗିଲା। କିନ୍ତୁ ସେ ସଙ୍କୋଚ ଅପସାରିତ ହୋଇଯିବାକୁ ବି ବେଶି ସମୟ ଲାଗିଲା ନାହିଁ। ତା'ର ଅଳ୍ପ ସମୟ ପରେ ନିର୍ମଳ ବୁଝିଲା, ଅନିରୁଦ୍ଧ କେବଳ ସ୍ୱାମୀ ନୁହେଁ, ଜନକ। ଚାରିବର୍ଷର ଝିଅଟିଏ ଆସି ଅନିରୁଦ୍ଧକୁ ଜାବୁଡ଼ି ଧରିଲା।

ବୋଉକୁ କହ-ଜଣେ ଡେପୁଟି ବାବୁ ଆସିଛନ୍ତି- ଚା କରିବେ। - ନିଜ ଝିଅକୁ ଲକ୍ଷ୍ୟକରି କହିଲା ଅନିରୁଦ୍ଧ। କିନ୍ତୁ ନିର୍ମଳ ବୁଝିଲା, ଝିଅକୁ ଲକ୍ଷ୍ୟ କରି କହୁଥିଲେ ବି ଅନିରୁଦ୍ଧ ସେ କଥାତକ ନିକଟବର୍ତ୍ତୀ ପ୍ରକୋଷ୍ଠରେ ଥିବା ପତ୍ନୀଙ୍କ ଉଦ୍ଦେଶ୍ୟରେ ହିଁ କହୁଥିଲା।

କିଛି ସମୟ ପରେ ଆଳାପଟା ବେଶ୍ ଜମିଆସିଲା।

ପଛଦିନର ସେଇ ଅଧାଭୁଲା ସ୍ମୃତିକୁ ନେଇ ଦୁଇ ବନ୍ଧୁ ବେଶ୍ ଆଲୋଚନା କଲେ। ଆଲୋଚନା ମଝିରେ ପରିଚୟ ହେଲା ଅନିରୁଦ୍ଧର ସ୍ତ୍ରୀ ଶ୍ୟାମଳୀଙ୍କ ସହିତ।

ନାମଟା ଶ୍ୟାମଳୀ ହୋଇଥିଲେ ବି ଅନିରୁଦ୍ଧର ସ୍ତ୍ରୀ ପ୍ରକୃତରେ ଗୌରାଙ୍ଗୀ। ଚତୁର୍ଥ ବର୍ଷୀୟା କନ୍ୟାର ଜନନୀ ସେହି ମହିମାମୟୀ ନାରୀଙ୍କ ଦେହରେ ସ୍ୱାସ୍ଥ୍ୟର ଭଗ୍ନତା ଦେଖାଦେଇଥିଲେ ସୁଦ୍ଧା ମାତୃସୁଲଭ ଏକ ସ୍ନିଗ୍ଧ ଲାବଣ୍ୟରେ ତାଙ୍କର ସମଗ୍ର ଦେହ ଉଦ୍ଭାସିତ।

ନିଜ ଘର କଥା ହଠାତ୍ ମନେ ପଡ଼ିଗଲା ନିର୍ମଳର।

ନିରୁପମାର କଥା !

ମୁଁ ଆସୁଛି ଅନିରୁଦ୍ଧ, ତତେ ଅନେକ ବ୍ୟସ୍ତ କଲି। ଯଦି କେଉଁଠି ନୂଆ ବସାର ସନ୍ଧାନ ପାଉ ମତେ ସାଙ୍ଗେ ସାଙ୍ଗେ ଜଣାଇବୁ। - ନିର୍ମଳ କଥା ଶେଷ କରିବା ଆଗରୁ ଉଠିପଡ଼ିଲା।

ବସା ଆଉ ଖୋଜିବି କାହିଁକି ? ଆମର ଦୁଇଟା ରୁମ୍ ତ ଖାଲି ଅଛି। ତୁ ଏଠାକୁ ଚାଲିଆ-ଅନିରୁଦ୍ଧ ଚା' କପ୍‌ରେ ଶେଷ ଚୁମ୍ବନ ଦେଇ କହିଲା।

ନା-ନା-ଅସୁବିଧା ହେବ ତୋର। ମୁଁ ତ ଅଫିସ୍ ପାଖରେ ଗୋଟାଏ ରୁମ୍ ନେଇ ଅଛି। ...ନିର୍ମଳ ପ୍ରତିବାଦ କଲା।

କିନ୍ତୁ ବେଳେବେଳେ ଏପରି ପରିସ୍ଥିତିରେ ମଣିଷ ପଡ଼ିଯାଏ, ଯେତେବେଳେ ଯୁକ୍ତିଯୁକ୍ତ ପ୍ରତିବାଦ ବି ଯୁକ୍ତିହୀନ ଭଳି ମନେହୁଏ।

ନିର୍ମଳର ପ୍ରତିବାଦ ସେଇପରି ମନେ ହେଲା।

ଅନିରୁଦ୍ଧର ସ୍ତ୍ରୀ କହିଲେ, ଆମର କିଛି ଅସୁବିଧା ନାହିଁ; ବରଂ ଆପଣଙ୍କର ଅସୁବିଧା ହେବ। ସାମାନ୍ୟ କଲେଜ ଶିକ୍ଷକ ଘର ତ...

ନିର୍ମଳ ଆଉ ପ୍ରତିବାଦ କରିପାରିଲା ନାହିଁ।

ସେ ଚୁପ୍ ହୋଇଗଲା।

ଏହିପରି ଭାବରେ ନବନିଯୁକ୍ତ ଶାସନ ବିଭାଗର କର୍ମଚାରୀ ନିର୍ମଳ ଅଧ୍ୟାପକ ଅନିରୁଦ୍ଧ ଘରେ ହେଲା ସ୍ଥାୟୀ ଅତିଥି।

ଅନ୍ୟ କେଉଁ ବନ୍ଦର ଅଭିମୁଖେ ଯାତ୍ରା କରୁଥିବା ଭାସମାନ ଜାହାଜ ଅବଲୀଳାକ୍ରମେ ଭାସି ଭାସି ଆସି ଲାଗିଲା ଅଜ୍ଞାତ ଏକ ପୋତାଶ୍ରୟରେ।

ନିର୍ମଳ ନିଜେ ବି କଥାଟାକୁ ହଠାତ୍ ବିଶ୍ୱାସ କରିପାରିଲା ନାହିଁ।

ମିଶ୍ରେ ଆକାଶକୁ ଚାହିଁଲେ।

ଦିନ ଶେଷ ହେବାକୁ ବସିଲାଣି। ଏତିକିବେଳେ ବାହାରି ନ ଗଲେ ଘରେ ପହଞ୍ଚୁ ପହଞ୍ଚୁ ରାତି ବେଶୀ ହୋଇଯିବ। ନାନୀ କହୁଥିଲେ ରହିଯାଆ ଆଜି ରାତିକ। ସକାଳୁ ଉଠି ଚାଲିଯିବୁ। ମିଶ୍ରଙ୍କର ସକାଳୁ ବି ଯିବାର ଇଚ୍ଛା ଥିଲା। କିନ୍ତୁ ଓଷି କଥାଟାକୁ ଅଦଳ ବଦଳ କରିଦେଲା। କହିଲା, ନନା ଦିନକୁ କହି ଆସି ତିନି ଦିନ ରହିଲେଣି। ଘରେ ବୋଉ ଦକଦକ ହେଉଥିବ। ଘରେ ପୁଣି କିଛି...

ମିଶ୍ରେ ଚମକି ପଡ଼ିଲେ।

ଓଷିଟା ଏଡ଼େ ଆଗତକହୀ ! ଘରେ ରୋଷେଇ ପାଇଁ କିଛି ନାହିଁ ବୋଲି ବୋଧହୁଏ କହିଦେବାକୁ ବସିଥିଲା। କହି ଦେଇଥିଲେ କଥା ସରିଥିଲା। ନାନୀ ଆଗରେ ତାଙ୍କ ମୁଣ୍ଡ କଟି ମାଟିରେ ଲୋଟିଥାଆନ୍ତା। ସେଥିପାଇଁ ତା' ତୁଣ୍ଡରୁ କଥା ଝାମ୍ପିନେଇ ସେ କହି ଉଠିଲେ, ହଁ ନାନୀ... ଘରେ ପୁଣି ମୁଁ କିଛି କହି ଆସି ନାଇଁ। ଏତେ ଦିନ ତୋହରି ଯୋଗୁ ଅଟକିଗଲି। ମୁଁ ସବୁ ପାରେ, ହେଲେ ତୋ କଥା ଭାଙ୍ଗିପାରେ ନାଇଁ। ଆଉ ପୁଣି କେବେ ଆସିବ ଯେ ! ମୋ ମାଆ ଲକ୍ଷ୍ମୀକୁ ତୋ' ପାଖରେ ଛାଡ଼ି ଯାଉଛି।

କଥାଟା ସେତିକିରେ ଇତି ହୋଇଥିଲା।

ଆଜି ଯେ କୌଣସି ମତେ ଯିବା କଥା।

ଯିବାକୁ ଇଚ୍ଛା ନାହିଁ, କିନ୍ତୁ ରହିବାର ଉପାୟ ନାହିଁ। ଯେତେହେଲେ ଭଉଣୀ ଘର। ଭଉଣୀ ଘରେ ଭାଇ କୁକୁର। ଲୋକେ କଥାଟାକୁ ଭଲ ଦୃଷ୍ଟିରେ ଦେଖନ୍ତି ନାଇଁ। ଗାଆଁର ପଚାଶ ଜଣ ଏ ତିନି ଦିନ ଭିତରେ ତିରିଶ ଥର ପଚାରିଗଲେଣି, କେବେ ଘରକୁ ଯାଉଛନ୍ତି ମିଶ୍ର ଗୋସେଇଁ। ଘର କଥା କଅଣ ମନେ ପଡୁ ନାଇଁ ?

ମିଶ୍ରେ ଦାନ୍ତ ଦେଖେଇ କେବଳ ହସି ସେ କଥାଟାକୁ ଏଡ଼େଇ ଦେବାକୁ ଚେଷ୍ଟା କରିଛନ୍ତି। ସତରେ ଭାଣିଜୀ ବୋହୂର ସ୍ନେହ, ମମତାରେ ମନ ତାଙ୍କର ବାନ୍ଧି ହୋଇଯାଇଛି ! କି ସେବା, କି ଭକ୍ତି !

ଆହା

ମିଶ୍ରେ ବିସ୍ମୟରେ ବିମୂଢ଼ ହୋଇଯାଆନ୍ତି।

ସକାଳୁ ଉଠିଲାବେଳକୁ ପାଣି ଢାଳ, ଗୁଡ଼ାଖୁ, ଦାନ୍ତକାଠି। ଗାଧୋଇ ସାରି ଫେରିଲାବେଳକୁ ଫୁଲ, ଚନ୍ଦନ। ଖାଇବସିଲା ବେଳକୁ ପାଖରେ ବସି ଏଇଟା ଖାଆନ୍ତୁ, ସେଇଟା ନ ଖାଇଲେ ମୋ ମନ କଷ୍ଟ ହେବ। ଏ ଭଜା ଆପଣଙ୍କ ପାଇଁ ଖାସ୍ କରିଥିଲି। ଉଷା କହୁଥିଲେ ମାଛ ମହୁର କୁଆଡ଼େ ଆପଣ ବେଶୀ ଭଲ ପାଆନ୍ତି, ସେଇଥିପାଇଁ ସେଇଟା ଆଜି କଲି। ଆରେ, ପାଣି ପିଇଲେଣି କଅଣ ? ଆଉ ଖାଇବେ ନାହିଁ କି ? ନା- ମୋ ରାଣଟି, ଆଉ ଟିକିଏ ଖିରି ଖାଆନ୍ତୁ।

ମିଶ୍ରେ ପ୍ରଥମେ ଭାବିଥିଲେ, ଏଇଟା ବୋହୂର ଉପରଦେଖାଣିଆ ଛଇଛଟକ। ପ୍ରଶଂସା ପାଇବାପାଇଁ ଲୋକଦେଖା ଅଭିନୟ। କିନ୍ତୁ ତିନି ଦିନ ରହଣି ଭିତରେ ସେ ବୁଝିପାରିଲେ, ପଣ୍ଡା ଘରର ଝିଅ ହେଲେ ବି ଲକ୍ଷ୍ମୀ ଠାକୁରାଣୀଙ୍କର ସବୁ ସୁଗୁଣ ନେଇ ସେ ଏ ଆଚାର୍ଯ୍ୟ ପରିବାରକୁ ବୋହୂ ହୋଇ ଆସିଛି। ଅଥଚ ଏହି ବୋହୂକୁ ଘରେ ପ୍ରବେଶ ଅଧିକାର ନ ଦେବାକୁ ସେ ଦାଣ୍ଡରେ ବାଡ଼ି ପକାଇ ଜଗି ବସିଥିଲେ।

ଯିବୁ ପରା ! ଯିବୁ ଯଦି ଆଉ ଡେରି କରୁଛୁ କାହିଁକି ? - ହେମାଙ୍ଗିନୀ ସାନଭାଇକୁ ଘରକୁ ଯିବା କଥା ସ୍ମରଣ କରାଇ ଦେଲେ।

ହଁ- ନାନୀ ! ବେଳ ତ ହୋଇଗଲା। ମୁଁ ଉଠିଲି ଜାଣ !- ମିଶ୍ରେ କହୁ କହୁ ଉଠିପଡ଼ିଲେ। ଚାଲି ଚାଲି ଗଲେ ବୋହୂକୁ କହିଦେଇ ଯିବେ ବୋଲି।

ନିରୁପମା ଉଷାର ମୁଣ୍ଡ ବାନ୍ଧି ଦେଇସାରି କପୋଳରେ କୁଙ୍କୁମ ପିନ୍ଧାଇ ଦେଉଥିଲା।

ମିଶ୍ରେ ପଚାରିଲେ, ମୋ ଛତା, ବାଡ଼ି କେଉଁଠି ରଖିଲୁ କି ମାଆ ! ସଞ୍ଜ ହୋଇ ଆସିଲାଣି ! ମୁଁ ଯିବି ଯେ !

ଛତାଟା ତ ଗମ୍ଭୀରି ଘରେ ଅଛି। ବାଡ଼ିଟା ଏଇ ଘରେ ଥିଲା। ମୁଁ ଦେଉଛି। - ନିରୁପମା ତରବର ହୋଇ ଉଷାକୁ କୁଙ୍କୁମ ପିନ୍ଧାଇ ଦେବାକୁ ଲାଗିଲା।

ଫିକ୍‌କିନି ହସି ଦେଇ ଉଷା କହିଲା, ତମର ଏଇ ବୁଦ୍ଧି କଟକୀ ନୂଆବୋଉ ! ନୂଆବୋଉ ହୋଇଆସିଛ - ନନା ପରା ମଳାଶୁର ହେବେ ! ତାଙ୍କ ସାଙ୍ଗରେ ଏମିତି ଠୋସ୍ କଥାବାର୍ତ୍ତା କରନ୍ତି ? ସେ କିଛି ଜିନିଷ ମାଗିଲେ ସିନା ଠାରିକରି ଦେଖାଇ

ଦିଅନ୍ତି, ତମେ ଏମିତି ସାଙ୍ଗସରିସାଙ୍କ ସାଙ୍ଗରେ କଥାଭାଷା ହେଲାମିତି କଅଣ କଥା କହୁଛ ମ ?

ନିରୁପମାର ମୁହଁ ଅପମାନରେ କଳା ପଡ଼ିଗଲା।

ମିଶ୍ରେ ବି ନିଜ ଝିଅ ମୁହଁରୁ ଏକଥା ଶୁଣି ଅବାକ୍ ହୋଇଗଲେ। ଭାଣଜୀବୋହୂଠାରୁ ସଣ୍ଣୁଣା ଶିଖିବ ବୋଲି ସେ ଝିଅକୁ ଏଠାରେ ଛାଡ଼ି ଯାଉଛନ୍ତି, କିନ୍ତୁ ଝିଅ ତ ଭାଣିଜୀବୋହୂକୁ ସଣ୍ଣୁଣା ଶିଖାଇବା ଆରମ୍ଭ କଲାଣି !

ମିଶ୍ରେ ଭାଣିଜୀବୋହୂରର ମାନ ରକ୍ଷାକଲେ।

ନୂଆବୋଉଠାରୁ ତୁ ବେଶୀ ସଣ୍ଣୁଣା ଶିଖିଛୁ ନା ! ଆହା ! ମୋ ବୁଢ଼ୀ ଘରଣୀ ନୂଆବୋଉ ମାନ୍ୟ ଲୋକ। ତାଙ୍କୁ ଏମିତି କହନ୍ତି। ଛି...ଛି... ତୁ କିଛି ମନେ କରିବୁ ନାଇଁ ବୋହୂ ! ସେଇଟା ସେ ଗାଆଁ ଝିଅବୋହୂଙ୍କ ସାଙ୍ଗରେ ମିଶି ଏମିତି ଖରାପ ହୋଇଗଲାଣି। ସେଥିପାଇଁ ତ ତୋ ପାଖରେ ଛାଡ଼ିଯାଉଛି। ତୁ ତା ବଡ଼ ଭଉଣୀ ଭଳି। ଏମିତି କଥା କହିଲେ ତା' କାନମୋଡ଼ି ବୁଦ୍ଧି ବତାଇଦେବୁ। – ମିଶ୍ରେ ଭାଣିଜୀବୋହୂ ଉଦ୍ଦେଶ୍ୟରେ ଏତକ କହି ଘଟଣାର ଗତିକୁ ଅନ୍ୟ ଦିଗକୁ ନେବା ପାଇଁ ଚେଷ୍ଟା କଲେ।

ନିରୁପମା କହିଲା, ନାଇଁ – ଆପଣ କିଛି ଭାବନ୍ତୁ ନାହିଁ। ଉଷା ଠିକ୍ କହିଛନ୍ତି। ମୁଁ ତ ସହରରେ ବଢ଼ିଲି, ଏ ଚଳଣି କିଛି ଶିଖିନାଇଁ। ଛୋଟ ହେଲେ ବି ସେ ଉଚିତ୍ କଥା କହିଛନ୍ତି।

ମିଶ୍ରେ ସେତେବେଳକୁ ଆଖି କଟମଟ କରି ଝିଅକୁ ଆକଟ କରୁଥିଲେ। ନିରୁପମାର କଥା ସେ ଭଲକରି ଶୁଣିପାରିଲେ ନାହିଁ।

ସନ୍ଧ୍ୟା ହୋଇ ଆସିଲାଣି।

ଆଉ ସମୟ ଗଡ଼ାଇଲେ ଚଳିବ ନାଇଁ। ଝିଅର କଥା ଶୁଣିସାରିବା ପରେ ଇଚ୍ଛାଥିଲେ ବି ଆଉ ନାନୀ ଘରେ ରହିବାକୁ ମନ ଟେକୁ ନାଇଁ। ଅନ୍ଧାର ହୋଇ ଆସୁଥିବାର ଦେଖି ନାନୀ ଯଦି ଆଜି ରାତିଟା ରହିବାକୁ ଜିଦ୍ କରେ, ତଥାପି ମିଶ୍ରେ ରହିବେ ନାହିଁ ବୋଲି ମନ ସ୍ଥିର କରିନେଲେ।

ମନରେ ଆଶଙ୍କା, ଦୁର୍ଭାବନା ବଢୁଛି।

ଉଷାର ଜିଭ ଖଣ୍ଡକ ଭାରି ଶାଣଦିଆ ଛୁରି।

ବହୁ ଆଶା, ବହୁ କଳ୍ପନା ମନରେ ରଖି ସେ ତାକୁ ଏଠାରେ ଛାଡ଼ି ଯାଉଛନ୍ତି। ଯଦି ଭାଣିଜୀବୋହୂ ସାଙ୍ଗରେ ଏମିତି କଥାବାର୍ତ୍ତା କରେ, ତେବେ ସେ ତିନିଦିନ ତଳେ ତାକୁ ଆଣି ଏଠାରେ ଯେମିତି ଛାଡ଼ିଦେଇ ଯାଇଛନ୍ତି, ସେହିପରି ନାନୀ ହୁଏତ ଦିନେ ତାଙ୍କ ଘରେ ତାକୁ ଛାଡ଼ି ଦେଇ ଆସିବ।

ତା'ପରେ... !

ବାହାଘର ତାର ବେଶୀ ଦିନ ବିଳମ୍ବ ନାହିଁ। ଘରେ ଏତେ ଗୁଡ଼ାଏ ପିଲା, ପେଟକୁ ମୁଠାଏ ଯୋଗାଇବା କଷ୍ଟ। ଉଷାବୋଉ ବି ଦିନକୁଦିନ ରୋଗିଣୀ ହୋଇଯାଉଛି। ଶେଷକୁ ଏଇ ନାନୀଘର ଉପରେ ତାଙ୍କର ଅନେକ ଭରସା। କିନ୍ତୁ ହୁଣ୍ଡୀ ଝିଅଟା ଯଦି ବୋହୂକୁ ଏମିତି ମୁହଁ ଉପରେ ଥୁଣ୍ଟା ଦିଏ, ଏକଥା ଯଦି ଭଉଜା ଶୁଣେ, ତେବେ....

ମିଶ୍ରେ ଆଖିରେ ଅନ୍ଧକାର ଦେଖନ୍ତି।

ଆସନ୍ନ ରାତ୍ରିର ଅନ୍ଧକାରଠାରୁ ଆହୁରି ଘନ, ଆହୁରି ଦୁର୍ଭେଦ୍ୟ ସେ ଅନ୍ଧକାର।

ଯିବା ପୂର୍ବରୁ ବାହାରକୁ ଡାକି ଦି'ପଦ କଡ଼ା କଡ଼ା ଝିଅକୁ ଶୁଣାଇଦେଲେ। ଗାଲରେ ତାର ଖୁନ୍ଦାଟିଏ ଦେବାପାଇଁ ମିଶ୍ରଙ୍କ ହାତଟା ଉପରମୁହାଁ ହୋଇ ଉଠୁଥିଲା, ପରିସ୍ଥିତି ଦୃଷ୍ଟିରୁ ନିଜ ହାତକୁ ସମ୍ଭାଳି ନେଲେ। ତା'ପରେ ଡଗ ଡଗ କରି ପାହୁଲ ପକାଇ ଅନ୍ଧକାରରେ ସେ ଏକମୁହାଁ ହୋଇ ବାହାରି ପଡ଼ିଲେ ନିଜ ଗ୍ରାମ ଉଦ୍ଦେଶ୍ୟରେ...

ନିରୁପମା ସଞ୍ଜଦୀପ ଦେଇ ଫେରିଆସିଲା ନିଜ ଶୟନକକ୍ଷକୁ।

ମୁଣ୍ଡଟା କାହିଁକି ହଠାତ୍ ତା'ର ବିନ୍ଧିବାକୁ ଆରମ୍ଭ କରିଛି।

ସେ ବୁଝି ପାରୁନାହିଁ, କାହିଁକି କେଜାଣି ସେ ଯାହାକୁ ଆପଣାର କରିବାକୁ ବସୁଛି, ସେମାନେ ସମସ୍ତେ ତା'ର ଶତ୍ରୁ ହୋଇଯାଉଛନ୍ତି। ସମସ୍ତେ ତା'ର ସ୍ନେହ, ସେବାକୁ ସନ୍ଦେହ କରୁଛନ୍ତି, ଅବିଶ୍ୱାସ କରୁଛନ୍ତି କାହିଁକି ? କଅଣ ପାଇଁ ?

କାରଣ ସେ ପଣ୍ଡାଘରର ଝିଅ !

ନିଜ ମନର ଅଭ୍ୟନ୍ତରକୁ ନିରୀକ୍ଷଣ କରି ଚାହେଁ ନିରୁପମା।

ପଣ୍ଡାଘରର ଝିଅ ହୋଇ ଆଚାର୍ଯ୍ୟ ପରିବାରର ପୁଅକୁ ଭଲ ପାଇ ସେ କଅଣ ଭୁଲ୍ କରିଛି ! ସେ ତ ନିଜେ ଜାଣେ, ବ୍ରାହ୍ମଣ ଘରର ପୁଅ ହରିଜନ ଘରର ଝିଅକୁ ବି ବିବାହ କରି ସୁଖରେ ଅଛନ୍ତି। ପ୍ରଥମେ କିଛିଦିନ ସାମାଜିକ ପ୍ରତିବନ୍ଧକ ସୃଷ୍ଟି ହୋଇଛି, ପରେ ସେସବୁକୁ ଭୁଲି ହୋଇଯାଇଛି। କିନ୍ତୁ ପଣ୍ଡା, ଆଚାର୍ଯ୍ୟ ମଧ୍ୟରେ କଅଣ ବା ତଫାତ୍।

ନିଜ କର୍ତ୍ତବ୍ୟରେ କଅଣ କିଛି ତ୍ରୁଟି କରିଛି ସେ।

ସନ୍ଦେହ ଘନୀଭୂତ ହୁଏ ନିରୁପମାର ମନରେ। ବୋଧହୁଏ ଆଚାର୍ଯ୍ୟ ପରିବାରର ଗ୍ରାମ୍ୟ-ଶାଳୀନତାକୁ ସେ ନିଜ ଅଜ୍ଞାତରେ ବେଳେ ବେଳେ ଆହତ କରୁଛି। ଏହିପରି ଏକ ଆହତ ଗ୍ରାମ୍ୟ-ଶାଳୀନତାର ଚିତ୍ର ଉଷା ଆଜି ତା' ଆଖି ଆଗରେ ଟେକି ଧରିଛି !

ଗୁରୁଜନଙ୍କୁ ନୂଆବୋହୂ କଥା କହିବା ଉଚିତ ନୁହେଁ। ଠାରରେ ସବୁ ଜଣାଇବା

ତା'ର କର୍ତ୍ତବ୍ୟ। ସେଥିରେ ଗୁରୁଜନଙ୍କ ଗୁରୁତ୍ୱ ବଢ଼େ, ବୋହୂର ନମ୍ରତା ପ୍ରକାଶ ପାଏ।

ପଣ୍ଡାଘରର ଝିଅ ବୋଲି ଏ ପରିବାରରେ ତା' ପ୍ରତି ଘୃଣା ନୁହେଁ। ତା' ପ୍ରତି ସମସ୍ତଙ୍କର ଘୃଣା - କାରଣ ସେ ଶିକ୍ଷିତା, ଉଚ୍ଚ-ଶିକ୍ଷିତା।

ନିରୁପମା ବୁଝିପାରିଲା ଏ ଘରର ବୋହୂ ହୋଇ ପାରିବାରିକ ସୁଖଶାନ୍ତି ଫେରାଇ ଆଣିବାକୁ ହେଲେ ହୁଏତ ତାକୁ ପରିବାରର ଅନ୍ୟମାନଙ୍କୁ ତା' ନିଜ ଶିକ୍ଷାର ଉଚ୍ଚସ୍ତରକୁ ଉଠାଇବାକୁ ପଡ଼ିବ। ବୁଝାଇବାକୁ ହେବ ଯେ ଶାଳୀନତା, ଭଦ୍ରତା, ଆନ୍ତରିକତା ସେକାଳ ବୁଢ଼ୀମାଆ ଅମଳର ସେ ଅଚଳ ରକ୍ଷଣଶୀଳତା ମଧ୍ୟରେ ନାହିଁ, ଅଛି ଅନ୍ତରର ଶୁଭ୍ରତାରେ, ରୁଚିର ପରିଚ୍ଛନ୍ନତାରେ।

ତା' ନ ହେଲେ ତାକୁ ନିଜ ଶିକ୍ଷାର ଅଭିମାନ ଭୁଲି ନିଜ ଶାଶୂ, ନଣନ୍ଦ, ଗାଁ ପଡ଼ୋଶୀଙ୍କ ଶିକ୍ଷାର ନିମ୍ନସ୍ତରକୁ ଅବତରଣ କରି ଆସି ନିଜକୁ ସେମାନଙ୍କ ସହିତ ଏକାକାର କରିଦେବାକୁ ପଡ଼ିବ। ଏହାଛଡ଼ା ଦ୍ୱିତୀୟ ପଥ ନାହିଁ।

ଶାଶୂ, ନଣନ୍ଦଙ୍କୁ ନିଜ ଶିକ୍ଷାର ସ୍ତରକୁ ଉଠାଇବା ସମ୍ଭବ ନୁହେଁ। ସେ ନିଜେ ସେମାନଙ୍କ ସ୍ତରକୁ ଓହ୍ଲାଇ ଆସିବ। ସେ ଭୁଲିଯିବ ନିଜ ମୋଟା ଇତିହାସ, ଅର୍ଥନୀତି ପୁସ୍ତକର ଇତିହାସ। ସେ ଏକ ପଢ଼ା ଗାଆଁର ବୋହୂ, ସେଇ ତା'ର ଏକମାତ୍ର ପରିଚୟ।

ବୋହୂ!

ନିରୁପମା କବାଟ ପାଖକୁ ଫେରି ଚାହିଁଲା। ଶାଶୂ ଠିଆ ହୋଇଛନ୍ତି। ଲଣ୍ଠନର ସ୍ୱଚ୍ଛାଲୋକରେ ତାଙ୍କ କ୍ରୁଦ୍ଧ ଦୃଷ୍ଟି କ୍ଷୁଧିତ ବାଘୁଣୀର ଭ୍ରମ ସୃଷ୍ଟି କରୁଛି।

ମତେ ଡାକିଲେ? - ନିରୁପମା ଭୟଭୀତ ହୋଇ ପ୍ରଶ୍ନ କଲା।

ହଁ' ତେତେ...। ଶାଶୂ ଢ଼ୋକ ଗିଳିଲେ। ତା'ପରେ କହିଲେ, ପିଲାଟା ଏ ଘରକୁ ଆସିବା ତିନି ଦିନ ହୋଇନି। ଗୋଡ଼ ଦେଉଣୁ, ନ ଦେଉଣୁ ତାକୁ ତା' ନନା ପାଖରୁ ଗାଳି ଶୁଣାଇଲୁ? ଛି...ଛି.... କଅଣ ଭୁଲ ବା ସେ କହିଥିଲା, ଏଥିପାଇଁ ତାକୁ କାନ୍ଦିବାକୁ ହେଲା? ମୁଁ ସିନା ଶାଶୂ, ପର। ଯେତେ ବେଢ଼ଙ୍ଗ କଥା ଶୁଣିଲେ ବି କିଛି କହୁ ନାଇଁ। ଗାଆଁ ଲୋକେ କଅଣ କହୁଛନ୍ତି। ସାଇପଡ଼ିଶା କଥା ଶୁଣିଲେ ବି କିଛି କହୁ ନାଇଁ। ଗାଆଁ ଲୋକେ କଅଣ କହୁଛନ୍ତି! ସାଇପଡ଼ିଶା କଅଣ କହୁଛନ୍ତି! ସମସ୍ତଙ୍କ ସାଙ୍ଗରେ ହେଁ ହେଁ ଫେଁ ଫେଁ କଥା। ସେ ମଳାଶୁର; ତା' ସାଙ୍ଗରେ ବି ଥଟ୍ଟା, ଟାପରା। ଠୋସ୍ କଥା। ଝିଅଟା ଦେହରେ ଗଲା ନାହିଁ, କହିଦେଲା। ତୋ ଭଳି ସିନା ସେ ବେ.ମେ. ପଢ଼ି ନାଇଁ, ସଣ୍ଢୁଣା ଶିଖିଛି। କଥାରେ ଅଛି ଚାଟଘର ପୁଅ ଚାଟ,

ଭାଟଘର ପୁଅ ଭାଟ। ଭାଟଘର ଝିଅର ଅକଲ ଆସିବ କୁଆଡୁ ? ହେମାଙ୍ଗିନୀ କଥାତକ କହି ଦମ୍ ନେଲେ।

ନିରୁପମା ତ୍ରସ୍ତ କଣ୍ଠରେ ଉତ୍ତର ଦେଲା, ଉଷାଙ୍କ କଥା ଶୁଣି ମୁଁ ତ ମାମୁଁଙ୍କୁ କିଛି କହି ନାଇଁ !

କଥା ନ କହିଲେ କଅଣ ସେ ବୁଝିବ ନାଇଁ। ମୁହଁ କୁହୁଳାଇ ଏମିତି କୁଆଡ଼େ ଢ଼ଙ୍ଗ କଲୁ ଯେ, ସେ ଝିଅଟାକୁ ଗାଳି ଦେଇ କନ୍ଦେଇ କନ୍ଦେଇ ଗଲା। ଛି....ଛି.... ହେମାଙ୍ଗିନୀ ଆଉ କିଛି ବିଷ ଉଦ୍‌ଗାର କଲେ।

ଉଷା ଆଖିରେ ହସ ଚହଲି ଉଠିଲା।

ଅନ୍ଧକାର ନଇଁ ଆସିଲା ନିରୁପମାର ଆଖିରେ।

ଯେତେ ଜଗି ରଖି ଚଳିଲେ ବି ମୁକ୍ତି ନାହିଁ। ଯେତେ ସେବା ଯତ୍ନ କଲେ ବି ପ୍ରଶଂସା ନାହିଁ। ନିନ୍ଦା, ଅପମାନ ସହିବାକୁ ସତେ ଯେପରି ସେ ଏ ଘରର ବୋହୂ ହୋଇ ଆସିଛି।

ଉଷା ସତରେ କାନ୍ଦିଥିଲା କି ନାହିଁ ନିରୁପମା ଜାଣେ ନାହିଁ। କିନ୍ତୁ ସେ ମନଭରି କାନ୍ଦିଲା। ଇଚ୍ଛାକରି ମଧ୍ୟ ନିଜ ଲୁହକୁ ସେ ଗୋପନ କରିପାରିଲା ନାହିଁ।

ଉଷା କହିଲା, ଦେଖିଲୁ ଅପା ! କଟିକୀ ନୂଆବୋଉ ତୁଚ୍ଛାଟାକୁ କାନ୍ଦିଲେଣି। ମୋହରି ନେଇ ଏତେ ନାଟ। ତୁ ନନାଙ୍କ ପାଖକୁ କାଲି ଖବର ପଠା, ମୁଁ ଆମ ଘରକୁ ଚାଲିଯିବି।

ଉଷାକୁ କୋଳେଇ ନେଇ ହେମାଙ୍ଗିନୀ କହିଲେ, ତତେ ଏ ଘରୁ ତଡ଼ିଦେବ, ଏମିତି ବାପର ଝିଅ କିଏ ? ତୁ ମୋତେ ମନ କଷ୍ଟ କର ନା। ମୁଁ ଥାଉଥାଉ...

ନିରୁପମା ଆଖିର ଉଷ୍ମ ଲୁହ ବରଫ ପାଲଟିଗଲା।

ଆଘାତ ଦେଲେ ବି ସାନ୍ତ୍ୱନା ଦେବାକୁ ଏ ଘରେ ତା'ର କେହି ନାହିଁ। ଦିନ, ମାସକୁ ସେ ଏ ଘରକୁ ବୋହୂ ହୋଇ ଆସି ନାହିଁ। ଏ ଜ୍ୱାଳା ଯନ୍ତ୍ରଣା ସେ କେତେ ଦିନ ସହିବ ?

ଶାଶୂଘରେ କାନ୍ଦିବାର ପରିସ୍ଥିତି ଆସି ଅନେକ ସମୟରେ ପହଞ୍ଚିଯାଏ, କିନ୍ତୁ ମନଭରି କାନ୍ଦିବା ପାଇଁ ଅବସର କିମ୍ବା ସମୟ ମିଳେ ନାହିଁ। କାନ୍ଦିବା, ରୁଷିବା, ଅଭିମାନ କରିବା-ଝିଅ ଜୀବନରେ ଏ ମଧ୍ୟ କେବଳ ବାପଘରର ବିଳାସ। ରୁଷିଲେ ବାପା ବୁଝାନ୍ତି, ବୋଉ ସାନ୍ତ୍ୱନା ଦିଏ, ଭାଇ ରାଣ ପକାନ୍ତି। କିନ୍ତୁ ଶାଶୂଘରେ... !

ଦିନ ଗଡ଼ିଗଲାଣି। ସଞ୍ଜ ହେଲାଣି। ସଞ୍ଜବତୀ ଲାଗିନାହିଁ। ସଞ୍ଜ ଦେବାକୁ ହିଁ ହେବ। ଭାତହାଣ୍ଡି ଚୁଲି ଉପରେ ବସିଥିଲା- ଟକମକ ହୋଇ ଭାତ ଫୁଟିଲାଣି। ଭାତ ଗାଳିବାକୁ ପଡ଼ିବ। କୌଣସି କାମରେ ଅବହେଳା କଲେ ଚଳିବ ନାହିଁ।

ନିରୁପମା କାନ୍ଦିବାକୁ, ଭାବିବାକୁ, ବେଳ ପାଉ ନାହିଁ।

କାନ୍ଦିଲେ, ଭାବିଲେ ବା ଲାଭ କଅଣ ?

ସେ ବେଳେବେଳେ ଏକଥା ଭାବେ, ଚିନ୍ତା କରେ। ଯେଉଁ କଥା ପାଇଁ ଲୁହ ଝରି ଲାଭ ନାହିଁ, ସେକଥା ଲାଗି ଶୋଚନା କରି ଲାଭ କ'ଣ ?

ନିରୁପମା କାମ କରିବାକୁ ବାହାରିପଡ଼େ।

ତମ କଟକୀ ବୋହୂ କଅଣ କରୁଛନ୍ତି ନାନୀ ! କାଇଁ... ଆଖିରେ ପକାଇବା ପାଇଁ ଟିକିଏ ମିଳୁ ନାହାନ୍ତି। ରମା ନୂଆବୋଉଙ୍କ କଣ୍ଠସ୍ୱର।

ଶାଶୂ ନାହାନ୍ତି। ଘର ଭିତରକୁ ଆସୁଛନ୍ତି ଏକାକିନୀ ରମା ନୂଆବୋଉ। କଥାଟି ତାହାରି ଉଦ୍ଦେଶ୍ୟରେ କୁହାଯାଉଛି।

କାମ ପଛକୁ ପକାଇ ଦେଇ ନିରୁପମା ଉଠିଗଲା ରମା ନୂଆବୋଉଙ୍କ ପାଖକୁ। ସାଙ୍ଗରେ ଆଜି ଠୁକୁରୀ ନାହିଁ - ଏକାକିନୀ। କଅଣ ପାଇଁ ଆସିଛନ୍ତି ରମା ନୂଆବୋଉ।

ରମା ନୂଆବୋଉଙ୍କର ସେଇ ଶାଣିତ ଜିହ୍ୱାର ଆଘାତ ଚିହ୍ନ ବି ଲିଭି ନାଇଁ ନିରୁପମା ମନରୁ। ବିନା ଆଘାତରେ ମନ୍ତ୍ରଣା ନେଇ କେବେହେଲେ ସାହିର ଏଇ ମହୀୟସୀ ମହିଳା କୁଆଡ଼େ ବାହାରନ୍ତି ନାହିଁ। ହଠାତ୍ କଅଣ ପାଇଁ ତାଙ୍କରି ଆବିର୍ଭାବ !

ନିରୁପମା ତାଙ୍କୁ ଡାକି ପଲଙ୍କ ଉପରେ ବସାଇଲା। ପାନ ଭାଙ୍ଗି ଦେଲା।

ରମା ନୂଆବୋଉଙ୍କ ମୁହଁ ସେଦିନ ସେ ଭଲକରି ଦେଖିପାରି ନଥିଲା। କଣ୍ଠସ୍ୱର ଯାହା କେବଳ ଅନୁମାନ କରିଥିଲା। ଆଜି ଲଣ୍ଠନ ଆଲୁଅରେ ସ୍ପଷ୍ଟ ଦେଖିଲା ସେ ରମା ନୂଆବୋଉଙ୍କ ମୁହଁ। ଗ୍ରାମ୍ୟ ସରଳତା ଆଉ ଯୌବନର ସ୍ନିଗ୍ଧ-ଚଟୁଳତାରେ ମୁହଁରୁ ତାଙ୍କର ଲାବଣ୍ୟର ଜ୍ୟୋତି ବାହାରୁଛି। ଆଖି ଦୁଇଟି ମମତାରେ ଛଳଛଳ। ଅଥଚ ଅନ୍ୟର ଘର ଭାଙ୍ଗିବା ପାଇଁ ଏହି ନାରୀ ଜଣକ ଏତେ ତୀକ୍ଷ୍ଣ, ଏତେ ଅଭିସନ୍ଧିମୂଳକ କଥା କହିପାରନ୍ତି !

ନାନୀ କାହାନ୍ତି କି ବୋହୂ ! - ରମାନୂଆବୋଉ ପ୍ରଶ୍ନ କଲେ।

ବାରିପଟେ ଅଛନ୍ତି - ଡାକିଦେବି ?- ନିରୁପମା ନିମ୍ନ କଣ୍ଠରେ ପ୍ରଶ୍ନ କଲା।

ଥାଉ-ଥାଉ-ଆସିବେ ନାଇଁ କି ! ବସ ମ ଗପ କରିବା। - ରମା ନୂଆବୋଉ ନିରୁପମାର ହାତ ଧରି ବସାଇଦେଲେ।

ତେଣେ ଜାଳ ଜଳି ଆସିବଣି ଚୁଲି ମୁହଁ ପାଖକୁ। ଗପ କଲେ ଡାଲି ଲାଗିଯିବ। ରମା ନୂଆବୋଉଙ୍କୁ ଟିକିଏ ଅପେକ୍ଷା କରିବାକୁ କହି ଚୁଲିମୁଣ୍ଡକୁ ଉଠିଆସିଲା ନିରୁପମା। ଆସିଲାବେଳେ ଭାବୁଥିଲା, ଖାଲି ଗପ କରିବାକୁ କଅଣ ରମା ନୂଆବୋଉ ଆସିଛନ୍ତି ?

ଚୁଲୀ ଜାଳି ଦେଇ ପୁଣି ରମା ନୂଆବୋଉଙ୍କ ପାଖକୁ ଫେରି ଆସିଲା ନିରୁପମା।

ତା'ର ଅନୁପସ୍ଥିତିରେ ଘର ଭିତରେ ଅନେକ ଗୁଡ଼ାଏ ଜିନିଷ ଘାଣ୍ଟି ସାରିଲେଣି ରମା ନୂଆବୋଉ।

ସଜଡ଼ା ଜିନିଷକୁ ଅକାରଣରେ ଘାଣ୍ଟି ଖେଳେଇ ଦେଲେ ନିରୁପମା ବିରକ୍ତିର ଚରମ ସୀମାରେ ପହଞ୍ଚିଯାଏ। ଅପରିଚ୍ଛନ୍ନତା, ବିଶୃଙ୍ଖଳତା ତା'ର ରୁଚିବିରୋଧୀ।

କିନ୍ତୁ ରମାନୂଆବୋଉଙ୍କୁ ସେ କିଛି କହିପାରିଲା ନାହିଁ।

ନିରୁପମାକୁ ଦେଖି ରମା ନୂଆବୋଉ ମୁହଁ ଟେକି ଚାହିଁଲେ।

ତମେ କଅଣ ନିଜ ହାତରେ ରୋଷେଇ କରୁଛ ନୂଆବୋହୂ। - ରମା ନୂଆବୋଉଙ୍କ କଣ୍ଠରେ ସହାନୁଭୂତିର ସ୍ୱର। ପ୍ରଶ୍ନଟି ପ୍ରଥମେ ଶୁଣି ସୁଦ୍ଧା ବୁଝିପାରିଲା ନାହିଁ ନିରୁପମା। ଆଉ ଥରେ ପଚାରିଲା, କଅଣ କହିଲେ ?

ଏଇ ରୋଷେଇ। ଚୁଲି ଜାଳିବାକୁ ଗଲ ଯେ ଭାବିଲି, ତମେ ନିଜେ ରୋଷେଇ କରୁଛ - ରମା ନୂଆବୋଉ ନିଜ ବକ୍ତବ୍ୟକୁ ସାମାନ୍ୟ ସ୍ପଷ୍ଟ କରିଦେଲେ। କରୁଛି ତ ! ମୁଁ ରୋଷେଇ କରିବି ନାହିଁ ଆଉ କିଏ କରିବ ? ଆଗରୁ ତ ପୂଝାରୀ ନ ଥିଲେ, ଆଉ ମୁଁ ଆସିଲା ପରେ କଅଣ ଘରେ ପୂଝାରୀ ରହନ୍ତେ ? ନିରୁପମା ଅଳ୍ପ ବୁଝି ପାରି ନଥିବା ଭଳି ମୁଖଭଙ୍ଗୀ କରିଦେଲା।

ରମା ନୂଆବୋଉଙ୍କ କୁଞ୍ଚିତ ଭ୍ରୂଲତାରେ ବିସ୍ମୟର ଆଲୋଡ଼ନ ସୃଷ୍ଟି ହେଲା।

ସେ କହିଲେ, କଅଣ କହିଲ ? ପୂଝାରୀ କଅଣ ରଖିବା ଭଳି ଅବସ୍ଥା ତମର ନୁହେଁ ? ଆଚାର୍ଯ୍ୟ ପରିବାରର ବୁନିଆଦି, ନାମ ଡାକ...

ରମା ନୂଆବୋଉଙ୍କୁ ବାକି କଥା ସଂପୂର୍ଣ୍ଣ କରିବାକୁ ଦେଲାନାହିଁ ନିରୁପମା।

ମଝିରୁ କଥା ଝାମ୍ପି ନେଇ କହିଲା, ଥାଉ-ମୋର ଏସବୁ ବିଷୟରେ ଆଗ୍ରହ ନାହିଁ। ବୋହୂର କାମ ପରିବାରର ସବୁଲୋକଙ୍କୁ ହାତରେ ରାନ୍ଧି ଖୁଆଇବା। ସେଥିପାଇଁ ତ ସେ ଗୃହଲକ୍ଷ୍ମୀ। ଆଉ ଆପଣ ତ ନିଜେ ଅନୁଭବ କରୁଥିବେ, ହାତରେ ବାନ୍ଧି ପରିବାରର ଲୋକଙ୍କୁ ଖୁଆଇ ସନ୍ତୁଷ୍ଟ କରିପାରିଲେ ମନରେ ଯେଉଁ ସନ୍ତୋଷ ଆସେ, ସେ ସନ୍ତୋଷ ଅନ୍ୟ କେଉଁଥିରେ ମିଳେ ନାହିଁ....

ନିରୁପମାର କଥା ଶୁଣି ରମା ନୂଆବୋଉଙ୍କ ଆଖି କୋଣରେ ବିସ୍ମୟର ବିଦ୍ୟୁତ୍ ପୁଣି ଥରେ ନୃତ୍ୟ କରିଉଠିଲା। କଟକୀ ପାଠୋଇ ବୋହୂ ରୋଷେଇଆ ଚାହେଁ ନାହିଁ। ହାତରେ ରାନ୍ଧି ବୁଢ଼ୀଶାଶୂ, କଳହୁଡ଼ୀ ନଣନ୍ଦକୁ ଖୁଆଇବାରେ ସନ୍ତୋଷ ମିଳେ। ଏ-ଏ କଥା କଅଣ ସେ ରାଗିକରି ଥଟ୍ଟାରେ କହୁଛି, ନା ସତରେ କହୁଛି !

ଶାଢ଼ିକାନିରେ ଆଖିକୁ ଥରେ ଭଲକରି ପୋଛି ନେଇ ପୁଣି ରମା ନୂଆବୋଉ ନିରୁପମା ମୁଖକୁ ଚାହିଁଲେ।

ନିରୁପମା ତାଙ୍କ ମୁହଁକୁ ଚାହିଁ ଅଳ୍ପ ଅଳ୍ପ ହସୁଛି।

ସେ ମୁହଁରେ ଛପିଲା ରାଗର ଚିହ୍ନ ନାହିଁ, ପରିହାସର ସୂଚନା ନାହିଁ। ପାଠୋଇ ଝିଅଟାର ମନକଥା କଣ ସତରେ ସେ ବୁଝିପାରି ନାହାନ୍ତି କି ?

ସନ୍ଦେହରେ ଥରେ ନିରୁପମାର ମୁହଁକୁ ଚାହିଁ ଢୋକ ଗିଳିଲେ ରମା ନୂଆବୋଉ।

ତା'ପରେ କଥାର ଗତି ବଦଳାଇ ଦେଇ କହିଲେ, ମଲା! ପୂଝାରୀ ଯାହା ଘରେ ନାହାନ୍ତି, ତାଙ୍କ ଘରେ କଅଣ ବୋହୂ ଗୋଡ଼ରୁ ଅଳତା ନ ଲିଭୁଣୁ ରୋଷେଇ ଘରେ ନିଆଁ ଧାସରେ ବସିବାକୁ ଶାଶୂ ଶ୍ୱଶୁର ପଠାଇ ଦେଇଛନ୍ତି ? ଆମେ କଅଣ ବୋହୂ ହୋଇ ନଥିଲୁ ? - ମୋ ଶାଶୂ ତ ମତେ ଛଅମାସ ହାଣ୍ଡି କି ଚଟୁ କିଛି ଧରେଇ ଦେଇ ନଥିଲେ।

ଏଥର ନିରୁପମା ଚମକି ଉଠିବାର କଥା।

ରମା ନୂଆବୋଉଙ୍କ କଣ୍ଠରୁ ଏ ସହାନୁଭୂତିଶୀଳ କଥା ଶୁଣି ନିରୁପମା ପ୍ରଥମେ ଆଶ୍ଚର୍ଯ୍ୟ ହୋଇଥିଲା। ଏଥର ଟିକିଏ ବିବ୍ରତ ହେଲା। କଥାବାର୍ତ୍ତା ଛଳରେ ସେ ତା ଘରର ବ୍ୟକ୍ତିଗତ ଘଟଣା ଭିତରେ ପ୍ରବେଶ କରିବାକୁ ଚେଷ୍ଟା କଲେଣି। ତାଙ୍କ ଘର କଥାରେ ଶୁଭାକାଙ୍‌କ୍ଷିଣୀ ହିସାବରେ ମଧ୍ୟ ଏ କ୍ଷେତ୍ରରେ ତାଙ୍କର ପ୍ରବେଶ ନିଷେଧ। କଥାଟାକୁ ଆଉ ଆଗେଇ ଦେବାକୁ ଚାହୁଁ ନଥିଲା ନିରୁପମା, କିନ୍ତୁ ସ୍ପଷ୍ଟ ଭାବରେ ମନା କରିବା ମଧ୍ୟ ତା'ପକ୍ଷରେ ସହଜ ନୁହେଁ। କାରଣ ନୂଆବୋଉଙ୍କ ଜିହ୍ୱାର ତୀକ୍ଷ୍ଣତା କଥା ସେ ଜାଣେ। ସେ କ୍ଷତର ଯନ୍ତ୍ରଣା ଏବେ ବି ତା ମନରୁ ଲିଭି ନାହିଁ।

କଥାଟାକୁ ଶେଷ କରିଦେବା ପାଇଁ ସେ ନମ୍ର ଗଳାରେ କହିଲା- ଶାଶୂ ମୋତେ ବାରଣ କରୁଥିଲେ ରୋଷେଇ ଘରକୁ ଯିବାପାଇଁ। ମୁଁ ତାଙ୍କର ବାରଣ ମାନି ନାହିଁ। ପାଠୋଇ ଝିଅ ତ ! ଶାଶୂଙ୍କ ବାରଣ ନ ମାନିବାଟା ଗୋଟାଏ ବଦଭ୍ୟାସ।

କଥାଟା ଶେଷ କରି ଆପେ ଆପେ ହସି ପକାଇଲା ନିରୁପମା।

ରମା ନୂଆବୋଉଙ୍କ ମୁହଁରେ ସନ୍ଦେହର ରହସ୍ୟ କେବଳ ଅଧିକରୁ ଅଧିକ ଘନୀଭୂତ ହେବାକୁ ଲାଗିଲା।

ଶେଷ ହୋଇଯାଇଥିବା କଥାର ଖିଅକୁ ଆଉଥରେ ପଛକୁ ଟାଣି ସେ ପୁଣି କହିଲେ, ତମେ ସିନା ହସୁଛ ବୋହୂ, ତମକୁ ଯାହା କହୁଛନ୍ତି ମୁଁ ହୋଇଥିଲେ ନିଆଁ ଲଗେଇ ଦିଅନ୍ତିଣି।

ନିରୁପମା ଶିହରି ଉଠିଲା।

ଏ ତାର ନୂଆ ସଂସାର, ନୂଆ ଘର। ସେ ନିଜେ ଆଶ୍ରୟ ନେଇଥିବା ଘରେ ନିଜେ ନିଆଁ ଲଗାଇ ଦେବ ? କଥାଟା ଭାବିଲେ ଛାତି ଭିତରେ ଦୁଲୁକି ଉଠୁଛି।

ରମା ନୂଆବୋଉ ଗୋପନ କଥା କହିଥିବା ଭଳି ଚାପା କଣ୍ଠରେ କହିଲେ, ଦେଖି ସହି ପାରୁ ନଥିବା ଲୋକେ ତମ ନାମରେ କ'ଣ କମ୍ କଥା କହୁଛନ୍ତି ! ମୋ ଦେହରେ ଏସବୁ ଯାଉନାହିଁ। ମୋ ମୁହଁଟି ସିନା ଖର, ହେଲେ ମନଟା ସେମିତି ନୁହେଁ। ନାରୀ ଏତେ ଖରାପ ଲୋକ ନଥିଲେ- ଏଇ ଗାଁ ଲୋକେ ସବୁବେଳେ ପଦ୍ମତୋଳା ବୋଲି ବୋଲି ତାଙ୍କୁ ସାର ଦେଲେଣି। ହେଲେ, ତମେ ଚୁପ୍ ହୋଇ ରହିଲେ ଚଳିବ ? ନାଇଁ ବୋହୂ, ଚଢ଼ାକୁ ଉତ୍ତର ନଦେଲେ ଏ ଲୋକଙ୍କୁ ପାରି ହେବ ନାଇଁ...

ରମା ନୂଆବୋଉ କହିଯାଉଥିଲେ। ସବୁକଥା ଶୁଣିଯାଉଥିଲା ନିରୁପମା। ପ୍ରଥମର ଏଇ ନୂଆବୋଉ ଆସି ଯାହ କହିଯାଇଥିଲେ ସେ କଥା ମନରେ ରହିଛି। ଆଜି ପୁଣି ଗାଆଁ ଲୋକଙ୍କ କଥା ସେ କହୁଛନ୍ତି। ସେ କଥା ବି ଶୁଣିବାକୁ ହେବ।

ନିରୁପମା ମୁହଁରେ କୌଣସି ଉତ୍ସାହ, ଆଗ୍ରହ ନ ଦେଖି ରମା ନୂଆବୋଉଙ୍କ କଥାର ଗତି ବି ଛନ୍ଦହୀନ ହୋଇପଡୁଥିଲା।

ସେ ମୁହଁ ବୁଲାଇ ଆରପଟକୁ ଦେଖିନେଲା। କେହି ନାହାନ୍ତି।

ତା'ପରେ ସେ ଚଟ୍‌କିନି ନିରୁପମାର ହାତ ଧରିପକାଇ କହିଲେ, ଗୋଟିଏ ଜରୁରୀ କାମରେ ତମ ପାଖକୁ ଆସିଥିଲି ବୋହୂ! କଥା ନହସରେ ଅସଲ କଥାଟା କହିପାରିନାଇଁ। ଗୋଟିଏ କଥା କହିବି - ରଖିବ ତ ?

ନୂତନ ଏକ ବିସ୍ମୟର ଧକ୍‌କା ଲାଗିଲା ଆସି ନିରୁପମାର ମନରେ।

ରମା ନୂଆବୋଉ ଜରୁରୀ କାମରେ ଆସିଛନ୍ତି ତା' ପାଖକୁ ? କଅଣ ତାଙ୍କର କାମ ? କଅଣ ସେ ମାଗିବେ ?

କଥା କହୁନ ଯେ କଅଣ ମୋ କଥା ରଖିବ ନାହିଁ ? ରମା ନୂଆବୋଉଙ୍କ କଣ୍ଠରେ କିଛି ପରିମାଣରେ ଉଦ୍‌ବେଗର ସ୍ପର୍ଶ।

କୁହନ୍ତୁ ! ଯଦି ପାରିବି-ନିରୁପମା ନିର୍ଲିପ୍ତ କଣ୍ଠରେ ଉତ୍ତର ଦେଲା।

ଦଶଟ ଟଙ୍କା ଦେଇଥାଅ ବୋହୂ। ଭାରି ଜରୁରୀ ଦରକାର। ସବୁଆଡ଼େ ବୁଲିଆସିଲି - କେହି ଦେଲେ ନାହିଁ। ବହୁତ ଆଶା ନେଇ ତମ ପାଖକୁ ଆସିଛି। ସାତଦିନ ପରେ ଫେରାଇ ଦେବି। କେହି ଜାଣିବେ ନାହିଁ।

ରମା ନୂଆବୋଉଙ୍କ ହାତ ଭିତରେ ନିରୁପମାର ହାତ ପାପୁଲି ଝାଳେଇ ଆସୁଥିଲା।

ଟଙ୍କା ପାଇଁ ଆସିଛନ୍ତି ରମା ନୂଆବୋଉ।

ତାଙ୍କ ସହାନୁଭୂତିଶୀଳ କଥାର ଯେଉଁ ରହସ୍ୟ ତା ମନର ଆଡ଼ମ୍ବରକୁ ମେଘାକ୍ରାନ୍ତ

କରିଥିଲା, ଦଶଟଙ୍କା ଧାରର ଆବେଦନ ଶୁଣିଲା ପରେ ସେ ସନ୍ଦେହ ମେଘମୁକ୍ତ ହେଲା।

ଆପଣ ବୋଉଙ୍କୁ କୁହନ୍ତୁ - ନିରୁପମା ନିଜର ମତ ପ୍ରକାଶ କଲା।

ଛି- ସେ ଟଙ୍କା ଦେବେ! ଛୋଟ ନୂଆ ପଇସାଟିଏ ବି ନୁହେଁ। ବିଦେଶ ଗଲାବେଳକୁ ନିର୍ମଳ ତମକୁ ଯେଉଁ ହାତ ଖରଚ ଦେଇ ଯାଇଥିବ ସେଇ ଟଙ୍କାରୁ ଦଶଟା ଦିଅ। ମୁଁ ହାତେ ହାତେ ସାତଦିନ ଭିତରେ ଦେଇଯିବ।

ହାତ ଖରଚ!

ନିରୁପମା ଅଳ୍ପ ହସିଲା ମନେ ମନେ। ସ୍ୱାମୀ ବିଦେଶ ଗଲେ ଶାଶୂ ଶ୍ୱଶୁରଙ୍କୁ ଲୁଚାଇ ସ୍ତ୍ରୀକୁ କିଛି ହାତ ଖରଚ ଦେଇଯାନ୍ତି, ଏ ଧାରଣା ଗାଆଁର ସବୁରି ମନରେ ବଦ୍ଧମୂଳ। ଆଉ ନିର୍ମଳ ଯେତେବେଳେ ବଡ଼ ଚାକିରି କରୁଛି, ବୋହୂ ଯେତେବେଳେ କଲେଜ ପଢ଼ା କଟକୀ ଝିଅ -ନିଶ୍ଚୟ ଖୁବ୍ ବେଶୀ ଟଙ୍କା ସେ ତାକୁ ହାତ ଖରଚ ଦେଇଯାଇଥିବ- ଏ ଧାରଣା କରିବା ରମା ନୂଆବୋଉଙ୍କ ପକ୍ଷରେ ଅତି ସ୍ୱାଭାବିକ। ଯେ ଯଦି କୁହେ - ତାଙ୍କର ଅନୁମାନ ମିଥ୍ୟା- ସେ ଗଲାବେଳେ ତାକୁ କିଛି ଦେଇଯାଇ ନାହାନ୍ତି, ତେବେ ରମା ନୂଆବୋଉ କେବେହେଲେ ସେକଥା ବିଶ୍ୱାସ କରିବେ ନାହିଁ।

ନିରୁପମା ପାଖରେ ଯେ ଟଙ୍କା ଦଶଟା ନାହିଁ, ସେକଥା ନୁହେଁ। କିନ୍ତୁ ଶାଶୂଙ୍କୁ ନପଚାରି ସେ ଟଙ୍କାଟା ଦେବ କି ନାହିଁ, ସ୍ଥିର କରିପାରୁ ନଥିଲା।

ରମା ନୂଆବୋଉ କଣ୍ଠ କରୁଣ କରି କହିଲେ, ଛୁଆଟାକୁ କାଲିଠୁ ଜର... ଡାକ୍ତରକୁ ଡାକିବି ଯେ ପଇସା ନାହିଁ। ଘରର ଅବସ୍ଥା ଠ ଠା ଠି। ତମେ ଟଙ୍କା ଦଶଟା ଦେଇଥାଅ - ଗହଣା ବନ୍ଧାପକାଇ ମୁଁ ନିଶ୍ଚୟ ସୁଝିଦେବି .....

ରମା ନୂଆବୋଉଙ୍କ ପୁଅକୁ ଜର!

ଡାକ୍ତର ଡାକିବାକୁ ପଇସା ନାହିଁ!

ନିରୁପମାର ଛାତି ଭିତରର କଲିଜା ଠକ ଠକ ହୋଇ ଥରି ଉଠୁଥିଲା। ସେ ଚାହିଁ ଦେଖୁଥିଲା, ଯାହାର ଜିଭ ଖଣ୍ଡାଧାର ଭଳି ଶାଣିତ ବୋଲି ସାରା ଗାଁର ଝିଅବୋହୂ ଭୟ କରନ୍ତି, ସେଇ ରମା ନୂଆବୋଉଙ୍କ ଶାଣିତ ଜିହ୍ୱା ଅସହାୟବୋଧରେ ଜଡ଼ ହୋଇଆସୁଛି।

ନିରୁପମା ଆଖିରୁ ଲୁହ ନିଗିଡ଼ି ଆସିଲା।

ତର ତର କରି ଟ୍ରଙ୍କ ଖୋଲି ଦଶଟଙ୍କିଆ ନୋଟ କାଢ଼ି ରମା ନୂଆବୋଉଙ୍କ ହାତରେ ସେ ଗୁଞ୍ଜିଦେଲା। କହିଲା - ପୁଅ ଦେହ ଖରାପ - ଏତେବେଳଯାଏ କହୁନ!

ରମା ନୂଆବୋଉ ନୋଟକୁ ଭାଙ୍ଗି କାନିରେ ବାନ୍ଧିଲେ।

ଉଠିଲାବେଳକୁ କହିଲେ, ସୁନା ଭଉଣୀଟି ପରା! ନାନୀଙ୍କୁ ଏକଥା କହିବ ନାହିଁ। ସାତ ଦିନ ଭିତରେ ମୁଁ ଟଙ୍କା ଫେରାଇ ଦେଇଯିବି।

(ଚୁଲି ଜଳିଆସିଲାଣି। ଡାଲି ଘୋରିବା ବେଳ ହୋଇଗଲାଣି। ନୂଆବୋଉ ଏତେବେଳଯାଏ କୁଆଡ଼େ ଗଲେ? କଥାଟା ମନେପକାଇ ଓଷି ଘରଆଡକୁ ଆସୁଥିଲା। ନିରୁପମା ଦଶଟଙ୍କିଆ ନୋଟଟା କାଢ଼ି ରମା ନୂଆବୋଉଙ୍କୁ ଦେଉଥିବାର ଦୃଶ୍ୟ ସେ ଦେଖିଲା। ନାନୀଙ୍କୁ କହିବ ନାହିଁ ବୋଲି ରମା ନୂଆବୋଉ କହିଲାବେଳେ ଓଷିର କାନ ଦୁଇଟା ଉଦ୍‌ଗ୍ରୀବ ହୋଇଉଠିଲା। ଚୁଲି ଜଳିଆସିବା କଥା ସେ ଭୁଲିଗଲା। ଡାଲି ଘୋରିବା କଥା ସେ ପାସୋରି ପକାଇଲା। ତା' ଆଖିଡ଼ୋଳା ଉତ୍ତେଜନାରେ କେବଳ ସଂପ୍ରସାରିତ ହୋଇଉଠିଲାରୁ ସେ ଫେରିଗଲା।)

ଟଙ୍କା ଦଶଟା ନେଇ ଫେରିଲେ ମଧ୍ୟ ରମା ନୂଆବୋଉ।

ହେମାଙ୍ଗିନୀ ଆଖିରେ ତନ୍ଦ୍ରାର ପ୍ରଲେପ ପ୍ରଗାଢ଼ ହୋଇ ଆସୁଥିଲା। ମାଡ଼ି ମାଡ଼ି ପଡୁଥିଲା ଆଖିପତା। ମୁହଁ ଉପରକୁ ଋଦରଟା ଟାଣିନେଇ ସେ ଶୋଇବାକୁ ଚେଷ୍ଟା କଲେ। ଠିକ୍ ସେତିକିବେଳେ ଝିଆରୀ ଓଷିର ହାତଟା ଆସି ପଡ଼ିଲା ତାଙ୍କ ବେକ ଉପରେ। ହେମାଙ୍ଗିନୀ ଓଷିର ହାତଟାକୁ ବେକରୁ କାଢ଼ିଦେବାକୁ ଚେଷ୍ଟା କଲେ।

କିନ୍ତୁ ଓଷିର ହାତଟା ତାଙ୍କ ହାତକୁ ଚାପି ଧରିଲା।

ଝିଅଟା ତାହେଲେ ଏତେ ବେଳଯାଏ ଶୋଇ ନାହିଁ!

ହେମାଙ୍ଗିନୀ ପ୍ରଶ୍ନ କଲେ। ଶୋଇନୁ କିଲୋ ଓଷି। ରାତି ଏତେ ହେଲାଣି....

ନିଦ ମଳମଳ କଣ୍ଠରେ ଓଷି ଉତ୍ତର ଦେଲା, ନିଦ ମୋଟେ ହେଉନି ନାନୀ।

ଓଷିକୁ କୋଳାଗ୍ରତ କଲେ ହେମାଙ୍ଗିନୀ। ଆହା! ବିଚାରୀ ହତଭାଗିନୀ ଝିଅଟା। ମାହା କୋଳ ଛାଡ଼ି ତାଙ୍କ ପାଖକୁ ଆସିଛି। କେତେବେଳେ ହେଲେ ସେ ଟିକିଏ ତାକୁ ଆଦର କରିନାହାନ୍ତି, ଗେହ୍ଲା କରି ନାହାନ୍ତି। ଘର କାମରେ ସବୁବେଳେ ବ୍ୟସ୍ତ। ଆଦର ସୋହାଗ କୁଆଡ଼େ ପାସୋର ଗଲାଣି।

ଆଜି ସେଥିପାଇଁ ସେ ଓଷିକୁ ଏକବାର କୋଳକୁ ଆଉଜାଇ ଆଣିଲେ। ପଚାରିଲେ, ବୋଉ କଥା ମନେପଡୁଛି କି ଓଷି!

ନା- ଏଇ ନୂଆବୋଉଙ୍କ କଥା... କଥାଟା ଶେଷ ନକରି ଢୋକିନେଲା ଓଷି। କହିବ କହିବ ବୋଲି ଅନେକ ବେଳୁ ଭାବୁଛି। କିନ୍ତୁ ଭରସି କରି କିଛି କହିପାରୁ ନାହିଁ।

ନୂଆବୋଉ! ନୂଆବୋଉର ପୁଣି କ'ଣ ହୋଇଛି?.... କଥାଟା ଅନୁମାନ କରି ନପାରି ହେମାଙ୍ଗିନୀ ମୁହଁ ଟେକି ଚାହିଁଲେ।

ଅନ୍ଧାରରେ ନାନୀର ମୁହଁକୁ ଦେଖିପାରୁ ନଥିଲେ ବି କଣ୍ଠ ସ୍ୱରରୁ ଭରସା

ପାଇଲା ଓଷି। କହିଲା, ରମା ନୂଆବୋଉଙ୍କୁ ନୂଆବୋଉ ଆମର ଟଙ୍କା ଲଗାଣ ଦେଉଥିଲେ ଯେ, ସେଇକଥା କହିବି କହିବି ବୋଲି....

କଥାଟା ତଥାପି ଅକୁହା ରଖିଲା ଓଷି।

କିନ୍ତୁ ହେମାଙ୍ଗିନୀଙ୍କ କାନରେ କଥାଟା ତୀକ୍ଷ୍ଣ ତୀର ଭଳି ବିଦ୍ଧ ହୋଇଯାଉଥିଲା। ନିଜ ମନକୁ ମନ ସେ କହିଉଠିଲେ, ନୂଆବୋଉ ଟଙ୍କା ଲଗାଣ ଲଗାଉଛି ? କେତେ ଟଙ୍କା ? କାଇଁ -ମୁଁ ଜାଣି ନାଇଁ ତ ?

କେମିତି ଜାଣିବୁ ? ସେ ଲୁଚେଇ ଲୁଚେଇ ଟଙ୍କା ଦେଉଥିଲେ - ମୋ ଆଖିରେ ପଡ଼ିଗଲା। ଶହେ କେତେ ଟଙ୍କା ହେବ। ମୋ ଦେହ ସହିଲା ନାହିଁ- ତତେ କହିଦେଲି। ଠାକୁରଙ୍କ ରାଣ-ନୂଆବୋଉଙ୍କୁ ମୋ ନାଆଁ କହିବୁ ନାହିଁ। ଓଷି କଥାଟା କହିଦେଇ ଦମ୍ ନେଲା !

ଶହେ ଟଙ୍କା !

ହେମାଙ୍ଗିନୀ ଚମକି ଉଠିଲେ।

ଯେଉଁ ବୋହୂକୁ ସେ ଆପଣାର ଭାବିଥିଲେ, ସେ ଭିତରେ ଭିତରେ ଚେର କାଟୁଛି।

ଏ ଘରକୁ ବୋହୂ ହୋଇ ଆସିବାର ମାସ କେତେଟା ହୋଇ ନାହିଁ, ପାଦରୁ ଲିଭି ନାହିଁ ଅଳତାର ଦାଗ, ଟଙ୍କା ଦେଏଣ ନେଏଣ କରି ସେ ପୁଣି ମହାଜନୀ କାରବାର ଆରମ୍ଭ କଲାଣି ? ଘରର ମୁରବି ଲୋକଙ୍କୁ ସେଥିପାଇଁ ପଦେ ହେଲେ ବି ତୁଣ୍ଡରେ ପଚାରି ନାହିଁ !

କ୍ରୋଧରେ ନୁହେଁ, ଏକ ଆହତ ଅଭିମାନରେ ହେମାଙ୍ଗିନୀଙ୍କ ମନଟା ଭାରାକ୍ରାନ୍ତ ହୋଇଉଠିଲା। ସ୍ୱାମୀ ଗଲାଦିନୁ ଛାତିକୁ ପଥର କରି ସେ ଏ ଘରର ଗୁରୁଭାର ବହନ କରି ଆସୁଛନ୍ତି। କେତେ ଦୁଃଖ କଷ୍ଟ ତାଙ୍କର ଦେହସୁହା ହୋଇଯାଇନି ସତେ ! ତଥାପି ସେ ଦୁଃଖ କଷ୍ଟକୁ ଚନ୍ଦନ ଭଳି ହେଦରେ ବୋଳିହୋଇ ସେ ବଞ୍ଚିରହିଛନ୍ତି। କାହିଁକି ? କାହାପାଇଁ ?

ଏ ପ୍ରଶ୍ନଗୁଡିକ ହେମାଙ୍ଗିନୀଙ୍କ ମନକୁ ଯେତିକି ଆନ୍ଦୋଳିତ କରୁଥିଲା, ସେତିକି ସୀମାହୀନ ଯନ୍ତ୍ରଣାରେ ସେ ଛଟପଟ ହେଉଥିଲେ।

ଜୀବନର ଏତେ ଯନ୍ତ୍ରଣା ଭିତରେ ଗୋଟିଏ ଆଶାର ଦୀପ ତାଙ୍କ ମନର ଅନ୍ଧକାରର ଗିରିଗୁହାରେ ଦିକ୍ ଦିକ୍ ହୋଇ ଜଳୁଥିଲା। ପୁଅ ତାଙ୍କର ମଣିଷ ହେବ। ବାହା ହେବ। ବୋହୂ ଆସିବ। ଶୂନ୍ୟଘର ପୁଣି ତାଙ୍କର ପୂର୍ଣ୍ଣ ହୋଇଉଠିବ। ସ୍ୱାମୀର ଦୁଃଖ ସେ ଭୁଲିବେ। କନ୍ୟାର ବିୟୋଗବ୍ୟଥା ବିସ୍ମୃତ ହେବେ।

କିନ୍ତୁ ଏ କଅଣ ହେଲା ?

ବୋହୂ ନୁହେଁ ବିପଦ ଆସିଲା ତାଙ୍କ ଘରକୁ ।

କୋଳର ପୁଅ ଆଉ ପର ହୋଇଯିବା କେତେ ଦୂର !

ହେମାଙ୍ଗିନୀ କର ଲେଉଟାଇ ଆରପଟକୁ ମୁହଁ କଲେ ।

ତାଙ୍କର ଭାବନାର ସ୍ତର ବି ମନ ଭିତରେ କର ଲେଉଟାଇଲା ।

ହଜିଯାଇଥିବା ଆଶା, ମରିଯାଇଥିବା ବିଶ୍ୱାସକୁ ସେ ପୁଣି ଖୋଜି ଖୋଜି ମନ ଭିତରେ ଗଣ୍ଠି ପକାଇଲେ । ମଣିଷ ବଞ୍ଚିଥିବାଯାଏ ଆଶା ଥାଏ, ଆଶା ତୁଟିଗଲେ ଜୀଇଁକରି ବି ମଣିଷ ମରିଯାଏ । ଆଶା ବୈତରଣୀ ନଈ ! ଆଶା-ବୈତରଣୀ ଧାର କେବେହେଲେ ଶୁଖିଲା ପଡ଼େନାହିଁ ।

ଜୀବନର ବହୁ ଦୁଃଖ କଷ୍ଟ ଭିତରୁ ହେମାଙ୍ଗିନୀ କେବଳ ଭାଙ୍ଗି ପଡିବା ଶିଖି ନାହାନ୍ତି, ବଞ୍ଚିବାର ଦାବି କିପରି ଜବରଦସ୍ତ ହାସଲ କରିବାକୁ ହୁଏ, ସେ କଥା ମଧ୍ୟ ସେ ଭଲକରି ଜାଣିଛନ୍ତି । ସେ ନିଜେ ବୋହୂ ହୋଇ ଆସିବା ଆଗରୁ ମନ ଭିତରେ ଯେଉଁ ଭାବନା ସବୁ ବସା ବାନ୍ଧିଥିଲା, ବୋହୂ ହେବାର ବର୍ଷ କେତେଟା ପରେ ସେ କଳ୍ପନାର ଜୁଆରରେ ଆସ୍ତେ ଆସ୍ତେ ଭଟ୍ଟା ପଡ଼ିବାକୁ ଆରମ୍ଭ କଲା । ସ୍ୱାମୀ ତାଙ୍କର ଜଣେ ନିରୀହ ଶାନ୍ତ ଲୋକ ହୋଇଥିବେ ବୋଲି ତାଙ୍କର ଧାରଣା ଥିଲା । କିନ୍ତୁ ଦିନ କେତୋଟି ପରେ ବୁଝିଗଲେ, କ୍ରୋଧୀ ପୁରୁଷ ଭାବରେ ସ୍ୱାମୀଙ୍କର ତାଙ୍କର ଗ୍ରାମରେ କେହି ପ୍ରତିଦ୍ୱନ୍ଦ୍ୱୀ ନାହାନ୍ତି । ତାଙ୍କର ଶୁଭ୍ର ପ୍ରଶସ୍ତ ଲଲାଟ ଓ ବଳିଷ୍ଠ ଦେହ ଭଳି ମନଟା ମଧ୍ୟ ଭାରି କଠିନ । ଟିକିଏ ଅନ୍ୟାୟ ଦେଖିଲେ କ୍ରୋଧରେ ସେ ଦୁର୍ବାସା ହୋଇଉଠନ୍ତି । ହେମାଙ୍ଗିନୀଙ୍କର ଟିକିଏ କୌଣସି କଥାରେ ତ୍ରୁଟି ଦେଖିଲେ ମଧ୍ୟ ତାଙ୍କର ରାଗର ସୀମା ରହେନାହିଁ । ଶୋଇବାକୁ ଆସିଲାବେଳେ ହେମାଙ୍ଗିନୀଙ୍କ ପିଣ୍ଡରେ ପ୍ରାଣ ନଥାଏ । ସ୍ୱାମୀ ରାଗରେ କେତେବେଳେ କଅଣ କହିବସିବେ, ସେହି ଭୟରେ ଛାତି ଭିତରଟା ଅହରହ ଥରୁଥାଏ ।

କିନ୍ତୁ ସେ ଭୟ ବେଶୀ ଦିନ ରହିଲା ନାହିଁ ।

ସେହି କ୍ରୋଧୀ ଦୁର୍ବାସାଙ୍କ ପଥର ପ୍ରାଣ ତଳେ ଯେଉଁ ଉଚ୍ଛଳ ସ୍ନେହର ସ୍ରୋତସ୍ୱିନୀ ପ୍ରବାହିତ ହେଉଥିଲା, ତାହା ଆବିଷ୍କାର କରିବାକୁ ହେମାଙ୍ଗିନୀଙ୍କୁ ମାସ, ବର୍ଷ ଅପେକ୍ଷା କରିବାକୁ ପଡି ନଥିଲା । ଆଗେ ସେ ସ୍ୱାମୀଙ୍କ କ୍ରୋଧାଦୀପ୍ତ ମୁହଁ ଦେଖି ଭୟରେ ଥରି ଉଠୁଥିଲେ, ତାପରେ ସେ ସେହି ରାଗ-ରକ୍ତିମ ମୁହଁ ଦେଖି ଓଠ ଚାପି ଚାପି ହସିବାକୁ ଆରମ୍ଭ କଲେ ।

ଯେଉଁ କ୍ରୋଧ ଦିନେ ତାଙ୍କର ମନେ ହୋଇଥିଲା ଏକ ରୁକ୍ଷ ଲୋକର

ଭାବପ୍ରକାଶ ଭଳି, ଦିନେ ପୁଣି ତାହା ତାଙ୍କର ମନେ ହେଲା ସ୍ପର୍ଦ୍ଧିତ ପୌରୁଷ ପରି !

କେବଳ ଧୈର୍ଯ୍ୟ, ଅପେକ୍ଷା କରିବାର ସହନଶୀଳତା ଯୋଗୁଁ ବିଷ ଅମୃତରେ ପରିଣତ ହୋଇଗଲା ।

ଆଉ ନୂପୁରର ଆତ୍ମହତ୍ୟା ପରେ !

ଓଃ, ସେ କି ଅସହ୍ୟ ଯନ୍ତ୍ରଣା ! ଏମିତି କେତେ ରାତି ତାଙ୍କ ଆଖି କଷା ପଡ଼ିନାହିଁ । ଆଖିପତା ଯୋଡ଼ି ହୋଇନାହିଁ ! ଖାଇବାବେଳେ ଭାତଗୁଣ୍ଡା ଖସିପଡିଛି ହାତରୁ । ଅନେକଥର ସେ ଭାବିଛନ୍ତି, ନିଜେ ଆତ୍ମହତ୍ୟା କରି ଏ ଯନ୍ତ୍ରଣାରୁ ମୁକ୍ତି ପାଇଯିବେ ।

କିନ୍ତୁ କଅଣ ହେଲା ?

ବର୍ଷ କେତେଟା ପରେ ଅସହଣୀ କାଳ ତାଙ୍କ ମନରୁ ସେ ବେଦନାର ଚିହ୍ନକୁ ପୋଛି ଲିଭେଇଦେଲା । ସେ ପୁଣି ସହଜ ସ୍ୱାଭାବିକ ହୋଇଉଠିଲେ । ସେଦିନ ସେ ଦୁଃଖରେ ଅସ୍ଥିର ହୋଇ ସେ ଯଦି ଆତ୍ମହତ୍ୟା କରି ଦେଇଥାଆନ୍ତେ, ତେବେ ସ୍ୱାମୀଙ୍କ ଦେହତ୍ୟାଗ ପରେ କିଏ ବୁଝିଥାଆନ୍ତା ନିର୍ମଳର କଥା ?

ହେମାଙ୍ଗିନୀ ନିଜ ଅବୁଝା ମନକୁ ନିଜେ ବୁଝାଇଲେ ।

ସ୍ୱାମୀଙ୍କ ଦେହତ୍ୟାଗ ପରେ ବି ତାଙ୍କୁ ବିପଦ ମୁହଁକୁ ଠେଲି ଦେବାପାଇଁ ଅଳ୍ପ ଉଦ୍ୟମ ହୋଇନାହିଁ । ତାଙ୍କ ଜମିବାଡ଼ି ହସ୍ତାନ୍ତରିତ କରିନେବାକୁ ଅନେକ ଲୋକ ଅନେକ ଚକ୍ରାନ୍ତ କରିଛନ୍ତି । ନିର୍ମଳକୁ ପାଠ ବେଶୀ ନପଢ଼ାଇବାପାଇଁ ବହୁ ଶୁଭାକାଂକ୍ଷୀ ବହୁ ପରାମର୍ଶ ଦେଇଛନ୍ତି ।

କିନ୍ତୁ ନିଜେ ସେ ଅଟଳ ରହିଛନ୍ତି ନିଜ ପଣରକ୍ଷା କରିବାରେ ।

ଝଡ଼ ବହିଯାଇଛି ତାଙ୍କ ମୁଣ୍ଡ ଉପର ଦେଇ, କିନ୍ତୁ ସେ ବର୍ତ୍ତି ଯାଇଛନ୍ତି ।

ଆଜି ପୁଣି ନୂଆ ବିପଦ ଆସୁଚି । ବୋହୂ ବସିଛି ପୁଅକୁ ତାଙ୍କର ତାଙ୍କଠାରୁ ଛଡ଼ାଇନେବ । ଏ ଘରର ମୁରବି ଆସନରୁ ତାଙ୍କୁ ଠେଲିଦେଇ ନିଜେ ଆସନ ମାଡ଼ିବସିବ । ଆଚାର୍ଯ୍ୟ ପରିବାରର ମାନ ମର୍ଯ୍ୟାଦା, ଇଜ୍ଜତ ଗାଁ ଦାଣ୍ଡର ଧୂଳିରେ ଲୋଟିବ ।

ଏ କଥା କେବେ ଘଟିବାକୁ ଦେବେ ନାହିଁ ହେମାଙ୍ଗିନୀ ।

ଭୟରେ ଭାଙ୍ଗିପଡିବେ ନାହିଁ ।

ଧୈର୍ଯ୍ୟ, ସହନଶୀଳତା ନେଇ ତାଙ୍କୁ ପୁଣି ଦମ୍ଭ ଧରି ଠିଆହେବାକୁ ପଡ଼ିବ । ଦରକାର ହେଲେ ତାଙ୍କ ପାଦରେ ବିନ୍ଧ ହୋଇଥିବା କଣ୍ଟାକୁ କଣ୍ଟା ଦେଇ କାଢ଼ି ବାହାର କରିଦେବେ । କିନ୍ତୁ ଅନ୍ୟାୟ, ଅନାଚାର ପାଖରେ ମୁଣ୍ଡ ନୁଆଁଇବେ ନାହିଁ ।

ହେମାଙ୍ଗିନୀଙ୍କ ମନରେ ନୂତନ ଶପଥର କଠୋରତା ରୂପ ପରିଗ୍ରହ କଲା ।

ଓଷି ପଚାରିଲା ଶୋଇପଡିଲୁ କି ନାନୀ !

ହେମାଙ୍ଗିନୀ ଉତ୍ତର ଦେଲେ, ନାଇଁ ଲୋ ମା ! ଏ ଆଖିକି କ'ଣ ଏତେ ସହଜରେ ନିଦ ଆସିବ ? ନିଦକରେ ନିଦରେ ଶୋଇଯିବା ଏ ପୋଡ଼ା କପାଳରେ ନାହିଁ...

ଓଷି ନିଜ ମନର ଠିକ୍ ଉତ୍ତର ପାଇ ଚୁପ୍ ହୋଇଗଲା ।

ବର୍ଷିବ ବର୍ଷିବ ବୋଲି ଖତେଇ ହୋଇ ନ ବରଷି ଲଦି ହୋଇଥିବା ମେଘୁଆ ଆକାଶ ଭଳି ହେମାଙ୍ଗିନୀଙ୍କ ମୁହଁଟା ଗୁମ୍ ମାରି ରହିଥିଲା । ସକାଳୁ ଉଠି ଶାଶୂଙ୍କ ମୁହଁ ଦେଖି ନିରୁପମାର ମନଟା ବି ଭାରି ଭାରି ହୋଇଉଠିଲା ।

ଦିନଟା ଆଜି ଭଲରେ ଯିବ ନାହିଁ ବୋଲି ଆଶଙ୍କା ହେଲା ।

ବାପଘର ହୋଇଥିଲେ ମନ ଖରାପ ଯୋଗୁ ପଲଙ୍କରେ ମୁହଁମାଡି ସେ ଶୋଇ ରହିଥାଆନ୍ତା । କାହିଁକି ଶୋଇ ରହିଚୁ ବୋଲି ବୋଉ ସାତଥର ପଚାରିଲେ ଥରେ ସେ ଉତ୍ତର ଦେଇଥାନ୍ତା, ମୁଣ୍ଡ ବିନ୍ଧୁଛି, ମତେ ବିରକ୍ତ କର ନାହିଁ ।

ଆଉ ଘଡ଼ିକ ପରେ ବୋଉ ପୁଣି ଆସି ତା' ମୁଣ୍ଡ ଚିପି ଦିଅନ୍ତା । କହନ୍ତା, ମୁଣ୍ଡ ତ ଧକ୍ ଧକ୍ ହେଉନି । କଅଣ ହୋଇଛି ସତ କହ ।

ବୋଉ ଉପରେ ବିରକ୍ତ ହୋଇ କିଛି ଉତ୍ତର ଦିଅନ୍ତା ନାହିଁ ନିରୁପମା ।

ଓଲଟି ଅନୁଯୋଗ କରନ୍ତା, ତୁ ମୋତେ ରଖି ଥୋଇ ଦେବୁ ନାହିଁ ଦେଖୁଛି !

ତା' ମୁହଁକୁ ତବ ତବ ଚାହିଁଦେଇ କାଉଁରୀ ମନ୍ତ୍ର ଜାଣିଲା ଭଳି ବୁଝିପାରନ୍ତା ତା ମନର କଥା । ରାଣ ପକାନ୍ତା, ନିୟମ କରାନ୍ତା, ଜବରଦସ୍ତ ଭାତଥାଳି ପାଖରେ ବସି ଗେହ୍ଲାକରି ଖୁଆଇ ଦିଅନ୍ତା ବୋଉ ।

କିନ୍ତୁ ଆଜି ସେ ଅଭିନୟ କରି କିଛି ଲାଭ ନାହିଁ ।

ଅଭିନୟ କଲେ ଫଳ ଓଲଟା । ତେଣୁ ନିରୁପମା ନଜର ନିତି ଦିନିଆ କାମରେ ବ୍ୟସ୍ତ ହୋଇଗଲା । ହାଣ୍ଡି ଧୋଇ ପାଣି ଭରିଲା । ଚୁଲି ଫୁଙ୍କି ନିଆଁ ଧରାଇଲା । ରୋଷେଇ ହେବ ।

ଚନ୍ଦନ ଘୋରି, ଫୁଲ ତୋଳି ଥୋଇଦେଇ ଆସିଲା । ଶାଶୂ ଠାକୁର ପୂଜା କରିବେ ।

ଓଷାଙ୍କ ପାଇଁ ଜଳଖିଆ କରିବାକୁ ହେବ । କୁଆଡ଼େ ଗାଁ ବୁଲି ଯାଇଛନ୍ତି ଯେ ଦେଖା ନାହାନ୍ତି । ଆସିଲେ ପକାଉଠା କରିବେ ।

ଚାକରଟା ଚାହିଁ ବସିଛି ପାନ ଦି'ଖଣ୍ଡ ଭାଙ୍ଗିଦେଲେ ସେ ବିଲକୁ ଯିବ ।

ଆରେ, ଅନ୍ଧୁଲି ବସାଇ ଚାକର ମାଛ ଆଣିଥିଲା । ଥୁଆ ହୋଇଛି । ବାଛି, ହଳଦୀ ଗୋଳାଇ ନଦେଲେ ସଢ଼ିଯିବ ।

ହଠାତ୍ ମନେ ପଡିଲା ନିରୁପମାର ଗୋଟିଏ ଲୋକ- ଅନେକ କାମ, ଚାରିଆଡ଼କୁ ନଘା ନରଖିଲେ ସବୁ ଅଚଳ। ଅବିବାହିତ ଜୀବନର ସେ ଫୁଲାଫାଙ୍କିଆ ଦିନଗୁଡ଼ାକ ହଠାତ୍ କୁଆଡ଼େ ଅତୀତ ହୋଇଗଲା ସତେ !

ହାଣ୍ଡିରେ ଚାଉଳ ପକାଉଥିଲା ନିରୁପମା।

ବାହାରେ ଓଷାର ପାଟି ଶୁଭିଲା।

ନିରୁପମା କହିଲା, ମଝିଘରେ ଜଳଖିଆ ଥୁଆହୋଇଛି ଓଷା ! କୁଆଡ଼େ ଗଲ ଚାହିଁ ଚାହିଁ ମୁଁ ବ୍ୟସ୍ତ ହେଲିଣି। ଯାଅ, ଖାଇନିଅ।

ମୁଁ ଏଠାରେ ରୋଷେଇ କରୁଛି।

ଉଷା ଫୁଲେଇ ହୋଇ କହିଲା, କୁଆଡ଼େ ନ ଯାଇଥିଲେ ତମ ପାଇଁ ଏ ଅପୂର୍ବ ଚିଜଟା କୁଆଡୁ ଆଣିଥାଆନ୍ତି ନୂଆବୋଉ।

ଅପୂର୍ବ ଚିଜ !

ବିସ୍ମୟରେ ଉଷା ଆଡ଼କୁ ଚାହିଁଲା ନିରୁପମା।

ଉଷା କହିଲା, ଭାଇନା ଚିଠି ଦେଇଛନ୍ତି ମଁ ନୂଆବୋଉ ! ଡାକବାଲା ଦେଇଗଲା। ଗାଆଁଯାକ ପଚାରୁଚି, ନିରୁପମା ଆଚାର୍ଯ୍ୟ କିଏ। କେହି କହି ପାରୁ ନଥିଲେ। ତମ ନାମଟା ତ ଆଉ ଗାଁରେ ସମସ୍ତେ ଜାଣି ନାହାନ୍ତି ! ମୁଁ ଥିଲି ବୋଲି ଚିଠିଟା ମିଳିଲା- ନହେଲେ ଡାକବାଲା ଫେରାଇ ନେଇଥାଆନ୍ତା।

କଥାଟା ଶେଷକରି ଉଷା ଲଫାପାଟାକୁ ହାତରେ ଧରି ହଲାଇଲା।

ସେ ଚିଠି ଦେଇଛନ୍ତି।

ଲଜ୍ଜା ଆଉ ଆନନ୍ଦରେ ଚକ୍ ଚକ୍ କରିଉଠିଲା ନିରୁପମାର ଆଖିଡୋଳା ଦୁଇଟା। ଏ ଚିଠିକୁ ଅନେକଦିନ ହେଲା ସେ ମନେ ମନେ ଖୋଜୁଥିଲା। କିନ୍ତୁ କାହାରିକୁ ପଚାରି ପାରୁନଥିଲା। ଏ ଅଞ୍ଚଳର ଡାକଘର ଉପରେ ବି ତାର ଅନେକ ରାଗ ଓ ସନ୍ଦେହ ହୋଇଯାଇଛି। ଚିଠିଟା ନିଶ୍ଚୟ ଡାକଘରେ ଅଟିକିଯାଇଛି ବୋଲି ତାର ଧାରଣା ହୋଇଛି।

କିନ୍ତୁ ଆଜି ହଠାତ୍ ଉଷା ହାତରେ ଲଫାପାଟି ଦେଖି ଲୋଭରେ ଆଖି ଦୁଇଟା ତାର ଉଜ୍ଜ୍ୱଳ ହୋଇଉଠିଲା। ଉଷା ହାତରୁ ଚିଠିଟାକୁ ନେଇ ସେ ତରତର କରି ବ୍ଲାଉଜ ଭିତରେ ପୂରାଇଦେବାକୁ ବସିଥିଲା। ଉଷାଠାରୁ ଚିଠି ନାମ ଶୁଣି ହେମାଙ୍ଗିନୀ ଦୁଆରକୁ ଚାଲିଆସିଲେ। ବାରିରେ ସେ ଘଷି ପାରୁଥିଲେ, ହାତରେ ଗୋବର ଲାଗିଛି। କିନ୍ତୁ ପୁଅଠାରୁ ଚିଠିଆସିଛି ଶୁଣି ସେ ଛୁଟିଆସିଲେ କାମକୁ ଅଧା ପକାଇଦେଇ। କହିଲେ, ପଢ଼ିଲୁ, ପଢ଼ିଲୁ ମାଆ। ନିମ କଅଣ ଲେଖିଛି ?

ସଙ୍କୋଚରେ ଚିଠିଟା କାଢ଼ି ଲଫାପାଟା ଚିରିଲା ନିରୁପମା। ଚିଠିଟା କାଢ଼ି ପଢ଼ିବା ଆଗରୁ ଲଜ୍ଜାରେ ମୁହଁ ତାର ଆରକ୍ତ ହୋଇ ଉଠିଲା।

ବିଦେଶୀ ପ୍ରିୟର ପ୍ରଥମ ଚିଠି ସେ ତା'ର।

କଳ୍ପନାର ଅନେକ ରଙ୍ଗିନ ସ୍ୟାହିରେ ଲେଖା ହୋଇଛି ସେ ଚିଠି। କେମିତି.... ସେ ଚିଠିକୁ ପଢ଼ିପାରିବ ଶାଶୂଙ୍କ ଆଗରେ ?

ଜିଭ ତାର ଜଡ଼ ହୋଇଯାଉଛି।

ଆକଣ୍ଠ ଲଜ୍ଜାରେ ରୁଦ୍ଧ ହୋଇଆସୁଛି କଣ୍ଠ। ମୁହଁ ଟେକି ଶାଶୂଙ୍କ ଆଡ଼କୁ ମଧ୍ୟ ସେ ଚାହିଁ ପାରୁନାହିଁ। ଏଭଳି ଚିଠି ଏପରି ଭାବରେ ପଢ଼ା ଯାଏନାହିଁ.... ଏକଥା ମଧ୍ୟ ସେ ମୁହଁ ଖୋଲି କହିପାରୁ ନାହିଁ। ଶାଶୂଙ୍କ କଥା ଅମାନ୍ୟ କରିବାର ସାମର୍ଥ୍ୟ ତାର ସୀମାବଦ୍ଧ।

ବୟସ ଅଳ୍ପ ହେଲେ ବି ପରିସ୍ଥିତିର ରହସ୍ୟ ଅବୋଧ ରହିଲା ନାହିଁ ଉଷାକୁ। ହେମାଙ୍ଗିନୀଙ୍କ ପିଠିରେ ଝୁଲିପଡି କାନରେ ସେ ତୁନୀ ତୁନୀ କରି କହିଉଠିଲା, ଭାଇନା କଅଣ ସବୁ ଲେଖିଥିବେ, ନୂଆବୋଉ କଅଣ ଏମିତି ସେସବୁ ପଢ଼ିଦେବେ !

ହେମାଙ୍ଗିନୀ ସଚେତନ ହୋଇଉଠିଲେ।

ସତେ ତ ! ଏ କଥାଟା ତାଙ୍କ ମୁଣ୍ଡରେ ଢୁକିଲା ନାହିଁ କାହିଁକି ? ଆଗେ ପୁଅ ଚିଠି ଲେଖିଲେ ସେ ଗ୍ରାମରେ ଯାହା ପାଖରେ ହେଲେ ପଢ଼େଇ ଆଣୁଥିଲେ। ସେଇ ଅଭ୍ୟାସ ରହିଯାଇଛି। ଏ ଚିଠି କିନ୍ତୁ ନିର୍ମଳ ତାଙ୍କ ପାଖକୁ ଲେଖି ନାହିଁ। ବୋହୂ ପାଖକୁ ଲେଖିଛି।

ଚିଠିଟା ପଢ଼ିବା ପାଇଁ କହିବା ତାଙ୍କର ଭାରି ଅନ୍ୟାୟ।

ଏଥର ହେମାଙ୍ଗିନୀଙ୍କ ମୁହଁ ବି ସଙ୍କୋଚରେ ସଙ୍କୁଚିତ ହୋଇଗଲା।

ନିର୍ବାକ୍ ହୋଇ ଚିଠିକୁ ଚାହିଁ ଠିଆ ହୋଇଥିବା ବୋହୂକୁ ଲକ୍ଷ୍ୟକରି ସେ କହିଲେ, ଥାଉ ଥାଉ ମାଆ ! ଚିଠିଟା ପୂରା ପଢ଼ି ଶୁଣାଇବା ଦରକାର ନାହିଁ। ଖାଲି କହ-ତା ଦେହମୁଣ୍ଡ ଭଲ ଅଛିତ ?

'ହଁ' ବୋଲି କହି ଛାଟିପିଟି ହୋଇ ପଳାଇଲା ନିରୁପମା ନିଜ ଶୋଇଲା ଘରକୁ।

ପୁଅ ଭଲ ଅଛି -ଏତିକି ଜାଣିଲେ ତାଙ୍କର ସବୁ ଜାଣିବା ହୋଇଗଲା। ଆଉ ଅଧିକା ତାଙ୍କର କିଛି ଲୋଡ଼ା ନାହିଁ। ଏତିକି ଜାଣିବାପାଇଁ ସେ ଆକୁଳ ହୃଦୟରେ ଅପେକ୍ଷା କରି ବସନ୍ତି। ଡାକବାଲା ହାତକୁ ଅନେଇ ରହନ୍ତି। ଦେହ ଭଲ ଥିଲେ ସେ ଖୁସି। ଦେହ ଅସୁସ୍ଥ ଥିବା ଶୁଣିଲେ ଗାଁ ଠାକୁରାଣୀଙ୍କ ପାଖରେ ସେ ଗୋଟିଏ ମାନସିକ ମନାସି ଆସନ୍ତି-ପୁଅ କେମିତି ଭଲ ହୋଇଯାଉ। ତା ପାଦରେ କଣ୍ଟା ନଫୁଟୁ।

ପୁଣି ଘଷି ପାରିବା ପାଇଁ ବାରିକି ବାହାରିଗଲେ ହେମାଙ୍ଗିନୀ।

ପଛେ ପଛେ ଗଲା ବି ଉଷା।

କହିଲା, ତୋର ଟିକିଏ ହେଲେ ଅକଲ ନାହିଁ ନାନୀ? ନୂଆବୋଉ କେମିତି ଲାଜରେ ଝାଉଁଳି ଗଲେ ଦେଖିଲୁଟି! ଛି...ଛି...

ଉଷାକୁ ଉତ୍ତର ଦେବେ ବୋଲି ଇଚ୍ଛା କରି କିଛି ଉତ୍ତର ଦେଇପାରିଲେ ନାହିଁ ହେମାଙ୍ଗିନୀ।

ସ୍ୱାମୀ ସ୍ତ୍ରୀ ଚିଠି ନବା କଥା ଏବ କାଳର ଫେସନ୍। ବୋହୂ ହୋଇ ଆସି ପୁଅ ଝିଅର ମା ହୋଇ ସେ ବୁଢ଼ୀ ହେଲେ, ସ୍ୱାମୀଙ୍କ ଠାରୁ କେବେ ସେ ଚିଠି ଖଣ୍ଡେ ପାଇ ନଥିଲେ। ପାଇଥିଲେ ବି ପଢ଼ି ପାରି ନଥାନ୍ତେ। ସେ ମୂର୍ଖ।

କିନ୍ତୁ ବୋହୂ ତାଙ୍କର ତାଙ୍କଭଳି ନୁହେଁ। ସେ ଶିକ୍ଷିତା।

ଏ ଯୁଗର ଆଦବ କାଇଦା ସେ ଜାଣନ୍ତେ କାହିଁକି?

ଅହନ୍ତା କରି ଆକାଶର ଜହ୍ନ କେତେବେଳେ ବାଉଁଶବଣ ଆରପଟକୁ ଖସିଯାଇଛି। କାରଣ ନିଦ୍ରାଭିଭୂତା ହେବା ଆଗରୁ ତାର ନିର୍ଜନ ଶଯ୍ୟାକୁ ଝରକା ଫାଙ୍କବାଟେ ଆଲୋକିତ କରି ଦେଇଥିବା ଚନ୍ଦ୍ରାଲୋକ ବର୍ତ୍ତମାନ ସୃଷ୍ଟି କରିଛି ଏକ ଭୟାତୁର ଅନ୍ଧକାରର ଛାଇ।

ନିର୍ଜ୍ଜନ କକ୍ଷରେ ପୁଣି ଅନ୍ଧକାରରେ ଏକାକିନୀ ଶୋଇବାକୁ ଭାରି ଭୟକରେ ନିରୁପମା। ଏପରିକି କଲେଜ ହଷ୍ଟେଲରେ ରୁମ୍ ସାଥୀମାନେ ସିନେମା ଚାଲିଗଲେ କକ୍ଷରେ ଏକାକିନୀ ନ ଶୋଇ ଅନ୍ୟ ସାଥୀମାନଙ୍କ ପାଖକୁ ପଳାଇଯାଏ।

ସେଇ କଥା ଥରେ ସେ କହି ନିର୍ମଳ ପାଖରେ ଅପଦସ୍ଥ ହୋଇଥିଲା।

ନିର୍ମଳ ମନ୍ତବ୍ୟ କରିଥିଲା, ଠିକ୍ କରିଛ। ଏକାକିନୀ ରାତିରେ କେବେହେଲେ ଶୋଇବ ନାହିଁ। ତମର ଯେଉଁ ରାଜନନ୍ଦିନୀ ରୂପ, ଶ୍ମଶାନର ପ୍ରେତାତ୍ମାଗୁଡାଙ୍କର ବି ସୌନ୍ଦର୍ଯ୍ୟବୋଧ ଅଛି, ସେମାନେ ଶ୍ମଶାନକୁ ଶୂନ୍ୟ କରି....

ନିର୍ମଳକୁ ଆଉ କୁହାଇ ଦେଇ ନଥିଲା ନିରୁପମା।

କୃତ୍ରିମ କ୍ରୋଧରେ ପାଦ କଚାଡ଼ି ନିର୍ମଳ ଛାତିରେ ମୁହଁ ଘଷିଥିଲା।

କିନ୍ତୁ ନିର୍ମଳ ଯାହା କହିଥିଲା, ସେକଥା ତାର କାହିଁକି ଭାରି ସତ ବୋଲି ମନେ ହୋଇଥିଲା ସେଦିନ। ଶ୍ମଶାନର ଭୂତମାନଙ୍କୁ ତାର ଭୟ ନୁହେଁ, ଭୟ ତାର ରାସ୍ତାକଡ଼ର ରୋମିଓମାନଙ୍କୁ, କଲେଜ ହତାରେ ମୁହଁରେ ସ୍ନୋ ବୋଳି ବୁଲୁଥିବା ସଇତାନମାନଙ୍କୁ, ଯେଉଁମାନେ ତା ନାମରେ ଅଯଥାରେ ଗଳ୍ପ, କବିତା ଲେଖୁଥିଲେ, ତା' ପାଖକୁ ନିଜ ତରଫରୁ ବିଚିତ୍ର ବିଚିତ୍ର ଚିଠି ଲେଖୁଥିଲେ, ଫଟୋ ଉଠାଉଥିଲେ,

ଅପମାନ ଦେଲାପରେ ବି ଶୁଭାକାଙ୍‌କ୍ଷୀ ବୋଲି ପ୍ରାଣପାତ କରିବା ପାଇଁ ପତ୍ର ପଠାଉଥିଲେ।

ଏକାକିନୀ ନିର୍ଜନରେ ଶୋଇଲେ ଏଇ ସଇତାନଗୁଡାକ ତାର ସକଳ ଅନିଚ୍ଛା ସତ୍ତ୍ୱେ ଅଚେତନ ମନକୁ ଅବତରଣ କରି ଆସନ୍ତି। ଅଦ୍ଭୁତ ଅଦ୍ଭୁତ ସ୍ୱପ୍ନସବୁ ଦେଖେ ନିରୁପମା। ନିଦ ଭାଙ୍ଗିଗଲେ, ସ୍ୱପ୍ନ ତୁଟିଗଲେ ଭୟରେ ସେ ଜଡ଼ସଡ଼ ହୋଇଯାଏ। ଆତଙ୍କରେ ସେ ବିକଳ ହୁଏ। ଥରେ ଥରେ ସେ ଅଶୁଭ, ଅନୁଚିତ ସ୍ୱପ୍ନ ଦେଖି ରାତିସାରା ଭୟରେ ଠକ୍ ଠକ୍ ହୋଇ ଥରୁଥାଏ। ସକାଳ ନ ହେବା ପର୍ଯ୍ୟନ୍ତ ଭୟରେ ଆଖିବୁଜି ଟେଇଁ ଟେଇଁ ଶୋଇଥାଏ।

କିନ୍ତୁ ଆଜି!

ନିରୁପମା ଅନ୍ଧକାରରେ ନିଃଶବ୍ଦରେ ହସିଲା।

ଆଜିକାଲି ଜଣକ ଛଡ଼ା ଆଉ କାହାରି ପାଖରେ ଶୋଇବାକୁ ତାକୁ ଅଡୁଆ ଅଡୁଆ ଲାଗୁଛି। ଏଇ କେତେଦିନ ହେଲା ଓଷା ଶୋଉଥିଲା ତା' ପାଖରେ। ସକାଳୁ ଉଠି ପରିହାସରେ ତାକୁ ଅସ୍ଥିର କରି ପକାଇଲା। କହିଲା, ରାତିରେ କଅଣ ବିଳିବିଳିଉଥିଲ କି ନୂଆବୋଉ! ମୋ ବେକଟାକୁ ଚାପିଧରି ଭାଇନାଙ୍କ ନାମ କଅଣ କହୁଥିଲ? ଆରେ ବାବା.... ଯେମିତି ମୋ ବେକଟାକୁ ଦୁଇବାହୁରେ ଛନ୍ଦି ଦେଇଥିଲ ନା, ମୋ ନିଃଶ୍ୱାସ ବନ୍ଦ ହୋଇଯାଇଥିଲା... କି ନିଦ!

ଉଷାର କଥା ଶୁଣି ବିଗଳିତ ମହମ ଭଳି ଲଜ୍ଜାରେ ତରଳି ଯାଇଥିଲା ନିରୁପମା।

ଅନେକ ଖୁସାମତ କରି ଉଷାକୁ ଅନୁରୋଧ କରିଥିଲା, ଏକଥା କାହାକୁ ନ କହିବାକୁ।

ଉଷା ଏକଥା ଆଉ କାହା ଆଗରେ କହି ନଥିଲା ସତ, କିନ୍ତୁ ଆରଦିନଠାରୁ ଆଉ ତା ପାଖରେ ଶୋଇବାକୁ ଆସି ନଥିଲା। ଏଣୁ ତେଣୁ କଅଣ ବାହାନା କରି ଶୋଇଯାଇଥିଲା ଶାଶୂଙ୍କ ପାଖରେ। ଗଭୀର ସ୍ୱସ୍ତିରେ ଦୀର୍ଘଶ୍ୱାସ ତ୍ୟାଗ କରିଥିଲା ନିରୁପମା। ଛୁଆଟା ପାଖରେ ନିଜ ମନର ଦୁର୍ବଳତାକୁ ଏପରି ନଗ୍ନ କରିଦେବା ଅପେକ୍ଷା ଏମିତି ଏକୁଟିଆ ଶୋଇ ଭୟଭୀତା ହେବା ଭଲ।

କିନ୍ତୁ ଆଜିକାଲି କଅଣ ଏକାକିନୀ ଶୋଇବାକୁ ଭୟ କରୁଛି ନିରୁପମା?

ନିରୁପମା ନିଜ ମନକୁ ପ୍ରଶ୍ନଟା ପଚାରି ନିଜେ ହସି ଉଠିଲା।

ନା, ଆଜି ତା'ର ଆଉ ସେ କୁମାରୀ ଜୀବନର ଭୟ ନାହିଁ। ନିର୍ଜ୍ଜନତା ତାକୁ ଆଜି କିଛି ପରିମାଣରେ ରୋମାଞ୍ଚ ଆଉ ଆନନ୍ଦ ଆଣି ଦେଉଛି। ଏଇ ଏକାକିନୀ ବଧୂ ଜୀବନର ରୋମାଞ୍ଚରେ ସେ ଆଜି ଉଲ୍ଲସିତା, ନିମଜ୍ଜିତା। ଦିନଯାକର ଖଟଣି ପରେ

ଏଇ ସ୍ୱପ୍ନ, ଏଇ ଏଣୁ ତେଣୁ କଳ୍ପନା ହିଁ ତାକୁ ଯୋଗାଉଛି ସକାଳୁ ଉଠି କାମ କରିବାର ଜୀବନୀଶକ୍ତି, ପ୍ରେରଣା ।

ଆଉ ସେ ଭୂତ ଭୟ ।

ଯେଉଁ ସଇତାନମାନେ ତା କୁମାରୀ ମନର ଧର୍ମଶାଳାରେ ଅବାଞ୍ଛିତ ଆଗନ୍ତୁକ ଭଳି ପ୍ରବେଶ କରି ଉପଦ୍ରବ କରୁଥିଲେ, ବଧୂ ହୃଦୟର ପବିତ୍ର ମନ୍ଦିରରେ ଆଜି ସେମାନଙ୍କର ପ୍ରବେଶ ନିଷିଦ୍ଧ । ତା ଅଚେତନ ମନ ମନ୍ଦିରରେ ଆଜି ଯିଏ ସ୍ୱପ୍ନର ଦୋଳିରେ ଝୁଲି ଝୁଲି ଆସୁଛନ୍ତି, ସେ ହେଉଛନ୍ତି ତା'ର ଜୀବନ ଦୋସର ନିର୍ମଳ ।

ନିର୍ମଳ କଥା ମନେ ପଡ଼ିବା ମାତ୍ରେ ଫିକ୍‌କିନି ପୁଣି ଥରେ ହସି ଉଠିଲା ନିରୁପମା ।

ଏଇ ଅଳ୍ପ ସମୟ ଆଗରୁ ନିର୍ମଳ ଆସିଥିଲା । ଆସିଥିଲା ତା' ନିମୀଳିତ ନିଦ୍ରିତ ଆଖିରେ ସ୍ୱପ୍ନର ସ୍ୱପ୍ନିଳ ପରିବେଶ ଭିତରେ । ମୁହଁ ଶୁଖାଇ କହୁଥିଲା ଖାଇବା ପିଇବାକୁ ଭାରି ଅସୁବିଧା । ହୋଟେଲରେ ଖାଇ, ଅଯତ୍ନରେ ବଢ଼ି ଦେହ କ'ଣ ହେଲାଣି ଦେଖୁଛ ? ତମେ ପରା ମୋ ଦେହ ଟିକିଏ କଅଣ ହେଲେ କାନ୍ଦି କାନ୍ଦି ଅସ୍ଥିର ହେଉଥିଲ ? ବାହାଘର ପରେ ତମ ମନରୁ କଅଣ ସେ ସମବେଦନାର ନଈ ଶୁଖି ବାଲିଚର ହୋଇଗଲା ?

ନିର୍ମଳର ସେ ଶୁଖିଲା ମୁହଁକୁ ଚାହିଁ ସେ ବିଚଳିତ ହୋଇ ନଥିଲା ।

ଉତ୍ତର ଦେଇଥିଲା, ଯେଉଁଦିନ ତମ ଦେହ ଟିକିଏ ଖରାପ ହେଲେ କାନ୍ଦି କାନ୍ଦି ମୁଁ ଅସ୍ଥିର ହେଉଥିଲି, ସେଦିନ ମୁଁ ଥିଲି ତମର ପ୍ରେମିକା । ମୋ ସମଗ୍ର ସତ୍ତାକୁ ତମେ ହିଁ କେବଳ ଗ୍ରାସ କରି ଯାଇଥିଲ । ତମେ ଓ ମୁଁ-ଆମ ଦୁଇଜଣଙ୍କୁ ଛାଡ଼ିଦେଲେ ଆମର ଆଉ କେହି ନଥିଲେ । ମୁଁ କିନ୍ତୁ ଆଜି ପ୍ରେମିକା ନୁହେଁ, ବଧୂ, ଗୃହିଣୀ । ଘରଯାକର ବୋଝ ମୋ ମୁଣ୍ଡ ଉପରେ ଲଦା ହୋଇଛି । ମୋର କେବଳ ସ୍ୱାମୀ ନୁହନ୍ତି, ଏ ଗୃହରେ ଅଛନ୍ତି ମୋର ଶାଶୂ, ନଣନ୍ଦ, ଚାକର, ଗାଈ ଗୋରୁ । ଏ ସମସ୍ତେ ମତେ ଚାହିଁ ବସିଛନ୍ତି । ତମକୁ ଅବହେଳା କଲେ ଆଜି ଚଳିବ । କିନ୍ତୁ ଏମାନଙ୍କୁ ... ।

ସ୍ୱପ୍ନ ସେ ଦୃଶ୍ୟପଟ ହଠାତ୍ ଆବର୍ତ୍ତିତ ହେଲା ନିରୁପମାର ଆଖିରେ । ତା' ଆଗରେ କେବଳ ଭାସିଉଠିଲା ନିର୍ମଳର ଅଭିମାନ ଭରା ମୁହଁ ।

ସ୍ୱପ୍ନ ଆଉ ମନେ ନାହିଁ । ମନେ ପଡ଼ୁନାହିଁ । ନିଦ ଅସମୟରେ ଭାଙ୍ଗିଗଲା ।

କିନ୍ତୁ ଚିଠି... !

ତକିଆ ତଳୁ ଚିଠିକୁ ଅନ୍ଧାରରେ କାଢ଼ି ଆଣି ଛାତିରେ ସେ ଚାପି ଧରିଲା ।

ସ୍କୁଲରେ ପଢୁଥିବାବେଳେ ଉପନ୍ୟାସ ବହି ପଢ଼ି ପ୍ରଥମ ପ୍ରେମ କରୁଥିବା

ପ୍ରେମିକା ଭଳି ସାଗୁଆ 'ଫରଗେଟ୍ ମି ନଟ୍' ପତ୍ର ଲେଖା କାଗଜରେ ଚିଠି ଲେଖିଛି ନିର୍ମଳ। ଚିଠିରେ ବୋଧହୁଏ ସେଣ୍ଟ ପକାଇଛି। ମୃଦୁ ମଧୁର ଏକ ସୁରଭିରେ ଉତ୍ତେଜିତ ହୋଇଉଠୁଛି ଘ୍ରାଣେନ୍ଦ୍ରିୟ।

ଛି...ଛି... ଟିକିଏ ହେଲେ ଲଜ୍ଜାବୋଧ ନାହିଁ।

ନିର୍ମଳ ପାଇଁ ମନେ ମନେ ଲଜ୍ଜିତ ହେଲା ନିରୁପମା।

ଚିଠିର କଥାବସ୍ତୁକୁ ମନେ ପକାଇ ବି ଅନେକ ସମୟ ମନେ ମନେ ହସିଲା। ଛୋଟ ପିଲାଙ୍କ ଭଳି ଅନୁଯୋଗ କରି ନିର୍ମଳ ଲେଖିଛି, ସେ ତା ପାଖକୁ ନଗଲେ ଚଳିବା ପାଇଁ ଭାରି ଅସୁବିଧା ହେଉଛି। ଦେହ ଏଥି ମଧ୍ୟରେ ଅନେକ ଥର ଖରାପ ହେଲାଣି। ହୋଟେଲରେ ବେଳେ ବେଳେ ଖାଉଛି - ଅନ୍ୟ ବେଳେ ହାତରେ ରୋଷେଇ। ଫଳରେ କାମ କରିବାର ପ୍ରବୃତ୍ତି ଲୋପ ପାଇଗଲାଣି। ଏଥରକ ଆସି ସେ ତାକୁ ନିଜ ପାଖକୁ ନେଇଯିବ। ସେ ସେକଥା ବୋଉକୁ କହି ରଖିବା ଭଲ।

ବୋଉକୁ ଗ୍ରାମ ଛାଡି ସେ ସହରକୁ ଯିବା କଥା କହିବ ?

ଗାଆଁ ଲୋକେ ଦାନ୍ତ ଚିପି ଚିପି ହସିବେ। କହିବେ, ବଣ ଚଢ଼େଇକୁ ଯେତେ ଦୁଧଭାତ ଦେଇ ସୁନା ପିଞ୍ଜରାରେ ରଖିଲେ ସେ ରହିବ କି ନିମବୋଉ! କଟକୀ ଛଟକୀ ପାଠୋଇ ବୋହୂ, ଏ ଗାଆଁରେ ରହନ୍ତା ବୋଲି ମନରେ ତମେ ପରତେ କରୁଛ !

ଗାଁ ଲୋକଙ୍କର ଏ କଥାକୁ ଅବଶ୍ୟ ନିରୁପମାର ଭୟ ନାହିଁ।

ଭୟ ତାର ଶାଶୂଙ୍କ ପାଇଁ। ସେ ସେଯୁଗର ଲୋକ। ସେ କାଳର ଧାରଣା, ବିଶ୍ୱାସ ତାଙ୍କ ମନରେ ବୁଢ଼ିଆଣୀ ବସା ଭଳି ଛନ୍ଦି ହୋଇ ରହିଛି। ସେ ହୁଏତ ଭୁଲ୍ ବୁଝିବେ।

ଖାଲି ଭୁଲ୍ ବୁଝିବା ନ ବୁଝିବା ନୁହେଁ, (ନିରୁପମା ପୁଣି ଭାବିଲା) ବୁଢ଼ୀଦିନେ ସେବା ବି ଟିକିଏ ପାଇବେ ନାହିଁ। ଅଧର୍ମ ହେବ, ଅମଙ୍ଗଳ ହେବ ପରିବାରର। ନା-ନା, ସେ ଯିବ ନାହିଁ।

କିନ୍ତୁ ସତରେ ଯଦି ସେ ହଇରାଣ ହେଉଥାଆନ୍ତି ବିଦେଶରେ।

ମିଛ, ଏକାବେଳକେ ମିଛ। ପାଖରେ ପିଅନ ଥିବ। ରୋଷେଇରେ ଅସୁବିଧା କ'ଣ ? ହାତରେ ସେ ରୋଷେଇ କରୁଛନ୍ତି ? ପୂଝାରୀ ରଖିବାକୁ କଅଣ ଟଙ୍କା ନାହିଁ ? ହୋଟେଲରେ ଖାଇ ଦେହ ଖରାପ ହେଉଛି ? ହୋଟେଲ ଖିଆ ତ ଆଜି ନୁହେଁ, କଲେଜ ଜୀବନରେ ଅଧେ ଦିନ ହୋଟେଲରେ କଟିଛି। ଏସବୁ ଫିସାଦି-ଛଳନା। ତାକୁ ନିଜ ପାଖକୁ ଟାଣିବାର ଫିକର।

ନିରୁପମା ମନେ ମନେ କଳ୍ପନା କଲା।

ଖାଇବାର ଅସୁବିଧା ପାଇଁ ନୁହେଁ, ଆଉ କିଛି ଅଧିକା ପାଇବାର ଲୋଭରେ ହୁଏତ ସେ ଛଟପଟ ହେଉଛନ୍ତି। ଆଉ ଟିକିଏ ଅଧିକ ସ୍ନେହ, ଅଧିକ ସାନ୍ନିଧ।

ସେଥିପାଇଁ କଅଣ ତା' ନିଜ ମନ ଛଟପଟ ହେଉନାହିଁ?

ନିଜ ପ୍ରାଣର ସେ ବ୍ୟାକୁଳ ବକ୍ତବ୍ୟ ଶୁଣିବା ପାଇଁ କାନ ଡେରିଲା ନିରୁପମା।

ହୃଦୟର କେଉଁ ନିଭୃତ ତନ୍ତ୍ରୀରେ, ମନର କେଉଁ ସୁଦୂର ଶୂନ୍ୟ ସ୍ଥାନରେ ବନ୍ଧୁବିଚ୍ଛେଦର ଦୁଃଖ ରହି ରହି ପିପାସା ଚକୋରୀ ଭଳି ବାହୁନୁଛି। ଚାହୁଁଛି ଟିକିଏ ନିବିଡ଼ ସ୍ପର୍ଶରେ ସୂର୍ଯ୍ୟାଲୋକ।

କିନ୍ତୁ ମନ-ଚକୋରୀର ତୃଷ୍ଣା ନିବାରଣ ପାଇଁ କଅଣ ରାତ୍ରିର ଅନ୍ଧକାରରେ ସୂର୍ଯ୍ୟ ଉଇଁବ?

ନିରୁପମା କର ଲେଉଟାଇ ଶୋଇଲା।

ଜହ୍ନ ଆକାଶରେ ସଂପୂର୍ଣ୍ଣ ବୁଡିଯାଇଛି। ଚନ୍ଦ୍ରିକା ନାହିଁ, ଚନ୍ଦ୍ର ବି ନାହିଁ। ଚତୁର୍ଦ୍ଦିଗ ଘେରି ରହିଛି କେବଳ ନିସ୍ତବ୍‌ଧ ଅନ୍ଧକାର।

ପାଖରେ ପଡ଼ିଥିବା ମାଣ୍ଡିଟାକୁ ବୁକୁରେ ଚାପିଧରି ନିରୁପମା ଶୋଇବାର ଉଦ୍ୟମ କଲା। ମନେ ମନେ ଭଗବାନଙ୍କୁ ପ୍ରାର୍ଥନା କଲା, ହେ ଈଶ୍ୱର! ତାଙ୍କ ଦେହ ଭଲ ଥାଉ। ଏ ଚିଠିର କଥା ସତ ନ ହେଉ। ମୁଁ ନାରୀ- ଅବଳା! ମୁଁ କଅଣ କରିପାରିବି? ତମେ, ତମେ ହିଁ ଭରସା।

ଶାଶୂଙ୍କ ରାଧାମାଧବଙ୍କ ଯୁଗଳମୂର୍ତ୍ତିର ଛବି ତା ଆଖିରେ ଭାସି ଉଠିଲା।

ନିର୍ମଳ ଚିଠିକି ବାରମ୍ବାର ପଢୁଥିଲା।

କିପରି ନୂଆ ଭାଷା, ନୂଆ ମନର ରଙ୍ଗ ନେଇ ସତେ ଯେପରି ଏ ଚିଠି ଖଣ୍ଡିକ ଲେଖା ହୋଇଛି। ଏ ଚିଠି ନିରୁପମା ଲେଖିଛି, ଏକଥା ବିଶ୍ୱାସ କରିବାକୁ କିଛି ସମୟ ଲାଗିଗଲା ତାକୁ।

ନିରୁପମାର ଅଜସ୍ର ଚିଠି ତା ଟ୍ରଙ୍କରେ ଏବେ ସୁଦ୍ଧା ଗଚ୍ଛିତ ଅଛି। ଏଇ ଚିଠି ଲେଖା ସହ ତାର ଦୀର୍ଘଦିନର ପରିଚୟ। ଆଜି ଚିଠିଟା ସେଥିପାଇଁ ତାକୁ ଏତେ ନୂଆ ନୂଆ, କେମିତି କେମିତି ଜଣା ପଡୁଛି। ମନେ ହେଉଛି, ଖୁବ୍ ଯେପରି ବଦଳି ଯାଇଛି ନିରୁପମା ଏଥି ମଧ୍ୟରେ।

ଲେଖିଛି, ଏଇ ସାମାନ୍ୟ କଥାରେ ଭାଙ୍ଗିପଡୁଛ! ଛି... ସୁନାଟି ପରା! ପିଲାଙ୍କ ଭଳି ଟିକିଏ କଥାରେ ଅଧୈର୍ଯ୍ୟ ହେଲେ ଚଳିବ? ଘରେ ବୋଉ, ବୁଢ଼ୀଲୋକ। ତାଙ୍କୁ ଏକା ଛାଡ଼ି ଯିବି କେମିତି? ଲୋକେ ଯାହା କହିବେ ତ କହିବେ, ମନ ବୁଝିବ ତ?

ଦେହ ଭଲ ରହୁନି ? କାହିଁକି ? ମନେ ରଖ – ତମ ଦେହ ଏଣିକି ତମର ନୁହେଁ। ଦେହ ଉପରେ ଅତ୍ୟାଚାର କରିବା ଅଧିକାର ତମର ନାହିଁ। ମୋ ରାଣ, ନିତି ଅଣ୍ଡା, ଦୁଧ ଖାଇବ। ହୋଟେଲର ଖାଦ୍ୟ ମଧ୍ୟରେ ଥିବା ଖାଦ୍ୟସାର ଉପରେ ନିର୍ଭର କରିବା ଭଲ ନୁହେଁ ମନେ ରହିଲା ?

ମନେ ରହୁଛି।

ଚିଠିଟା ବନ୍ଦ କରିଦେଇ ଭାବିଲା ନିର୍ମଳ।

ବିବାହ ପରେ ବି ତା ଖାଇବା ପିଇବା, ଦେହର ଯତ୍ନ ନେବା କଥା ତାକୁ ହିଁ ମନେ ରଖିବାକୁ ହେବ ? ଅବିବାହିତ ସମୟର ସେ ଅଭ୍ୟାସ କଅଣ ସାରାଜୀବନ ତାକୁ ବଞ୍ଚାଇ ରଖିବାକୁ ପଡିବ ? ନିଜକୁ ଭୁଲିବାର ଅଧିକାର କଅଣ ତା ଜୀବନରେ କେବେ ଆସିବ ନାହିଁ ?

ନିରୁପମା ଉପରେ ରାଗ ହେଉଥିଲା ନିର୍ମଳର।

ତାର ଦୃଷ୍ଟି ପରିଧି ମଧ୍ୟରେ ନିରୁପମାର ରେଖାଚିତ୍ର ବଦଳି ଯାଉଥିଲା।

ଏଇ ନିରୁପମା। ତା ଦେହ ଟିକିଏ ଖରାପ ହେବା କଥା ଶୁଣିଲେ ହଷ୍ଟେଲରେ ରାତି ରାତି କାନ୍ଦି କାନ୍ଦି କଟାଇ ଦେଉଥିଲା। ସେ ଖିଆପିଆର ଯତ୍ନ ନେଉନାହିଁ ବୋଲି ଜାଣିଲେ ନିଜେ ରାତି ରାତି ଉପାସ ରହୁଥିଲା। ଅଥଚ ଆଜି...

ଆଜି କଅଣ ବଦଳିଗଲା ନିରୁପମା !

ଝିଅମାନେ କଅଣ ବିବାହ ପରେ ବଦଳି ଯାଆନ୍ତି ?

ହାତରୁ ଚିଠିଟା ଖସିପଡ଼ିଲା ନିର୍ମଳର ! ଏକ ରୁଦ୍ଧ ଆବେଗରେ କଣ୍ଠନଳୀ ତାର ଶୁଷ୍କ ହୋଇ ଆସୁଥିଲା। ମୂକ ଭଳି ଚେୟାର ଦେହରେ ଆଉଜି ଶୂନ୍ୟକୁ ଚାହିଁ ରହିଥିଲା ସେ।

ଜଳଖିଆ ଖାଇବେ ନାହିଁ ? ବେଳ ହୋଇଗଲାଣି ଯେ ! ବନ୍ଧୁପତ୍ନୀ ଶ୍ୟାମଳୀ ହଠାତ୍ ଦ୍ୱାରମୁହଁରୁ ପ୍ରଶ୍ନ କରିଉଠିଲେ। ଅଫିସରୁ ଫେରି ନିର୍ମଳ ଜଳଖିଆ ଖାଇ ନାହାନ୍ତି। ଜଳଖିଆ ପ୍ଲେଟ୍ ସେହିପରି ଅକ୍ଷୁଣ୍ଣ ଭାବରେ ଟେବୁଲ ଉପରେ ଥୁଆ ହୋଇଛି। ଏହା ଲକ୍ଷ୍ୟ କରି ଆଶ୍ଚର୍ଯ୍ୟ ହୋଇଗଲେ ଶ୍ୟାମଳୀ ଦେବୀ।

ଜଳଖିଆ !.... ମୁଁ ଆଜି ଜଳଖିଆ ଖାଇବି ନାଇଁ। –ନିର୍ମଳ ଅପ୍ରସ୍ତୁତ ହୋଇଗଲା ଭଳି ଉତ୍ତର ଦେଲା।

ଜଳଖିଆ ଖାଇବେ ନାହିଁ ? ମାନେ ଅଫିସରୁ ଫେରି କେହି ଖାଲି ପେଟରେ ରହେ ନା କଅଣ ? ଶ୍ୟାମଳୀ ଦେବୀ କଥା କହି କହି କକ୍ଷ ମଧ୍ୟରେ ପ୍ରବେଶ କଲେ। ଲକ୍ଷ୍ୟ କଲେ, ନିର୍ମଳ ହାତରେ ଧରିଛନ୍ତି ଗୋଟିଏ ଶୂନ୍ୟ ଲଫାପା। ଚିଠିଟା ତଳେ ପଡିଛି।

ଗ୍ରାମରୁ କିଛି ଦୁଃସମ୍ବାଦ ଆସିଛି ନିଶ୍ଚୟ। ଶଙ୍କିତା ହୋଇ ଉଠିଲେ ଶ୍ୟାମଳ ଦେବୀ।

ଗାଁରୁ ଖବର ଆସିଛି... ?

ନା- ଏଇ ନିରୁ ଗୋଟାଏ ଚିଠି ଦେଇଛି। ଲେଖିଥିଲେ ବାରିପଦା ଆସିବାକୁ। ଆସିପାରିବେ ନାହିଁ, ସେଇକଥା ଲେଖୁଛି....। ଶ୍ୟାମଳୀ ଦେବୀଙ୍କ ପ୍ରଶ୍ନର ଉତ୍ତରଟା ଦେଇ ନିର୍ମଳ ସଚେତନ ହୋଇଉଠିଲା। ତା ନିଜ ପାରିବାରିକ ଜୀବନର ଗୋପନ ତଥ୍ୟ ଏତେ ପରିମାଣରେ ଅନ୍ୟଜଣେ ଅନାତ୍ମୀୟା ମହିଳାଙ୍କ ଆଗରେ ପ୍ରକାଶ କରିଦେବା ଯେ ଅନୁଚିତ, ସେକଥା ତାର ସ୍ମରଣ ହେଲା।

ନିର୍ମଳକୁ କିନ୍ତୁ ଆଉ କିଛି କହିବାକୁ ନଦେଇ ଶ୍ୟାମଳୀ ଦେବୀ ବିସ୍ମୟରେ ଭ୍ରୂକୂଟି କୁଞ୍ଚିତ କରି କହିଲେ, ଆପଣ ଲେଖିଥିଲେ - ସେ ମନାକଲେ ? ସ୍ୱାମୀଙ୍କ ସେବା କରିବା ପାଇଁ ସ୍ତ୍ରୀ କଅଣ ଏମିତି ମନା କରିପାରେ ? କେଜାଣି ଲୋ ମାଆ, ମୁଁ ତ ଗାଉଁଲୀ ଝିଅ....

କଥାଟାରେ ପୂର୍ଣ୍ଣଚ୍ଛେଦ ନ ଟାଣି ଚାଲିଗଲେ ଶ୍ୟାମଳୀ।

ଆରଘରେ ଝିଅ ବେବି କାନ୍ଦୁଚି।

ତାଙ୍କ ତୁଣ୍ଡର ସେଇ ନିକ୍ଷିପ୍ତ ବାକ୍ୟ ତୀର ଭଳି ଯାଇ ବିଦ୍ଧ ହୋଇଗଲା ନିର୍ମଳ ହୃଦୟର ନିଗୂଢ଼ତମ ପ୍ରଦେଶରେ।

ସ୍ୱାମୀଙ୍କ ସେବା ପାଇଁ ସ୍ତ୍ରୀ କଅଣ ଏମିତି ମନା କରିପାରେ ?

ନା-ସେ କଥା ପାରନ୍ତି ନାହିଁ ଶ୍ୟାମଳୀ ଦେବୀ। କାରଣ ସେ ଗାଉଁଲୀ ଝିଅ। କଲେଜରେ ପାଠ ପଢ଼ି ନାହାନ୍ତି। ନାଗରିକା ନୁହନ୍ତି- କେବଳ ନାରୀ ?

ନିରୁପମା ଆସିପାରୁ ନାହିଁ - କାରଣ ବୋଉର ଦେହ ଖରାପ !

ମିଛ- ସେ ବିବାହ କରିବା ଆଗରୁ ବୋଉ ଦେହ ଖରାପ ହେଉଥିଲା। ସେ ପୁଣି ଚଳୁଥିଲା ତ ! ଆଜି ବୋହୂ ନହେଲେ ଚଳୁନାହିଁ।

ତା' ଛଡ଼ା ସେ ବୋଉକୁ ମଧ୍ୟ ପାଖକୁ ଆଣିବାକୁ ରାଜି। ସେକଥା ତ ନିରୁପମା ଲେଖି ପାରିଥାଆନ୍ତା ?

ଅସ୍ୱସ୍ତିରେ ଛଟପଟ ହେଲା ନିର୍ମଳ।

ଏ ଅସ୍ୱସ୍ତି, ଏ ଅସନ୍ତୋଷ ଆଜି ତାର ନୂଆ ନୁହେଁ - ଯେଉଁଦିନ ସେ ଅନିରୁଦ୍ଧ ଘରେ ପାଦ ଦେଲା - ସେଇଦିନୁ। ପୁରୁଷ ଜୀବନରେ ପତ୍ନୀର ସର୍ବବ୍ୟାପୀ ଆବଶ୍ୟକତା ସେ ଅନୁଭବ କଲା ଏହି ପରିବାରରେ। ଅନିରୁଦ୍ଧ ଆସିବା ବାଟକୁ ଚାହିଁ ରହିଥାଏ ଶ୍ୟାମଳୀ। କଲେଜରୁ ଡେରିରେ ଆସିଲେ ବି ପ୍ରଚଣ୍ଡ ଗାଳି। ପୁଣି

ନିମିଷକ ମଧ୍ୟରେ ଶ୍ୟାମଳୀର କ୍ରୋଧଦୀପ୍ତ ମୁହଁରେ ଖେଳେ ହସର ବିଦ୍ୟୁତ୍। ଛୋଟ ପିଲାଟି ଭଳି ଅନିରୁଦ୍ଧ ପାଖରେ ଅଳି କରେ, ଠିଆହୋଇ ରହିଲ ଯେ! ପୁରିଗୁଡ଼ାକ ଥଣ୍ଡା ହୋଇଯାଉଛି ପରା! କେତେବେଳୁ ଛାଣିଲିଣି।.... ଆରେ, ଏ ଦିଖଣ୍ଡ ପୁଣି କାହିଁକି ରହିଲା? ଟିକିଏ ଆଚାର ଦେବି? ସୁନାଟା ପରା! ସେ ଦୁଇଖଣ୍ଡ ଖାଇଦିଅ-ମୋ ରାଣ।

ଅଳ୍ପଭୋଜୀ ଅନିରୁଦ୍ଧ ଆକୁଣ୍ଠ ଗ୍ରାସ କରେ।

ଖାଇସାରି ମୁହଁ ଧୋଇ ଉଠିଲାବେଳକୁ ମୁହଁ ପୋଛିବା ପାଇଁ ନିଜ କାନି ବଢ଼ାଇଦିଏ ଶ୍ୟାମଳୀ। ଅନିରୁଦ୍ଧ ଚୁପ୍ ଚୁପ୍ କହିଉଠେ, ଯେତେ ଖାଇଲେ ବି ପେଟ ପୂରେ ନାହିଁ, ପେଟ ପୂରିଯାଏ ତମର ଏଇ ଶାଢ଼ି ପଣତରେ ମୁହଁ ପୋଛିଲାବେଳେ...

ଓଠ ଚିପି ବୁକୁଭରି ହସି ଶ୍ୟାମଳୀ ଧମକ ଦିଏ, ଚୁପ୍, ନିର୍ମଳବାବୁ ଶୁଣିବେ!

ଚୋରେଇ ଚୋରେଇ ଅନିରୁଦ୍ଧ ପରିବାରର ଏଇ ମଧୁର ଗୋପନ ପାରିବାରିକ ରାସକ୍ରୀଡ଼ା ଦେଖେ ନିର୍ମଳ। ଏଥିପାଇଁ ମନରେ ତା'ର ଅସରନ୍ତି କୌତୂହଳ। ବାଆଁରେଇ ହୋଇ, ନ ଶୁଣିଥିବାର ଛଳନା କରି ଅନିରୁଦ୍ଧର ପାରିବାରିକ ଜୀବନର ସମସ୍ତ ଗୋପନ କଥା ସେ ଶୁଣେ।

ଅନିରୁଦ୍ଧର ପାରିବାରିକ ଜୀବନରେ ଏଇ ସଫଳତା ତାକୁ ଅସନ୍ତୁଷ୍ଟ କରି ତୋଳେ।

ନିରୁପମା ଯଦି ତା' ପାଖରେ ଥାଆନ୍ତା...!

ନା-ନା, ନିରୁପମା କଥା ଭାବି ନିଜକୁ ଅନିରୁଦ୍ଧ ସହିତ ତୁଳନା କରି ସେ ପାଗଳ ହୋଇଯିବ। ତା ଅପେକ୍ଷା ବରଂ ସେ ଅନିରୁଦ୍ଧର ବସା ଛାଡ଼ି ଚାଲିଯିବ ଅନ୍ୟତ୍ର। ଭଡ଼ାଘର ତାକୁ ଅଭାବ ହେବ ନାଇଁ।

ଘର ଠିକ୍ କରି ଯିବା କଥା ଉପସ୍ଥାପିତ କଲା ସେ ଅନିରୁଦ୍ଧ ଆଗରେ।

ଅବାକ୍ ହେଲା ଅନିରୁଦ୍ଧ।

ହଠାତ୍ ଏ ଘରଭଡ଼ା ଭୂତ ତୋ ମୁଣ୍ଡରେ ପଶିଲା କାହିଁକି ନିର୍ମଳ? ଏଠାରେ କଅଣ କିଛି ଅସୁବିଧା ହେଲା ? - ଅନିରୁଦ୍ଧ ପ୍ରଶ୍ନ କରିଥିଲା।

ଛି...ଛି... ସେ କଥା ଭାବ ନାଇଁ। ତୋର ତ ପୁଣି ସୁବିଧା ଅସୁବିଧା ଅଛି? ତୋ ଉପରେ ବୋଝ ହୋଇ ରହିବାଟା ନିର୍ମଳ ପ୍ରକାଶ କରିଥିଲା ନିଜର ବକ୍ତବ୍ୟ।

ଆରପଟେ ଠିଆହୋଇ ଶୁଣୁଥିଲେ ଶ୍ୟାମଳୀ।

ଆପଣ ଯିବେ, ଖାଇବେ କେଉଁଠି?.... ଆପଣ ଯେମିତି ଭୋଳା ଲୋକ, ମୁଁ କେବେ ଛାଡ଼ି ଦେଇପାରିବି ନାହିଁ। ନିରୁପମା ଆସନ୍ତୁ... ଆପଣ ଯିବେ। ମୁଁ ମୋଟେ

ଅଟକାଇବି ନାହିଁ... ନିର୍ମଳକୁ ବାଧା ଦେବାପାଇଁ ସେଦିନ ଯୁକ୍ତି କରିଥିଲେ ଶ୍ୟାମଳୀ ଦେବୀ।

ବେବି ଆସି କିଲି କିଲି ହସି ତା' ଦୁଇଗୋଡ ଭଣ୍ଡାକୁ ତା'ର ଟିକି ଟିକି ଦୁଇ ହାତରେ ଚାପି ଧରି ଚିତ୍କାର କରି ଉଠିଥିଲା; ମୁଁ ଛାଡ଼ିବିନି– ମତେ ପ୍ରତିଦିନ ଚକୋଲେଟ୍ ଦେବ କିଏ ? ନନା ମୋତେ ଚକୋଲେଟ୍ ଆଣନ୍ତି ନାହିଁ।

ଯିବା କଥା ଆଉ ଜୋର୍ କରି ଉଠାଇ ପାରିନଥିଲା ନିର୍ମଳ।

ନିରୁପମା ନ ଆସିଲେ ଯିବା ପାଇଁ ପ୍ରସ୍ତାବ କରିବାର ଯୁକ୍ତି ବି ତା'ର ଦୁର୍ବଳ ହୋଇପଡ଼ିଛି। ନିରୁପମା ଆସିବ ନାହିଁ ବୋଲି ଆଜି ମନାକରି ଚିଠି ଲେଖିଛି। ତା' ହେଲେ –।

ଖଣ୍ଡେ ସିଗାରେଟ୍‌ରେ ନିଆଁ ଧରାଇଲା ସେ।

ତାର କାହିଁକି ହଠାତ୍ ଆଜି ମନେହେଲା, ନାରୀର ବିବାହ ପୂର୍ବରୁ ପ୍ରେମ, ବିବାହ ପରେ ଶୀତଳ, ଶିଥିଳ ହୋଇଯାଏ। କାରଣ ପୁରୁଷକୁ ସନ୍ତୁଷ୍ଟ କରିବାର ଇଚ୍ଛା ତା'ର ସୀମାବଦ୍ଧ। ଅନିରୁଦ୍ଧ ତା' ଭଳି ଲଭ୍ ମ୍ୟାରେଜ୍ କରି ନାହିଁ। ସ୍ତ୍ରୀ ତା'ର ଉଚ୍ଚଶିକ୍ଷିତା ନୁହେଁ। ସହରୀ ନୁହେଁ, ଗ୍ରାମ୍ୟ। ତଥାପି ତା'ର ଜୀବନ କିପରି ମଧୁର, ସରଳ, ସୁନ୍ଦର।

ତା' ହେଲେ କଅଣ ଲଭ୍‌ମ୍ୟାରେଜ୍ କରି ସେ ଭୁଲ୍ କରିଛି !

କାନ୍ଥ ଘଣ୍ଟାରେ ଏକ ବାଜିଲାଣି।

ଶ୍ୟାମଳୀର କଞ୍ଚାନିଦଟା ହଠାତ୍ ଭାଙ୍ଗିଗଲା। ଲଣ୍ଠନଟା ଜାଳି ଏ ପର୍ଯ୍ୟନ୍ତ କଅଣ ଲେଖୁଛି ଅନିରୁଦ୍ଧ। ଶଯ୍ୟାର ଗୋଟିଏ ପାର୍ଶ୍ୱରେ ଶୋଇଛି ବେବି।

ମୁଦ୍ରିତ ପଦ୍ମପାଖୁଡ଼ା ଭଳି ଆଖି ଦୁଇଟା ତା'ର ବୁଜି ହୋଇ ରହିଛି। ମୁହଁରେ ଜମିଛି ବିନ୍ଦୁ ବିନ୍ଦୁ ଝାଳ। ଡାହାଣ ହାତ ବାହା ଉପରେ ମଶାଟାଏ ବସି ରକ୍ତ ଶୋଷଣ କରୁଛି। ବେବି ପ୍ରତିବାଦ କରୁ ନାହିଁ।

ମଶାଟା ମାରି ବିରକ୍ତିରେ ଶ୍ୟାମଳୀ ପଚାରିଲା, ଦିନଯାକ କଲେଜରେ ଚାକିରି କରି ଆସିଲ, ତଥାପି ଚାକିରି ସରିଲା ନାହିଁ। ସଞ୍ଜବେଳଠୁଁ ପରୀକ୍ଷାଖାତା ଦେଖାଚାଲିଚି। ଆଜି କଅଣ ରାତି ପାହିଯିବ ?

ଶ୍ୟାମଳୀର ନିଦୁଆ କଣ୍ଠର କର୍କଶ ସ୍ୱରରେ ଅନିରୁଦ୍ଧର ଧ୍ୟାନ ଭଗ୍ନ ହେଲା। ଚଷମାଟାକୁ ଆଖିତଳକୁ ଖସାଇଦେଇ ସେ କହିଲା, ତମେ ଯେମିତି ଚିତ୍କାର କରୁଛ ନା ! କବିତାର ଇମେଜ୍‌ଗୁଡ଼ାକ ମନରେ ଉଙ୍କି ମାରି ପୁଣି ନେପଥ୍ୟକୁ ପ୍ରସ୍ଥାନ କରି ଯାଉଛନ୍ତି। କେତେ ଥର କହିଲିଣି, କବିତା ଲେଖିଲାବେଳେ ମତେ ବିରକ୍ତ କରିବ ନାହିଁ ?

ପରୀକ୍ଷା ଖାତା ନୁହେଁ, ତେବେ କବିତା ଲେଖା ଚାଲିଛି ?

ଶ୍ୟାମଳୀ ନିଜର ନିଦ୍ରାକ୍ରାନ୍ତ ମୁହଁର ଅଳସ ଭାବକୁ ନିଜ ଦୁଇ ହାତର ପାପୁଲିରେ ପୋଛିଦେଇ ହଠାତ୍ ଠିଆ ହୋଇଗଲା। ଅବିନ୍ୟସ୍ତ ପରିଧେୟକୁ ସଂଯତ କରିବାର କୌଣସି ଆଗ୍ରହ ନ ଦେଖାଇ ଏକ ପ୍ରକାର କୁଦି ପଡ଼ିଲା ସେ ଅନିରୁଦ୍ଧର କବିତା ଖାତା ଉପରକୁ।

ପାଟି କରି ଉଠିଲା, ଦେଖେଇ.... ଦେଖେଇ.. ସ୍ୱାସ୍ଥ୍ୟ ନଷ୍ଟ କରି କି ନିଆଁ ଚୁଲି କବିତା ଲେଖୁଛ ଏ ଅଧ ରାତିରେ ?

କବିତାଟାର ଶିରୋନାମାକୁ ଲକ୍ଷ୍ୟ କରି ସେ ସ୍ୱଗତୋକ୍ତି କରି ଉଠିଲା, ଜଣେ ରମଣୀର ରେଖା ଚିତ୍ର।

ଛି...ଛି... ଲଣ୍ଠନର ତେଲ ଜାଳି ତମେ ଗୋଟାଏ ସ୍ତ୍ରୀଲୋକକୁ ନେଇ କବିତା ଲେଖୁଛ ? ଶ୍ୟାମଳୀର କଣ୍ଠରେ ବିସ୍ମୟ ଆଉ ବିରକ୍ତିର ଚିହ୍ନ।

କବିତା, ପାଣ୍ଡୁଲିପିଟା ନିଜର ଗ୍ରାମ୍ୟ ପତ୍ନୀଙ୍କ ହାତକୁ ଚାଲିଯିବା ପରେ ଆତଙ୍କରେ ଏକ ପ୍ରକାର ବିବ୍ରତ ହୋଇ ପଡ଼ିଥିଲା ଅନିରୁଦ୍ଧ। ଶ୍ୟାମଳୀର ଆଖିରେ ଯେଉଁ କ୍ରୋଧର ଅଗ୍ନିଶିଖା ଦେଖୁଥିଲା, ସେଥିରେ କବିତା ପାଣ୍ଡୁଲିପିଟା କେତେବେଳେ ଶତଛିନ୍ନ ହୋଇଯିବ, ସେହି ଭୟରେ ତା'ର ଶ୍ୱାସରୁଦ୍ଧ ହୋଇ ଆସୁଥିଲା। ହଠାତ୍ ସ୍ତ୍ରୀଙ୍କ ମୁହଁରୁ ଏ ପ୍ରଶ୍ନଟା ଶୁଣି ସେ ବିରକ୍ତିରେ ଅସ୍ଥିର ହୋଇଉଠିଲା।

ପାଟି କରିଉଠିଲା, ତମେ କଅଣ କବିତା କିଛି ବୁଝ ? ଏ ଯେଉଁ ରମଣୀ କଥା ଲେଖୁଛି ସେ ରମଣୀ ତମଭଳି ରଣଚଣ୍ଡୀ ନୁହେଁ। ଆଖିରେ ତା'ର ସମୁଦ୍ରର ନୀଳିମା, ମୁହଁରେ ତା'ର କୋଣାର୍କର କାରୁକାର୍ଯ୍ୟ, କେଶଗୁଚ୍ଛରେ ତାର ବିଦିଶାର ରାତ୍ରି ନଇଁ ଆସେ.. .ଦିଅ ଦିଅ ସେ ଖାତାଟା। କାଲ ଆଗରେ ମୂଳା ଚର୍ବଣ କରି କିଛି ଲାଭ ନାହିଁ....

କବିତା ପାଣ୍ଡୁଲିପିଟାକୁ ଶାଢ଼ିର ପଣତ ତଳେ ଗୋପନ କରି ଶ୍ୟାମଳୀ ପ୍ରତିବାଦ କରିଉଠିଲା- କଅଣ ମୁଁ ମୂର୍ଖ ! ମୁଁ ଅପଦାର୍ଥ ! ଆଉ ତୁମେ ବୁଢ଼ାଦିନେ ପ୍ରେମକବିତା ଲେଖୁଛ, ତମେ ଭାରି ଭଲ ?

ସ୍ତ୍ରୀଙ୍କ ସହ ଏ ନିଶାର୍ଦ୍ଧରେ କଳହର କିଛି ମାନେ ହୁଏ ନାହିଁ। ଆର ଘରେ ଶୋଇଛି ନିର୍ମଳ। ସେ ଯଦି କଳହର କିଛି ସୂଚନା ପାଏ, ତେବେ ଅନର୍ଥ ବଢ଼ିଯିବ। ସେଥିପାଇଁ ସେ କଣ୍ଠ କୋମଳ କରି କହିଲା, ଜୀବନରେ ବିବାହ କରି, ସ୍ୱାମୀ ହେଲି, ଜନକ ହେବାର ସୌଭାଗ୍ୟ ମଧ୍ୟ ହେଲା। କିନ୍ତୁ କେବେ ପ୍ରେମିକ ହୋଇପାରିଲି ନାହିଁ... କୌଣସି ନାରୀକୁ ପ୍ରେମ କରିପାରିଲି ନାହିଁ। ମଲାବେଳେ ମତେ ଏଇ ଅବସୋସ ନେଇ ମରିବାକୁ ହେବ ଶ୍ୟାମଳୀ।

ନିଆଁରେ ପାଣି ପଡ଼ିଲା ପରି ସ୍ୱାମୀଙ୍କ କଥା ଶୁଣି ହଠାତ୍ ନୀରବ ହୋଇଗଲା ଶ୍ୟାମଳୀ ।

ତା'ପରେ ସାହସ ସଂଗ୍ରହ କରି କହିଲା, ପ୍ରେମ ? ପ୍ରେମ କରି ବାହା ହୋଇ ନାହିଁ ବୋଲି ଏତେ ଅବସୋସ । ଯାଅ ଦେଖିବ ତମ ବନ୍ଧୁଙ୍କୁ ପ୍ରେମ କରି ବାହା ହୋଇଛନ୍ତି ଯେ ସ୍ତ୍ରୀ ପାଖକୁ ଆସିବାକୁ ବି ନାରାଜ...... ରୋଷେଇ କରିଦେବାକୁ ପଡ଼ିବ ବୋଲି ପାଠୋଇ ସ୍ତ୍ରୀ କେମିତି ଗୁମାନ କରି ଶାଶୂସେବା କରୁଛନ୍ତି....

ଶ୍ୟାମଳୀର ପାଟି ଗୋଟାଏ ଗ୍ରାମୋଫୋନ୍ । ଥରେ କଥାର ରେକର୍ଡ ସେ ମୁହଁର ଗ୍ରାମୋଫୋନ୍ ଦେହରେ ଲାଗିଗଲେ ପିନ୍ ସ୍ଥାନଚ୍ୟୁତ ନ ହେବା ପର୍ଯ୍ୟନ୍ତ କଥାର ରେକର୍ଡ ବନ୍ଦ ହେବାର ନୁହେଁ ।

ଅଗତ୍ୟା ହାତପାପୁଲି ସ୍ତ୍ରୀ ଉନ୍ମୁଖ ମୁଖ ଉପରେ ଚାପିଧରି ଅନିରୁଦ୍ଧ ଚୁପ୍ ଚୁପ୍ କହି ଉଠିଲା, ଆସ୍ତେ...ଆସ୍ତେ... ନିର୍ମଳ ସେ ଘରେ ଶୋଇଛି । ତୁମ ପାଟି ଶୁଣି ତା ନିଦ ଭାଙ୍ଗିଯାଇଥିବା କିଛି ଅସମ୍ଭବ ନୁହେଁ । ଆଉ ଏସବୁ କଥା ସେ ଶୁଣିଲେ...

ସତେ ତ ! ନିର୍ମଳ ଯଦି ଏକଥା ଶୁଣିଥିବେ !

ଜିଭ କାମୁଡ଼ି ଦେଇ ନିଜକୁ ସଂଯତ କରିନେଲା ଶ୍ୟାମଳୀ ।

ତା'ପରେ ନୂଆ ବୋହୂଟି ଭଳି ଚୁପି ଚୁପି କହିଲା, ଆଜି ଗୋଟାଏ ଘଟଣା ଘଟିଯାଇଛି । ତମକୁ କହିବି ବୋଲି ଅନେକ ବେଳ ଯାଏ ଚେଇଁଥିଲି । ନିଆଁଲଗା ନିଦଟା କେତେବେଳେ ଆଖିପତା ଦୁଇଟାକୁ ଯୋଡ଼ି ଦେଇଛି । ତମର ତ କାମ ସରୁ ନାହିଁ । ଆସ-ଶୁଣିବ !

ଅନ୍ୟର କଥା ବିଶେଷ କରି ନିର୍ମଳର ନୂତନ ପାରିବାରିକ ଜୀବନର ଗୋପନ କଥା ଶୁଣିବା ପାଇଁ କୌଣସି ଆଗ୍ରହ ନଥିଲା ଅନିରୁଦ୍ଧର, କିନ୍ତୁ ସ୍ତ୍ରୀଙ୍କ ଆଗ୍ରହର ଅପରିସୀମ ଆବେଗକୁ ଲକ୍ଷ୍ୟ କରି ସେ ଅବାଧ ହେଲା ନାହିଁ ।

ଶଯ୍ୟାଧାରାରେ ବସିଲା ପରେ ସେ ପଚାରିଲା, କଅଣ କହୁଥିଲ-କୁହ ।

ପାନ ଡିବାରୁ ଖଣ୍ଡେ ପାନ ଆଣି କଳରେ ଯାକି (ଘଣ୍ଟାକୁ ଖଣ୍ଡେ ପାନ ଖାଇବା ଶ୍ୟାମଳୀର ଏକ ଆବାଲ୍ୟ ଗ୍ରାମ୍ୟ ଅଭ୍ୟାସ) ଶ୍ୟାମଳୀ କହିଲା, ନିର୍ମଳବାବୁ ନିରୁପମାକୁ ବାରିପଦାକୁ ଆସିବାକୁ ଲେଖିଥିଲେ । ଶାଶୂଙ୍କ ସେବା କରୁଛି ଆଳ କରି ନିରୁପମା ଆସିପାରିବ ନାହିଁ ବୋଲି ଚିଠି ଲେଖିଛି । ସେଥିପାଇଁ ରାଗରେ ବାବୁ ଜଳଖିଆ ଛାଡ଼ି ଦେଇଛନ୍ତି । ବୁଝିଲ, ଏଥର ଭଲପାଇ ବାହା ହେବାର ଗୁମର କଥା- ?

ଅନିରୁଦ୍ଧ ଖଣ୍ଡେ ସିଗାରେଟ୍‌ରେ ନିଆଁ ଲଗାଇ ଧୂଆଁ ଛାଡୁ ଛାଡୁ କହିଲା, ଏଥିରେ ଆଳ କରିବା କିମ୍ବା ଗୁମର କଥା କଅଣ ଅଛି ?

ସବୁ ଝିଅ ତ ଆଉ ତମଭଳି ନୁହଁନ୍ତି ଯେ ବାହାଘର ପରର ସାତ ମଙ୍ଗଳା ନ ଯାଉଣୁ ସ୍ୱାମୀ ପାଖରେ ଜିଦ୍ କରି ବସିବେ ମତେ ସହରକୁ ନ ନେଲେ ସିନ୍ଦୂର ଖାଇ ମୁଁ ଆତ୍ମହତ୍ୟା କରିବି....

ବୁମେରାଂ ଭଳି ଯେଉଁ ତୀର ସେ ଅନ୍ୟ ଉଦ୍ଦେଶ୍ୟରେ ନିକ୍ଷେପ କରିଥିଲା, ତାହା ଓଲଟିଆସି ତାକୁ ହିଁ ବିଦ୍ଧ କରିବ, ସେ କଥା ଅନୁମାନ କରି ନଥିଲା ଶ୍ୟାମଳୀ।

ସ୍ୱାମୀଙ୍କ କଥା ଶୁଣି ଶ୍ୟାମଳୀ ଅଭିମାନରେ ନାକପୁଡ଼ା ଫୁଲାଇ ରାଗ ଗରଗର ହୋଇ କହିଲା, ସେଇ କଥା ମତେ କେତେ ଥର ଉଲୁଗୁଣା ଦେବ କହିଲ ? ତମେ ତ ଜାଣ, ମୁଁ ବାପଘରେ ଭାରି ଅଲିଅଳରେ ବଢ଼ିଥିଲି... ସକାଳ ଆଠଟା ନ ବାଜିଲେ ଶେଯ ଛାଡ଼େ ନାଇଁ - ତମକୁ ବାହାହେଲି ବୋଲି ତମର ସେ ଯେଉଁ ଦଳୁଆ ପୋଖରୀ, ସେଥିରେ ପାହାନ୍ତାରୁ ଉଠି ଟୁଙ୍ଗିବୁଡ଼ ମାରୁଥିଲେ ମୁଁ ଆଜି ବଞ୍ଚି ଥାଆନ୍ତି ଟି ?

ନିଜର ଅଭିମାନିନୀ, ଏକଦା ଅଲିଅଳୀ ସେଇ ଗୋଟିଏ ସନ୍ତାନର ଜନନୀ ପ୍ରିୟତମା ପତ୍ନୀଙ୍କ ଆଡ଼କୁ ଏକ ତିର୍ଯ୍ୟକ ଦୃଷ୍ଟି ନିକ୍ଷେପ କରି ଅନିରୁଦ୍ଧ କହିଲା - ଛାଡ଼, ସେମାନଙ୍କ କଥାରୁ ଆମ କଥା ଉଠାଇବା ଭଲ ନୁହେଁ। ଆଜି ତେବେ ନିର୍ମଳ ଜଳଖିଆ ଖାଇ ନାହିଁ ? କାହିଁ - ସେ କଥା ତମେ ମତେ କହି ନାହିଁ ତ ?

କେମିତି ସେ ଜଳଖିଆ ଖାଇଥାଆନ୍ତେ ଯେ ! ହାତ ଧରି ଯେ ବାହା ହୋଇଛି - ସେ ଯଦି ଏମିତି ଚିଠି ଲେଖେ - ଶାଶୂ ନଣନ୍ଦଙ୍କ ପାଖରେ ଭଲେଇ ହେବ ବୋଲ ସ୍ୱାମୀ ପାଖକୁ ଆସିବାକୁ ଯିଏ ମନା କରେ, ତା କଥା ମନେ ପକାଇଲେ କେଉଁ ପୁରୁଷ ମନ କରତି ନ ହେବ ଯେ ! - ଶ୍ୟାମଳୀ କହିଲା।

ଆସନ୍ନ ତନ୍ଦ୍ରାର ପ୍ରଥମ ତରଙ୍ଗ ଆଘାତ କଲା ଆସି ଅନିରୁଦ୍ଧ ଚେତନ ମନର ଦ୍ୱାରଦେଶରେ। ଗୋଟାଏ ହାଇମାରି ସେ ଶଯ୍ୟାଶାୟୀ ହେଲା। ଅର୍ଦ୍ଧଶାୟିତ ଅବସ୍ଥାରେ ତକିଆ ଉପରେ ହାମୁଡେଇ ପଡ଼ି ସେ କହିଲା, ଘରେ ଯେ ରୋଷେଇ କରି ଶାଶୂ ନଣନ୍ଦଙ୍କୁ ଖାଇବା ପିଇବାକୁ ଦେଇଛି, ସେ ରୋଷେଇକୁ ଭୟ କରି ସ୍ୱାମୀ ପାଖକୁ ଆସିବାକୁ ମନା କଲା, ଏ କଥାର କୌଣସି ଯୁକ୍ତି ନାହିଁ। ଭଲେଇ ହେବା କଥାଟା ବି ତମ ମନର କଳ୍ପନା। ହୁଏତ ଘରେ ସେପରି କିଛି ଅସୁବିଧା ହୋଇଛି ବୋଲି...

କଥାଟା ସମ୍ପୂର୍ଣ୍ଣ ଶେଷ ନ କରି ନୀରବ ହୋଇଗଲା ଅନିରୁଦ୍ଧ।

ଆହତ ସର୍ପିଣୀ ଭଳି ଗର୍ଜନ କରି ଶ୍ୟାମଳୀ କହିଲା, କଅଣ କହିଲ ? ନିରୁପମା ନାମରେ ମୁଁ ଫାନ୍ଦି କରି କହୁଛି ? ଜାଣେ ପରା, ମୋର କୌଣସି କଥାକୁ ତମେ ବିଶ୍ୱାସ କରିବ ନାଇଁ। ତମେ କ'ଣ ମତେ ଭଲପାଅ ଯେ ମୋ କଥା ବିଶ୍ୱାସ କରିବ ? ମୋ ବାପାଙ୍କ ଯୌତୁକ ଲୋଭରେ ସିନା ମତେ ବାହା ହେବାକୁ ରାଜି ହେଲ... ହେଲେ...।

ଯୌତୁକ କଥା ଶୁଣିଲେ ଅନିରୁଦ୍ଧ ଚିତ୍କାର କରି ପ୍ରତିବାଦ କରେ।

କିନ୍ତୁ ଆଜି ହଠାତ୍ କିଛି ଉତ୍ତର ନ ଦେବା ଦେଖି ଶ୍ୟାମଳୀ କଥା ବନ୍ଦ କରି ସ୍ୱାମୀଙ୍କ ମୁହଁକୁ ଚାହିଁଲା। ନା-ତା'ର ପୋଡ଼ା କପାଳ। କଥା କହୁ କହୁ ନିଦ ହୋଇଗଲାଣି। କାହାକୁ ସେ ଆଉ କଥା କହୁଛି!

ଅନିରୁଦ୍ଧ ସବୁଦିନେ ଏହିଭଳି। କବିତା ଲେଖୁଥିଲେ ରାତି ପାହିଯିବ। ନିଦ ମାଡ଼େ ନାହିଁ। କିନ୍ତୁ ଶଯ୍ୟା ଛୁଇଁଲେ ନିଦଟା କୁହୁକିନୀ ଭଳି ତା'ର ସମସ୍ତ ଚେତନାକୁ ଗ୍ରାସ କରିଯାଏ। ପାରିବାରିକ ଜୀବନରେ ବହୁ ଗୁରୁତ୍ୱପୂର୍ଣ୍ଣ କଥା ଏଇ ଶୋଇବାବେଳେ କହିବାକୁ ଚେଷ୍ଟା କରି ଏମିତି ଆହତ ହୋଇଛି ଶ୍ୟାମଳୀ। କିନ୍ତୁ ତା'ର କୌଣସି ପ୍ରଭାବ ଅନିରୁଦ୍ଧ ଉପରେ ପଡି ନାହିଁ। ସବୁଦିନେ ସେ ଏମିତି ନିର୍ଲିପ୍ତ, ନିଦ୍ରାକ୍ରାନ୍ତ।

ନିଜ ବକ୍ତବ୍ୟ ଅପ୍ରକାଶିତ ରହିଯିବାର ବ୍ୟଥାରେ ଶ୍ୟାମଳୀର ଛାତି ଭିତରଟା ଭାରି ଜଣା ପଡିଲା। ଆଲୁଅଟା କମାଇଦେଇ ମଶାରି ପକାଇଦେଇ ସେ ଶୋଇବାକୁ ଚେଷ୍ଟା କଲା। କିନ୍ତୁ ବୃଥା ସେ ଚେଷ୍ଟା।

ନିଦ ଆଜି ତା' ସହ ଅଦଉତି କରିଛି। କଞ୍ଚାନିଦ ଭାଙ୍ଗିଗଲେ ଆଉ ସହଜରେ ଶ୍ୟାମଳୀ ଆଖିକୁ ନିଦ ଆସେ ନାହିଁ। ଶୋଇ ଶୋଇ ଏଣୁ ତେଣୁ ସେ ଭାବିବାକୁ ଲାଗିଲା।

ସେ କଲେଜରେ ପଢ଼ି ନାହିଁ, ଗାଉଁଲୀ ଝିଅ ବୋଲି ସ୍ୱାମୀଙ୍କ ପାଖରେ କମ୍ ଅପମାନିତ ହୋଇନାହିଁ। ପ୍ରେମ ବିବାହ କରି ନାହାନ୍ତି ବୋଲି ସ୍ୱାମୀଙ୍କର ମଧ୍ୟ କମ୍ ଅବସୋସ ନୁହେଁ। ଅନେକ ଥର ସେ ଏଥିପାଇଁ ଖୁଣ୍ଟା ଦେଇଛନ୍ତି, ନିଜର ଅସନ୍ତୋଷ ପ୍ରକାଶ କରିଛନ୍ତି।

ପ୍ରେମ ବିବାହରେ ଶିକ୍ଷିତା ସ୍ତ୍ରୀକୁ ନେଇ ଯେ ସୁଖୀ ହୋଇ ହୁଏ ନାହିଁ, ଏକଥା ଅନେକ ଥର ବୁଝାଇଛି ସେ। ଅନିରୁଦ୍ଧ ଅବୁଝା ରହିଯାଇଛି। ଆଜି ନିର୍ମଳ-ନିରୁପମାର ଉଦାହରଣ ଦେଇ ସେଇ କଥାଟା ସେ ବୁଝାଇବାକୁ ଚାହୁଁଥିଲା।

କିନ୍ତୁ ଅନିରୁଦ୍ଧର ନିଦ ସେଥିରେ ବାଦ ସାଧିଲା।

ଅପୂର୍ଣ୍ଣତାର ଦୁଃଖରେ ମୁହ୍ୟମାନା ହୋଇ ବେବିକୁ କୋଳରେ ଯାକି ଶୋଇବାକୁ ଚେଷ୍ଟା କଲା ଶ୍ୟାମଳୀ।

ସକାଳୁ ଉଠି ନିର୍ମଳ ଦେଖିଲା, ଷ୍ଟଡିରୁମ୍‌ରେ ମୁଣ୍ଡରେ ଗୋଟାଏ ଚଦର ଘୋଡଣୀ ପକାଇ କଅଣ ବସି ଲେଖୁଛି ଅନିରୁଦ୍ଧ। ପ୍ରଥମେ ମୁଣ୍ଡରେ ଓଢ଼ଣୀ ଦେଖି ଶ୍ୟାମଳୀ ବୋଲି ମନେ କରି ଘରୁ ବାହାରି ଯାଉଥିଲା ନିର୍ମଳ। ଅନିରୁଦ୍ଧ ଡାକ ପକାଇଲା, ଚାଲିଯାଉଛୁ ଯେ...

ଶ୍ୟାମଳୀ ନୁହେଁ, ଅନିରୁଦ୍ଧ।

ନିର୍ମଳ କହିଲା, ଭାବିଥିଲି ଭାଉଜ ବୋଲି। ମୁଣ୍ଡରେ ଓଢ଼ଣା ଦେଇଛୁ କାହିଁକି ?

ଚଦର ମୁଣ୍ଡରୁ କାଢ଼ିଦେଇ ଅନିରୁଦ୍ଧ କହିଲା, ଗାଁରେ ଦେଖିଥିବୁ ବାଇଗଣ କିଆରୀକୁ ମାଙ୍କଡ଼ ହୁରୁଡେଇବା ପାଇଁ ଲୋକେ ଗୋଟାଏ ମଣିଷର ମୁଖାକୁ ବାଡ଼ିରେ ଝୁଲାଇ ବାଇଗଣ କିଆରୀରେ ପୋତି ଦେଇ ଥାଆନ୍ତି। ମଣିଷ ମୁଖାଟାକୁ ଦେଖି ପ୍ରକୃତ ମଣିଷ ହୋଇଥିବ ଭାବି ମାଙ୍କଡ଼ ଆଉ ବାଇଗଣ କିଆରୀକୁ ଆସନ୍ତି ନାହିଁ। ମୋ ଓଢ଼ଣାଟା ଠିକ୍ ସେମିତି।

ନିର୍ମଳ ହସି ହସି ପଚାରିଲା, ତୋର ଏ ଭୟ ପ୍ରଦର୍ଶନ କାହାପାଇଁ ? ସିଗାରେଟରେ ନିଆଁ ଧରାଇ ପ୍ୟାକେଟ ନିର୍ମଳ ଆଡ଼କୁ ପକାଇଦେଲେ।

ମୃଦୁ ହସି କହିଲା, ଏ ଭୟ ପ୍ରଦର୍ଶନ ତୋର ଶ୍ୟାମଳୀ ଭାଉଜ ପାଇଁ। ମୋ ମୁଣ୍ଡରେ ଚାଦର ଓଢ଼ଣାଟା ଦେଖିଲେ ସେ ବୁଝିପାରନ୍ତି ଯେ ମୁଁ କଲେଜ ପିଲାଙ୍କ ପରୀକ୍ଷା ଖାତା କି ଟିଉଟରିଆଲ ଖାତା ଦେଖୁନାହିଁ - ଲେଖୁଛି ବସି ନିରୋଳା କବିତା। ତାହାହେଲେ ବଜାର ସଉଦା, ଛୁଆଧରା ଭଳି ଗୁରୁତ୍ୱପୂର୍ଣ୍ଣ କାମଗୁଡ଼ାକ ସେ ଆଉ ବରାଦ କରନ୍ତି ନାହିଁ। ତା'ଛଡା କବିତା ଲେଖିବା ପାଇଁ ମନର ଯେଉଁ ଏକ ବିଶିଷ୍ଟ ମୁହୂର୍ତ୍ତ ଦରକାର, ମୁଣ୍ଡରେ ଚଦର ନ ପକାଇ ନିଜକୁ ଏକ ସୀମିତ ପରିବେଶ ମଧ୍ୟରେ ନ ରଖିଲେ, ସେ ଅମୂଲ୍ୟ ମୁହୂର୍ତ୍ତ ମୋର ଆସେ ନାହିଁ।

ନିର୍ମଳ ହସିଲା।

କହିଲା, ଏଇଟା ତୋର ଗୋଟାଏ ପିଲାଦିନର ବଦଭ୍ୟାସ।

ଅନିରୁଦ୍ଧ ନିର୍ମଳର ଏ ଆକ୍ଷେପୋକ୍ତିକୁ ହୋ' ହୋ' ହୋଇ ହସି ପ୍ରଚଣ୍ଡ ଭାବରେ ଉପଭୋଗ କଲା।

ପିଲାଦିନର ଏକ ବଦଭ୍ୟାସ !

ନିର୍ମଳ ଠିକ୍ କହିଛି। ଆଜି ନୁହେଁ.. ଅନେକ, ଅନେକ ବର୍ଷ ତଳେ ଯେବେ ସେ ନିର୍ମଳ ସହିତ ସ୍କୁଲରେ ପଢୁଥିଲା, କବିତା ଲେଖିବାର ଏ ନିଶା ସେତେବେଳେ ତା' ମନ ଓ ମସ୍ତିଷ୍କକୁ ଆକ୍ରାନ୍ତ କରି ରଖିଥିଲା। ହଷ୍ଟେଲରେ ସମସ୍ତେ ଭୋରରୁ ନିଦରେ ଶୋଇଥିବା ବେଳେ ଏ କବିତା ଲେଖାର ନିଶା ତା' ମନରେ ଉନ୍ମାଦନା ଭରିଦିଏ। ମଶାରି ଟେକି ଝରକାର ଈଷତ୍ ଫର୍ଚ୍ଚା ଆଲୁଅରେ ସେ ଲେଖିବସେ କବିତା। ଅନ୍ୟ କିଏ କାଳେ ଗଣ୍ଡଗୋଳ କରିବେ, ସେଥିପାଇଁ ବିଛଣା ଚଦରକୁ ସେ ମୁଣ୍ଡରେ ଘୋଡ଼ାଇ ଦିଏ।

ସେଦିନ ତା' କବିତାରେ ଛନ୍ଦ ଥିଲା, କିନ୍ତୁ ଭାବ ନଥିଲା। ଭାବପ୍ରବଣତା

ଥିଲା, ହୁଏତ ମନନଶୀଳତା ନଥିଲା। କାରଣ ନଥାଇ ସାମାନ୍ୟ କଥାରେ ଯେମିତି ପିଲାଏ ବାପାମାଆଙ୍କ ପାଖରେ ଅଝଟ କରି ବସନ୍ତି, ଠିକ୍ ସେମିତି କିଛି ଶୃଙ୍ଖଳା ନଥାଇ କବିତାରେ ଖାତା ଭର୍ତ୍ତି କରି ଦେଉଥିଲା ଅନିରୁଦ୍ଧ। ଏଭଳି କବିଭାବ ତାର ସେଇଦିନୁଁ।

ବନ୍ଧ ପାଗଳ ବୋଲି ସାଙ୍ଗପିଲା, ଶିକ୍ଷକମାନଙ୍କଠାରୁ କମ୍ ନିନ୍ଦା ତ ସେ ସହି ନାହିଁ !

ଅନିରୁଦ୍ଧର ଏ ଧ୍ୟାନମଗ୍ନ ଭାବ ଦେଖି ନିର୍ମଳ ଟିପ୍‌ପଣୀ କଲା- ମହାଦେବଙ୍କ ଭଳି ନିର୍ବାକ୍, ଧ୍ୟାନମଗ୍ନ ହୋଇଗଲୁ ଯେ ! କଅଣ କିଛି କବିତ୍ୱ କରିବୁ !

ଅଳ୍ପ ହସି ଅନିରୁଦ୍ଧ ଉତ୍ତର ଦେଲା, ନା-ଛାତ୍ରଜୀବନର ସେଇ ଅପାସୋରା କଥା କେତେଟା ମନେ ପଡ଼ିଗଲା। ଶରତର ଲଘୁ ମେଘ ଖଣ୍ଡି ଭଳି ଏ ସ୍ମୃତି ବେଳେ ବେଳେ ନିଜ ମନର ଆକାଶରେ ଭାସି ଉଠେ। ଆଃ ସେ ଦିନଗୁଡାକ କି ସୁନ୍ଦର ନଥିଲା ସତେ।

ଗୋଟିଏ ସନ୍ତାନର ଜନକ, ଅଧ୍ୟାପକ ଅନିରୁଦ୍ଧ ଅତୀତର ସେ ଛିଣ୍ଡା ଛିଣ୍ଡା ସ୍ମୃତିକୁ ମନେପକାଇ ନିଜର ଅବସୋସ ପ୍ରକାଶ କରିବ, ଏକଥା ନିର୍ମଳ ଅନୁମାନ କରି ନଥିଲା। ତେଣୁ କିଞ୍ଚିତ୍ ବିସ୍ମୟ ବିହ୍ୱଳତାରେ ସେ ସ୍ତବଧ ହୋଇଯାଇ କହିଲା, ଜବରଦସ୍ତ ମନେ ନ ପକାଇଲେ ଆଜି ଆଉ ସେ ଅତୀତ ମୋର ମନେ ପଡ଼େ ନାହିଁ। ତା' ଛଡା ଅତୀତର ସେ ଛାଡ଼ି ଆସିଥିବା ସ୍ମୃତିର ବାଲୁକାବେଳାରେ ମୁଁ ଏପରି କିଛି ମାଣିମାଣିକ୍ୟ ହଜାଇ ଦେଇ ଆସିନି; ଯାହାପାଇଁ ଆଜି ବସି ଅନୁଶୋଚନା କରିବି। ଏଭଳି ମଧ୍ୟ ମୋର କେବେ ମନେ ହୋଇ ନାହିଁ। ତୁ କବି, ଏସବୁ ତୋ ପାଇଁ ଶୋଭାପାଏ। ମୁଁ ସାମାନ୍ୟ ଡେପୁଟି କଲେକ୍ଟର- ଋଣ ଆଦାୟ, ତଗାବି ବଣ୍ଟନ, ସରଜମିନ ତଦନ୍ତ ଏସବୁଥିରେ ରାତିଦିନ ଅଣ୍ଟୁ ନାହିଁ -

ଅନିରୁଦ୍ଧ ମନରୁ ସେ ଅତୀତ ସ୍ମୃତିର ବିହ୍ୱଳ ଭାବ ସେ ପର୍ଯ୍ୟନ୍ତ ସୁଦ୍ଧା ଲିଭି ନଥିଲା।

ନିର୍ମଳ କଥାରେ ବାଧା ଦେଇ ସେ କହିଲା, ସାଙ୍ଗ ପିଲାଙ୍କ ସହ ସେ ବନ୍ଧୁତ୍ୱ, ସେଦିନର ସେ ମାନ ଅଭିମାନ, ରାଗରୁଷା, ମାଡ଼ ମରାମରି - ଏ କଅଣ ମଣିମାଣିକ୍ୟଠାରୁ ଅଧିକ ମୂଲ୍ୟବାନ ନୁହେଁ ନିର୍ମଳ ? ସେ ଦିନର ସବୁକଥା ମନେ ପଡ଼ିଗଲେ ମୋ ଛାତି ଭିତରଟା ଏବେ ବି କଅଣ ହୋଇଯାଏ ରେ....

କଥଟା ଶେଷ କରିବା ଆଗରୁ ନିଜ ଛାତିରେ ହାତ ମାରିଲା ଅନିରୁଦ୍ଧ।

ନିର୍ମଳର ମନେହେଲା, ଅଧ୍ୟାପକ ହୋଇଥିଲେ ବି ଏବେ ସୁଦ୍ଧା ପ୍ରକୃତରେ

ଅନିରୁଦ୍ଧ ସେଇ ଛାତ୍ର ହୋଇ ରହିଯାଇଛି। ଆକାରରେ ବୟସ୍କ ବୋଲି ମନେହେଉଥିଲେ ସୁଦ୍ଧା ପ୍ରକାରରେ ବିଶେଷ କିଛି ପରିବର୍ତ୍ତନ ହୋଇନାହିଁ ତା'ର।

ଗାଧୋଇବା ବେଳ ହୋଇଯାଉଛି। ନିର୍ମଳ ପ୍ରସ୍ଥାନ ପାଇଁ ଉଦ୍ୟତ ହେଲା।

ନିର୍ମଳ ହାତକୁ ଧରିପକାଇ ଅନିରୁଦ୍ଧ କହିଲା, ତୋ ଉପରେ ମୋର ଗୋଟାଏ ବଡ଼ ଅଭିଯୋଗ ଅଛି। କମ୍ ରାଗିନାହିଁ ସେଥିଲାଗି ତୋ ଉପରେ।

ଅଭିଯୋଗ ଶୁଣିବା ପାଇଁ ଅଗତ୍ୟା ବସିରହିଲା ନିର୍ମଳ।

ଅନିରୁଦ୍ଧ କହିଲା, ସ୍କୁଲରେ ତୋ ସହିତ ଚୁକ୍ତି ହୋଇଥିଲା ତୋ ବାହାଘରକୁ ମୁଁ ବାହାଘର ଗୀତ ଲେଖିବି। କିନ୍ତୁ ବାହାଘର ଶୁଭଗୀତିକା ଲେଖା ତ ଦୂରର କଥା, ମୁଁ ଖଣ୍ଡେ ନିମନ୍ତ୍ରଣ ପତ୍ର ବି ପାଇଲି ନାହିଁ ତ !

ବାହାଘର ! ଶୁଭ ଗୀତିକା ! ବନ୍ଧୁ ନିମନ୍ତ୍ରଣ !

ଲଜ୍ଜା, ସଙ୍କୋଚରେ ନିର୍ମଳର ମୁହଁ ପାଟଳ ହୋଇଉଠିଲା।

ମୁହଁ ତଳକୁ କରି ସେ କହିଲା, ବାହାଘରଟା କଟକ ସବ୍‌ରେଜିଷ୍ଟ୍ରାରଙ୍କ ଅଫିସରେ ଏଡ଼େ ତରବରରେ, ଏତେ ଅଳ୍ପଲୋକଙ୍କ ଗହଣରେ ହୋଇଗଲା ଯେ, ନିକଟତମ ବଂଧୁମାନଙ୍କୁ ନିମନ୍ତଣ କରିବାକୁ ବି ମୁଁ ସମୟ ପାଇଲି ନାହିଁ। ସବ୍-ରେଜିଷ୍ଟ୍ରାରଙ୍କୁ ଛାଡ଼ିଦେଲେ ସାକ୍ଷୀ ପଡ଼ିବାକୁ ଯେଉଁ ବନ୍ଧୁ ଦୁଇଜଣ ବାଧ ହୋଇ ବରଯାତ୍ରୀ ଭାବରେ ଯାଇଥିଲେ, ତୋ ବାହାଘରର ଶୁଭସଙ୍ଗୀତ ଛପାଇଥିଲେ ବି ସେମାନେ ତାହା କଦାପି ପଢ଼ି ନଥାନ୍ତେ...

ନିର୍ମଳ ବିବାହ ଉତ୍ସବର ଏ ରସଘନ କରୁଣ ବ୍ୟଙ୍ଗାତ୍ମକ ଦିଗଟି ପ୍ରତି ଅବଗତ ନଥିଲା ଅନିରୁଦ୍ଧ। ଶୁଣିସାରି ସେ ରୋମାଞ୍ଚିତ ହେଲା।

ପଚାରିଲା, ବାହାଘରଟା ତାହେଲେ କ'ଣ ତୋ ପରିବାରର ଇଚ୍ଛା ବିରୁଦ୍ଧରେ ହୋଇଥିଲା ?

ନିମଳ ନିରୁତ୍ତର ରହିଲା।

ସକାଳର ଶୀତଳ ପରିବେଶର ମୁହୂର୍ତ୍ତ କେତୋଟି ହଠାତ୍ ଉଷ୍ମ ହୋଇଉଠିଲା ଅନିରୁଦ୍ଧ ପାଇଁ। ନିର୍ମଳର ପ୍ରେମବିବାହ କଥା ଜାଣିଥିଲା; କିନ୍ତୁ ବିବାହ ଉତ୍ସବ ଯେ ସାମାଜିକ ନୁହେଁ, ଆଇନଗତ, ଏକଥା ତାର ଅବଧାରଣାର ବାହାରେ ଥିଲା।

ଅଭିଯୋଗ କରି ନିର୍ମଳକୁ ସେ ଆହତ କରିଛି। ସେଥିପାଇଁ ପରିସ୍ଥିତିକୁ ପରିବର୍ତ୍ତନ କରିବା ଲାଗି ସେ କହିଲା, ଶୁଣିଲି ନିରୁପମା ଦେବୀ କୁଆଡ଼େ ହଠାତ୍ ଏଠିକି ଆସିବାକୁ ରାଜି ହେଉନାହାନ୍ତି ବୋଲି ତୁ ରାଗିଯାଇଛୁ ?

କିଏ କହିଲା ? ଭାଉଜ ? ନିର୍ମଳ ହସିବାକୁ ଚେଷ୍ଟା କଲା।

ଅନିରୁଦ୍ଧ ରସିକତା କରି କହିଲା, ତୋ ଭାଉଜ ହିଁ ହେଉଛନ୍ତି ମୋ ପାଇଁ ଏକମାତ୍ର ସମ୍ବାଦ ସରବରାହର କେନ୍ଦ୍ର, ଏକ ଇନ୍‌ଫର୍ମେସନ ବ୍ୟୁରୋ... ସାହି, ବସ୍ତିରେ ଏପରିକି ସହରରେ ବି କିଛି କ୍ଷୁଦ୍ରତମ ଘଟଣା ଘଟିଲେ ମୋ କାନରେ ଟେଲିପ୍ରିଣ୍ଟର ଯନ୍ତ୍ରରେ ଟପ୍ ଟପ୍ କରି ସେ ସମ୍ବାଦ ଟାଇପ୍ କରି ଦେଇଯାଆନ୍ତି। ସେ ଦୃଷ୍ଟିରୁ ସେ ଏ ସମ୍ବାଦଟା ମଧ୍ୟ ଦେଇଥିବା କିଛି ବିଚିତ୍ର ନୁହେଁ। ବିସ୍ମୟର କଥା ହେଉଛି; ତୁ ତୋ ସ୍ତ୍ରୀଙ୍କ ଚିଠି ପାଇ କୁଆଡ଼େ ଜଳଖିଆ ଖିଆ ବି ଛାଡ଼ିଦେଲୁ।

ଏଥର ଅପ୍ରତିଭ ହେଲା ନିର୍ମଳ।

କହିବା ପାଇଁ ଚେଷ୍ଟା କରି ମଧ୍ୟ କିଛି କହିପାରିଲା ନାହିଁ।

ଅନିରୁଦ୍ଧ କବି ବଂଧୁର ଆସନ ତ୍ୟାଗ କରି ଅଭିଭାବକ ଭାବରେ ଆସି ଦଣ୍ଡାୟମାନ ହେଲା ନିର୍ମଳ ପାଖରେ। କହିଲା, ବୋଉଙ୍କର ଅସୁବିଧା ହେଉଛି ଯେତେବେଳେ, ହଠାତ୍ ତାଙ୍କୁ ଏଠାକୁ ଆଣିବା ଲାଗି ତୁ ଜିଦ୍ କରିବା ଉଚିତ୍ ନୁହେଁ। ଝିଅମାନଙ୍କ ଭାବପ୍ରବଣତା ଅତି ବିଚିତ୍ର... ଥରେ ସେମାନଙ୍କୁ ଆଘାତ କଲେ ସେମାନେ କ'ଣ କରି ନ ପାରନ୍ତି ଏପରି କିଛି କାର୍ଯ୍ୟ ପୃଥିବୀରେ ନାହିଁ। ଅବଶ୍ୟ ମୋର ଏ ଅଭିଜ୍ଞତା ତୋ ଭାଉଜଙ୍କୁ ହିଁ କେନ୍ଦ୍ର କରି...

କଥାର ଶେଷ ଆଡ଼କୁ ଲଘୁ ପରିହାସର ବ୍ୟଞ୍ଜନା ମିଶାଇଥିଲା ଅନିରୁଦ୍ଧ।

କିନ୍ତୁ ନିର୍ମଳର ଗାମ୍ଭୀର୍ଯ୍ୟ ସେଥିରେ ଭାଙ୍ଗିଲା ନାହିଁ। ସେ କହିଲା, ବୋଉର ଅସୁବିଧା ଯେ ମୁଁ ବୁଝିବା ଉଚିତ୍, ଏଥିରେ ସନ୍ଦେହ ନାହିଁ। କିନ୍ତୁ ମୋ ଅସୁବିଧା କ'ଣ ବୋଉର ବୁଝିବା ଉଚିତ୍ ନୁହେଁ ? ବିଦେଶରେ ଅସୁବିଧା ହେଲେ ତାର ପରିଣାମ ଯେ କି ଭୟଙ୍କର ହୁଏ, ବୋଉ ହୋଇ ସେ ଅନ୍ତତଃ ବୁଝିବା ଦରକାର...

ନିର୍ମଳର କଥା ଶେଷ ହେବା ଆଗରୁ ଉନ୍ମାଦଙ୍କ ଭଳି ହସି ଉଠିଲା ଅନିରୁଦ୍ଧ।

କହିଲା, ତୋ କଥାର ମୂଳ ତାହାହେଲେ ଏଠାରେ ନା! ମୁଁ ଜାଣେ ନିର୍ମଳ, ତୋର ଏଠାରେ ଭାରି ଅସୁବିଧା ହେଉଥିବ। ମୁଁ ତୋ ସୁବିଧା, ଅସୁବିଧା ସମ୍ପର୍କରେ ଆଉ ଟିକିଏ ସଚେତନ ହେବା ଉଚିତ୍ ଥିଲା। କିନ୍ତୁ ସେ କଥା ତୁ ଘରକୁ ନ ଲେଖି ମତେ କିମ୍ବା ତୋ ଭାଉଜଙ୍କୁ ତ କହି ପାରିଥାନ୍ତୁ! ଆମେ କ'ଣ ତୋର ଏତେ ଦୂରର...

ଅନିରୁଦ୍ଧ କଥା ଶେଷ ହେବା ଆଗରୁ ଦଲକାଏ ଝାଞ୍ଜି-ପବନ ଭଳି ଅପ୍ରତ୍ୟାଶିତ ଭାବରେ ସେ କକ୍ଷରେ ପ୍ରବେଶ କଲେ ଶ୍ୟାମଳୀ। କହିଲା, ଅସୁବିଧା ହେବ ନାହିଁ? ତମେ ସିନା କବି, କବିତା ଗିଲାସେ ଖଣ୍ଡେ ପିଇଦେଲେ ତମର ଦିନଯାକ ଭୋକଶୋଷ ନାହିଁ। ମୁଁ ଯେତେବେଳେ କବିପତ୍ନୀ, ଇଚ୍ଛା ନଥିଲେ ବି ବାଧ୍ୟବାଧକତାରେ ମତେ ବି ଗିଲାସେ ଗିଲାସେ କବିତାରୁ ପିଆଇ ମୋ ଭୋକଶୋଷ ମରାଇ ଦେଉଛ। ହେଲେ

ସେ ଆମ ପରିବାରର ଅତିଥି। ତାଙ୍କର ଅଫିସ୍ ଅଛି, ଦାୟିତ୍ୱ ଅଛି, ଭୋକଶୋଷ ଅଛି। ଦିନ ଆସି ପହରେ ହେଲାଣି, ମୁଁ ଜଳଖିଆ ବାଢ଼ି ଘଣ୍ଟାଏ ହେଲା ବସିଛି, ତମେ ତାଙ୍କ ସାଙ୍ଗରେ ଏଣେ ଗପ ଯୋଡ଼ି ଦେଇଛ ?

ବିନୀତ କଣ୍ଠରେ ପ୍ରତିବାଦ କରି ନିର୍ମଳ କହିଲା, ବିଶ୍ୱାସକର ମୁଁ ମୋଟେ ଏଠାରେ ରହିବାର ଅସୁବିଧା କଥା ମନରେ ଭାବିନି। ଯୁକ୍ତି ଛଳରେ ତତେ ତାହା କହିଲି। ତୁ ସେଥିରୁ ଯଦି ଏମିତି ଏକ ଖିଅ ବାହାର କରୁ....

କଥା କହିବାକୁ ଆଉ ସୁଯୋଗ ଦେଲା ନାହିଁ ଶ୍ୟାମଳୀ। ଜଳଖିଆ ଖାଇବାକୁ ସେ ଏକପ୍ରକାର ତାକୁ ଟାଣି ଟାଣି ନେଇଗଲା।

ନିର୍ମଳଙ୍କର ଅସୁବିଧା ହେଉଛି। ସେ ଚାଲିଯାଇ ପାରନ୍ତି।

କଥାଟି ନିଭୃତରେ ଚିନ୍ତାକରି ଅସ୍ୱସ୍ତି ଅନୁଭବ କଲା ଶ୍ୟାମଳୀ। ଆସିଲାଦିନୁ ନିର୍ମଳ ଆସିଥିଲେ ଅତିଥି ଭଳି। କିନ୍ତୁ ଏଇ ମାସ କେତୋଟିର ରହଣି ପରେ ସେ ଏ ପରିବାରର ଏକ ଅଙ୍ଗ ହୋଇଯାଇଛନ୍ତି। ତେଣୁ ତାଙ୍କର ଯିବା କଥା ଭାବିଲେ ମନରେ ଦରଜ ଲାଗୁଛି। ପ୍ରାଣରେ ପରାସ ଲାଗୁଛି। କିପରି ଏକ ଅଶ୍ୱସ୍ତିରେ ଭରିଉଠୁଛି ହୃଦୟ।

ଉଦୁଉଦିଆ ଖରାବେଳ।

ସ୍ୱାମୀ କଲେଜରେ। ନିର୍ମଳ ଯାଇଛନ୍ତି ସହର ବାହାରକୁ - ଟୁର୍‌ରେ। ଦୁଇଦିନ ପରେ ଫେରିବେ। ଝିଅ ଶୋଇଯାଇଛି। ନିର୍ମଳ ସହରରେ ଥିଲେ ତାଙ୍କ ଅର୍ଦ୍ଦଳି ପିଅନ ଏଠାରେ ଖଟେ। ଟୁର୍‌ରେ ଗଲେ ନିର୍ମଳ ତାକୁ ସାଙ୍ଗରେ ନେଇଯାଆନ୍ତି।

ନିର୍ମଳ ବସାରେ ରହିଲା ପରେ ନିଜ ଚାକରକୁ ବାହାର କରି ଦେଇଛି ଶ୍ୟାମଳୀ। ଖାଇ ପିଇ ପନ୍ଦର ଟଙ୍କା ନେଉଥିଲା ସେ। ନିର୍ମଳଙ୍କ ଅର୍ଦ୍ଦଳି ଚାକରର କାମ ତୁଲାଇ ନେଉଛି। ନିର୍ମଳ ସାଙ୍ଗରେ ଅର୍ଦ୍ଦଳି ଟୁର୍‌ରେ ଚାଲିଗଲେ ଶ୍ୟାମଳୀ ହଇରାଣ ହୁଏ।

ଦୋକାନ ସଉଦା, ବଜାର ସଉଦା, ମସଲାବଟା, ଗାଧୁଆ କୁଣ୍ଡରେ ପାଣି ପୂରାଇବା କାମର ଚାପ ନିଜ ଉପରେ ଲଦି ହୋଇଯାଏ। ପ୍ରଥମ କାମ ଦୁଇଟା ସ୍ୱାମୀଙ୍କ ଜରିଆରେ କରାଇ ନିଏ ଶ୍ୟାମଳୀ। କିନ୍ତୁ ଶେଷ କାମ ଦୁଇଟା ତାକୁ ହିଁ କରିବାକୁ ହୁଏ। ତା ବ୍ୟତୀତ ବାସନ ଧୁଆ, ଝିଅ ଅଝଟ କଲେ ତାକୁ କାଖେଇ ବୁଲେଇବା କାମ ବି ଅର୍ଦ୍ଦଳି କରୁଥିଲା।

ଏବେ ସବୁ କାମ କରିବାକୁ ପଡୁଛି ତାକୁ ନିଜକୁ।

ନିର୍ମଳ ଯଦି ସତରେ ଚାଲିଯାଆନ୍ତି।

ଶ୍ୟାମଳୀ ମନେ ମନେ ଭଗବାନଙ୍କୁ ଡାକେ, ନିରୁପମାର ସଦ୍‌ବୁଦ୍ଧି ନ ହେଉ, ସେ ସହରକୁ ନ ଆସୁ। ନିର୍ମଳ କେବଳ ଏଠାରେ ରହିଥାଆନ୍ତୁ....।

ମଧ୍ୟାହ୍ନର ଖରା ବେଳକୁବେଳ ଟାଣ ହେଉଛି।

ବିଛଣାରେ ପଡ଼ି ଛଟପଟ ହେଉଛି ଶ୍ୟାମଳୀ।

ନିର୍ମଳଙ୍କ ଅର୍ଦ୍ଦଳି ଥିଲେ ଖରାବେଳେ ଘଣ୍ଟାଏ ତା ସହିତ କଜିଆ କରେ ଶ୍ୟାମଳୀ। ଘଣ୍ଟାଏ ଘଣ୍ଟାଏ ଦରକାରୀ, ଅଦରକାରୀ ଉପଦେଶ ବି ଦିଏ। ଅର୍ଦ୍ଦଳି ଉପରେ ଗାଳି କରିବା, ତାକୁ ଉପଦେଶ ଦେବା, ତାର ଏକ ନିତିଦିନିଆ ଅଭ୍ୟାସରେ ପଡ଼ିଯାଇଥିଲା। ଆଜି ହଠାତ୍ ଅର୍ଦ୍ଦଳିର ଅନୁପସ୍ଥିତିରେ ସେ ଅଭ୍ୟାସଗତ କ୍ରୋଧଗୁଡାକ ତଣ୍ଟି ପର୍ଯ୍ୟନ୍ତ ଆସି ଅଟକି ଯାଉଛି ଶ୍ୟାମଳୀର। ତଣ୍ଟି ଗତ ଗତ ହେଉଛି। ଛଟପଟ କରୁଛି ମନ। ବିନା କାରଣରେ ଅନ୍ୟର ଅର୍ଦ୍ଦଳି ଉପରେ ଗାଳି ବର୍ଷଣ କରିବାରେ ଯେଉଁ ମଧ୍ୟଯୁଗୀୟ ଆଭିଜାତ୍ୟ, ତାହାର ସ୍ୱାଦ ଆକଣ୍ଠ ଉପଭୋଗ କରିଛି ଶ୍ୟାମଳୀ। ଅନ୍ୟକିଛି ସେଥିପାଇଁ ତାକୁ ଏତେ ଅରୁଚିକର ବୋଧ ହେଉଛି।

ସେଦିନ ଅର୍ଦ୍ଦଳି ଉପରେ ଖୁବ୍ ପାଟି କରୁଥିଲା ସେ।

ନିର୍ମଳ ପହଞ୍ଚିଗଲେ।

ପଚାରିଲେ, ସୁଦାମ ଉପରେ ଏତେ ପାଟି କରୁଛ କାହିଁକି ଭାଉଜ? (ସୁଦାମ ତାଙ୍କ ଅର୍ଦ୍ଦଳିର ନାମ)।

ଶ୍ୟାମଳୀ ଓଢ଼ଣାକୁ ଆଉ ଟିକିଏ ମୁହଁ ଉପରକୁ ଟାଣିଦେଇ ଉତ୍ତର ଦେଇଥିଲା, କରିବି ନାହିଁ? ସରକାରୀ ମାଲ୍-ଦରିଆମେ ଡାଲ୍। ସରକାରୀ ଟଙ୍କାରେ ଅର୍ଦ୍ଦଳି, ପିଅନ ରଖିଲାବେଳେ ଦେହକୁ ଲଗାଇ ପରୀକ୍ଷା କରି ଆପଣମାନେ ଲୋକ ରଖନ୍ତି ନାହିଁ! ଫଳରେ ଯେତକ ଅଳସୁଆ ନିକମ୍ମାଲୋକ ଜୁଟନ୍ତି ସରକାରୀ ଅଫିସରେ। ସେଥିଲାଗି ଘରେ ଚାକିରି ରହିବାକୁ ଲୋକ ଅଭାବ କିନ୍ତୁ ସରକାରୀ ଅଫିସରେ ସବୁ ଭିଡ। ମୁଁ ସରଳ ମଫସଲ ଲୋକ -ଅର୍ଦ୍ଦଳିର ସବୁ ଅଳସୁଆମି ସହିଯାଉଛି। କିନ୍ତୁ ନୂଆବୋଉଙ୍କ ପାଖରେ ଯେତେବେଳେ ଏ ଚଳିବ, ସେ ତ କଲେଜ ପଢୁଆ ସହରୀ ଝିଅ... ପିଠି ଫାଟିଯିବ ଯେ....

ସୁଦାମର ସେତେବେଳକୁ ମୁହଁରୁ ରକ୍ତ ଶୁଖିଗଲାଣି।

ନିର୍ମଳ ହସି ହସି ପଚାରିଲା, ଆପଣଙ୍କ କଥାର ଗୌରଚନ୍ଦ୍ରିକା ବେଶୀ ହୋଇଯାଉଛି ଭାଉଜ, କଥାଟା ଏ ପର୍ଯ୍ୟନ୍ତ ଶୁଣିଲି ନାହିଁ ଯେ...

ଶୁଣିବ କଅଣ? ବାସନ ଧୋଇବାକୁ ଦେଇଥିଲି ଯେ ଧୁଆ ବାସନରେ ଅଇଁଠା ଲାଗିଛି। କହିଲେ କହୁଛି, ମୁଁ କଅଣ କରିବି? ରେକେଟା ଛାଡୁନି। - ଉତ୍ତର ଦେଇସାରି ନିର୍ମଳଙ୍କ ଭାବାନ୍ତର ଲକ୍ଷ୍ୟ କରିଥିଲା ଶ୍ୟାମଳୀ।

ସୁଦାମ ଉପରକୁ ବିରକ୍ତ ହୋଇଥିଲେ ନିର୍ମଳ। ଭାଉଜଙ୍କ କଥା ମାନି ଚଳିବାକୁ

ଉପଦେଶ ଦେଇଥିଲେ। ଗର୍ବ, ଅହଂକାରରେ ଭରି ଉଠିଥିଲା ଶ୍ୟାମଳୀର ମନ। ଯେତେହେଲେ ଅଫିସର, କଲେଜ ମାଷ୍ଟର ନୁହଁନ୍ତି ତ ! ଚାକର ଉପରେ ଟିକିଏ ବିରକ୍ତ ହେଲେ ବାବୁ ଖପ୍‌କିନି ମାଡ଼ିବସିବେ। ସ୍ତ୍ରୀକୁ ଉପଦେଶ ଦେବେ, ଆଜିକାଲି ବେଳକାଳ ଦେଖୁଛ। ଚାକରବାକରଙ୍କ ଉପରେ ଚିଡ଼ିଚିଡ଼ି ହେଲେ କେହି ରହିବେ ? ହାତରେ ବାସନ ଧୋଇବାକୁ ହେବ... ବଜାର ସଉଦା କରିବାକୁ ପଡ଼ିବ। କହି ବୋଲି କାମ କରେଇ ଦିଅ।

କଥାଗୁଡାକ ଚିନ୍ତାକରି ସେଦିନ ସ୍ୱାମୀଙ୍କ ଉପରେ ବିରକ୍ତ ହୋଇ ଉଠିଥିଲା ଶ୍ୟାମଳୀ। ନିଜ ସ୍ୱାମୀ ଓ ନିର୍ମଳ ଭିତରେ ତଫାତ୍‌ଟା ଅନୁମାନ କରିଥିଲା। ଦୁହେଁ ଏମ୍.ଏ. ପାଶ୍ କରିଛନ୍ତି। କିନ୍ତୁ ଜଣେ କଲେଜ ମାଷ୍ଟର ଆଉ ଜଣେ ଅଫିସର୍। ଜଣେ ଦିନସାରା ଲେକ୍‌ଚର ଦେଇ ଦେଇ କାଲ ଆଗରେ ମୂଳା ଚୋବାଇ ଆସିବେ, ଆଉ ଜଣେ ଚୁପ୍ ଚାପ୍ ଟେବୁଲ ଉପରେ ବସି ଶହ ଶହ ଲୋକଙ୍କ ଉପରେ ହାକିମି କରିବେ। ଜଣକର ମାସ ଶେଷରେ ଦରମା ଗଣ୍ଡାକ ଛଡ଼ା ଆଉ କିଛି ନାହିଁ, ଅଥଚ ଆଉ ଜଣଙ୍କର ପିଅନ, ଅର୍ଦ୍ଦଳି, ଉପହାର, ଭେଟି, ଜିପ୍... !

ଅଳ୍ପଶିକ୍ଷିତା ଗ୍ରାମ୍ୟ ଝିଅଟାକୁ ବିବାହ କରିଛନ୍ତି ବୋଲି ଅଧ୍ୟାପକ ଅନିରୁଦ୍ଧଙ୍କର ଶ୍ୟାମଳୀ ଉପରେ ଯେତିକି ରାଗ, ନିର୍ମଳ ଭଳି ଜଣେ ଅଫିସରଙ୍କୁ ବିବାହ ନକରି ହଲିଲା ପାଣିକୁ ଗୋଡ଼ ବଢ଼ାଉ ନଥିବା ଜଣେ କଲେଜ ମାଷ୍ଟରକୁ ବିବାହ କରିଥିବାରୁ ଶ୍ୟାମଳୀର ଅନିରୁଦ୍ଧଙ୍କ ଉପରେ ତାଠୁଁ ବେଶି ରାଗ ହୋଇଥିଲା।

ସ୍ୱାମୀଙ୍କ ପାଇଁ ମନରେ ଥିବା ସମ୍ମାନ ନିର୍ମଳ ଆସିବା ପରେ ହଠାତ୍ ଊଣା ହୋଇଯାଇଥିଲା ଶ୍ୟାମଳୀର। ଗଭୀର ଅସନ୍ତୋଷରେ ସେ ଛଟପଟ ହେଉଥିଲା।

ସ୍ୱାମୀଙ୍କୁ ସର୍ବଶକ୍ତିମାନ ବୋଲି ଧରି ନ ନେଇ ଅନ୍ୟ ଜଣେ ପୁରୁଷ ସହିତ ତୁଳନା ଆରମ୍ଭ କରିଦେଲେ ନାରୀ ଆଗରେ ସର୍ବନାଶର ପଥ ସଶବ୍ଦରେ ଉନ୍ମୁକ୍ତ ହୋଇଯାଏ। ସେଇ ସର୍ବନାଶର ପଥରେ ନିଜକୁ ଜାଣିଶୁଣି ଅନେକ ଦୂର ଠେଲି ଦେଇଥିଲା ଶ୍ୟାମଳୀ। ନିର୍ମଳ ଚାଲିଯିବେ, ଏ କଥା ଚିନ୍ତା କରିବା ମାତ୍ରେ ତା ଆଖିରେ ଅନ୍ଧକାର ଘୋଟି ଆସୁଥିଲା।

ନିର୍ମଳ ଚାଲିଗଲେ ତାଙ୍କ ଅର୍ଦ୍ଦଳି ସୁଦାମ ହାତଛଡ଼ା ହୋଇଯିବା ଭୟରେ ନୁହେଁ, ମାସକୁ ଶହେଟଙ୍କା ହରାଇବାର ଭୟ ମଧ୍ୟ ଶ୍ୟାମଳୀ ମନର ଦିଗ୍‌ବଳୟକୁ କୁହେଳିକାଚ୍ଛନ୍ନ କରିଦେଲା।

ମାସକୁ ଶହେ ଟଙ୍କା !

ଶ୍ୟାମଳୀର ଆଖି ଆଗରେ ଘଟିଯାଇଥିବା ସେ ଘଟଣାର ଦୃଶ୍ୟପଟ ଭାସି ଉଠୁଥିଲା।

ବସାରେ ଅତିଥି ହୋଇ ରହିବାର ମାସକପରେ ନିର୍ମଳ ହାତରେ ଶହେଟଙ୍କାର ନୋଟ୍‌ଧରି ପ୍ରବେଶ କରିଥିଲେ ଅନିରୁଦ୍ଧର ଶୟନକକ୍ଷରେ। ବିନୀତ କଣ୍ଠରେ ନିବେଦନ କରିଥିଲେ, ଏ ଟଙ୍କା ଶହେ ରଖ ଅନିରୁଦ୍ଧ।

ଟଙ୍କା ଶହେ !

କାହିଁକି ?

ଅଧ୍ୟାପକ ଅନିରୁଦ୍ଧର କଣ୍ଠରେ ଏ ବିସ୍ମୟ ବିମଣ୍ଡିତ ପ୍ରଶ୍ନ ଏକ ଆକସ୍ମିକ ବଜ୍ର ନିର୍ଘୋଷ ଭଳି ଉଚ୍ଚାରିତ ହୋଇଥିଲା। ନିମଳ ମୁଣ୍ଡ ତଳକୁ କରି ଉତ୍ତର ଦେଇଥିଲା, ମାସ ଶେଷରେ ସରକାର ଯେତେବେଳେ ପ୍ରାୟ ଟଙ୍କା ତିନିଶହ ଦେଉଛନ୍ତି, ସେଥିରୁ ତୋର ମଧ୍ୟ କିଛି ଭାଗ ଅଛି ଅନିରୁଦ୍ଧ ! କେବଳ ମୋର ତୃପ୍ତି, ସୁବିଧା ଅସୁବିଧାରେ ନୁହେଁ, ମୋର ଆୟରେ ମଧ୍ୟ ତୋର କିଛି ଅଂଶ ରହିବା ଦରକାର।

ନିର୍ମଳର କଥା ଶୁଣି ହୋ' ହୋ' ହୋଇ ଅନେକ ସମୟ ପର୍ଯ୍ୟନ୍ତ ହସିଥିଲା ଅନିରୁଦ୍ଧ।

(କକ୍ଷର ଅପର ପାର୍ଶ୍ୱରେ ଠିଆହୋଇ ସବୁ ଶୁଣୁଥିଲା ଶ୍ୟାମଳୀ।)

ଅନିରୁଦ୍ଧ ଉତ୍ତର ଦେଇଥିଲା, ଓଃ, ମୋ ବସାରେ ଖାଉଛୁ, ରହିଛୁ- ଏଥିପାଇଁ ତାର ମାସିକ ମୂଲ୍ୟ ପରିଶୋଧ କରିବାକୁ ଚାହୁଁ? ତାହାହେଲେ ଆମର ଆତ୍ମୀୟତାର ମୂଲ୍ୟ ଶହେ ଟଙ୍କା ନା !

ଅନିରୁଦ୍ଧର ହାତ ଧରି ପକାଇ ନିର୍ମଳ କହିଥିଲା, ମତେ ଭୁଲ୍ ବୁଝନା ଅନିରୁଦ୍ଧ। ବନ୍ଧୁତ୍ୱର ମୂଲ୍ୟ ମୁଁ ଟଙ୍କାରେ ମାପିବାକୁ ଚାହିଁ ନାହିଁ। ମୁଁ କେବଳ ତୋ ପାରିବାରିକ ବ୍ୟୟଭାର କିଛି ପରିମାଣରେ ଲାଘବ କରିବାର ଅଧିକାର ଚାହୁଁଛି।

ଅନିରୁଦ୍ଧ ଭାବବିହ୍ୱଳ ଦୃଷ୍ଟିରେ ବାହାରକୁ ଚାହିଁ ରହିଥିଲା।

ତା' ଆଖି ଆଗରେ ଅତୀତର ଅଜସ୍ର ସ୍ମୃତିର ଭସାମେଘ ହୁଏତ ଭାସି ଯାଉଥିଲା।

ଉଷ୍ମ ଆବେଗରେ ବନ୍ଧୁ ନିର୍ମଳର ହାତକୁ ଚାପିଧରି ସେ ଉତ୍ତର ଦେଇଥିଲା, ସ୍କୁଲ ଜୀବନର ସେ ସ୍ମୃତି ତୁ ଭୁଲିଯାଇଛୁ, କିନ୍ତୁ ମୁଁ ଭୁଲିପାରି ନାହିଁ। ଗରିବ ଘରର ପିଲା ମୁଁ। ହଷ୍ଟେଲକୁ ଭଜା ଚାଉଳର ଛତୁଆ ଭିନ୍ନ ଜଳଖିଆ ଆଉ କିଛି ଆସେ ନାହିଁ। ଆଉ ତମ ଘରୁ ଆସେ ସରୁ ଚୁଡ଼ା, ସପ୍ତାହକେ ତିନିଥର ପିଠା, ମିଠେଇ କେତେ କଅଣ। ମୋ ଚାଉଳ ଚୂନାର ଛତୁଆକୁ ସ୍କୁଲ ହଷ୍ଟେଲରେ କୂଅ ଭିତରକୁ ଫିଙ୍ଗିଦେଇ ତୁ ମତେ ତୋ ଜଳଖିଆକୁ ଅଧା ଭାଗ କରି ଦେଉ। ତମ ଘରେ ଥରେ ନୁହେଁ - ଅନେକ ଶହ ଥର ମୁଁ ଖାଇଛି। କିନ୍ତୁ ସେଦିନ ଆମେ ପିଲା ଥିଲେ। ସରଳ ଥିଲେ। ତୋ ପାଖରୁ ମୁଁ ଜଳଖିଆ ଖାଉଥିଲି, ଟଙ୍କା ନେଉଥିଲି, ମତେ ଅପମାନ ଲାଗୁ ନଥିଲା।

ମତେ ଗରିବ ବୋଲି ମନେ କରି ଦାନ ଦେଉଥିଲୁ ବୋଲି ତୋର ଅହଙ୍କାର ନଥିଲା। ଆଜି କିନ୍ତୁ ଆମେ ବଡ଼ ହୋଇଛୁ। ମଣିଷ ହୋଇଛୁ। ଜଟିଳ ହୋଇଛୁ। ମୋ ଘରେ ରହି ତୁ ଖାଇଲେ ମୋର ଦାନ ବୋଲି ଭାବୁଛୁ। ହୁଏତ ତୋ ଭଳି ଜଣେ ଅଫିସରକୁ ମୁଁ ଆଶ୍ରୟ ଦେଇପାରିଛି ବୋଲି ମନେ ମନେ ଅହଙ୍କାର ପୋଷଣ କରୁଛୁ!

ଅନିରୁଦ୍ଧ! - ଜୋର୍ କରି ନିଜ ଅଧ୍ୟାପକ ବନ୍ଧୁର କଥାରେ ବାଧା ଦେଇଥିଲା ନିର୍ମଳ। ନିଜ ମନର କଥାକୁ ବ୍ୟକ୍ତି କରିବାର ଭାଷା ନପାଇ ନୀରବ ରହିଥିଲା।

କଲେଜରେ କଅଣ ଗୋଟାଏ ମିଟିଂ ଥାଏ ବୋଲି ତା'ପରେ ତରତର ହୋଇ ବାହାରି ଯାଇଥିଲା ଅନିରୁଦ୍ଧ। ଆଉ ଶ୍ୟାମଳୀ ତା'ପରେ କ୍ଷିପ୍ର ପଦରେ ପ୍ରବେଶ କରିଥିଲା କକ୍ଷରେ।

ନିର୍ମଳ ସେତେବେଳ ପର୍ଯ୍ୟନ୍ତ ସୁଦ୍ଧା ନିର୍ବାକ ହୋଇ ଠିଆ ହୋଇଥିଲା।

ଏମିତି ଠିଆହୋଇ ରହିଛ ଯେ, ଟଙ୍କା ନ ଦେଲେ କଅଣ ଚଳିବ ନାହିଁ? - ଶ୍ୟାମଳୀ କଣ୍ଠ କୋମଳ କରି ପ୍ରଶ୍ନ କରିଥିଲା।

ନା- ନା ଭାଉଜ। ମୁଁ ସେ କଥା ଭାବୁ ନାହିଁ। ବର୍ତ୍ତମାନ ଜିନିଷପତ୍ରର ଯାହା ଦରଦାମ୍ ହୋଇଛି, ଆପଣଙ୍କ ପରିବାର ପ୍ରତି ମୋର କଅଣ କିଛି କର୍ତ୍ତବ୍ୟ ନାହିଁ? ନିର୍ମଳ ଭାବବିହ୍ୱଳ କଣ୍ଠରେ ପୁଣି ନିଜ ମନର ଭାବ ପ୍ରକାଶ କରିଥିଲା।

ହସର ଏକ ତିର୍ଯ୍ୟକ ରେଖା ଚମକି ଉଠିଥିଲା ଶ୍ୟାମଳୀର ଆଖି କୋଣରେ।

ସେ ନିମ୍ନସ୍ୱରରେ କହିଥିଲା, ତମ ବନ୍ଧୁ ଜଣେ କବି, ପାଗଳ। ଘର ଚଳାଇବା କଥା ସେ ତ ବୁଝନ୍ତି ନାହିଁ। ମାସକ ଦରମା ମତେ ଧରାଇଦେଲେ ତାଙ୍କର ଛୁଟି। ତା'ପରେ ତାଙ୍କ କବିତା ଭଲ କି ସେ ଭଲ। ଅଳ୍ପ ଚୂନାରେ ବେଶୀ ପିଠା ମୁଁ କେମିତି ତିଆରି କରେ, ସେକଥା ମୁଁ ଜାଣେ, ମୋ ମନ ଜାଣେ।

ସେ କଥା ଜାଣିବା ପାଇଁ ନିର୍ମଳ ମନରେ ମଧ୍ୟ ଆଗ୍ରହର ଉଚ୍ଛ୍ୱାସ ଦେଖାଗଲା। ଜିଜ୍ଞାସୁ ଦୃଷ୍ଟିରେ ସେ ଚାହିଁ ରହିଥିଲା ଶ୍ୟାମଳୀ ଆଡ଼କୁ।

ଶ୍ୟାମଳୀ ବୁଝିଲା ବୁଝିଲା ଦୃଷ୍ଟିରେ ଚାହିଁ ଉତ୍ତର ଦେଇଥିଲା, ତମେ ଯଦି ଚାହଁ - ଟଙ୍କାଟା ମତେ ପ୍ରତି ମାସରେ ଧରାଇଦେବ। ହେଲେ ଏ କଥା ତାଙ୍କୁ କହିବ ନାହିଁ। ସେ ଯେମିତିକା ଲୋକ, ଭାରି ମନ ଦୁଃଖ କରିବେ।

ଟଙ୍କା ଶହେ ଶ୍ୟାମଳୀ ହାତରେ ଧରାଇଦେଇ ନିର୍ମଳ ତୃପ୍ତିର ହସ ହସିଥିଲେ। ବିରାଟ ଏକ ମାନସିକ ଦ୍ୱନ୍ଦ୍ୱରୁ ତ୍ରାହି ପାଇଯାଇଥିବାର ଆନନ୍ଦରେ ଆଖିପତା ଦୁଇଟା ତାଙ୍କର ଓଦା ହୋଇଉଠିଲାଣି।

ସେଇଦିନୁ ପ୍ରତି ମାସରେ ଶ୍ୟାମଳୀକୁ ଶହେ ଟଙ୍କା ଧରେଇ ଦିଅନ୍ତି ନିର୍ମଳ।

ଅଧ୍ୟାପକ ଅନିରୁଦ୍ଧ ସେ କଥା ଜାଣନ୍ତି ନାହିଁ। ନିଜ ବ୍ୟକ୍ତିଗତ ପାଣ୍ଠିରେ ଗତ ଚାରିମାସ ଧରି ଟଙ୍କା ଜମାକରି ଆସୁଛି ଶ୍ୟାମଳୀ।

ନିର୍ମଳ ଯଦି ଚାଲିଯାଆନ୍ତି....।

ଏକ ଅଜ୍ଞାତ ହା' ହା କାରରେ ଶ୍ୟାମଳୀର ମନ ଥରି ଉଠୁଥିଲା।

ପୁଅର ନୁହନ୍ତି ଝିଅର ମାଆ ସେ। ଆଉ ବର୍ଷ ବାର ତେରଟା ପରେ ସେ ଶାଶୂ ହେବ। ଝିଅକୁ ଯଉତୁକ ଦେବାକୁ ହେବ।

ହେଲେ ଶିକ୍ଷକ ଚାକିରି ପେଟପୋଷା ଚାକିରି। ଭବିଷ୍ୟତକୁ ସଞ୍ଚି ରଖିବାର କିଛି ବାଟ ନାହିଁ, ଉପାୟ ନାହିଁ। ପ୍ରତି ମାସରେ ଦରମା ମିଳେ, ଦଶ ତାରିଖ ବେଳକୁ ତାହା ଶୂନ୍ୟ। ଏ ଶୂନ୍ୟତା ମଧ୍ୟରେ କେତେ ଦିନ ସେ ନିଜ ଖାମଖିଆଲ ସ୍ୱାମୀଙ୍କୁ ନେଇ ଚଳିବ ?

ନା-ନା-ନିର୍ମଳଙ୍କୁ ସେ ଯିବାକୁ ଦେବ ନାହିଁ।

ମନେ ମନେ ପ୍ରତିଜ୍ଞା କରିସାରି ଶ୍ୟାମଳୀ ଶୋଇବାକୁ ଚେଷ୍ଟା କଲା।

ନିଆଁଲଗା ନିଦ ଆଜି ଅଦଉତି କରିଛି। ସହଜରେ ନିଦ ଆସୁନାହିଁ।

ଶାଶୂଙ୍କର ଆଜି ଏକାଦଶୀ। ଉପବାସ।

ନିରୁପମା ଘରର କାମ ତୁଟାଇ ସାରି ଶାଶୂଙ୍କ କଥା ଭାବିଲା।

ଦିନକୁ ଦିନ ଶାଶୂଙ୍କ ସହ ତାର ମନର ବ୍ୟବଧାନ ବଢ଼ି ବଢ଼ି ଚାଲିଛି। ସେବା ଶୁଶ୍ରୂଷା ଏବଂ ଶ୍ରମ ଦେଇ ସେ ଏହି ବ୍ୟବଧାନକୁ ଘୁଞ୍ଚାଇ ପାରିନାହିଁ। ଗୋଟିଏ ଘରେ, ଗୋଟିଏ ଛାତତଳେ ଏମିତି ମନର ବ୍ୟବଧାନ ନେଇ ଚଳିହୁଏ ନାହିଁ। କାହୁଁ ଆସିଥିବା ବିଦେଶିନୀ ଭଳି ସେ ଘରେ ଶାଶୂଙ୍କ ପାଖରେ ବେଶିଦିନ ଚଳିପାରିବ ନାହିଁ। ଦୂରତ୍ୱର ଏ ପାହାଚ ତାକୁ ଘୁଞ୍ଚାଇବାକୁ ପଡ଼ିବ। କିନ୍ତୁ କିପରି ?

ସେ ଯଦି ଶାଶୂଙ୍କ କ୍ରୋଧର କାରଣ ବୁଝନ୍ତା, ନିଜର ଦୋଷ କେଉଁଠି ଜାଣିପାରନ୍ତା, ତାହାହେଲେ ଏ ବ୍ୟବଧାନର ପ୍ରାଚୀରକୁ ଅତିକ୍ରମ କରିବାକୁ ତାକୁ ବେଶି କଷ୍ଟ ଲାଗନ୍ତା ନାହିଁ। କିନ୍ତୁ ଶାଶୂ ନିଜ ମନକଥା କେବେ କହିବେ ନାହିଁ। ମନର ଭାବନାକୁ ନିଜ ମନ ଭିତରେ ଚାପି ରଖିବେ। ଜଳି ଉଠୁଥିବା ନିଆଁ କ୍ଷଣକେ ଜଳି କ୍ଷଣକେ ଲିଭିଯାଏ, କିନ୍ତୁ କୁହୁଳା ନିଆଁ କୁହୁଳେ ବହୁ ସମୟ ଧରି। ଧୂଆଁରେ ଅନ୍ୟମାନଙ୍କ ଆଖିରୁ ପାଣି ନିଗିଡ଼େ।

ନିରୁପମା ଭାବିଲା।

କେବଳ ରୋଷେଇ କରି ଖାଇବାକୁ ଦେଇ କିମ୍ବା ପାଦସେବା କରି ସବୁ

ମଣିଷଙ୍କ ମନକୁ ଜିଣି ହୁଏ ନାହିଁ, ସବୁ ଶାଶୂଙ୍କ ହୃଦୟକୁ କିଣି ହୁଏ ନାହିଁ। ସେଥିପାଇଁ ଲୋଡ଼ା ବଧୂର ମଧୁର କଥା, ଆନ୍ତରିକ ହୃଦୟ ବିନିମୟ।

ନିରୁପମା ପାରିନାହିଁ।

ଏ ଘରକୁ ବୋହୂ ହୋଇ ଆସିଲା ଦିନୁ ଦିନେ ହେଲେ ସେ ମନ ଖୋଲି କଥାଭାଷା ହୋଇନାହିଁ ଶାଶୂଙ୍କ ସହିତ। ଶାଶୂବୋହୂଙ୍କ ସମ୍ପର୍କ ମାଆ ଝିଅର ସମ୍ପର୍କ। ସେ ସମ୍ପର୍କ ସ୍ଥାପନ କରିବାକୁ ଅବସର ପାଇ ନାହିଁ ନିରୁପମା।

ବାପଘରେ କରି ନଥିବା ଘରକାମ ଏଠାରେ କରୁଛି ବୋଲି ସେ ଖୁବ୍ କରୁଛି ବୋଲି ମନେ ମନେ ଅହଙ୍କାର କରିଛି। ଶାଶୂଙ୍କ ମନ ତଳର ସଞ୍ଚିତ ବ୍ୟଥା ହୁଏତ ସେ ବୁଝିବାକୁ ଚେଷ୍ଟା କରିନାହିଁ।

ସେଥିପାଇଁ ଆଜି ସେ ଉଦ୍ୟମ କରିବ।

ନିରୁପମା ନିଜ ମନକୁ ସ୍ଥିର କରିନେଲା।

ପାଦ ଟାଣି ହୋଇଗଲା ଶାଶୂଙ୍କ ଠାକୁରଘର ଆଡ଼େ।

ଶାଶୂଙ୍କ ଠାକୁରଘର।

ସେ ଘରେ ଆଜି ସୁଦ୍ଧା ନିରୁପମାର ପ୍ରବେଶ ନିଷେଧ। କାରଣ ସେ ଶାସନୀ ବ୍ରାହ୍ମଣ ଘରର ଝିଅ ନୁହେଁ, ହଳୁଆ ପଣ୍ଡା ବ୍ରାହ୍ମଣ ଘର କନ୍ୟା !

ସେ ଯେଉଁଦିନ ଶାଶୂଙ୍କ ସହ ରାଧାମାଧବଙ୍କ ପୂଜା କରିବାର ଅଧିକାର ଚାହିଁଥିଲା, ଶାଶୂ ହେମାଙ୍ଗିନୀ ସେଦିନ ଆକାଶରୁ ପଡ଼ିବାଭଳି ଚକିତ ହୋଇ କହିଲେ, ଧର୍ମ ସହିବ ନାହିଁ ମାଆ। ଏଥିପାଇଁ ତୁ ଲୋଭ ବଳାଇବା ଉଚିତ ନୁହେଁ।

ରାଧାମାଧବଙ୍କ ପାଦସେବା କରିବାର ଅଧିକାର ତାର ନାହିଁ। କାହିଁକି ? କଅଣ ପାଇଁ ? ସେ କଅଣ ଶାଶୂଙ୍କ ଭଳି ଏ ପରିବାରର ବଡ଼ ବୋହୂ ନୁହେଁ ? ଯେଉଁ ଅଧିକାରରେ ସେ ଆଚାର୍ଯ୍ୟ ପରିବାରର ବଡ଼ ବଡୁଆରେ ପାଣି ଢାଳିଲା, ସେଇ ଅଧିକାରରେ କଅଣ ଏ ବଂଶର କୁଳଦେବତାଙ୍କ ପୂଜା କରିବା ଅଧିକାର ତାର ନାହିଁ ?

ନିଜ ମନର ଅନୁଯୋଗ ନିଃସଙ୍କୋଚରେ ପ୍ରକାଶ କରିଥିଲା ନିରୁପମା।

ଲୁଗା କାନିକୁ ବେକରେ ଗୁଡ଼ାଇ ରାଧାମାଧବଙ୍କ ପାଦତଳେ ପ୍ରଣତି ଢାଳୁଥିଲେ ହେମାଙ୍ଗିନୀ। ନୀରବରେ ବୋହୂର ସବୁ କଥା ବି ଶୁଣିଲେ। ପୂଜାରୁ ଉଠି ସେ ଉତ୍ତର ଦେଇଥିଲେ, ପୁଅକୁ ବାହା ହେବ ସେ ପରିବାରର ବୋହୂ ହେବ। କିନ୍ତୁ ଶାସନୀ ବ୍ରାହ୍ମଣ ଘରର ଝିଅ ନହେଲେ ସେ ରାଧାମାଧବଙ୍କ ସେବା କରିପାରିବ ନାହିଁ। ଏହା ଏ ବଂଶର ବିଧି। ସାତ ପୁରୁଷରୁ ଚଳି ଆସୁଛି। ସେ ବିଧି ବଦଳାଇବାକୁ ମୁଁ କିଏ ?

ଶାଶୂଙ୍କ କଥା ଶୁଣି ନିରୁପମାର ଆଖିପତା ଦୁଇଟା ଛଳଛଳ ହୋଇ ଉଠିଥିଲା।

ଶାଶୂଙ୍କ ମନ ବି ତରଳିଯାଇଥିଲା ସେଥିରେ (ମଣିଷ ମନ ତ!)

ନିରୁପମା ବାପଘରର ବଂଶମର୍ଯ୍ୟାଦାକୁ ଆଉ ଆହତ ନ କରି ସେ ବୁଝାଇଥିଲେ, ଦେବ ଦେବୀ ପୂଜା ଆମ ବୁଢ଼ାବୁଢ଼ୀମାନଙ୍କ ପାଇଁ ମାଆ! ତମେ ସବୁ ପାଠପଢୁଆ ପୁଅ, ଝିଅ। ଏସବୁ କର୍ମ କର୍ମାଣିରେ ତମମାନଙ୍କର ମନ ନାହିଁ, ଧ୍ୟାନ ନାହିଁ। ଦେଖେଇ ହେବା ପାଇଁ ପୂଜା କଲେ ଠାକୁର ଅସନ୍ତୁଷ୍ଟ ହେବେ। ଯୁଗ ବଦଳିବା ସଙ୍ଗେ ସିନା ଆମ ଚଳଣି ବଦଳୁଛି, ଆମେ ତାକୁ ମାନି ନେଉଛୁ, ଠାକୁର ଠାକୁରାଣୀ ତାକୁ ମାନିବେ କାହିଁକି? ଯେଉଁଥିରେ ବଂଶର ବିଧି ଅମାନ୍ୟ ହେବ, ପରିବାରର ଅମଙ୍ଗଳ ହେବ, ବୋହୂ ହୋଇ ତୁ ସେକଥା ପାଇଁ ଜିଦ୍ କର ନାହିଁ।

ଜିଦ୍ ସେହି ମୁହୂର୍ତ୍ତରେ ଛାଡ଼ି ଦେଇଥିଲା ନିରୁପମା।

ଯେଉଁଥିରେ ବଂଶର ଅମର୍ଯ୍ୟାଦା ହେବ, ପରିବାରର ଅମଙ୍ଗଳ ହେବ, ବୋହୂ ହୋଇ ସେକଥା ପାଇଁ ଟିକିଏ ହେଲେ ଜିଦ୍ କରିବାକୁ ସେ ଚାହେଁନା। ସେ ଜାଣେ, ଦେବତା ମନ୍ଦିରରେ ନଥାନ୍ତି, ଥାଆନ୍ତି ମନରେ, ହୃଦୟରେ। ତାର ମନର ମନ୍ଦିରରେ ଯଦି ଅଛନ୍ତି ରାଧାମାଧବ, ସେ ମୂର୍ତ୍ତିପୂଜା ପାଇଁ ମନ୍ଦିରରେ ପ୍ରବେଶ ଲାଗି ଜିଦ୍ କରିବ କାହିଁକି?

ସେଦିନୁ ସେ ଠାକୁରଘରକୁ ଯାଇ ନାହିଁ।

ଆଜି ସେଥିପାଇଁ ଠାକୁରଘରର ଦ୍ୱାର ମୁହଁ ପାଖରେ ପାଦ ଦୁଇଟା ତାର ସ୍ଥିର ହୋଇଗଲା।

ଶାଶୂ ଠାକୁରପୂଜା ନୁହେଁ, କଅଣ ଗୋଟାଏ ପୋଥିକୁ ଅନାଉଛନ୍ତି। ବହୁ ପ୍ରାଚୀନ ତାଳପତ୍ର ପୋଥି। ପ୍ରତ୍ନତାତ୍ତ୍ୱିକ କାର୍ଯ୍ୟାଳୟର କେଉଁ ଦୁର୍ଲ୍ଲଭ ମୂଲ୍ୟବାନ ତାଳପତ୍ର ପୋଥିକୁ ପ୍ରବୀଣ ଜଣେ ଗବେଷକ ଅଧ୍ୟୟନ କରୁଥିବା ଭଳି ଶାଶୂ ପୋଥିର ପୃଷ୍ଠା ଓଲଟାଉଛନ୍ତି। ନିରୁପମାକୁ ଦେଖି ସେ ଦୃଷ୍ଟି ଉତ୍ତୋଳନ କରି ଚାହିଁଲେ।

ତା' ପାଖକୁ ଆସି କହିଲେ, ଦେଖିଲୁ ମାଆ, କଅଣ ସବୁ ଏଥିରେ ଲେଖା ହୋଇଛି। ମୁଁ ତ ପାଠ ପଢ଼ିନି...

ରାଧାମାଧବଙ୍କ ପୂଜାପୋଥି ପଣ୍ଡାଘରର ଝିଅ ହୋଇ ସ୍ପର୍ଶ କରିବ?

ଶିହରି ଉଠିଲା ନିରୁପମା।

ଆତଙ୍କ ମିଶା ଅଭିମାନରେ ନାକପୁଡ଼ା ତାର ଫୁଲି ଉଠିଲା।

କୁଣ୍ଠିତ କଣ୍ଠରେ ସେ କହିଲା, ଏ ଯେ ରାଧାମାଧବଙ୍କ ପୂଜା ପୋଥି ବୋଉ! ମୁଁ ଛୁଇଁବି?

ହେମାଙ୍ଗିନୀ ହସିଲେ।

କହିଲେ, ନା-ଏ ଠାକୁରଙ୍କ ପୂଜାପୋଥି ନୁହେଁ। ଏ ଆଚାର୍ଯ୍ୟ ବଂଶର ଇତିହାସ। ତୋ ଶ୍ୱଶୁର ମୋତେ ଅନେକଥର କହିଛନ୍ତି, ଏ ପୋଥିରେ କୁଆଡ଼େ ଲେଖା ହୋଇଛି ଏ ବଂଶର ଆଦ୍ୟ କଥା। ଏ ବଂଶର ମୂଳ ଏଠାରେ ନଥିଲା - ଥିଲା ବନାରସରେ। ପବିତ୍ର ଗଙ୍ଗାନଦୀ କୂଳରେ। ସେମାନେ ଥିଲେ କୁଳୀନ ବ୍ରାହ୍ମଣ, ତପସ୍ୱୀ ବଂଶ। ଧନରେ ସେମାନେ ଗରିବ ଥିଲେ ସତ କିନ୍ତୁ ବଂଶମର୍ଯ୍ୟାଦାରେ ସେମାନେ ଥିଲେ ଦ୍ୱିଜଶ୍ରେଷ୍ଠ।

ଶାଶୂ ଢୋକ ଗିଳିଲେ।

ନିରୁପମା ନିସ୍ତବ୍ଧ ଭାବରେ ଠିଆହୋଇ ବିସ୍ମୟବିସ୍ଫାରିତ ଦୃଷ୍ଟିରେ ଚାହିଁ ରହିଲା। ସତେ ଯେପରି ସେ ଶୁଣୁଛି ବାଲ୍ମୀକି ଋଷିଙ୍କ ମୁହଁରୁ ପ୍ରଥମ କରି ଏ ବଂଶର ନୂତନ ରାମାୟଣ !

ଶାଶୂ ନୀରବ ହୋଇ ସେ ପୋଥିକୁ ଦେଖିବା ପୁଣି ଆରମ୍ଭ କରିଦେଲେ।

ନିଜ ଆଡୁ ପ୍ରଶ୍ନ କଲା ନିରୁପମା।

ସେମାନେ ଏଠାକୁ ଆସିଲେ କେମିତି ବୋଉ ?

ହେମାଙ୍ଗିନୀ କହିଲେ, କହୁଛି। ସତ କି ମିଛ ମୁଁ ଜାଣେନା। ତୋ ଶ୍ୱଶୁର କହୁଥିଲେ, କେବେ କୁଆଡ଼େ ପଠାଣମାନେ ବନାରସରେ ମନ୍ଦିର ଭିତରେ ପଶିଲେ। ଦେବତାଙ୍କ ମୂର୍ତ୍ତି ଭାଙ୍ଗିଲେ। ମନ୍ଦିର ଭାଙ୍ଗି ମସ୍‌ଜିଦ୍ ତୋଳିଲେ। ଆଉ ସେ ଆଚାର୍ଯ୍ୟ ପରିବାରର ଲୋକେ ନିଜ କୁଳଦେବତାଙ୍କୁ ଧରି ପଳାଇ ଆସିଲେ ଓଡ଼ିଶା- ଏଇ ଅଞ୍ଚଳକୁ।

ପଠାଣମାନେ କଅଣ ଓଡ଼ିଶା ଆସିପାରିଲେ ନାହିଁ ବୋଉ ? ବାପା କିଛି କହୁ ନଥିଲେ ? - ନିରୁପମା କଣ୍ଠରେ ଜିଜ୍ଞାସୁ ଛାତ୍ରୀର କୌତୂହଳ।

ହେମାଙ୍ଗିନୀ କହିଲେ, ଆଜି ଆଉ ସେସବୁ କଥା ମନେ ନାହିଁ। ତୁ ପଢ଼ିକରି ଦେଖ୍ ହୁଏତ ଲେଖାଥିବ ଏ ପୋଥିରେ। ମୋର କାହିଁକି ମନେ ହେଉଛି, ଶ୍ୱଶୁର ତୋର ମିଛ କହିଥିଲେ। ନିଜ ବଂଶକୁ ବଡ଼ କରିବେ ବୋଲି ମୋ ଆଗରେ ମିଛ ଗପ କହିଥିଲେ। ତାଙ୍କ କଥା ଯଦି ସତ ହୋଇଥାଆନ୍ତା, ନିର୍ମଳ ଦେହରେ ଯଦି ସେଇ ବ୍ରାହ୍ମଣ ବଂଶର ରକ୍ତ ବୋହୂଥାଆନ୍ତା, ସେ ତତେ... ତତେ

କଥା ଶେଷ କରିପାରିଲେ ନାହିଁ ହେମାଙ୍ଗିନୀ। ତାଙ୍କ କଣ୍ଠ ବୋଧହୁଏ ରୁଦ୍ଧ ହୋଇଆସିଲା। ଶାଶୂଙ୍କ ହାତରୁ ପୋଥି ନେଇ ନିରୁପମା ପଳାଇ ଆସିଲା ନିଜ ଶୟନକକ୍ଷକୁ।

ବହୁ ଦିନର ପୁରାତନ ତାଳପତ୍ର ପୋଥି। ସଯତ୍ନରେ ରଖାଯାଇ ଥିଲେ ସୁଦ୍ଧା

ସମୟର ଅବଶ୍ୟମ୍ଭାବୀ ଫଳରେ ତାହା ଜୀର୍ଣ୍ଣ ଅବସ୍ଥାକୁ ଆସିଯାଇଛି। ଗୋଲ ଗୋଲ ଅକ୍ଷରରେ ଲେଖାଯାଇଥିବା ଅକ୍ଷରଗୁଡିକ ପାଠକରିବା ଆୟାସସାଧ୍ୟ !

କିନ୍ତୁ ମନର ସମସ୍ତ ଆଗ୍ରହ, ସମସ୍ତ ଉତ୍କଣ୍ଠା ନେଇ ନିରୁପମା ତାକୁ ପଢ଼ିବାକୁ ଚେଷ୍ଟା କଲା।

ଶ୍ୱଶୁର ତାର ଶାଶୂଙ୍କୁ ଗୋଟିଏ ଅକ୍ଷର ସୁଦ୍ଧା ମିଛ କହିନାହାନ୍ତି।

ଏହି ଆଚାର୍ଯ୍ୟ ପରିବାରର ଆଦିଭୂମି ଥିଲା ବନାରସର ଗଙ୍ଗା କୂଳରେ ଏକ ନୈଷ୍ଠିକ ବ୍ରାହ୍ମଣ ଶାସନରେ। ଚାରିଶହବର୍ଷ ତଳର କଥା। ପଠାଣ ଆକ୍ରମଣ ଫଳରେ ପବିତ୍ର ହିନ୍ଦୁମନ୍ଦିର ସେତେବେଳେ ବିଧର୍ମୀମାନଙ୍କ କ୍ରୋଧାଗ୍ନିରେ ନଷ୍ଟଭ୍ରଷ୍ଟ। ହିନ୍ଦୁର ଧର୍ମ ଉପରେ ଯବନମାନଙ୍କ ଲୋଲୁପଦୃଷ୍ଟି।

ହିନ୍ଦୁ ସବୁ ସହିପାରେ, ପାରେନାହିଁ କେବଳ ଧର୍ମ ଉପରେ ବିଧର୍ମୀର ଅତ୍ୟାଚାର। ସେଥିପାଇଁ ନିଜର ପ୍ରିୟତମ ଭିଟାମାଟି, ଧନସମ୍ପତ୍ତି – ସବୁ କିଛିର ମାୟା ତ୍ୟାଗ କରି ଆଚାର୍ଯ୍ୟ ପରିବାରର ଜ୍ୟେଷ୍ଠ ସନ୍ତାନ ଶ୍ୟାମନନ୍ଦନ ଚାହିଁଥିଲେ ନିଜର ଧର୍ମ ରକ୍ଷା କରିବାକୁ। ରାଧାମାଧବଙ୍କ ବିଗ୍ରହ ନେଇ ପଳାୟନ କରି ସେ ଅନୁସନ୍ଧାନ କରିଥିଲେ ନିରାପଦ ସ୍ଥାନ।

ଉତ୍ତର ଭାରତ ଯେତେବେଳେ ବିଧର୍ମୀ ଯବନମାନଙ୍କ ଅତ୍ୟାଚାରରେ ନିଃସହାୟ, ଦକ୍ଷିଣଭାରତ ଓ ପୂର୍ବଭାରତର ଉତ୍କଳରେ ସେତେବେଳେ ପୂର୍ଣ୍ଣ ଶାନ୍ତି ବିରାଜିତ। ଗଜପତି ସମ୍ରାଟଙ୍କ ଛତ୍ରଛାୟା ତଳେ ଉତ୍କଳ ସେତେବେଳେ ସମଗ୍ର ଭାରତର ଧର୍ମପ୍ରାଣ ଜନତାର ନିରାପଦ ଆଶ୍ରୟ ସ୍ଥଳ।

ଶ୍ୟାମନନ୍ଦନ ଆଚାର୍ଯ୍ୟଙ୍କ ଆଖିରେ ଉତ୍କଳର ଦୃଶ୍ୟ ନାଚି ଉଠିଲା।

ଜଗନ୍ନାଥ ଧାମ ଉତ୍କଳ, ସର୍ବଭାରତୀୟ ସଂସ୍କୃତିର ମିଳନତୀର୍ଥ ଉତ୍କଳ ତାଙ୍କ ହୃଦୟକୁ କଲା ଆଲୋଡ଼ିତ। କାଳ ବିଳମ୍ବ ନକରି ଏକ ଅମାବାସ୍ୟା ତିଥିରେ ନିଶାର୍ଦ୍ଧରେ ସେ ରାଧାମାଧବଙ୍କ ବିଗ୍ରହକୁ ସାଙ୍ଗରେ ଧରି ସପରିବାର ପଳାଇ ଆସିଲେ ଏଇ ଜଗନ୍ନାଥଙ୍କ ଦେଶକୁ। ପଛରେ ରହିଗଲା ନିଜର ଆଦି ବାସଭୂମି, ଧନସମ୍ପତ୍ତି, ବାସଗୃହ.. ସବୁ କିଛି !

ବିସ୍ମୟରେ ବିମୋହିତ ଦୃଷ୍ଟିରେ ନିରୁପମା ସେ ପୃଥୁଳ ପୋଥିର ପୃଷ୍ଠାଗୁଡାକ ପଢ଼ି ଚାଲିଥିଲା।

ତା'ର ମନେହେଲା ଖୁବ୍ ସମ୍ଭବତଃ ଏ ଇତିହାସ ଆଚାର୍ଯ୍ୟ ପରିବାର ଓଡ଼ିଶା ଆସିବାର ଅନେକ ବର୍ଷ ପରେ ଲେଖା ହୋଇଛି। ସେତେବେଳେ ହୁଏତ ବନାରସର ସେ ଉତ୍ତରଭାରତୀୟ ହିନ୍ଦୁ ପରିବାରର ଇତିହାସ ଜୀର୍ଣ୍ଣ ହୋଇଗଲାଣି। ବହୁ ବର୍ଷ ଧରି

ବସବାସ କରି ରହିବା ପରେ ନୂତନ ଆଚାର୍ଯ୍ୟ ପରିବାର ହୋଇଉଠିଛନ୍ତି ସମ୍ପୂର୍ଣ୍ଣ ଓଡ଼ିଆ। ତା ନହେଲେ ଏ ପୋଥି ଏଡ଼େ ନିର୍ମଳ ଓଡ଼ିଆ ଅକ୍ଷରରେ ଲେଖା ହେଲା କିପରି ? ଇତିହାସ ପୁଣି ପଦ୍ୟଶୈଳୀରେ, ଗଦ୍ୟ ନୁହେଁ।

ନିରୁପମା ତା'ପରେ ପୋଥିର ପୃଷ୍ଠା କେତୋଟି ଓଲଟାଇ ଚାଲିଲା....

ସେଦିନର ସେ ନିଃସହାୟ ଉତ୍ତରଭାରତୀୟ ଆର୍ଯ୍ୟ, ଆଚାର୍ଯ୍ୟ ବ୍ରାହ୍ମଣ ପରିବାର କିପରି ଓଡ଼ିଶାରେ ମଧ୍ୟ ଏକ ବିତ୍ତଶାଳୀ ବ୍ରାହ୍ମଣ ବଂଶରେ ପରିଣତ ହୋଇଉଠିଲା, ତା'ର ଟିକିନିଖି ଇତିବୃତ୍ତ ସରଳ ପଦ୍ୟରେ ବର୍ଣ୍ଣିତ ହୋଇଛି ପୋଥିରେ।

ଏ ସଂପତ୍ତି, ସୌଭାଗ୍ୟ ରାଧାମାଧବଙ୍କ ଦୟା।

ଦେବତାର ଆଶୀର୍ବାଦ ଥିଲେ ଇନ୍ଦ୍ର ସମ୍ପତ୍ତି ବି ପାଦତଳେ ଲୋଟେ...

ଆଉ ଦେବତା ଅଭିଶାପ ପଡ଼ିଲେ ରାଜଚକ୍ରବର୍ତ୍ତୀ ବି ହୁଏ ଦାଣ୍ଡର କାଙ୍ଗାଳ।

ଆର୍ଯ୍ୟ ଆଚାର୍ଯ୍ୟ ପରିବାରରେ ଯେଉଁଦିନ ଅନ୍ୟ ଜାତି କିମ୍ବା ଊଣା ଜାତିର ଲୋକେ ପ୍ରବେଶ କରିବେ, ସେଦିନ ଏ ପରିବାରର ସର୍ବନାଶ ହେବ !

ଉଃ !

ଅସହ୍ୟ ଯନ୍ତ୍ରଣାରେ ଛଟପଟ ହେଲା ନିରୁପମା। ଆଉ ପୋଥିର ଗୋଟିଏ ପୃଷ୍ଠା ଲେଉଟାଇବାକୁ ବି ତା'ର ସାହସ ହେଲା ନାହିଁ। ଆଚାର୍ଯ୍ୟ ବଂଶର ବଂଶଧରକୁ ବିବାହ କରି ସେ କଅଣ ଏ ପରିବାରର ସର୍ବନାଶ କରିଛି !

ନିରୁପମା ଆଖିରୁ ଧାର ଧାର ଲୁହ ବହିଗଲା, ସେଇ ପୁଣ୍ୟତୋୟା ଗଙ୍ଗାର ଅବାରିତ ସ୍ରୋତଭଳି। ସେ ଯଦି ଜାଣିଥାଆନ୍ତା ଏ ପରିବାରର ଇତିହାସ ଏତେ ଜଟିଳ, ଏତେ ଆଦିମ, ତାହାହେଲେ ସେ କେବେହେଲେ ଏ ପରିବାରର ବୋହୂ ହେବା ପାଇଁ ରାଜି ହୋଇ ନଥାନ୍ତା।

ଏ ଇତିହାସ ତାକୁ କହିଲା ନାହିଁ କାହିଁକି ନିର୍ମଳ ?

ନିରୁପମା ଉତ୍ତେଜିତ ହୋଇଉଠିଲା।

ଏମ୍.ଏ. ଶ୍ରେଣୀର ଇତିହାସର ଛାତ୍ର ଥିଲା ନିର୍ମଳ। ଭାରତବର୍ଷ, ୟୁରୋପ, ଆଫ୍ରିକା ସବୁଦେଶର ସବୁସମୟର ଇତିହାସ ପଢ଼ି ସେ ବିଶ୍ୱବିଦ୍ୟାଳୟରୁ କୃତିତ୍ୱ ଲାଭ କରିଥିଲା। କେବଳ ସେ ପଢ଼ି ନଥିଲା ନିଜ ବଂଶ ଇତିହାସ !!

ଏ ପୋଥି କେବଳ ରାଧାମାଧବଙ୍କ ଗାଦିରେ ପୂଜାହେବାକୁ ଥିଲା, ପଢ଼ା ହୋବକୁ ନୁହେଁ !

ନିଜ ବଂଶର ଇତିହାସ ଅଛି କି ନାହିଁ ସେ କଥା ଜାଣେ ନାହିଁ ନିରୁପମା। ନିଜେ ଆର୍ଯ୍ୟ ବ୍ରାହ୍ମଣ ଘରେ ଜନ୍ମ ନ ହୋଇ ପାପ କରିଛି ବୋଲି ଦିନେ ସୁଦ୍ଧା ସେ

ଭାବି ନାହିଁ। ସେ କଥା ଚିନ୍ତା କରିବାର ସୁଯୋଗ ତାର ନଥିଲା। ଜାତି ହିଁ ତାର ଜୀବନକୁ ନିୟନ୍ତ୍ରଣ କରିବ- ଏକଥା କେବେ କଳ୍ପନା ସୁଦ୍ଧା କରି ନଥିଲା ସେ!

ଆଜି କିନ୍ତୁ ତାକୁ ସେ କଥା ବିଚାର କରିବାକୁ ହେବ।

କାରଣ ଜଟିଳ ସାମାଜିକ ଜୀବନର ବ୍ୟୂହ ମଧ୍ୟରେ ସେ ଆଜି ଛନ୍ଦି ହୋଇପଡ଼ିଛି। କେଉଁ କାଳର ଲେଖା ଏକ ତାଳପତ୍ର ପୋଥି ଆଜି ତାର ସୁଖୀ ପାରିବାରିକ ଜୀବନକୁ ନଷ୍ଟ କରିଦେବ ବୋଲି ଧମକାଉଛି। ସେ ଆଜି ବୁଝିଛି ଶାଶୂଙ୍କର ତା' ପ୍ରତି ସୃଷ୍ଟି ହୋଇଥିବା ବିତୃଷ୍ଣା କେବଳ ଗତାନୁଗତିକ ଶାଶୂ ବୋହୂ ମତାନ୍ତର ଯୋଗୁଁ ନୁହେଁ - ଏଥିପାଇଁ ଏ ଆଚାର୍ଯ୍ୟ ପରିବାରର ଅତୀତ ଇତିହାସ ହିଁ ଦାୟୀ।

କେବଳ ଶ୍ରମ ଓ ସେବାଦ୍ୱାରା ସେ ଏ ଦୂରତ୍ୱର ପାହାଡ଼କୁ ଘୁଞ୍ଚେଇ ଦେଇପାରିବ ନାହିଁ। ହୁଏତ ସାରା ଜୀବନ ହନ୍ତସନ୍ତ ହୋଇ ତାକୁ ଏହାର ମୂଲ୍ୟ ଦେବାକୁ ହେବ। ବିନା ଅପରାଧରେ ସେ ଆଜି ଏହି ଅନ୍ଧ ସାମାଜିକତାର ଶିକାର ହୋଇଛି।

ଏଥିରୁ ମୁକ୍ତି ନାହିଁ।

ନିରୁପମା ପୋଥିଟାକୁ ବାନ୍ଧି ରଖିଦେଲା।

ଚିତ୍‌ହୋଇ ଶୋଇ ଚିନ୍ତା କରିବାକୁ ଲାଗିଲା ନିଜର ଭବିଷ୍ୟତ।

ବିଶ୍ୱବିଦ୍ୟାଳୟର ଉପାଧିଧାରିଣୀ ଶିକ୍ଷିତା ନାରୀ ସେ। ସେ କଅଣ ଏଇ ସଂକୀର୍ଣ୍ଣ ଜାତିଆଣ ଭାବକୁ ଡରି ହାରିଯିବ।

ବଞ୍ଚିବାର ନୂଆ ରାସ୍ତା କଅଣ ତା' ଆଖି ଆଗରେ କିଛି ନାହିଁ।

ନିର୍ମଳକୁ ଦାୟୀ କରି କିଛି ଲାଭ ନାହିଁ। ତା ଭଳି ମଧ୍ୟ ସେ ଶିକ୍ଷିତ, ସଭ୍ୟ। ଏ ଜାତିଆଣ ସଂକୀର୍ଣ୍ଣତା ତାର ପୌରୁଷକୁ କଳଙ୍କିତ କରିପାରି ନଥିଲା। ସେଥିପାଇଁ ଏତେ ସରଳ ବିଶ୍ୱାସରେ ଘରର ସମସ୍ତ ପ୍ରତିବନ୍ଧକ ସତ୍ତ୍ୱେ ସେ ତାକୁ ବିବାହ କଲା।

ନିଜ ପ୍ରିୟତମର ସେ ନିର୍ମଳ ଭଲପାଇବାକୁ ସେ ଏଥିପାଇଁ ଭୁଲ୍ ବୁଝିପାରିବ ନାହିଁ। ତାକୁ ମଧ୍ୟ ଏସବୁ ଇତିହାସ କହି ବିବ୍ରତ କରିବାକୁ ସେ ଚାହେଁ ନାହିଁ। ଏ ସମସ୍ତ ଦାୟିତ୍ୱ ତାକୁ ନିଜ ମୁଣ୍ଡକୁ ନେବାକୁ ହେବ।

ପୁରୁଷ ବାହାର ଜଗତର ଲୋକ। ନାରୀ ଘର ଭିତରର। ନାରୀ ପୁରୁଷକୁ ଘରର ଜଞ୍ଜାଳରୁ ଯେତେ ମୁକ୍ତ ରଖିପାରିବ, ବାହାରେ ନିଜ କର୍ତ୍ତବ୍ୟ ସେତେ ଭଲଭାବରେ ତୁଲାଇବାକୁ ପୁରୁଷ ସମର୍ଥ ହୋଇପାରିବ। ଘର ଭିତରର ସବୁ ଦାୟିତ୍ୱ ନିଜେ ତୁଲାଇ ସ୍ୱାମୀଙ୍କୁ ଜଞ୍ଜାଳମୁକ୍ତ କରିବା ସ୍ତ୍ରୀର କର୍ତ୍ତବ୍ୟ। ସେ କର୍ତ୍ତବ୍ୟପାଳନରେ ହେଳା କରିପାରିବ ନାହିଁ ନିରୁପମା।

ଜାତିଆଣ ଭାବ କିଛି ନୁହେଁ, ସବୁ ମଣିଷ ଭଗବାନଙ୍କ ସନ୍ତାନ- ଏକଥା

ଶାଶୁଙ୍କୁ ବୁଝାଇବା ଏଡ଼େ ସହଜ ନୁହେଁ। ବଂଶାନୁକ୍ରମିକ କୁସଂସ୍କାର ଏତେ ସହଜରେ ଦୂରେଇ ଦେଇହେବ ନାହିଁ। ତାକୁ ତାର କାମ, କଥା, ତ୍ୟାଗଦ୍ୱାରା ବୁଝାଇବାକୁ ହେବ ଯେ, ପଣ୍ଡାଘରର ଝିଅ ହେଲେ ବି ଆଚାର୍ଯ୍ୟ ପରିବାରର ବୋହୂ ହେବାର ଯୋଗ୍ୟତା ତା ଠାରେ ଆଦୌ କମ୍ ନାହିଁ।

କିନ୍ତୁ ସେ ରାସ୍ତା କଅଣ ଏଡ଼େ ସହଜ, ସରଳ !

ଗୋଟିଏ ମାତ୍ର ରାସ୍ତା ନିରୁପମା ଆଖିରେ ସିଧା ପଡ଼ିଛି।

ସେ ଏ ଗାଆଁ ଛାଡ଼ି ସ୍ୱାମୀଙ୍କ ପାଖକୁ ଚାଲିଯିବ। ସେଥିପାଇଁ ନିମନ୍ତ୍ରଣ ମଧ୍ୟ ସେ ପାଇଛି। କିନ୍ତୁ ତା' ହେଲେ ସେ ଆଚାର୍ଯ୍ୟ ପରିବାରର ବୋହୂ ହୋଇପାରିବ ନାହିଁ, ନିର୍ମଳର ସ୍ତ୍ରୀ ହୋଇପାରେ।

ନିରୁପମା ନିଜ ମନଟାକୁ ଟାଣ କଲା।

ଶେଷ ପର୍ଯ୍ୟନ୍ତ ସୁଦ୍ଧା ଏ ପରିବାରର ବୋହୂ ହେବାକୁ ଚେଷ୍ଟା କରିବ। ଏ ସାମାଜିକ ଅପମାନକୁ ସହଜରେ ମାନିନେଇ ପରାଜିତ ହୋଇ ପଳାଇବ ନାହିଁ।

ଦୁଃଖ, କଷ୍ଟ, ଯନ୍ତ୍ରଣା, ଅପମାନର ଆଶଙ୍କାରେ ଆଖିପତା ତା'ର ଲୁହରେ ଉଦ୍‌ବେଳିତ ହୋଇଉଠିଲା।

ହେମାଙ୍ଗିନୀ ଡାକିଲେ, ଶୋଇପଡ଼ିଲୁ କି ବୋହୂ। ପୋଥି କଅଣ ହେଲା ?

ନିରୁପମା କହିଲା, ନାଇଁ ବୋଉ, ମୁଁ ଚେଇଁଚି।

ହେମାଙ୍ଗିନୀ କକ୍ଷ ଭିତରକୁ ଆସିଲେ।

ପଚାରିଲେ, ପଢ଼ିଲୁ ସେ ପୋଥି ? ଆରେ ତୁ କାନ୍ଦୁଛୁ ଯେ-

ଆଖିରୁ ଲୁହ ପୋଛିଦେଇ ନିରୁପମା କହିଲା, ପଢ଼ିଲି ବୋଉ। ବାପା ଯାହା କହିଯାଇଛନ୍ତି ତା' ସତ। ଏ ପରିବାର ଖାଣ୍ଟି ଆର୍ଯ୍ୟ ବ୍ରାହ୍ମଣବଂଶରୁ ଜାତ। ମୁଁ ଏ ପରିବାରରେ କଳଙ୍କ ଲଗାଇଲି।

ନିରୁପମାର କଣ୍ଠ ରୁଦ୍ଧ ହେଲା।

ବୋହୂର ମନଖୋଲା କଥା ଶୁଣି ହେମାଙ୍ଗିନୀ ବି ବିହ୍ୱଳିତା ହେଲେ।

ଥରେ ନିରୁପମାର ମୁହଁ ଓ ଆଉଥରେ ଆକାଶକୁ ଚାହିଁ ଗୋଟାଏ ଦୀର୍ଘନିଃଶ୍ୱାସ ପକାଇଲେ। କହିଲେ, ଭାଗବତରେ ଅଛି, "କରି କରାଉ ଥାଏ ମୁହିଁ- ମୋ ବିନୁ ଅନ୍ୟ ଗତି ନାହିଁ।" ଭାଗବତ ବାଣୀ କଅଣ ମିଛ ? ତୁ ଏ ପରିବାରର କଳଙ୍କ ଲଗାଇ ନାହୁଁ - ସେ ତାଙ୍କରି ଇଚ୍ଛା ମାଆ ! ଆମେ କେବଳ ନିମିତ୍ତ ମାତ୍ର। ହେଲେ ମୋରି ଆଖି ଆଗରେ...

ହେମାଙ୍ଗିନୀଙ୍କ ଆହତ ଦୀର୍ଘଶ୍ୱାସରେ କକ୍ଷର ବାୟୁମଣ୍ଡଳ ଭାରାକ୍ରାନ୍ତ

ହୋଇଉଠିଲା। ଦମ୍ ନେଇ ସେ କହିଲେ, ପୋଥି ଦେଏ ମା। ଗାଦିରେ ରଖିଦିଏ।

ପୋଥିଟା ଶାଶୂଙ୍କ ହାତକୁ ବଢ଼ାଇ ଦେବାବେଳେ ନିରୁପମାର ହାତଟା ଥରି ଉଠିଲା।

XXX

ଦେହରେ ଓଭରକୋଟକୁ ଚାପିଧରି ନିର୍ମଳ ବାହାରକୁ ଆସିଲା।

ନଭେମ୍ବର ଶୀତ ଏଠାରେ ଏତେ ପ୍ରବଳ, ଏକଥା ସେ ଅନୁମାନ କରିପାରି ନଥିଲା। ତା ହୋଇଥିଲେ ଆଉ କିଛି ଗରମ ପୋଷାକ ହୁଏତ ସେ ସାଙ୍ଗରେ ଆଣିଥାଆନ୍ତା।

ଡାକବଙ୍ଗଳା ପ୍ରାୟ ନିର୍ଜନ।

ପାହାଡ଼ିଆ ଅଞ୍ଚଳ। ବୁଦିବୁଦିଆ ଜଙ୍ଗଲ। ଅସୁମାରୀ ଫୁଲ ଫୁଟିଛି ଗଛର ଡାଳେ, ଡାଳେ, ପତ୍ରର ଫାଙ୍କେ ଫାଙ୍କେ। ଶୀତ ହିଁ ଫୁଲର ଋତୁ। ଫୁଲର ମହୋତ୍ସବରେ ଏ ନଭେମ୍ବର ପୁଷ୍ପବତୀ।

ଲମ୍ବା ଓଭରକୋଟ୍‌କୁ ଦେହରେ ଆଉ ଥରେ ଚାପିଧରି ନିର୍ମଳ କିଛି ପରିମାଣରେ କାଳ୍ପନିକ ଉଷ୍ମତା ଦେହରେ ସଞ୍ଚୟ କରିବାକୁ ଚେଷ୍ଟା କଲା। ଆଗେ ଏକୁଟିଆ ଏମିତି ଡାକବଙ୍ଗଳା ରହଣି ପଡ଼ିଗଲେ ସେ ଭୟ ପାଉଥିଲା। ଏବେ ତାହା ଅଭ୍ୟାସରେ ପଡ଼ିଗଲାଣି।

କିନ୍ତୁ ଏଥର କାହିଁକି ତାକୁ ନିଛାଟିଆ ଲାଗୁଛି।

ଉପରିସ୍ଥ ଜିଲ୍ଲା ହାକିମଙ୍କ ସହିତ ସେ ଏ ଅଞ୍ଚଳକୁ ଆସିଥିଲା। ତାଙ୍କ ସହିତ ଫେରିଯାଇଥିଲେ ଭଲ ହୋଇଥାଆନ୍ତା। ଗଲାବେଳେ ସେମାନେ ବି ଡାକୁଥିଲେ। କିନ୍ତୁ ନିଜ ତରଫରୁ ଫେରିବାକୁ ରାଜି ହେଲାନାହିଁ।

ତାର ଅନେକ କାମ ବାକି ପଡିଛି।

ବଣ୍ଟା ହେବାକୁ ଆସିଥିବା ଗୁଣ୍ଡଦୁଧର ହିସାବ ଏ ପର୍ଯ୍ୟନ୍ତ ସୁଦ୍ଧା ସେ ପ୍ରସ୍ତୁତ କରିପାରିଲା ନାହିଁ। ଜିଲ୍ଲା ପରିଷଦର ଜଣେ ଟାଣୁଆ ସଭ୍ୟଙ୍କ ଘରକୁ କିଛି ଟିଣ ଦୁଧ ଚାଲିଯାଇଛି। ତାକୁ ଅନ୍ୟବାଟରେ ଖର୍ଚ୍ଚ ହିସାବକୁ ଆଣିବାକୁ ପଡ଼ିବ। ଭାଉଚର ରସିଦ-ଅନେକ କଥାର ଜଞ୍ଜାଳ।

ପୁଣି ଉପରିସ୍ଥ ଜିଲ୍ଲା ହାକିମଙ୍କର ରହଣି ଖର୍ଚ୍ଚ।

ବିଦେଶୀ ପାନୀୟର ଖର୍ଚ୍ଚ ଏଥର ବେଶୀ ହୋଇଗଲା ! ସାହେବ ଲୋକ-ଥଣ୍ଡା ସହିପାରନ୍ତି ନାହିଁ। ଅଗତ୍ୟା ସେ ଦୁର୍ଲ୍ଲଭ ପାନୀୟ ବହୁ କଷ୍ଟରେ ବ୍ୟବସ୍ଥା କରିବାକୁ ହେଲା ନିର୍ମଳକୁ। ସେସବୁ ଖର୍ଚ୍ଚକୁ ପୁଣି ସମତୁଲ କରିବାକୁ ପଡ଼ିବ। କାଗଜପତ୍ର ଠିକ୍ ଠାକ ନରଖିଲେ ସରକାରୀ ଚାକିରି- ତାଳଗଛ ଛାଇ।

ଆଃ, ଶୀତଟା ଖୁବ୍ ବେଶୀ ପରିମାଣରେ ଆଜି ଅନୁଭୂତ ହେଉଛି। କୌଣସି ମାନସିକ ଉତ୍ତେଜନା ଏ ଶାରୀରିକ ଶୀତଳତାକୁ ପରାଭୂତ କରିବାକୁ ଅକ୍ଷମ। ଦେହର ଚାରିଆଡ଼େ କଣ୍ଟା ଭଳି ଫୋଡ଼ି ହୋଇଯାଉଛି ଏ ନଭେମ୍ବର ଶୀତ। ଅଥଚ ଏ ଲମ୍ବା ଓଭରକୋଟ୍‌ଟା...।

ନିର୍ମଳ ସଚେତନ ହେଲା।

ସେ ସରକାରୀ କର୍ମଚାରୀ, ଜନତାର ସେବକ। ନିଜର ଦୁଃଖ କଷ୍ଟକୁ ଏତେ ଗଭୀର ଭାବରେ ଭାବିବା ତା' ପକ୍ଷରେ ଅନୁଚିତ।

ପାହାଡ଼ିଆ ଅଞ୍ଚଳ।

ଏ ସ୍ଥାନର ଆଦିବାସୀ ଅର୍ଦ୍ଧନଗ୍ନ, କିନ୍ତୁ କର୍ମଭୀରୁ ନୁହନ୍ତି। ଶୀତ ତାଙ୍କ ଦେହରେ କଣ୍ଟାଭଳି ଫୋଡ଼ିହୋଇଯାଇ କଷ୍ଟ ଦିଏ ନାହିଁ, ଶୀତଳତାର ଆଶ୍ଳେଷ ବୋଲିଦେଇ କାମ କରିବାକୁ ଉତ୍ସାହିତ କରେ। ଅଥଚ ଏ ଲମ୍ବା ଓଭରକୋଟ୍ ପିନ୍ଧି ସୁଦ୍ଧା ଡାକବଙ୍ଗଳା ଭିତରେ ଶୀତର ଭୟରେ ସେ ଆତଙ୍କିତ ହୋଇପଡ଼ନ୍ତି !

ଡାକବଙ୍ଗଳା ଭିତରକୁ ଯାଇ ଗୋଟିଏ ଚେୟାରରେ ବସିଲା ନିର୍ମଳ।

ଝରକା ସବୁ ବନ୍ଦ କରିଦେଲା। ତା' ପରେ କାନ୍ଥ ଆଲମିରାରେ ଥୁଆହୋଇଥିବା କେତେଟା ଶୂନ୍ୟ ବୋତଲକୁ ଚାହିଁ ସେ ମନେ ମନେ ହସିଲା।

ଲୋକଙ୍କ ପାଖରେ ଅଫିସର ବୋଲି ତା'ର ଯେତିକି ସମ୍ମାନ, ଅହଙ୍କାର, ଉପରିସ୍ଥ ହାକିମଙ୍କ ପାଖରେ ସେ ସେତିକି ବିନୀତ, ସେତିକି ଆଜ୍ଞାଧୀନ। ଆଉ ଆଜି ସେ ହୁଏତ ବୋତଲଠାରୁ ଆରମ୍ଭ କରି କୁକୁଡ଼ା ପର୍ଯ୍ୟନ୍ତ ସବୁ ଖୋଜିଆଣି ଉପରିସ୍ଥ ହାକିମଙ୍କ ପାଦତଳେ ଥୋଇଲା। କିଛିଦିନ ପରେ ଏଇ ରାସ୍ତା ଦେଇ ସେ ଯେବେ ତାଙ୍କ ଆସନକୁ ଯାଇପାରିବ, ତେବେ ତା'ର ଅଧୀନସ୍ଥ ଅଫିସର ତା' ପାଇଁ ମଧ୍ୟ ଏହିଭଳି ବ୍ୟବସ୍ଥା କରିବେ।

ସରକାରୀ ଚାକିରିର ଏଇ ହେଲା ଧାରା। ଏଥିପାଇଁ ମୁଣ୍ଡ ଖର୍ଚ୍ଚ କରିବାକୁ ପଡ଼େ ନାହିଁ। ଯେଉଁମାନଙ୍କର ମୁଣ୍ଡ ବୋଲି ଏକ ବିଚକ୍ଷଣ ବସ୍ତୁ ଅଛି, ସେମାନେ ସରକାରୀ ଚାକିରିରେ ବେଶୀଦିନ ତିଷ୍ଠନ୍ତି ନାହିଁ। ତିଷ୍ଠିଗଲେ ବି ସେମାନଙ୍କର କୌଣସି ଉନ୍ନତି ଘଟେ ନାହିଁ।

ନିର୍ମଳ ଜାଣେ, ଜିଲ୍ଲା ପରିଷଦର ଟାଣୁଆ ସଭ୍ୟଙ୍କ ବ୍ୟକ୍ତିଗତ ବ୍ୟବହାରରେ ଲାଗିଥିବା ଗୁଣ୍ଡଦୁଧ ହିସାବକୁ ସରକାରୀ ଖର୍ଚ୍ଚ ହିସାବରେ ପକାଇବା ତା'ର କାମ ନୁହେଁ। ଉପରିସ୍ଥ ହାକିମଙ୍କ ରହଣିକାଳରେ ବୋତଲ, କୁକୁଡ଼ା ବ୍ୟବସ୍ଥାକରିବା ତା'ର ସରକାରୀ କାର୍ଯ୍ୟର ଅନ୍ତର୍ଭୁକ୍ତ ନୁହେଁ। ଏଥିପାଇଁ ତାକୁ କେହି ବାଧ୍ୟ କରିପାରିବେ

ନାହିଁ। କିନ୍ତୁ ପାଣିରେ ଘର କରି କୁମ୍ଭୀର ସାଙ୍ଗରେ କଳି କଲେ ଚଳେ ନାହିଁ। ସରକାରୀ ଚାକିରି କରି ଠିକ୍ ସେହିପରି ସ୍ୱାଧୀନ ମତ ପୋଷଣ କରିବା ମଧ୍ୟ ସମ୍ଭବ ନୁହେଁ।

ନିର୍ମଳ ବେଳେବେଳେ ଭାବେ; ସେ ସରକାରୀ ଚାକିରି ଛାଡ଼ିଦେବ।

କିନ୍ତୁ ନିରୁପମା ଓ ତାର ଆଗାମୀ ସଂସାରର ଛବିକୁ ସ୍ମରଣ କରି ସେ ଡରିଯାଏ।

ଗାଁରେ ଥିବା ସମ୍ପତ୍ତିରେ ହୁଏତ ତା'ର ପେଟ ଅପୋଷା ରହିବ ନାହିଁ, କିନ୍ତୁ ସମ୍ମାନ ମିଳିବ ନାହିଁ। ସରକାରୀ ଚାକିରି କେବଳ ବଞ୍ଚିବାର ଆର୍ଥିକ ସମ୍ବଳ ଯୋଗାଏ ନାହିଁ, ସାମାଜିକ ସମ୍ମାନ ମଧ୍ୟ ବୃଦ୍ଧି କରେ।

ଜେଜେଙ୍କର ଯଜମାନି ଯାଇଥିଲା, ନନାଙ୍କର ଜମିଦାରୀ ମଧ୍ୟ ଗଲା।

ସରକାରୀ ଚାକିରିକୁ ବାଦ୍‌ଦେଲେ ଆଉ କେଉଁ ବାଟ ତା ପାଇଁ ଖୋଲା ଅଛି!

ନିର୍ମଳ ନିଜ ମନକୁ ଆଉଥରେ ବୁଝାଇଲା।

ସରକାରୀ ଚାକିରି କେବଳ ଦାସତ୍ୱ ନୁହେଁ, ଏଥିରେ ମଧ୍ୟ ପ୍ରଭୁତ୍ୱ ଅଛି ନାହିଁ! ଦାସତ୍ୱ ପ୍ରଭୁତ୍ୱର ବିଚିତ୍ର ମିଶ୍ରରାଗ ଏଇ ସରକାରୀ ଚାକିରି। ସ୍ୱାଧୀନଚେତା ଲୋକ ଏଥିରେ ସହଜରେ ପଶିବାକୁ ଚାହାନ୍ତି ନାହିଁ, କିନ୍ତୁ ଥରେ ପ୍ରବେଶ କଲାପରେ ଆଉ ପ୍ରସ୍ଥାନ କରିବାକୁ ମଧ୍ୟ ଇଚ୍ଛା କରନ୍ତି ନାହିଁ। ନିର୍ମଳ ଜାଣେ ଏପରି ଅନେକ ଲୋକ ଅଛନ୍ତି, ଯେଉଁମାନେ ସରକାରୀ ଚାକିରି କରିଥିବାବେଳେ ବିରକ୍ତ ହୋଇ ଅନେକଥର ଇସ୍ତଫା ଦେବାର ଧମକ ଦିଅନ୍ତି- କିନ୍ତୁ ଅବସର ନେବାବେଳ ଆସିଲେ ଆଉ କିଛିଦିନ କାର୍ଯ୍ୟକାଳ ବଢ଼ାଇବା ପାଇଁ ଅନୁରୋଧ ପତ୍ର ଲେଖି ଲେଖି ସେମାନଙ୍କ କଲମରୁ କାଳି ସରିଯାଏ।

କାହିଁକି ? କଅଣ ପାଇଁ ?

ଡାକବଙ୍ଗଳାର ସେଇ ଶୀତଜର୍ଜ୍ଜରିତ କୋଠରୀରେ ବସି ଡେପୁଟି କଲେକ୍ଟର ନିର୍ମଳଚନ୍ଦ୍ର ସରକାରୀ ଚାକିରିରେ ସେଇ ବ୍ରହ୍ମାଣ୍ଡବ୍ୟାପୀ ବିଶ୍ୱରୂପକୁ ନିରୀକ୍ଷଣ କରି ଦେଖିଲା।

ମନେ ପକାଇଲା, ସରକାରକୁ ଚଳାଇବା ପାଇଁ ବିଦେଶୀ ସରକାର ହୁଏତ ଏ ସରକାରୀ ଚାକିରି ସଂସ୍ଥାର ମୂଳଦୁଆ ପକାଇଥିଲେ, କିନ୍ତୁ କାଳକ୍ରମେ ଆଜି ଏହି ସଂସ୍ଥା ଏପରି ସର୍ବବ୍ୟାପୀ, ସର୍ବଶକ୍ତିମାନ୍ ରୂପ ଧାରଣ କରିଛି ଯେ, ସରକାରଙ୍କୁ ବାଦ୍‌ଦେଲେ ଦେଶର ଶାସନ ଚାଲିବ, କିନ୍ତୁ ସରକାରୀ ଚାକିରିଆଙ୍କୁ ବାଦ୍ ଦେଲେ ଅବସ୍ଥା ଅଚଳ!

ମନେ ମନେ ଏହି ସରକାରୀ ଚାକିରିର ଜୟଗାନ କଲା ନିର୍ମଳ।

ତା'ପରେ ନିଶବ୍ଦରେ ଉଠି ଛାତି ଉପରେ ହାତକୁ ଛକକରି ସେ ବାହାରକୁ ପଳାଇ ଆସିଲା।

କାମ ଅନେକ ବାକି...

କିନ୍ତୁ କିଛି କରିବାକୁ ସ୍ପୃହା ଆସୁ ନାହିଁ।

ବାବୁ...

ନିର୍ମଳ ଫେରି ଚାହିଁଲା।

ଡାକବଙ୍ଗଳାର ପିଅନଟା ସଂତ୍ରସ୍ତ ଭାବରେ ଠିଆ ହୋଇଛି। ଓଠରେ ତାର ଉତ୍ସୁକ ପ୍ରଶ୍ନର ଇଙ୍ଗିତ।

ମତେ ଡାକୁଥିଲୁ ?

ହଁ- ଆଜ୍ଞା ! ଏ ଜିନିଷଟା...

ନିର୍ମଳ ହାତକୁ ସେ ବଢ଼ାଇଦେଲା ଗୋଟାଏ ସୁନାର ଲକେଟ୍। ନିର୍ମଳର ଚିହ୍ନିବାରେ ବିଳମ୍ବ ହେଲା ନାହିଁ। ଏ ଲକେଟ୍ ସ୍ୱାସ୍ଥ୍ୟ ପରିଦର୍ଶିକା ମିସ୍ ମାୟାବାନାର୍ଜିଙ୍କର। ହୁଏତ ଭୁଲ୍‌ରେ କେମିତି ପଡ଼ି ଯାଇଥିଲା।

ସୁନାର ମୂଲ୍ୟବାନ୍ ଲକେଟ୍ ପାଇ ସୁଦ୍ଧା ଆତ୍ମସାତ୍ ନ କରି ଫେରାଇ ଦେଇଥିବାରୁ ସେ ପିଅନର ସାଧୁତାକୁ ମନେ ମନେ ଖୁବ୍ ପ୍ରଶଂସା କଲା। ବୁଢ଼ାଲୋକ। ଆଦିବାସୀ। ଲୋଭର ସର୍ବଗ୍ରାସୀ କ୍ଷୁଧା ସେଥିପାଇଁ ତାକୁ ବୋଧହୁଏ ଅମଣିଷ କରି ନାହିଁ।

ପିଅନ ଚାଲି ଯାଇଥିଲା।

ସୁନାର ସେ ଚକ୍‌ଚକ୍ ଲକେଟ୍‌ଟାକୁ ନିରୀକ୍ଷଣ କରି ମିସ୍ ବାନାର୍ଜିଙ୍କ କଥା ମନେ ପକାଉଥିଲା ନିର୍ମଳ। ଭାରି ଭଦ୍ର, ମିଷ୍ଟଭାଷିଣୀ ମହିଳା। ଅଳ୍ପ କେଇଥର ପରିଚୟ ମଧ୍ୟରେ ସେ ନିର୍ମଳକୁ ବେଶ୍ ପ୍ରଭାବିତ କରିପାରିଛନ୍ତି।

ସ୍ୱାସ୍ଥ୍ୟ ପରିଦର୍ଶିକା ଭାବରେ ପରିବାର ନିୟନ୍ତ୍ରଣ ଯୋଜନା କାର୍ଯ୍ୟକାରୀ କରିବା ଦାୟିତ୍ୱରେ ସେ ଏ ଅଞ୍ଚଳରେ ଅଛନ୍ତି। ଜିଲ୍ଲାର ଉପରିସ୍ଥ ହାକିମଙ୍କର ସେ ପ୍ରିୟପାତ୍ରୀ। ଯୁଆଡ଼େ ଗସ୍ତରେ ଗଲେ ସେ ମିସ୍ ବାନାର୍ଜୀଙ୍କୁ ସାଙ୍ଗରେ ନେଇଯାଆନ୍ତି। ଏ ଅଞ୍ଚଳରେ ଲୋକଙ୍କ ସ୍ୱାସ୍ଥ୍ୟ ନୁହେଁ, ହାକିମଙ୍କ ସ୍ୱାସ୍ଥ୍ୟ ପରିଦର୍ଶନ ହିଁ ତାଙ୍କର ପ୍ରଧାନ କାର୍ଯ୍ୟ ହୋଇଉଠିଛି।

ସେଥିପାଇଁ ମିସ୍ ବାନାର୍ଜି ତା' ପାଖରେ ଅନୁଯୋଗ କରୁଥିଲେ।

ଜିଲ୍ଲା ହାକିମ ସାହେବଙ୍କର ଅନେକ ପ୍ରକାର ରୋଗ। ରକ୍ତଚାପଠାରୁ ଆରମ୍ଭ କରି ଯକୃତ ପ୍ରଭୃତି ଜଟିଳ ରୋଗ। ଔଷଧ ଅପେକ୍ଷା ଶୁଶ୍ରୂଷା ତାଙ୍କର ଏ ବୃଦ୍ଧ ବୟସରେ ବେଶୀ ଦରକାର। ମିସ୍ ବାନାର୍ଜି କନ୍ୟା ଭଳି ପାଖେ ପାଖେ ରହି ସବୁବେଳେ ସେବା କରନ୍ତି। ଫଳରେ ନିଜ କର୍ତ୍ତବ୍ୟ ସେ କରିପାରୁ ନାହାନ୍ତି ବୋଲି ଦୁଃଖ କରୁଥିଲେ।

ନିଜେ ଏ ଜିଲ୍ଲାରୁ ବଦଳି ହୋଇଯିବା ପାଇଁ ଥରେ ଚେଷ୍ଟା ମଧ୍ୟ କରିଥିଲେ। କିନ୍ତୁ ସାହେବଙ୍କ ଚେଷ୍ଟା ଫଳରେ ତାହା ବ୍ୟର୍ଥ ହେଲା।

ମିସ୍ ବାନାର୍ଜି କହୁଥିଲେ, ମୁଁ ରାକ୍ଷସ ଆଉ ଗଭୀର ସମୁଦ୍ର, ଏ ଦୁଇଟି ବିପଦ ମଝିରେ ନିଃସହାୟ ଭାବରେ ଠିଆ ହୋଇଛି। ଗୋଟିଏ ପାଖରେ ମୋ ନିଜର କର୍ତ୍ତବ୍ୟ- ଅପର ପକ୍ଷରେ ଜିଲ୍ଲା ସାହେବଙ୍କ ସ୍ୱାର୍ଥପରତା- ଏ ଦୁଇଟି ଦିଗର ଚାପରେ ମୁଁ ପେଷି ହୋଇଯାଉଛି। ଅଫିସରମାନେ ସ୍ୱାର୍ଥପର ହେଲେ ଉପାୟ କଅଣ? ଏଥିପାଇଁ ପୁଣି ବାହାର ଲୋକଙ୍କ ସମାଲୋଚନା ବି ମତେ ସହିବାକୁ ହେଉଛି।

ମିସ୍ ବାନାର୍ଜିଙ୍କ ଅନୁଯୋଗର ଆନ୍ତରିକତାରେ ମୁଗ୍ଧ ହୋଇଥିଲା ନିର୍ମଳ।

କର୍ତ୍ତବ୍ୟ ପ୍ରତି ଏପରି ପ୍ରଗାଢ଼ ନିଷ୍ଠା ଦେଖି ନିଜେ ଅନୁପ୍ରାଣିତ ହୋଇଥିଲା।

ମିସ୍ ବାନାର୍ଜି ବାସ୍ତବରେ କର୍ମରଙ୍ଗୁଣୀ। କାମ ନଥିଲେ ସେ ରୁଗ୍ଣ ବୋଧ କରନ୍ତି। ନିନ୍ଦା, ପ୍ରଶଂସାକୁ ଖାତିର ନକରି କାମ କରିଯିବା ତାଙ୍କର ଏକ ପ୍ରକାର ନିଶା।

ତିଳକୁ ତାଳ କରିବା ଲୋକଙ୍କର ଗୋଟାଏ ଅଭ୍ୟାସ। ମିସ୍ ବାନାର୍ଜିଙ୍କୁ ନେଇ ତା' ନାମରେ ମଧ୍ୟ କମ୍ ଚୁପ୍‌ଚାପ୍ କଥାବାର୍ତ୍ତା ହୋଇନି। ଆଉ ସେ ଜାଣେ ଏ ଅପପ୍ରଚାର ହିଁ ତା' ନିଜ ଅଫିସ୍‌ରୁ ଆରମ୍ଭ ହୋଇଥିଲା।

ମିସ୍ ବାନାର୍ଜି ସେ ଦୃଷ୍ଟିରୁ ଦୁଃସାହାସୀ।

ସେ ଯୁକ୍ତି କରନ୍ତି ଅନ୍ଧବିଶ୍ୱାସ, ମାନସିକ ସଂକୀର୍ଣ୍ଣତା ଲୋକଙ୍କ ଭିତରୁ ଦୂର ନ କଲେ କୌଣସି ଅର୍ଥନୈତିକ ଯୋଜନା ସଫଳ ହେବ ନାହିଁ। ବିଶେଷତଃ ପରିବାର ନିୟନ୍ତ୍ରଣ ଯୋଜନା ଭଳି ଜଟିଳ ସମସ୍ୟାକୁ ଲୋକଙ୍କ ଆଗରେ ଥୋଇଲାବେଳେ ରୀତିମତ ଦୁଃସାହସ ଥିବା ଦରକାର। ଗାଁ ଲୋକ ମତେ କଅଣ କହନ୍ତି ଜାଣନ୍ତି? କହନ୍ତି – ତମେ ତ ମାଆ ବାହା ହୋଇନାହଁ – ପିଲା ଜନ୍ମ ବିଷୟରେ କଅଣ ଜାଣ? ଆଉ ତା'ର ନିୟନ୍ତ୍ରଣ ବିଷୟରେ ତମ ଉପଦେଶ ଆମେ କାହିଁକି ଶୁଣିବୁ? ଆପଣ ଏ ପ୍ରଶ୍ନର କଅଣ ଉତ୍ତର ଦେବେ କୁହନ୍ତୁ।

କଥା କହିସାରି ମିସ୍ ବାନାର୍ଜି ହସି ପକାଇଥିଲେ।

ତାଙ୍କ ହସ ସତରେ ଲମ୍ବାଳିଆ ମୁହଁକୁ ବେଶ୍ ମାନେ।

ନିର୍ମଳ ମିସ୍ ବାନାର୍ଜିଙ୍କୁ ସେ ସଦା-ଉତ୍‌ଫୁଲ୍ଲ କର୍ମଚଞ୍ଚଳ ମୁହଁଟିର ଦୃଶ୍ୟ ସ୍ମରଣ କରି ଲକେଟ୍‌କୁ ଟେବୁଲ୍ ଡ୍ରୟାରରେ ରଖିଦେଲା।

ଡାକବଙ୍ଗଳାର ଚତୁଃପାର୍ଶ୍ୱ ଘେରି ରାତ୍ରି ଆସିଲା।

ନିର୍ଜ୍ଜନ ଡାକବଙ୍ଗଳାରେ ରାତ୍ରିଟା ମନେହେଲା ଏକ ରହସ୍ୟମୟୀ ରାକ୍ଷସୀ ଭଳି। ଶୂନ୍ୟତା, ଶୀତଳତାରେ ନିର୍ମଳର ସୁନିଦ୍ରା ହେଲାନାହିଁ।

ମିସ୍ ବାନାର୍ଜିଙ୍କ ବଦଳରେ ମନେ ପଡ଼ିଲା ନିରୁପମାର କଥା।

ଗସ୍ତରୁ ଫେରି ବସାରେ ପାଦଦେଲେ ଆତ୍ମୀୟସ୍ୱଜନଙ୍କୁ ଦେଖି ସବୁ ଦୁଃଖ ଭୁଲି ହୋଇଯାଏ। ଅବସାଦ ବଦଳରେ ପ୍ରସନ୍ନ ପ୍ରଶାନ୍ତିରେ ଭରିଉଠେ ଦେହମନ। ସେ ଦେଖିଛି, କଲେଜରୁ ଫେରିବା ସାମାନ୍ୟ ବିଳମ୍ବ ହେଲେ କିପରି ଉଦ୍‌ବେଗରେ ଅସ୍ଥିର ହୋଇଉଠନ୍ତି ଶ୍ୟାମଳୀ ନୂଆ'ଉ। ଅଥଚ... ଅଥଚ- ସେ ଗସ୍ତରୁ ଫେରିଲେ... !

ନିର୍ମଳ ଜାଣେ, କୌଣସି ଉଦ୍ଦେଶ୍ୟ ରଖି ନିରୁପମା ତା' ପାଖକୁ ଆସିବା ଲାଗି ମନା କରୁନାହିଁ। ବୋଉ ପ୍ରତି, ପରିବାର ପ୍ରତି ତା'ର କର୍ତ୍ତବ୍ୟ ସେ ପାଳନ କରୁଛି। କିନ୍ତୁ କେଜାଣି କାହିଁକି ତାର ଏ କର୍ତ୍ତବ୍ୟ ପାଳନ ନିର୍ମଳର ମନେ ହେଉଛି ଏକ ନିଷ୍ଠୁର ପ୍ରତ୍ୟାଖ୍ୟାନ ଭଳି।

ବାହାଘର ପରେ ଶିକ୍ଷିତା ବୋହୂ ସ୍ୱାମୀ ସହିତ ସହରକୁ ପଳାଇ ଆସିବାକୁ ବ୍ୟସ୍ତ ହୋଇଉଠନ୍ତି - ଏଥିରେ ଥାଏ ତାଙ୍କ ସ୍ୱାମୀ ପ୍ରୀତିର ଗଭୀର ବ୍ୟଞ୍ଜନା- ଏ ଧାରଣା ଶୁଣି ଶୁଣି କିପରି ତା' ମନରେ ବଦ୍ଧମୂଳ ହୋଇଯାଇଥିଲା।

ନିରୁପମା ତା'ର ସେ ଧାରଣା ବଦଳାଇ ଦେବା ପରେ ତା'ମନ କେଜାଣି କାହିଁକି ଅବୁଝା ଅଭିମାନରେ ଭରିଉଠୁଛି। ନିରୁପମା ତା' ସହିତ ଆସିବାକୁ ବସିଥିଲେ ସେ ହୁଏତ ନିଜେ ବୋଉର ସେବା ପାଇଁ ତାକୁ କିଛି ଦିନ ଗାଆଁରେ ରହିବାକୁ କହିଥାଆନ୍ତା। ତାହା ହୋଇଥିଲେ ସେ ବୁଝିଥାଆନ୍ତା ଯେ, ତା' ସ୍ତ୍ରୀ ତା' ପ୍ରତି ଗଭୀର ଭାବରେ ଅନୁରକ୍ତା। କିନ୍ତୁ ତାର ଅନୁରୋଧ ସତ୍ତ୍ୱେ ସେ ଘର ସଂସାରର ବାହାନା ଆଳ କରି ତା' ପାଖକୁ ଆସିବା ଲାଗି ରାଜି ନୁହେଁ!

ଆଗଭଳି ତା' ହେଲେ ତାକୁ ଆଉ ଭଲ ପାଉନାହିଁ ନିରୁପମା !

ରାଗ ନୁହେଁ, ଅଭିମାନରେ ନିର୍ମଳର ମୁହଁ ଭାରି ଭାରି ହୋଇଉଠିଲା।

X X X

ବିସ୍ମୟବିମୂଢ଼ ଅନିରୁଦ୍ଧ ଗର୍ଜନ କରି କ୍ଲାନ୍ତ ହେଲା।

ତଥାପି ଶ୍ୟାମଳୀ ମୁହଁରେ ପରିବର୍ତ୍ତନର କୌଣସି ଚିହ୍ନ ସୁଦ୍ଧା ଦେଖାଯାଉ ନାହିଁ। ସେ ମୁହଁମାଡ଼ି ଶୋଇଛି। ଝିଅକୁ ଟିକିଏ ସଟିଫୁଡ଼ ଖୁଆଇଦେଇ ଆର ଘରେ ଶୁଆଇ ଦେଇଛି। ତା'ର ଏକା ଜିଦ୍, ସେ ଆଜି ରୋଷେଇ କରିବ ନାହିଁ।

କଲେଜ ଯିବା ବେଳ ପାଖ ହୋଇ ଆସିଲାଣି।

ବୁଝାଇ ବୁଝାଇ ଥକିଲାଣି ଅନିରୁଦ୍ଧ। ରାଗ, ବିରକ୍ତିରେ ଗାଳି ଦେଇ ଦେଇ ସେ ଖୁସାମତ ମଧ୍ୟ ଅନେକ କରି ସାରିଲାଣି। ଆଶ୍ଚର୍ଯ୍ୟ, ତା'ର କୌଣସି କଥାରେ କାନ ଦେଇ ନାହିଁ ଶ୍ୟାମଳୀ।

ସ୍ୱାମୀ ସ୍ତ୍ରୀଙ୍କ କଳହ କିଛି ନୂଆ ନୁହେଁ। ଅନିରୁଦ୍ଧର ସାତବର୍ଷର ବିବାହିତ ଜୀବନରେ ଏପରି କଳହ ଅନ୍ତତଃ ହଜାର ଥର ହୋଇଥିବ। ଟିକିଏ କଥାରେ ରାଗ, ରୁଷା, ମୁହଁଫୁଲା। କିନ୍ତୁ ସେ ମୁହଁଫୁଲା ବେଶୀ ସମୟ ସ୍ଥାୟୀ ହୁଏ ନାହିଁ। ପାଣିର ଗାର ପରି, ସକାଳର କାକର ପରି ତାହା ମୁହୂର୍ତ୍ତ କେତୋଟିରେ ତୁଟିଯାଏ। ପାରିବାରିକ ଜୀବନର ଶାନ୍ତ ସମତଳ ପରିବେଶ ମଧ୍ୟରେ ଏହି ମୁହଁ ଫୁଲାଫୁଲି, ରାଗ ରୋଷ ପ୍ରାଣଚାଞ୍ଚଲ୍ୟ ସୃଷ୍ଟି କରେ। ଜୀବନୀଶକ୍ତିର ସୂଚନା ଦିଏ। ସେଥିପାଇଁ ଅଯଥାରେ ବେଳେବେଳେ ଶ୍ୟାମଳୀକୁ ରଗାଇ ଅନିରୁଦ୍ଧ କୃତ୍ରିମ, ଅକାରଣ ରାଗ ଅଭିମାନର ପରିବେଶ ମଧ୍ୟ ଅନେକଥର ସୃଷ୍ଟି କରିଛି।

କିନ୍ତୁ ଆଜିର ରାଗ ମାତ୍ରା ଅତିକ୍ରମ କରିଛି।

ମନେ ହେଉଛି; ଶ୍ୟାମଳୀ ମନର ସଞ୍ଚିତ ରାଗ, କ୍ରୋଧ ଯେପରି ଆଜି ଲାଭାସ୍ରୋତ ଭଳି ପାରିବାରିକ ଜୀବନର ସେ ନିଶ୍ଚଳ ଶାନ୍ତିର ପାହାଡ଼କୁ ବିଦୀର୍ଣ୍ଣ କରି ଆତ୍ମପ୍ରକାଶ କରୁଛି। ଖୁବ୍ ସହଜରେ ଏ ରାଗର ଉପଶମ ହେବ ନାହିଁ।

ଅଥଚ ଏହାର କାରଣ...

କିଛି ନୁହେଁ। ଅବାନ୍ତର। ଏସବୁ କଥାକୁ ଗୋଟିଏ ସନ୍ତାନର ଜନନୀ ଶ୍ୟାମଳୀ ଆଜି ବିଶ୍ୱାସ କରି ଘରର ରୋଷେଇ ବନ୍ଦ କରୁଛି, ଏକଥା ନିଜେ ଅନିରୁଦ୍ଧ ବିଶ୍ୱାସ କରିପାରୁ ନାହିଁ।

ନା-ଆଉ ହେବନାଇଁ। ହୋଟେଲରେ ଖାଇବାକୁ ହିଁ ହେବ।

ଝଡ଼ ଭଳି ପ୍ୟାଣ୍ଟ ଉପରେ ହାଓ୍ୱାଇନ୍‌ଟା ଗଳାଇ ପକାଇ କଲେଜ ଯିବା ପାଇଁ ବାହାରି ପଡ଼ିଲା ଅନିରୁଦ୍ଧ।

କିନ୍ତୁ କକ୍ଷ ବାହାରକୁ ଗୋଡ଼ ପକାଇବା ପରେ ପୁଣି ପାଦ ତାର ସ୍ଥିର ହୋଇଗଲା।

ସେ ହୋଟେଲରେ ଖାଇନେବ, କିନ୍ତୁ ଶ୍ୟାମଳୀ....

ରାଗ ବ୍ରହ୍ମଚଣ୍ଡାଳ। କିଏ ଜାଣେ ଦିନଟା ଯାକ ଉପାସ ମଧ୍ୟ ସେ ରହିଯାଇପାରେ! ଆଉ ନିଜେ ହୋଟେଲରେ ଖାଇ କଲେଜରୁ ଫେରି କେଉଁ ମୁହଁରେ ସେ ଶ୍ୟାମଳୀକୁ ଅନଶନ ଭଙ୍ଗ କରିବାକୁ କହିବ!

ହୁଏତ ସେ ଉପାସ ରହିଗଲେ ଶ୍ୟାମଳୀ ଉପରେ ତାର କିଛି ପ୍ରଭାବ ପଡ଼ିପାରନ୍ତା। କିନ୍ତୁ....କିନ୍ତୁ.....

ଅନିରୁଦ୍ଧ ସବୁ ପାରେ, ପାରେ ନାହିଁ କେବଳ ଭୋକ ସମ୍ଭାଳି। ବର୍ତ୍ତମାନଠାରୁ ପେଟ ଭିତରେ ଭୋକର ଇଞ୍ଜିନ୍ ଗର୍ଜନ କଲାଣି। କୋଇଲା, ପାଣି ନପାଇଲେ ତା

ଦେହର କଳ ବି ଚାଲିବ ନାହିଁ। ଦୀର୍ଘ ପଚାଶ ମିନିଟ୍ କରି ସେ ଶ୍ରେଣୀରେ ଭାଷଣ ଦେବ କେମିତି ?

ଆଜି ପୁଣି ସୋମବାର। ତାର ଚାରିଟା ଜେନେରାଲ କ୍ଲାସ୍-ଟିଉଟରିଆଲ ନାହିଁ। ବସି ବିଶ୍ରାମ ନେବାକୁ ବି ଫୁରସତ ନାହିଁ।

ନା-ନା-ନା

ଅନିରୁଦ୍ଧର ଚିନ୍ତା ଗୋଳମାଳ ହୋଇଗଲା।

ଘରକୁ ଫେରିଆସି ଆକୁଳ କଣ୍ଠରେ ସେ ଶ୍ୟାମଳୀକୁ ଡାକିଲା, ଟିକିଏ ହେଲେ ଥରେ ଶୁଣ... !

ପଲଙ୍କ ଉପରେ ସେମିତି ଶୋଇ ଶୋଇ ସ୍ୱାମୀଙ୍କ ମୁହଁକୁ ନଚାହିଁ ଶ୍ୟାମଳୀ କହିଲା, ବୀରପୁରୁଷଙ୍କ ଭଳି ଜୋତା ମଚ୍ ମଚ୍ କରି ଚାଲି ଯାଉଥିଲ ତ ପୁଣି ଫେରି ଆସିଲ କାହିଁକି ? କ'ଣ ହେଲା ?

ଅନିରୁଦ୍ଧ ବିରକ୍ତି ଭରା କଣ୍ଠରେ କହିଲା, ଖାଇବାକୁ ନଦେଲ ନାହିଁ - କାଗଜଟା ହେଲେ ଫେରାଇ ଦିଅ...

କାଗଜଟା କଥା ଶୁଣି ନିକ୍ଷିପ୍ତ ଅଗ୍ନିକଣା ପେଟ୍ରୋଲରେ ପଡ଼ିବା ଭଳି ରାଗରେ ଜଳିଉଠିଲା ଶ୍ୟାମଳୀ। କହିଲା, ପୁଣି ସେ ନିଆଁ ଚୁଲି କାଗଜ ନାଁ ଧରୁଛ ? ସେ କାଗଜ ମୁଁ ଜାଳିଦେବି- ପୋଡ଼ିଦେବି-ଅଗ୍ନିରେ ଦାହ କରିଦେବି।

ଏତେ ରାଗରେ ବି ରସିକତା କରିବାର ଲୋଭ ସମ୍ବରଣ କରିପାରିଲା ନାହିଁ ଅନିରୁଦ୍ଧ।

କହିଲା, ଦେଖ, ଅଭିଧାନରେ ଜାଳିବା, ପୋଡ଼ିବା, ଦାହ କରିବାର ଅର୍ଥ ଏକ। ସେ ନିରୀହ କବିତା ଲେଖା କାଗଜକୁ ଏତେ ପ୍ରକାର ପୋଡ଼ିବା କ'ଣ ଦରକାର ?

ଶ୍ୟାମଳୀର ରାଗ କିନ୍ତୁ ଶାନ୍ତ ହେବାର ନୁହେଁ।

ସେ ପାଟିକଲା, ହଁ-ହଁ, ସେ କବିତା ମୋ ସଂସାରରେ ନିଆଁ ଲଗାଇ ଦେବାକୁ ବସିଚି। ମୁଁ ସେ କବିତା ଖାତାସବୁ ପୋଡ଼ିବି- ଏ ବହିପତ୍ର-ଖାତା ସବୁ ଜାଳିଦେବି- ସତ କହୁଛି-ବୋଉ ରାଣ-ନା-ନା ଆଈ ରାଣ ପକାଇ କହୁଛି....

ଶ୍ୟାମଳୀ ପକ୍ଷରେ କିଛି ଅସମ୍ଭବ ନୁହେଁ।

ନିଜର ମୂଲ୍ୟବାନ ବହି, କବିତା, ପାଣ୍ଡୁଲିପି କଥା ସ୍ମରଣ କରି ଭୟରେ ଶିହରିଉଠିଲା ଅନିରୁଦ୍ଧ। ଶାନ୍ତ କଣ୍ଠରେ କହିଲା, ତମର ଆଜି ଏ କ'ଣ ହୋଇଛି ! ତମେ ରଣଚଣ୍ଡୀଙ୍କ ଭଳି ଏମିତି କ'ଣ ହେଉଛ ? ଜାଣିଛଟି ସେ ଖାତା, ବହି ଭିତରେ ମୋ ଏମ୍.ଏ., ବି.ଏ. ସାର୍ଟିଫିକେଟ୍ ସବୁ ଅଛି। ଯଦି ସେ ଖାତା ବହି ସାଙ୍ଗରେ

ସେସବୁ ଜଳିଯାଏ ନା-ତାହାହେଲେ ଆଜି କଅଣ-ଆଉ କୌଣସି ଦିନ ହେଲେ ଚୁଲି ଉପରକୁ ହାଣ୍ଡି ଯିବ ନାହିଁ।

ଏଥର ତକିଆ ଉପରୁ ମୁହଁ ଟେକି ଶ୍ୟାମଳୀ ଅନିରୁଦ୍ଧ ଆଡ଼କୁ ତୀକ୍ଷଣ ଦୃଷ୍ଟିରେ ଚାହିଁଲା। ପଚାରିଲା, ତା ମାନେ ?

ଅନିରୁଦ୍ଧ ହସ ଚାପିରଖି କହିଲା, ତା'ମାନେ ଏ ସାର୍ଟିଫିକେଟ୍ ଗୁଡାକ ପୋଡ଼ିଗଲେ ମୋ ଚାକିରି ଖଣ୍ଡିକ ବି ଯିବ। ଆଉ ପହିଲା ଦିନ ଟଙ୍କା କେଉଁଠୁ ଆସିବ ଯେ ଚୁଲି ଉପରକୁ ହାଣ୍ଡି ଯିବ ?

ମୁହଁକୁ କୁହୁଳେଇ ପକାଇ ଶ୍ୟାମଳୀ ଚିତ୍କାର କଲା, କିନ୍ତୁ କାହିଁକି ତମେ ଏ ନିଆଁ ଚୁଲି କବିତା ଲେଖୁଛ ? ସଂସାରରେ କୋଟି କୋଟି ଲୋକ ଅଛନ୍ତି। ତମ ଭଳି କେତେଜଣ ଏମିତି କବିତା ଲେଖି ନିଜର ସୁନାର ସଂସାର ଚୂନା କରୁଛନ୍ତି ?

କଥା କହିବା ସଙ୍ଗେ ସଙ୍ଗେ ଶ୍ୟାମଳୀର ନୟନ ପ୍ଲାବିତ କରି ଉଦ୍‌ବେଳିତ ଅଶ୍ରୁର ଧାରା-ଶ୍ରାବଣ ଛୁଟିବାକୁ ଲାଗିଲା।

ନିଜର ରୋରୁଦ୍ୟମାନା, ଅବୁଝା ସ୍ତ୍ରୀକୁ କଣ କହି ବୁଝାଇବ, ସେ କଥା ଭାବିପାରିଲା ନାହିଁ ଅନିରୁଦ୍ଧ। ଶ୍ୟାମଳୀର ମୁଣ୍ଡ ସାଉଁଳୁ ସାଉଁଳୁ ସେ କହିଲା, ତମେ କଅଣ କହୁଛ କବିତା ଲେଖିବା ମୋର ପାପ ?

ଆଖିର ଲୁହ ହାତ ନେଡ଼ିରେ ପୋଛି ନେଇ ଶ୍ୟାମଳୀ କହିଲା, ସେ କଥା ମୁଁ କହୁନାହିଁ। ମୋ ମାମୁଁ ପୁଅ ଭାଇ ନଟବର! ପୁଣି ନଟୁ-ଚୋରି, ସୀତା ବନବାସ, ମହୀରାବଣ ବଧ କବିତା ଲେଖୁଥିଲା ତ! ହେଲେ ସେ ବହି ବିକି ଘରକୁ ଆଞ୍ଜୁଳା ଆଞ୍ଜୁଳା ଟଙ୍କା ଆଣୁଥିଲା। ଆଉ ତମେ ହାତରୁ ପଇସା ଖର୍ଚ୍ଚ କରି ଡାକରେ ସେ ନିଆଁ ଚୁଲି କବିତା ଛପାଇବାକୁ ପଠାଇବ, ଟଙ୍କା ପଇସା ଦେଖା ନାହିଁ ଖାଲି ଚିଠି-ଚିଠି-ଚିଠି- ସେ ଡେଣାକଟା ପରୀମାନେ ଆସି ମୋରି ଆଗରେ ତମକୁ କହିବେ...

ଲଜ୍ଜା ଓ ଦୁଃଖରେ ଆଉ କିଛି କହିପାରିଲା ନାହିଁ ଶ୍ୟାମଳୀ। ପୁଣି ମୁହଁଟାକୁ ସେ ତକିଆ ଉପରେ ମାଡ଼ିଦେଲା।

ହସିବ କି କାନ୍ଦିବ, ରାଗିବ କି ଅଭିମାନ କରିବ କିଛି ବୁଝିପାରିଲା ନାହିଁ ଅନିରୁଦ୍ଧ। ଅବରୁଦ୍ଧ ଆବେଗରେ ସେ କହିଲା, ମୁଁ ମାନୁଛି ତମ ମାମୁଁ ପୁଅ ଭାଇ ନଟୁଚୋରି, ସୀତା ବନବାସ କାବ୍ୟର କବି ଶ୍ରୀମାନ ନଟବର ଜଣେ ବିଖ୍ୟାତ କବି ଆଉ ମୁଁ ଜଣେ ଅପଦାର୍ଥ ଲୋକ। ଏଥର ମନବୋଧ ହେଲା ?

ଏଁ-ଏଁ ତମେ ମୋ ମାମୁଁ ପୁଅ ଭାଇକୁ ଥଟ୍ଟା କରୁଛ ? ମୋ ବାପଘର ଲୋକଙ୍କୁ ନିନ୍ଦା- ମୁଁ କହି ରଖୁଛି.... ମୁଁ କହି ରଖୁଛି...

ରାଗର ମାତ୍ରାଧିକ୍ୟ ଯୋଗୁଁ ପ୍ରକୃତରେ କିଛି କହିପାରିଲା ନାହିଁ ଶ୍ୟାମଳୀ। ସେଁ ସେଁ ହୋଇ ସେ କେବଳ କାନ୍ଦିବାକୁ ଲାଗିଲା।

ସ୍ତ୍ରୀଙ୍କର ଏଭଳି କାନ୍ଦଣା ପାଇଁ କିନ୍ତୁ ଅନିରୁଦ୍ଧ ମନ ଦୁଃଖ କରିପାରିଲା ନାହିଁ। ବରଂ ଲଘୁ ପରିହାସଭରା କଣ୍ଠରେ ସେ ଉତ୍ତର ଦେଲା, ତମ ମାମୁଁ ପୁଅ ଭାଇ ନଟବର ମୋର ମାନ୍ୟ ଲୋକ। ତାଙ୍କୁ କଅଣ ଥଟ୍ଟା କରିବା ମୋର ଉଚିତ? ବୁଝିଲ-ତମଭଳି ଅଳ୍ପ ଶିକ୍ଷିତା ଗ୍ରାମ୍ୟବଧୂକୁ ବିବାହ କରି ମୋ ଜୀବନଟା ନଷ୍ଟ ହୋଇଗଲା। କାବ୍ୟ କବିତା ତ କିଛି ବୁଝିଲ ନାହିଁ, ବରଂ ଭୁଲ ବୁଝି ମୋ ଜୀବନକୁ ଦୁର୍ବହ କରିବାକୁ ବସିଲଣି....

ନିର୍ମଳ ଠିକ୍ ଫେରୁଥିଲା ସେତିକିବେଳେ।

ପାଞ୍ଚଦିନ ଗସ୍ତ ପରେ ସେ ସିଧା ବସାକୁ ଆସିଛି। ଅଫିସ ଯାଇନାହିଁ। ବନ୍ଧୁ ଅନିରୁଦ୍ଧର ଜୀବନ ନଷ୍ଟ ହୋଇଯିବା କଥା ତା ନିଜ ମୁହଁରୁ ଶୁଣି ସେ ଅପ୍ରତିଭ ହୋଇପଡ଼ିଲା।

ପଚାରିଲା, ଜୀବନ ଏମିତି ଅସମୟରେ ନଷ୍ଟ ହୋଇଗଲା କାହିଁକି ଅନିରୁଦ୍ଧ!

ନିର୍ମଳକୁ ଦେଖି ଚମକିଉଠିଲା ଅନିରୁଦ୍ଧ। ରୋଷେଇ ହୋଇନି। ନିର୍ମଳ ଖାଇବ କଅଣ? ଛି....ଛି....

ଶ୍ୟାମଳୀ ମଧ୍ୟ ବିବ୍ରତ ହୋଇପଡିଲା।

ଲୁହ ଲୁଚାଇବାକୁ ମୁଣ୍ଡର ଓଢ଼ଣା ଲମ୍ବକରି ଟାଣି ଜିଭ କାମୁଡି ସେ ଅନ୍ୟ ଘରକୁ ପଳାଇଲା।

ଅନିରୁଦ୍ଧ କହିଲା, ଏଥର ମୁଁ କବିତା ଲେଖା ଛାଡ଼ିଦେବି ନିର୍ମଳ। କବିତା ମତେ ଆଜି ଉପବାସ ରଖିଲା- ତତେ ମଧ୍ୟ ଉପବାସ ରହିବାକୁ ହେବ। ଘର ସଂସାର କରି ଆଉ ଯାହା ହେଉ ନହେଉ - କବିତା ଲେଖିବା ଆଦୌ ଉଚିତ୍ ନୁହେଁ।

କବିତା ବୁଝିବାପାଇଁ ନିର୍ମଳ ଜିଜ୍ଞାସୁ ଦୃଷ୍ଟିରେ ଚାହିଁ ରହିଲା।

ଅନିରୁଦ୍ଧ କହିଲା, ବନ୍ଧୁ ଯେତେବେଳେ ତତେ ଲୁଚାଇ କିଛି ଲାଭନାହିଁ। ମୋର ଗୋଟିଏ କବିତା ନେଇ ଆଜି ଶ୍ରୀମତୀ ରୋଷେଇ ବନ୍ଦ କରି ଦେଇଛନ୍ତି। ରାଗ, ରୁଷାରେ ଘର ଅସମ୍ଭାଳ।

ନିର୍ମଳ ତା କଥାରେ ଗୁରୁତ୍ୱ ନଦେଇ କହିଲା, କବିତା ତ ତୁ ଆଉ ଆଜି ନୂଆ ଲେଖିଲୁ ନାହିଁ? ଆବାଲ୍ୟରୁ ତୁ କବି... ହଠାତ୍...

ଅବଶ୍ୟ କବିତା ମୁଁ ଆଜି ପ୍ରଥମ ଲେଖିଲି ନାହିଁ- କିନ୍ତୁ ମୋର ଜଣେ ଗୁଣମୁଗଧା ତରୁଣୀ ପାଠିକାର ଅକୁଣ୍ଠିତ ପ୍ରଶଂସା ନିଜ ଘରେ ଆଜି ଶୁଣିଲି ପ୍ରଥମ। ସେ କହିଗଲେ

ମୋ କବିତାକୁ ସେ ଖୁବ୍ ଭଲ ପାଆନ୍ତି, ମୋତେ ସେଥିପାଇଁ ହୃଦୟଭରି ଭକ୍ତି କରନ୍ତି। ବାସ୍, ଏକଥା ପଦକ ଯେମିତି ଶ୍ରୀମତୀ ଶୁଣି ଦେଇଛନ୍ତି, ରାଗରେ ନିଆଁ.. ରୋଷେଇ ବନ୍ଦ...

କଥା ଅଧା ରଖି ଦୀର୍ଘଶ୍ୱାସ ପକାଇଲା ଅନିରୁଦ୍ଧ।

ନିର୍ମଳ ବୁଝିଲା ସାମାନ୍ୟ ଘଟଣା ଶ୍ୟାମଳୀ ନୂଆଉ'ଙ୍କ ଅବୁଝାପଣିଆ ଯୋଗୁ ଅସାମାନ୍ୟ ପାରିବାରିକ ଦୁର୍ଘଟଣାରେ ପରିଣତ ହୋଇଛି। ତଥାପି ନିଜର ବିସ୍ମୟ ଭାବ ଗୋପନ ରଖି ନପାରି ସେ ପଚାରିଲା, ଏଇକଥା ପାଇଁ ହଠାତ୍....

ଅନିରୁଦ୍ଧ କହିଲା, ନା-ଭାଇ ହଠାତ୍ ନୁହେଁ। ମୋର ଦୁର୍ଭାଗ୍ୟ ମୋ କବିତା ପଢ଼ି ଅନେକ ଗୁଣମୁଗ୍ଧା ପାଠିକା ମୋତେ ପତ୍ର ଲେଖନ୍ତି। ସେସବୁ ପତ୍ର ପଢ଼ି ପଢ଼ି ରାଗଟା ଅନେକ ଦିନ ହେଲା ତୋ ନୂଆଉ'ଙ୍କ ମନରେ କୁହୁଳୁଥିଲା। ଆଜିର ଘଟଣା ସେ କୁହୁଳା ଧୂଆଁକୁ ହୁତୁହୁତୁ ନିଆଁରେ ପରିଣତ କରିଦେଲା। ଅଳ୍ପ ଶିକ୍ଷିତା ବଧୂଙ୍କୁ ବିବାହ କରିବାର ଏ ପରିଣତି। ନିଜେ ତ କବିତା କିଛି ବୁଝିବେ ନାହିଁ, ଅନ୍ୟ କେହି ବୁଝି ପ୍ରଶଂସା କଲେ ତା' ବି ସହି ପାରିବେ ନାହିଁ। ସେ ଦୃଷ୍ଟିରୁ ତୁ ଭାରି ଭାଗ୍ୟବାନ ଭାଇ !

ନିର୍ମଳ ମନ ହଠାତ୍ ଚାଉଁକିନି ହୋଇଗଲା। (ନିରୁପମା ! ନିରୁପମା !)

ପ୍ୟାଣ୍ଟ ବଦଳି ହାତ ଧୁଅନ୍ତୁ। ଭାତ ବଢ଼ା ହେଲାଣି-ନିର୍ମଳ ଉଦ୍ଦେଶ୍ୟରେ କଥା ପଦକ କହି ଲଜ୍ଜାବଗୁଣ୍ଠିତା ନବବଧୂଟି ଭଳି ଦ୍ୱାରବନ୍ଧକୁ ଆଉଜି ଠିଆହେଲା ଆସି ଶ୍ୟାମଳୀ।

ଚୁଲି ଉପରକୁ ହାଣ୍ଡି ଯାଇନି। ହଠାତ୍ ଭାତ ଆସିଲା କୁଆଡୁ ? ସ୍ତ୍ରୀଙ୍କ କଥାର ମାୟାଜାଲ ଭେଦ କରି ନପାରି ଅନିରୁଦ୍ଧ ଅବାକ୍ କଣ୍ଠରେ ପ୍ରଶ୍ନ କଲା।

ଶ୍ୟାମଳୀ କହିଲା, ଯେଉଁ ନୂଆ କୁକରଟା ଆଣିଥିଲ ନା -ସେଇଟାରେ କେମିତି ରୋଷେଇ ହେଉଛି ଆଜି ପରୀକ୍ଷା କରୁଥିଲି। ସକାଳୁ ସକାଳୁ ଭାତ, ଡାଲି, ତରକାରି ସବୁ ବସାଇ ଦେଇଥିଲି। ବର୍ତ୍ତମାନ ଦେଖିଲି ଚମତ୍କାର ସିଝିଯାଇଛି। ତମେ ବି ହାତ ଧୋଇ ଆସ। ମୁଁ ତରକାରିଟା ଟିକିଏ ଛୁଙ୍କ କରିନିଏ - ଶ୍ୟାଳମୀ କଥା ଶେଷ କରି ଯିବାକୁ ବାହାରିଲା।

ସକାଳୁ କୁକରରେ ରୋଷେଇ ବସାଇଥିଲା ଶ୍ୟାମଳୀ।

ସେ ଯେଉଁ କୁକରଟା ଆଣିଥିଲା ମାସକ ତଳେ।

କୁକର୍‌ରେ ରୋଷେଇ କରିଛ ! ଅଥଚ ମତେ କହୁନ - କଲେଜ ବେଳ ଡେରି ହୋଇଗଲା - ଅନିରୁଦ୍ଧ ଅନୁଯୋଗଭରା କଣ୍ଠରେ କହିଲା।

ଛୁଙ୍କ କରିବା ପାଇଁ ତରତରରେ ବାହାରିଯିବା ଆଗରୁ ଶ୍ୟାମଳୀ କହିଲା, ଜାଣେ ଯେ-ଆଜି ସୋମବାର-ତମର ପ୍ରଥମ ଦୁଇ ପିରିୟଡ ଲିଜର-

ଶ୍ୟାମଳୀ ନୂଆଉ'ଙ୍କ ନାଟକୀୟ ଉତ୍କଣ୍ଠା ସୃଷ୍ଟି ଓ ତାର ମଧୁର ସମାପ୍ତି ଲକ୍ଷ୍ୟ କରି ମୃଦୁ ମୃଦୁ ହସୁ ହସୁ ନିର୍ମଳ ଟାଇଟା ବେକରୁ ଖୋଲୁଥିଲା।

ଆଜି ସୋମବାର। ପ୍ରଥମ ଦୁଇଟା ପିରିୟଡ ଲିଜର। ସତେ ତ!

ଅନିରୁଦ୍ଧ ନିଜ ସ୍ତ୍ରୀଙ୍କ ସ୍ମରଣଶକ୍ତିକୁ ମନେ ମନେ ପ୍ରଶଂସା କଲା। ଅନୁଭବ କଲା, ଅଳ୍ପଶିକ୍ଷିତା ଗ୍ରାମ୍ୟବଧୂ ହେଲେ ବି ଆନ୍ତରିକତାରେ, ବୁଦ୍ଧିର ବିଚକ୍ଷଣତାରେ ଆଉ ଅନାବିଳ ରସସୃଷ୍ଟିରେ ଶ୍ୟାମଳୀ ଅତୁଳନୀୟା, ବରଂ ତାର ଚଟୁଳ ରସିକତା ପାଖରେ ସେ ଏକ ନିର୍ବୋଧ ଶିଶୁ!

XXX

ଜହ୍ନିଫୁଲିଆ କଅଁଳ ଗାଧୁଆ ବେଳର ଖରା ଘରର ପାହାଚ ଛୁଉଁଛି।

ଚମ୍ପାବତୀ ଶେଯ ଛାଡ଼ି ନାହାନ୍ତି। ଜ୍ୱର ଛାଡ଼ିବ ଛାଡ଼ିବ ବୋଲି ଛାଡୁନାହିଁ। ଦିନେ ଜ୍ୱର ହେଲେ ମାସକର ବଳ ସେ ହରାଇ ବସୁଛନ୍ତି। ନଥିବା ଘର। ଛୁଆ ଛଅଟା ହନ୍ତସନ୍ତ ହେଉଛନ୍ତି। ଭାଇ ଆସିଥିଲେ ଅନେକ ଦିନ ପରେ ଘରକୁ। ତାଙ୍କର ଦୁଃଖ ଦେଖି ଟଙ୍କା କୋଡିଏଟା, ଚାଉଳ ବସ୍ତାଏ ପଠାଇ ଦେଇଥିଲେ। ସେ ବି ଶେଷ ହୋଇଆସିଲାଣି।

ଖଟଣୀର ସୀମା ନାହିଁ।

ଓଷି ପାଖରେ ଥିଲାବେଳେ ସେ ତା ଉପରେ ଚିଡ଼ି ଚିଡ଼ି ହେଉଥିଲେ। ସେ ଏଠାରୁ ଚାଲିଯିବା ପରେ ତାର ଅଭାବଟା ଅନୁଭବ କରୁଛନ୍ତି ଚମ୍ପାବତୀ।

ଘରର ବାରଣା କାମ ସେ କରୁଥିଲା। ରୋଗରେ ପଡ଼ିଲେ ଦେହରେ ମୁଣ୍ଡରେ ସେ ହାତ ମାରୁଥିଲା। ଏବେ ସବୁ କାମ ତାଙ୍କୁ ହାତରେ କରିବାକୁ ପଡୁଛି। ଚିନ୍ତାରେ ସେ ଜଳିଯାଉଛନ୍ତି। ଏଣେ ଘର କାମ ନକଲେ ନଚଳେ। ସକାଳୁ ଉଠି ଗୋବର କନାରେ ଘରେ ଚଉକା ଦେବାଠାରୁ ଆରମ୍ଭ କରି ରୋଷେଇବାସ, ପିଲାଙ୍କ ଜଞ୍ଜାଳସବୁ ତାଙ୍କୁ ହିଁ କରିବାକୁ ପଡୁଛି।

ସାନ ଝିଅର ଝାଡ଼ା ହେଉଛି ସେ ବସେଇ ଉଠେଇ ଦେଉନି।

ପିଲାଗୁଡାଙ୍କର ଅଳିଅର୍ଦ୍ଦୋଳି ଗର୍ଜ୍ଜନ ତର୍ଜ୍ଜନର ସୀମା ନାହିଁ।

ମାଡ଼ ଦେଇ ଶାସନ କରିବାକୁ ଆଉ ଚମ୍ପାବତୀଙ୍କର ହାତ ଉଠୁନାହିଁ। ସେମାନଙ୍କୁ ଜନ୍ମ ଦେଇଛନ୍ତି ବୋଲି ଏବେ ନିଜେ ନିଜକୁ ଦୋଷ ଦେଉଚନ୍ତି। ଆହା, କାଣ୍ଡି, ମଳିକ ଘରର ଛୁଆଏ ଯାହା ଖାଉଛନ୍ତି, ମିଶ୍ର ଘରର ପିଲା ହୋଇ ତ ସେମାନେ ତାହା ଖାଇବାକୁ ପାଇଲେ ନାହିଁ।

ଏଥିପାଇଁ କାହାକୁ ଦୋଷ ଦେବେ ସେ !

ସ୍ୱାମୀକୁ !

ଆଗେ ଟିକିଏ କଥାରେ ସ୍ୱାମୀଙ୍କୁ ଦୋଷ ଦେବାକୁ ଉତ୍ସାହ ଆସୁଥିଲା, ରାଗ ଆସୁଥିଲା । ଏବେ ସେସବୁ ପାଇଁ ତାଙ୍କର ଆଉ ପ୍ରବୃତ୍ତି ନାହିଁ ।

ସ୍ୱାମୀଙ୍କୁ ପାଖରେ ଦେଖିଲେ ଆଖି ଲୁହରେ ଓଦା ହୋଇଉଠେ । ଦେହ ଝଡ଼ି କଳାକାଠ ହୋଇଗଲାଣି । ସେ ଅଫିମ ଆଉ ଖାଉ ନାହାନ୍ତି, ଅଫିମ ତାଙ୍କୁଇ ଖାଉଛି ।

କହିଲେ ଶୁଣିବେ ନାହିଁ । ରାଗିଲେ ଉତ୍ତର ଦେବେ ନାହିଁ । ଏମିତି ମଣିଷକୁ ନେଇ ସେ କେମିତି ଘର କରିବେ ? ନିଦାବିଷ୍ଣୁଙ୍କ ଭଳି ସେ ଅଚଳ, ଅଟଳ, ନିର୍ବିକାର ।

ଆଜିକାଲି ସେ ବେଶୀ ଝଡ଼ିଯାଉଛନ୍ତି, କଳା ପଡ଼ିଯାଉଛନ୍ତି ।

କିଛି କହିବାକୁ, ରାଗ କରିବାକୁ ଚମ୍ପାବତୀଙ୍କର ସାହସ କୁଳାଉ ନାହିଁ ।

ସ୍ୱାମୀଙ୍କ କଥା ଭାବିବା ମାତ୍ରେ ତାଙ୍କ ଛାତି ଭିତରଟା ଥରି ଉଠିଲା । ଏଇ କେତେ ଦିନ ତଳେ ଆର ସାହିର ମହୀ ବିଶ୍ୱାଳ ହଠାତ୍ ସନ୍ନିପାତରେ ମରିଗଲା । ସନ୍ନିପାତ ହେଲା ଏଇ ଅଫିମ ଅଭାବରୁ ।

ସ୍ୱାମୀଙ୍କ ଶୁଖିଲା ମୁହଁକୁ ଚାହିଁଲେ ସେଇ ଅଶୁଭ କଥା ହଠାତ୍ ଚମ୍ପାବତୀଙ୍କର ମନେ ପଡ଼ିଯାଉଛି । ଛାତି ଭିତର କରତି ହୋଇଯାଉଛି । ଏମିତି.... ଏମିତି କେତେ ଦିନ ଆଉ ଚଳିବ ?

ଉଷା ବୋଉ !

ଚମ୍ପାବତୀ ଚମକି ଚାହିଁଲେ ।

ତକ୍ତପୋଷ ମୁଣ୍ଡ ପାଖରେ ସ୍ୱାମୀ ଦେବତା ଠିଆ ହୋଇଛନ୍ତି । ବଢ଼ି ଯାଇଥିବା ଟାଆଁସା ଦାଢ଼ି ଆଇଉ କୋଟରଗତ ଆଖିପତା ଭିତରେ ନିଷ୍ପ୍ରଭ ଡୋଳା ଦୁଇଟି ଦେଖି ତାଙ୍କ ଆଖିର ଲୁହ ଅସମ୍ଭାଳ ହୋଇଉଠିଲା ।

ଚତୁର୍ଭୁଜ ମିଶ୍ରେ ସ୍ତ୍ରୀଙ୍କ ପାଖକୁ ଆସିଲେ ।

ପଚାରିଲେ, କାନ୍ଦୁଛ ? ଛି....କାନ୍ଦ ନାଇଁ ।

କାନ୍ଦିବେ ନାହିଁ ? ହସିବେ ଚମ୍ପାବତୀ ?

ଚମ୍ପାବତୀ କିଛି ବୁଝି ନପାରି ସ୍ୱାମୀଙ୍କ ମୁହଁକୁ ଚାହିଁଲେ ।

ଅଫିମିଆ ହୁଅନ୍ତୁ, ଗରିବ ହୁଅନ୍ତୁ, ନିଷ୍ଠୁର ହୁଅନ୍ତୁ – ସେ ତାଙ୍କର ସ୍ୱାମୀ । ସବୁ ନିରାଶା ମଧ୍ୟରେ ଆଶାର ଏକ ଅମଳିନ ଆଲୋକ ରେଖା । ତାଙ୍କୁ ସେ ଗାଳି ଦେବେ, ଅପମାନ କରିବେ, ପୁଣି ତାଙ୍କୁ ସେ ହସି ହସି କଥା କହିବେ । ତାଙ୍କର ମିଛ ମନଭୁଲାଣିଆ କଥା ଶୁଣି ଜୀବନର ସବୁ ଦୁଃଖ ଭୁଲିବେ ଚମ୍ପାବତୀ ।

ସେ ଆଜି ତାଙ୍କୁ ନ କାନ୍ଦିବାକୁ କହୁଛନ୍ତି।

ଚମ୍ପାବତୀଙ୍କର ଦେହରେ ହାତ ବୁଲାଇଲେ ମିଶ୍ରେ।

କହିଲେ, ମୁଁ ଗୋଟିଏ କଥା ଭାବୁଛି। କହିବି ?

କିଛି ଉତ୍ତର ନଦେଇ ସ୍ୱାମୀଙ୍କ ମୁହଁକୁ ନିର୍ବୋଧ ଦୃଷ୍ଟିରେ ଚାହିଁଲେ ଚମ୍ପାବତୀ।

ମିଶ୍ରେ କହିଲେ, ମୁଁ କଣ୍ଟ୍ରାକ୍ଟରୀ କରିବାକୁ ଭାବୁଛି। ଟଙ୍କା ଆଉ ଜଣେ ଦେବେ... ସାଙ୍ଗ ହୋଇ ଠିକାଦାରୀ କରିବୁ। ହେଲେ ପ୍ରଥମେ ଆମକୁ କିଛି ଟଙ୍କା ଦେବାକୁ ହେବ। ଚାରିଶହ ପାଞ୍ଚଶହ ହେଲେ ଚଳନ୍ତା।

ଦଶ ଟଙ୍କା, ପନ୍ଦର ଟଙ୍କା ନୁହେଁ, ପୁଣି ପାଞ୍ଚ ଶହ ଟଙ୍କାର ଏକ ଯୋଜନା !

ଚମ୍ପାବତୀ କହିଲେ, ଯାହା କାନରେ ନିମ କାଠି ଖଣ୍ଡେ ବି ତମେ ରଖାଇ ଦେଇ ନାହଁ, ତାକୁ ଆଜି ପାଞ୍ଚଶହ ଟଙ୍କା କଥା କହି ଅପମାନ ଦେଉଛ ?

ମିଶ୍ରଙ୍କ ମୁହଁ ବେଦନା ଓ ବିଚଳନରେ ମଳିନ ହୋଇଗଲା।

ସେ କହିଲେ, ଟଙ୍କା ଯେମିତି ହେଉ ଯୋଗାଡ଼ କରିବାକୁ ହେବ-ପାରାଦ୍ୱୀପରେ କଣ୍ଟ୍ରାକ୍ଟରୀ କରି ରାସ୍ତାର ଫକୀର ବି ବାଦଶାହା ହୋଇଗଲେ। ମତେ ଯିଏ ସାଙ୍ଗରେ ନେବାକୁ କହୁଛନ୍ତି, ସେ ଭାରି ଭଲ ଲୋକ। ମୁଁ ତାଙ୍କୁ ସବୁ ଦୁଃଖ କହି ମଙ୍ଗାଉଛି। କଅଣ କରିବା କୁହ ?

ଅନ୍ୟ ଦିନ ହୋଇଥିଲେ ଚମ୍ପାବତୀ ସ୍ୱାମୀଙ୍କ କଥାକୁ ହସରେ ଉଡ଼ାଇ ଦେଇଥାଆନ୍ତେ। ଅଫିମ ଖାଇବା ଟଙ୍କା ଯୋଗାଡ଼ ପାଇଁ ଗୋଟାଏ ଫନ୍ଦି ବୋଲି ଭାବିଥାଆନ୍ତେ। କିନ୍ତୁ ଆଜି ସ୍ୱାମୀଙ୍କ ନମ୍ର, ନିରୀହ ଆଖି ଆତ୍ମବିଶ୍ୱାସଭରା ଦୃଢ଼ କଣ୍ଠସ୍ୱର ଶୁଣି ଅବିଶ୍ୱାସ କରିବାକୁ ତାଙ୍କର ଇଚ୍ଛା ହେଲା ନାହିଁ।

କେବଳ ଶୂନ୍ୟ ଦୃଷ୍ଟିରେ ଚାହିଁ ସେ କହିଲେ, ଯେତେବେଳେ ମୋ ଦେହରେ ଗହଣା ଥିଲା, ଜମି ଥିଲା, ସେଦିନ ଏକଥା କହିଥିଲେ ତାର କିଛି ଅର୍ଥ ଥିଲା, କିନ୍ତୁ ଆଜି ଏ ଶୂନ୍ୟ ଦେହ, ଶୂନ୍ୟ ମନରେ ସେକଥା ଶୁଣି ମୋର ଲାଭ କଅଣ ?

ଚତୁର୍ଭୁଜ ମିଶ୍ରଙ୍କ ଆଖି ଦୁଇଟି ଯେପରି ଏକ ଅସହ୍ୟ ଜ୍ୱାଳାରେ ଜଳି ଉଠି ନିଃସହାୟତାରେ ଅନ୍ଧକାର ହୋଇଗଲା।

ତତଲା ବାମ୍ପ ଭଳି ଗୋଟାଏ ଦୀର୍ଘଶ୍ୱାସ ବାହାରି ଚମ୍ପାବତୀଙ୍କ ମୁହଁକୁ କେବଳ ଝାଉଁଳାଇ ଦେଲା।

କଣ୍ଠ ଝାଡ଼ିନେଇ ମିଶ୍ରେ କହିଲେ, ଏକଥା ନାନୀଙ୍କୁ କହିବି ବୋଲି ଭାବୁଛି। ନାନୀଙ୍କ ପାଖରେ ଧାନ ବିକ୍ରି ଟଙ୍କା ନିଶ୍ଚୟ ଗଚ୍ଛିତ ଥିବ। ଭଣଜା ବି ବଡ଼ ଡିପୋଟି ହୋଇଛି। ଶହ ଶହ ଟଙ୍କା ରୋଜଗାର କରୁଛି। ମୁଁ ତ କେବେ ତାଙ୍କୁ କିଛି ମାଗି ନାହିଁ। ଏଇଥର ହାତ ପାତି ମାଗିବି।

ଚମ୍ପାବତୀଙ୍କ ମୁହଁ ହଠାତ୍ ପାଉଁଶିଆ ହୋଇଗଲା।

ମାସ କେତୋଟି ତଳେ ଝିଅକୁ ନେଇ ତାଙ୍କ ପାଖରେ ଛାଡ଼ି ଦେଇ ଆସିଛନ୍ତି। ତଥାପି ମନର ଓରମାନ୍ ମେଣ୍ଟିଲା ନାଇଁ। ପୁଣି ପାଞ୍ଚ ଶହ ଟଙ୍କା ପାଇଁ ହାତ ପାତି ମାଗିବେ ? ଛି....ଛି....

ଏ ଟଙ୍କା ପ୍ରକୃତରେ ଠିକାଦାରୀ ନା ଅଫିମ ଖାଇବା ପାଇଁ।

ଚମ୍ପାବତୀ ମନେ ମନେ ଭାବିଲେ।

ଅଫିମ ଖାଇବା କଥା ହୋଇଥିଲେ ଦଶ କୋଡ଼ିଏ ନ ମାଗି ହଠାତ୍ ପାଞ୍ଚଶହ ଟଙ୍କା ସେ ମାଗି ନଥାନ୍ତେ। ହୁଏତ ଏଥର ମନ ଘର ଧରିଛି। ଭଗବାନ୍ ସଦ୍‌ବୁଦ୍ଧି ଦେଇଛନ୍ତି। ମିଶ୍ର ଘରର ପିଲା ତ; ବାଟକୁ ଆସିବା କେତେ ମାତ୍ର କଥା। ଟଙ୍କା ସତରେ ମିଳିଯାଆନ୍ତା କି ?

ମିଶ୍ରେ କହିଲେ, ତମେ କିଛି ଭାବନାହିଁ ଉଷାବୋଉ। ମୁଁ ଟଙ୍କା ଠିକ୍ ନାନୀଙ୍କଠାରୁ ମାଗି ଆଣିବି। ଜଉତିଷ ମୋ ହାତ ଦେଖି କହିଛି, ଲକ୍ଷ୍ମୀ ପ୍ରସନ୍ନା ଅଛନ୍ତି। ବ୍ୟବସାୟରେ ଟଙ୍କାଟା ନିଶ୍ଚୟ ଭଲ ଫଳ ଦେବ।

ମିଶ୍ରଙ୍କ ମୁହଁରେ ଗଭୀର ଆତ୍ମପ୍ରତ୍ୟୟ ଚିହ୍ନ।

ସବୁ ହତାଶା ଭିତରେ ବି ମନର ଅନ୍ଧାରୀ କୋଣରେ କାହିଁକି କେଜାଣି ଚମ୍ପାବତୀଙ୍କର ଆଶାର କୁଆଁତାରା ଦିକ୍ ଦିକ୍ ହୋଇ ଜଳି ଉଠିଲା।

ବହୁତ କଷ୍ଟ ଦେଲେଣି ଭଗବାନ। ଆଉ କେତେ ଦିନ ଏମିତି ହନ୍ତସନ୍ତ କରିବେ ? ପୁରୁଷ ପୁଅର ଭାଗ୍ୟ ପତର ତଳେ, ପଥର ଚାପା ତଳେ ନୁହେଁ।

ଠାକୁରଙ୍କ ଉଦ୍ଦେଶ୍ୟରେ ଚମ୍ପାବତୀ ଭକ୍ତି ନିବେଦନ କଲେ।

X X X

ଅଫିସରୁ ଫେରିଲା ବେଳେ ନିର୍ମଳର ମନ ଦୁଃଖରେ ଭାରାକ୍ରାନ୍ତ ହୋଇ ରହିଥିଲା। ସାମାନ୍ୟ କଥାପାଇଁ ଆଜି ସେ ଅପଦସ୍ଥ ହେଲା। ସରକାରୀ ଚାକିରି କଲାପରେ ଅନେକଥର ଅନେକ କଥାରେ ସେ ଅପଦସ୍ଥ ହୋଇଛି। କିନ୍ତୁ ଆଜିର ଘଟଣା ତାକୁ ମର୍ମାନ୍ତିକ ଯନ୍ତ୍ରଣା ଦେଇଛି।

ନିଜ ଅଫିସ ପାଇଁ ଜଣେ ପିଅନ ନିଯୁକ୍ତ କରିବାର କଥା।

ସମୁଦାୟ ଏଗାର ଜଣ ପ୍ରାର୍ଥୀ ଥିଲେ !

ସେମାନଙ୍କ ମଧ୍ୟରୁ ଯାହାକୁ ସେ ଉପଯୁକ୍ତ ମନେ କରିଥିଲା; ତାର ନାମ ସେ ଉପରିସ୍ଥ ହାକିମଙ୍କ ପାଖକୁ ସୁପାରିଶ କରି ପଠାଇ ଦେଇଥିଲା। ପିଅନ ନିଯୁକ୍ତି ତାର ନିଜ କ୍ଷମତାର ସୀମା ମଧ୍ୟରେ, ଉପରିସ୍ଥ ହାକିମ କେବଳ ନାମକୁ ମାତ୍ର ତାହା

ଅନୁମୋଦନ କରିବା କଥା। ତାର ନିଯୁକ୍ତି ଯେ ଶେଷ ନିଷ୍ପତ୍ତି, ସେ ବିଷୟରେ ସେ ନିଶ୍ଚିତ ଥିଲା। ସେହି ଅନୁସାରେ ସେ ଲୋକଟିକୁ ମଧ୍ୟ ପ୍ରସ୍ତୁତ ହୋଇ ଗ୍ରାମରୁ ଆସିବାକୁ କହିଦେଇଥିଲା। ଗରିବ ବିଧବା ପୁଅ ସେ ! ଖୁସିରେ ବିହ୍ୱଳ ହୋଇ ଲୁଗାପଟା ଧରି ଅଫିସକୁ ଆସିଯାଇଥିଲା।

କିନ୍ତୁ ହଠାତ୍.... !

ନିର୍ମଳର ମନ ଦାରୁଣ କ୍ଷୋଭରେ ଉଦ୍‌ବେଳିତ ହୋଇ ଉଠୁଥିଲା କଥାଟି ଚିନ୍ତା କରିବା ମାତ୍ରେ। ଛି, କଦର୍ଯ୍ୟ ଏ ସରକାରୀ ଚାକିରି।

ହଠାତ୍ ଉପର ଅଫିସରୁ ଚିଠି ଆସିଲା, ତାର ନିଯୁକ୍ତି ନିଷ୍ପତ୍ତିରେ ଉପରିସ୍ଥ ହାକିମ ଏକମତ ନୁହନ୍ତି। ଚାକିରି ପାଇଁ ଆଉଥରେ ଇଣ୍ଟରଭ୍ୟୁ ଦରକାର। କାରଣ ତା ବିରୁଦ୍ଧରେ ଅଭିଯୋଗ-ନିଯୁକ୍ତିପାଇଁ ସୁପାରିଶ କରିଥିବା ଲୋକଠାରୁ ସେ ଟଙ୍କା ଲାଞ୍ଚ ନେଇଛି। ତାର ପ୍ରମାଣ ମଧ୍ୟ ମିଳିଛି।

କ୍ରୋଧ, ଅପମାନରେ ମୁହ୍ୟମାନ ହୋଇପଡିଥିଲା ନିର୍ମଳ।

ଚାକିରିରୁ ଇସ୍ତଫା ଦେଇ ଗ୍ରାମକୁ ଫେରିଯିବ ବୋଲି ସେ ମନେ ମନେ ସ୍ଥିର କରି ନେଇଥିଲା। ବୃଦ୍ଧ ହେଡ୍ ଆସିଷ୍ଟାଣ୍ଟ ତାକୁ ସାନ୍ତ୍ୱନା ଦେଲେ। ଉପରିସ୍ଥ ହାକିମଙ୍କ ଏଭଳି ଅନ୍ୟାୟ ମନ୍ତବ୍ୟର କାରଣ ଇଙ୍ଗିତ ଦ୍ୱାରା ବୁଝାଇବାକୁ ଚେଷ୍ଟା କଲେ।

ଚାକିରି ପାଇଁ ପ୍ରାର୍ଥୀ ହୋଇଥିବା ଏଗାର ଜଣ ଲୋକଙ୍କ ମଧ୍ୟରୁ ଜଣେ ଉପରିସ୍ଥ ହାକିମଙ୍କର ନିଜଲୋକ ଥିଲା। ତା ନାମ ସୁପାରିଶ କରାଯାଇ ନଥିବାରୁ ସେ କ୍ଷୁଣ୍ଣ ହୋଇଛନ୍ତି। ଲାଞ୍ଚ ନେବା ଘଟଣା ହାକିମଙ୍କ ସେହି ଚାକିରି ପାଇ ନଥିବା ପ୍ରାର୍ଥୀଦ୍ୱାରା ସୃଷ୍ଟି କରାଯାଇଛି।

ନିର୍ମଳ ହେଡ୍ ଆସିଷ୍ଟାଣ୍ଟଙ୍କୁ ପ୍ରଶ୍ନ କରିଥିଲା, ଡେପୁଟି କଲେକ୍ଟର ହୋଇ ଜଣେ ପିଅନ ନିଯୁକ୍ତି ଅଧିକାର ଯଦି ତା'ର ନାହିଁ, ମାତ୍ର ମାସିକ ଟଙ୍କା କେତେ ଶହ ପାଇଁ କାହିଁକି ସେ ଚାକିରି କରିବ ?

ହେଡ୍ ଆସିଷ୍ଟାଣ୍ଟଙ୍କ ଅବଶିଷ୍ଟ ଥିବା ସ୍ୱଳ୍ପ ପଳିତ ପକ୍ୱକେଶରେ ଚାକିରି ଜୀବନର ସୁଦୀର୍ଘ ଅଭିଜ୍ଞତାର ଇତିହାସ ସେ ବୁଝାଇଥିଲେ, ସରକାରୀ ଦାୟିତ୍ୱର ପରିମାପ ମଧ୍ୟରେ ପ୍ରଭୁତ୍ୱର ପ୍ରଶ୍ନ ବଡ ଅବାନ୍ତର। ତାକୁ ଧରି ବସିଲେ ଆଉ ଯାହା କରିହେଉ, ଚାକିରି କରି ହୁଏ ନାହିଁ। ସେଥିପାଇଁ ଏସବୁ କଥାକୁ ଗଣ୍ଠି ପକାଇ ବସିବା ଉଚିତ ନୁହେଁ।

ନିର୍ମଳର ମନ ବୁଝି ନଥିଲେ ବି ମସ୍ତିଷ୍କ ବୁଝିଥିଲା ସେ କଥାର ନିଷ୍ଠୁର ବାସ୍ତବତା।

କ୍ଷୁଣ୍ଣ ଆହତ ମନରେ ସେ ବସାକୁ ଫେରୁଥିଲା।

ବସାର ନିକଟବର୍ତ୍ତୀ ହୋଇ ସେ କବାଟ ଜଞ୍ଜିର ଝଣ୍ ଝଣ୍ କଲା। ଶ୍ୟାମଳୀ ଭାଉଜ କବାଟ ଖୋଲି ଅପ୍ରତିଭ ହେଲେ।

କହିଲେ, ମୁଁ ଭାବିଥିଲି ସେ ବୋଲି। କଲେଜ ଛୁଟି ହେବା ବେଳ ଅନେକ ସମୟରୁ ଗଡ଼ିଗଲାଣି। ଏତେବେଳଯାଏ ସେ ଗଲେ କୁଆଡ଼େ ?

ତା ଆଗରୁ ଅନିରୁଦ୍ଧ ବସାକୁ ଆସେ !

ଅନିରୁଦ୍ଧ ଆସିଥିବେ ଭାବି ଶ୍ୟାମଳୀ ଭାଉଜ କବାଟ ଖୋଲିଥିଲେ। ହଠାତ୍ ସ୍ୱାମୀଙ୍କ ବଦଳରେ ତାକୁ ଦେଖି ସେ ବିବ୍ରତ ହୋଇଛନ୍ତି। ମୁହଁରେ ଚହଲି ଉଠୁଥିବା ଆଗ୍ରହ, ଆନନ୍ଦ ମଉଳି ଯାଇ ଦୁଶ୍ଚିନ୍ତା, ଉଦ୍‌ବିଗ୍ନତାର ଅନ୍ଧାରରେ ମୁହଁ ତାଙ୍କର ଆଚ୍ଛନ୍ନ ହୋଇପଡ଼ିଛି।

ନିର୍ମଳ ମନରେ ବିସ୍ମୟର ମୃଦୁ ଆଘାତ ଲାଗିଲା।

କଲେଜ ଫେରନ୍ତା ସ୍ୱାମୀ ପାଇଁ ନିତି ଦେଖୁଥିବା ପତ୍ନୀଙ୍କର ଆଗ୍ରହର ଆକୁଳତା ଲକ୍ଷ୍ୟ କରି ସେ ସଚକିତ ହେଲା। ନିରୁପମାର କଥା ତାର ମନେ ପଡ଼ିଲା।

କର୍ମକାନ୍ତ ଜୀବନର ଅବସନ୍ନତା ମଧ୍ୟରେ ପତ୍ନୀର ପ୍ରଣୟ, ମଧୁର ସାନ୍ନଧ ତାକୁ କିପରି ଅମୃତ ଭଳି ମନେ ହେଲା।

ଜୀନର ସବୁ ଦୁର୍ଯ୍ୟୋଗର ଦୁଃଖ ଭୁଲି ହୋଇଯାଏ ସ୍ତ୍ରୀର ହସ ହସ ମୁହଁ ଦେଖିଲେ। ପତ୍ନୀର ପ୍ରେମ ଅବସାଦଜଡ଼ିତ ମନରେ ନୂତନ ଜୀବନୀଶକ୍ତିର ସଞ୍ଚାର କରେ। ଅନିରୁଦ୍ଧ ସେ ଦୃଷ୍ଟିରୁ ଭାଗ୍ୟବାନ। କିନ୍ତୁ ସେ ନିଜେ !

ନିରୁପମା ଆଜି ଯଦି ତା ପାଖରେ ଥାଆନ୍ତା... !

ସରକାରୀ ଦାସଜୀବନର ଏ ହଳାହଳ ସେ ଆହରଣ କରିନେଇ ମନକୁ ତାର ଭରି ଦିଅନ୍ତା ଅନ୍ତହୀନ ଅମୃତରେ। ଜୀବନର ଯନ୍ତ୍ରଣା ସେ ଭୁଲନ୍ତା। ବୁଝନ୍ତା ସରକାରୀ ଚାକିରି ତା'ର ଜୀବିକା, ପାରିବାରିକ ଜଞ୍ଜାଳ ତାର ଜୀବନ। ସରକାରୀ ଚାକିରି କ୍ଷେତ୍ରରେ ଯଦି ସେ ଜଣେ ପରାସ୍ତ ସୈନିକ, ସାଂସାରିକ ଜୀବନରେ ସେ ଜଣେ ବିଜୟୀ ବୀର।

କିନ୍ତୁ ତାକୁ ସେକଥା ବୁଝାଇବା ପାଇଁ ପାଖରେ ତା'ର ସ୍ତ୍ରୀ ନାହିଁ, ଯାହାକୁ ସେ ଜୀବନଠାରୁ ବଳି ଭଲପାଏ।

ନିରୁପମା ଉପରେ ପୁଣି ଥରେ ମନେ ମନେ ବିରକ୍ତ ହୋଇ ଉଠିଲା ନିର୍ମଳ।

ମଦ୍ୟପଙ୍କ ଭଳି ମନର ସମସ୍ତ ଭାରସାମ୍ୟ ହରାଇ ପାଦ ଦୁଇଟାକୁ ଟାଣି ଟାଣି ସେ ନିଜ ଶୟନ କକ୍ଷ ଆଡ଼କୁ ଅଗ୍ରସର ହେଲା।

ତା'ର ଶୟନକକ୍ଷ ପଲଙ୍କ ଉପରେ ବସିଛି ଅନିରୁଦ୍ଧର ଝିଅ ବେବୀ।

ନିର୍ମଳକୁ ଦେଖି ବେବୀ ପାଟିକରି ଉଠିଲା, ତମେ ଆଜି କବାଟ ବନ୍ଦ ନକରି ଚାଲିଯାଇଥିଲ ଦାଦା। ମୁଁ ତୁମ ଘର ଅଳିଆ ଜିନିଷସବୁ ସଜାଡ଼ି ଦେଇଛି। ଦେଖ।

କଥାଟା କହି ଉଜୀର ନନ୍ଦିନୀ ଭଳି ଏକ ରାଜରାଜେଶ୍ୱରୀ ଭଙ୍ଗୀରେ ବସିରହିଲା ବେବୀ।

ସତେତ ତାର ବହିପତ୍ର, ଲୁଗାପଟା ସବୁ ସଜଡ଼ାସଜଡ଼ି ହୋଇ ରହିଛି।

କିନ୍ତୁ... କିନ୍ତୁ....

ତା' ଫଟୋ ଦେହରେ ଏ କାଳି ଦାଗ!

ନିର୍ମଳ ଟେବୁଲ ଉପରେ ଫ୍ରେମ୍ ଦେହରେ ଥିବା ଫଟୋକୁ ନେଇ ପଚାରିଲା, ଏ କଅଣ କଲୁ ବେବୀ!

ବେବୀ ଫିକ୍‌କିନି ହସିଦେଇ କହିଲା, ବାଆରେ! ତମର ତ ନିଶ ଅଛି-ହେଲେ ତମ ଫଟୋରେ ନିଶ କାହିଁ? ଦେଖ ମୁଁ କେମିତି ନିଶ କରିଦେଇଛି।

ଫଟୋ ବିକୃତ ହୋଇଯାଇଥିବାର ଦୁଃଖ ହଠାତ୍ ଭୁଲିଗଲା ନିର୍ମଳ। ଯେତେବେଳେ ସେ ଫଟୋ ଉଠେଇଥିଲା, ତାର ନିଶ ନଥିଲା। କିନ୍ତୁ ଆଜିକାଲି ସେ ନିଶ ରଖୁଛି। ସେହି ଅଭାବ ପୂରଣ କରିବାକୁ ଯାଇ ଫଟୋକୁ ବିକଳାଙ୍ଗ କରିଦେଇଛି ବେବୀ। କରୁ -

ବେବୀକୁ ଧରି କିଛି ସମୟ ଗେହ୍ଲା କଲା ନିର୍ମଳ।

ମନର ଦୁଃଖ ବହୁ ପରିମାଣରେ ତା'ର ଲଘୁ ହୋଇଗଲା।

ଆହା! ତାର ଯଦି ବେବୀ ଭଳି ଗୋଟିଏ ଛୋଟ କୁନ୍‌ମୁନି ଝିଅ ଥାଆନ୍ତା!

ଜାଣେ ନାହିଁ କାହିଁକି କେଜାଣି ତା'ର ଏ ଅଭାବଗୁଡ଼ାକ ମନକୁ ବେଶୀଭାବରେ ଆଜି ଆନ୍ଦୋଳିତ କରୁଛି। ଅନିରୁଦ୍ଧର ଯେଉଁ ସମ୍ପଦ ଅଛି, ତାର ସେଗୁଡ଼ାକ ନାହିଁ ବୋଲି ସେ ଶୂନ୍ୟତାରେ ନିଜ ମନଟାକୁ ଭରି ଦେଉଛି।

ଅନିରୁଦ୍ଧ ପରିବାରରେ ଆବଦ୍ଧ ହୋଇ ରହିବାର ବଡ଼ କାରଣ ହେଲା ଏଇ ବେବୀ। ଏଇ କେତେ ମାସ ମଧ୍ୟରେ ବେବୀ ତା' ଜୀବନର ଏକ ଅବିଭାଜ୍ୟ ଅଂଶରେ ପରିଣତ ହୋଇଯାଇଛି। ତାର ଗୁଲୁଗୁଲୁ ସରଳ ନିର୍ବୋଧ କଥା ଆଉ ଛୋଟ ବଡ଼ ଦୁଷ୍ଟାମି ମଧ୍ୟରେ ସେ ନିଜ ଜୀବନର ଅସହ୍ୟ ଅବସର ସମୟକୁ କଟାଇ ଦେଇଛି।

ନିର୍ମଳ ବୁଝିଲା, ଯେତେହେଲେ ବି ଅନିରୁଦ୍ଧର ଘର ଛାଡ଼ି ଗଲାବେଳେ ସେ ହୁଏତ ସବୁ ପାସୋରି ଦେଇପାରିବ, ଭୁଲିପାରିବ ନାହିଁ କିନ୍ତୁ ଏଇ ବେବୀକୁ।

ବେବୀ କେବଳ ଅନିରୁଦ୍ଧ ଆଉ ଶ୍ୟାମଳୀ ଭାଉଜଙ୍କ ଝିଅ ନୁହେଁ- ସେ ଦୁହିଁଙ୍କ ମଧ୍ୟରେ ଥିବା ଅନେକ ବୈଷମ୍ୟ ମଧ୍ୟରେ ସେ ହେଉଛି ଏକ ସନ୍ଧି ପତ୍ର।

ଅନେକଥର ସେ ଲକ୍ଷ୍ୟ କରିଛି, ଏଇ ବେବୀକୁ ହିଁ କେନ୍ଦ୍ରକରି ସ୍ୱାମୀ ସ୍ତ୍ରୀଙ୍କ ମଧ୍ୟରେ ଘଟିଥିବା ଅନେକ ମତାନ୍ତର ଭୋର୍‌ର କୁହୁଡ଼ି ଆଉ ପାଣିର ଗାର ଭଳି ଲିଭିଯାଇଛି। ଅନିରୁଦ୍ଧର ପରିବାରରେ ଅମୂଲ୍ୟ ସମ୍ପଦ ହେଉଛି ଏଇ ବେବୀ।

ବେବୀକୁ ଦୀର୍ଘ ସମୟ ଧରି ବିହ୍ୱଳିତ ମନରେ ଚୁମ୍ବନରେ ଭରିଦେଲା ନିର୍ମଳ। ଛଟପଟ ହୋଇ ବେବୀ କହିଲା-ଆରେ, ଛାଡ଼।

କାଟୁଚି। ଇସ୍ ତମର ଏ ନିଶଗୁଡାକ କେଡ଼େ ଟାଣ! କଣ୍ଟା ଭଳି ଫୋଡ଼ି ହୋଇଯାଉଛି। ନାଇଁ, ତମେ ଏ ନିଶଗୁଡ଼ାକ କାଟିଦିଅ। ମୁଁ ତୁମ ଫଟୋରୁ ସେ ନିଶ ଚୂନ ବୋଲି ଲିଭାଇ ଦେଉଛି।

ବେବୀକୁ ଛାଡ଼ିଦେଇ ଆଉଥରେ ମନଭରି ହସିନେଲା ନିର୍ମଳ।

ବେବୀ ମଧ୍ୟ ଛାଟିପିଟି ହୋଇ ବାହାରକୁ ପଳାଇଲା।

ଅନିରୁଦ୍ଧ ଆସିଛି ବୋଧହୁଏ।

ଶ୍ୟାମଳୀ ଭାଉଜଙ୍କ କଠୋର କଣ୍ଠସ୍ୱର ଶୁଭୁଛି, କଲେଜ ତ ଘଣ୍ଟାଏ ଦୁଇଘଣ୍ଟା ହେଲା ଶେଷ ହେଲାଣି। ଏତେବେଳେ ଯାଏ କଅଣ ହେଉଥିଲା ?

ଅନିରୁଦ୍ଧ କୈଫିୟତ୍ ଦେଉଛି- କାହିଁକି ପାଟି କରୁଛ ଭଲା ! ଗୋଟାଏ ଜରୁରୀ ମିଟିଂ ଥିଲା ପରା...

ବେବୀର ପାଟି ଶୁଭୁଛି, ଚକୋଲେଟ୍-ଚକୋଲେଟ୍ କାଇଁ ବାପା... ?

ନିର୍ମଳର ଘର ଶୂନ୍ୟ ପଡ଼ିଛି।

ମନ ମଧ୍ୟ ନିଶୂନ୍।

ନା- ସେ ଏ ଶୂନ୍ୟତାକୁ ଦୂର କରିବ। ପାଖକୁ ଆଣିବ ନିରୁପମାକୁ। ଯେମିତି ହେଉ - ଯେପରି ଭାବରେ ହେଉ।

କିନ୍ତୁ କେମିତି ?

ଦେହ ଅସୁସ୍ଥ କଥା କହିଲେ ପାଖ ଡାକ୍ତରଖାନା କଥା ମନେ ପକାଇଦେଲା ନିରୁପମା। ଖାଇବା ଅସୁବିଧା କଥା କହିଲେ ଉଠାଇବ ପୂଝାରୀ ରଖିବା କଥା।

ଦେହ କଥା, ସ୍ୱାସ୍ଥ୍ୟ କଥା କହି ସ୍ତ୍ରୀକୁ ସବୁଦିନେ ପାଖକୁ ଟାଣି ହୁଏ ନାହିଁ। ସେ କୌଶଳର କ୍ଷୁରଧାର ଦନ୍ତୁରା ହୋଇଯାଇଛି। ତାକୁ ଆବିଷ୍କାର କରିବାକୁ ହେବ।

ନୂତନ ଶାଣିତ କୌଶଳ, ଯେଉଁଥିରେ ନିରୁପମା ମନ ହେବ କ୍ଷତବିକ୍ଷତ। ଆସିବା କଥା ନ କହିଲେ ବି ସେ ଛାଟିପିଟି ହୋଇ ଆପେ ଆପେ ପଳାଇ ଆସିବ।

ତକିଆକୁ ଛାତି ଉପରକୁ ଟାଣିଆଣି ଉପାୟଟାକୁ ମନେ ମନେ ଆବିଷ୍କାର କରିବାକୁ ନିର୍ମଳ ଚେଷ୍ଟା କଲା।

ସେ ଜାଣେ ନିରୁପମା ଗୋଟିଏ କଥାକୁ ଭୟ କରେ - ତା' ଉପରେ ଅନ୍ୟ କୌଣସି ନାରୀର ପ୍ରଭାବ। କଲେଜ ଜୀବନରେ ସେ ତା'ର ଜଣେ ବାନ୍ଧବୀ ଖେଳାଳି ଝିଅ ପାଖକୁ ଯିବା ଆସିବା କରୁଥିଲା ବୋଲି ନିରୁପମା ଦିନେ ଅସହ୍ୟ ଯନ୍ତ୍ରଣାରେ ଛଟପଟ ହୋଇଥିଲା। ବାହାଘର ଭାଙ୍ଗିଦେଇ ଚିରଦିନ ଅବିବାହିତ ରହିବ ବୋଲି ମନେ ମନେ ପ୍ରତିଜ୍ଞା କରିଥିଲା।

ନାରୀ ପ୍ରତି ନାରୀର ଈର୍ଷା ଚିରନ୍ତନ।

ଗୋଟିଏ କବିତା ଜଣେ ନାରୀକୁ ନେଇ ଅନିରୁଦ୍ଧ ଲେଖିଥିଲା ବୋଲି ଶ୍ୟାମଳୀ ଭାଉଜଙ୍କ କ୍ରୋଧର ସ୍ୱରୂପ ସେ ନିଜ ଆଖିରେ ଦେଖିଛି। ଜଣେ ଝିଅ ଅନିରୁଦ୍ଧର କବିତାକୁ ତା' ଆଖି ଆଗରେ ପ୍ରଶଂସା କରି ଯାଇଥିଲା ବୋଲି ଶ୍ୟାମଳୀ ଭାଉଜ ରଣଚଣ୍ଡୀ ରୂପ ଧାରଣ କରିଥିଲେ। ଏ ବିଷୟରେ ଶିକ୍ଷିତା, ଅଳ୍ପଶିକ୍ଷିତାଙ୍କ ମଧ୍ୟରେ କୌଣସି ପାର୍ଥକ୍ୟ ନାହିଁ। ଶିକ୍ଷା, ସଭ୍ୟତା, ସଂସ୍କୃତିର ଯେତେ ପ୍ରସାର ଘଟିଲେ ମଧ୍ୟ ଏହି ଈର୍ଷାର ରାକ୍ଷସୁଣୀ ସବୁ ନାରୀଙ୍କ ମନ ଅଭ୍ୟନ୍ତରର ଜଳନ୍ତା ଚୁଲିରେ ନିଜ ଗୋଡ଼କୁ ମୁହାଁଇ ଚେଇଁ ବସିଥାଏ।

ସେ ଚେଇଁ ରହିଥିବା ଈର୍ଷାର ରାକ୍ଷସୁଣୀକୁ ନିରୁପମା ମନରେ ଆଉଥରେ ଜଗାଇଦେବ ନିର୍ମଳ। ତାହାହେଲେ ଡାଆଣୀ ଛଡ଼ାଇବା ପାଇଁ ତା' ପାଖକୁ ସେ ଛୁଟି ଆସିବ।

ନିର୍ମଳ ମନେ ମନେ ହସିଲା।

ସ୍ୱାସ୍ଥ୍ୟ ପରିଦର୍ଶିକା ମିସ୍ ବାନାର୍ଜିଙ୍କ ମୁହଁର ଛବି ତା' ଆଖି ଆଗରେ ଭାସିଉଠିଲା। ସେଇ ଛଳଛଳ ସମୁଦ୍ର-ନୀଳ ଆଖି, ଶିଳ୍ପୀର ହାତଅଙ୍କା ଛବି ଭଳି ସୁନ୍ଦର ମୁହଁ! ତାକୁଇ ନେଇ ଚିଠିରେ ଗୋଟିଏ କାହାଣୀର କଥାବସ୍ତୁ ସେ ଗଢ଼ି ତୋଳିବ। ନିରୁପମାର ଆଖିରେ ସେ ସୃଷ୍ଟି କରିବ ନୂତନ ପ୍ରହେଳିକା।

ନିର୍ମଳ ହସିଲା।

ନିରୁପମାର ଈର୍ଷା-କାତର ସରଳ ସୁନ୍ଦର ହୃଦୟର ଅନ୍ୟ ଏକ ରୂପ ଉଭାସିତ ହୋଇଉଠିଲା ତା ଆଖି ଆଗରେ।

X X X

ଲଣ୍ଡନର ଆଲୁଅ ଫିକା ମନେ ହେଉଛି।

ନା- ନିରୁପମା ଆଖିର ଜ୍ୟୋତି ବୋଧହୁଏ ମହଳଣ ପଡ଼ି ଆସିଲାଣି। ରୋଷେଇ ଧୂଆଁରେ ନିତି ଆଖିରେ କମ୍ ପାଣି ବୋହୁ ନାହିଁ ତ!

ମିଛ। ସେ କଥା ବି ନୁହେଁ।

ତା' ନିଜ ମନ ଆଜି କାହିଁକି ଅକାରଣରେ ଉଣା ପଡ଼ିଯାଇଛି। ସେଥିପାଇଁ ଚିଠିକୁ ପଢ଼ିବାକୁ ଚେଷ୍ଟାକରି ବି ବୁଝିପାରୁ ନାହିଁ ନିରୁପମା। ମନରେ ସନ୍ଦେହ ହେଉଛି - ସେ ଭୁଲ୍ ପଢ଼ିଲା କି ଚିଠି !

ଏଥର ଚିଠିରେ କେବଳ ସେଇ ଗୋଟିଏ କଥା।

ହେଲଥ୍ ଭିଜିଟର ମିସ୍ ବାନାର୍ଜି ସବୁବେଳେ ତା' ପାଖେପାଖେ ରହୁଛନ୍ତି। ଦେଖିବାକୁ ଭାରି ସୁନ୍ଦରୀ। ଏତେ ସୁନ୍ଦରୀ ଝିଅ କୁଆଡ଼େ ଆଉ କେବେ ଜୀବନରେ ସେ ଦେଖି ନଥିଲେ। ଖାଇବା ପିଇବାର ତତ୍ତ୍ୱସବୁ ସେ ବୁଝୁଛନ୍ତି। ତାଙ୍କ ଦେହ ଖରାପ ହେଲେ ନିଜେ ଛୁଟି ନେଇ ତାଙ୍କର ଚିକିତ୍ସା କରୁଛନ୍ତି। ଭାରି ଆପଣାର ମନେ ହେଉଛନ୍ତି ମିସ୍ ବାନାର୍ଜି। ଆକ୍ଷରିକ ଅର୍ଥରେ ସେ କୁଆଡ଼େ ତାଙ୍କର ପ୍ରକୃତ ସ୍ୱାସ୍ଥ୍ୟ ପରିଦର୍ଶିକା ହୋଇଛନ୍ତି।

ଚିଠିର ସେଇ ଅଂଶତକ ପଢ଼ି ନିରୁପମା ଆଶ୍ୱସ୍ତ ହେଲା। ଯାହାହେଉ, ପାଖରେ ଜଣେ ସ୍ନେହୀ ମହିଳା ଅଛନ୍ତି। ଆପଣାର ଭାବି ଖବର ଅନ୍ତର ବୁଝୁଛନ୍ତି।

କିନ୍ତୁ ତା' ପରେ...।

ବିଶ୍ୱାସ କର, ତମେ ଆଉ ମୋର ମୋଟେ ମନେ ପଡୁନ ନିରୁ। ତମେ ଆଶ୍ୱସ୍ତ ହେବ ଏକଥା ଶୁଣି। କାରଣ ଆଗେ ଟିକିଏ କଥାରେ ତମେ ମନେ ପଡୁଥିଲ। ସ୍ନେହ-କାଙ୍ଗାଳ ମନ ମୋର ଅସୁସ୍ଥ ହୋଇ ପଡୁଥିଲା। ମନର ସେ ଅସୁସ୍ଥତା ଦୂର କରିଛନ୍ତି ସ୍ୱାସ୍ଥ୍ୟ-ପରିଦର୍ଶିକା ମିସ୍ ବାନାର୍ଜି। ଦୟାକରି ଏସବୁ କଥାକୁ ଭୁଲ୍ ବୁଝିବ ନାହିଁ, ଏଁ !

ନିରୁପମା ଚିଠିରୁ ମୁହଁ ଫେରାଇ ବାହାରକୁ ଚାହିଁଲା।

ତାକୁ ସେ ଭୁଲିଯାଇଛନ୍ତି ?

ବିଶ୍ୱାସ ହୁଏ, ପୁଣି ହୁଏ ନାହିଁ। କେଉଁ ସ୍ୱାସ୍ଥ୍ୟ ପରିଦର୍ଶିକା ମିସ୍ ବାନାର୍ଜି ତାକୁ ମନରୁ ଭୁଲାଇ ଦେଇଛି।

ମିଛ... ମିଛ। ଶହେବାର ମିଛ।

ଏସବୁ କେବଳ ତାକୁ ଆଘାତ ଦେବାପାଇଁ ତାଙ୍କର ଲେଖା। ଆଘାତ ଦେଇ ଦେଇ କ'ଣ ମନର ଓରିମାନା ଏବେ ସୁଦ୍ଧା ମେଣ୍ଟିନାଇଁ। ଆଘାତ ଉପରେ ପୁଣି ଆଘାତ।

ନିରୁପମାର ମନଟା ଅଭିମାନରେ କରୁଣ ହୋଇ ଉଠିଲା।

ସେ ଜାଣେ, ନିର୍ମଳ ନିଜର ଚରିତ୍ର, ନିଜର ଯୋଗ୍ୟତା ଆଉ ଶକ୍ତିକୁ ସବୁବେଳେ ଛୋଟକରି ଅନ୍ୟ ଆଗରେ କହିବାକୁ ଭଲ ପାଆନ୍ତି। ତାଙ୍କ ମୁହଁରୁ ନିଜର

ପ୍ରଶଂସା ସେ କେବେ ଶୁଣିନାହିଁ। ନିଜ ମୁହଁରେ ନିଜର ନିନ୍ଦା-ଅନ୍ୟର ପ୍ରଶଂସା କରିବା ତାଙ୍କର କେମିତି ଗୋଟାଏ ଅଭ୍ୟାସ। ନିଜକୁ ଅନ୍ୟ ପାଖରେ ଏମିତି ଛୋଟ ନ କରି କହିବାକୁ କହିଲେ ସେ ପ୍ରଗଲ୍‌ଭ ଭଳି ହସନ୍ତି। କହନ୍ତି, ଯେଉଁମାନେ ନିଜେ ଛୋଟ ସେମାନେ ଅନ୍ୟ ଆଗରେ ନିଜକୁ ବଡ଼ କରି ପ୍ରକାଶ କରିବାକୁ ଭଲ ପାଆନ୍ତି। ସେମାନେ ହିପୋକ୍ରାଟ୍-ପ୍ରବଞ୍ଚକ। ନିଜକୁ ଅଯଥାରେ ଅନ୍ୟ ଆଗରେ ବଡ଼ କରି ପ୍ରକାଶ କରିବାର ନିଃସହାୟ ଆତ୍ମପ୍ରବଞ୍ଚନା ଠାରୁ ନିଜକୁ ସାନ କରି ବିନୀତ, ବଶମ୍ବଦ ଭାବରେ ଉପସ୍ଥାପିତ କରିବାରେ ଅନେକ ଆନନ୍ଦ, ଅନେକ ଅହଙ୍କାର ଅଛି।

କିନ୍ତୁ ନିଜ ଚରିତ୍ରକୁ ଏପରି କି ନିଜ ସ୍ତ୍ରୀ ଆଗରେ... !

ନିରୁପମା ହଠାତ୍ ନିଜ ଉପରେ ପୁଣି ଥରେ ବିରକ୍ତ ହୋଇ ଉଠିଲା।

କଅଣ ଅବା ସେ ଏମିତି ଲେଖିଛନ୍ତି ଯେ, ସେ ତାଙ୍କ ଉପରେ ଏତେ ବିରକ୍ତ ହେଉଛି ! ସେ ନିଜେ ଜଣେ ପଦସ୍ଥ ସରକାରୀ କର୍ମକର୍ତ୍ତା, ଡେପୁଟି କଲେକ୍ଟର। ସ୍ୱାସ୍ଥ୍ୟ ପରିଦର୍ଶିକା ହୁଏତ ତାଙ୍କରି ଅଞ୍ଚଳରେ କାର୍ଯ୍ୟ କରୁଛନ୍ତି। ସେମାନଙ୍କ ଭିତରେ ବନ୍ଧୁତା, ଆତ୍ମୀୟତା ଗଢ଼ି ଉଠିବାରେ ଅସଙ୍ଗତି କଅଣ ଅଛି ?

ଆଉ ସେ ତାକୁ ଭୁଲି ଯାଇଛନ୍ତି...।

ଅଳ୍ପ ହସି ନିରୁପମା ଏଥର ନିଜର ନୟନ ମୁଦ୍ରିତ କଲା।

ଆଖିଆଗରେ ତା'ର ନାଚି ନାଚି ଗଲା ଅଶୁଭ ରାତ୍ରିର ଅନ୍ଧକାର ଭଳି ଘଟିଯାଇଥିବା ସେସବୁ ଦୁର୍ଘଟଣାର ଦୃଶ୍ୟ।

ସେଦିନ ସେ ଥିଲା ଭାରି ସ୍ପର୍ଶ-କାତର। ସାମାନ୍ୟ ଅସଙ୍ଗତି, ସାମାନ୍ୟ ବିଚ୍ୟୁତି ଦେଖିଲେ ତା' ସନ୍ଦେହୀ କଳ୍ପନାରେ ଡେଣା ଲାଗିଯାଉଥିଲା। ଆଉ ଯେଉଁଦିନ ସେ ଶୁଣିଲା କଲେଜ ସ୍ପୋର୍ଟସ୍‌ରେ କୃତିତ୍ୱ ଅର୍ଜନ କରିଥିବା ଛାତ୍ରୀ ଅରୁଣିମା ସହିତ ନିର୍ମଳର ଦେଖା-ସାକ୍ଷାତ ଚିଠିପତ୍ର ଆଦାନପ୍ରଦାନ... !

ଆଜି ବି ମନେପଡ଼ିଲେ ବଧୂ ନିରୁପମାର ଶୋଣିତ ଗ୍ରନ୍ଥିରେ ସେହି କୁମାରୀ ଜୀବନର ଚାଞ୍ଚଲ୍ୟ, ଢେଉ ଭାଙ୍ଗି ଭାଙ୍ଗି ଯାଏ। ଯନ୍ତ୍ରଣାରେ ଅସ୍ଥିର ହୁଏ ମନ। ମୁଣ୍ଡ ଭୀଷଣ ଭାବରେ ବିନ୍ଧିଉଠେ। ଆଉ ଚେତନା ତା'ର ନିମିଷକ ମଧ୍ୟରେ ନିଷ୍କ୍ରିୟ ନିସ୍ତେଜ ହୋଇପଡେ।

ସେସବୁ ଯନ୍ତ୍ରଣା-କାତର, ବେଦନା-ବିଧୁର ଦିନଗୁଡିକର ଅସହ୍ୟ ସ୍ମୃତି ଆଉଥରେ ସ୍ମରଣ କରିବାକୁ ସାହସ କରେ ନାହିଁ ନିରୁପମା।

ସାଙ୍ଗମାନଙ୍କ ଅପପ୍ରଚାରକୁ ବିଶ୍ୱାସ କରି, ଅରୁଣିମାର ଚିଠି ପଢ଼ି ସତକୁ ସତ ସେ ପାଗଳିନୀ ହୋଇଉଠିଥିଲା। ସ୍ଥିର କରିଥିଲା, ଆତ୍ମହତ୍ୟା କରିବ ପଛକେ ନିର୍ମଳକୁ

ବିବାହ କରିବ ନାହିଁ। ନିର୍ମଳ ଚରିତ୍ରହୀନ। ଛୋଟ ଲୋକ। ତା' ପାଇଁ ତା' କୁମାରୀ ଜୀବନର ଏତେ ଅସରନ୍ତି ସ୍ନେହ, ପ୍ରେମ ବ୍ୟର୍ଥ ହୋଇଗଲା।

କିନ୍ତୁ ଯେଉଁଦିନ ସେ ଜାଣିଲା.... !

ଯେଉଁଦିନ ସେ ବୁଝିଲା ସେସବୁ ପ୍ରେମ, ହୃଦୟ ବିନିମୟ କଥା ଅରୁଣିମାକୁ ନୁହେଁ; ତାକୁ ହିଁ ଲକ୍ଷ୍ୟ କରି ନିର୍ମଳ ଲେଖିଥିଲେ ଅରୁଣିମାକୁ; ଯେଉଁଦିନ ସେ ଜାଣିଲା ସାଗରର ଦିଗହୀନ ବିସ୍ତୃତି ଭଳି ବିଶାଳ ଉଦାର ନିର୍ମଳର ହୃଦୟ, ସେଥିରେ ସଂକୀର୍ଣ୍ଣତାର ପ୍ରଶ୍ନ ନାହିଁ, ସେଦିନ...।

ରାତି କେତେ ହେଲାଣି ?

ଶଯ୍ୟା ଛାଡ଼ି ଘଣ୍ଟା ଦେଖିବାକୁ ଆଉ ଶକ୍ତି ନାହିଁ ନିରୁପମାର। ଲଣ୍ଠନର ବତୀରେ ବି ଗୁଳା ଧରିଛି। କଳା ପଡ଼ି ଆସିଲାଣି କାଚ। ଘର ସାରା ଛାଇଛାଇଆ ଆଲୁଅ। ଆକାଶରେ ଜ୍ୟୋସ୍ନା ନାହିଁ, ଝରକା ଫାଙ୍କରେ କେବଳ ଅନ୍ଧକାର। ଘର ଓ ବାହାରର ସେଇ ମ୍ଳାନ ଅନ୍ଧକାରରେ ଉଜ୍ଜ୍ୱଳ, ଆଲୋକିତ ହୋଇ ଦିଶିଯାଉଛି ସେଇ ଅତୀତର ସ୍ମୃତି। ଅତୀତର ନିବୁଜ ଅନ୍ଧକାର ମଧ୍ୟରେ ସେଇ ସ୍ମୃତି ହିଁ ତା' ପାଇଁ ଆଲୋକ-ସ୍ରାବୀ ବତୀଖୁଣ୍ଟ। ସେଇ ଆଲୁଅକୁ ଚାହିଁ ବେଶ୍ ଦିଗ ନିର୍ଣ୍ଣୟ କରି ଜଣେ ନିରୁପମା। କେଉଁ ସ୍ୱାସ୍ଥ୍ୟ-ପରିଦର୍ଶିକା ତାକୁ ସେ ବାଟରୁ ଅବାଟକୁ ନେଇ ଯାଇପାରିବ ?

ନିରୁପମା ମନେ ମନେ ହସିଉଠିଲା।

ସମୟର ବ୍ୟବଧାନକୁ ଅତିକ୍ରମ କରି ତା' ଆଖି ଆଗରେ ଭାସିଉଠିଲା ଖଣ୍ଡଗିରି ଗୁହାର ସେହି ଆଚାର୍ଯ୍ୟ ଶିଳ୍ପ, ଭାସ୍କର୍ଯ୍ୟ। ଆଉ ତା' ସହିତ... !

ଆଖିକୁ ଥରେ ଖୋଲି ପୁଣି ବନ୍ଦ କରିଦେଲା ନିରୁପମା।

ହଁ- ସେଥର ଇତିହାସ ସେମିନାର ତରଫରୁ ଯାଇଥିବା ଛାତ୍ର-ଛାତ୍ରୀ ଗହଣରେ ସେ ଯାଇଥିଲା ଖଣ୍ଡଗିରି ପରିଦର୍ଶନରେ ପିକ୍‌ନିକ୍ କରି। ନିର୍ମଳ ସେତେବେଳେ ଷଷ୍ଠ ବାର୍ଷିକ ଇତିହାସ ଶ୍ରେଣୀ ଛାତ୍ର ଆଉ ସେ ମାତ୍ର ତୃତୀୟ ବାର୍ଷିକ ଡିଗ୍ରୀ ଶ୍ରେଣୀର ଛାତ୍ରୀ।

ଅଧ୍ୟାପକ ଜିଦ୍ କରି ତାକୁ ନେଇଥିଲେ, ତାର ଗୀତ ଶୁଣିବା ପାଇଁ। ସାରା ପିକ୍‌ନିକ୍ ପାର୍ଟିରେ ସେ ହିଁ ଥିଲା ସବୁ ଆକର୍ଷଣର କେନ୍ଦ୍ରସ୍ଥଳ। ତାର ଗୀତ, ତା'ର ମଧୁର କଣ୍ଠ ଆଉ ତାର ମୋନାଲିସା ହସ ! କି... (ନିରୁପମା ଭାବିଲା)

ଛାତ୍ର, ଛାତ୍ରୀ, ଅଧ୍ୟାପକ, ଅଧ୍ୟାପିକା- ସମସ୍ତେ ଦଳ ଦଳ ହୋଇ, ଜଣ ଜଣ ହୋଇ ଖଣ୍ଡଗିରିର ଶିଳ୍ପ ଭାସ୍କର୍ଯ୍ୟ ନିରୀକ୍ଷଣ କରି ଦେଖୁଥିଲେ। ଦେଖା ଶେଷ ହେଲେ ଆପେ ଆପେ ଗୋଟିଏ ସ୍ଥାନ ଛାଡ଼ି ଅନ୍ୟ ସ୍ଥାନକୁ ଚାଲି ଯାଉଥିଲେ।

ଗିରିଗାତ୍ରରେ ଖୋଦିତ ଏକ ଆଶ୍ଚର୍ଯ୍ୟ ଶିଳ୍ପକଳାକୁ ନିରୀକ୍ଷଣ କରିବାରେ

ସେ ଏପରି ମୁଗ୍ଧ ହୋଇଯାଇଥିଲା ଯେ ଅନ୍ୟମାନେ ସ୍ଥାନ ଛାଡ଼ି କେତେବେଳେ ଅନ୍ୟତ୍ର ଚାଲିଗଲେଣି, ସେକଥା ଜାଣିପାରି ନଥିଲା ନିରୁପମା। ହଠାତ୍ ତାର ଖିଆଲ ହେଲା ସେ ଏକାକିନୀ- ଅନ୍ୟମାନେ ଅଳ୍ପ ଦୂରକୁ ଚାଲିଯାଇଥିଲେ। ଚମକି ଉଠି ତରତର ହୋଇ ସେ ସ୍ଥାନଛାଡ଼ି ସାଙ୍ଗମାନଙ୍କ ପାଖକୁ ଯିବାକୁ ଚଞ୍ଚଳହୋଇ ଉଠିଥିଲା ନିରୁପମା।

କିନ୍ତୁ ଠିକ୍ ତା'ର ଆରପଟେ ଗିରିଗୁହାର ଆଉ ଏକ ଶିଳ୍ପକଳାକୁ ନିରୀକ୍ଷଣ କରି ପାଷାଣ ମୂର୍ତ୍ତି ଭଳି ଜଣେ ଛାତ୍ର ଠିଆ ହୋଇଥିବା ଦେଖି ସେ ଆଶ୍ଚର୍ଯ୍ୟ ହେଲା।

ଗିରିଗାତ୍ରରେ ଖୋଦିତ ସେଇ ନୃତ୍ୟବିଳାସିନୀ ନଟୀମାନଙ୍କ ଅଙ୍ଗଭଙ୍ଗୀ ଏବଂ ଆଉ କେତେକ ଚିତ୍ରକଳାକୁ ଛାତ୍ର ଜଣକ ଏପରି ନିବିଷ୍ଟ ମନରେ ନିରୀକ୍ଷଣ କରି ଦେଖୁଥିଲେ ଯେ, ସାଥୀ ଛାତ୍ର, ଅଧ୍ୟାପକମାନେ କେତେବେଳେ ତାକୁ ଛାଡ଼ି ଚାଲିଗଲେଣି, ସେକଥା ସେ ଜାଣିପାରି ନଥିଲେ। ସେ ନିଜେ ଯାଇ ତାଙ୍କ ପାଖରେ ଠିଆହେଲା ଅଥଚ ସେକଥା ମଧ୍ୟ ସେ ଅନୁଭବ କରି ସଚେତନ ହେଲେ ନାହିଁ।

ଅଦ୍ଭୁତ, ବିଚିତ୍ର ଏ ବ୍ୟକ୍ତି।

ନିରୁପମା ପ୍ରଶ୍ନ କରିଥିଲା, କଅଣ ଦେଖୁଛନ୍ତି- ଏ ଯେ ଗୋଟିଏ ବିବାହ ଶୋଭାଯାତ୍ରାରେ ଯାଉଥିବା ନଟୀମାନଙ୍କର ଛବି।

ତରୁଣ ତା' ଆଡ଼କୁ ଫେରି ଚାହିଁଲେ। କିନ୍ତୁ ନିରୁପମା ତାଙ୍କ ଦୃଷ୍ଟିରେ କୌଣସି ଚାଞ୍ଚଲ୍ୟ ଲକ୍ଷ୍ୟ କଲା ନାହିଁ।

ସେ କହିଲେ, ଏ ବିବାହ ଶୋଭାଯାତ୍ରା ଦୃଶ୍ୟ ମଧ୍ୟରେ ଆତ୍ମଗୋପନ କରି ରହିଛି ଦିଗ୍‌ବିଜୟୀ ସମ୍ରାଟ ଖାରବେଳଙ୍କର ଏକ ରୋମାଣ୍ଟିକ୍ ଜୀବନର ଇତିବୃତ୍ତ। ସେ ଇତିହାସ ଖାରବେଳଙ୍କ ରୁକ୍ଷକଣ୍ଠରେ ହିଂସ୍ରହୃଦୟ ମଧ୍ୟରେ ଆତ୍ମଗୋପନ କରିଥିବା ଭାବୋଚ୍ଛ୍ୱାସର ପ୍ରତୀକ... ପାଷାଣ ଗାତ୍ରରେ ଲିପିବଦ୍ଧ ହୋଇଛି ସେହି ବିଦଗ୍ଧ ପ୍ରଣୟର କାହାଣୀ।

ପ୍ରେମ ପ୍ରଣୟର କଥା ଶୁଣି ନିରୁପମାର ମୁହଁ ସେଦିନ ହୁଏତ ପାଟଳ ହୋଇ ଉଠିଥିଲା ଆକଣ୍ଠ ଲଜ୍ଜାରେ। ନିଜ ମୁହଁର ରଙ୍ଗବଦଳ ନିଜେ ନିଜ ଆଖିରେ ଦେଖି ପାରି ନଥିଲେ ବି ନିର୍ମଳର ଭାବାନ୍ତରରୁ ସେଦିନ ସେକଥା ସେ ଅନୁମାନ କରିପାରିଥିଲା।

ତା'ପରେ ସେ ଦୁହେଁ ନିଜ ସାଥୀମାନଙ୍କ ନିକଟକୁ ଫେରି ଆସିଥିଲେ।

କିନ୍ତୁ ଖଣ୍ଡଗିରିର ସେହି ନିଭୃତ ପ୍ରସ୍ତରଫଳକ ନିକଟରେ ଯେଉଁ ଅପରିଚିତ ହୃଦୟର ପରିଚୟ ହେଲା, ସେ ପରିଚୟ ଶେଷରେ ପରିଣତ ହେଲା ପ୍ରଣୟରେ।

କିପରି ଭାବରେ ସେ ନିର୍ମଳର ଏତେ ନିକଟକୁ ଟାଣି ହୋଇଯାଇଥିଲା, ଆଜି ସେ କଥା ଚିନ୍ତା କଲେ ବିସ୍ମୟରେ ବିମୂଢ଼ ହୋଇଯାଏ ନିରୁପମା।

ନିର୍ମଳର ଘନିଷ୍ଠ ବ୍ୟକ୍ତିତ୍ୱ ଆଉ ସ୍ନେହପ୍ରବଣ ହୃଦୟ ପାଖରେ ଆପେଆପେ ନିଜକୁ ସମର୍ପଣ କରିଦେଇଥିଲା ନିରୁପମା। ଆନନ୍ଦ ଆଶ୍ୱସ୍ତିରେ ସେ ବିହ୍ୱଳ ହୋଇପଡ଼ିଥିଲା।

ମଝିରେ ମଝିରେ ସେମାନଙ୍କ ମଧ୍ୟରେ ଛୋଟ ଛୋଟ କଥା ନେଇ ମତାନ୍ତର ଯେ ହୋଇନାହିଁ ସେକଥା ନୁହେଁ, କିନ୍ତୁ ଅରୁଣିମା ଘଟଣା ନେଇ ସେ ଦୁଇଜଣଙ୍କ ମଧ୍ୟରେ ଯେପରି ମନାନ୍ତର ଘଟିଥିଲା, ସେହିଭଳି ମନାନ୍ତର ତା' ଜୀବନରେ କେବେହେଲେ ଘଟି ନଥିଲା।

ସେ କିଛିଦିନ ମର୍ମଦାହୀ ଯନ୍ତ୍ରଣାରେ କଟାଇଥିଲା ନିରୁପମା।

ନିର୍ମଳର ଚରିତ୍ରକୁ ସନ୍ଦେହ କରିବା ଫଳରେ ତା'ର ଜୀବନ ଯୌବନ କିପରି ଏକ ଅସହାୟ ହାହାକାରରେ ଭରିଉଠିଲା। ନିଜ ଜୀବନ ତାକୁ ମନେ ହୋଇଥିଲା ଘାସଫୁଲ ଭଳି ତୁଚ୍ଛ, ହେୟ। ଜୀବନ ଯନ୍ତ୍ରଣାର ତିକ୍ତ ଅନୁଭୂତି ଦେଇ ସେ ବୁଝିଥିଲା, ନିଜ ପ୍ରିୟଜନର ଚରିତ୍ରକୁ ସନ୍ଦେହ କଲାଭଳି ଯନ୍ତ୍ରଣାଠାରୁ ନାରୀ ପାଇଁ ବଡ଼ ଯନ୍ତ୍ରଣା, ଦୁଃଖ ଆଉ କିଛି ନାହିଁ।

ଅରୁଣିମା ପ୍ରସଙ୍ଗ ନେଇ ନିର୍ମଳର ଚରିତ୍ରକୁ ସନ୍ଦେହ କରିବା ଫଳରେ କିନ୍ତୁ ସେ ନିର୍ମଳ ଚରିତ୍ରର ଗୋଟିଏ ବଡ଼ ଦିଗକୁ ବୁଝିବାକୁ ସକ୍ଷମ ହୋଇଥିଲା।

ନିର୍ମଳ ଚରିତ୍ର, ବ୍ୟକ୍ତିତ୍ୱ ଯେ କାଚପାତ୍ର ଭଳି ଭଙ୍ଗୁର ନୁହେଁ, ବ୍ୟାପକ ଏକ ଜୀବନବୋଧର ଗଭୀରତାରେ ତାର ଚରିତ୍ର ଯେ ସୁଗଠିତ, ଏଥିରେ ତାର ତିଳେହେଲେ ସନ୍ଦେହ ରହିଲା ନାହିଁ। ଅରୁଣିମାର ପ୍ରହେଳିକା ଭେଦ କଲାପରେ ସେ ମନେ ମନେ ଶପଥ କରିଥିଲା, ଜୀବନରେ କେବେହେଲେ ନିର୍ମଳକୁ ସେ ସନ୍ଦେହ କରିବ ନାହିଁ। କାରଣ ସନ୍ଦେହ ହିଁ ଯନ୍ତ୍ରଣା, ବିଶ୍ୱାସ ହେଉଛି ଜୀବନ। ଆଉ ସେ ନିଜେ ଯଦି ଠିକ୍, ସତ୍-ନିର୍ମଳ କେବେହେଲେ ଅବାଟରେ ଯାଇପାରିବ ନାହିଁ। ନାରୀର ସତୀତ୍ୱ, ସାଧୁତା ହିଁ ପୁରୁଷକୁ ବଳିଷ୍ଠ, ଉଜ୍ଜ୍ୱଳ କରି ତୋଳେ।

ନିରୁପମା ସେ ଦିନର ସେ ଶପଥକୁ ଆଉ ଥରେ ମନେ ମନେ ପୁନରାବୃତ୍ତି କଲା। ନିଜକୁ ନିଜେ ପ୍ରଶ୍ନ କଲା, ତେବେ କାହିଁକି ଆଜି ସେ ନିର୍ମଳର ଚିଠିଖଣ୍ଡିକ ପାଇ ଏତେ ବିଚଳିତ। ସେ କଅଣ ତା' ସହିତ ଏତେ ଦିନ ଘନିଷ୍ଠ ହେବା ପରେ ବି ତାକୁ ବୁଝି ନଥିଲା, ଏଇ ଚିଠି ଖଣ୍ଡିକ ତାକୁ ବୁଝିବା ପାଇଁ ଏକମାତ୍ର ପାଥେୟ ?

ନିରୁପମା ମନେ ମନେ ପୁଣି ଥରେ ହସିଲା।

ନିର୍ମଳଙ୍କୁ ମନେ ମନେ ପୁଣି ଥରେ କ୍ଷମା କଲା।

ତମେ ମତେ ଯେତେ ଭୁଲ୍ ବୁଝାଇବାକୁ ଚେଷ୍ଟା କଲେ ବି ମୁଁ ଭୁଲ୍ ବୁଝିବି ନାହିଁ। ନାରୀ ଜୀବନରେ ଥରେ ମାତ୍ର ଭୁଲ୍ କରେ। ଅରୁଣିମା ସହିତ ତମ ସମ୍ପର୍କକୁ ଥରେ ସନ୍ଦେହ କରି ସେ ଭୁଲ୍‌ର ପ୍ରାୟଶ୍ଚିତ୍ତ ମୁଁ କରିଚି। ମତେ ପୁଣି ଥରେ ସେ ଭୁଲ୍ କରିବାପାଇଁ ତମେ ଉତ୍ସାହିତ କରିପାରିବ ନାହିଁ।

ମୋ ସ୍ନେହ, ଭଲ ପାଇବା ଯଦି ଗଭୀର, ବିଶୁଦ୍ଧ, କୌଣସି ସ୍ୱାସ୍ଥ୍ୟ ପରିଦର୍ଶିକା ମତେ ତମ ମନରୁ ଦୂରେଇ ଦେଇପାରିବ ନାହିଁ। ରାତ୍ରିର ଆକାଶରେ ପାହାନ୍ତିର ଭୀରୁ ତାରକାଭଳି ମୁଁ ଉଜ୍ଜ୍ୱଳ ଦୀପ୍ତିରେ ତମ ମନ ଆକାଶରେ ଉଦ୍ଭାସିତ ହେଉଥିବି।

ତଥାପି ନିରୁପମାର ମନ ଅବୁଝା ହେଲା।

ସତେ କଅଣ ତାଙ୍କ ଦେହ ଭଲ ରହୁ ନାଇଁ।

ଗ୍ରାମଦେବତୀଙ୍କ ପାଖରେ ମନେ ମନେ ମାନସିକ କରି ନିରୁପମା ଶୋଇବାକୁ ଚେଷ୍ଟା କଲା। ଲଣ୍ଠନ ଆଲୁଅ କେତେବେଳେ ଆପେ ଆପେ ତେଲ ଅଭାବରେ ଲିଭିଗଲାଣି। ରାତ୍ରିର ଅନ୍ଧକାରରେ ସାରା ଘର ଭରିଯାଇଛି।

XXX

ରାତି ବୋଧହୁଏ ଖୁବ୍ ବେଶୀ ହେଲାଣି।

ସକାଳୁ ସକାଳୁ ନନାକୁ ଦେଖି ତାଟକା ହୋଇଗଲା ଓଷି।

ନନା କଅଣ ତେବେ ରାତିରୁ ଏଠାକୁ ଆସିଛନ୍ତି।

ଚତୁର୍ଭୁଜ ମିଶ୍ରେ ଛତା ଓ ବାଡ଼ି ଝିଅ ହାତକୁ ବଢ଼ାଇଦେଇ ପଚାରିଲେ, ଭଲ ଅଛୁ ତ ମାଆ ? ନାନୀ ନାଇଁ ?

ନାନୀ ଆରଘରେ ଧାନ ହିସାବ ରଖୁଛନ୍ତି। ନୂଆବୋଉ ଗାଧୋଇ ଯାଇଛନ୍ତି, ଫେରି ନାହାନ୍ତି, ଓଷି କହିଲା, ନାନୀଙ୍କୁ ଡାକିଦେବି ନନା ?

ନାଇଁ-ଥାଉ... ପାଣିଗ୍ଲାସେ ଆଣ-ତଣ୍ଟିଟା ଶୁଖି ଯାଉଛି-ଚତୁର୍ଭୁଜ ମିଶ୍ରେ କଥାଟା କହି ନଥିକିନି ଦାଣ୍ଡପିଣ୍ଡା ଉପରେ ବସି ପଡ଼ିଲେ। ଗୋଡ଼ଯାକ କାଦୁଅ ଲାଗିଛି। କାଦୁଅ ଛିଟା ଲାଗି ବଳାଗଣ୍ଠି ବି କାଦୁଅ। ମିଶ୍ରଙ୍କର ତେଣିକି ନିଘା ନାହିଁ। ସେ ବସିପଡ଼ି ବଡ଼ ଗୋଟାଏ ନିଃଶ୍ୱାସ ପକାଇଲେ।

ନାନୀ ହେମାଙ୍ଗିନୀଙ୍କୁ ଡାକିବାକୁ ପଡ଼ିଲା ନାଇଁ।

ପାଟି ଶୁଣି ସେ ଆରଘରୁ ଆସିଲେ। ସାନ ଭାଇକୁ ଦେଖି ତାଙ୍କର ବିସ୍ମୟର ସୀମା ରହିଲା ନାହିଁ। ଏତେ ସକାଳୁ ସକାଳୁ... !

ଆଲୋ, ଠିଆହୋଇ ରହିଲୁ କଅଣ ! ନନାଙ୍କୁ ପାଣି ନୋଟାଏ ଆଣି ଦେ।

ସେ ଆଗ ଗୋଡ଼ ହାତ ଧୁଅନ୍ତୁ!.... ଓଷି ଉଦ୍ଦେଶ୍ୟରେ କଥାତକ କହି ହେମାଙ୍ଗିନୀ ପୋଖରୀକୂଳକୁ ଅନେଇଲେ। ବୋହୂ ଗାଧୋଇ ଓଦାଲୁଗା ପିନ୍ଧି ଆସୁଛି।

ଏଇ-ବୋହୂ ନମସ୍କାର କରୁଛି। ହେମାଙ୍ଗିନୀ ସାନଭାଇକୁ ସ୍ମରଣ କରାଇଦେଲେ।

ମିଶ୍ରେ ହାତଟେକି ଭଣଜାବୋହୂର ପୁତ୍ରପୁତ୍ରୀ କାମନା କରି ଆଶୀର୍ବାଦ କରିବା ପାଇଁ ଠିଆହୋଇ ପଡ଼ିଲେ।

ନାନୀ ଘରକଥା - ଓଷି ବୋଉର ସ୍ୱାସ୍ଥ୍ୟ କଥା- ସବୁ ପଚାରି ସାରିଲେଣି। ମିଶ୍ରେ ହିଁ, ନାହିଁ କରି ଉତ୍ତର ଦେଉଛନ୍ତି। ଯେଉଁଥିପାଇଁ ସେ ରାତି ଥାଉ ଥାଉ ନାନୀ ପାଖକୁ ଆସିଛନ୍ତି, ସେ କଥା ସାଙ୍ଗେ ସାଙ୍ଗେ କହିବେ କି ନାହିଁ ଚିନ୍ତା କରୁଛନ୍ତି।

ବାଟରେ ଆସିଲାବେଳେ ନିମବୋଉ ଖୁଡ଼ୀଙ୍କ ମୁହଁ ଦେଖି ଆସିଛନ୍ତି। କାମ ଶୁଭ ହେବ ବୋଲି ମନରେ ବି କେମିତି ଗୋଟାଏ ପତିଆରା ହୋଇଯାଇଛି। କିନ୍ତୁ ସେ କଣ୍ଟ୍ରାକ୍ଟରୀ କରି ଟଙ୍କା କମାଇବେ, ଏକଥା କହିଲେ ନାନୀ ହୁଏତ ହଠାତ୍ ବିଶ୍ୱାସ କରିବେ ନାହିଁ। ନାନୀର ବିଶ୍ୱାସଭାଜନ ହେବାପାଇଁ କେବେହେଲେ ସେ ଚେଷ୍ଟା କରିନାହାନ୍ତି। ଅଫିମ ନ ଖାଇବା ପାଇଁ ନାନୀ ଯେତେଥର କହିଲେ ବି ସେ ତାକୁ କାନରେ ପକାଇ ନାହାନ୍ତି। ମିଶ୍ରଙ୍କର ମନେଅଛି, ଅଫିମ ଖାଇବା ପାଇଁ ଜମି ବିକୁଥିଲାବେଳେ ଥରେ ନାନୀ ଯାଇ ବାହୁନି ମନା କରି ଆସିଥିଲା। ସେକଥା ପ୍ରତି କେବେହେଲେ ସେ ଗୁରୁତ୍ୱ ଦେଇନାହାନ୍ତି। ହଠାତ୍ ଆଜି କଣ୍ଟ୍ରାକ୍ଟରୀ କରିବା କଥା ଶୁଣିଲେ ତା'ର ଅବିଶ୍ୱାସ ହେବା ସ୍ୱାଭାବିକ।

କିନ୍ତୁ କଥାଟା ଯେମିତି ହେଲେ କହିବାକୁ ହେବ।

ନାନୀ ଘରର ସବୁ କଥା ପଚାରିଲେ, ହେଲେ କାହିଁକି ଆସିଛୁ ବୋଲି ପଚାରିଲା ନାଇଁ ତ?

ଯାଃ, ନାନୀ, ସବୁଦିନେ ହାଉଳି। ଅସଲ କଥା ନ ପଚାରି, ସବୁବେଳେ ଏଣୁତେଣୁ କଥା ପଚାରେ। ମିଶ୍ରେ ନାନୀଙ୍କ ଉପରେ ମନେ ମନେ ବିରକ୍ତ ହୋଇଗଲେ।

ନନା! ନୂଆ'ଉ ଜଳଖିଆ ତିଆରି କରୁଛନ୍ତି, କହିଲେ ତମେ ଗାଧୋଇ ଯାଅ- ଉଷା ଆସି ତେଲ ବୋତଲଟା ଧରି ଠିଆହେଲାଣି।

ନାନୀ ଚାଲିଗଲେଣି।

ମିଶ୍ରେ ଝିଅ ଆଡ଼କୁ ଚାହିଁଲେ।

ନିଜ ଝିଅ ତାଙ୍କ ଆଖିକୁ ଆଜି ନୂଆ ନୂଆ ଦିଶୁଛି। ଭଲ ଶାଢ଼ି ବ୍ଲାଉଜ୍ ପିନ୍ଧିଛି। କାନରେ ୟାରିଂ, ବେକରେ ହାର। ବାଃ, ସତରେ ଭାରି ସୁନ୍ଦର ମାନୁଛି ଓଷିକୁ।

ଏ ୟାରିଂ, ହାର କିଏ ନାନୀ ଗଢ଼େଇ ଦେଇଛି କି ମାଆ! ମିଶ୍ରେ କଥାଟା ନିମ୍ନ ସ୍ୱରରେ ପଚାରିଲେ।

ନନାଙ୍କ ପାଖରେ ଲାଜେଇଗଲା ଓଷା।

କହିଲା, ନାଇଁ-ନୂଆ'ଉ ତାଙ୍କ ହାର, ୟାରିଂ ପିନ୍ଧାଇ ଦେଇଛନ୍ତି। ତମେ ତେଲ ନେବଟି ନନା?

ମିଶ୍ରେ ନିଜ ଝିଅର କଥାଟା ବିଶ୍ୱାସ କଲେ ନାହିଁ। ଭାବିଲେ ବୋଉର ଗହଣା ବିକି ଅଫିମ ଖାଇବା କଥା ଝିଅ ବୋଧହୁଏ ଭୁଲି ପାରିନାହିଁ। ନିଜର ଗହଣା ବୋଲି କହିଲେ ସେ କାଳେ ସେଥିକି ଦୃଷ୍ଟି ପକାଇବେ, ସେଥିପାଇଁ ନୂଆ'ଉଙ୍କ ଗହଣା ବୋଲି କହୁଚି।

ତେଲ ନିଅ! - ଓଷା ପୁଣି ଥରେ ମନେ ପକାଇଲେ।

ଗାଧୁଆ, ଜଳଖିଆରେ ମିଶ୍ରଙ୍କ ମନ ନାହିଁ। ମନ ଯାଇ ଅଛି ଟଙ୍କା ପାଖରେ। ଥାଟା ଓଷିକୁ କହିଲେ କେମିତି ହୁଅନ୍ତା।

ମିଶ୍ରେ ମନେ ମନେ ଭାବିଲେ;

ଓଷି ଏ ଘରେ ଅନେକ ଦିନ ହେଲା ଚଳିଲାଣି। ମାଗିଲେ ନାନୀ ଟଙ୍କା ଦେବେ କି ନାହିଁ ସେ କହିପାରିବ।

ଟିକିଏ ଏଣିକି ଆସିଲୁ! - ମିଶ୍ରେ ଝିଅକୁ ପାଖକୁ ଆସିବାକୁ ଇଙ୍ଗିତ ଦେଲେ। ଚାରିଆଡ଼କୁ ଚାହିଁ ଦେଖିଲେ, କେହି ପାଖରେ ଅଛି କି ନାହିଁ।

ନା-ବୋହୂ ଘରେ। ନାନୀ ଗୁହାଳରେ କଅଣ କରୁଛି?

ମିଶ୍ରେ ନିଜ ଝିଅ ପାଖରେ ନିଜର ଇଚ୍ଛା ବ୍ୟକ୍ତ କଲେ।

ପାଞ୍ଚ ଶହ ଟଙ୍କା!

ଓଷା ବି ଚମକି ଉଠିଲା। କଥାଟା ବିଶ୍ୱାସ କଲା ନାହିଁ। ଏତେ ଗୁଡ଼ାଏ ଟଙ୍କା ପିଉସୀନାନୀ ତାଙ୍କୁ ଖାଲି ହାତରେ ଦେବେ! ନୂଆ'ଉ ଟଙ୍କା କେତେଟା ରମା ନୂଆ'ଉଙ୍କୁ ଧାର ଦେଇଥିଲେ ବୋଲି ସେ କେମିତି ବୋହୂକୁ ଗାଳି ଦେଇଥିଲେ ସେ ଜାଣେ। ନନାଙ୍କୁ ଏତେ ଗୁଡ଼ାଏ ସେ ଦେବେ!

ବାପାଙ୍କ ମୁହଁ ଶୁଖିଲା ଦିଶୁଛି।

ବୋଉ ଓ ଅନ୍ୟ ଭାଇଭଉଣୀ ଶୁଖିଲା ମୁହଁ ବି ତା' ଆଖି ଆଗରେ ଭାସିଉଠିଲା। ସେ ଏଠାକୁ ଆସିଲା ପରେ ଘର କଥା ଭୁଲି ଯାଇଥିଲା - ନନାଙ୍କ କଥା ଶୁଣିବା ପରେ ତାର ସେସବୁ ଗୋଟି ଗୋଟି ହୋଇ ମନେ ପଡ଼ିଲା। ନ ବୁଝିଲା ଭଳି ଅତି ଛୋଟପିଲା ସେ ନୁହେଁ। ନନାଙ୍କର ଟଙ୍କା ଦରକାର, ଟଙ୍କା!

ନାନୀ ଚାଲି ଚାଲି ଏଣିକି ଆସୁଛନ୍ତି।

ଢ଼ୋକ ଗିଳିନେଇ ସେ କହିଲା, ସେକଥା ମୁଁ ଭାବୁଛି। ତମେ ଗାଧୋଇ ଯାଅ।

ମିଶ୍ରେ ଗାଧୋଇ ଗଲେ।

ଓଷା ଘର ଭିତରକୁ ଆସି ଭାବିଲା।

ପିଉସୀଙ୍କ ହାତ ବାକ୍ସରେ ହଜାର ହଜାର ଧାନବିକା ଟଙ୍କା ଅଛି। ଇଚ୍ଛାକଲେ ପାଞ୍ଚ ଶହ ଟଙ୍କା ଦେବା ତାଙ୍କ ପକ୍ଷରେ କିଛି ବଡ଼ କଥା ନୁହେଁ। କିନ୍ତୁ ସେ ଜାଣେ, ନାନୀ କେବେ ଦେବେ ନାହିଁ। ବାପାଙ୍କର ଯାହା ପ୍ରକୃତି, କେହି ବି ଦିଅନ୍ତା ନାହିଁ।

କିନ୍ତୁ ସେ ଯଦି ଇଚ୍ଛା କରେ...।

ପିଉସୀ ହାତ ବାକ୍ସର ଚାବି ଯେଉଁଠି ରଖନ୍ତି, ସେ ତାଙ୍କ ଅଜାଣତରେ ଦେଖିଛି। ସେ ହୁଏତ ଲୁଚାଇକରି ଟଙ୍କା ଦେଇପାରେ। କିନ୍ତୁ ଯଦି ସେକଥା ଜଣାପଡ଼ିଯାଏ...।

ଝାଳ କଣ୍ଟି ଆସୁଛି ଦେହରେ କଥାଟା ଭାବିବାକ୍ଷଣି।

ବାପାଙ୍କ ଶୁଖିଲା ମୁହଁ ବି ଆଖି ଆଗରେ ଭାସିଉଠୁଛି। ସେ ଛୋଟ ପିଲା ନୁହେଁ। ଘରେ ବୋଉ ଓ ସାନଭାଇ, ଭଉଣୀଙ୍କର କଅଣ ଅବସ୍ଥା ହେଉଥିବ, ସେ ବି ଅନୁମାନ କରିପାରୁଛି। ଟଙ୍କା ସେ ଲୁଚାଇ କରି ଦେବ କି?

ନନା ଗାଧୋଇ ଆସିଲେଣି।

ନୂଆ'ଉ ଜଳଖିଆ ତିଆରି କରୁଛନ୍ତି।

ନାନୀ ଯାଇଛନ୍ତି ବାରିକୁ।

ଓଷା ନନାଙ୍କ ପାଖକୁ ଗଲା। କହିଲା ମୋ ମୁଣ୍ଡ ଛୁଇଁ କହିଲ, ଟଙ୍କା ମାସକ ଭିତରେ ଫେରାଇ ଦେବ ତ! ମୁଁ ନାନୀଙ୍କ ବାକସ୍‌ରୁ ଟଙ୍କା ଲୁଚାଇକରି ଦେବି-ତମେ ଦେଲେ ମୁଁ ପୁଣି ସେଥିରେ ରଖିଦେବି। ତମେ ଯଦି ନ ଦେବ- ମୁଁ ଯଦି ଧରାପଡ଼ିଯିବି- ତେବେ-ତେବେ ସତ କହୁଛି ବିଷ ଖାଇଦେବି।

ଝିଅର କଥା ଶୁଣି ମିଶ୍ରଙ୍କ ଛାତି ଭିତର ଥରିଉଠିଲା।

ସେ ଜାଣନ୍ତି ନାନୀ କେବେ ଟଙ୍କା ଦେବ ନାହିଁ। ଝିଅ ଯଦି ଦେଇପାରେ...।

ଉଷାର ଆଖି ଛଳଛଳ ହୋଇଆସୁଛି। ଥରିଉଠୁଛି ବି ମିଶ୍ରଙ୍କ ଛାତିଭିତର। ସେ ଝିଅର ହାତଧରି କହିଲେ, ତୁ ଦେଇପାରିବୁ-ଦେଇପାରିବୁ? ମୁଁ ସତ କହୁଛି ମାଆ! ମାସକ ଭିତରେ ମୁଁ ଟଙ୍କା ଦେଇଦେବି...ପାରାଦ୍ୱୀପରେ କଣ୍ଟ୍ରାକ୍ଟରୀ କରି ଲୋକେ ରାତିକ ଭିତରେ ବାଦ୍‌ଶାହା ହୋଇଯାଉଛନ୍ତି...

ନୂଆ'ଉଙ୍କ ଡାକ ଶୁଭୁଛି । ଜଳଖିଆ ବଢ଼ା ହେଲାଣି ।

ମିଶ୍ରେ ଜଳଖିଆ ଖାଇବା ପାଇଁ ଉଠିଗଲେ ।

ରାତିରେ ଆଉ ଉଷାକୁ ନିଦ ନାହିଁ ।

ସେ ଶଯ୍ୟାରୁ ଉଠିବାକୁ ଚେଷ୍ଟା କରୁଛି, କାଳେ କିଏ ଚେଇଁଥିବ ବୋଲି ପୁଣି ଶୋଇପଡୁଛି । ନନାଙ୍କୁ ଟଙ୍କା ଦେବାକୁ ହେବ । ନୂଆ'ଉଙ୍କ ଠାରୁ ଟର୍ଚ୍ଚ ଆଣି ରଖିଛି । ଠାକୁରଘରର ଭାଗବତ ପୋଥି ତଳେ ନାନୀ ବାକ୍ସର ଚାବି ଅଛି । ଅନ୍ଧକାରରେ ଟର୍ଚ୍ଚ ନେଇ ଆଣିବାକୁ ହେବ ।

ନୂଆ'ଉଙ୍କ ଘରୁ ଲଣ୍ଠନ ଲିଭିଗଲାଣି । ସେ ଶୋଇଗଲେଣି ।

ଏ ଘରେ ବି ନାନୀଙ୍କ ନିଃଶ୍ୱାସ ଶୁଭୁଛି । ସେ ଶୋଇଗଲେଣି । ଦାଣ୍ଡପଟ ଘରେ ଖୁଡ଼ଖାଡ଼ ଶବ୍ଦ ଶୁଭୁଛି ।

ନନାଙ୍କୁ ବୋଧହୁଏ ନିଦ ହେଉନାହିଁ ।

ଆଶଙ୍କା ଓ ଉଦ୍‌ବେଗରେ ଏଣେ ଛଟପଟ ହେଉଛି ଉଷା ।

ସେ ନନାଙ୍କ ନାକପାଖରେ ନିଃଶ୍ୱାସର ଗତି ବାରିଲା । ନା-ସେ ଶୋଇଗଲେଣି । ସହଜରେ ଉଠିବେ ନାହିଁ । ନିଜେ ଉଠି ପଦାକୁ ଗଲା ଉଷା ।

ଛାତିଟା ଦପ୍ ଦପ୍ ହେଉଛି । ମନ ଛକପକ ହେଉଛି । କିଏ ଉଠିଲା କି ?

ନା-ବିଲେଇଟା ଖସ୍ ଖସ୍ ହୋଇ ବାହାରିଯାଉଛି । ଚାରିଆଡ଼ ଅନ୍ଧାର । ଆକାଶରେ ବି ତାରା, ଜହ୍ନ କିଛି ନାହାନ୍ତି । ନଡ଼ିଆଗଛ ବାହୁଙ୍ଗାଗୁଡ଼ାକ ପବନରେ ଦୋହଲି ଦୋହଲି ଯାହା ଶବ୍ଦ କରୁଛି । ଠାକୁରଘର ଭିତରେ ପାଦ ଚିପି ଚିପି ପଶିଲା ଉଷା ।

ବାହାରିଲାବେଳକୁ ସେ ଗୋଟିସୁଦ୍ଧା ଝାଳରେ ଓଦା ହୋଇଯାଇଛି । ଦେହ ଥରୁଛି । ଟଙ୍କାତକ ଗଣି ରୁମାଲରେ ବାନ୍ଧିଲା । ଚାରି ଆଡ଼କୁ ଚାହିଁଲା, କେହି ଉଠିଛନ୍ତି କି ?

ଠାକୁରଘର କାନ୍ଥରେ ମୁଣ୍ଡିଆମାରି ଠାକୁରଙ୍କୁ ପ୍ରାର୍ଥନା କଲା ଉଷା- ନନାଙ୍କୁ ଭଲ ବୁଦ୍ଧି ଦିଅ ଠାକୁରେ ! ସେ ରୋଜଗାର କରନ୍ତୁ । ଟଙ୍କା ଆଣି ଠିକ୍ ସମୟରେ ଫେରାଇ ଦିଅନ୍ତୁ । ଧାର ଧାର ଲୁହ ବହିଯାଉଛି ଆଖିରୁ । ଲୁଗାକାନିରେ ତାକୁ ପୋଛିନେଲା ଉଷା ।

ନନାଙ୍କ ଦାଣ୍ଡଘର କବାଟ ପାଖରେ ଠିଆହେଲା ।

କିଏ ? ଓଷି ? ନନାଙ୍କ ଉଦ୍‌ବିଗ୍ନ କଣ୍ଠସ୍ୱର ।

ନନାଙ୍କ ମୁହଁ ସେ ଦେଖିପାରୁ ନାହିଁ, କିନ୍ତୁ ଭୟ, ଆଶଙ୍କାରେ ତାଙ୍କ ମୁହଁଟା କେମିତି କଳାକାଠ ପଡ଼ିଯାଇଛି; ସେକଥା ସେ ଅନୁମାନ କରିପାରୁଛି ।

କିଛି ନକହି ରୁମାଲପୁଡ଼ା ସେ ନନାଙ୍କ ହାତକୁ ବଢ଼ାଇ ଦେଲା। ଅନୁଭବ କଲା, ପୁଡ଼ା ନେଲାବେଳେ ପବନରେ ଦୋହଲୁଥିବା ନଡ଼ିଆ ବାହୁଙ୍ଗା ଭଳି ତାଙ୍କ ହାତ ଠକ୍ ଠକ୍ ହୋଇ ଥରୁଥିଲା।

ଆସ୍ତେ କବାଟ ବନ୍ଦ କରି ଶୋଇଲା ପରେ ଉଷା ଦେହରେ ଜୀବନ ପଶିଲା।

ସକାଳୁ ଉଠି ହେମାଙ୍ଗିନୀ ଦେଖିଲେ, ଭାଇ ଛତାବାଡ଼ି ଧରି ସଜବାଜ ହେଲେଣି।

କିରେ ଏ ସକାଳୁ ସକାଳୁ... ହେମାଙ୍ଗିନୀ ପଚାରିଲେ।

ଯାଉଛି ନାନୀ! ଓଷିକୁ ଦେଖିବା ପାଇଁ ମନ ଛଟପଟ ହେଲା ପଳାଇଆସିଲି। ତେଣେ ପିଲାଏ ଦକଦକ ହେଉଥିବେ। ଦିନେ ରହିଗଲି। ଏଣିକି ନହେଲେ ହେଉନି, ତେଣିକି ନହେଲେ ବି ଚଳୁନି। ଗୋଟାଏ ମଣିଷ ତ! ମିଶ୍ରେ ଏକା ଦମ୍‌ରେ କଥାତକ କହି ନିଃଶ୍ୱାସ ନେଲେ।

ଆଉ କେବେ ଆସିବୁ?- ହେମାଙ୍ଗିନୀ ସ୍ନେହ-ସଜଳ କଣ୍ଠରେ ପଚାରିଲେ।

ସୁବିଧା ଦେଖି ଆସିବି। ଓଷି ତତେ ଲାଗିଲା। ତୋରି ଭରସାରେ ତାକୁ ଛାଡ଼ି ମୁଁ ନିଶ୍ଚିତ। ତା' ମାଆ ସିନା ଜନମ ଦେଇଥିଲା, ହେଲେ ତୋ ପାଖରେ ସେ ମଣିଷ ହେଲା। ତାକୁ କିଛି କଡ଼ା କଥା କହିବୁ ନାଇଁ। - ମିଶ୍ରଙ୍କ କଣ୍ଠରେ ଆକୁଳତାର ସ୍ପର୍ଶ।

ଉଷା କବାଟ ଆରପଟେ ଥାଇ ସବୁ ଶୁଣିଲା। ନନାଙ୍କ ଶେଷ କଥା ପଦକ ଶୁଣି ତା' ଛାତି ଭିତରଟା ଦାଉଁକିନା ହୋଇଗଲା।

ହେମାଙ୍ଗିନୀ ଏଥର ଶୁଣି ହସିଲେ। କହିଲେ, ଭଲ ବୁଝେଇ ସୁଝେଇ କଥା କହୁଛୁ ତ। ତୋ ଝିଅର କଅଣ ଏଠି ଅଣହେଲା ହେବ? ଛି...ଛି.... ବାଇଆଟା ପରା...

ଓଷି କହିଲା, ନୂଆ'ଉ ଓଲିକି ହେଉଛନ୍ତି ନନା!

ହାତ ଟେକି ଆଶୀର୍ବାଦ ଶ୍ଳୋକ ପୁଣି ଆବୃତ୍ତି କଲେ ମିଶ୍ରେ।

X X X

ସାତ ଦିନ ପରେ।

ହେମାଙ୍ଗିନୀଙ୍କ ମୁହଁ ଚାଉଁକିନି ହୋଇଗଲା ହାତବାକ୍‌ସଟା ଖୋଲିଦେଇ। ଗଣିବାକୁ ସୁବିଧା ହେବ ବୋଲି ଶହ ଶହ କରି ଟଙ୍କା ଗୁଡ଼ାକ ସେ ବିଡ଼ା ବାନ୍ଧି ଦିଅନ୍ତି। କିନ୍ତୁ ଗୋଟାଏ ବିଡ଼ା ଅଧା ପଡ଼ିଛି...!

ହେମାଙ୍ଗିନୀଙ୍କ ଛାତି ଭିତରେ ମୁଦ୍‌ଗର ପିଟିଲା ଭଳି ଶବ୍ଦ ଶୁଭୁଛି! ନିଜ ଛାତିର ଧକ୍ ଧକ୍ ଶବ୍ଦ ସେ ନିଜେ ଶୁଣିପାରୁଛନ୍ତି।

ଦିନେ ନାହିଁ, କାଲେ ନାହିଁ, ଆଜି ଏ କି ଘଟଣା !

ଦ୍ୱନ୍ଦ୍ୱରେ ପଡ଼ିଲେ ହେମାଙ୍ଗିନୀ। ସେ କ'ଣ ଏ ବିଡ଼ା ଅଧା ରଖିଥିଲେ ?

ନା-ଅଧା ଟଙ୍କା ସେ ଏ ବାକ୍ସରେ ରଖନ୍ତି ନାଇଁ। ଶହକୁ ଅଣ୍ଟ ହେଲେ ସେ ଟଙ୍କା ରଖନ୍ତି ଶୋଇବା ଘରେ ଟିଣ ଟ୍ରଙ୍କରେ। ଘର ଖର୍ଚ୍ଚ, ଖଜଣା, ପାଣିକର, ବନ୍ଧୁବେଭାର ଖର୍ଚ୍ଚ ହୁଏ ସେ ଟଙ୍କାରେ। ମାତ୍ର ଦଶ ଦିନ ତଳେ ସେ ହଜାରେ ଧାନବିକା ଟଙ୍କା ଦଶ ବିଡ଼ା କରି ଏଇ ବାକ୍ସରେ ରଖିଛନ୍ତି। ଗଣିବାର କାଳେ ଭୁଲ୍ ହୋଇଥିବ ବୋଲି କାନ୍ଥରେ ଚକ୍ ଖଡ଼ିରେ ଗାର ପକାଇଛନ୍ତି।

କାନ୍ଥର ଚକ୍ ଗାର ଠିକ୍ ଅଛି।

ଭୁଲ୍ କେବଳ ବାକ୍ସ ଭିତରେ ଥିବା ଟଙ୍କା ବିଡ଼ାରେ।

ହେମାଙ୍ଗିନୀଙ୍କ ମୁଣ୍ଡ ବୁଲାଇବାକୁ ଆରମ୍ଭ କଲା।

ସ୍ୱାମୀ ଯିବା ପରେ ସେ ଏ ଘର ଚଳାଉଛନ୍ତି। ଟଙ୍କା ପଇସା ହିସାବ ରଖୁଛନ୍ତି। ଗୋଟିଏ ପଇସା ଯେପରି ବେହିସାବି ଖର୍ଚ୍ଚ ନ ହୁଏ, ସେଥିପ୍ରତି ଗୋଡ଼େ ଗୋଡ଼େ ଜଗି ଚଳୁଛନ୍ତି। ପାଟି ସୁଆଦ କରିବାପାଇଁ ଦିନେ ହେଲେ ଭୁଲ୍‌ରେ ସୁଦ୍ଧା ଭଲ ଦରବଟିଏ କିଣି ପାଟିରେ ମାରି ନାହାନ୍ତି। କେବଳ ନିର୍ମଳ ପାଇଁ ଯାହା ତାଙ୍କ ହାତ ଖୋଲା...

ତାର ବି କିତା କିତା ହିସାବ ଅର୍ଜ୍ଜୁନ ମାଷ୍ଟ୍ରଙ୍କୁ ଡକାଇ ଲେଖି ରଖିଛନ୍ତି।

ହଠାତ୍ ଆଜି ପାଞ୍ଚ ଶହ ଟଙ୍କା !

ହେମାଙ୍ଗିନୀଙ୍କ ମୁଣ୍ଡ ଭିତରେ ଚିନ୍ତାଗୁଡ଼ାକ ଗୋଳମାଳ ହୋଇଗଲା।

ଭଲ କରି ମନେ ପକାଇଲେ ସେ। ଆଉ କାହାକୁ ଟଙ୍କା ଦେଇଛନ୍ତି କି ?

ଦେଇଥିଲେ କାନ୍ଥର ଚକ୍ ଖଡ଼ିର ଗାର ଲିଭିଥାଆନ୍ତା। ଟଙ୍କା ପଇସାରେ ସେ କେବେ ଥରେ ହେଲେ ଭୁଲ୍ କରିନାହାନ୍ତି। ଟଙ୍କା ହିସାବ, ଦେଏଣ ନେଏଣ ବେଳେ କାଳେ ମନ ଅସ୍ଥିର ହେବ, ସେଥିପାଇଁ ସେ ଠାକୁରଘରେ ଟଙ୍କା ରଖନ୍ତି। ହିସାବପତ୍ର କରନ୍ତି ନିରୋଳା ବେଳେ। ଅଥଚ...ଅଥଚ...

ଅଥଚ ଏତେ ଗୁଡାଏ ଟଙ୍କା କିପରି ଏପାଖ ସେପାଖ ହୋଇଗଲା, ତାର ଖିଏ ହେଲେ ସୂତ୍ର ସୁଦ୍ଧା ସେ ଧରିପାରୁ ନାହାନ୍ତି !

ଭାଗବତ ଗାଦି ଆଡ଼କୁ ଚାହିଁଲେ ହେମାଙ୍ଗିନୀ।

ଭାଗବତ ପୋଥି ପାଖରେ ଆଚାର୍ଯ୍ୟ ପରିବାରର ଇତିହାସ ପୋଥିଟା ବି ଥୁଆ ହୋଇଛି।

ସ୍ୱାମୀଙ୍କ କଥା ମନେ ପଡ଼ିଗଲା। ସେ କହିଥିଲେ ଆଚାର୍ଯ୍ୟ ପରିବାରର

ପବିତ୍ରତା ଦେହରେ ନୀଚବଂଶୀୟ କୌଣସି ଲୋକର ଛାଇ ପଡ଼ିଲେ ଏ ଘରୁ ଲକ୍ଷ୍ମୀ ଛାଡ଼ିଯିବେ। ତାଙ୍କର କଥା କଅଣ ସତ ହେଲା ?

ପଣ୍ଡାଘରର ଝିଅ, ବୋହୂ ହୋଇ ଆସିବା ପରେ ସତକୁ ସତ କଅଣ ଲକ୍ଷ୍ମୀ ଠାକୁରାଣୀ ଏ ଘର ଛାଡ଼ି ଚାଲିଯିବାକୁ ବାହାରିଲେଣି ? ଏ ପାଞ୍ଚ ଶହ ଟଙ୍କା କଅଣ ସେହି ପାପ ଯୋଗୁ ଭୋଜବିଦ୍ୟା ଭଳି ବାକ୍ସ ଦେହରୁ ବାହାରି କୁଆଡ଼େ ଉଡ଼ିଗଲା ?

ମୁଣ୍ଡରେ ହାତ ଦେଇ ବସିପଡିଲେ ହେମାଙ୍ଗିନୀ।

ଜାଣି ଜାଣି ସେ ଅଧର୍ମକୁ ଘରେ ପୂରାଇଛନ୍ତି। ପୁଅ ମନରେ କଷ୍ଟ ଦେବେ ନାହିଁ ବୋଲି ନୀଚବଂଶର ଝିଅକୁ ବୋହୂ ରୂପେ ଘରେ ସ୍ଥାନ ଦେଇଛନ୍ତି। ଲକ୍ଷ୍ମୀଠାକୁରାଣୀ ସହିପାରିଲେ ନାହିଁ। ଏମିତି ଆଖି ଆଗରେ ଦେଖୁ ଦେଖୁ ପାଞ୍ଚ ଶହ ଟଙ୍କା କୁଆଡ଼େ ଉଭାନ୍ ହୋଇଗଲା।

ହଠାତ୍ ଗୋଟାଏ କଥା ଚାଉଁକିନି ମନେ ପଡ଼ିଗଲା ହେମାଙ୍ଗିନୀଙ୍କର।

ତିନି ଦିନ ତଳେ ବୋହୂ ବାପଘରୁ ସଙ୍ଖୁଳାଭାର ଆସିଥିଲା।

ବାପଘର ଗାଆଁରୁ ଆସିଥିବା ବାରିକ ସାଙ୍ଗରେ କଅଣ ନିରୋଳାରେ କଥାଭାଷା ହେଉଥିଲା ବୋହୂ। ବାପଘର ଲୋକଙ୍କ ସାଙ୍ଗରେ ବୋହୂ କଥାଭାଷା ହେବାବେଳେ ଶାଶୂ ପାଖରେ ରହିବା କଥା ନୁହେଁ। ତଥାପି ହେମାଙ୍ଗିନୀଙ୍କ ମନ କାହିଁକି କେଜାଣି ଛକପକ ହେଲା। ବୋହୂକୁ ବେଳେବେଳେ ରାଗ କରି କଥା ଯେ ସେ ନ କହିଛନ୍ତି, ତା ନୁହେଁ। ସେ କଥା କାଳେ ବାପଘରକୁ ବୋହୂ ଖବର ପଠାଉଥିବ; ସେଇ ଆଶଙ୍କାରେ ତାଙ୍କ ମନ ହୃଦୟ ସନ୍ଦେହରେ ଛନ୍ଦି ହୋଇ ପଡ଼ିଥିଲା।

ବୋହୂ ବାପଘର ଲୋକଙ୍କ ସାଙ୍ଗରେ କଥାଭାଷା ହେବା ବେଳେ ଶାଶୂ ଶ୍ୱଶୁର କିମ୍ବା କେହି ଗୁରୁଜନ ରହିବା ସିନା ଉଚିତ ନୁହେଁ, କିନ୍ତୁ ନଣନ୍ଦ ରହିଲେ କ୍ଷତି ନାହିଁ। ସେଥିପାଇଁ ତରତର କରି ଓଷିକି ଡାକି ସେ ବୋହୂ ପାଖକୁ ପଠାଇଥିଲେ। ତାଙ୍କ ଆଖିରେ ସେତେବେଳେ ଦିଶି ଯାଇଥିଲା କ'ଣ ଗୋଟାଏ ଚିଜ ଖାମ୍‌ରେ ପୂରାଇ ବୋହୂ ବାରିକ ହାତକୁ ବଢ଼ାଇ ଦେଉଥିଲା।

ସେତେବେଳେ ସେ କଥା ଖିଆଲ ହୋଇ ନଥିଲା ତାଙ୍କର। ବର୍ତ୍ତମାନ ସେ ଦୃଶ୍ୟ ତାଙ୍କ ଆଖିକୁ ଜଳଜଳ ହୋଇ ଦିଶିଗଲା। ପାଞ୍ଚ ଶହ ଟଙ୍କା !

ଉଷା ଖଟ ଉପରେ ଶୋଇ ସୁଏଟର ବୁଣୁଥିଲା। ନୂଆବୋଉ ଶିଖାଇ ଦେଇଛନ୍ତି। ଏବେ ଆପେ ଆପେ ସେ ବୁଣି ଜାଣିଲାଣି। ନାନୀଙ୍କ ଡାକ ଶୁଣି କୃଶ୍ କଣ୍ଟାଟା ତା ହାତରେ ପୋଡ଼ି ହୋଇଗଲା। ଅଧାବୁଣା ଉଲ୍ ସୁଏଟରଟାକୁ ଖଟ ଉପରେ ପକାଇ ଦେଇ ସେ ଛୁଟି ଆସିଲା ନାନୀ ପାଖକୁ।

ମତେ ଡାକୁଥିଲୁ ?

ହୁଁ, ପାଖରେ ବଅ।

କଅଣ କହ। ମୋ ସୁଏଟର ଅଧା ହୋଇ ପଡ଼ିଛି....

ସତ କହିଲୁ, ବାପଘର ଗାଆଁ ଭଣ୍ଡାରୀକୁ ନୂଆ'ଉ ସେଦିନ କଅଣ ଦେଉଥିଲା ?

କାଇଁ କିଛି ନାଇଁ ତ ! କଅଣ ଆଉ ଦେବେ ?

ମତେ ଆସି ପଚାଶ ପାଖାପାଖି ହେଲାଣି। ଆଖିରେ ପରଳ ମାଡ଼ିଲାଣି। ତଥାପି ମତେ ଦିଶିଲା, ତୋ ଆଖିକୁ ଦିଶିଲା ନାହିଁ !

କଅଣ କହୁନୁ ?

ସେ ଯେଉଁ ଖାମ୍‌ଟା ଦେଉଥିଲା ?

ଓଃ, ହାଁ। ନୂଆ'ଉ ତାଙ୍କ ବୋଉଙ୍କ ପାଖକୁ ଖଣ୍ଡେ ଚିଠି ଦେଉଥିଲେ। ମୁଁ ସେ ଚିଠି ପଢ଼ିଚି। ଲେଖିଲାବେଳେ ମତେ ଦେଖାଇଥିଲେ। କିଛି ନାହିଁ-ଗାଆଁରେ ସବୁ ମାଆ ମାଉସୀଙ୍କୁ ପ୍ରଣାମ। ଭଉଣୀମାନଙ୍କୁ ସ୍ନେହ-ଏଇଥିରୁ ଗୁଡ଼ାଏ। ଆଉ ଏଠି ଭାରି ଭଲ ଅଛନ୍ତି... ଏମିତି କଅଣ।

ହେମାଙ୍ଗିନୀଙ୍କ ମୁହଁ ବିକୃତ ହୋଇଗଲା। ଓଷିଟା ହୁଣ୍ଡୀଟାଏ, କିଛି ଜାଣେ ନାହିଁ। ଓଷିକୁ ଦେଖାଇ ସେ ଯେଉଁ ଚିଠି ଲେଖିଥିଲା, ସେ ଚିଠି କଅଣ ସେ ଖାମ୍‌ରେ ରଖିଥିବ ? କଟକୀ ଛଟକୀ କଲେଜ ପଢୁଆ ଝିଅଟି ସେ ! ଦେଖାଇଲା ବେଳକୁ ଭଳିଏ, ଖାମ୍‌ରେ ପୂରାଇ ଦେଲା ବେଳକୁ ଆଉ ଭଳିଏ।

ଆଉ ଶାଶୂଘରେ ଭଲ ଅଛି ବୋଲି କେଉଁ ଝିଅ ବାପଘରକୁ ଚିଠି ଲେଖେ !

ହେମାଙ୍ଗିନୀଙ୍କର ମନେ ପଡ଼ିଲା, ସେ ବି ବୋହୂ ହୋଇ ଆସି ଏଠି ରାଣୀ ଉଆସରେ ଥିବା ଭଳି ସୁଖରେ ଥିଲେ। ହେଲେ ବାପ ଘରକୁ ସବୁବେଳେ ଖବର ପଠାନ୍ତି ଯମପୁରରେ ଅଛନ୍ତି ବୋଲି। ଆଉ ତାଙ୍କ ବୋହୂ ଚିଠି ଲେଖିଲା ଶାଶୂଘରେ ଭଲ ଅଛି ବୋଲି ! ଏକଥା କେଉଁ ବୋହୂ ଲେଖେ ! ! ଓଷିଟା ହୁଣ୍ଡୀଟାଏ।

ଯାଉଛି। ଉଷା ଯିବାକୁ ଉଠିଲା।

ନା-ବସ୍। ଗୋଟାଏ କଥା ପଚାରିବି।

ପଚାରୁନ୍ତୁ, ଏତେ ଡେରି କରୁଛୁ କାହିଁକି ? ସୁଏଟରଟା ଅଧା ବୁଣା ହୋଇପଡ଼ିଛି ଲୋ....

ନୂଆବୋଉ ସେ ଖାମ୍ ଭିତରେ ଟଙ୍କା ପଠାଇଛି ? ସତ କହ। - କଥାଟି ପଚାରି ହେମାଙ୍ଗିନୀ ଉଷାର ମୁହଁକୁ ତୀକ୍ଷ୍ଣ ଦୃଷ୍ଟିରେ ଚାହିଁଲେ।

ଟଙ୍କା କଥା ଶୁଣି ଉଷାର ମୁହଁ ରକ୍ତଶୂନ୍ୟ ହୋଇଗଲା। ନିଜ ମନର ପାପ,

ନିଜ ମନର ଭୟ ତା ମୁହଁରୁ ଶୋଷିନେଲା ସମସ୍ତ ରଙ୍ଗ। ବହୁ କଷ୍ଟରେ ସେ କହିଲା ଟଙ୍କା !

ହଁ-ହଁ- ଟଙ୍କା। ଶହେ ନୁହେଁ, ଦୁଇଶହ ନୁହେଁ, ପାଞ୍ଚ ଶହ। ସତ କହ। ମୋ ରାଣଟି !- ହେମାଙ୍ଗିନୀ ଚାପା ଅଥଚ ତୀକ୍ଷ୍ଣ କଣ୍ଠରେ ପ୍ରଶ୍ନ ପଚାରି ଉଷା ମୁହଁକୁ ଚାହିଁ ରହିଲେ। ଉଷା ମୁହଁର ରଙ୍ଗ ପରିବର୍ତ୍ତନ ଲକ୍ଷ୍ୟ କରି ତାଙ୍କ ମନର ସନ୍ଦେହ ଦୃଢ଼ୀଭୂତ ହେଲା। ପଣ୍ଡା ଘରର ଝିଅ ସିନ୍ଧି କାଟି ଆଚାର୍ଯ୍ୟ ପରିବାରର ଲକ୍ଷ୍ମୀଙ୍କୁ ବାରିକ ହାତରେ ସତରେ ପଠାଇ ଦେଇଛି।

ଉଷାର ଦେହ ଗୋଟିସୁଦ୍ଧା ଥରୁଥିଲା।

ଆଗରେ ଆଖି ମେଲାକରି ଚାହିଁ ରହିଛନ୍ତି ନାନୀ। ଆଖିଡୋଳା ଦୁଇଟା ରଢ଼ନିଆଁ ଭଳି ଦପ୍ ଦପ୍ ହୋଇ ଜଳୁଛି। ଭୟରେ ଅଠା ଅଠା ହୋଇ ଆସୁଥିଲା ଉଷାର କଣ୍ଠନଳୀ। ସେ ଢ଼ୋକଗିଳି କହିଲା, ଟଙ୍କା-ନା-ହଁ-ମୁଁ ଜାଣିନି, ଥିବ-ଲଫାପାଟା ମୋଟା ଜଣାପଡୁଥିଲା-ତୁ ମୋ ନାମ ନୂଆ'ଉଙ୍କୁ କହିବୁ ନାଇଁ- ତୋ ଗୋଡ଼ତଳେ ପଡୁଚି...।

ହେମାଙ୍ଗିନୀଙ୍କ ଆଖିର ପ୍ରଦୀପରେ ଦୃଷ୍ଟିର ଶିଖା ହୁତୁହୁତୁ ହୋଇ ଜଳିଉଠିଲା। ଅନେକ ଦିନର ଅବରୁଦ୍ଧ ରାଜ କ୍ରୋଧ ଓ ସନ୍ଦେହରେ ବନର ଦାବାଗ୍ନି ଭଳି ପ୍ରଜ୍ୱଳିତ ହୋଇଉଠିଲା ତାଙ୍କ ଦେହ, ମନ, ସର୍ବତ୍ର।

ଉଷାକୁ ଠେଲିଦେଇ ସେ ଉଠି ଠିଆ ହେଲେ।

ଉଷା ଭୟରେ ଜଡ଼ସଡ଼ ହୋଇଯାଇଥିଲା।

XXX

ନିରୁପମାର ମନଟା ଆଜି କାହିଁକି କେଜାଣି ଅସୁସ୍ଥ ହୋଇ ପଡିଛି।

ଗ୍ରାମରୁ ବାରିକ ଆସିଥିଲା। ସଙ୍ଖୁଳା ଭାର ଘେନି ଗଉଡ଼ ବି ଆସିଥିଲେ। ବାରିକ କହୁଥିଲା, ବୋଉର ଦେହ ଭଲ ନାହିଁ। ତିନି ଦିନ ହେଲା ଜ୍ୱର ହେଇଛି ଛାଡୁ ନାହିଁ। ବାରିକକୁ ବାରମ୍ବାର ରାଣ ପକାଇ ତା ଦେହ କଥା ଝିଅକୁ ନ କହିବାକୁ ବୋଉ କହିଥିଲା।

କିନ୍ତୁ ବାରିକ ସେକଥା ଲୁଚାଇ ପାରିଲା ନାହିଁ।

ବୋଉ ଦେହ କଥା ଶୁଣିଲା ବେଳଠୁଁ ନିରୁପମାର ପେଟ ଭିତର କଅଣ ହୋଇଯାଉଛି।

ଘରର କଥା ଏହି ଭିତରେ ସେ କ୍ୱଚିତ ଭାବିଛି। ଭାବିବାକୁ ସେ କେବେ ସମୟ ପାଇନାହିଁ। ନିଜ ଘରସଂସାର ନେଇ ସେ ବ୍ୟସ୍ତ। ନିଜର ସ୍ୱାମୀ, ଶାଶୂ,

ପରିବାରର ଜଞ୍ଜାଳରେ ସେ ନିଜକୁ ଭୁଲିଛି। ଭୁଲିଛି ମଧ୍ୟ ନିଜ ବାପା, ମାଆ, ସାଙ୍ଗ, ସାଥୀମାନଙ୍କ କଥା।

କିନ୍ତୁ ଆଜି ବୋଉ ଦେହ କଥା ଶୁଣି ଆଖିରେ ତା'ର ଲୁହ ଥୟ ହେଉନାହିଁ।

ମନ ଗୋଳେଇ ଘାଣ୍ଟି ହେଉଛି।

ବୋଉର ଦୁଃଖ, କଷ୍ଟ ସେ ଜାଣେ। ତାକୁ ପାଠ ପଢ଼ାଇବା ପାଇଁ ତା'ର ତ୍ୟାଗ, ନିଷ୍ଠା ସେ ଭୁଲିପାରି ନାହିଁ। ଦୀପର ଶିଖା ଭଳି ସେ ନିରୁପମାର ଭବିଷ୍ୟତର ଅନ୍ଧାର ପଥକୁ ଆଲୋକିତ କରିଥିଲା। ଜ୍ୱଳନର ଦହନ ପାଇଁ କେବେ ମନ ଦୁଃଖ କରିନାହିଁ। ଅଥଚ.... ଅଥଚ ବୋଉ ପାଇଁ ସେ କଅଣ କଲା! ତା ରୋଗ ଦୁଃଖରେ ବି ସେ ତା ପାଖରେ ଠିଆ ହୋଇପାରିଲା ନାହିଁ।

ଝିଅ ଜନ୍ମ ପରଘରକୁ।

ନିରୁପମା ପରକୁ ଆପଣାର କରିବାର ସାଧନା କରୁଛି। ଯେଉଁମାନେ ତାକୁ ରକ୍ତ ଦେଇ ବଢ଼ାଇଥିଲେ ସେମାନଙ୍କ କଥା ସେ ଭୁଲିଛି।

ଆଜି ସେଥିପାଇଁ ତା ମନରେ ଶୋଚନା ନାହିଁ।

ଶାଢ଼ି କାନିରେ ଲୁହ ପୋଛି ନେଇ କର ଲେଉଟାଇ ଶୋଇଲା ନିରୁପମା।

ସେ ଜାଣେ, ବୋଉକୁ ସାମାନ୍ୟ ଜ୍ୱର ହେଲେ ବି ସେ କିଛି ଖାଦ୍ୟ ଛୁଏଁ ନାହିଁ। ସାଗୁ, ବାର୍ଲି କିମ୍ବା କିଛି ଫଳମୂଳ ମଧ୍ୟ ନୁହେଁ। ଘରେ ସମସ୍ତେ ଫାଟିଫୁଟି ଗଲେ ବି ତା ପାଟିରେ ଟିକିଏ କେହି ଖାଇବା ଜିନିଷ ଦେଇପାରନ୍ତି ନାହିଁ। ଏକା ସେଇ ଜିଦ୍ କଲେ, ରାଣ ପକାଇଲେ ବୋଉ ସାଗୁ ପିଏ, କମଳା ପାଖୁଡ଼ାଏ ପାଟିରେ ଦିଏ।

ବୋଉ ସବୁ ସହିପାରେ।

କିନ୍ତୁ ନିରୁପମାର ରାଣ ସହିପାରେ ନାହିଁ। ପଥ୍ୟ ଖାଇସାରି କହେ, ମୁଁ ତୋ ବୋଉ ନୁହେଁ, ତୁ ମୋ ବୋଉ। ନାଇଁ ଲୋ ନିରୁ!

ନିରୁପମାର ସେସବୁ କଥା ଆଜି ଗୋଟି ଗୋଟି ହୋଇ ମନେ ପଡୁଛି। ବେଶି ଗୋଳେଇ ଘାଣ୍ଟି ହେଉଛି ମନ। ଆହା। ବୋଉକୁ ଆଜି ରାଣ ପକାଇ କିଏ ସାଗୁ ପିଆଇ ଦେଉଥିବ, କମଳା ପାଖୁଡ଼ା ଛଡ଼େଇ ବଳେଇ ଖୁଆଇ ଦେଉଥିବ!

କେହି ନୁହେଁ।

ବୋଉ କାହାରି କଥା ମାନୁ ନଥିବ।

ବୋଉର ବୟସ ଯେତିକି ଯେତିକି ବଢୁଛି, ସେ ସେତିକି ପିଲା ହୋଇଯାଉଛି। ସେ ତ ତାକୁ ଝିଅ ଜନ୍ମ ଦେଇଥିଲା, ସେ ଆଉ ପୁଅ ନୁହେଁ ତ! ସେ ସବୁଦିନେ ତା ପାଖେ ପାଖେ ଥାଆନ୍ତା କେମିତି?

ଯିବ କି ଟିକିଏ ସେ ବୋଉକୁ ଦେଖିଆସିବା ପାଇଁ!

ମନ ଉହଳ ବିକଳ ହେଉଛି। କିନ୍ତୁ କିଛି ଉପାୟ ଦିଶୁ ନାହିଁ। ବାଟ ମିଳୁନାହିଁ। ସେ ଆଚାର୍ଯ୍ୟ ପରିବାରର ବୋହୂ, ପଣ୍ଡା ପରିବାରର ଝିଅ ନୁହେଁ। ଅର୍ଗଳି ଭିତରେ ସେ ବେକ ପୂରାଇଛି। ସୁନା ପିଞ୍ଜରାରେ ରୁପା ଗିନାରେ ଦୁଧ ଭାତ ଦେଖି ଆପେ ଆପେ ସେ ଗୋଡ଼ରେ ବେଡ଼ି ପିନ୍ଧିଛି। ପକ୍ଷ ଥିଲେ ବି ସେ ଉଡିଯିବ କୁଆଡ଼େ?

ବୋହୂ!

ଡାକ ନୁହେଁ, ବଜ୍ରବାଟୁଳି ଭଳି କଥା ପଦକ ଶାଶୂଙ୍କ କଣ୍ଠରୁ ବାହାରି ଆସିଲାଭଳି ବୋଧହେଲା ନିରୁପମାକୁ।

କାନିରେ ଲୁହ ପୋଛି ନେଇ ସେ ପଲଙ୍କରେ ଉଠି ବସିଲା।

ପଚାରିଲା, ମତେ ଡାକୁଛନ୍ତି?

ହେମାଙ୍ଗିନୀ ନିରୁପମା ପ୍ରଶ୍ନର ଉତ୍ତର ନ ଦେଇ ଆହୁରି ପ୍ରଶ୍ନ କରି ବସିଲେ।

ମୋ ହାତ ବାକ୍‌ସରୁ ପାଞ୍ଚ ଶହ ଟଙ୍କା ତୁ ନେଇଛୁ?

ଟଙ୍କା! ପାଞ୍ଚ ଶହ! ଟଙ୍କା ମୋର କଅଣ ହେବ? - ରହସ୍ୟ ସେ ଅବରୁଦ୍ଧ ଦୁର୍ଗ ମଧ୍ୟରେ ପ୍ରବେଶ କରି ନପାରି ନିରୁପମା ନିର୍ବୋଧଙ୍କ ଭଳି ଉତ୍ତର ଦେଲା।

ଆହା! ଟଙ୍କା କଅଣ ହୁଏ ପଣ୍ଡା ଘରର ଝିଅ ଜାଣେ ନାଇଁ! ଲଫାପାରେ ପୂରାଇ ବାରିକ ହାତରେ ବାପ ମାଆଙ୍କ ପାଖକୁ ପଠାଇଲା ବେଳକୁ.... ହଁ-ମୁଁ ସିନା ବେ ଏ, ମେ ଏଁ ପଢ଼ି ନାଇଁ ଝୁଅ- ହେଲେ ମୋର ଆଖି ଅଛି। ଆଚାର୍ଯ୍ୟଘର ବୋହୂ ମୁଁ। ଖାନଦାନୀ ଘରର ଝିଅ। ଏ ଛଳ ଛଦ୍ମ ମତେ ଜଣାନାଇଁ। ଆରେ... ଠାକୁରଘରର ଭିତରେ ପଶି ଟଙ୍କା ପାଞ୍ଚଶହ ଚାହୁଁ ଚାହୁଁ...

ନିରୁପମା ବିସ୍ମୟରେ ବିମୂଢ଼ ହୋଇଗଲା।

ଆକୁଳ କଣ୍ଠରେ କହିଲା ବୋଉ, ମୁଁ କିଛି ଜାଣି ନାଇଁ- କିଛି ବୁଝି ନାଇଁ ଟଙ୍କା କଅଣ?

ହେମାଙ୍ଗିନୀ ଗର୍ଜନ କରି ଉଠଲେ, ଆଉ ଭଲେଇ ହୋ ନା କହୁଛି। ବୋଉ ବୋଉ ମତେ ଡାକନା। ମୋର ଆଖି ଆଗରେ ଗାଆଁ ମାଇପଙ୍କ ସାଙ୍ଗରେ ତୋର ଟଙ୍କା କାରବାର ଚାଲିଛି। ତାକୁ ସହିଛି ନିର୍ମଳ ମୁହଁକୁ ଚାହିଁ-ହେଲେ ଠାକୁରଘରେ ପଶି ଚାବି ଆଣି ମୋ ହାତବାକ୍‌ସରୁ ଅନହୂତି ପାଞ୍ଚଶହ ଟଙ୍କା..ହେ ଭଗବାନ। ରାଧାମାଧବ! ସେ ଟଙ୍କା ଯାହା ପାଖକୁ ଯାଇଛି ତାଙ୍କ କୁଳ ବୁଡ଼ିଯାଉ।

ନିଜ ବାପା, ବୋଉଙ୍କୁ ଲକ୍ଷ୍ୟ କରି କୁଳବୁଡ଼ିବା ଅଭିଶାପ ଯେ ଶାଶୂ ଦେଉଛନ୍ତି, ସେ କଥା ବୁଝିବାକୁ ନିରୁପମାର ଆଉ ବିଳମ୍ବ ହେଲାନାହିଁ। ତାକୁ

ଚାରିଆଡ଼ ଅନ୍ଧାର ଦିଶିଲା । ବୋଉର ଜ୍ୱର-ରୁଗ୍‌ଣ ଶୁଖିଲା ମୁହଁଟି ଭାସିଉଠିଲା ତା ଆଖି ଆଗରେ ।

ଛୁଟିଆସି ସେ ଶାଶୂଙ୍କ ପାଦ ଧରି ପକାଇଲା ।

କହିଲା, ମତେ ଯାହା ଅଭିଶାପ ଦେଉଛନ୍ତି ଦିଅନ୍ତୁ ପଛେ... ମୋ ବାପା ବୋଉଙ୍କୁ କିଛି କୁହନ୍ତୁ ନାଇଁ- ନିର୍ଦ୍ଦୋଷ ସେମାନେ ।

ନିରିଦୋଷ ? କଅଣ କହିଲୁ ? ସବୁ ଦୋଷ ମୋଅର । ମୁଁ ଜାଣେ ସେଇମାନେ ମୋ ପୁଅକୁ ଶିଖାଇ, ଔଷଧ କରି ଗୋଟାଏ କଟକୀ ଡାଆଣୀ ତା' ବେକରେ ଛନ୍ଦିଦେଲେ । ସେତିକିରେ ସେମାନଙ୍କ ମନ ବୋଧ ହେଲା ନାଇଁ.... ମୋ ଘରୁ ଟଙ୍କା ପଇସା ବୁହା ଲଗେଇଲେଣି । ମୁଁ ବୁଝିଲିଣି... ଜାଣିଲିଣି... ହେ ରାଧାମାଧବ ! ସେମାନେ ଯେମିତି ମୋ ଘରକୁ ଉଚ୍ଛନ୍ନ କରିବାକୁ ବସିଛନ୍ତି... ତାଙ୍କ ଘର ସେମିତି ଉଚ୍ଛନ୍ନ ହୋଇଯାଉ ।

ଯେଉଁ ହାତରେ ନିରୁପମା ଶାଶୂଙ୍କ ଗୋଡ଼କୁ ଜାବୁଡ଼ି ଧରିଥିଲା, ଶାଶୂଙ୍କ ଆକ୍ଷେପ, ଅଭିଶାପ ଶୁଣି ସେ ହାତମୁଠାର ବନ୍ଧନ ତା'ର ଶିଥିଳ ହୋଇ ଆସିଲା । ଏକ ଆହତ ଅଭିମାନରେ ଭରି ଉଠିଲା ତାର ମନ । ଶାଶୂଙ୍କ ପାଦ ଛାଡ଼ିଦେଇ ସେ ଉଠି ଠିଆହେଲା ।

ରାଗ, ଘୃଣାରେ ଥରି ଥରି ଉଠିଲା ତା'ର ସମଗ୍ର ଦେହ । କ୍ରୋଧରେ ଆରକ୍ତ ହୋଇଉଠିଲା ମୁଖମଣ୍ଡଳ । ସେ କର୍କଶ କଣ୍ଠରେ ପ୍ରତିବାଦ କଲା, ମୋ ବାପା, ବୋଉ ଜାତିରେ ନୀଚ ହୋଇପାରନ୍ତି, ମନରେ ତମ ଭଳି ଛୋଟ ନୁହନ୍ତି । ତମେ ମତେ ଯାହା କହିବାର କୁହ, ହେଲେ ମୋ ବାପା, ବୋଉ କାହାରିକୁ ଟିକିଏ କଅଣ କହିଲେ ମୁଁ ସହିପାରିବି ନାହିଁ । ହଁ-କହି ରଖୁଛି, ମୋ ବାପା, ବୋଉ...

ନିରୁପମା କଥା ଶେଷ କରିପାରିଲା ନାହିଁ । ଆକୁଳ କ୍ରନ୍ଦନରେ ଉଚ୍ଛ୍ୱସିତ ହୋଇଉଠି ପଲଙ୍କ ଉପରେ ସେ ଲୋଟିପଡ଼ିଲା ।

ହେମାଙ୍ଗିନୀ, କ୍ରୋଧ, ରାଗରେ ବିରାଟ ଏକ ବିସ୍ଫୋରକ ପଦାର୍ଥ ଭଳି ଫାଟିପଡ଼ିଲେ ।

ଚିତ୍କାର କରି ଉଠିଲେ, କଅଣ କହିଲୁ ? ମୁଁ ଛୋଟ ଲୋକ ! ମୁଁ ଖରାପ ଲୋକ ! ଆଲୋ ସାଇ ମାଇପେ, ଶୁଣିବ ଆସ- ଏ ଡାହାଣୀ ମତେ କଅଣ କହୁଛି- ଆଲୋ ଉଷା, ସାଇ ଲୋକଙ୍କୁ ଡାକ-ନିର୍ମଳ ପାଖକୁ ତାର କର୍-ଆଉ ଏ ଘରେ ମୁଁ ରହିବି ନାଇଁ ଏ ଡାଆଣୀ ନ ଗଲା ଯାଏ... ଓଃ.... ଗୋଟିଏ କାଳସାପକୁ ଦୁଧଭାତ ଖୁଆଇ ମୁଁ ପୋଷିଥିଲି... ହେ ରାଧାମାଧବ !

ହେମାଙ୍ଗିନୀଙ୍କ ଗର୍ଜନ, ଚିତ୍କାର ଆଉ ନିରୁପମାର ଆଖିର ଲୁହରେ ଆଚାର୍ଯ୍ୟ

ପରିବାରର ଭାଗ୍ୟ ଆକାଶରେ ଅଶାନ୍ତିର ମେଘମାଳା ପୁଞ୍ଜିଭୂତ ହେବାକୁ ଲାଗିଲା। ହେମାଙ୍ଗିନୀଙ୍କ ସ୍ୱାମୀ ଜୀବିତ ଥିଲାବେଳେ ଆଭିଜାତ୍ୟର ଆଡ଼ମ୍ବର ଯୋଗୁଁ ଯେଉଁ ଗ୍ରାମଲୋକ ଏ ପରିବାରର ଚତୁଃସୀମା ସ୍ପର୍ଶ କରିପାରୁ ନଥିଲେ, ଆଚାର୍ଯ୍ୟ ପରିବାରର ଅଟଳ ଗାମ୍ଭୀର୍ଯ୍ୟ ଯେଉଁମାନଙ୍କ ପାଇଁ ଥିଲା ସୀମାହୀନ ବିସ୍ମୟ ଆଉ ଶେଷ ହୀନ ସମ୍ମାନର ଅଭେଦ୍ୟ ଗିରିଦୁର୍ଗ, ସେମାନେ ଏ ଦୃଶ୍ୟ ଦେଖି ହାସ୍ୟ ସମ୍ବରଣ କରିପାରିଲେ ନାହିଁ।

ଟେଲିଗ୍ରାମ ପାଇ ବିସ୍ମିତ ହୋଇଥିଲା ନିର୍ମଳ।

XXX

ତାପରେ ତା ଦୁଇ ଓଠ ଫାଙ୍କରେ ଟେନାଏ ଚୋରା ହସ ଚହଲି ଆସିଥିଲା।

ନିରୁପମାକୁ ପାଖକୁ ଆଣିବା ପାଇଁ ମିସ୍ ବାନାର୍ଜିଙ୍କୁ ଅସ୍ତ୍ରକରି ସେ ଯେଉଁ ପତ୍ର ଲେଖିଥିଲା, ତା ହୁଏତ ଲକ୍ଷ୍ୟସ୍ଥଳରେ ଆଘାତ କରିଛି। ବୋଉ ଦେହ କଥା ବାହାନା କରି ନିରୁପମା ଚାହିଁଛି ତାକୁ ନିଜ ପାଖକୁ ଟାଣି ନେବାକୁ।

କିନ୍ତୁ ଘରେ ପହଞ୍ଚି ନିର୍ମଳର ଭ୍ରମ ଭାଙ୍ଗିଗଲା।

ବୋଉ ଅସୁସ୍ଥ ନୁହେଁ ସତ, ହେଲେ ପରିବାରର ସୁଖ, ସମୃଦ୍ଧି ଆଭିଜାତ୍ୟ-ସବୁକିଛି ଅସୁସ୍ଥ ହୋଇପଡ଼ିଛି। ପାରିବାରିକ ଶାନ୍ତି, ସ୍ୱାଛନ୍ଦ୍ୟ ମୁମୂର୍ଷୁ ଅବସ୍ଥାରେ।

ନିର୍ମଳ ଘରେ ପହଞ୍ଚିଲା ବେଳକୁ ବୋଉ ଓ ନିରୁପମା ମଧ୍ୟରେ ଯେଉଁ କାଳ ବୈଶାଖୀର ଝଡ଼ ଉଠିଥିଲା ତାହା ଶାନ୍ତ ହୋଇଯାଇଥିଲା, କିନ୍ତୁ ଝଡ଼ ପରବର୍ତ୍ତୀ ଧ୍ୱସ୍ତବିଧ୍ୱସ୍ତ ଭାବରେ ଘର ସାରା ବ୍ୟାପି ରହିଥିଲା ଏକ କରୁଣ ଥମଥମ ଭାବ।

ବୋଉ ଠାକୁରଘରେ ବସିଛି।

ଜିଦ୍ ଧରିଛି, ମୁଁ ଘରେ ରହିବି ନାହିଁ। ପୁରୀ ଯିବି ତୀର୍ଥ କରି। ଏ ଘରୁ ମୋର କାମ ସରିଛି। ମୁଁ ଛୋଟ ଲୋକ, ଅପାଠୋଇ। କଟକୀ ଛଟକୀ ପଣ୍ଡାଘର ଝିଅ ପାଖରେ ମୁଁ ଚଳିପାରିବି ନାହିଁ। ମୁଁ ପୁରୀ ଯିବି, ମୋ ଯିବା ବ୍ୟବସ୍ଥା କରିଦେ।

ଆଉ ନିରୁପମା।

ନିରୁପମା ପଲଙ୍କ ଉପରେ ଶୋଇଛି। ସବୁବେଳେ କାନ୍ଦୁଛି। ଖିଆ ନାହିଁ, ପିଆ ନାହିଁ। ପଚାରିଲେ କିଛି କହୁ ନାହିଁ। ଜବରଦସ୍ତ ମୁହଁଟେକି ଅନେଇବାକୁ କହିଲେ ଝରଝର ଲୁହ ଗାଳି ପକାଉଛି।

ନିର୍ମଳ କାହାକୁ କଅଣ କହିବ, କାହାକୁ କି ସାନ୍ତ୍ୱନା ଦେବ?

ବୋଉ, ସ୍ତ୍ରୀ କେହି ନ କହିଲେ ବି ଗାଆଁରୁ ସେ ସବୁ ଶୁଣିଛି। ବୋଉ

ହାତବାକ୍ସରୁ ପାଞ୍ଚଶହ ଟଙ୍କା ଚୋରି ଯାଇଛି। ବୋଉର ଅଭିଯୋଗ, ଏ ଟଙ୍କା ନିରୁପମା ପଠେଇଛି ତା ବାପଘରକୁ ଗାଆଁରୁ ଆସିଥିବା ବାରିକ ହାତରେ।

ବୋଉ ମିଛ କହୁଛି?

ବୋଉ ତାକୁ ଅନ୍ତତଃ କେବେ ମିଛ କହିବ ନାହିଁ - ଜୀବନରେ କେବେ ମଧ୍ୟ କହି ନାହିଁ।

ବୋଉର ଆଉ ଯାହା ଅବିଗୁଣ ଥାଉ, ତା' ନିଜ ପୁଅକୁ ମିଛ କହିବାର ଅଭ୍ୟାସ ତା'ର ନାହିଁ। ଆଉ ନିରୁପମା....!

ସେ ଟଙ୍କା ଚୋରି କରି ବାରିକ ହାତରେ ପଠେଇଥିବ, ଏ କଥା ଚିନ୍ତା କରିବା ମାତ୍ରେ ନିର୍ମଳର ମସ୍ତିଷ୍କର ସମସ୍ତ ସ୍ନାୟୁଗୁଡ଼ିକ ଯନ୍ତ୍ରଣାରେ ପୀଡ଼ିତ ହୋଇ ପଡ଼ିଥିଲା। ନିରୁପମାକୁ ସେ ଭଲ କରି ଜାଣେ। ସେ ଏତେ ଛୋଟ ହୋଇପାରେନା। ତା ଛଡ଼ା ଟଙ୍କା ପାଞ୍ଚ ଶହ ନିରୁପମା କଅଣ ତା'ଠାରୁ ପାଇ ନଥାନ୍ତା! କିନ୍ତୁ...

ତଥାପି ଗୋଟାଏ 'କିନ୍ତୁ' ବିରାଟ ପ୍ରଶ୍ନବାଚକ ଭଳି ଠିଆହେଲା ଆସି ନିର୍ମଳର ଆଖି ଆଗରେ। ନିରୁପମା ବୋଉକୁ ଇତର ଭାଷାରେ ଗାଳି ଦେଲା କାହିଁକି? ବୋଉ ତାକୁ ଯେ ଭୀଷଣଭାବରେ ଗାଳି ଦେଇଥିବ, ଏଥିରେ ନିର୍ମଳର ସନ୍ଦେହ ନାହିଁ। ଏକଥା ମଧ୍ୟ ଅପ୍ରତ୍ୟାଶିତ ନୁହେଁ। ବୋଉର ଅତ୍ୟାଚାର ସେ ନିଜେ ସହି ପାରିନଥିଲା ବୋଲି ନିରୁପମାକୁ ନେବାପାଇଁ ଯୁକ୍ତି କରିଥିଲା। କିନ୍ତୁ ଅତ୍ୟାଚାରରେ ଅବିଚଳିତ ରହି ଏ ଘରେ ବୋହୂର ଆଦର୍ଶ ପ୍ରତିଷ୍ଠା କରିବ ବୋଲି ତ ସେ ଆପେ ଆପେ ରହିବାକୁ ଚାହିଁଥିଲା ଏଠାରେ! ବୋଉର ଆଘାତ ପାଇଁ ପ୍ରତିଘାତ କରିବାପାଇଁ ହଠାତ୍ ସେ କାହିଁକି ଆଗଭର ହେଲା? କାହିଁକି ତା'ର ପରିବାରର ଆଭିଜାତ୍ୟ ଅହଙ୍କାର ଗ୍ରାମର ଦାଣ୍ଡଧୂଳିରେ ଧୂସରିତ ହେଲା?

କାହିଁକି! କାହିଁକି?

ନିର୍ମଳ ଏ ପ୍ରଶ୍ନର ଉତ୍ତର ନିଜେ ଖୋଜି ପାଇଲା ନାହିଁ। ବୋଉକୁ ସେ ତା'ର ଆଘାତ ପାଇଁ କ୍ଷମା କରିପାରେ, କାରଣ ତାହା ତା'ଠାରୁ ଅପ୍ରତ୍ୟାଶିତ ନୁହେଁ। କିନ୍ତୁ ନିରୁପମାର ପ୍ରତିଘାତ ତା' ପକ୍ଷରେ କେବଳ ଆକସ୍ମିକ ନୁହେଁ, ଆଶ୍ଚର୍ଯ୍ୟଜନକ ମଧ୍ୟ।

ଗାଆଁ ଲୋକଙ୍କ ଫୁସ୍‌ଫାସ୍ ଚୁପ୍‌ଚାପ୍ କଥାବାର୍ତ୍ତା ଆଉ ବୋଉ ମୁହଁରେ ପୁରୀ ତୀର୍ଥଯାତ୍ରାରେ ଯିବାର ଦୃଢ଼ତା ଦେଖି କେଜାଣି ନିରୁପମା ଉପରେ ସେ ଅପ୍ରସନ୍ନ ହୋଇଉଠିଥିଲା।

କିନ୍ତୁ ଗ୍ରାମରୁ ଫେରି ନିରୁପମାକୁ ଦେଖିଲା ପରେ ତା' ହୃଦୟ ବିଗଳିତ ହୋଇପଡ଼ିଲା। ଦିନସାରା ଉପବାସ ରହିବା ପରେ ବ୍ରତଚାରିଣୀ ଭଳି ଦେହ ତା'ର

ଦୁର୍ବଳ, ଶୀର୍ଣ୍ଣ ହୋଇପଡିଛି; କାନ୍ଦି କାନ୍ଦି ଫୁଲିଛି ବି ତା'ର ଆଖି। ଆଘାତ ଏତେ ଭୀଷଣ ଭାବରେ ଲାଗିଛି ଯେ ସହ୍ୟ କରିବାର ସମସ୍ତ ଶକ୍ତି ସାମର୍ଥ୍ୟ ସେ ହରାଇ ବସିଛି।

ନିରୁପମାକୁ ଏ ଅବସ୍ଥାରେ ଦେଖିବା ପରେ ନିର୍ମଳ ମନର ସୂକ୍ଷ୍ମତନ୍ତ୍ରୀ ସବୁ ଥରିଉଠିଲା ! ସେ କଅଣ କରିବ କଅଣ ନ କରିବ କିଛି ଭାବି ପାରିଲା ନାହିଁ। ତା'ର ନିସ୍ତରଙ୍ଗ, ନିଶ୍ଚଳ ଜୀବନ ସମୁଦ୍ରର ଏ ଝଡ଼ ଉଠିଲା କାହିଁକି ? କିଏ ସେଥିପାଇଁ ଦାୟୀ ?

ରାତ୍ରି ପ୍ରାୟ ଏଗାର।

ଖାଇଦେଇ ସେ ମେଲାଘର ଖଟ ଉପରେ ଶୋଇ ଯାଇଥିଲା। ଉଷା ଡାକରେ ତାର ନିଦ ଭାଙ୍ଗିଗଲା।

ଚୁପ୍ ଚୁପ୍ ସେ ପଚାରିଲା, ନୂଆ'ଉ ଖାଇଲା ?

ହଁ- ସେ କେବେ ରାତିରେ ଉପାସ ରହନ୍ତି ନାହିଁ। କହନ୍ତି, ଯେଉଁ ପରିବାରର କୌଣସି ଲୋକ ବିଦେଶରେ ଥାଆନ୍ତି- ସେ ପରିବାରର କୌଣସି ସ୍ତ୍ରୀଲୋକ ଅକାରଣରେ ଉପାସ ରହିବା ଶୁଭ ନୁହେଁ। ବିଦେଶରେ ଥିବା ଆତ୍ମୀୟଙ୍କର ସେଥିରେ ଅଶୁଭ ହୁଏ। ଆଜି ଖାଉ ନଥିଲେ। ମୁଁ ସେଇ କଥା ମନେ ପକାଇଦେଲି। ଖାଇଛନ୍ତି ଅଳ୍ପ। ଉଷା ନିର୍ମଳକୁ ଚାପାକଣ୍ଠରେ ଉତ୍ତର ଦେଲା।

ଉଷାକୁ ଶୋଇବାକୁ ଯିବାଲାଗି କହି କିଛି ସମୟ ଦାଣ୍ଡ ବାରଣ୍ଡାରେ ବୁଲିଲା ନିର୍ମଳ। ତା'ପରେ ଧୀରେ ଧୀରେ ଚାଲି ଚାଲି ଗଲା ନିଜର ଶୟନ କକ୍ଷକୁ। କକ୍ଷର ଦରଜା ଫାଙ୍କରେ ଦେଖିଲା, ନଶୋଇ ପଲଙ୍କ ବାଡ଼କୁ ଆଉଜି ବସିଛି ନିରୁପମା।

ନିର୍ମଳ କକ୍ଷରେ ପ୍ରବେଶ କରିବା ଦେଖି ସେ ଉଠି ଠିଆ ହେଲା। ପାଖକୁ ଆସି କହିଲା -

ତମେ କଅଣ ଆଜି ଏଇ ଘରେ ଶୋଇବ ?

ମାନେ ? ଅବାକ୍ ହୋଇ ପ୍ରଶ୍ନ କଲା ନିର୍ମଳ। ନିରୁପମା ମୁହଁରେ ଏ କଅଣ ଗୋଟାଏ ପ୍ରଶ୍ନ ହୋଇପାରେ ? ବିବାହ ପରେ ପ୍ରଥମ ଥର ଘରକୁ ଆସିଛି ସେ। ଏଇ ପ୍ରଶ୍ନ କରି କଅଣ ତାକୁ ତା'ର ପତ୍ନୀ ଅଭ୍ୟର୍ଥନା କରିବାକୁ ଅପେକ୍ଷା କରିଥିଲା !

ନିର୍ମଳର ହାତ ପାପୁଲିକୁ ନିଜ ହାତରେ ଚାପି ଧରିଲା ନିରୁପମା। କହିଲା, ସୁନାଟି ପରା, ଆଜିକ ଏ ଘରକୁ ଶୋଇବାକୁ ଆସନାହିଁ। ବୋଉ ଭାବିବେ, ତାଙ୍କର ମୋର କଜିଆ ଭିତରେ ତମେ ମୋ ପଟ ନେଇଛ। ସେ ପୁରୁଣା କାଳିଆ ଲୋକ। ତମେ ଆଜିକ ମେଲା ଘରେ ଶୁଅ। ବୋଉ ବୁଝନ୍ତୁ ମୁଁ ତୁମକୁ ଔଷଧ କରିନାହିଁ।

କୌଣସି କଥାରେ ତମେ ମତେ ସମର୍ଥନ କରି ତାଙ୍କୁ ଅମାନ୍ୟ କରୁନାହଁ। ବାହାହେଲା ପରେ ମୋ'ଠାରୁ ତମେ ତାଙ୍କୁ ବେଶୀ ସମ୍ମାନ କରୁଛ, ଏଇକଥା ସେ ବୁଝନ୍ତୁ। ଆପେ ଆପେ ତାଙ୍କର ରାଗ ପାଣି ଫାଟିଯିବ। ଦୟାକରି ମତେ ଭୁଲ୍ ବୁଝ ନାହିଁ।

ବୋଉକୁ ଭୁଲାଇବା ପାଇଁ ଅଭିନୟ କଥା ଶୁଣି ନିସ୍ପନ୍ଦ ହୋଇଗଲା।

ଆଉ ମୁହୂର୍ତ୍ତେ ମାତ୍ର ଅପେକ୍ଷା ନକରି ସେ ଫେରିଆସିଲା ମେଲା ଘରକୁ।

ଶଙ୍କିତ, ଉଦ୍‌ବିଗ୍ନ ହୃଦୟରେ କବାଟବନ୍ଧକୁ ଧରି ନିରୁପମା ଲକ୍ଷ୍ୟ କଲା, ତା'ର ଭଲ କଥାକୁ ଭୁଲ୍ ବୁଝି ସଶବ୍ଦରେ ଫେରି ଯାଉଛନ୍ତି ନିର୍ମଳ। ତା'ର ମନର କଥା ବୁଝାଇବାରେ କେଉଁଠି ହୁଏତ ଭୁଲ ହୋଇଗଲା। ପଅରି ଦିନଠାରୁ ସେ ଯାହା ଭଲ କରିବାକୁ ଚାହୁଁଛି ସବୁ ଭୁଲ୍ ହୋଇଯାଉଛି।

ପୁଣି ପଲଙ୍କ ଉପରକୁ ଆସି କାନ୍ଦି କାନ୍ଦି ଲୋଟି ପଡ଼ିଲା ନିରୁପମା।

ନିର୍ମଳର ମଧ୍ୟ ସୁନିଦ୍ରା ହେଲା ନାହିଁ।

ନିରୁପମା ଦିନକୁ ଦିନ କେମିତି ଦୁର୍ବୋଧ୍ୟ ହୋଇପଡୁଛି। ତାର ଯେ ମନ ଅଛି, ହୃଦୟ ଅଛି, ସେକଥା ସେ ଟିକିଏ ହେଲେ ବୁଝିବାକୁ ଚେଷ୍ଟା କରୁ ନାହିଁ। ଅଥଚ ବାହା ହେବା ଆଗରୁ ତା ମନର ଟିକିନିଖି ସମ୍ବାଦ ରଖିବାପାଇଁ ଥିଲା ତା'ର କି ଗଭୀର ଉତ୍କଣ୍ଠା !

ବାହାହେଲା ପରେ ଝିଅମାନେ କଅଣ ସତରେ ବଦଳି ଯାଆନ୍ତି !

ନିରୁପମା କଅଣ ବଦଳି ଯାଇଛି ?

ନିର୍ମଳ ଭାବିଲା; କିଛି ସମାଧାନ ଖୋଜି ପାଇଲା ନାହିଁ। ଏ ଘର, ଏ ପରିବାର, ବୋଉ, ନିରୁପମା, ପ୍ରେମ, ବିବାହ ସବୁ ତାକୁ ଆଜି ବିଷାକ୍ତ ମନେହେଲା। ରାତି ପାହି ଭୋଅର ହେବାକ୍ଷଣି ସେ ଗାଆଁ ଛାଡ଼ି ବାହାରି ପଡ଼ିଲା ବାରିପଦା।

X X X

ନିରୁପମା ମୁଣ୍ଡ ଉପରେ ଆକାଶ ଛିଡ଼ି ପଡ଼ିଲା।

ତାକୁ ଭୁଲ୍ ବୁଝି କିଛି ନକହି ଗାଁ ଛାଡ଼ି ବାରିପଦା ଚାଲି ଯାଉଛନ୍ତି ନିର୍ମଳ !

ସେ କଅଣ ତାକୁ ଶେଷରେ ଭୁଲ ବୁଝିଲେ ! ଟଙ୍କା ଚୋରି କରି ବାପଘରକୁ ପଠେଇଛି ବୋଲି ତାଙ୍କର ବିଶ୍ୱାସ ହେଲା ! ଯାହାଙ୍କ ହାତ ଧରି ଦିଗନ୍ତ ରେଖା ଦିଶୁ ନଥିବା ଏ ସମୟ ସମୁଦ୍ରର ସୀମା ପାର ହେବ ବୋଲି ସେ ମନେ ମନେ ଆଣ୍ଟ ବାନ୍ଧିଥିଲା, ତା'ଠାରେ ତାଙ୍କର ବିଶ୍ୱାସ ପତିଆରା ଏତେ ଅଳ୍ପ, ଏତେ ସାମାନ୍ୟ।

ନିର୍ମଳ ସକାଳୁ ଚାଲିଯାଇଛନ୍ତି, ଉଷାଠୁଁ ଏ ସମ୍ବାଦ ଶୁଣି ଏ ପ୍ରଥମେ ବିଶ୍ୱାସ କରିନଥିଲା। ନିର୍ମଳ ଏତେ ନିର୍ମମ ହୋଇ ନପାରନ୍ତି। ଅନ୍ତତଃ ଏତେ ଦିନର ନିବିଡ଼

ସାନ୍ନିଧ ମଧ୍ୟରେ ଏପରି ମର୍ମଦାହୀ ହୃଦୟହୀନତା ସେ ତାଙ୍କଠାରେ କେବେ ଲକ୍ଷ୍ୟ କରି ନଥିଲା। ତେଣୁ କଥାଟା ବିଶ୍ୱାସ କରିବାକୁ ତାକୁ ଅନେକ ସମୟ ଲାଗିଥିଲା।

କିନ୍ତୁ ନିର୍ମଳଙ୍କ ବେଡ଼ିଂ ଓ ଲୁଗାପଟା ନ ଦେଖି ସେ ବୁଝିଲା, ତାର କଳ୍ପନା, ଅନୁମାନ ସବୁ କିଛି ମିଥ୍ୟା। ସେ ଦୁନିଆକୁ ଜାଣି ନାହିଁ। ସଂସାରକୁ ଭଲକରି ବୁଝି ନାହିଁ। ସଂସାରରେ କୌଣସି କଥା ତାର କଳ୍ପନା ଅନୁସାରେ ଘଟେ ନାହିଁ।

ଜୀବନରେ କଅଣ ତାହାହେଲେ ପରାଜିତା ହୋଇଗଲା ନିରୁପମା !

ନିରୁପମା ନିଜ ମନକୁ ମନ କଥାଟାକୁ ଦୋହରେଇବାକୁ ଲାଗିଲା।

ହୁଏତ ଅନ୍ୟ କେହି ହୋଇଥିଲେ ସ୍ୱାମୀର ଏପରି ଆଘାତରେ ଭାଙ୍ଗିପଡ଼ି ଥାଆନ୍ତା। ଆଖିର ଲୁହରେ ତକିଆ ଓଦା କରିଥାଆନ୍ତା। କିନ୍ତୁ ନିର୍ମଳର ପଳାୟନ ସମ୍ବାଦ ଜାଣିବା ପରେ ନିଜ ମନକୁ ଦୃଢ଼ କଲା ନିରୁପମା। ପାଣିରେ ଭଲକରି ମୁହଁଧୋଇ ଆଖିରୁ ଶୁଖିଲା ଲୁହର ଦାଗ ପୋଛିନେଲା। ଟ୍ରଙ୍କ ଭିତରୁ ନିର୍ମଳର ଫଟୋଟିକୁ କାଢ଼ି ତୀକ୍ଷ୍ଣ ଦୃଷ୍ଟିରେ ନିରୀକ୍ଷଣ କରି ଦେଖିଲା।

ଫଟୋଚିତ୍ର ଚାହିଁଲା ବେଳେ ତାର ମନେହେଉଥିଲା, ଏ ଲୋକଟିକୁ ଚିହ୍ନି ସୁଦ୍ଧା ଭଲକରି ସେ ଚିହ୍ନି ନାହିଁ। ତାକୁ ଖୁବ୍ ବେଶୀ ଭାବରେ ଜାଣିଛି ବୋଲି ତାର ଯେଉଁ ଅହଙ୍କାର ଥିଲା, ଏହା ଏକ ମିଥ୍ୟା ଅହଙ୍କାର। ପୁରୁଷକୁ ତା'ର ଚେହେରା ଦେଖି ଚିହ୍ନିହୁଏ ନାହିଁ। ତାକୁ ଚିହ୍ନିବା ପାଇଁ ନାରୀର ଦୁଇଟି ଆଖି ଯଥେଷ୍ଟ ନୁହେଁ। ସେଥିପାଇଁ ଲୋଡ଼ା ତା'ର ଏକ ତୃତୀୟ ନୟନ.... ଯାହାକୁ କୁହାଯାଏ ଅନ୍ତର୍ଦୃଷ୍ଟି।

ସେ ଅନ୍ତର୍ଦୃଷ୍ଟି କଥା କେବେ ହୁଏତ ମନଦେଇ ଭାବି ନଥିଲା ନିରୁପମା।

ସାଙ୍ଗମାନଙ୍କ କଥା ମନେ ପଡ଼ିଲା।

ଅନେକ ସାଙ୍ଗ ତାକୁ କହିଥିଲେ, ନିର୍ମଳ ବାହାରକୁ ଯେତେ ସୁପୁରୁଷଭଳି ମନେହୁଏ, ପ୍ରକୃତରେ ସେ ସେତେ ଭଲ ନୁହେଁ। ପ୍ରତି ପୁରୁଷଙ୍କର ଯେଉଁ ଭ୍ରମର ମନ ଥାଏ, ନିର୍ମଳର ମଧ୍ୟ ସେ ମନ ଭ୍ରମର ରହିଛି। ତୁ ସାବଧାନ ହେବା ଉଚିତ୍ ନିରୁ, ବିଶେଷକରି ଯେଉଁମାନେ ବେଶି ଭଦ୍ର, ବେଶି ପ୍ରତିଭାଶାଳୀ, ସେମାନେ ଚୋରାବାଲି ଭଳି ବେଶି ବିପଜ୍ଜନକ !

ସତରେ ନିର୍ମଳକୁ ବିବାହ କରି ସେ ଚୋରାବାଲି ଉପରେ ହିଁ ପାଦ ରଖିଥିଲା।

ଆଜି ଯଦି ଗୋଡ଼ ତା'ର ଚୋରାବାଲି ଯୋଗୁଁ ତଳକୁ ତଳକୁ ଖସି ଖସି ଯାଉଥାଏ, ସେଥିପାଇଁ ସେ ଦୋଷ ଦେବ କାହାକୁ ?

ନିର୍ମଳର ଭ୍ରମର ମନକୁ ସେ ଯେତେ ବେଶୀ ବେଶୀ ଚିହ୍ନୁଥିଲା, ତା ମନରେ ଗଭୀର ଆତ୍ମପ୍ରତୀୟ, ଦୃଢ଼ତା ସେତେ ବେଶୀ ବେଶୀ ବଢୁଥିଲା। ଗତ ଦୁଇ ଦିନର

ଅବସାଦ, ଗ୍ଲାନି, ନିଃସହାୟ ଭାବ ଅପସରି ଯାଇ ନିବିଡ଼ ଆତ୍ମବିଶ୍ୱାସରେ ହୃଦୟ ତା'ର କଠିନ ହୋଇ ଉଠିଥିଲା।

ଯାହାର ଘରସଂସାରକୁ ସଜାଡ଼ିବା ପାଇଁ ଗତ କେତେ ମାସ ଧରି ସେ ଏତେ ତ୍ୟାଗର ସାଧନା କରୁଥିଲା, ଆଜି ସେ ଯଦି ତାକୁ ଭୁଲ୍ ବୁଝି ଚାଲିଗଲା, ତେବେ କାହା ପାଇଁ ଆଜି ସେ ଏଠାରେ ଆଉ ରହି ଘାଣ୍ଟି ହେବ? କେଉଁ ସୁଖ, ଶାନ୍ତି ଆଶାରେ ସେ ଆଉ ଏଠାରେ ରହି ବୋହୂ ହେବାର ସାଧନା କରିବ?

ସେ ଯଦି ଆଜି ପତ୍ନୀ ହୋଇ ନପାରିଲା, କେବେ ବି ସେ ଆଉ ଏ ପରିବାରର ବୋହୂ ହୋଇପାରିବ ନାହିଁ। ବୋହୂ ହେବାର ଲୋଭ ବି ତାର ଆଜି ଆଉ ନାହିଁ।

ସେ ପଣ୍ଡାଘରର ଝିଅ।

ଆଚାର୍ଯ୍ୟ ପରିବାରର ସେ କିଛି ନୁହେଁ... କେହି ନୁହେଁ।

ଝରକା ବାଟେ ବାହାରକୁ ଚାହିଁଲା ନିରୁପମା...

ଆଗରେ ଦିଶୁଛି ବିଲ, ପଡ଼ିଆ, ବାଉଁଶବଣ.. ଆଉରି ଅନେକ କିଛି। ଦିନେ ଏସବୁ ତା'ର ନିଜର ମନେହେଉଥିଲା। ଆପଣାର ଆପଣାର ବୋଧ ହେଉଥିଲା। ଆଜି ସେସବୁ ପରଭଳି ମନେହେଉଛି।

ନିରୁପମାର ମନେପଡ଼ିଲା।

ସେ କଲେଜ ଜୀବନର ଭସା ଭସା ସ୍ମୃତିର ଦିନଗୁଡ଼ିକ।

ନିର୍ମଳ ତାକୁ ଆଦର କରି କହେ, ମଫସଲ ଗାଆଁରେ ସିନେମା ନାହିଁ, କ୍ଲବ ନାହିଁ। ହେଲେ ଗଛରେ ଫୁଲ ଅଛି, କିଆରୀରେ ଫସଲ ଅଛି। ବାଡ଼ିର ଫୁଲରେ ମୁଁ ତମ କବରୀ ସଜାଇଦେବି। ସହରୀ ଜୀବନରେ ଯେବେ କ୍ଲାନ୍ତି ଆସେ; ଫେରିଯିବା ଆମେ ମଫସଲର ସେଇ ଫସଲ କିଆରୀକୁ। ଦେହରୁ ଝାଳ ନିଗାଡ଼ି ଶ୍ରମ କରି କିଆରୀରେ ମୁଁ ସୁନାର ଫସଲ ଠିଆ କରିବି, ତମେ ପାଖେ ପାଖେ ଥାଇ ଗାଉଥିବ ଏ ମନଭୁଲା ଗୀତ... ମୁଁ ଭୁଲିବି ଜୀବନର ସମସ୍ତ ଗ୍ଲାନିର ତିକ୍ତତା।

ସେଦିନ ସେକଥା କେବେ ସତ ହେବ ବୋଲି ବିଶ୍ୱାସ କରି ନଥିଲା ନିରୁପମା। କିନ୍ତୁ ତାର କୁମାରୀ ମନରେ ଅନେକଗୁଡ଼ାଏ ମିଠା ମିଠା ସ୍ୱପ୍ନ ଭରିଯାଇଥିଲା। ସେ ଯେତେବେଳେ ଶାଶୂଘରକୁ ଆସି ସ୍ୱାମୀଙ୍କ ସ୍ୱପ୍ନର ସେଇ ସବୁଜ ଉପତ୍ୟକାକୁ ଦେଖିଲା, କେଜାଣି କାହିଁକି ନିବିଡ଼ ମମତାରେ ଭରିଉଠିଥିଲା ତା'ର ମନ। ଏଇ ବାରିର ଫୁଲଗଛ, କିଆରୀର ଶ୍ୟାମଳ ଫସଲ କ୍ଷେତ ତାକୁ ମନେହୋଇଥିଲା ଅତି ପ୍ରିୟ, ଅତି ଆପଣାର, ଅନେକ ଦିନର ଚିହ୍ନା ଭଳି।

ଏଇ ଗାଆଁର ଧୂଳିମାଟି, ଗଛଲତା ତା ସ୍ୱାମୀଙ୍କ ମଧୁର କୈଶୋରର ତୀର୍ଥଭୂମି।

ସେଥିପାଇଁ ତାକୁ ବି ଏ ଗାଆଁ ଏତେ ଭଲ ଲାଗିଥିଲା । କିନ୍ତୁ ଆଜି ଏ ଗାଆଁ ମନେହେଲା ଏକ ନିର୍ମମ ଅଭିଶପ୍ତ ଉପତ୍ୟକା ଭଳି ।

ମନର ବନ୍ଧନ ତାର ତୁଟିଛି ।

ଛିନ୍ନ ବିଛିନ୍ନ ହୋଇଛ ତା'ର ସମସ୍ତ ଆଶାର ଗ୍ରନ୍ଥି ।

ଆଉ କଅଣ ପାଇଁ, କାହାପାଇଁ ଆଜି ସେ ଏଠାରେ ରହିବ ? କେଉଁ ଆକର୍ଷଣରେ, କେଉଁ ସୁଖର ପ୍ରଲୋଭନରେ !

ଘରକଥା ମନେ ପଡ଼ିଲା ।

ବୋଉ ଭୀଷଣ ଅସୁସ୍ଥ । ହା'ହାକାର କରିଉଠିଲା ତା'ର ମନର କୋଣ ଅନୁକୋଣ ।

ସେ ଯିବ.... ନିଶ୍ଚୟ ଯିବ ।

ଲୋକ ଖରାପ ଭାବିବେ ? ଗାଆଁ ଲୋକେ ପରିହାସ କରିବେ ? କହିବେ ବଣର ଚଢ଼େଇକୁ ସୁନା ପିଞ୍ଜରାରେ ରଖିହୁଏ ନାହିଁ, ସେ ଉଡ଼ିଯାଏ ।

କୁହନ୍ତୁ, ଭାବନ୍ତୁ । ସେଥିରେ ତା'ର କଅଣ ଭାବିବାର ଅଛି ? ସେ ଅନେକ ସହିଛି, ନିନ୍ଦା ପ୍ରଶଂସାକୁ ଅନେକ ଭୟ କରିଛି । ଆଜି ତା'ର ସେଥିପାଇଁ ଭୟ ନାହିଁ । ସ୍ୱାମୀ ଯେତେବେଳେ ତାକୁ ଅବିଶ୍ୱାସ କରିଛନ୍ତି, ଉପେକ୍ଷା କରିଛନ୍ତି, ଆଉ କାହାରି ନିନ୍ଦା, ପ୍ରଶଂସାକୁ ସେ ଭ୍ରୂକ୍ଷେପ କରିବାକୁ ଚାହେଁ ନାହିଁ ।

ସେ ଯିବ... ନିଶ୍ଚୟ ଯିବ ।

ବାପଘରୁ ସଙ୍ଖୁଳା ଆସିଥିଲା, ଝିଅ ନେବାପାଇଁ କଣ୍ଟ ଆସିନାହିଁ ।

ଲୋଡ଼ା ନାହିଁ ସେସବୁ କିଛି ।

ନିର୍ମଳକୁ ବିବାହ କରି ସ୍ୱେଚ୍ଛାରେ ସେ ଦିନେ ଏ ପରିବାରକୁ ଆସିଥିଲା, ଆଜି ବି ନିଜ ଇଚ୍ଛାରେ ସେ ଏ ପରିବାର ଛାଡ଼ି ଚାଲିଯିବ । ସେଦିନ ଏ ଘରେ ତାକୁ ପ୍ରବେଶ ଅଧିକାର ନ ଦେବାପାଇଁ ଚେଷ୍ଟାକରି କେହି ତାକୁ ବାଧା ଦେଇପାରି ନଥିଲେ, ଆଜି ମଧ୍ୟ ବାପଘରକୁ ଯିବାକୁ ବାଧା ଦେବାକୁ ଚେଷ୍ଟାକରି କେହି ତାକୁ ଅଟକାଇ ପାରିବେ ନାହିଁ ।

ନିରୁପମା ନିଜ ମନ ଭିତରେ ସିଦ୍ଧାନ୍ତ କରିନେଲା ।

ରମା ନୂଆ'ଉଙ୍କ ପାଖକୁ ଖବର ପଠାଇଲେ । କହିଲା, ବୋଉ ଦେହ ଖରାପ । ମୁଁ ଗାଆଁକୁ ଯିବି । ଖଣ୍ଡେ ବଳଦଗାଡ଼ି ବ୍ୟବସ୍ଥା କରିଦିଅନ୍ତୁ । ଟଙ୍କା ଦେଉଛି ।

ନିରୁପମା ଜାଣେ, ରମାନୂଆ'ଉଙ୍କ ମୁହଁଟା ଯେତିକି ଖର, ମନଟା ସେତିକି ନରମ । ଅନ୍ୟକୁ ଆଘାତ ଦେବାରେ ସେ ଯେତିକି କ୍ଷିପ୍ର, ଅନ୍ୟ ମନର ବେଦନା

ବୁଝିବାରେ ସେ ମଧ୍ୟ ସେତିକି ଦରଦୀ। ନିରୁପମା ଆସିବା ଆଗରୁ ସେ ଥିଲେ ଏ ଗାଆଁର ସବୁଠାରୁ ଶିକ୍ଷିତା ବୋହୂ- ମାଇନର ପାଶ୍। ଇଂରେଜୀ, ହିନ୍ଦୀ, ବଙ୍ଗଳା, ଓଡ଼ିଆ- ସବୁ ତାଙ୍କର ପାଟିରେ ଖଇ ଫୁଟିଲାଭଳି ଫୁଟେ। ସେ ଫୁଟା ଖଇର ତାତିରେ ଅନେକଥର ତା ମନ ପୋଡ଼ିଯାଇଛି - ସେ ମନର ପୋଡ଼ା ଦାଗକୁ ଲିଭାଇ ଦେବାରେ ବି କେବେ କାର୍ପଣ୍ୟ କରି ନାହାନ୍ତି ରମା ନୂଆ'ଉ। ହସରେ, ଥଟ୍ଟାରେ, ଚଟୁଳ କଥାରେ ସେ କିଣି ନେଇଥିଲେ ନିରୁପମାର ମନ, ଜିଣିଯାଇଥିଲେ ତାର ହୃଦୟ।

ସେଥିପାଇଁ ଏ ବିପଦବେଳେ ତାଙ୍କରି କଥା ହିଁ ମନେପଡ଼ିଲା ନିରୁପମାର। ବିପଦବେଳେ ଯେ ପାଖରେ ଠିଆହୁଏ, ସେ ବନ୍ଧୁ।

ରମା ନୂଆ'ଉ କେବେ ବନ୍ଧୁତାର ଅମର୍ଯ୍ୟାଦା କରି ଜାଣନ୍ତି ନାହିଁ।

ନିରୁପମା ପାଇଁ ଗାଡ଼ି ଠିକ୍ ହୋଇଗଲା।

X X X

ନିରୁପମା ଘରେ ପହଞ୍ଚି ଯେତେବେଳେ ବାପାଙ୍କ ପାଦତଳେ ମୁଣ୍ଡ ଲଗାଇଲା, ଦିଗମ୍ବରବାବୁ ନିଜ ଆଖିକୁ ସେତେବେଳେ ବିଶ୍ୱାସ କରିପାରିଲେ ନାହିଁ। ନିଜ ଝିଅକୁ ଚିହ୍ନିବାପାଇଁ ତାଙ୍କୁ ଅନେକ ସମୟ ଲାଗିଗଲା।

ବାପା, ମୁଁ ଆସିଛି। ବୋଉ ଦେହ କେମିତି ଅଛି ? - ନିରୁପମା ମୁହଁ ତଳକୁ ପୋତି ପ୍ରଶ୍ନ କଲା।

କଣ୍ଠସ୍ୱର ଶୁଣି ଦିଗମ୍ବରବାବୁଙ୍କ ମନର ଦ୍ୱିଧା ଦୂର ହେଲା। ନିଜ ଆଖିକୁ ସେ ଅବିଶ୍ୱାସ କରୁଥିଲେ, କିନ୍ତୁ କାନକୁ ଅବିଶ୍ୱାସ କରି ହେଲାନାହିଁ। ନିରୁ ତାହାହେଲେ ସତରେ ଆସିଛି !

ଆରେ-ମାଆ ମୋର ହଠାତ୍- ଏତେବେଳେ ଦିଗମ୍ବର ବାବୁଙ୍କ କଣ୍ଠସ୍ୱର ଆବେଗରେ ରୁଦ୍ଧ ହୋଇଆସିଲା। ଝିଅକୁ ଏକପ୍ରକାର ସେ କୁଣ୍ଢାଇ ପକାଇଲେ।

ନିରୁପମା ସଂକ୍ଷେପରେ ଉତ୍ତର ଦେଲା, ବୋଉର ଦେହକଥା ଶୁଣି ମନ ଛଟପଟ ହେଲା। ମୋଟେ ସେଠାରେ ମନ ଲାଗିଲା ନାହିଁ। ଶାଶୂଙ୍କ ଅନିଚ୍ଛା ସତ୍ତ୍ୱେ ବୁଝେଇ ସୁଝେଇ ପଳାଇ ଆସିଛି...

ତିନି ଚାରି ଦିନ ତଳେ ବାରିକ ଯାଇଥିଲା। ଆସିପାରିବ ନାହିଁ ବୋଲି ଖବର ପଠାଇଥିଲା ନିରୁପମା। ଆଜି ହଠାତ୍ ଶାଶୂଙ୍କ ଅନିଚ୍ଛା ସତ୍ତ୍ୱେ ଛୋଟ ଛୁଆଙ୍କ ଭଳି ପଳାଇ ଆସିଲା। ଦିଗମ୍ବରବାବୁଙ୍କ ମନରେ କାହିଁକି କେଜାଣି ଟିକିଏ ଖଟକା ଲାଗିଲା।

ବାପାଙ୍କ ପାଖରୁ ବୋଉ ପାଖକୁ ଛୁଟି ପଳାଇଲା ନିରୁପମା।

ଶଯ୍ୟାଶାୟୀ ବୋଉର ଗଳାରେ ସେ ଦୁଇ ବାହୁ ଛନ୍ଦି ବହେ ଗେଲକରି ବସିଲା।

ଏ ତାର ପିଲାଦିନର ଅଭ୍ୟାସ। କଲେଜରେ ପଢ଼ିଲାବେଳେ ବି ଏମିତି ପିଲା ହୋଇ ସେ ରହିଥିଲା। ଛୁଟିରେ କଲେଜ ହଷ୍ଟେଲରୁ ଫେରିଲେ ବୋଉ ବେକରେ ହାତ ଛନ୍ଦି ଗେହ୍ଲା ନହେଲେ ମନ ତା'ର ବୋଧହୁଏ ନାହିଁ।

ହରପ୍ରିୟା ଆଶ୍ଚର୍ଯ୍ୟ ହେଲେ।

ହଠାତ୍ କିଛି ନ ଜଣାଇ ନିରୁପମା ଆସିଗଲା କେମିତି ?

ଝିଅର ଦେହ ମୁଣ୍ଡ ଚାରିଆଡ଼େ ହାତବୁଲାଇ ସେ ଅନେକ ସମୟ ଆଉଁସିବାକୁ ଲାଗିଲେ। ନିରୁପମାର ଦେହରେ ଗହଣା ବୋଲି କିଛି ନାହିଁ। ହାତରେ ଯାହା ଚାରିପଟ ପାଣିକାଚ। କାହିଁକି ? କଅଣ ପାଇଁ ?

ହରପ୍ରିୟାଙ୍କ ରୋଗମ୍ଳାନ ମୁହଁରେ ବିସ୍ମୟର ତଡ଼ିତପ୍ରବାହ ସଞ୍ଚାରିତ ହେଲା।

ତତେ ଛାଡ଼ିବାକୁ କିଏ ଆସିଛି ନିରୁ ?

ବୋଉର ସନ୍ଦିଗ୍ଧ ଦୃଷ୍ଟିକୁ ଲକ୍ଷ୍ୟକରି ହସିଲା ନିରୁପମା। କହିଲା, ଘରେ କିଏ ଅଛି ଯେ ଛାଡ଼ିବାକୁ ଆସନ୍ତା ? ବାରିକଠାରୁ ତୋ ଦେହ କଥା ଶୁଣିଲାବେଳୁ ଆସିବି ବୋଲି ଛଟପଟ ହେଉଛି। ଶାଶୂ ଛାଡ଼ିବାକୁ ନାରାଜ। ଭାଗ୍ୟକୁ ସେ ଆସି ହଠାତ୍ ପହଞ୍ଚିଥିଲେ। ସେ ଶୁଣି ଭାରି ବ୍ୟସ୍ତ ହେଲେ। ତାଙ୍କର ଜିଦ୍ ଯୋଗୁଁ ଆସିପାରିଲି...

ଆଶ୍ୱସ୍ତି ଓ ଆନନ୍ଦର ତରଙ୍ଗ ଖେଳିଗଲା ହରପ୍ରିୟାଙ୍କ ମନର ସମୁଦ୍ରରେ। ନିର୍ମଳ ତାହାହେଲେ ଆସିଥିଲା !

ଝିଅର ପିଠି ଆଉଁସି ଦେଉ ଦେଉ ସେ କହିଲେ, ନିର୍ମଳକୁ ଆସିବାକୁ କହିଲୁ ନାଇଁ ମାଆ ! ଅନେକଦିନ ହେଲା ମୁଁ ବି ତାକୁ ଆଖିରେ ଦେଖି ନାହିଁ।

ବୋଉର କଥା ଶୁଣି ଅଜଣା ଜ୍ୱାଳାରେ ଜର୍ଜ୍ଜରିତ ହୋଇପଡିଲା ନିରୁପମାର ମନ।

ବୋଉ ମୁହଁକୁ ନଚାହିଁ ଦୃଷ୍ଟି ଆନତ କରି ସେ କହିଲା, ଜାଣୁ ତ ସରକାରୀ ଚାକିରି ଝଅକମାରି। ପୁଣି ଡେପୁଟି କଲେକ୍ଟର ହେଲେ ସବୁ ଦାୟିତ୍ୱ ନିଜ ମୁଣ୍ଡ ଉପରେ। ଲୁଚିକର ଦିନେ ପାଇଁ ମାତ୍ର ଆସିଥିଲେ, ଏଠିକି ଆସିବାକୁ କେମିତି କହିଥାଆନ୍ତି !

ନିର୍ମଳ ଲୁଚିକରି ଦିନକ ପାଇଁ ଆସିଥିଲା ନିଜ ସ୍ତ୍ରୀ ପାଖକୁ।

ନିରୁପମାର ସକଳ କଥାର ନିଗୂଢ଼ ତତ୍ତ୍ୱଟି ବୁଝି ଲୁଚେଇ ଲୁଚେଇ ମନେ ମନେ ଥରେ ହସିନେଲେ ହରପ୍ରିୟା। ଝିଅର ଦାମ୍ପତ୍ୟ ଜୀବନ ତେବେ ସଫଳ ହୋଇଛି। ସୁଖୀ ହୋଇଛି ନିରୁପମା !

ସେମାନଙ୍କ ଯୁଗ୍ମଜୀବନର ସୁଦୀର୍ଘ ଯାତ୍ରାପଥ ଫୁଲ ଚନ୍ଦନରେ ଭରିଉଠୁ-ମନେ

ମନେ କାମନା କଲେ ହରପ୍ରିୟା। ଝିଅକୁ ବିବାହ ଦେଲାଦିନ ମନଭିତରେ ତାଙ୍କର ଯେଉଁ ଆଶଙ୍କା, ଉଦ୍‌ବେଗ ଭରି ଉଠିଥିଲା, ନିରୁପମାଠାରୁ ଆଜି ଏସବୁ ଶୁଣିଲା ପରେ ସେ ଆଶଙ୍କାର ଛାୟା ମନରୁ ତାଙ୍କର ଅପସାରିତ ହୋଇଗଲା।

ନିରୁପମା ପଚାରିଲା, ତୋ ଦେହ କେମିତି ଅଛି କହିଲୁ ନାଇଁ ତ ବୋଉ।

ଝିଅର ମୁଣ୍ଡକୁ ପରମ ସ୍ନେହରେ ସାଉଁଳୁ ସାଉଁଳୁ ହରପ୍ରିୟା ଉତ୍ତର ଦେଲେ, ଆମର ବୟସ ହେଲା। ରୋଗ ବୈରାଗ ଏଭଳି ଲାଗି ରହିବ। ସେଥିପାଇଁ ତ ବିଚଳିତ ହେଲେ ଚଳିବ ନାହିଁ ମାଆ! ଶାଶୂଙ୍କୁ ଅମାନ୍ୟ କରି ମୋ ପାଇଁ ପଳାଇଆସିବା ବରଂ ତୋର ଅନ୍ୟାୟ ହେଲା...

ଅନ୍ୟାୟ! ନିରୁପମା ଚମକି ଉଠିଲା। ଶାଶୂଙ୍କୁ ଅମାନ୍ୟ କରିବା ଅନ୍ୟାୟ ବୋଲି ବୋଉ ବି ତାକୁ କହୁଛି! ସେ ଯଦି ସବୁ କଥା ଜାଣନ୍ତା, ସବୁ କଥା ବୁଝନ୍ତା...।

ନିରୁପମା ନିଜ ମନର ଭାବ ସଂଯତ କରିନେଲା।

କହିଲା, ଶାଶୂଙ୍କୁ ତୁ ଜାଣିନୁ। ମତେ ଟିକିଏ ପାଖରୁ ଛାଡ଼ିବାକୁ ନାରାଜ। ମତେ ଛାଡ଼ିଯିବେ ନାଇଁ ବୋଲି ତୀର୍ଥ ବ୍ରତରେ ବି କୁଆଡ଼େ ଯାଉନାହାନ୍ତି। ମତେ ଭଲପାଇବା ତାଙ୍କର ଗୋଟିଏ ରୋଗ ହୋଇଗଲାଣି। ତୋ ଦେହ କଥା ଶୁଣି ମୁଁ କେମିତି ଥୟହୋଇ ରହିଥାଆନ୍ତି କହିଲୁ ବୋଉ!

ଶେଷ କଥା ପଦକ ଗେହ୍ଲେଇ ଗେହ୍ଲେଇ କହି ନିରୁପମା ବୋଉର ଛାତିରେ ମୁହଁ ଘଷିଲା।

ଝିଅକୁ ଛାତିରେ ଚାପିଧରିଲେ ହରପ୍ରିୟା।

ଶାଶୂ ତାକୁ ଏତେ ଭଲପାଆନ୍ତି!

ଅନ୍ତଫାଡ଼ି ସେ ଝିଅକୁ ଜନ୍ମ ଦେଇଛନ୍ତି। ଛୋଟ ପିଲାବେଳୁ ସେ ତାକୁ ଜାଣନ୍ତି। ସେ କେତେ ଭଲ, କେତେ ଶାନ୍ତ! ସେ ଯେ ଶାଶୂକୁ ସ୍ନେହ, ସେବାରେ ଆପଣାର କରିପାରିଥିବ ଏଥିରେ ସନ୍ଦେହର କିଛି କାରଣ ନାହିଁ।

ଝିଅକୁ ସେଥିପାଇଁ ସେ ନିବିଡ଼ ଭାବରେ ଛାତିରେ ଚାପିଧରି କହିଲେ, ତଥାପି ଶାଶୂଙ୍କ ମନରେ କଷ୍ଟ ଦେବା ତୋର ଠିକ୍ ହୋଇ ନାଇଁ ମାଆ! ବାହାହେଲା ପରେ ଝିଅ ପାଖରେ ବୋଉଠାରୁ ଶାଶୂ ବଡ଼। ତୋ ଶାଶୂ ତୋର ବୋଉ। ଯେତେ ଯାହାହେଲେ ତାଙ୍କ ମନରେ କଷ୍ଟ ଦେବା ଉଚିତ ନୁହେଁ।

ବୋଉର ସ୍ନେହବୋଳା ସେଇ ମଧୁର ଉପଦେଶ ନିରୁପମାର ସମସ୍ତ ଚିନ୍ତାଧାରାକୁ ଓଲଟପାଲଟ କରି ଦେଉଥିଲା। ଆକାଶଚ୍ୟୁତ ଏକ ଲଞ୍ଜାତାରା ଭଳି ଟୋପାଏ ଉଷୁମ ଲୁହ ଖସିଆସି ଆରକ୍ତ ଗଣ୍ଡକୁ ତାର ଆର୍ଦ୍ର କରିଦେଲା।

XXX

ବହୁଦିନ ପରେ ପୁଣି କେଉଁ ଏକ ରୂପକଥାର ରାଜକନ୍ୟା ଭଳି ବହୁ ସମୟ ପର୍ଯ୍ୟନ୍ତ ଶୋଇଯାଇଥିଲା ନିରୁପମା। ବାପ ଘରର ସେ ଶାନ୍ତ ସୁଦୀର୍ଘ ସୁନିଦ୍ରା ଅନେକ ଦିନ ପରେ ପୁଣି ସେ ଫେରିପାଇଥିଲା।

ହରପ୍ରିୟା ଝିଅର ଏ ବିଳମ୍ବିତ ଅଳସ ନିଦ୍ରା ଦେଖି ମନେ ମନେ ହସିଲେ।

ଝିଅକୁ ନିଦରୁ ଉଠାଇ ଦେଇ କହିଲେ, ଅଗଣାରେ ଆସି ଖରା ପଡ଼ିଲାଣି। କେତେ ବେଳଯାଏ ଶୋଇଥିବୁ କି ମାଆ ?

ଏଡ଼େ ଗଭୀର ସୁନିଦ୍ରା ହଠାତ୍ ଭାଙ୍ଗିଗଲା ନିରୁପମାର।

ସୁନାର ସ୍ୱପ୍ନ ତାର ଚୂନା ହୋଇଗଲା।

ଆଖି ମଳିମଳି ସେ ଉଠି ବସିଲା। କହିଲା, ତୁ ଏତେ ସହଳ ଉଠାଇଦେଲୁ କାହିଁକି ?

ହରପ୍ରିୟା ମୃଦୁମୃଦୁ ହସିଲେ।

ପଚାରିଲା ପଚାରିଲା ଆଖିରେ ଚାହିଁଲେ ଝିଅ ମୁହଁକୁ।

ସାମାନ୍ୟ ଲାଜେଇ ଯାଇ ନିରୁପମା ପଚାରିଲା, ମତେ ଏମିତି ଅନାଉଛୁ କାହିଁକି ?

ହରପ୍ରିୟା କହିଲେ, ଭାବୁଛି, ଶାଶୂଘରେ ତୁ ଚଳୁ କେମିତି ? ସେଠାରେ କଅଣ ଏମିତି ଖରା ପଡ଼ିଲା ଯାଏ ଶୋଇଥାଉ ?

ପଲଙ୍କରୁ ଉଠି ବୋଉ ଗଳାକୁ କିଶୋରୀ ଝିଅଟି ଭଳି ନିଜ ଦୁଇ ହାତରେ ଛନ୍ଦିଦେଲା ନିରୁପମା। କହିଲା, ତୁ ମୋ ଶାଶୂଙ୍କୁ ଜାଣି ନାହୁଁ ବୋଉ। ସେ ତୋଠୁଁ ମୋତେ ବେଶୀ ଭଲ ପାଆନ୍ତି। ମୁଁ ସକାଳୁ ଉଠିଲାବେଳକୁ ବାସି କାମ ସାରି ବାସନ ମାଜୁଥାଆନ୍ତି, ନହେଲେ ଘରେ ଚଉକା ଦେଉଥାଆନ୍ତି। କାମ କରିବସିଲେ ହାତରୁ ଛଡ଼ାଇ ନେଇ କାମ କରନ୍ତି।

ଝିଅର କଥା ଶୁଣି ଆନନ୍ଦ-ବିସ୍ମୟରେ ଅଧୀର ହୋଇଉଠୁଥିଲେ ହରପ୍ରିୟା। କିନ୍ତୁ ଏତେଗୁଡ଼ାଏ ମିଛ କହି ପକାଇଥିବାରୁ ନିରୁପମାର ମୁହଁ ହଠାତ୍ ବିଷଣ୍ଣ ହୋଇଉଠିଲା। ଶାଶୂଙ୍କ ସେ ଅଶ୍ଳୀଳ ଗାଳି ମନେ ପଡ଼ିବା ମାତ୍ରେ ଆଖି ଦୁଇଟା ତାର ଛଳଛଳ ହୋଇଉଠୁଥିଲା। ଝିଅ ମୁହଁର ଏ ଭାବାନ୍ତର ଲକ୍ଷ୍ୟ କରି ଚକିତା ହେଲେ ହରପ୍ରିୟା।

ପଚାରିଲେ, ହଠାତ୍ ମୁହଁ ଶୁଖାଇଦେଲୁ କାହିଁକି ନିରୁ ?

ବୋଉ ପାଖରେ ତା ନିଜର ସ୍ୱରୂପ ଧରା ପଡ଼ିଯାଇଛି, ଏ କଥା ଜାଣି ବିଚଳିତ

ହୋଇଉଠିଲା ନିରୁପମା। ନିଜ ମନର ଅସଲ ଚେହେରାକୁ ବାପଘରେ ଗୋପନ ରଖିବ ବୋଲି ମନେ ମନେ ସେ ସିଦ୍ଧାନ୍ତ କରିଛି।

ଆଚାର୍ଯ୍ୟ ପରିବାରର ବୋହୂ ସେ।

ବାପଘରର ଟାଣ ଶାଶୂଘରେ ସେ ଯେମିତି ଦେଖାଇ ଆସିଛି, ଶାଶୂଘରର ଟାଣ ସେ ଠିକ୍ ସେମିତି ବାପଘରେ ଅତୁଟ ରଖିବାକୁ ଚାହେଁ। କାରଣ ଶାଶୂଘର ତା'ର ନିଜଘର-ସେଇ ଘରର ଆଭିଜାତ୍ୟ, ଅହଙ୍କାର ନେଇ ସେ ସାରାଜୀବନ ଘର କରିବ। ବାହାରେ ମୁଣ୍ଡ ଟେକି ଚାଲିବ। ଆଜି ଯଦି ସେ ପରିବାରର ମର୍ଯ୍ୟାଦାକୁ ବାପଘରେ ଛୋଟ କରିଦିଏ, କେଉଁ ଗର୍ବ, କେଉଁ ଅହଙ୍କାର ତା'ର ଆଉ ଅବଶିଷ୍ଟ ରହିବ?

ନିଜ ମନର ଅସ୍ଥିରତାକୁ ସମ୍ଭାଳି ନେଇ ସେ କହିଲା, ଶାଶୂଙ୍କ କଥା ମନେ ପଡୁଛି ବୋଉ! ତାଙ୍କ ମୁହଁ ଆଖି ଆଗରେ ନାଚିଯାଉଛି।

ଝିଅର ମନ ନଈର ସୁଅ ଭଳି। ତା'ର ଗତି ମାପିବା ହରପ୍ରିୟାଙ୍କ ପକ୍ଷରେ ବି ଅସମ୍ଭବ ହୋଇଉଠିଲା। ସେ ପଚାରିଲା, କାଲି ମୋଟେ ଆସିଛୁ, ହଠାତ୍ ପୁଣି ମନେ ପଡୁଛି କ'ଣ?

ନିରୁପମା ଗଳା ବସେଇ ବସେଇ କହିଲା, ମୁଁ ଗଲାଦିନଠୁଁ ମୋତେ ସାଙ୍ଗରେ ନଖୁଆଇଲେ ସେ ଖାଆନ୍ତି ନାହିଁ। ମୁଁ ଭାତ ନ ବାଢ଼ିବା ପର୍ଯ୍ୟନ୍ତ ତାଙ୍କୁ ଭୋକ ହୁଏ ନାଇଁ। ମତେ କହନ୍ତି, ଝିଅଟିଏ ତାଙ୍କର ମରିଯାଇଥିଲା, ମୁଁ ଗଲାପରେ ସେ ହଜିଲା ଝିଅକୁ ଫେରି ପାଇଛନ୍ତି। ମୋ ପାଦରେ କଣ୍ଟା ଫୁଟିଲେ ତାଙ୍କ ଦେହରେ ତୀର ବିନ୍ଧି ହୋଇଯାଏ। ମୁଁ କାଲିଠୁଁ ଆସିଲିଣି, ତାଙ୍କୁ ଖାଇବାକୁ ଭାତ ବାଢ଼ି ଦେଉଥିବ କିଏ?

ଝିଅର କଥା ଶୁଣି ସମବେଦନାରେ, ସହାନୁଭୂତିରେ ହରପ୍ରିୟାଙ୍କ ଆଖିପତା ଦୁଇଟି ମଧ୍ୟ ସଜଳ ହୋଇ ଆସିଲା। ସେ କହିଲେ, ତୋର ମଳାଶୁର ଝିଅ ପରା ତୋ ପାଖରେ ଥିଲା! ସେ କଣ ଶାଶୂକଥା ବୁଝୁ ନ ଥିବ?

ବୋଉର କଥା ଶୁଣି ଫିକ୍‌କିନି ହସିଦେଲା ନିରୁପମା।

କହିଲା, କିଏ? ଉଷା? ତାଙ୍କର ତ ଯେତେ ବୟସ ହେଉଛି, ସେ ସେତେ ଦିନକୁଦିନ ପିଲା ହୋଇଯାଉଛନ୍ତି। ରାତିରେ ମୋ ପାଖରେ ନ ଶୋଇଲେ ତାଙ୍କୁ ନିଦ ହୁଏ ନାହିଁ। ମତେ ପୁଣି ଧୋଓରେ ବାଇଆ ଧୋ' ଗୀତ ବୋଲି ସେ ଶୁଣାଇବେ। ଦିନେ ଯଦି ମୋ ପାଖରେ ନ ଶୋଇଛନ୍ତି, ତା' ଆରଦିନ ନାଲି ନାଲି ଆଖି କରି କହିବେ - ମୋ ଆଖି କାଲି ରାତିରେ ମୋଟେ କଷା ପଡ଼ିନାଇଁ ନୂଆ'ଉ! ସେ'ତ ମୋର ବେଶି ବେଶି ମନେ ପଡୁଛନ୍ତି...

ଆତ୍ମସନ୍ତୋଷରେ ହରପ୍ରିୟାଙ୍କ ଅଧୈର୍ଯ୍ୟ ମନ ଭିତରଟା ପୂର୍ଣ୍ଣ ହୋଇଗଲା।

ଝିଅର ସୁଖୀ ସାଂସାରିକ ଜୀବନର ଏକ ସୁନ୍ଦର ଛବି ଆଙ୍କି ହୋଇଗଲା ତାଙ୍କ ଆଖି ଆଗରେ। ନିରୁପମା ମୁହଁ ଧୋଇବାକୁ ଚାଲିଗଲା ପରେ ଘଡିଏ କାଳ ତା' ଆଡ଼କୁ ଚାହିଁ ରହିଲେ।

କଲେଜରେ ଝିଅ ପଢ଼ିଲାବେଳେ କିଏ କେତେ କଅଣ ନ କହିଛି। କିଏ କହିଲା, ଝିଅଟା ଉପରମୁହିଁ ହୋଇଗଲା। ଶାଶୂଘରକୁ ଗଲେ ନାଆଁ ପକାଇବ। ଆଉ କିଏ କହିଥିଲା, ଆଜିକାଲି ପାଠୋଇ ଝିଅ ମୋଟେ ବାହା ହେଉ ନାହାନ୍ତି। ନିରୁ ତମର ଏମିତି ଘୋଡ଼ୀଙ୍କ ଭଳି ଏ ଅଫିସ୍, ସେ ସ୍କୁଲ ହୋଇ ନାଆଁ ପକାଇବ। ପିତୃପୁରୁଷ ନରକରେ ପଡ଼ିବେ।

ଝିଅର ଚାଲିଚଳନ, ଢଙ୍ଗଢାଙ୍ଗ ଦେଖି ତାଙ୍କର ବି ଛାତିରେ ପାଣି ନଉତି ଲଦା ହୋଇଥିଲା। ସେ ଭାବୁଥିଲେ, ଝିଅକୁ ପାଠ ପଢ଼ାଇ ସେ ନଷ୍ଟ କରିଦେଲେ। ଝିଅ ଜୀବନରେ ଆଉ ସୁଖ ନାହିଁ। ଯାହା ହାତ ଧରିବ ତା' ଜୀବନରେ ଶାନ୍ତି ନାହିଁ।

କିନ୍ତୁ ଆଜି ସେ ଭୟ ତାଙ୍କର ତୁଟିଗଲା !

ମନ ଜାଣି ଭଲ ଘର ଜୁଟାଇଛନ୍ତି ତାକୁ ଭଗବାନ। ଆଚାର୍ଯ୍ୟ ପରିବାରର କାଇଦା କଟକଣା କଥା ଶୁଣି ଝିଅ ବାହାଘର ପରେ ତାଙ୍କ ଆଖିପତା ଯୋଡ଼ିକ ଅନେକ ରାତି ଯୋଡ଼ି ହୋଇ ନାହିଁ। ଫୁଲାଫାଙ୍କିଆ ଜୀବନ ନେଇ ସେ ଜୀବନ କଟାଇଥିଲା, ଶାଶୂଘରେ ପୁରୁଣାକାଳିଆ ଚଳଣି ମାନି ସେ ସତରେ ଘର ସଂସାର କରିବ- ଏକଥା ତାଙ୍କର କେବେ ଭରସା ହୋଇ ନଥିଲା।

ଆଜି ଝିଅ ମୁହଁରୁ ସବୁ କଥା ଶୁଣି ସେ ନିଦକ ହେଲେ।

ଛାତି ଉପରେ ଲଦା ହୋଇଥିବା ସନ୍ଦେହର ପାଣି ନଉତି ତାଙ୍କର ଓହ୍ଲାଇଗଲା।

ସ୍ୱାମୀଙ୍କ ପାଖକୁ ଯାଇ କହିଲେ, ଶୁଣୁଛ !

ଦିଗମ୍ବରବାବୁ ପୁରୁଣା ଖବରକାଗଜ ଉପରେ ଚଷମାଟା ମାଡ଼ି ଦେଇ କଅଣ ପଢୁଥିଲେ। ପତ୍ନୀଙ୍କ କଥା ଶୁଣି ଦୃଷ୍ଟି ତୋଳି ଚାହିଁଲେ।

ପଚାରିଲେ, ମତେ କଅଣ କହୁଛ ?

ହରପ୍ରିୟା କହିଲେ, ହଁ - ଏଇ ଆମ ନିରୁ କଥା। ତୁମେ ପରା କହୁଥିଲ ଆଚାର୍ଯ୍ୟଘର ବୁଢ଼ୀ କୁଆଡ଼େ ଗୋଟାଏ ରାହାବଳୀ। ଝିଅଠୁଁ ଶୁଣିଲି...

କଅଣ ଶୁଣିଲ ? ଉତ୍ସାହିତ ହୋଇ ଦିଗମ୍ବରବାବୁ ପଚାରିଲେ। ଝିଅଠୁଁ ଯାହା ଶୁଣିଥିଲେ ତାକୁ ସବୁ ବନେଇ ଚୂନେଇ କହିଲେ ହରପ୍ରିୟା।

ଦିଗମ୍ବରବାବୁଙ୍କ ମୁହଁରେ ବି ପରିତୃପ୍ତିର ହସ ଉକୁଟିଉଠିଲା। ସେ କହିଲେ, ସ୍ତ୍ରୀ ଚରିତ୍ର ତାଙ୍କ ଚେହେରା ଦେଖି ବୁଝି ହୁଏ ନାହିଁ ବୋଲି ସୁଜ୍ଞଜନମାନେ କହିଛନ୍ତି।

ଆଚାର୍ଯ୍ୟଁଘର ବୁଢ଼ୀଙ୍କ ବାହାର ଚେହେରା ଦେଖି ଯେଉଁ ଖଳ ଲୋକମାନେ ନିନ୍ଦା କରୁଥିଲେ, ତାଙ୍କ ଭିତରର ସୁନ୍ଦର ରୂପଟା ହୁଏତ ସେମାନେ ଦେଖି ନଥିଲେ।

ନିରୁପମା ଚାହା ନେଇ ଆସୁଥିଲା।

କହିଲା, ବାପା, ଚାଆ...

ଝିଅ ହାତର ଚାହା ଦିଗମ୍ବରବାବୁଙ୍କୁ ସବୁଦିନେ ବେଶି ଭଲ ଲାଗେ। ନିରୁପମା ହାତରେ ଧୂଆଁଳିଆ ଚାହା କପ୍‌ଟା ଦେଖି ତାଙ୍କର ଆଖି ଦୁଇଟା ପ୍ରଲୋଭନରେ ଉଜ୍ଜ୍ୱଳ ଦିଶିଲା। କଥା କହିବା ସ୍ଥଗିତ ରଖି ପରମ ଆଗ୍ରହରେ ସେ କପ୍‌ଟା ଉଠାଇନେଲେ।

X X X

ସୁଖର ଦିନଗୁଡିକ ପାଣି ଭଳି ବହିଯାଏ।

କିନ୍ତୁ ଦୁଃଖର ଦିନ ପଥର ଭଳି ହୁଏ ନିଷ୍ଠୁର, ଦୀର୍ଘ। ଗୋଟିଏ ଦିନ ଗୋଟିଏ ଯୁଗ ଭଳି ଲାଗେ। ନିରୁପମାର ଦିନ କେତୋଟି ବେଶ୍ ହସ ଖୁସିରେ କଟିଗଲା। ବାପଘରର ଅପାସୋରା ସୁଖର ସ୍ମୃତି ନୂଆ ହୋଇ ଠିଆହେଲା ନିରୁପମା ଆଗରେ।

ସାଇର ସାଙ୍ଗମାନେ ଆସି ତା ପାଖରେ ଭିଡ଼ ଜମାଇଲେ।

ବାପା, ବୋଉ ପଚାରନ୍ତି ଶାଶୂ ନଣନ୍ଦଙ୍କ କଥା! ସାଙ୍ଗମାନେ ପଚାରନ୍ତି, ସ୍ୱାମୀଙ୍କ ସ୍ନେହ ସୋହାଗର କାହାଣୀ। ଶାଶୂ, ନଣନ୍ଦଙ୍କ ପ୍ରଶଂସା କରିବାକୁ ନିରୁପମା ପାଟିରେ ବାଟୁଳି ବାଜେନାହିଁ। କିନ୍ତୁ ନିର୍ମଳ କଥା ପଡ଼ିଲେ ଜିଭ ତା'ର ଜଡ଼ ହୋଇଯାଏ। ପାଟିରୁ କଥା ବାହାରେ ନାହିଁ।

ଶାଶୂ, ନଣନ୍ଦଙ୍କ ଦ୍ୱାରା ନିର୍ଯାତିତା ହୋଇ ସୁଦ୍ଧା ସେ କେବେ ମନ ଖରାପ କରିନାହିଁ। ସେମାନଙ୍କ କାଳ୍ପନିକ ସୁଗୁଣ ବନେଇ ଚୂନେଇ କହିଛି ବାପା, ବୋଉଙ୍କୁ। କିନ୍ତୁ ନିର୍ମଳର କଥା ସେ ଭୁଲିପାରେ ନାହିଁ।

ନିର୍ମଳର ପ୍ରତ୍ୟାଖ୍ୟାନକୁ ସେ କ୍ଷମା କରିପାରେ ନାହିଁ।

କାହିଁକି ?

କାରଣ ଯିଏ ଯାହାକୁ ଯେତେ ଭଲପାଏ, ତା'ର ସେତେ ଛୋଟ ଆଘାତ ବି ବେଶି କଷ୍ଟ ଦିଏ। ନିର୍ମଳଠାରୁ ଏଭଳି ଅବୁଝାମଣା, ନିଷ୍ଠୁର ବ୍ୟବହାର କେବେ ସେ ଆଶା କରି ନଥିଲା। ସେ ତାକୁ ଏପରି ଇତର ଭଳି ବ୍ୟବହାର କରି ପଦେ କଥା ସୁଦ୍ଧା ନକହି ଚାଲିଯିବେ, ଏକଥା ସେ କଳ୍ପନା ମଧ୍ୟ କରି ନଥିଲା।

କାହାପାଇଁ ସେ ସବୁ ଦୁଃଖ, କଷ୍ଟ ସହି ନର୍କ ଯନ୍ତ୍ରଣା ମଧ୍ୟରେ ସେଠାରେ ଜୀବନର ସାଧନ କରୁଥିଲା? କେବଳ ନିଜର ସୁଖ ପାଇଁ? ନିର୍ମଳର ଆନନ୍ଦ ପାଇଁ ନୁହେଁ? କାହିଁକି ତାହାହେଲେ ତାକୁ ସେ ଏପରି ଚରମ ଆଘାତ ଦେଲେ?

ସେ ଯାହା ଆଶା କରି ନଥିଲା, ତାହା ତା' ଜୀବନରେ ଘଟିଗଲା। ତା' ସୁନ୍ଦର ଜୀବନଟା ନିର୍ମଳ ଯୋଗୁଁ ଜଳି ପୋଡ଼ି ନଷ୍ଟ ହୋଇଗଲା। ସବୁ ସମ୍ପଦର ଅଧିକାରିଣୀ ହୋଇ ମଧ୍ୟ ଆଜି ସମସ୍ତଙ୍କଠାରୁ ବଳି ନିଃସହାୟୀ ହୋଇଗଲା ନିରୁପମା।

ଅତୀତ ଜୀବନର ଘଟଣାସବୁ ସେ ଯେତେ ଭାବିଚିନ୍ତି ଦେଖୁଥିଲା, ନିର୍ମଳ ଉପରେ ରାଗ, ଅଭିମାନ ପର୍ବତ ପରି ଲଦି ହେଉଥିଲା ତା ମନରେ। ନା' ଆଉ ନୁହେଁ। ଆଉ କେବେ ସ୍ୱାମୀ, ସଂସାର କଥା ସେ ଭାବିବ ନାହିଁ। ଯଦି ଆବଶ୍ୟକ ହୁଏ, ତେବେ ସେ ସବୁଦିନ ପାଇଁ ରହିବ ଏଇ ବାପଘରେ।

କଥାଟା ଭାବିଲା ମାତ୍ରେ ନିରୁପମାର ଛାତି ଭିତରେ ଦୁଃଖ, ଶୋକରେ ଅସମ୍ଭାଳ ହୋଇଉଠେ। ଅବୁଝା ଅଭିମାନରେ ସେ କାନ୍ଦି କାନ୍ଦି ରାତି ପରେ ରାତି କଟାଇଦିଏ। କିନ୍ତୁ ନିଜ ମନର ଏ ଦୁଃଖ ଯନ୍ତ୍ରଣା ସେ ବାହାରକୁ ପ୍ରକାଶ କରିବାକୁ ଦିଏ ନାହିଁ।

ନିର୍ମଳ ଏଥିଭିତରେ ପାଞ୍ଚଖଣ୍ଡ ଚିଠି ଦେଲାଣି।

ପ୍ରଥମ ଚିଠିରେ ଅନେକ ଉପଦେଶ ଭରିଦେଇଥିଲା। ସଂସାର, ସମାଜ, ପରିବାର ଓ ନାରୀର କର୍ତ୍ତବ୍ୟ ସମ୍ପର୍କରେ ଅନେକ ଚର୍ବିତ-ଚର୍ବଣ ଉପଦେଶ ସେଥିରେ ଭରିଦେଇଥିଲା ନିର୍ମଳ। ସେ ଚିଠି ପଢ଼ି ଉତ୍ତର ଦେଇନଥିଲା ନିରୁପମା।

ତା'ପରେ ଅନ୍ୟ ଚିଠି ଗୁଡିକରେ ତାକୁ ଭୁଲ ନ ବୁଝିବାକୁ ଅନୁନୟ ବିନୟ ଭରି ରହିଥିଲା। ସବୁ କଥା ଭୁଲି ପୁଣି ଘରକୁ ଫେରିଯିବା ପାଇଁ ବିନୀତ ଅନୁରୋଧ।

ସେ ଚିଠିର ମଧ୍ୟ କୌଣସି ଉତ୍ତର ଦେଇ ନାହିଁ ନିରୁପମା।

ନିର୍ମଳ ଚିଠିର ଭାଷା, ମୁହଁର କଥାରେ ସେ ଆଉ ଭୁଲିବାକୁ ଚାହେଁ ନାହିଁ।

ନିର୍ମଳକୁ ବୁଝାଇବାକୁ ସେ ତ କମ୍ ଚେଷ୍ଟା, କମ୍ ତ୍ୟାଗ କରିନାହିଁ। ବରଂ ତା'ର ତ୍ୟାଗ, ନମ୍ରତାକୁ ଭୁଲ୍ ବୁଝିଛି ନିର୍ମଳ। ତାକୁ ଚରମ ଆଘାତ ଦେଇଛି। ଆଉ ଚେଷ୍ଟା କରିବାକୁ ସାହସ ନାହିଁ, ଇଚ୍ଛା ମଧ୍ୟ ନାହିଁ।

ନିଜ ସ୍ୱାମୀ, ଶାଶୂ, ସଂସାର-ସବୁ କଥା ଭୁଲିଯିବାକୁ ନିରୁପମା ଚେଷ୍ଟା କରେ। ଭାବେ, ବୃହନ୍ନଳାର ଛଦ୍ମବେଶ ତ୍ୟାଗକରି ସେ ନିଜର ସ୍ୱରୂପ ଧାରଣ କରିବ। ବାପା, ବୋଉଙ୍କୁ ସବୁକଥା ଖୋଲି କହିବ। ବୁଝାଇବ ବଧୂଜୀବନ ମୋର ବ୍ୟର୍ଥ ହୋଇଯାଇଛି। କନ୍ୟା ହୋଇ ମତେ ବଞ୍ଚିବାକୁ ଦିଅନ୍ତୁ। ମୁଁ ପୁଣି କଲେଜରେ ପଢ଼ିବି, ନିଜ ଗୋଡ଼ରେ ନିଜେ ଠିଆହେବି। ଆପେ ଆପେ ଭଲପାଇବାର ଭୁଲ୍ କରିଥିଲି ବୋଲି ମତେ ଆଉ ସେ ନର୍କପୁରୀକୁ ବଳାଇ କରି ପଠାନ୍ତୁ ନାହିଁ...

କିନ୍ତୁ ଆଇନା ଦେହରେ ନିଜ ସୀମନ୍ତର ସିନ୍ଦୂର ଟୋପାଟି ଦେଖିଲେ ନିରୁପମାର ସବୁ ଭାବନା ଚହଲିଉଠେ। ସବୁ ପରିକଳ୍ପନା ଓଲଟପାଲଟ ହୋଇଯାଏ। ନିଜ ମୁଣ୍ଡକୁ

ହାତ ପାପୁଲିରେ ଚାପିଧରି ସେ ସ୍ୱଗତୋକ୍ତି କରିଉଠେ, ନା-ନା ମୁଁ ନାରୀ। ମୁଁ ବଧୂ। ମୋଠାରେ କେବଳ ଫୁଲର ସୌନ୍ଦର୍ଯ୍ୟ ନାହିଁ, ମୋ ଦେହରେ ମଧ୍ୟ ଭରିରହିଛି ଅନାଗତ ଶସ୍ୟର ସୁରଭି। ମୁଁ କେବଳ ନିଜ ପାଇଁ ବଞ୍ଚିରହି ରାତ୍ରିର ବୟସ ଦୀର୍ଘତର କରିବାକୁ ଚାହେଁ ନାହିଁ, ମୁଁ ଚାହେଁ ସୃଷ୍ଟିର ବିକାଶ, ପରିବାରର ସ୍ୱର୍ଗ ରଚନା!

ହରପ୍ରିୟା, ଦିଗମ୍ବର ବାବୁ ମଧ୍ୟ ଝିଅର ସନ୍ନ୍ୟାସିନୀ ରୂପ ଦେଖି ବିଚଳିତ ହୁଅନ୍ତି।

ହରପ୍ରିୟା ଭାବନ୍ତି, ନିରୁ ସେଦିନୁ ଆସିଲାଣି, କିନ୍ତୁ କାହିଁ ଶାଶୂ ତାର ନେବା ପାଇଁ ଖବର ଉଠାଉ ନାହାନ୍ତି ତ! ଶାଶୂ, ନଣନ୍ଦ, ସଂସାର ସମସ୍ତଙ୍କୁ ଏତେ ଭଲପାଏ ବୋଲି କହୁଛି ନିରୁପମା, କିନ୍ତୁ କାହିଁ, ଦିନେ ହେଲେ ଶାଶୂଘରକୁ ଯିବା କଥା ସେ ମୁହଁରେ ଧରୁନାହିଁ ତ!

ପାଠୋଇ ଝିଅର ମନକଥା ବୁଝିବା ପାଇଁ ଚେଷ୍ଟା କରି ପାରନ୍ତି ନାହିଁ ହରପ୍ରିୟା। ପଚାରିବେ ପଚାରିବେ ବୋଲି ଅନେକଥର ଭାବି ଥିଲେ ସୁଦ୍ଧା ଝିଅକୁ ସେ ସେକଥା ପଚାରି ପାରନ୍ତି ନାହିଁ। ମନରେ ସନ୍ଦେହ, ଆଶଙ୍କା, ଭୟ ତାଙ୍କର ଦିନକୁ ଦିନ ବଢ଼ିବାକୁ ଲାଗେ।

ଦିଗମ୍ବର ବାବୁ ବି ନିରୁପମାକୁ ଲକ୍ଷ୍ୟ କରି ବେଳେବେଳେ ବିସ୍ମୟରେ ବିମୂଢ଼ ହୋଇଯାଆନ୍ତି। ନିର୍ମଳର ଚିଠି ଆଣି ସେ ସବୁ ଥର ଝିଅକୁ ଦେଉଛନ୍ତି, କିନ୍ତୁ ଥରେ ହେଲେ ସେ ତ ତାର ଉତ୍ତର ଲେଖି ଡାକଘରେ ପକାଇବା ପାଇଁ ତାଙ୍କୁ ଦେଉନାହିଁ। ତେବେ କଅଣ ଝିଅ ଜ୍ୱାଇଁଙ୍କ ଭିତରେ କିଛି ମତାନ୍ତର ଘଟିଛି।

ପାରିବାରିକ ଜୀବନରେ ଏସବୁ ବେଳେବେଳେ ଘଟେ। କିନ୍ତୁ ଏ ମତାନ୍ତର ଯଦି ମନାନ୍ତରରେ ପରିଣତ ହୁଏ ? ଝମିଟି ଖେଳରୁ ଯଦି ମହାଭାରତ ଯୁଦ୍ଧ ଆରମ୍ଭ ହୁଏ!

ସାଂସାରିକ ଅଭିଜ୍ଞତାରୁ ଦିଗମ୍ବର ବାବୁ ପୋଖତ ଲୋକ।

ସମୁଦାୟ ଘଟଣା ତାଙ୍କୁ କେମିତି ଖାପଛଡା ଜଣାପଡ଼େ।

ସେଦିନ ନିର୍ମଳର ପୁଣି ଚିଠି ଆସିଥିଲା।

ଚିଠିଟା ନିରୁପମାକୁ ଦେବା ଆଗରୁ ଦିଗମ୍ବର ବାବୁ ଥରେ ମନେ ମନେ ଭାବିଲେ, ଝିଅଠାରୁ କୌଣସି କଥା ଜଣାପଡୁ ନାହିଁ। ବଡ଼ ଚପା ପ୍ରକୃତିର ପିଲା ସେ। ପଚାରିଲେ ସତକଥା ବି କେବେହେଲେ ସେ କହିବ ନାହିଁ। ଯଦି ନିର୍ମଳର ଚିଠି ସେ ପଢ଼ନ୍ତି...

ଚିଠି ତାଙ୍କ ମାରଫତ୍‌ରେ ଆସିଛି।

ଖୋଲିବା ଖୁବ୍ ଅନ୍ୟାୟ ହେବ ନାହିଁ, ଯଦିବା ଏହା ତାଙ୍କର ନୀତି ଓ ରୁଚି ବିରୁଦ୍ଧ।

ବହୁ ଭାବି ଚିନ୍ତି ସେ ଅବଶେଷରେ ଚିଠିଟା ଖୋଲି ପଢ଼ିଲେ।

ଚିଠିପଢ଼ା ଶେଷ କଲାବେଳକୁ ତାଙ୍କ ମୁହଁ ଗମ୍ଭୀର ହୋଇଉଠିଲା।

ରାତିରେ ସେ ହରପ୍ରିୟାଙ୍କୁ କହିଲେ, ଶୁଣୁଛ, ନିର୍ମଳ ନିରୁପମା ଭିତରେ ଗୋଟିଏ କିଛି ଗଣ୍ଡଗୋଳ ଘଟିଛି- ନିର୍ମଳ ଚିଠି ପଢ଼ି ମୁଁ ବୁଝିଲି। ସେ ଏମିତି ଗୋଳମାଳିଆ ହୋଇ ଲେଖାହୋଇଛି ଯେ, ସତ କଥା ବାହାର କରିବା କଷ୍ଟକର ବ୍ୟାପାର। ତେବେ ଯେତିକି ବୁଝିଲି, ନିରୁ ତାକୁ କୌଣସି କାରଣରୁ ଭୁଲ୍ ବୁଝି ଚିଠି ଦେଉନାହିଁ...

ସ୍ୱାମୀଙ୍କ କଥା ଶୁଣ ହରପ୍ରିୟାଙ୍କୁ ଚାରିଆଡ଼େ ଅନ୍ଧକାର ଦେଖାଗଲା।

ସ୍ୱାମୀଙ୍କ ହାତ ଧରିପକାଇ ସେ କହିଲେ, ତମେ ଆଉ ଚୁପ୍‌ହୋଇ ରହିଲେ ହେବ ନାହିଁ। ସେମାନେ ପିଲାଲୋକ। ଯେତେ ପାଠପଢ଼ି ଜ୍ଞାନ ଅରଜିଲେ ବି ସଂସାର ବିଷୟରେ କିଛି ଜାଣନ୍ତି ନାହିଁ। ତମେ ନିରୁ ଶାଶୂ ପାଖକୁ ଖବର ପଠାଅ। ସେଠାରୁ ସବୁ କଥା ଜଣାପଡ଼ିବ। ଦିନ ଯେତେ ଡେରି ହେବ, ଏ ଛୋଟକାଟର ମାନ ଅଭିମାନ, ଜିଦ୍, ଅହଙ୍କାରରେ ପରିଣତ ହେବ। ପିଲା ଦୁହିଁଙ୍କର ସୁନାର ସଂସାର ଆମ ଆଖି ଆଗରେ ଉଜୁଡ଼ିଯିବ। ସେମାନେ ପିଲାଲୋକ। କଳିକଜିଆ କଲେ ବୋଲି ଆମେ ତ ଆଉ ଚୁପ୍ ହୋଇ ସେସବୁ ଦେଖି ମଜା କରିବା ନାହିଁ?

ଦିଗମ୍ବରବାବୁ ମଧ୍ୟ ସେହି ଦୃଷ୍ଟିରୁ ବିଚାର କରୁଥିଲେ।

କାଲି ସକାଳୁ ଯେ କୌଣସି ମତେ ଝିଅ ଶାଶୂଙ୍କ ପାଖକୁ ଉଖୁଡ଼ା ହାଣ୍ଡିଟାଏ ଦେଇ ବାରିକ ପଠାଇବେ ବୋଲି ସେ ମନେ ମନେ ସ୍ଥିର କଲେ।

X X X

ନିରୁପମା ଶାଶୂଘର ଗାଆଁରୁ ବାରିକ ଫେରିଆସିଲା।

ବାରିକର ମଉଳା ମୁହଁ ଦେଖି ହରପ୍ରିୟାଙ୍କ ଡାହାଣ ଆଖିଟା ଡେଇଁବାକୁ ଲାଗିଲା। ଭାବିଲେ, ସେମାନେ ହୁଏତ ଯାହା ସନ୍ଦେହ କରୁଥିଲେ ତାହା ସତ୍ୟ। କୌଣସି ଗୁରୁତର ଗଣ୍ଡଗୋଳ କରି ଝିଅ ବୋଧହୁଏ ସେମାନଙ୍କ ପାଖକୁ ଫେରିଆସିଛି।

କଅଣ ହେଲା ରଘୁ -

ରଘୁ ହେଉଛି ବାରିକର ନାମ। ସାଆନ୍ତାଣୀଙ୍କ କଥା ଶୁଣି ସେ ଉଖୁଡ଼ା ହାଣ୍ଡିବନ୍ଧା ଚଦର ଆଉ ବାଡ଼ି ଥୋଇଦେଇ ଥକକ୍‌ମାରି ବସିଲା।

ଆଉ କିଛି ପ୍ରଶ୍ନ କରିବାକୁ ହରପ୍ରିୟାଙ୍କ ଜିଭ ପଇଟିଲା ନାହିଁ।

ଦିଗମ୍ବର ବାବୁ ଜଣେ ରୋଗୀ ଦେଖି ହୋମିଓପ୍ୟାଥିକ ଔଷଧ ବ୍ୟାଗଟା ଝୁଲାଇ

ଘରକୁ ଫେରୁଥିଲେ। ବାରିକକୁ ଦେଖି ପଚାରିଲେ, ସମୁଦୁଣୀ କଅଣ କହୁଥିଲେ ରଘୁ? ଦେହ ମୁଣ୍ଡ ତାଙ୍କର ଭଲ ଅଛି ତ?

ରଘୁ କହିଲା, ହଁ ଆଜ୍ଞା। ହେଲେ ମନରେ ସରାଗ ନାହିଁ...।

ରଘୁ କଥା ଶୁଣି ଉତ୍ସାହିତ ହେଲେ ହରପ୍ରିୟା।

ପଚାରିଲେ, ବୋହୂ କଥା ପଚାରୁ ନଥିଲେ?

ନ ପଚାରିବେ କେମିତି? ମତେ ଦେଖି ମୁହଁ ତାଙ୍କର ଶୁଖିଗଲା। ପଚାରିଲେ, ବୋହୂ ମୋର ଭଲ ଅଛିଟିରେ ବାରିକ ପୁଅ!

ହରପ୍ରିୟାଙ୍କ ଶୁଖିଲା ଓଠରେ ହସର ହିଲ୍ଲୋଳ ଦେଖାଗଲା। ସେ ଆଶ୍ୱସ୍ତ ହେଲେ। ପହିଲୁ ଦେଖାରୁ ତାହାହେଲେ ସମୁଦୁଣୀ ଝିଅ ଦେହପା' କଥା ପଚାରିଲେ! ନିରୁ ତା'ହେଲେ ମିଛ କହୁନାଇଁ। ଶାଶୂ ତା'ର ତାକୁ ଖୁବ୍ ଭଲପାଆନ୍ତି।

ଆଉସବୁ କଅଣ କଅଣ କହିଲେ କହୁନୁ! ମୁହଁ ମାରିଦେଇ ବସିଲୁ ଯେ! ହରପ୍ରିୟା କଥା ଆଦାୟ କରିବା ପାଇଁ ଜୋର କଲେ।

ରଘୁ ବାରିକ ଦୀର୍ଘନିଃଶ୍ୱାସ ପକାଇ ଉତ୍ତର ଦେଲା, କହିବି ଆଉ କଅଣ ମାଆ ସାଆନ୍ତାଣୀ! ସବୁ ଭଲ। ଖାଇବା ପିଇବା କଥା ଭଲକରି ବୁଝିଲେ। ଭଲ ବିଦାକି ଦେଲେ। ଖାନ୍‌ଦାନି ଘର ତ - ହେଲେ...

ବାକ୍ୟ ଅସମ୍ପୂର୍ଣ୍ଣ ରଖି ରହିଗଲା ରଘୁ।

ହରପ୍ରିୟାଙ୍କ ଛାତିରେ ତା'ର ସେ 'ହେଲେ...' ଶବ୍ଦଟି ନିଆଁଭଳି ଲାଗିଗଲା। ଉଦ୍‌ବିଗ୍ନ କଣ୍ଠରେ ସେ ପଚାରିଲେ, କଅଣ ଆଉ 'ହେଲେ...'

ଏଇ ବୋହୂ ନବା କଥା - କହିଲେ ବାହାଘରବେଳେ ତ କିଛି ଦେଇନାହାନ୍ତି। ପୁଆଣୀବେଳେ ସବୁ ନ ଦେଲେ ଗାଆଁରେ ଆଉ ମୁଁ ମୁଣ୍ଡଟେକି ଚାଲିପାରିବି ନାହିଁ। ଲଜ୍ଜାରେ ମୋ ମୁଣ୍ଡ ଛିଡ଼ିପଡ଼ିବ। ସମୁଦିଙ୍କୁ କହିବ, ପୁଆଣିବେଳେ ଯାହା ଯାହା ଦେବାର କଥା ମୁଁ ତା'ର ତାଲିକା କରି ରଖିଛି। ସେଇ ଅନୁସାରେ ସବୁ ବ୍ୟବସ୍ଥା କରି ମତେ ଖବର ପଠାଇଲେ ଭଲଦିନ ଧରି ମୁଁ ସବାରି ପଠାଇବି...।

ରଘୁ ବାରିକର କଥା ଶେଷ ହେବାବେଳକୁ ଦିଗମ୍ବରବାବୁ ଆଉ ହରପ୍ରିୟା ଦେବୀଙ୍କ ଛାତି ଭିତରଟା ଦପ୍ ଦପ୍ ହେଉଥିଲା। ସେମାନଙ୍କ ଅଜାଣତରେ ଗୋପନରେ ନିରୁପମା ମଧ୍ୟ ଆସି ଛିଡ଼ାହୋଇଥିଲା କବାଟ ଆରପଟେ। ବାରିକର କଥା ଶୁଣି ତା ମନ ଦିଖଣ୍ଡ ହୋଇଗଲା।

କିଛି ସମୟ ପରେ ଦିଗମ୍ବରବାବୁ ବାରିକ ହାତରୁ ତାଲିକା ଆଣିଲେ।

ଏକ ଲମ୍ବା ତାଲିକା।

ସୁନା ଗହଣା, କାଠ ଜିନିଷ, ଲୁଗାପଟା, ବାସନକୁସନ- ସବୁ କିଛି। ଟଙ୍କା ତିନି ହଜାରରୁ କମ୍ ହେଲେ ଚଳିବ ନାହିଁ।

ମଧ୍ୟବିତ୍ତ ପରିବାରର ଅର୍ଥନୈତିକ ଆକାଶରେ ଏ ଆକସ୍ମିକ ତିନିହଜାର ଟଙ୍କାର ଲଞ୍ଜାତାରା ପଣ୍ଡା ପରିବାରର ସମସ୍ତଙ୍କୁ ମୁହୂର୍ତ୍ତକ ପାଇଁ ସ୍ତବ୍ଧ କରିଦେଲା।

ତା'ପରେ ଝିଅର ଶୁଖିଲା ମୁହଁକୁ ଦେଖି ଦିଗମ୍ବରବାବୁ ନିଜ ମୁହଁରେ ହସର ଆଲେଖ୍ୟ ଅଙ୍କନ କଲେ। କହିଲେ, ଏଥିରେ ଆଉ ଭାବିବାର କଅଣ ଅଛି? ବାହାଘରବେଳେ ଦେଇପାର ନଥିଲି - ପୁଆଣୀଘର ବେଳେ ଦେବି। ସମୁଦୁଣୀ କିଛି ଭୁଲ୍ କହି ନାହାନ୍ତି। ଆଚାର୍ଯ୍ୟ ପରିବାରର ସେ ଅଞ୍ଚଳରେ ଖୁବ୍ ନାମ ଡାକ। ଖାଲି ଦେହରେ ଝିଅକୁ ପଠାଇଲେ ତାଙ୍କର ସମ୍ମାନ କଥା ବାଦ୍ ଦିଅ-ଆମର ଇଜ୍ଜତ ରହିବ ତ?

ସ୍ୱାମୀଙ୍କ କଥା ଶୁଣି ହରପ୍ରିୟାଙ୍କ ମୁହଁରେ କୌଣସି ଭାବାନ୍ତର ଦେଖାଗଲା ନାହିଁ। 'ଦେଲୁ ନାରୀ-ହେଲୁ ପାରି'- ପ୍ରବଚନରେ ବିଶ୍ୱାସ କରି ସେ ଯେଉଁ ଆଶ୍ୱସ୍ତିରେ ଥିଲେ, ତାହା ହଠାତ୍ ଗଭୀର ଅସ୍ୱସ୍ତିରେ ପରିଣତ ହୋଇଗଲା।

ସୁନା ଗହଣା, କାଠ ଜିନିଷ, ଲୁଗାପଟା, ବାସନକୁସନ!

ନିଜ କାନକୁ ବିଶ୍ୱାସ କରିପାରୁ ନଥିଲା ନିରୁପମା।

ବାପାଙ୍କ ମୁହଁର ଶୁଖିଲା ହସ ଆଉ ବୋଉ ମୁହଁର ଅସହାୟ କାରୁଣ୍ୟ ଦେଖି ତାକୁ ଶେଷରେ ବିଶ୍ୱାସ କରିବାକୁ ହେଲା।

ଆଚାର୍ଯ୍ୟ ପରିବାରର ବୋହୂପଣିଆ ନିଜର ସ୍ନେହ, ଶ୍ରଦ୍ଧା, ସେବା ଭଲପାଇବା ଦେଇ ସେ ପାଇପାରିଲା ନାହିଁ। ବାପାଙ୍କ ଗହଣା, ବାସନ, ଲୁଗା, କାଠଜିନିଷ ଦେଇ ତାକୁ ଏଥର ସେ ବୋହୂପଣିଆକୁ କିଣିବାକୁ ହେବ!

ନିଜ ପରିବାରର ଆର୍ଥିକ ପରିସ୍ଥିତି ଆଉ ଶାଶୂଙ୍କ ପ୍ରତିଶୋଧ ନେବାର କୁଟିଳ ଉପାୟ କଥା ଚିନ୍ତାକରି ସେ ଦୁଃଖରେ ମୁହ୍ୟମାନ ହୋଇପଡ଼ିଲା। ନିଜର ଆଖିର ଲୁହ, ହୃଦୟରେ ଉଦ୍‌ବେଳିତ ହୋଇଉଠୁଥିବା କୋହକୁ ଚାପି ରଖିବାପାଇଁ ସେ ନିଜେ ଶୟନକକ୍ଷକୁ ଫେରିଗଲା।

X X X

ଦିଗମ୍ବରବାବୁ ନିରୁପମାର ପୁଆଣିସଜ ସବୁ ଦେଇପଠାଇବା ଲାଗି ଆୟୋଜନ କରୁଛନ୍ତି। ଯେପରି ଭାବରେ ହେଉ ଏ ବ୍ୟବସ୍ଥା ତାଙ୍କୁ କରିବାକୁ ହେବ। ନିଜ ଝିଅର ସୁଖ, ଭବିଷ୍ୟତ ଆଉ ତା ଶାଶୂଘର ମାନ୍‌ମର୍ଯ୍ୟାଦା ନ ରଖିଲେ ତାଙ୍କ ନିଜ ଇଜ୍ଜତ ପଦାରେ ପଡିବ। ବାହାରେ ନିଜେ ମଧ୍ୟ ସେ ଲୋକହସା ହେବେ।

ସମୁଦାୟ ତିନିହଜାର ଟଙ୍କାର ଖର୍ଚ୍ଚ ହିସାବ।

ସାମାନ୍ୟ ହୋମିଓପାଥିକ ଡାକ୍ତର ଦିଗମ୍ବର ବାବୁ। ଆୟର ପରିମାଣ ସାମାନ୍ୟ ନହେଲେ ମଧ୍ୟ ସୀମାବଦ୍ଧ। ଏଲୋପାଥି ଡାକ୍ତରଖାନା ଏ ଅଞ୍ଚଳରେ ଖୋଲାହେବା ଦିନଠାରୁ ତାଙ୍କର ବହୁଦିନର ବ୍ୟବସାୟ ମନ୍ଥର ହୋଇପଡ଼ିଛି। ତେଣୁ ସେ ଆୟ ଉପରେ ନିର୍ଭର କଲେ ଚଳିବ ନାହିଁ।

ଆଉ ଏଥିରେ ବିଳମ୍ବ ମଧ୍ୟ କରାଯାଇ ନପାରେ। ବାହାଘର କଥା ନୁହେଁ- ପୁଆଣିଘର କଥା। ଜମିବିକ୍ରି ବ୍ୟତୀତ ତିନିହଜାର ଟଙ୍କା ଏକାଥରକେ ବ୍ୟବସ୍ଥା କରିବା ସମ୍ଭବ ନୁହେଁ।

ହରପ୍ରିୟାଙ୍କ ସହ ସେ ଗୋପନରେ ପରାମର୍ଶ କରିସାରିଛନ୍ତି। କେବଳ କିଣିବାଲୋକ ସ୍ଥିର ହୋଇଗଲେ ସେ ଜମି ବିକ୍ରି କରିବେ।

ନିରୁପମାଠାରୁ ଏସବୁ କଥା ଖୁବ୍ ଗୋପନ ରଖାଯାଇଥିଲେ ସୁଦ୍ଧା ଜମିବିକ୍ରି ଖବର ତା ପାଖରେ ଅଛପା ରହିନାହିଁ। ଖବର ଶୁଣିଲା ବେଳଠାରୁ ତା ମନର ସବୁ ସରାଗ ମଉଳି ପଡ଼ିଛି। ବାପା, ବୋଉ ଯେ କୌଣସି ବିଷୟରେ ନିମ୍ନସ୍ୱରରେ କଥାବାର୍ତ୍ତା ହେଲେ ତାର ଆଶଙ୍କା ହେଉଛି ଯେ, ତାହାରି ବିଷୟରେ ସେମାନେ କଥାବାର୍ତ୍ତା ହେଉଛନ୍ତି।

ଘରର ଚାଷଜମି ବିଶେଷ କିଛି ନାହିଁ।

ସେଥିରୁ ଯଦି ତିନିମାଣ ବିକ୍ରି ହୋଇଯାଏ, ତାହାହେଲେ ଛୋଟ ଛୋଟ ଭାଇ ଭଉଣୀଙ୍କ ପଢ଼ିବା, ଚଳିବା ପାଇଁ ବିଶେଷ କିଛି ଅବଶିଷ୍ଟ ରହିବ ନାହିଁ। ନିଜ ପାଇଁ ସେ ସ୍ୱାର୍ଥପର ହୋଇ ଜମି ବିକ୍ରି ହେବାକୁ ଦେଇପାରିବ ତ ?

ବାହାରକୁ ଦେଖେଇ ହେବାପାଇଁ ଯେତେ ହସି ହସି କଥା କହୁଥିଲେ ବି ନିଜ ମନଭିତରଟା ତାର ପୋଡ଼ି ଜଳି ପାଉଁଶ ହୋଇ ଯାଉଥିଲା। ଏଭଳି ଅନ୍ତର୍ଦାହ, ଏପରି ମାନସିକ ଯନ୍ତ୍ରଣା ଜୀବନରେ କେବେହେଲେ ସେ ଅନୁଭବ କରି ନଥିଲା।

ଅନେକଥର ବୋଉକୁ ସବୁକଥା ଖୋଲି କହିବ ବୋଲି ସେ ମନରେ ଦମ୍ଭ ବାନ୍ଧିଛି। ସେ ଆଉ ଶାଶୂ ଘରକୁ ଯିବାକୁ ଚହେଁ ନାହିଁ - ବରଂ କିଛି ଟଙ୍କା ବ୍ୟବସ୍ଥା କରିଦେଲେ ସେ ଆଉଥରେ ପଢ଼ିବ-ମାସ କେତୋଟିରେ ବାହାର ଦେଖାଣିଆ ବୋହୂପଣିଆକୁ ସେ ଭୁଲି ଆରମ୍ଭ କରିବ ତାର ନୂଆ ଜୀବନ-ଏକଥା ସେ ବାପା ବୋଉକୁ ବୁଝାଇଦେବ।

ନିରୁପମା ଜାଣେ ଯେତେ ପୁଆଣି ସଜ ହେଲେ ବି ଆଚାର୍ଯ୍ୟ ପରିବାରର ସର୍ବମୟ କର୍ତ୍ତ୍ରୀ କେବେହେଲେ ସନ୍ତୁଷ୍ଟ ହେବେ ନାହିଁ। ଯେତେ ଦୁଃଖକଷ୍ଟ ସହି ସନ୍ତୁଷ୍ଟ

କଲେ ବି ସେ କେବେହେଲେ ତାକୁ ଭଲପାଇବେ ନାହିଁ। ଆଚାର୍ଯ୍ୟ ପରିବାରରେ ବୋହୂର ମର୍ଯ୍ୟାଦା ତାକୁ ମିଳିବ ନାହିଁ। ଆଉ ସ୍ତ୍ରୀର ସମ୍ମାନ... !

ଦିନେ ସେ ଭାବୁଥିଲା, ବୋହୂ ନ ହେଲେ ମଧ୍ୟ ପତ୍ନୀ ସମ୍ମାନରୁ ତାକୁ କେହି ବଞ୍ଚିତ କରିପାରିବେ ନାହିଁ। ଆଜି ସେ ଦମ୍ଭ ମଧ୍ୟ ତାର ଭାଙ୍ଗିପଡ଼ିଛି। ଯେଉଁ ସାହସ ଓ ଶକ୍ତି ନାରୀର ସବୁଠାରୁ ବଳି ବଡ଼ ପ୍ରୟୋଜନ, ସେଇ ସ୍ୱାମୀର ପ୍ରତ୍ୟୟ ହରାଇ ବସିଛି ନିରୁପମା। ନିର୍ମଳ ତାକୁ ଭୁଲ୍ ବୁଝିଛି। ଆଉ କେଉଁ ଭରସାରେ ପୁଣି ନିଜ ବାପଘରକୁ ସର୍ବସ୍ୱାନ୍ତ କରି ପୁଆଣିସଜ ଧରି ଶାଶୂଘରକୁ ପାଦ ବଢ଼ାଇବ ?

ନିରୁପମା ଆଖିରୁ ଝର ଝର ହୋଇ ଲୁହ ଝରିପଡ଼ିଲା।

ଚେଷ୍ଟାକରି ମଧ୍ୟ ନିଜ ମନର ଉଦ୍‌ବେଳିତ କାନ୍ଦଣାକୁ ଲୁଚାଇ ପାରିଲା ନାହିଁ।

ହରପ୍ରିୟା ଝିଅ ଆଖିରେ ଲୁହ ଦେଖି ଚମକିଉଠିଲେ। ପରିବା କଟା ଛାଡ଼ିଦେଇ ଉଠିଆସିଲେ ଝିଅ ପାଖକୁ। ପୁଣି ଝିଅର କଅଣ ହେଲା ବୋଲି କ୍ଷୀଣକଣ୍ଠରେ ଆର୍ତ୍ତନାଦ କରି ସେ ନିରୁପମାକୁ କୋଳକୁ ଟେକି ନେଲେ।

ବୋଉ କୋଳରେ ମୁହଁରଖି ଅନେକ ସମୟ କାନ୍ଦିଲା ନିରୁପମା।

ହରପ୍ରିୟା ପଚାରିଲେ, ତୋର କଅଣ ହେଲା ମାଆ !

ନିରୁପମା ବୋଉ କୋଳରେ ମୁହଁ ଚାପିରଖି କ୍ଷୀଣକଣ୍ଠରେ କହିଲା, ମୁଁ ଆଉ ଶାଶୂଘରକୁ ଯିବିନାଇଁ - ତୁ ବାପାଙ୍କୁ ମନାକର। ସେ ଜମିବିକା ବନ୍ଦ କରନ୍ତୁ।

ଝିଅର କଥାଶୁଣି ଏଥର ଶିହରି ଉଠିଲେ ହରପ୍ରିୟା।

ଝିଅର ମୁହଁରୁ ଏହି ଅଲକ୍ଷଣା କଥା ସେ ଶୁଣୁଛନ୍ତି। ବିବାହ ପରେ କେଉଁ ଝିଅ ଶାଶୂଘରକୁ ଯିବାକୁ ମନାକରେ ? ଛି...ଛି.... ! ଅମଙ୍ଗଳ ଆଶଙ୍କା କରି ସେ ଜିଭ କାମୁଡିପକାଇଲେ। ଭାବିଲେ, ବୋଧହୁଏ ଜମିବିକ୍ରି କରି ପୁଆଣିସଜ ଦେବା କଥା ଶୁଣି ମନଟା କଷ୍ଟ କରିଛି ନିରୁପମା। ସେଥିପାଇଁ ଶାଶୂଘରକୁ ଯିବନାହିଁ ବୋଲି ଅଭିମାନ କରିଛି।

ସ୍ନେହରେ ଝିଅ ମୁଣ୍ଡର ଅଲରା ବାଳଗୁଡ଼ାକ ସେ ସଜାଡ଼ି ଦେଲେ। କହିଲେ, ବାହାଘର ହେଲେ ପୁଆଣି ଘର ହୁଏ-ପୁଆଣୀସଜ ଦିଆଯାଏ। ସବୁ ବାପା ମାଆ ସେତେବେଳେ କଷ୍ଟ କରି ଟଙ୍କା ପଇସା ଯୋଗାଡ଼ କରନ୍ତି। କିନ୍ତୁ କେଉଁ ଝିଅ ଶାଶୂଘରକୁ ଯିବନାହିଁ ବୋଲି ଅମଙ୍ଗଳ କଥା କହେ ! ପାଠ ପଢ଼ିଲୁ ବୋଲି କଅଣ ତୋର ଏଇ ବୁଦ୍ଧି ? ବାହାହେଇ ଶାଶୂଘରକୁ ଯିବୁନାଇଁ- ଏକଥା ତୋ ମୁହଁରୁ ଆଉ ଶୁଣିଲେ ମୁଁ ମୁଣ୍ଡ ପିଟିଦେବି କହୁଚି !

ଭୟରେ ନୁହେଁ, ବିସ୍ମୟରେ ଏଥର ନିଜ ବୋଉ ମୁହଁକୁ ଚାହିଁଲା ନିରୁପମା।

ସେଇ କଲ୍ୟାଣମୟୀ ଜନନୀର ମୁହଁ। ମଥାରେ ସୁନ୍ଥାରେ ଚହ ଚହ ଲାଲ ସିନ୍ଦୂର। ଦାଉଦାଉ ହୋଇ ଜଳୁଛି। ଆଖିରେ ଜଳୁଛି ସ୍ନେହ ମମତାର ରୋଶଣି। ଶାଶୂ ଘରକୁ ନ ଯିବା ତା ପକ୍ଷରେ ପାପ। ସେ ମଧ୍ୟ ମୁଣ୍ଡରେ ସେହି ସିନ୍ଦୂର ଟୋପା ପିନ୍ଧି କେମିତି ଅମଙ୍ଗଳ କଥା କହିପାରିବ?

କିନ୍ତୁ ସବୁଦିନେ କଅଣ ମନର ଏ ଅସହ୍ୟ ବେଦନାକୁ ସେ ଗୋପନ ରଖିପାରିବ? ବୋଉ ଯଦି ଶୁଣିବ ଯେ ଶାଶୂଙ୍କ ହାତବାକ୍‌ସ ଖୋଲି ପାଞ୍ଚ ଶହ ଟଙ୍କା ବାପଘରକୁ ପଠାଇଥିବା ଅଭିଯୋଗକୁ ଖଣ୍ଡନ କରି ନପାରି ସେ ଏଠାକୁ ପଳାଇ ଆସିଛି!

ନା-ନା- ଏକଥା ସେ ବୋଉକୁ ମୁହଁ ଖୋଲି କହିପାରିବ ନାହିଁ। ଏ ତା'ର ଅର୍ଜିଲା କର୍ମଫଳ- ତା ନିଜ ପରିବାରର ଗୋପନ କଥା। ସେ କଥା କହି ବାପା ବୋଉଙ୍କର ସ୍ୱପ୍ନ ଭଙ୍ଗ ହୋବକୁ ସେ ଦେବ ନାହିଁ।

ହରପ୍ରିୟା ଝିଅ ମୁହଁର ଭାବାନ୍ତର ଲକ୍ଷ୍ୟ କରୁଥିଲେ। ଭାବୁଥିଲେ ଝିଅ ବୋଧହୁଏ ଜମି ବିକ୍ରି କଥା ମୋଟେ ସହିପାରୁ ନାହିଁ। ନିରୁପମାକୁ ବୁଝାଇବା ପାଇଁ ସେ କହିଲେ, ବିପଦ ବେଳେ ଦରକାରରେ ଆସିବ ବୋଲି ଜମିବାଡି, ଗହଣାଗାଣ୍ଠି ଥାଏ। ଆଉ ଦରକାରବେଳେ ତାହା ଯଦି ବିକ୍ରି ନହୁଏ, ତାହାହେଲେ ସେ ଜମିର ଆବଶ୍ୟକତା କଅଣ? ତୁ ତ ଜାଣୁ, ମୁଁ ଏ ଘରକୁ ବୋହୂ ହୋଇ ଆସିଲାବେଳେ ଏ ଘରେ ମାଣକରୁ ଦି'ମାଣ ବି ଜମି ନଥିଲା। ବାପା ତୋର ମାଣକରୁ ସାତ ମାଣ ଜମି କଲେ। ଆଜି ପୁଣି ଦରକାର ପଡୁଛି ବୋଲି ସେଥିରୁ ଜମି ବିକ୍ରି ହେବ। ଭାଇକୁ ଭଗବାନ ଆୟୁଷ ଦେଇଥିଲେ ସେ ପୁଣି ଜମି କିଣିବ...।

ନିର୍ବୋଧ ଶିଶୁର କଥାଭଳି ନିରୁପମା ବୋଉର କଥା ଶୁଣିଲା। ପ୍ରତିବାଦ କରିପାରିଲା ନାହିଁ। ପିଲାଦିନୁ ବାପା, ବୋଉଙ୍କ ସଂସାର ସେ ଦେଖିଆସିଛି। ରାଗ, ରୋଷ, କଜିଆ, ପାଟିତୁଣ୍ଡ ସବୁ ଦେଖିଛି, ଶୁଣିଛି। ବିପଦରେ ସେମାନେ ଭାଙ୍ଗିପଡ଼ି ନାହାନ୍ତି। ବାପାଙ୍କ ଉପରେ ରାଗି ବୋଉ ବି କେବେ ବାପଘରକୁ ଯିବାକଥା ତୁଣ୍ଡରେ ଧରିନାହିଁ।

ପାଠପଢ଼ିଛି ବୋଲି, ନିଜ ଗୋଡ଼ରେ ଠିଆ ହେବାର ସାହସ ରଖୁଛି ବୋଲି ସେ କେଉଁ ବାପା, ବୋଉଙ୍କ ଆଗରେ ଶାଶୂଘରକୁ ନ ଯିବା କଥା କହିବ?

ନିରୁପମା ଆଉଥରେ ମନ ସ୍ଥିରକରି ଭାବିଲା।

ବାପା, ବୋଉଙ୍କ ତେଲଲୁଣ ସଂସାରରେ ଦୁଃଖ, କଷ୍ଟ, ସାଧ ସାଧନା ତା' ମନରେ ଆଣିଦେଲା ସାହସ, ଶକ୍ତି। ସେ ଏଇ ପରିବାରର ଝିଅ, ଯେଉଁଠି ପରିବାରକୁ

ଗଢ଼ିତୋଳିବା ପାଇଁ ମଣିଷ ନିଜକୁ ଭାଙ୍ଗି ଚୂନାକରେ, ନିଜକୁ ଗଢ଼ିବା ପାଇଁ ପରିବାରକୁ ଭାଙ୍ଗେ ନାହିଁ।

ସେ କଅଣ କେବଳ କଲେଜ ଶ୍ରେଣୀରୁ ପାଠପଢ଼ି ବୁଦ୍ଧି ଶିଖିଛି, ଗୃହ ଅଭ୍ୟନ୍ତରରେ ଜୀବନ-ବିଦ୍ୟାଳୟରୁ ସେ କିଛି ହେଲେ ଶିକ୍ଷା ଗ୍ରହଣ କରି ନାହିଁ!

ନିରୁପମା ଦୃଷ୍ଟିର ଦିଗନ୍ତ ରେଖାରେ ଆଲୁଅ ଦେଖାଗଲା।

ସେ ଭାବିଲା, ମନ ଟାଣକଲେ ତା ଜୀବନର ଏ ଅନ୍ଧାର ରାତି ବି ଫରଚା ହୋଇଯିବ। ନିଜେ ଯଦି ସେ ଠିକ୍ ଥିବ, କେହି ତା'ର କିଛି କ୍ଷତି କରିପାରିବେ ନାହିଁ। ଅଦିନିଆ ଚଲା ମେଘ ଦିନର ଆଲୁଅକୁ ସବୁବେଳେ ଘୋଡ଼ାଇ ରଖିପାରିବ ନାହିଁ।

XXX

ଛାଇ ଲେଉଟାଣି ବେଳ। ଡାକ ପିଅନ ଡାକ ଛାଡ଼ିଲା ଚିଠି.... ଚିଠି....ଚିଠି।

ଚମ୍ପାବତୀ ସାନପୁଅକୁ ଲଗେଇ ଦେବାପାଇଁ ହଳଦୀ ବାଟିବାକୁ ଯାଉଥିଲେ। ଦାଣ୍ଡଦୁଆର ମୁହଁରେ ଚିଠି କଥା ଶୁଣି ସେ ଚମକି ପଡ଼ିଲେ। ଦିନେ କାଳେ ନୁହେଁ - ହଠାତ୍ ଚିଠି କିଏ ଦେଲା ?

ଡାକବାଲା ଚିଠି ଧରି ଡାକୁଛି।

ଲଫାପାଟା ତା ହାତରୁ ଆଣିଲା ବେଳକୁ ଚମ୍ପାବତୀଙ୍କ ଦେହ ଥରୁଥିଲା।

ପନ୍ଦର ଦିନ ହେଲା ଘରୁ ଯାଇଛନ୍ତି ଯେ କିଛି ଖବର ଅନ୍ତର ନାହିଁ। ସେ ଶୁଣୁଥିଲେ, ପାରାଦ୍ୱୀପ ବନ୍ଦର ତିଆରି କାମ କୁଆଡ଼େ ବନ୍ଦ ହୋଇଯାଇଛି। ନାନୀଙ୍କ ଘରୁ ଯେଉଁ ଟଙ୍କା ଆଣିଥିଲେ, ସେ ଟଙ୍କା ଗୋଡ଼ିମାଟି ହୋଇ ଜମା ହୋଇଛ ରାସ୍ତା ଉପରେ। ବିଲ୍‌ରେ ଟଙ୍କା ହୋଇ ଆଉ ସେ ପକେଟକୁ ଲେଉଟୁ ନାହିଁ।

ସେଥିପାଇଁ ମୁହଁ ଶୁଖାଇ ସେଦିନ ସକାଳୁ ସକାଳୁ ଯାଇଥିଲେ। ପ୍ରତିଜ୍ଞା କରି କହିଥିଲେ, ବିଲ୍ ଭଙ୍ଗାଇ ଟଙ୍କା ନ ପାଇଲେ ସେ ଆଉ ଫେରିବେ ନାହିଁ।

ସେଇ କଅଣ ଚିଠି ଦେଇଛନ୍ତି!

ତାଙ୍କର ଦେହ ମୁଣ୍ଡ କଅଣ ଖରାପ ହେଲା ?

ଚମ୍ପାବତୀଙ୍କ ଛାତି ଭିତରଟା ବରଡ଼ାପତ୍ର ଭଳି ଥରିବାକୁ ଲାଗିଲା। ହେ ମା' ଜାଗୁଳେଈ! ସେ ଗାତ ଚୁଲି ଟଙ୍କା ପଛେ ଯୋଡି ପୋତିହୋଇଯାଉ, ତାଙ୍କ ଦେହ ମୁଣ୍ଡ ଭଲଥାଉ।

ମନେ ମନେ ଠାକୁରାଣୀଙ୍କ ପାଖରେ ମାନସିକ କଲେ ଚମ୍ପାବତୀ।

ହଳଦୀ, ଶିଳ, ସିଲୁପୁଆ ସେଇଠି ସେହିପରି ପଡ଼ିରହିଲା। ଚିଠିଟା ଧରି ସେ ବାହାରିଗଲେ ଆର ସାହି ହେମବୋଉଙ୍କ ପାଖକୁ।

ହେମବୋଉ ଖୁଡ଼ୀ ପାଠୋଇ। ଗାଁ ସ୍ୱାମୀମାନଙ୍କର ସବୁ ଚିଠିପତ୍ର ସେ ପଢ଼ନ୍ତି।

ହେମବୋଉ ଖୁଡ଼ୀ ଚମ୍ପାବତୀଙ୍କ ବ୍ୟସ୍ତତା ଦେଖି ଆଶ୍ଚର୍ଯ୍ୟ ହେଲେ।

ପଚାରିଲେ, କଅଣ ହୋଇଛି କି ଓଷିବୋଉ। ଏମିତି ଅତରଛ ହୋଇ ଦଉଡିଛ ଯେ.... ?

ହେମବୋଉ ଚିଠି ଖୋଲିଲେ।

କହିଲେ, ନାଇଁ ତ । ଓଷି ଲେଖିଛି।

ଓଷି !

ଓଷି ଚିଠି ଲେଖିଛି ?

ଦୁଶ୍ଚିନ୍ତା କଟିଗଲା ଚମ୍ପାବତୀଙ୍କ ମନରୁ। ତାହାହେଲେ ତାଙ୍କ ଦେହ ମୁଣ୍ଡ ଭଲ ଅଛି।

ମନେ ମନେ ନିଜ ନିର୍ବୋଧତାକୁ ନିନ୍ଦାକଲା ଚମ୍ପାବତୀ। ଦିନେ କାଳେ ସେ ଚିଠି ଲେଖନ୍ତି ନାଇଁ। ଆଉ ଆଜି... !

ଚିଠିଟା ମନେ ମନେ ପଢୁଥିଲେ ହେମବୋଉ।

ଚମ୍ପାବତୀ ପଚାରିଲେ, କଅଣ ଓଷି ଲେଖିଛି - ପଢ଼ିବଟି ଖୁଡ଼ୀ। ପିଲାଟାକୁ ସେଦିନୁ ଦେଖିନି ଯେ ମନଟା ଛଟପଟ ହେଉଛି। ଦେହ ମୁଣ୍ଡ ତା'ର ଭଲ ଅଛି ତ !

ବଡ଼ ପାଟିକରି ପଢ଼ି ଶୁଣାଇଲେ ହେମବୋଉ।

ନ ଶୁଣିଲା କଥା ଶୁଣିଲେ ଚମ୍ପାବତୀ। ଯାହା ସେ ଆଶା କରି ନ ଥିଲେ, ସେକଥା ଚିଠି ପଢ଼ି ତାଙ୍କୁ ବିଶ୍ୱାସ କରିବାକୁ ହେଲା।

ଉଷା ଲେଖିଛି, ନାନୀଙ୍କୁ ଲୁଚାଇକରି ସେ ଟଙ୍କା ଦେଇଥିଲା। ନନା କହିଯାଇଥିଲେ ମାସକ ଭିତରେ ପଠାଇବେ ବୋଲି। ଚାହୁଁ ଚାହୁଁ ତିନିମାସ ହେଲାଣି। ନାନୀ ଜାଣିଲେ ତା' ମୁଣ୍ଡ କଟିଯିବ। ନନାଙ୍କୁ ଚାହିଁ ଚାହିଁ ତା ଆଖିପାଣି ମଲାଣି। ଯଦି ସେ ଟଙ୍କା ନେଇ ଚଞ୍ଚଳ ନ ଆସନ୍ତି, ତେବେ ସେ ପୋଖରୀକୁ ଡେଇଁ ପଡ଼ିବ।

ଚିଠିଟା ଆଉ ଶୁଣିବାକୁ ଚମ୍ପାବତୀଙ୍କର ଧୈର୍ଯ୍ୟ ନ ଥିଲା।

ଗୋଟାଏ ବିପଦରୁ ତ୍ରାହି ପାଇଗଲେ ବୋଲି ତାଙ୍କ ମନରେ ଯେଉଁ ଆଶ୍ୱସ୍ତି ଆସିଲା, ଅନ୍ୟ ଏକ ଅଜଣା ବିପଦର ସମ୍ମୁଖୀନ ହୋଇ ସେ ଆଶ୍ୱସ୍ତିର ଆନନ୍ଦ ତାଙ୍କର ନଷ୍ଟ ହୋଇଗଲା।

ସେ ତାହାହେଲେ ନାନୀଙ୍କୁ ନ କହି ଝିଅ ଜରିଆରେ ଟଙ୍କା ଆଣିଥିଲେ।

ଆଉ ସେ ଟଙ୍କା ଗୋଡିମାଟି ହୋଇ ପଡ଼ିରହିଲା ପାରାଦ୍ୱୀପ ରାସ୍ତାରେ, ଆଉ ଏଣେ ଟଙ୍କା ଅପହରଣ ଲଜ୍ଜାରେ ପୋଖରୀକୁ ଡେଇଁ ପଡ଼ିବାକୁ ବସିଛି ଓଷି।

ତାଙ୍କ ଜୀବନରେ ଆଉ ଶୋଚନା, ବେଦନା, ମର୍ମଦାହର ଶେଷ ହେଲା ନାହିଁ। ସବୁଦିନେ ସେ ଏମିତି ଜଳୁଥିବେ, ମରୁଥିବେ।

ହେମବୋଉଙ୍କ ପାଖରେ ନିଜ ମନର ଭାବନାକୁ ଗୋପନ ରଖି ଘରକୁ ଫେରିଆସିଲେ ଚମ୍ପାବତୀ। ଅନ୍ୟଦିନ ହୋଇଥିଲେ ସେ ବାହୁନି କରି କାନ୍ଦିଥାଆନ୍ତେ। ନିଜ ଭାଗ୍ୟକୁ ନିନ୍ଦା କରିଥାଆନ୍ତେ। ଏଭଳି ଏକ ଲୋକ ସହିତ ବିବାହ ଦେଇଥିବାରୁ ଝିଅହୋଇ ମଧ୍ୟ ନନା, ବୋଉଙ୍କୁ ସେ ଅଭିଶାପ ଦେଇଥାଆନ୍ତେ।

ଆଜି ସେଥିରୁ କୌଣସିଟିର ପୁନରାବୃତ୍ତି କରିବାକୁ ତାଙ୍କର ଇଚ୍ଛା ହେଲାନାହିଁ। ଝିଅ ମୁଣ୍ଡ ଉପରେ ବାପାଙ୍କ ଅପକର୍ମ ଖଣ୍ଡା ହୋଇ ଝୁଲୁଛି। ମାଆ ହୋଇ ଯଦି ସେ କିଛି ଉପାୟ ନ କରନ୍ତି ତେବେ ଝିଅକୁ ସେ ହରାଇ ବସିବେ।

କିନ୍ତୁ କଅଣ ତାଙ୍କର ଆଉ ଉପାୟ ଅଛି ?

ହାତ ଧରି ଯାହାକୁ ସେ ବିବାହ କରିଥିଲେ, ସେ ଶତ୍ରୁଠାରୁ ବଳି କପଟୀ। ଆଜିଯାଏ ସତ କଥା ତାଙ୍କୁ ବି କହି ନାହାନ୍ତି। ବରଂ ତାଙ୍କ ମନରେ ଧାରଣା ଦେଇଛନ୍ତି ଯେ ନାନୀ ତାଙ୍କ ପ୍ରସ୍ତାବ ଶୁଣି ଖୁସି ହୋଇ ଟଙ୍କା ଦେଇଛନ୍ତି। ଟଙ୍କା ଦେଲେ ଚଳିବ, ନଦେଲେ ନାହିଁ ।

କାହାକୁ ବିଶ୍ୱାସ କରି ସଂସାର ଚଳାଇବେ ?

ସେ ପୁରୁଷ ନୁହନ୍ତି, ମାଇପି ଲୋକ। ତାଙ୍କର ବୁଦ୍ଧି କେତେ, ଉପାୟ କଅଣ ?

କେଉଁଥିପାଇଁ ଗଲାବେଳେ ମୁହଁ ମାରି ସେ ଯାଇଥିଲେ, ଘରେ ଥିଲାବେଳେ କାହିଁକି ସେ ମୁହଁ ଶୁଖାଇ ବସୁଥିଲେ, ସେକଥା ଆଜି ବୁଝିପାରୁଛନ୍ତି ଚମ୍ପାବତୀ। ତାଙ୍କୁ ନ କହିଲେ ବି ଝିଅର ଚିନ୍ତା ମନକୁ ତାଙ୍କର ଘାରିଥିଲା। ସେଥିପାଇଁ ବିଲ୍ ଭଙ୍ଗାଇ ଟଙ୍କା ନ ଆଣିଲେ ଘରକୁ ଫେରିବେ ନାହିଁ ବୋଲି ଆପେ ଆପେ ସେ ପଣ କରିଯାଇଛନ୍ତି।

କିନ୍ତୁ ବିଲ୍ ଭଙ୍ଗାଇ ଟଙ୍କା ଧରି ସେ କଅଣ ଲେଉଟି ଆସିବେ ?

ଚମ୍ପାବତୀଙ୍କ ମନରେ ଟିକିଏ ହେଲେ ପ୍ରତ୍ୟୟ ଆସୁ ନଥିଲା।

ସେ ଜାଣନ୍ତୁ, ତାଙ୍କର ଭାଗ୍ୟର ବିଲ୍ ସବୁବେଳେ ଅଭଙ୍ଗା ରହିଯାଏ। କି ହୀନ କପାଳ ନେଇ ସେ ଜନ୍ମ ହୋଇଥିଲେ କେଜାଣି, ତାଙ୍କ ପାଇଁ ସବୁ ବାଟ ବନ୍ଦ। ସବୁଆଡ଼େ ଅନ୍ଧକାର।

ଦେହରେ ଗହଣା ଖଣ୍ଡେ ନାହିଁ।

ଥାଇ ଥାଇ ରହିଛି ଏ ଘର ଡ଼ିହ ଖଣ୍ଡିକ।

ଗାଆଁରେ କାହା ପାଖରେ ବନ୍ଧା ରଖି ଟଙ୍କା ପାଞ୍ଚ ଶହ ତାଙ୍କୁ ଯେପରି ହେଉ

ଆଣିବାକୁ ପଡ଼ିବ। ବିଲ୍ ଭଙ୍ଗାହୋଇ ଟଙ୍କା ଆସିଲେ ପଛେ ଘରଡ଼ିହ ମୁକୁଳା ହେବ।

ଚମ୍ପାବତୀ ମନକୁ ଦମ୍ଭ କଲେ। ହୃଦୟରେ ସାହସ ଆଣିଲେ। ବିପଦବେଳେ ମନକୁ ଏମିତି ଟାଣ କରିଛନ୍ତି ବୋଲି ତ ସେ ଏ ଅସହଣୀ ଦୁନିଆରେ ବଞ୍ଚି ରହିଅଛି !

XXX

ରାଧାମାଧବଙ୍କ ମୂର୍ତ୍ତିକୁ ଅପଲକ ଆଖିରେ ଚାହିଁ ରହିଥିଲେ ହେମାଙ୍ଗିନୀ।

ଗୃହରେ ଶ୍ମଶାନର ନୀରବତା। ନିର୍ଜ୍ଜନତାର ଏଇ ନର୍କରେ ଏକ ପ୍ରେତିନୀ ଭଳି ହେମାଙ୍ଗିନୀ କେତେ ଦିନ ହେଲା ଚଳପ୍ରଚଳ ହେଉଛନ୍ତି। ବୋହୂ ଚାଲିଗଲା ପରେ ଘର ଏପରି ନିଛାଟିଆ ଲାଗିବ, ଏ କଥା କେବେ ସେ କଳ୍ପନା କରିନଥିଲେ।

ବୋହୂ ଯେ ସତକୁ ସତ ଘର ଛାଡ଼ି ଚାଲିଯିବ, ଏ କଳ୍ପନା ମଧ୍ୟ ମନକୁ ତାଙ୍କର ସ୍ପର୍ଶ କରି ନଥିଲା। ନିର୍ମଳ ବିବାହ ପୂର୍ବରୁ ଅନେକ ଦିନ ସେ ଏପରି ଏକାକିନୀ ଚଳିଛନ୍ତି। କିନ୍ତୁ ଏଭଳି ଦୁର୍ବିଷହ ଶୂନ୍ୟତା ସେ କେବେ ଅନୁଭବ କରି ନଥିଲେ।

ଉଷା ରୋଷେଇ କରୁଛି। ଘର ଖବର ବୁଝୁଛି।

ବେଳେବେଳେ ଏକଥା କଅଣ ହେବ, ସେ କଥା କଅଣ ହେବ, ପଚାରୁଛି। ତାକୁ କିଛି ଉତ୍ତର ଦେଇପାରୁ ନାହାନ୍ତି ହେମାଙ୍ଗିନୀ। ସେ ପ୍ରଶ୍ନ ପଚାରିବା ବେଳେ କେବଳ ଜଳଜଳ ହୋଇ ତା ମୁହଁକୁ ଚାହିଁ ରହିଛନ୍ତି।

ତାଙ୍କ ଜୀବନରେ ଏ କଅଣ ହେଲା ?

ଗାଆଁ ଲୋକେ ବାର କଥା କହୁଛନ୍ତି।

ପ୍ରଥମେ ନିରୁପମା ବିରୁଦ୍ଧରେ କହୁଥିଲେ।

ଏବେ ତାଙ୍କ ବିରୁଦ୍ଧରେ ଟୁପଟୁପ, ଫୁସ୍ ଫୁସ୍ ଚାଲିଛି।

ସେ କୁଆଡ଼େ ବୁଢ଼ୀ ଅସୁରୁଣୀ। ଲକ୍ଷ୍ମୀ ବୋହୂକୁ ସେ ଘରେ ରଖେଇ ଦେଲେ ନାହିଁ। ସଉତୁଣୀ ଭଳି ତା ସାଥିରେ ଅହନ୍ତା କଲେ। ଜୀବନ ବିକଳରେ ବୋହୂ ବାପଘରକୁ ପଳାଇଲା। ପୁଅ ବି ଆଉ ଘର ନାଁ ଧରୁନାହିଁ।

ସତରେ କଅଣ ସେ ଏ ଘରେ ବୁଢ଼ୀ ଅସୁରୁଣୀ !

କଥାଗୁଡାକ ଭାବିଲାବେଳକୁ ହେମାଙ୍ଗିନୀଙ୍କ ଅନ୍ତନାଡ଼ି ଦୁହଁ ହୋଇଯାଉଛି। ସେ ସ୍ୱାମୀଙ୍କୁ ଖାଇଥିଲେ। ଝିଅକୁ ଖାଇଥିଲେ। ଏବେ ପୁଅ, ବୋହୂଙ୍କୁ ଜୀଅଁନ୍ତା ଚୋବେଇ ଖାଇଲେ। ତାଙ୍କରି ଯୋଗୁଁ ବୋହୂ ଘରଛାଡ଼ି ପଳାଇଲା। ପୁଅ ଚିଠି ଖଣ୍ଡେ ଦେଉନାହିଁ। ସେ ବୁଢ଼ୀଅସୁରୁଣୀ ନୁହନ୍ତି ତ ଆଉ କଅଣ ?

ହେମାଙ୍ଗିନୀଙ୍କ ଆଖିରେ ଲୁହ ଟଳମଳ ହେଉଥିଲା।

ରାଧାମାଧବ ବିଗ୍ରହ ଦୁଇ ହାତପାପୁଲିରେ ଚାପିଧରି ସେ ଧାର ଧାର ଲୁହ

ଗଡ଼ାଉଥିଲେ । ମନେ ମନେ ସେ ପ୍ରଶ୍ନ କରୁଥିଲେ, ହେ ରାଧାମାଧବ ! ତମେ କୁହ, ଏ ବଂଶର ଆରମ୍ଭରୁ ତମେ ଅଛ, ତମେ ଥାଉ ଥାଉ କଅଣ ଏ ବଂଶ ଏମିତି ଧ୍ୱଂସ ହୋଇଯିବ ? ଏ କୁଳରେ ପ୍ରଦୀପ ଜାଳିବାକୁ କଅଣ କେହି ଜଣେ ରହିବେ ନାହିଁ ? ମୁଁ କଅଣ ସତରେ ବୁଢ଼ୀ ଅସୁରୁଣୀ ? କଅଣ ମୋର ଅପରାଧ ? କଅଣ ମୋର ଦୋଷ ? ବୋହୂକୁ ଶାସନ କଲି ? ଆମେ ବୋହୂ ହୋଇ ଆସିଥିବାବେଳେ ଶାଶୂ କଅଣ ଆମକୁ କମ୍ ଗଞ୍ଜଣା ଦେଇଥିଲେ ! କାହିଁ – ଆମେ ତ ପଳାଇ ନଥିଲୁ ? କେଉଁ ଆଶାରେ ମାଟି କାମୁଡ଼ି ପଡ଼ିଥିଲୁ ? ଏଇ ଅପନିନ୍ଦା ସହିବା ପାଇଁ ?

ରାଧାମାଧବ ନୀରବ । ପଥର କଥା କହେ ନାହିଁ ।

ଆଉ ଯିଏ କଥା କହନ୍ତା, ସେ ବାପଘରକୁ ପଳାଇଛି । କାହିଁକି ?

ପଣତକାନିରେ ଆଖିରୁ ଲୁହ ପୋଛିନେଲେ ହେମାଙ୍ଗିନୀ । ମୁହଁରେ ସେ ବୋହୂକୁ ଅନେକ ଗାଳି ଦେଇଛନ୍ତି । ଆଚାର୍ଯ୍ୟ ପରିବାରରେ ସାତ ପୁରୁଷରୁ ଶାଶୂ ବୋହୂକୁ ଗାଳିଦେଇ ଆସିଛନ୍ତି । ଆକଟକରି ଆସିଛନ୍ତି । ବୋହୂକୁ ଗାଳିଦେବା, ଆକଟକରିବା ଶାଶୂମାନଙ୍କର ଏ ପରିବାରରେ ସ୍ୱଭାବଗତ ଅଧିକାର । ସେ ଅଧିକାରକୁ ଅମାନ୍ୟକରି କୌଣସି ବୋହୂ କେବେ ବାପଘରକୁ ପଳାଇ ନାହିଁ । ହେମାଙ୍ଗିନୀ ପିଲାଦିନୁ ଶିଖିଛନ୍ତି, ବୋହୂକୁ ମୁହଁରେ ଗାଳିଦେବ, ମନ ଭିତରେ ସ୍ନେହ କରିବ । ସେ ଶିକ୍ଷାକୁ ଅକ୍ଷରେ ଅକ୍ଷରେ ସେ ପାଳନ କରିଛନ୍ତି । ମୁହଁରେ ଯେତେ କଡ଼ାକଥା କୁହନ୍ତୁ ପଛେ, ମନେ ମନେ ବୋହୂକୁ କମ୍ ସ୍ନେହ ସେ କରୁ ନଥିଲେ । ପୁଅ ବୋହୂଙ୍କୁ ସ୍ନେହ କରୁଥିଲେ ବୋଲି ତ ସ୍ୱାମୀଙ୍କ ଶେଷ ସତର୍କବାଣୀକୁ ନମାନି ପୁଅ ବୋହୂଙ୍କୁ ସେ ଘରେ ସ୍ଥାନ ଦେଇଥିଲେ । ବୋହୂ ପାଇଁ ହୃଦୟ ଭିତରେ ଅସରନ୍ତି ସ୍ନେହ ଥିଲା ବୋଲି ତ ଆଜି ତା'ର ଅନୁପସ୍ଥିତିରେ ସେ ଏପରି ବିକଳ ହେଉଛନ୍ତି ।

ନିରୁପମା ଏତେ ପାଠପଢ଼ିଥିଲା । ତାଙ୍କ ମନର ଏ ଭାଷାକୁ ସେ ବୁଝିପାରିଲା ନାହିଁ କାହିଁକି ? ତାଙ୍କର ଶାସନ ତାକୁ ବିଷଭଳି ଲାଗିଲା, ତାଙ୍କ ମନର ଗୋପନ ସ୍ନେହର ଅମୃତ ସେ ଅନୁଭବ କରପାରିଲା ନାହିଁ କାହିଁକି ?

ହେମାଙ୍ଗିନୀ ନିଜ ମନ ପ୍ରଶ୍ନର ଉତ୍ତର ନିଜେ ଖୋଜିପାଇଲେ ନାହିଁ । ତାଙ୍କର ଧାରଣା ହେଲା, ଯେତେ ପାଠପଢ଼ିଲେ ବି ନିରୁପମା ପଣ୍ଡା ଘରର ଝିଅ । ଆଚାର୍ଯ୍ୟ ପରିବାରର ବୋହୂ ହେବାଭଳି ମନ ତାର ଉଚ୍ଚ ନୁହେଁ । ଆଚାର୍ଯ୍ୟ ପରିବାରର ଚଳଣି ତାକୁ ଜଣା ନାହିଁ । ସେଥିପାଇଁ ସେ ଆଚାର୍ଯ୍ୟ ପରିବାରର ସମ୍ମାନକୁ ତଳେ ପକାଇ ତାଙ୍କୁ ଲୋକହସା କଲା ।

ନିରୁପମାକୁ ଘରେ ବୋହୂର ସମ୍ମାନ ଦେଇ ସେ ଭୁଲ୍ କରିଥିଲେ । ସ୍ୱାମୀଙ୍କ

ଆଦେଶ ଅମାନ୍ୟ କରି ସେ ପାପ କରିଥିଲେ। ସେ ପାପର ଫଳ ସେ ଭୋଗ କରୁଛନ୍ତି।

ହେମାଙ୍ଗିନୀ ଉଠିଯାଇ ରାଧାମାଧବଙ୍କ ଗାଦିରେ ଥିବା ତାଳପତ୍ର ପୋଥି ନେଇଆସିଲେ। ଜୀର୍ଣ୍ଣପୋଥିର ପୃଷ୍ଠା ସେ ଓଲଟାଇବାକୁ ଲାଗିଲେ। ସେ ପଢ଼ି ଜାଣନ୍ତି ନାହିଁ, ତେଣୁ ପୋଥିରେ କଅଣ ଅଛି ସେ ବୁଝିପାରିଲେ ନାହିଁ। କିନ୍ତୁ ସ୍ୱାମୀଙ୍କ ମୁହଁରୁ ଏ ପୋଥିର ଇତିହାସ ସେ ଯାହା ଶୁଣିଛନ୍ତି, ସେଥିରୁ ଆଜି ବୁଝୁଛନ୍ତି, ଏ ପୋଥିର ଇତିହାସରେ ସେ କାଳିବୋଳିଛନ୍ତି। ଖାଣ୍ଟି ପୂଜକ ବ୍ରାହ୍ମଣବଂଶର ପବିତ୍ର ନାମକୁ ପଣ୍ଡାଘର ଝିଅକୁ ବୋହୂ କରି ଆଣି ସେ କଳଙ୍କିତ କରିଛନ୍ତି।

ପୁରୁଷ ପୁରୁଷ ଧରି କେତେ ପୁରୁଷର ବିଶ୍ୱାସ, ସଂସ୍କାରର ମୂଳପିଣ୍ଡ ଏଇ ପୋଥି! କେଉଁ ଅଧିକାରରେ; କାହା ଭରସାରେ ପୁରୁଷାନୁକ୍ରମିକ ବିଶ୍ୱାସରେ ସେ ବିଷ ଭରିଥିଲେ ?

ହେମାଙ୍ଗିନୀଙ୍କର ମନେହେଲା ରାଧାମାଧବ ବିଗ୍ରହ ସତେ ଯେପରି କର୍କଶ କଣ୍ଠରେ ଏଇ ପ୍ରଶ୍ନର ଉତ୍ତର ମାଗୁଛନ୍ତି। କି ଉତ୍ତର ଦେବେ ହେମାଙ୍ଗିନୀ ? କଅଣ ବା ତାଙ୍କର ଉତ୍ତର ଦେବାପାଇଁ ଅଛି ? କିଛି ନାହିଁ।

ହେମାଙ୍ଗିନୀଙ୍କ ଆଖିରେ କୂଳ ଲଙ୍ଘନ କରି ଲୁହର ନଈ ବଢ଼ି ଆସିଲା।

ଠାକୁର ଘର କବାଟ ବନ୍ଦ କରି ବାହାରକୁ ଆସିଲେ।

ଦ୍ୱାରମୁହଁ ଏପଟେ ଠିଆ ହୋଇଥିଲା ଉଷା।

ପଚାରିଲା, ତୁ କାନ୍ଦୁଛୁ ନାନୀ !

କାନ୍ଦୁଛି-ନା-ନା-ମୁଁ କାନ୍ଦୁନି-କାନ୍ଦୁନି...

ତୁଣ୍ଡରେ କଥା ଆଉ ଶେଷ କରି ପାରିଲେନି ହେମାଙ୍ଗିନୀ। ତାଙ୍କର କଣ୍ଠ ରୁଦ୍ଧହୋଇ ଆସିଲା। ଛୋଟ ପିଲାଙ୍କ ଭଳି ସେ କଇଁ କଇଁ ହୋଇ କାନ୍ଦି ଉଠିଲେ।

ତେର ବର୍ଷର ଝିଅ ଉଷା। ଏସବୁ ଦେଖି ତା ବୁଦ୍ଧି ବଣା ହୋଇଗଲାଣି। ନୂଆ'ଉ ଚାଲିଗଲା ଦିନଠାରୁ ନାନୀର ଏ ଅବସ୍ଥା। ଯେଉଁଠି ବସୁଛି, ସେଇଠି। କେଉଁଦିନ ଗାଧୋଇବାକୁ ଯଦି ମନେ ନାହିଁ; ଆଉ କେଉଁ ଦିନ ଖାଇବା କଥା ଭୁଲିଗଲାଣି। ବେଳେବେଳେ ଯଦି ଲୁହ ଝାରି କାନ୍ଦୁଛି, ଆଉ କେତେବେଳେ ମନକୁମନ କଅଣ ଗରଗର ହେଉଛି।

ନୂଆବୋଉ ଚାଲିଗଲାଦିନୁ ସତେ ଯେପରି ଏ ଘରେ ଏକ ଭୌତିକ କାଣ୍ଡ ଲାଗିରହିଛି, ସେହିଭଳି ଅନୁଭବ କରୁଛି ଉଷା। ଏତେ ଛନ୍ଦମନ୍ଦ, ଭେଳିକି କିଛି ସେ ବୁଝେ ନାହିଁ। ନାନୀର କାନ୍ଦ ଦେଖି ତା'ର ହଂସାଉଡ଼ିଯାଉଛି।

ନାନୀର ଏ କଅଣ ହେଲା ?

ରାତିକି ଜର। ଦେହରେ ଖରଫୁଟା ତାତି। ନାନୀ ବିଳିବିଳାଉଛି। ମତେ କ୍ଷମା କର ରାଧାମାଧବ। ମୁଁ ପାପୀ- ଅସୁରୁଣୀ। ପଣ୍ଡାଘର ଝିଅକୁ ବୋହୂର ଅଧିକାର ଦେଇ ମୁଁ ପାପ କରିଛି। ମତେ କ୍ଷମାକର- ମତେ ମାରିଦିଅ-ଏଁ-ଏଁ-

ଉଷାର ବୁଦ୍ଧି ହଜିଗଲା।

ବେଳକୁ ବେଳ ରାତି ଅଧିକ ହେଉଛି। ପ୍ରଳାପ, ଜ୍ୱର ବଢୁଛି। ପାଖରେ କେହି ନାହାନ୍ତି। ସେ ଏକା କଅଣ ଏସବୁ ସମ୍ଭାଳି ପାରିବ?

ନା-ସେ ଗାଁକୁ ଚାଲିଯିବ। ରାତି ପାହିଲେ ନିର୍ମଳ ଭାଇନାକୁ ତାର କରିଦେବେ। ନୂଆ'ଉଙ୍କୁ ଚିଠି ଲେଖି ଦେବ। ସେ ଏକାକିନୀ ଏ ଅବସ୍ଥା ସମ୍ଭାଳି ପାରିବ ନାହିଁ। ବେଶିଦିନ ରହିଲେ ସେ ପାଗଳିନୀ ହୋଇଯିବ। ନୂଆ'ଉଙ୍କ ପାଖରୁ ସଗୁଣା ଶିଖିବାକୁ ସେ ଆସିଥିଲା। ନୂଆ'ଉ ତ ବାପଘରକୁ ଗଲେ। ଏଠାରେ କଅଣ କାନ୍ଦଣା ଶିଖିବାକୁ ସେ ରହିବ?

ନାନୀର ଦେହ ଥରଥର ହୋଇ ଥରୁଛି।

ଦୁଇଟା କମ୍ବଳ ଉପରେ ଗୋଟାଏ ସତରଞ୍ଜି ଘୋଡ଼ାଇ ଦେଲା ପରେ ବି ନାନୀର କମ୍ପ ସମ୍ଭାଳି ହେଉନି। ସେ ଏକା। ରାତିରେ ତାକୁ ସମ୍ଭାଳିବ କିପରି?

ରାମ ନୂଆ'ଉଙ୍କୁ ଡାକିବା ପାଇଁ ଦଉଡ଼ିଲା।

XXX

ଅଫିସକୁ ଯାଏ, ଟୁରରେ ଯାଏ, ବସାକୁ ଫେରେ। ସିନେମା ଯାଏ। ବନ୍ଧୁମେଳରେ ଗପ କରେ। ତଥାପି ନିର୍ମଳ ନିଜ ମଧ୍ୟରେ ନିଜକୁ ଖୋଜି ପାଏ ନାହିଁ। ନିଜ ମନର ମଣି, ମାଣିକ୍ୟ ସତେ ଯେପରି ସେ ହରାଇ ବସିଛି କେଉଁ ଗଭୀର ସମୁଦ୍ରର ଅତଳ ଜଳରେ!

ଶ୍ୟାମଳୀ ଭାଉଜ ପ୍ରଶ୍ନିଳ ଦୃଷ୍ଟିରେ ଚାହାନ୍ତି। ମନକଥା ବୁଝିବା ପାଇଁ ବାଆଁରେଇ ହୋଇ ଏଣୁ ତେଣୁ ନାନା ପ୍ରଶ୍ନ କରନ୍ତି। ନିର୍ମଳ ଗମ୍ଭୀର ହୁଏ। ହତାଶ ହୁଅନ୍ତି ଶ୍ୟାମଳୀ ଭାଉଜ।

ତା'ର କଅଣ ହେଉଛି?

ନିଜେ ନିଜ ମନକୁ ପ୍ରଶ୍ନ କରେ ନିର୍ମଳ। କହିଲାଭଳି ଘଟଣା ନୁହେଁ, ଅନୁଭବ କଲାଭଳି ବେଦନା। ସେ ବେଦନା ଅନୁଭବ କରି ମନ ମ୍ରିୟମାଣ ହୁଏ, ହୃଦୟ ଦଗ୍ଧ ହୁଏ, କିନ୍ତୁ ମନ ହୃଦୟର ଏ ଭାବନା ଆଖିର ଲୁହରେ, କଣ୍ଠର ଚିତ୍କାରରେ ବାହାରେ ପ୍ରକାଶ କରି ହୁଏନାହିଁ।

ନିରୁପମା ତାକୁ ଭୁଲ୍ ବୁଝି ବାପଘରକୁ ଚାଲିଯାଇଚି। ଚିଠି ଦେଲେ କୌଣସି ଉତ୍ତର ଦେଉନାହିଁ। ଘରୁ ବୋଉର ମଧ୍ୟ ଚିଠି ନାହିଁ।

ସେ ଆଜି ସମସ୍ତଙ୍କଠାରୁ ବିଚ୍ଛିନ୍ନ, ସମ୍ପର୍କହୀନ ହୋଇପଡିଛି, ଏକୁଟିଆ।

ଏହି କଅଣ ତା'ର ମାନସିକ ରୁଗ୍‌ଣତାର କାରଣ ?

ଘଟଣାଟିକୁ ଲଘୁ ଦୃଷ୍ଟିରେ ବିଚାର କରି ଭୁଲିଯିବାପାଇଁ ନିର୍ମଳ ଅନେକ ଥର ଚେଷ୍ଟା କରି ବିଫଳ ହୋଇଛି। ସ୍ତ୍ରୀ, ମାଆଙ୍କ ସହ ପାରିବାରିକ ଜୀବନର କଳହ, ମତଭେଦ ହେବା କିଛି ନୂଆ କଥା ନୁହେଁ। ଅନେକ ବଂଧୁଙ୍କ ପାରିବାରିକ ଜୀବନରେ ଏହି ସାମୟିକ କଳହ କିପରି ଅକାରଣରେ ଉଗ୍ରରୂପ ଧାରଣ କରେ, ସେ ଦୃଶ୍ୟ ସେ ନିଜ ଆଖିରେ ଦେଖିଛି। ଅନିରୁଦ୍ଧ ଆଉ ଶ୍ୟାମଳୀ ଭାଉଜଙ୍କ ମଧ୍ୟରେ କଳହ ମଧ୍ୟ ସେ କିଛି କମ୍ ଦେଖି ନାହିଁ। କଳହରୁ ଦ୍ୱନ୍ଦ୍ୱ, ଉପାସ, ପାଟି ଫିଟାଫିଟି ବଂଦ। କିଛି ନିଷ୍ଠୁର ବାକ୍ୟ ବିନିମୟ ମଧ୍ୟରେ ଏହା ସୀମାବଦ୍ଧ ହୋଇ ରହେ। ପୁଣି ହଠାତ୍ କେମିତି ସେ କଳହର ଅଡୁଆ ସୂତାଖିଅ ଠିକ୍ ହୋଇଯାଏ। ଅଚାନକ, ଅକାରଣରେ ଯେମିତି କଳହ ଆରମ୍ଭ ହୋଇଥାଏ, ଅକାରଣରେ ଆକସ୍ମିକ ଭାବରେ ସେ କଳହ ସେହିପରି ତୁଟିଯାଏ। ଏଥିପାଇଁ କୌଣସି ସ୍ତ୍ରୀ ବାପଘରକୁ ପଳାଏ ନାହିଁ।

କିନ୍ତୁ ନିରୁପମା ହଠାତ୍ ଏ ଅନ୍ତିମ ଅଥଚ ଅସ୍ୱାଭାବିକ ପଥ ବାଛି ନେଲା କାହିଁକି ?

ନିର୍ମଳ ଜାଣେ, ସେଦିନ ସେ ସେପରି ରାଗଯିବା ଉଚିତ ହୋଇନାହିଁ।

ଟିକକ କଥାରେ ରାଗିଯିବା ନିର୍ମଳର ଗୋଟିଏ ବଦଭ୍ୟାସ। ନିଜର ଦୁର୍ବଳତା ପ୍ରତି ମଧ୍ୟ ସେ ଆଦୌ କମ୍ ସଚେତନ ନୁହେଁ। ସେ ଜାଣେ ରାଗ, କ୍ରୋଧ ଏକ ରିପୁ, ଏକ ଅସ୍ୱାସ୍ଥ୍ୟକର ମାନସିକ ପ୍ରତିକ୍ରିୟା। ସେଥିପାଇଁ ସେ ଯେତେ ଶୀଘ୍ର ରାଗେ, ସେତେ ଶୀଘ୍ର ତାକୁ ଭୁଲିଯାଏ। ରାଗ, କ୍ରୋଧ ତା ମନ ଉପରେ କୌଣସି ଦୀର୍ଘସ୍ଥାୟୀ ପ୍ରତିକ୍ରିୟା ସୃଷ୍ଟି କରିପାରେ ନାହିଁ। କାରଣ ବହୁ ସମୟରେ ସେ କ୍ରୋଧର କ୍ରୀଡ଼ନକ ହେଲେ ମଧ୍ୟ ରାଗ, କ୍ରୋଧକୁ ସେ ଘୃଣା କରେ।

କିନ୍ତୁ ତା'ର ସ୍ତ୍ରୀ ହେଲେ ବି ନିରୁପମାରେ କ୍ରୋଧ, ରାଗ ପ୍ରତି ଦୃଷ୍ଟିକୋଣ ସ୍ୱତନ୍ତ୍ର।

ସହଜରେ ସେ ରାଗେ ନାହିଁ। ରାଗିଲେ ବି ରାଗକୁ, ମନର ପ୍ରତିକ୍ରିୟାକୁ ସହଜରେ ବାହାରେ ପ୍ରକାଶ କରିବାକୁ ଦିଏ ନାହିଁ। ଭାରି ଚାପା ପ୍ରକୃତିର ଝିଅ ନିରୁପମା। ଏଇଥିପାଇଁ ତାକୁ ଭଲ କରି ବୁଝିବାକୁ ଅନେକ ସମୟରେ ଅସମର୍ଥ ହୋଇଛି ନିର୍ମଳ। କଅଣ ସେ ଚାହେଁ, କଅଣ ସେ ଚାହେଁ ନାହିଁ ତାହା ଜାଣିବା କଷ୍ଟ, ବୁଝିବା ଦୁଃସାଧ୍ୟ।

ମନର କୌଣସି ତୀବ୍ର ପ୍ରତିକ୍ରିୟା ଯୋଗୁଁ ସେ ରାଗ କରେ ନାହିଁ, ଯୁକ୍ତି

ଦେଇ, ଭଲମନ୍ଦର ବିଚାର ନେଇ ସେ ରାଗେ। ସେଥିପାଇଁ ରାଗ, କ୍ରୋଧକୁ ବୋଧହୁଏ ସେ ଘୃଣା କରେ ନାହିଁ। ସମ୍ଭବତଃ ସେ ଭାବେ ବହୁ ଯୁକ୍ତି, ବିଚାର ପରେ ତା ମନ ମଧ୍ୟରେ ଯେଉଁ କ୍ରୋଧ ପ୍ରବେଶ କରିଛି, ସେ କ୍ରୋଧ ତା'ର ଏକ ସମ୍ପଦ। ତେଣୁ ଥରେ ରାଗିଲେ ମନର ସେ କ୍ରୋଧ ସମ୍ପଦକୁ ଦୀର୍ଘଦିନ ପାଇଁ ସେ ନିଜ ମନରେ ସଞ୍ଚିତ କରି ରଖିବାକୁ ଚାହେଁ।

ନିର୍ମଳ ଭାବେ, ଯୁକ୍ତି ଥାଉ ନ ଥାଉ, ପ୍ରତ୍ୟେକ ରାଗ, କ୍ରୋଧ ହିଁ ମଣିଷ ମନର ଏକ ଅସ୍ୱାସ୍ଥ୍ୟକର ପ୍ରତିକ୍ରିୟା। ତାକୁ ମାନସିକ ସମ୍ପଦ ବୋଲି ମନେକରିବା ଭୁଲ୍। ସେ କଥା ଚିଠି ଲେଖି ଅନେକଥର ସେ ନିରୁପମାକୁ ବୁଝାଇବାକୁ ଚେଷ୍ଟା କରିଛି, କିନ୍ତୁ ପାରିନାହିଁ।

ତା'ର ଚିଠିକୁ ଛଳନା ବୋଲି ଭାବି ଉତ୍ତର ଦେଇ ନାହିଁ ନିରୁପମା।

ଇତର ଲୋକ ଭଳି ତାକୁ ସେ ଏପରି ଭୁଲ ବୁଝିବ, ଏକଥା ସହ୍ୟ କରିପାରେ ନାହିଁ ନିର୍ମଳ। ଏଥିପାଇଁ ନିରୁପମା ଉପରେ ମଧ୍ୟ କମ୍ ସେ ବିରକ୍ତ ହୋଇନାହିଁ।

ଜଣେ ଦୁଇଜଣ ଅନ୍ତରଙ୍ଗ ସହକର୍ମୀ ତା'ର ବୁଝାଇଛନ୍ତି, ବିବାହିତା ଜୀବନର ପ୍ରଥମ ଅବସ୍ଥାରେ ବିନା କାରଣରେ ଏପରି ଭୁଲ୍ ବୁଝାମଣା ଘଟେ। ଯେତେବେଳେ ବି ସ୍ତ୍ରୀ ପିଲାଲୋକ। ଗୃହିଣୀ ହୋଇ ବି ଗୃହ ସଂସାର ପ୍ରତି ତା'ର ମମତା ନିବିଡ଼ ହୋଇନଥାଏ। ତେଣୁ ଛୋଟ କଥାକୁ ବଡ଼ କରି ଦେଖିବା ସେମାନଙ୍କ ପକ୍ଷରେ ସ୍ୱାଭାବିକ। ବୟସ ହେଲେ, ନିଜର ସଂସାର ପ୍ରତି ଆକର୍ଷଣ ବଢ଼ିଲେ, ସହନଶୀଳତା ବଢ଼େ। ଛୋଟ ଛୋଟ କଥାରେ ରାଗିବା ପାଇଁ ଲଜ୍ଜା ଲାଗେ । ଏଥିପାଇଁ ସେ ବିଚଳିତ ହେବା ଉଚିତ ନୁହେଁ।

ବଂଧୁମାନଙ୍କ କଥାକୁ ଧ୍ରୁବବାଣୀ ବୋଲି ଗ୍ରହଣ କରିନେଇ ନିର୍ମଳ ମଧ୍ୟ ଘଟଣାଟିକୁ ଭୁଲିଯିବା ପାଇଁ ଅନେକଥର ଉଦ୍ୟମ କରିଛି, ଭାବିଛି ଏଥିପାଇଁ ବ୍ୟସ୍ତ ହୋଇ କିଛି ଲାଭ ନାହିଁ। ଆପେ ଆପେ ନିଜର ଭୁଲ୍ ବୁଝିପାରିବ ନିରୁପମା। ନିଜେ ନିଜେ ତା ପାଖକୁ ଫେରି ଆସିବ।

କିନ୍ତୁ ଦିନ ପରେ ଦିନ ଅତୀତ ହୋଇଗଲା ପରେ ଯେତେବେଳେ ସ୍ତ୍ରୀଠାରୁ କୌଣସି ଉତ୍ତର ସେ ନପାଏ, ତା ମନ ଅସହ୍ୟ ଏକ ବେଦନାରେ ଭାରାକ୍ରାନ୍ତ ହୋଇଉଠେ।

ପ୍ରତିଦିନ ଡାକ ଦେଖିଲାବେଳେ ଆଖି ତା'ର ଖୋଜୁଥାଏ ନିରୁପମାର ହାତ ଲେଖା ଚିଠି। ଭାବେ, ନା-ଆଜି ଡାକରେ ଆସିଲା ନାହିଁ। କାଲି ଡାକରେ ନିଶ୍ଚୟ ତା'ର ଚିଠି ଆସିବ- ଏକ୍ସପ୍ରେସ ଡେଲିଭରି ନହେଲେ ଟେଲିଗ୍ରାମ୍।

କିନ୍ତୁ କିଛି ହେଲେ ଆସେ ନାହିଁ।

ତା କୋଳାହଳ ମୁଖରିତ ଜୀବନ ହଠାତ୍ ସ୍ତବ୍ଧ ନିଶ୍ଚଳ ହୋଇଯାଏ।

ଜୀବନଟା ତା'ର ମନେହୁଏ ନିର୍ଜ୍ଜନତାର ନର୍କ ଭଳି। ସନ୍ଦେହ ହୁଏ ହଠାତ୍ ବନ୍ୟାର ପ୍ଲାବନ ଫଳରେ ସେ ଯେପରି ତା'ର ଆତ୍ମୀୟ, ପରମାତ୍ମୀୟଠାରୁ ବିଛିନ୍ନ ହୋଇ ଏକ ଶ୍ୱାପଦଶଙ୍କୁଳ ଅପନ୍ତରା ଭୂମିରେ ଆସି ଲାଗିଯାଇଛି।

ଏଠାରେ ଏକାକୀ ରହିବା ତା' ପକ୍ଷରେ କିଛି ନୂଆ ନୁହେଁ। ଅନେକ ଥର ଲେଖି ମଧ୍ୟ ଗ୍ରାମ ଛାଡ଼ି ଏଠାକୁ ଆସିବାକୁ ରାଜି ହୋଇ ନଥିଲା ନିରୁପମା। କିନ୍ତୁ ଆଜି ଭଳି ସେତେବେଳେ ସେ କେବେହେଲେ ଏପରି ଅସହାୟ ବୋଧ କରି ନଥିଲା। ଦେହର ପାଖରେ ନଥିଲେ ବି ମନର ଖୁବ୍ ନିକଟରେ ଥିଲା ତାର ନିରୁପମା। ତୁଳସୀ ଚଉରା ମୂଳରେ ସଂଧ୍ୟାଦୀପ ଭଳି ତାର ଅନ୍ଧକାର ମନ ମନ୍ଦିରରେ ସେ ଆଲୋକ ବିକିରଣ କରୁଥିଲା। କିନ୍ତୁ ଶାଶୂଘର ଛାଡ଼ି ବାପଘରକୁ ଚାଲିଗଲା ପରେ ନିର୍ମଳର ମନେହେଲା, ସତେ ଯେମିତି ସେ ତା'ଠାରୁ ଅନେକ ସହସ୍ର ଯୋଜନ ଦୂରକୁ ଚାଲିଯାଇଛି !

ଗାଆଁକୁ ବୋଉ ପାଖକୁ ମଧ୍ୟ ସେ ଚିଠି ଦେଇନାହିଁ।

କାରଣ ସେ ଜାଣେ, ନିରୁପମାର ଏ ଅବସ୍ଥା ପାଇଁ ଦାୟୀ ବୋଉ। କିନ୍ତୁ ବୋଉକୁ ସେ କେବେ ରାଗି କରି ଜୀବନରେ ଚିଠି ଲେଖି ନାହିଁ। ଆଜି ସେଭଳି ଚିଠି ଲେଖିବାକୁ ତାର ସାହସ ଅଭାବ। ସେଥିପାଇଁ ସେ ନୀରବ। ଚିଠି ଦେଇନାହିଁ।

କିନ୍ତୁ ଏଥିପାଇଁ କଅଣ ସେ କେବଳ ବୋଉକୁ ଦାୟୀ କରି ପାରିବ ?

ବୋଉ ସେ କାଳର ଲୋକ। ତାର ଧର୍ମ-ଧାରଣା, ଚିନ୍ତାଧାରା, ଚଳଣି ସହିତ ନିରୁପମାର ଚିନ୍ତାଧାରା ନ ମିଳିବା ସ୍ୱାଭାବିକ। ସେଥିପାଇଁ ତାକୁ ଗାଁକୁ ଛାଡ଼ି ବାରିପଦା ଆସିବାକୁ ଅନେକ କହିଛି, ଅନେକ ଲେଖିଛି ନିର୍ମଳ।

ତା କଥାରେ କାନ ଦେଲା ନାହିଁ କାହିଁକି ନିରୁପମା।

ସବୁ କଥା ଭାବିଲେ ନିର୍ମଳର ସମସ୍ତ ଭାବନା ଗୋଳମାଳ ହୋଇଯାଏ। ସାମାନ୍ୟ କଥାରୁ, କାହା ଦୋଷରୁ ତା ବିବାହିତ ଜୀବନରେ ଏତେବଡ଼ ଝଞ୍ଜା ସୃଷ୍ଟି ହୋଇଗଲା ସେ ବୁଝିପାରେ ନାହିଁ। ନିଜ ଉପରେ ତାର ରାଗ ହୁଏ।

ତୋର ଟେଲିଗ୍ରାମ ଆସିଛି ନିର୍ମଳ।... ଅନିରୁଦ୍ଧ କଣ୍ଠସ୍ୱର।

ଟେଲିଗ୍ରାମ ! କିଏ ଦେଇଛି ! ନିରୁପମା !

ଉଠିଯାଇ ଟେଲିଗ୍ରାମ ଖୋଲିଲା।

ନା- ବୋଉ ବେମାର। ଶକ୍ତ ବେମାର। ନିରୁପମା ନାହିଁ। ଉଷା ଶୀଘ୍ର ଯିବାକୁ ଲେଖିଛି।

ଆର ଥର ଟେଲିଗ୍ରାମରେ ଯାହା ଲେଖିଥିଲା, ତାହା ମିଛି। ଘରକୁ ଯାଇ ଭିନ୍ନ ଏକ ପରିସ୍ଥିତିର ସମ୍ମୁଖୀନ ହୋଇଥିଲା। ଏଥର ଟେଲିଗ୍ରାମର ବିଷୟ କିନ୍ତୁ ମିଛି ହୋଇଥିବ କି ?

କାହିଁକି କେଜାଣି ନିର୍ମଳର ଛାତି ଭିତର ଭୟରେ ଥରି ଉଠୁଥିଲା।

ବୋଉ ଶକ୍ତ ବେମାର। ଉଷା ଟେଲିଗ୍ରାମ କରିଛି।

ନିରୁପମାକୁ ନିଜର ନିର୍ବୋଧତା ଯୋଗୁଁ ସେ ହଜାଇ ବସିଛି, ଆଜି ଯଦି ପୁଣି ସେ ବୋଉକୁ ହରାଇ ବସେ !

ନିର୍ମଳ ଗ୍ରାମକୁ ଯିବାକୁ ପ୍ରସ୍ତୁତ ହେଲା।

XXX

ଶାଶୂ ଅସୁସ୍ଥ।

ନଣନ୍ଦ ଉଷା ଚିଠି ଲେଖିଛନ୍ତି।

ବାପାଙ୍କ ମୁହଁରୁ ସମ୍ବାଦ ଶୁଣି ପ୍ରସ୍ତୁତ ହୋଇଗଲା ନିରୁପମା।

ଅନେକ ଦିନର ନିଶ୍ଚଳ ଜୀବନରେ ତା'ର ସୃଷ୍ଟି ହେଲା ଏକ ପ୍ରଥମ ବିଚଳନ।

ବାପା, ବୋଉକୁ କଥାଟି କହିବାବେଳେ ଉଦ୍‌ବିଗ୍ନ ହୋଇପଡୁ ଥିଲେ। ଶାଶୂ ବେମାର। ଖବର ପାଇ ବୋହୂ ନଗଲେ ଲୋକେ ଛିଛା' କରିବେ। ଅଥଚ ପୁଆଣୀ ଜିନିଷ କିଛିହେଲେ ସଜ ହୋଇନାହିଁ। ଶାଶୂ ସର୍ତ୍ତ ରଖିଛନ୍ତି- ପୁଆଣୀ ସଜ ସବୁ ନଦେଲେ ବୋହୂ ଯିବ ନାହିଁ। କେମିତି ଖାଲି ଖାଲି ଝିଅକୁ ବଳେ ସେ ଶାଶୂଘରକୁ ପଠାଇବେ ?

ଦିଗମ୍ବରବାବୁ ଥକ୍‌କା ହୋଇ ଠିଆହୋଇ ରହିଲେ।

ହରପ୍ରିୟାଙ୍କ ମୁହଁରେ ମଧ୍ୟ ଦୁଶ୍ଚିନ୍ତାର ଛାୟା। ଏତେ ସହଳ ଝିଅକୁ ଶାଶୂଘରକୁ ପଠାଇବାକୁ ପଡ଼ିବ ବୋଲି ସେ କଳ୍ପନା କରି ନଥିଲେ। ପୁଆଣୀ ସଜ କିଣିବାପାଇଁ ଟଙ୍କା ବ୍ୟବସ୍ଥା ହେଉଛି। ପାଟ ଜମିରୁ ଦୁଇମାଣ ବିକ୍ରି ଲାଗି ବ୍ୟବସ୍ଥା ହେଉଛି, କିନ୍ତୁ ଟଙ୍କା ହାତକୁ ଆସିନାହିଁ। ମଫସଲ ଅଞ୍ଚଳ। ବିକିବାକୁ ଇଚ୍ଛାକଲେ ବି ସମୁଦାୟ ଟଙ୍କା ଯୋଗାଡ଼ କରି ଜମି କିଣିବା ଲୋକ ଅଳ୍ପ। ଗରଜ ପଡ଼ିଛି ବୋଲି ତରତରରେ ଜମି ବିକିଲେ ଦୁଇମାଣ ଜମିର ମୂଲ୍ୟ ମାଣେ ଜମିର ମୂଲ୍ୟକୁ କମିଆସିବ। କିନ୍ତୁ ଝିଅର ଶାଶୂ ଅସୁସ୍ଥ। ନ ପଠାଇ ସେ ରହିପାରିବେ କିପରି ?

ନିରୁପମା ଶାଶୂଙ୍କ ସର୍ତ୍ତ କଥା ମଧ୍ୟ ଭୁଲିନାହାନ୍ତି ହରପ୍ରିୟା।

ପୁଆଣୀ ସଜ ନଦେଲେ ଝିଅକୁ ସେ ପଠାଇବେ ନାହିଁ।

ହରପ୍ରିୟାଙ୍କ ଆଖି ଲୁହରେ ଛଳ ଛଳ ହୋଇଆସିଲା।

ଟଳମଟଳ ହୋଇଉଠିଲା ବି ଲୋତକବିନ୍ଦୁ ନିରୁପମାର ଆଖି ଡୋଳାରେ। ନିର୍ମଳ ଉପରେ ଅଭିମାନ କରି ଶାଶୂଘରକୁ ମୂଳରୁ ଯିବନାହିଁ ବୋଲି ସେ ମନେ ମନେ ସ୍ଥିର କରିଥିଲା। ଜମି ବିକ୍ରି କରି ପୁଅାଣୀ ସଜ ବ୍ୟବସ୍ଥା କରୁଛନ୍ତି ବୋଲି ବାପା, ବୋଉଙ୍କ ଉପରେ ମନେ ମନେ ମଧ ରାଗ କରିଥିଲା। କିନ୍ତୁ ଉଷାଙ୍କ ଚିଠି ପାଇଲାପରେ ମନ ଆଜି ତାର ଅଥୟ ହୋଇଉଠିଛି କାହିଁକି ? କାହାପାଇଁ ? ଯେଉଁ ଶାଶୂ ତାକୁ ଟଙ୍କା ଚୋରି ଅଭିଯୋଗରେ ଅଭିଯୁକ୍ତା କରି ସ୍ୱାମୀଙ୍କଠାରୁ ତାର ଅଲଗା କରିଦେଇଥିଲେ ! ଯିଏ ସେ ବୋହୂ ହୋଇ ଘରେ ପାଦ ଦେଲାଦିନୁ ମନେ ମନେ ରକ୍ତଚାଉଳ ଚୋବାଉଥିଲେ !

ଶାଶୂଙ୍କ ରାଗିଲା ମୁହଁର ବିକୃତ ଛବି ଭାସିଉଠିଲା ନିରୁପମାର ଆଖିଆଗରେ। ନାଚିଉଠିଲା ବି ରୋଗରେ ପଡ଼ି ଅସହାୟା ଭଳି ଚିତ୍କାର କରି ଉଠୁଥିବାବେଳେ ତାଙ୍କ ମୁହଁର କରୁଣ ବିଧୁର ଦୃଶ୍ୟ। ରାଗିଲେ ସେ ଯେତିକି ପାଷାଣୀଭଳି ମନେ ହୁଅନ୍ତି, ରୋଗରେ ପଡିଥିବାବେଳେ ମନେ ହୁଅନ୍ତି ସେ ସେତିକି କୋମଳ, ଅସହାୟା !

ଓଷି ତାଙ୍କ ଗ୍ରାମକୁ ଚାଲିଯାଇଛନ୍ତି। ପିଲାଲୋକ, ଏତେ ଜଞ୍ଜାଳରେ ବିଚଳିତ ହୋଇ ପଳାଇବା ଭିନ୍ନ କିଛି ଉପାୟ ନଥିଲା ତାଙ୍କର। ନିର୍ମଳ ବୋଧହୁଏ ଆସି ନଥିବେ। ଗ୍ରାମ ଲୋକଙ୍କ ମୁହଁକୁ ବିକଳ ଆଖିରେ ଚାହିଁ ଚିତ୍କାର କରୁଥିବେ ଶାଶୂ।

ଏସବୁ କଥା ଭାବିବାକ୍ଷଣି ନିରୁପମା ଆଖି ଲୁହରେ ଓଦା ହୋଇଉଠୁଥିଲା।

ନିର୍ମଳ ଭଳି ପୁତ୍ରର ଜନନୀ ହୋଇ କାହିଁକି ତାଙ୍କର ଆଜି ଏ ଅସହାୟ ଅବସ୍ଥା ! ନିର୍ମଳ ଯଦି ତାଙ୍କ କଥାମାନି କୁଳୀନ ବ୍ରାହ୍ମଣଘରର ଜଣେ ଅଳ୍ପ ଶିକ୍ଷିତା ଝିଅକୁ ବିବାହ କରିଥାଆନ୍ତେ, ତେବେ ସେ ପାଇ ଥାଆନ୍ତେ ମନଲାଖି ବୋହୂ, ନିର୍ମଳ ପାଇଥାନ୍ତେ ଉପଯୁକ୍ତ ସ୍ତ୍ରୀ ! କେବଳ ସେ ବିବାହ ପାଇଁ ନିର୍ମଳଙ୍କୁ ପ୍ରଲୋଭିତ କରି ସେ ସବୁକଥା ଅଡୁଆ କରିଦେଇଛି। ବିବାହ କରି ବି ସ୍ତ୍ରୀର ସାନ୍ନିଧ ନପାଇ ନିର୍ମଳ ଛଟପଟ ହେଉଛନ୍ତି ବିଦେଶ ଭୂଇଁରେ। ପୁଅ ବିବାହ କରିଥିଲେ ବି ବୋହୂର ସେବା ପାଉନାହାନ୍ତି, ଶାଶୂ ରୋଗ ଶଯ୍ୟାରେ। ଲୋକେ ପୁଅ ଜନ୍ମ କରି ଭରସା କରିଥାଆନ୍ତି ବୁଢ଼ାବୁଢ଼ୀଦିନେ ଟିକିଏ ବୋହୂର ସେବା ପାଇବେ ବୋଲି। ହେମାଙ୍ଗିନୀଙ୍କୁ ସେ ଅଧିକାର, ଦାବିରୁ ବଂଚିତ କରିବାଲାଗି ସେ କିଏ ?

ଦ୍ୱନ୍ଦ୍ୱର ଦୋଳନରେ ଆନ୍ଦୋଳିତ ହେବାକୁ ଲାଗିଲା ନିରୁପମାର ଦେହ, ମନ, ଆତ୍ମା। ବାହୁନିଲା ତାର ନାରୀତ୍ୱ। ସେ ଶିକ୍ଷିତା, ତେଣୁ ସ୍ୱାର୍ଥପର ଭାବରେ ନିଜ କଥା ଭାବିପାରିବ ନାହିଁ। ଆଜି ସେ ମହାନ୍ ପରୀକ୍ଷାର ସମ୍ମୁଖୀନ ହୋଇଛି। ଏଇ ପରୀକ୍ଷା ଫଳ ଉପରେ ନିର୍ଭର କରୁଛି ଗୋଟିଏ ପରିବାରର ସୁଖଶାନ୍ତି, ଭବିଷ୍ୟତ। ଗୋଟିଏ

ପଟେ ତାର ଶିକ୍ଷାର ଅହଙ୍କାର, ଜିଦ୍, ନିଜର ସ୍ୱାର୍ଥପରତା, ଅନ୍ୟପଟେ ସାମାଜିକ ମୂଲ୍ୟବୋଧ, ତାର କର୍ତ୍ତବ୍ୟର ଆହ୍ୱାନ।

ନିରୁପମା ଅସ୍ଥିର ଭାବରେ ପଲଙ୍କରୁ ଉଠି ଠିଆହେଲା।

ଦୃଷ୍ଟି ପଡ଼ିଲା ତାର ନିଜ ହାତର ଶଙ୍ଖା ଉପରେ। ମନେପଡ଼ିଲା, ବିବାହ ପରେ ଏଇ ଶୁଭଶଙ୍ଖା ଶାଶୂ ତାକୁ ନିଜ ହାତରେ ପିନ୍ଧାଇ ଦେଇଥିଲେ। ସେଇ ଲାଲ ଚହ ଚହ ଶଙ୍ଖା ଅଗ୍ନିର ଦୀପ୍ତି ନେଇ ଝଲସି ଉଠୁଛି। ବିବାହ ବନ୍ଧନରେ ସେଇ ଅଗ୍ନିପରୀକ୍ଷାରେ ତାକୁ ପ୍ରବେଶ କରିବାକୁ ହିଁ ହେବ। କୌଣସି ଯୁକ୍ତି ଦେଖାଇ ମୁକ୍ତି ପାଇବାର ପଥନାହିଁ।

ମନକୁ ଦୃଢ଼କଲା ନିରୁପମା।

ପଣତକାନିରେ ଆଖିର ଲୁହକୁ ପୋଛିନେଲା। ସୀମନ୍ତରେ ନେଶି ହୋଇଯାଇଥିବା ସିନ୍ଦୂରଟୋପାକୁ ଆଉ ଥରେ ଭଲ କରି ପିନ୍ଧିନେଲା। ତା'ପରେ ଲଘୁ ପଦକ୍ଷେପରେ ପ୍ରବେଶ କଲା ବୋଉର ଶୟନକକ୍ଷରେ। ବାପା ମଧ୍ୟ ଚିନ୍ତିତ ମନରେ ସେ ଘରେ ଖଣ୍ଡେ ଚେୟାର ଉପରେ ବସି ରହିଥିଲେ।

ଧୀର ଅଥଚ ଦୃଢ଼ କଣ୍ଠରେ ନିରୁପମା କହିଲା, ଶାଶୂଙ୍କ ପାଖକୁ ମୁଁ ବର୍ତ୍ତମାନ ଯାଉଛି ବୋଉ। ସାନଭାଇ ବାବୁକୁ ଟିକିଏ ମୋ ସାଙ୍ଗରେ ପଠା।

ଶାଶୂଘରକୁ ଏତେବେଳେ ଯିବୁ? - ହରପ୍ରିୟା ବିଚଳିତ ହୋଇ ପ୍ରଶ୍ନ କଲେ।

ହଁ-ସେଠାରେ ଶାଶୂ ଏକୁଟିଆ। ମୁଁ ନ ଗଲେ ତାଙ୍କ ପାଖରେ ଆଉ କିଏ ଅଛି?- ମୁଁ ଯିବି-। - ସ୍ପଷ୍ଟ ନିରୁପମା ଉତ୍ତର ଦେଲା।

ପୁଅାଣି ସଜ କଥା ଆଉ ଉଠାଇପାରିଲେ ନାହିଁ ହରପ୍ରିୟା। ଏତେବେଳେ ସେ ପ୍ରଶ୍ନ ଉଠାଇ ଲାଭ ନାହିଁ। ଝିଅର ମୁହଁକୁ ଚାହିଁଲେ। ନିରୁପମାର ମୁହଁରେ ଚକ୍ ଚକ୍ କରୁଛି ଏକ ଅମଳିନ ଜ୍ୟୋତି। ସୀମନ୍ତର ସିନ୍ଦୂରଟୋପା ଅତି ପ୍ରଖର ଭାବରେ ପ୍ରଜ୍ୱଳିତ ହୋଇଉଠୁଛି। ଝିଅର ମୁହଁରେ ଏଭଳି ଆଲୋକ ସେ କେବେ ଦେଖି ନଥିଲେ। ବିବାହ ପରେ ଆଚାର୍ଯ୍ୟ ପରିବାରର ଆଭିଜାତ୍ୟରୁ ଏ ଆଲୋକ ଆହରଣ କରିଛି ନିରୁପମା। ଏ ଅମଳିନ ଜ୍ୟୋତି ତାର ଏକାନ୍ତ ନିଜସ୍ୱ।

ତଥାପି ସେ କୁଣ୍ଠିତ କଣ୍ଠରେ କହିଲେ, ଏମିତି ଖାଲି ପାଦରେ ଚାଲି ଚାଲି ଯିବା ଭଲହେବ ନାହିଁ ମାଆ! ସବାରି ବ୍ୟବସ୍ଥା ନ କଲେ...

ବୋଉ!

ତୀବ୍ର କଣ୍ଠରେ ପ୍ରତିବାଦ କଲା ନିରୁପମା। କହିଲା, ଶାଶୂ ଏକାକିନୀ ଭୟଙ୍କର ରୋଗରେ ପଡ଼ିଛନ୍ତି। ଆଉ ମୁଁ ସବାରି ଚଢ଼ି ବାଜା ବଜାଇ ରାଜରାଜେଶ୍ୱରୀ ଠାଣିରେ ସେଠାକୁ ଯିବି...?

ଝିଅଙ୍କୁ କଥା ଶେଷ କରିବାକୁ ନଦେଇ ହରପ୍ରିୟା କହିଲେ, କିନ୍ତୁ ଆଚାର୍ଯ୍ୟ ପରିବାରର ବୋହୂ ତୁ ମାଆ। ସେ ପରିବାରର ମର୍ଯ୍ୟାଦା ଅଛି....

ମୁଁ ସେ କଥା ଜାଣେ ନାହିଁ, ସେ କଥା କିଛି ବୁଝେ ନାହିଁ। ମୁଁ ଆଚାର୍ଯ୍ୟ ପରିବାରର କିଛି ନୁହେଁ। ମୁଁ ନାରୀ, ମୁଁ ବୋହୂ। ଶାଶୂ ମୋର ଏକାକିନୀ ରୋଗଶଯ୍ୟାରେ ପଡ଼ିଛନ୍ତି। ତାଙ୍କ ପାଖରେ ଜଣେ ହେଲେ କେହି ନାହିଁ। ଚିଠି କାଲିଠୁଁ ଆସିଲାଣି। ମୁଁ ଆଉ ବିଳମ୍ବ କରିପାରିବି ନାହିଁ। ଗୋଟିଏ ମୁହୂର୍ତ୍ତ ହେଲେ ବି ନୁହେଁ। କଥା ଶେଷ ନ କରି ପାଗଳିନୀଙ୍କ ପରି ବାହାରି ପଡ଼ିଲା ନିରୁପମା।

ଶାଢ଼ି ବଦଳାଇ ନାହିଁ। ମୁଣ୍ଡବାନ୍ଧି ନାହିଁ। ଯେମିତି ବସିଥିଲା, ସେମିତି ସେ ଉଠି ବାହାରି ପଡିଲା। ପଛେ ପଛେ ସାନଭାଇ ବାବୁ।

ଅନାହୂତ ଭାବରେ ଅଚାନକ ଝଡ଼ଭଳି ସେ ଆସିଥିଲା, ଗଲାବେଳେ ବି ସେଥିରେ କିଛି ବ୍ୟତିକ୍ରମ ହେଲା ନାହିଁ। ଦିଗମ୍ବରବାବୁ, ହରପ୍ରିୟା ତାର ଯିବା ବାଟକୁ ଚାହିଁରହିଲେ। ଆଶଙ୍କାରେ ହୃଦୟ ସେମାନଙ୍କର ବିଗଳିତ ହେଲା। କିନ୍ତୁ ସେମାନେ ତାର ପ୍ରତିବାଦ, ପ୍ରତିରୋଧ କରିପାରିଲେ ନାହିଁ।

ପୂର୍ଣ୍ଣମୀର ସ୍ପର୍ଶରେ ସମୁଦ୍ରରେ ତରଙ୍ଗର ଉଚ୍ଛ୍ୱାସ ଉଠିଆସେ।

ସେ ମହା ତରଙ୍ଗର ପ୍ରତିରୋଧ କରିବ କିଏ ?

XXX

ନିର୍ମଳ ବାରିପଦା ଛାଡ଼ି ଚାଲିଯିବା ପରେ ଦୁଇ ଦିନ ନିଃଶବ୍ଦରେ ଅତୀତ ହୋଇଗଲାଣି।

ଶ୍ୟାମଳୀ ତା ଯିବାର ପ୍ରତିରୋଧ କରିପାରି ନାହିଁ, କାରଣ ବୋଉ ତାଙ୍କର ଭୀଷଣ ଭାବରେ ଅସୁସ୍ଥ। ପାଖରେ କେହି ନାହାନ୍ତି। ସେ ଜାଣେ ନାହିଁ, ନିର୍ମଳ ଆଉ ବାରିପଦା ଆସିଲେ ତାଙ୍କ ବସାରେ ରହିବେ କି ନାହିଁ। ହୁଏତ ସାଙ୍ଗରେ ନିରୁପମା ଆସିପାରେ।

ନିର୍ମଳ ଆଉ ତାଙ୍କ ବସାରେ ରହିବ ନାହିଁ ବୋଲି ଭାବିଲେ ଅକାରଣରେ ଶ୍ୟାମଳୀର ମନ ବିଷଣ୍ଣ ହୋଇଉଠେ। କେବଳ ଆତ୍ମୀୟତା ଘନଷ୍ଠତା ଦୃଷ୍ଟିରୁ ନୁହେଁ, ଆର୍ଥିକ ଦିଗରୁ ମଧ୍ୟ ନିର୍ମଳର ରହଣି ଶ୍ୟାମଳୀକୁ ପ୍ରଲୋଭିତ କରିଥିଲା। ତେଣୁ ନିର୍ମଳର ପ୍ରସ୍ଥାନ ପରେ ବେଶୀ ଭାବରେ ଶୂନ୍ୟତା ଅନୁଭବ କଲା ଶ୍ୟାମଳୀ।

ଖିରାବେଳେ ସେ ନିଜ ହାତବାକ୍ସ ଖୋଲି ନିଜର ଗୋପନ ଅର୍ଥ ଗଣିବାକୁ ଆରମ୍ଭ କଲା। ବସାଖର୍ଚ୍ଚ ବାବଦ ନିର୍ମଳ ଅନିରୁଦ୍ଧକୁ ଲୁଚାଇ ପ୍ରତିମାସରେ ଯେଉଁ ଶହେ ଟଙ୍କା ଲେଖାଏଁ ଦେଇଥିଲେ, ତାହା ସେ ହାତବାକ୍ସରେ ଗଚ୍ଛିତ ରଖିଥିଲା।

ଥାକ ଥାକ କବିତା ଲେଖି ସ୍ୱାମୀ ଯେଉଁ ପରିମାଣରେ ଅର୍ଥସଂଗ୍ରହ କରିବାର ସ୍ୱପ୍ନ ଦେଖିନାହାନ୍ତି, ନିଜ ବୁଦ୍ଧିର ବିଚକ୍ଷଣତା ଯୋଗୁଁ ସେତିକି ଅର୍ଥ ନିଜ ପରିବାର ପାଇଁ ସେ ସଂଗ୍ରହ କରିପାରିଛି। ଟଙ୍କାର ପରିମାଣ ସାତ ଶହ। ଘରର ଯାବତୀୟ ଖର୍ଚ୍ଚରେ ସ୍ୱାମୀଙ୍କ ଦରମା ଖର୍ଚ୍ଚ ହୋଇଯାଉଥିବାରୁ ଟଙ୍କାଟିଏ ସୁଦ୍ଧା ସଞ୍ଚୟ କରିବାକୁ ସେ ସକ୍ଷମ ହୋଇ ନଥିଲା। ଅଥଚ ସ୍ୱାମୀଙ୍କ ଭାବପ୍ରବଣତାକୁ ପ୍ରଶ୍ରୟ ଦେଇ ନଥିଲା ବୋଲି ସେ ଅତ ସହଜରେ ଏ ଟଙ୍କା ସଂଗ୍ରହ କରିପାରିଲା।

ରେଡ଼ିଓଟିଏ କିଣିବା ପାଇଁ ଅନେକ ଦିନ ହେଲା ଭାବିଆସୁଛି ଶ୍ୟାମଳୀ।

ଏତେ ଯଉତୁକ ଦେଇଥିଲେ ସୁଦ୍ଧା ରେଡିଓଟାଏ ଦେଇ ନଥିଲେ ବୋଲି ସ୍ୱାମୀଙ୍କଠାରୁ କମ୍ ଲଘୁ ପରିହାସ ସେ ଶୁଣି ନାହିଁ। ସବୁ ଅଧ୍ୟାପକ ଘରେ ରେଡ଼ିଓ; ଏକା ତାଙ୍କରି ଘରକୁ ବାଦ୍‌ଦେଲେ।

ରେଡ଼ିଓଟା କିଣିବାପାଇଁ ଅନେକଦିନୁ ସ୍ୱପ୍ନ ଦେଖୁଛି।

ଆଜି ସେ ସ୍ୱପ୍ନ ତା'ର ସଫଳ ହେଲା।

ଅନିରୁଦ୍ଧ କଲେଜରୁ ଫେରି ଲୁଗା ବଦଳିଲାବେଳେ ତାକୁ ଚମକାଇ ଦେବାପାଇଁ ଶ୍ୟାମଳୀ କହିଲା, ଆମର ଗୋଟାଏ ରେଡ଼ିଓ କିଣନ୍ତେ।

ରେଡ଼ିଓ !

ମନେ ମନେ ବିରକ୍ତ ହେଲେ ବି କିଛି କହିଲେ ନାହିଁ ଅନିରୁଦ୍ଧ। ସାଙ୍ଗ ଅଧ୍ୟାପକମାନଙ୍କ ଘରକୁ ଗଲେ ଶ୍ୟାମଳୀ ସେମାନଙ୍କ ଘରର ଏହି ରେଡ଼ିଓ ଦେଖି ସଙ୍କୁଚିତ ହୁଏ। କେହି କେହି ବନ୍ଧୁପତ୍ନୀ ମଧ୍ୟ ତାଙ୍କ ଘରେ ରେଡ଼ିଓ ନଥିବା ଲକ୍ଷ୍ୟ କରି କିଛି ମନ୍ତବ୍ୟ କଲେ ସଙ୍କୋଚରେ ମ୍ରିୟମାଣ ହୋଇଯାଏ ଶ୍ୟାମଳୀ।

ବାହାଘରବେଳେ ଶ୍ୱଶୁରଘର ରେଡ଼ିଓ ନ ଦେଇ କିଛି ଟଙ୍କା ଦେଇଥିଲେ। ସେ ଟଙ୍କା ତକ ଖର୍ଚ୍ଚ କରିଦେଇଥିଲେ ସୁଦ୍ଧା ଅଭାବରେ ପଡି ଆଉ ରେଡ଼ିଓଟି କିଣିପାରି ନାହାନ୍ତି ଅନିରୁଦ୍ଧ। ସେଥିପାଇଁ ରେଡ଼ିଓ କଥା ଶ୍ୟାମଳୀ ଉଠାଇଲେ ମନେ ମନେ ବିରକ୍ତ ହୁଅନ୍ତି, କିନ୍ତୁ କିଛି କହିପାରନ୍ତି ନାହିଁ।

କଅଣ କହୁଛି ପରା ! ଶୁଭୁନାଇଁ। - ଶ୍ୟାମଳୀ ପୁଣି ନିଜ ପ୍ରଶ୍ନର ପୁନରାବୃତ୍ତି କଲା।

ରେଡ଼ିଓ କିଣିବାକୁ ଟଙ୍କା ନାହିଁ ? ଘରଖର୍ଚ୍ଚ ତମେ ଜାଣ ତ- ଅନିରୁଦ୍ଧ ସ୍ତ୍ରୀଙ୍କ ପ୍ରଶ୍ନକୁ ଏଡ଼ାଇ ଯିବାଲାଗି ଉଦ୍ୟମ କଲା।

ମୁଁ ରେଡ଼ିଓ କିଣିବାକୁ ଟଙ୍କା ଦେବି। - ହସି ହସି କହିଲା ଶ୍ୟାମଳୀ।

ଟଙ୍କା ? ରେଡ଼ିଓ କ'ଣ ଦଶ ପଚିଶ ଟଙ୍କାରେ କିଣାହୁଏ କି ? ବିସ୍ମୟରେ ସ୍ତ୍ରୀଙ୍କ ଆଡ଼କୁ ଚାହିଁଲା ଅନିରୁଦ୍ଧ।

ଦଶ ପଚିଶ ନୁହେଁ, ଏଇ ଦେଖ ସାତଶହ ଟଙ୍କା-ଅନିରୁଦ୍ଧକୁ ରୀତିମତ ଅବାକ୍ କରିଦେବାପାଇଁ ସାତଶହ ଟଙ୍କାର ନୋଟ୍ ଟେବୁଲ୍ ଉପରେ ଜମାକଲା ଆଣି ଶ୍ୟାମଳୀ।

ଏତେଗୁଡ଼ାଏ ଟଙ୍କା ଦେଖି ଅନିରୁଦ୍ଧ ବି ଅବାକ ହେଲା।

ସନ୍ଦେହରେ ପ୍ରଶ୍ନ କଲା, ଏ ଟଙ୍କା ତମେ କେଉଁଠୁ ଆଣିଲ ?

ଚୋରିକରି ନୁହେଁ - ଉଚିତ ବାଟରେ ନିର୍ମଳ ବାବୁଙ୍କଠାରୁ। ମାସକୁ ମାସ ସେ ମୋତେ ଜବରଦସ୍ତ ବସାଖର୍ଚ୍ଚ ବାବଦ ଶହେଟଙ୍କା ଲେଖାଁ ଦେଉଥିଲେ। ଗଣି ଦେଖ ସାତ ଶହ। - ନିଜ ଦୁଇ ସରୁ ଓଠରେ ଶ୍ୟାମଳୀ ତିର୍ଯ୍ୟକ ହସର ତରଙ୍ଗ ଖେଳାଇ କହିଲା।

ନିର୍ମଳ ମାସକୁ ଶହେଟଙ୍କା ବସା ଖର୍ଚ୍ଚ ଦେଉଥିଲା,ଆଉ ତାକୁ ନ ଜଣେଇ ସଞ୍ଚିତ କରି ରଖୁଥିଲା ଶ୍ୟାମଳୀ। ଆକାଶରୁ ଖସିପଡ଼ିଲା ଭଳି ବିସ୍ମୟରେ ବିମୂଢ଼ ହୋଇଗଲା ଅନିରୁଦ୍ଧ। କ୍ଷୀଣକଣ୍ଠରେ ଆର୍ତ୍ତନାଦ କରି ଉଠିଲା, ତମେ ନିର୍ମଳଠାରୁ ରହିବା ଖାଇବା ଲାଗି ଶହେ ଟଙ୍କା ଲେଖାଏଁ ରଖ ଶ୍ୟାମଳୀ ?

ଶ୍ୟାମଳୀ ପରାସ୍ତ ହୋଇଯିବା ଭଳି ପାତ୍ରୀ ନୁହେଁ।

ଅଣ୍ଟାରେ ହାତଦେଇ ସେ ଉତ୍ତର ଦେଲା, କାଇଁ ଏଇଟା କଅଣ ଧର୍ମଶାଳା। ତମେ ଯଦି ହୋଟେଲ ଖାଲି ବଂଧୁଚର୍ଚ୍ଚା କରିବାର କଥା, ପୂଝାରୀ ରଖ- ମୁଁ ତମର ପୂଝାରୀ ହୋଇପାରେ- କିନ୍ତୁ ହୋଟେଲ୍‌ରେ ରୋଷେଇକଥା ହୋଇପାରିବ ନାହିଁ। ହୋଟେଲରେ ଖାଇଥିଲେ ବି ତାଙ୍କୁ ଟଙ୍କା ଦେବାକୁ ହୋଇଥାଆନ୍ତା....

ଲଜ୍ଜା, ଆତ୍ମଗ୍ଲାନିରେ ଅନିରୁଦ୍ଧର ମସ୍ତକ ଅବନତ ହୋଇଗଲା।

ଅଳ୍ପ ଶିକ୍ଷିତା ଗ୍ରାମ୍ୟକନ୍ୟାର ଏକ ନିର୍ମମ ହୃଦୟହୀନତାର ରେଖାଚିତ୍ର ଭାସିଉଠିଲା ତା'ର ଆଖିଆଗରେ।

ମିନତି କଲାଭଳି ସେ କରୁଣ କଣ୍ଠରେ କହିଲା ନିର୍ମଳର ବୋଉ... ମାଉସୀଙ୍କୁ ତମେ ଜାଣନାହିଁ ଶ୍ୟାମଳୀ। ମାସ ନୁହେଁ-ବର୍ଷ ବର୍ଷ ଧରି ସ୍କୁଲ ଛାତ୍ର ଥିବାବେଳେ ନିର୍ମଳ ସାଙ୍ଗରେ ସେ ମୋତେ ହାତରେ କେତେଥର ଖୁଆଇଦେଇଛନ୍ତି। ସେ ସ୍ନେହ, ସହାନୁଭୂତିର ଋଣ ପରିଶୋଧ କରାଯାଇପାରେ ନାହିଁ। ମୁଁ ଜୀବନରେ କେବେ ପାରିବି ନାହିଁ। ନିର୍ମଳଠାରୁ ଟଙ୍କା ରଖି ସେ ଋଣକୁ ତମେ ସହସ୍ରଗୁଣିତ କରିଦେଇ ମତେ ସେମାନଙ୍କ ପାଖରେ କ୍ଷୁଦ୍ରାଦପିକ୍ଷୁଦ୍ର କରିଦେଲ।

କଥାଟାକୁ ଏପରି ଓଲଟାଭାବେ ସ୍ୱାମୀ ଗ୍ରହଣ କରିବେ, ସେ କଥା କଳ୍ପନା କରି ନଥିଲା ଶ୍ୟାମଳୀ। ଅନିରୁଦ୍ଧର କଥା ଶୁଣି ଶ୍ୟାମଳୀ ଆହତ ହେଲା। ଅଭିମାନ ଭରା କଣ୍ଠରେ କହିଲା, ଏଥିରେ ତମେ ଛୋଟ ହୋଇଯିବାର କିଛି କାରଣ ନାହିଁ।

ତମେ ଯେ ଏ ଟଙ୍କା ରଖିବା କଥା ଆଦୌ ଜାଣ ନାହିଁ, ସେକଥା ନିର୍ମଳବାବୁ ଜାଣନ୍ତି। ତମେ ଏଥିରେ ରାଗିବ- ମୁଁ କଳ୍ପନା ସୁଦ୍ଧା କରି ନଥିଲି।

ଶ୍ୟାମଳୀ ପିଠିରେ ସ୍ନେହରେ ହାତ ବୁଲାଉ ବୁଲାଉ ଅନିରୁଦ୍ଧ କହିଲା, ଟଙ୍କାଠୁ ବଳି ବଡ଼ ଶତ୍ରୁ ମଣିଷର କେହି ନାହିଁ, ଆଉ ନିର୍ମଳଠୁ ବଳି ବଡ଼ ବଂଧୁ ମୋର କେହି ନାହାନ୍ତି। ମାଉସୀ ଅସୁସ୍ଥ। ଟଙ୍କାର ଆବଶ୍ୟକତା ସେମାନଙ୍କର ହୁଏତ ଆଜି ବେଶୀ ଜରୁରୀ। ଲକ୍ଷ୍ମୀଟି ପରା! ମନିଅର୍ଡ଼ର ଫର୍ମରେ ତମେ ନିଜ ହାତରେ ଚିଠି ଲେଖି ଟେଲିଗ୍ରାମ ମନିଅର୍ଡ଼ର କରି ସେ ଟଙ୍କାତକ ପଠାଇଦିଅ- ଆରମାସରେ ତମକୁ ଯେପରି ହେଉ ଗୋଟାଏ ରେଡ଼ିଓ ମୁଁ କିଣିଦେବି...

ଶ୍ୟାମଳୀ ଜାଣେ ପୁରୁଷର ମନକୁ ଟଙ୍କା ଦେଇ କିଣିହୁଏ ନାହିଁ, ହୃଦୟଦେଇ କିଣିହୁଏ। ଆଉ ତା'ର ଅଦ୍ଭୁତ ସ୍ୱାମୀ କେବଳ ପୁରୁଷ ନୁହନ୍ତି, କବି, ଭାବପ୍ରବଣ ଏକ ଜୀବ। ତେଣୁ ସେ ତାଙ୍କର କଥାରେ ଅବାଧ୍ୟ ହେବନାହିଁ ବୋଲି ମନେ ମନେ ସ୍ଥିର କଲା।

ଶ୍ୟାମଳୀର ହୃଦୟହୀନତାର କର୍କଶ ସ୍ୱର ତରଙ୍ଗ ଅନିରୁଦ୍ଧ ମନ-ରେଡିଓରେ ସେତେବେଳ ପର୍ଯ୍ୟନ୍ତ ସୁଦ୍ଧା ସୃଷ୍ଟି କରୁଥିଲା ଶ୍ରୁତିକଟୁ ଏକ ସ୍ୱର ଲହର।

X X X

ହେମାଙ୍ଗିନୀଙ୍କ ଚେତା ବୁଡ଼ିଯାଇଥାଏ। ନୂପୁର-ରାଧାମାଧବ-ରାଧାମାଧବ କହି ସେ ମୂର୍ଚ୍ଛାହୋଇ ଯାଉଥିଲେ। ଗାଁରେ ସମସ୍ତେ ଧରିନେଇଥିଲେ, ଆଚାର୍ଯ୍ୟ ଘର ବୁଢ଼ୀକୁ ଆରପାରିରୁ ଡାକରା ଆସିଲାଣି। ପୁଣ୍ୟ ବଳରୁ ଯାହା ସେ କେବଳ ମରଣ ସାଙ୍ଗରେ ଯୁଝୁଛି।

ହେମାଙ୍ଗିନୀଙ୍କୁ ଦେଖି ଦୁଃଖରେ ଅନେକ ନରନାରୀ ଆଖି ଓଦା କରି ଫେରିଯାଇଥିଲେ। ଭୟରେ ଓଷି ସାହିର ଜଣେ କକେଇ ପୁଅ ଭାଇଙ୍କୁ ଧରି ଗାଆଁକୁ ଚାଲିଯାଇଥିଲା। ଦେଖାଶୁଣା; ହେପାଜତ୍ ଯାହା କରୁଥିଲେ ରମା ନୂଆ'ଉ।

ନିରୁପମା ଆସିଲା ପରେ ତାଙ୍କ ପିଣ୍ଡରେ ପ୍ରାଣ ପଶିଲା।

ନିରୁପମା କାହାକୁ କିଛି ନକହି ଚିକିତ୍ସା ଆରମ୍ଭ କରିଦେଇଥିଲା।

ସାଙ୍ଗରେ ଡାକ୍ତର ଧରି ନିର୍ମଳ ଆସି ପହଞ୍ଚିଲା ସନ୍ଧ୍ୟାରେ।

ଡାକ୍ତର ପରୀକ୍ଷା କରି ଦେଖିଲେ, ଶାରୀରିକ ଦୁର୍ବଳତା ସାଙ୍ଗକୁ ଗଭୀର ମାନସିକ ଉତ୍ତେଜନା ହେତୁ ଜ୍ୱର ଏକ ସାଙ୍ଘାତିକ ରୂପ ନେଇଛି। ଚିକିତ୍ସା, ସେବା ଆଉ ସତର୍କତା ଉପରେ ହେମାଙ୍ଗିନୀଙ୍କ ଜୀବନ ନିର୍ଭର କରୁଛି ବୋଲି ସେ ମତ ଦେଲେ।

ଔଷଧର ବ୍ୟବସ୍ଥା ହେଲା।

ଚିକିତ୍ସା ଆଉ ସେବାର ଦାୟିତ୍ୱ ନେଲା ନିରୁପମା।

ରମା ନୂଆ'ଉ ଥରେ ରୋଗଶୀର୍ଣ୍ଣ ହେମାଙ୍ଗିନୀଙ୍କ ମୁହଁ ଏବଂ ଆଉ ଥରେ କର୍ମଚଞ୍ଚଳ ନିରୁପମାର ମୁହଁକୁ ଚାହିଁଲେ। ଏଇ ବୋହୂକୁ ଆଘାତ ଉପରେ ପ୍ରତିଘାତ ଦେଇ ନାନୀ ବିଦାକରି ଦେଇଥିଲେ ଯେ ଘରକୁ ଆଣିବା ନାମ ଧରୁ ନଥିଲେ। ଅଥଚ ଏଇ ବୋହୂ ଶେଷରେ...।

ମେସିନ୍‌ର ଏକ ଅଂଶଭଳି ଅବିଶ୍ରାନ୍ତ ଭାବରେ କାମ କରିଯାଉଛି ନିରୁପମା। କ୍ଲାନ୍ତି ନାହିଁ, ବିରକ୍ତି ନାହିଁ। ରାତିରେ ଆଖିରେ ନିଦ ନାହିଁ, ଦିନରେ ଆଖିରେ ଅନିଦ୍ରାର ଆଳସ୍ୟ ନାହିଁ। ଡାକ୍ତରଙ୍କ ପରାମର୍ଶ ଅନୁସାରେ ଘଣ୍ଟାର କଣ୍ଟାଭଳି ସେ ପରିଶ୍ରମ କରିଛି ନିର୍ବିକାର ଭାବରେ।

ଆରଦିନ ସକାଳୁ ଛୋଟ ପୁଅକୁ ସାଙ୍ଗରେ ଧରି ମାଈଁ ଆସି ପହଞ୍ଚିଲେ ଶାଶୂଙ୍କୁ ଦେଖିବାକୁ। ନିରୁପମା ଆଶ୍ୱସ୍ତ ହେଲା। ଏ ବିପଦ ବେଳେ ମାଈଁଙ୍କ ଭଳି ଜଣେ ଅଭିଜ୍ଞ ମହିଳାଙ୍କ ଅଭାବ ସେ ଅନୁଭବ କରୁଥିଲା। ଯେତେ ଧୈର୍ଯ୍ୟ ସାହସ ଧରି ଏଭଳି ପରିସ୍ଥିତିରେ କାମ କରି ଯାଉଥିଲେ ବି ବେଳେବେଳେ ନିରୁପମାର ବୁଦ୍ଧିବଣା ହୋଇଯାଉଥିଲା।

ମାଈଁଙ୍କୁ ପାଖରେ ପାଇ ନୂତନ ଉତ୍ସାହ ସେ ଫେରିପାଇଲା। ମାଈଁଙ୍କ ଖାଇବା ପିଇବା ଖବର, ଭଲମନ୍ଦ ବୁଝିବାରେ ଅବହେଳା କଲେ ଚଳିବ ନାହିଁ। ରୋଗ ବିପଦବେଳେ ଆସିଥିଲେ ବି ଏ ପରିବାରକୁ ଏପରି ଆସିବା ତାଙ୍କର ଏହି ପ୍ରଥମ। ଶାଶୂ ଅସୁସ୍ଥ। ଆଖି ଖୋଲିକରି ଭଲକରି ଚାହୁଁନାହାନ୍ତି। ଚାରିଆଡ଼କୁ ଆଖି ରଖି କାମ ନକଲେ ବର୍ତ୍ତମାନ ହୁଏତ ଶାଶୂଙ୍କ ଦେହ ଅତିଶୟ ହୋଇଛି ବୋଲି ମାଈଁ କିଛି କହିବେ ନାହିଁ, କିନ୍ତୁ ଶାଶୂ ଭଲ ହୋଇଗଲା ପରେ ଭାଣିଜୀବୋହୂର ଦୋଷଦେବାକୁ ତାଙ୍କ ପାଟିରେ କିଏ ବାଡ଼ବତା ଦେବ?

ହାତେ ମାପି ଚାଖଣ୍ଡେ ଚାଲିବା ହେଲା ବୋହୂର ଧର୍ମ। ଘଡ଼ିଏ ଭାବି ମୁହୂର୍ତ୍ତେ କହିବା ହେଉଛି ତା'ର କର୍ତ୍ତବ୍ୟ। ସେ କଥା, ଏତେ ଜଞ୍ଜାଳ, ଏତେ ମାନସିକ ଅସ୍ଥିରତା ଭିତରେ ବି ଭୁଲିନାହିଁ ନିରୁପମା। ନିଜ ବ୍ୟତୀତ ଆଉ କାହାରି ପ୍ରତି ସେ ଅବହେଳା କରି ନାହିଁ।

ନିର୍ମଳ ଏସବୁ ଦୃଶ୍ୟାଭିନୟର ନୀରବ ଦର୍ଶକ ହୋଇ ରହିଛି।

ଅସ୍ଥିର ଉଦ୍‌ବେଗରେ ଘରେ ପହଞ୍ଚି ବୋଉର ଶଯ୍ୟାଧାର ପାଖରେ ନିରୁପମାକୁ ଦେଖି ସେ ବିସ୍ମିତ ହୋଇଥିଲା। କିନ୍ତୁ ସେତିକିରେ ତା'ର ବିସ୍ମୟ ଶେଷ ହେଲାନାହିଁ। ଘଣ୍ଟାର କଣ୍ଟାଭଳି ଡାକ୍ତରଙ୍କ ନିର୍ଦ୍ଦେଶନାମାକୁ ଅକ୍ଷରେ ଅକ୍ଷରେ ପାଳନ କରି ନିରୁପମା

ବୋଉର ସେବା, ଚିକିତ୍ସା କଲାବେଳେ ତା'ର ବିସ୍ମୟ ଭାବ ଚରମସୀମାରେ ପହଞ୍ଚିଥିଲା। ରାତି ରାତି ଅନିଦ୍ରା ହୋଇ ବୋଉକୁ ଔଷଧ ଦେବା, ତା'ର ଝାଡ଼ା, ବାନ୍ତି ନିଜ ହାତରେ ନିର୍ବିକାର ଭାବରେ ପରିଷ୍କାର କରିବା ଦେଖି ସେ ବୁଝିଥିଲା, କେବଳ ବାହାର ଦେଖାଣିଆ ଅଭିନୟ ନୁହେଁ, ଅନ୍ତରର ନିଭୃତତମ ପ୍ରଦେଶର ମାନବିକତା ଯୋଗୁଁ ଏସବୁ କରିପାରୁଛି ନିରୁପମା। ଏହା ସହିତ କଲେଜ ଶିକ୍ଷାର କୌଣସି ସମ୍ପର୍କ ନାହିଁ, ସହରୀ ସଭ୍ୟତାର କୌଣସି ସମ୍ବନ୍ଧ ନାହିଁ।

ସ୍ତ୍ରୀ ପାଖରେ ତା'ର ଏ କାର୍ଯ୍ୟପାଇଁ କୃତଜ୍ଞତା ପ୍ରକାଶ କରିବାକୁ ଅନେକଥର ଚେଷ୍ଟା କରିଛି ନିର୍ମଳ। କିନ୍ତୁ ତାକୁ ସେ ସୁଯୋଗ, ସୁବିଧା ଦେଇନାହିଁ ନିରୁପମା। ଘରକୁ ଆସିବାର ଚାରି ପାଞ୍ଚଦିନ ଭିତରେ ଚାରି ପାଞ୍ଚଥର ଖୁବ୍ ବେଶିହେଲେ ସେ ତା' ସହିତ କଥାବାର୍ତ୍ତା ହୋଇଥିବ। ସେ କଥାବାର୍ତ୍ତା ପୁଣି ଅତି ସଂକ୍ଷିପ୍ତ, ଅତି ମାମୁଲି- ତା'ର ଖାଇବା, ପିଇବା, ରହିବା, ସୁବିଧା, ଅସୁବିଧା ନେଇ।

ଥରେ ଦୁଇଥର ତା'ର ନିଜ ଯତ୍ନନେବାକୁ ନିରୁପମାକୁ ସେ କହିଛି।

ଶୁଣି ବି ନ ଶୁଣିଲାଭଳି ସେ କଥା ଏଡ଼ାଇଯାଇଛି ନିରୁପମା। ଆଖିର ଚାହାଣୀରେ ଇଙ୍ଗିତ ଦେଇଛି, ନିଜ କଥା ନିଜେ ବୁଝ। ମୋ କଥା ମୁଁ ଜାଣେ। ମତେ ଉପଦେଶ ଦେଇ ଲାଭ ନାହିଁ।

ଆଉକିଛି କହିବାକୁ ସାହସ ପାଇନାହିଁ ନିର୍ମଳ।

ବୋଉର ଟଙ୍କାଚୋରି କଥାକୁ ଉଣା ଅଧିକେ ବିଶ୍ୱାସ କରି ସେ ଯେ ଆରଥର ନିରୁପମାକୁ ଆହତ କରିଥିଲା, ସେକଥା ମନେ ପକାଇ ନିଜକୁ ଅପରାଧୀ ମନେ କରିଛି ନିର୍ମଳ। ସେଇ ଅପରାଧ ପାଇଁ ନିରୁପମା ତାକୁ ଶାସ୍ତି ଦେଉଛି ବୋଲି ବେଳେବେଳେ ତା'ର ସନ୍ଦେହ ହେଉଛି।

ବୋଉର ଦେହ ସୁସ୍ଥ ହୋଇଉଠିବା ପରେ ସେଦିନ ରାତିରେ ନିରୁପମାକୁ ନିଜ ଶୟନକକ୍ଷରେ ଅପେକ୍ଷା କରିଥିଲା ନିର୍ମଳ। ନିରୁପମା ପାଖରେ ନିଜର ଅପରାଧ ପାଇଁ କ୍ଷମା ମାଗିନେବ ବୋଲି ମନେ ମନେ ସିଦ୍ଧାନ୍ତ କରିଥିଲା।

କିନ୍ତୁ ରାତି ଦୀର୍ଘରୁ ଦୀର୍ଘତର ହେବାପରେ ମଧ୍ୟ ନିରୁପମା ତା ଶୟନକକ୍ଷକୁ ଆସି ଦରଜା ଭିତରପଟକୁ ବନ୍ଦ କଲା ନାହିଁ। ନିର୍ମଳର ପ୍ରତୀକ୍ଷା ବ୍ୟର୍ଥ ହେଲା।

ଏତେବେଳଯାଏ କଅଣ କରୁଛି ନିରୁପମା ?

ଶୋଇବାକୁ ଆସିଲାବେଳେ ବୋଉକୁ ପଥି, ଔଷଧ ଦେଇ ସେ ମାଈଙ୍କ ଗୋଡ଼ ଘଷି ଦେଉଥିଲା। ଗୋଡ଼ଘଷା କ'ଣ ଏତେବେଳଯାଏ ସରିନାହିଁ।

ଶଯ୍ୟା ଛାଡ଼ି ବାହାରକୁ ଗଲା ନିର୍ମଳ।

ମାଈଁଙ୍କ ଶୋଇବାଘର କବାଟ ବନ୍ଦ ଅଛି। ସେ ଶୋଇଗଲେଣି।

ବୋଉର ଶୟନକକ୍ଷ ଦରଆଉଜା କବାଟ ଫାଙ୍କରେ ଲଣ୍ଠନର କ୍ଷୀଣ ଆଲୋକ ଆସୁଛି। ସେ ଦିଗକୁ ଅଗ୍ରସର ହେଲା ନିର୍ମଳ।

ବୋଉ ଶୋଇଯାଇଛି।

ବୋଉର ଶଯ୍ୟାପାଖରେ ଖଣ୍ଡେ ସପ ପକାଇ ଶୋଇଛି ନିରୁପମା। ସମ୍ଭବତଃ ସେ ଚେଇଁଥିଲା। ନିର୍ମଳକୁ ଦେଖି ଆଖି ବୁଜିଦେଲା।

କୁଣ୍ଠିତ କଣ୍ଠରେ ନିର୍ମଳ ପଚାରିଲା, ବୋଉ ଦେହ କେମିତି ଅଛି ?

ନିରୁପମା ଶୋଇବାର ଛଳନା କରି ନିଦୁଆ କଣ୍ଠରେ କହିଲା, ମତେ ପଚାର ନାହିଁ। ନିଜ ଆଖିରେ ଦେଖ। ସେ ଭଲ ଅଛନ୍ତି। ଗହନ ନିଦରେ ଶୋଇଛନ୍ତି।

ସାମାନ୍ୟ ଆହତ ହୋଇ ଫେରିଆସିଲା ନିର୍ମଳ।

ନିରୁପମାର ଏଇ ଅଭିମାନ ବ୍ୟଥାର ବେଦନାରେ ନୁହେଁ, ଅନୁତାପର ଦହନରେ ନିର୍ମଳର ମନକୁ ତିଳ ତିଳ କରି ଦଗ୍ଧ କରିବାକୁ ଲାଗିଲା।

XXX

ତକିଆକୁ ଆଉଜି ବସିଛନ୍ତି ହେମାଙ୍ଗିନୀ।

ଏଗାର ଦିନକାଳ ମରଣସାଙ୍ଗରେ ଲଢ଼େଇ କରି କରି ଆଜି ସେ ପ୍ରଥମ କରି ଭାତ ଖାଉଛନ୍ତି। ସୁସ୍ଥ ହୋଇଛନ୍ତି।

ପାଖରେ ତାଙ୍କର ବସିଛନ୍ତି ରମାନୂଆ'ଉ ଏବଂ ଚମ୍ପାବତୀ।

ଚମ୍ପାବତୀ ଚୁପ୍ ଚୁପ୍ ପଚାରିଲେ, ପାଠୋଇ ବୋହୂ କୁଆଡ଼େ କୁହାର ବୋଲର ନୁହନ୍ତି, ସଭିଁଙ୍କ ସାଙ୍ଗରେ ଠୋସ୍ କଥାବାର୍ତ୍ତା କରନ୍ତି ବୋଲି ଶୁଣୁଥିଲି ନାନୀ ! ହେଲେ ଆଖିରେ ଦେଖିଲି ଠିକ୍ ଓଲଟା। ଲୋଟଣୀ ପାରାଭଳି ଖଟୁଛନ୍ତି ଯେ ବିଶ୍ରାମ ନାହିଁ।

ରମା ନୂଆ'ଉ କଥା ଅଧରୁ ମାଡ଼ି ବସିଲେ।

କହିଲେ, ଜାଣିଲେ ମାଇଁ ! ଏସବୁ ଅସହଣୀ ଲୋକଙ୍କ ପ୍ରଚାର। ମୁଁ ବୋହୂ ହୋଇ ଆସିଲାବେଳେ କଅଣ କମ୍ ଲୋକ କମ୍ କଥା ଦେଖେଇ କହିଛନ୍ତି ! ଯୁଗ ବଦଳିଗଲାଣି ବୋଲି କଅଣ ଏ ଗାଆଁ ଲୋକଙ୍କୁ ଜଣାଯାଉଛି ! ସେକାଳ ମଣିଷ, ଏକାଳ କଥା, ଏକାଳ ବୋହୂଙ୍କ ଚାଲିଚଳଣ ବୁଝିବେ କଅଣ ?

ହେମାଙ୍ଗିନୀଙ୍କ ଆଖି ଆଉ ମୁହଁରେ ବିସ୍ମୟର ଚିହ୍ନ ଫୁଟିଉଠିଲା।

ସେ କ୍ଷୀଣକଣ୍ଠରେ ପଚାରିଲେ, ସେକାଳ ବୋହୂ, ଏକାଳ ବୋହୂଙ୍କ ଭିତରେ କଅଣ ତଫାତ୍ କହିଲୁ ଟିକିଏ ଝିଅ !

ରମା ନୂଆ'ଉ ବୁଝିଲେ ଏତେ ସେବା, ଏତେ ତ୍ୟାଗ ପରେ ବି ନିରୁପମା ଶାଶୂଙ୍କ ମନର ବଦ୍ଧମୂଳ କୁସଂସ୍କାରକୁ ବଦଳାଇପାରି ନାହିଁ।

ଢ଼ୋକ ଗିଳିନେଇ ସେ କହିଲେ, ଆଗକାଳ ବୋହୂ ଚୁ ଚୁ ହୋଇ କଥା କହୁଥିଲେ, ଆଜିକାଲି ବୋହୂ ଠୋସ୍ କଥାବାର୍ତ୍ତା କରୁଛନ୍ତି। ହେଲେ ତାଙ୍କୁ ଲାଜ ସରମ ନାହିଁ ବୋଲି କେହି କହିବ ନାହିଁ। ଆଗେ ବୋହୂ ଧରମ କରିବାପାଇଁ କୁଢ଼ କୁଢ଼ ମାଇପି ମିଣିପିଙ୍କ ଆଗରେ ଶାୟା, ବ୍ଲାଉଜ୍ ନପିନ୍ଧି ଖାଲିଦେହରେ ଗଙ୍ଗାନଇରେ ବୁଡ଼ ପକାଉଥିଲେ। ଆଜିକାଲି ବୋହୂ ସେକଥା ଦେଖିଲେ ଲାଜରେ ମରିଯାଉଛନ୍ତି। ସେଥିପାଇଁ କହୁଛି, ଆଜିକାଲି ବୋହୂଙ୍କଠାରେ ଲାଜ ନାହିଁ ବୋଲି କହିଲେ କେମିତି ହେବ ? ଲାଜ ନାରୀର ଅଳଙ୍କାର ବୋଲି ଶାସ୍ତ୍ର କହିଛି। ହେଲେ ଦିନକାଳ ଅନୁସାରେ ଧର୍ମ ବଦଳୁଛି, ଢ଼ଙ୍ଗ ବଦଳୁଛି। ଆଉ ତମ ବୋହୂ ତ ଗୋଟିସୁଦ୍ଧା ଲାଜକୁଳୀ ଲତା।

ନିରୁପମା ସେଇବାଟଦେଇ ଚାଲିଯାଉଥିଲା।

ରମାନୂଆ'ଉଙ୍କ ଯୁକ୍ତି ଶୁଣି ସ୍ତମ୍ଭିତା ହୋଇଗଲା। କିଏଲ କହିବ ଏଇ ଖରତୁଣ୍ଡୀ ଗ୍ରାମବଧୂ ଜଣକ ଉଚ୍ଚଶିକ୍ଷିତା ନୁହେଁ, ବୁଦ୍ଧିଶୁଦ୍ଧି ନାହିଁ। ଦିନେ ଏଇ ରମାନୂଆ'ଉଙ୍କ ଦେହଜଳା ଥଟ୍ଟା ପରିହାସ, ଘରଭଙ୍ଗା କଥା ଶୁଣି ସେ ବିରକ୍ତ ହୋଇଥିଲା, ଏବେ କେତେଦିନ ହେଲା ତାଙ୍କର ଦରଦୀ ମନର ଅସଲ ରୂପ ଦେଖି ଆନନ୍ଦ ଓ ବିସ୍ମୟରେ ସେ ସ୍ତମ୍ଭୀତା ହୋଇଛି।

ମଣିଷକୁ ଯେ ତା'ର କେଇପଦ କଥା ଶୁଣି ଚିହ୍ନିହୁଏ ନାଇଁ, ରାମନୂଆ'ଉ ତାର ଉଜ୍ଜ୍ୱଳ ଉଦାହରଣ !

ରୋଷେଇ ଘରକୁ ରାନ୍ଧିବାପାଇଁ ଚାଲିଗଲା ନିରୁପମା।

କାମଅଛି ବୋଲି କହି ରମାନୂଆ'ଉ ମଧ୍ୟ ତାଙ୍କ ଘରକୁ ବାହାରିଗଲେ।

ହେମାଙ୍ଗିନୀଙ୍କ ପାଖରେ ଏକାକିନୀ ବସି ରହିଲେ ଚମ୍ପାବତୀ।

ଘରୁ କହିବେ କହିବେ ବୋଲି ଯେଉଁକଥାକୁ ସେ ମନଭିତରେ ଏପର୍ଯ୍ୟନ୍ତ ଗୋପନକରି ଆସିଥିଲେ, ତାକୁ ପ୍ରକାଶ କରିବାର ବେଳ ଆସିଛି। ନାନୀ ସୁସ୍ଥ ହୋଇଛନ୍ତି, ତାଙ୍କୁ ବି ଗ୍ରାମକୁ ଫେରିଯିବାକୁ ହେବ। ପିଲାଗୁଡାଙ୍କୁ ଉଷା ଜିମା ଛାଡ଼ିଦେଇ ଆସିଛନ୍ତି। କେଁ କଟର କରି ସେମାନେ ଖାଇଯାଉଥିବେ।

କିନ୍ତୁ କଥାଟିକୁ କିପରି ପ୍ରକାଶ କରିବେ, ତାର ବାଟ ଖୋଜି ପାଉନାହାନ୍ତି ଚମ୍ପାବତୀ। ଅଥଚ ଆଜି, ବର୍ତ୍ତମାନ କହିଲେ ଆଉ ସମୟ ନାହିଁ। ସୁବିଧା ନାହିଁ।

ଶୂନ୍ୟ ଦୃଷ୍ଟିରେ ଚାହିଁ ତକିଆକୁ ଆଉଜି ବସିଛନ୍ତି ହେମାଙ୍ଗିନୀ। ଛାଡ଼ିଯାଇଥିବା ଜ୍ୱରର କ୍ଲାନ୍ତି, ଦେହ ମନକୁ ତାଙ୍କର ଅବସନ୍ନ କରି ରଖିଛି। ଜ୍ୱର ଛାଡ଼ିଯାଇଥିଲେ ବି ଦୁର୍ବଳତା ଯାଇନାହିଁ।

ଚମ୍ପାବତୀ ସାହସ ସଂଗ୍ରହ କରି କହିଲେ, ତମକୁ ଗୋଟିଏ କଥା କହିବି ବୋଲି କହିପାରୁ ନାହିଁ ନାନୀ! ଯଦି ଭରସା ଦେବ କହିବି।

ହେମାଙ୍ଗିନୀ ବିସ୍ମିତ ହେଲେ।

କହିଲେ, କଅଣ କହିବୁ, କହ।

ଏଇ ଟଙ୍କା କଥା...। ଚମ୍ପାବତୀ ବାକ୍ୟ ଅସମ୍ପୂର୍ଣ୍ଣ ରହିଲା।

ଟଙ୍କା ? କି ଟଙ୍କା ?

ସେକଥା ତମେ କେମିତି ଜାଣିବ ନାନୀ! ହେଲେ ଛୁଆପିଲା ନେଇ ମୁଁ ସଂସାର କରୁଛି। ଲୁଚାଇବା ଭଲ ନୁହେଁ। ତମକୁ ଲୁଚେଇ ଓଷି ଆମର ତା ନନାଙ୍କୁ ତମ ହାତବାକ୍ସରୁ ପାଞ୍ଚଶହ ଟଙ୍କା ଦେଇଥିଲା। ତମ ସାନଭାଇଙ୍କି ତ ତମେ ଜାଣ। କଳାକୃଷ୍ଣଙ୍କୁ ଆଶ୍ରାକରି ମତେ ଉଛନ୍ନ କରିଥିଲେ, ଝିଅକୁ ବି ଏଥିରେ ପୂରାଇ ଉଛନ୍ନ କଲେ। ସେଇ ଡରରେ ଏଠିକି ଆସିବାକୁ ଆଉ ସେ ମଙ୍ଗିଲା ନାହିଁ। ଚମ୍ପାବତୀ କଥାତକ ଏକ ଦମ୍‌ରେ କହିଦେଇ ଚୁପ୍ ହୋଇଗଲେ। ନାନୀ କଅଣ କହୁଛନ୍ତି ଶୁଣିବା ପାଇଁ ତାଙ୍କ ମୁହଁକୁ ଚାହିଁରହିଲେ।

ହେମାଙ୍ଗିନୀଙ୍କ ମୁହଁ ବିସ୍ମୟର ଅଗ୍ନିରେ ଦଗ୍ଧ ହୋଇ କଳା ପଡ଼ିଗଲା।

ଉଷା ଟଙ୍କା ଦେଇଥିଲା ତାଙ୍କ ହାତବାକ୍ସରୁ ତା ନନାଙ୍କୁ! ନିରୁପମା ତା ବାପଘରକୁ ପଠାଇ ନାହିଁ! ସେ କଅଣ ଏକଥା ବିଶ୍ୱାସ କରିପାରିବେ, ସହିପାରିବେ!

ଚମ୍ପାବତୀ ସାଙ୍ଗରେ ଆଣିଥିବା ସୁଟ୍‌କେଶରୁ ପାଞ୍ଚଶହ ଟଙ୍କାର ନୋଟ କାଢ଼ି ହେମାଙ୍ଗିନୀଙ୍କ ଆଗରେ ଥୋଇଲେ।

କହିଲେ, ତମକୁ ଲୁଚାଇକରି ଓଷି ନନାଙ୍କୁ ତା'ର ଟଙ୍କା ଦେଇଥିଲା ବୋଲି ଜାଣିଲାଦିନୁ ମତେ ରାତିରେ ନିଦ ନାହିଁ। ଆଖିଛୁଉଁଛି ନାନୀ! ଘର ଡିହ ବନ୍ଧାପକାଇ ଏ ଟଙ୍କା ମୁଁ ଯୋଗାଡ଼ କରିଛି। ଟଙ୍କା ନେଇ ତମ ସାନଭାଇ ଠିକାଦାରୀ କରୁଥିଲେ ଯେ... ଛାଡ଼। ସେ କଥା କହି କିଛି ଲାଭ ନାହିଁ।

ସେ କଥା କିଛି କହିଲେ ନାହିଁ ଚମ୍ପାବତୀ।

କିନ୍ତୁ ହେମାଙ୍ଗିନୀଙ୍କ ହୃଦୟ-ସମୁଦ୍ର ମଥିତ କରି ବେଦନାରେ ବିଷ ଉତ୍‌ଥିତ ହେବାକୁ ଲାଗିଲା। ଯେଉଁ ଝିଆରୀକୁ ପରମ ବିଶ୍ୱାସରେ ଝିଅଭଳି ପାଖରେ ରଖିଥିଲେ, ସେ ତାଙ୍କୁ ଲୁଚାଇ ଟଙ୍କା ନିଜ ବାପାକୁ ଦେଇଥିଲା, ଅଥଚ ଯେଉଁ ବୋହୂକୁ ଚରମ ଅବିଶ୍ୱାସରେ ଆଘାତ ଦେଇ ତା ବାପଘରକୁ ବିଦାକରି ଦେଇଥିଲେ, ସେ ନିଜକୁ ଉତ୍ସର୍ଗ କରି ତାଙ୍କୁ ମରଣ-ଦ୍ୱାରରୁ ଲେଉଟାଇ ଆଣିଲା!

ଝିଅକୁ ପୁଆଣୀ ସଜ ଦେବାପାଇଁ ପଣ୍ଡାଘରର ଡିଅ ଯେପରି ବନ୍ଧାପଡ଼ିବ,

ସେଥପାଇଁ ସେ ପୁଅାଣୀସଜର ତାଲିକା ଅଯଥା ଦୀର୍ଘକରି କଷ୍ଟ ଦେଇଥିଲେ। କିନ୍ତୁ ଅବଶେଷରେ ନିଜ ବାପଘର ଝିଅ ବନ୍ଧାପକାଇ ସାନଭାଉଜ ସେ ଟଙ୍କା ନେଇଆସିଛି।

ବୁମେରାଂଭଳି ନିଜ ତୁଣୀରର ନିକ୍ଷିପ୍ତ ତୀରରେ ଆହତ ହୋଇ ମୂକଭଳି ବସିରହିଲେ ହେମାଙ୍ଗିନୀ। ତାଙ୍କ ତୁଣ୍ଡରୁ କିଛି କଥା ବାହାରିଲା ନାହିଁ।

ଚମ୍ପାବତୀ ଆଣିଥିବା ଟଙ୍କା ପାଞ୍ଚଶହ ସେମିତି ପଡ଼ିରହିଥିଲା।

ନିର୍ମଳ ହାତରେ ଆଉ ଥାକେ ନୋଟ୍ ନେଇ ପହଞ୍ଚିଲା ଆସି ହେମାଙ୍ଗିନୀଙ୍କ ପାଖରେ।

ବୋଉ ପାଖରେ ଏ ଟଙ୍କାତକ ଦେଖି ପଚାରିଲା, ତୋ ପାଖରେ ଏତେ ଗୁଡାଏ ଟଙ୍କା ଯେ... ମୁଁ ବି ହଠାତ୍ ସାତଶହ ଟଙ୍କା ଆଣିଛି-

ତତେ ଟଙ୍କା କିଏ ଦେଲା ? - ହେମାଙ୍ଗିନୀ ପ୍ରଶ୍ନ କଲେ ବିସ୍ମୟରେ।

ଟେଲିଗ୍ରାମ ମନିଅର୍ଡରରେ ଅନିରୁଦ୍ଧ ପଠାଇଥିଲା। କବି ମାତ୍ରେ ପାଗଳ। ପାଗଳାମି କରି ଟଙ୍କା ପଠାଇଛି... କଥା କହି କହି ନିଜ ଶୟନ କକ୍ଷ ଆଡ଼କୁ ଚାଲିଗଲା ନିର୍ମଳ।

ଅନିରୁଦ୍ଧ ଟଙ୍କା ପଠାଇଛି। ସେ କବି, ପାଗଳ।

ଆଉ ନିଜେ କଅଣ ପାଗଳିନୀ ନୁହନ୍ତି ହେମାଙ୍ଗିନୀ। ଯଦି ବା କେବେ ପାଗଳିନୀ ସେ ନଥିଲେ, ଟଙ୍କାର ଏ ଭେଳିକି ଦେଖି ସେ କଅଣ ପାଗଳିନୀ ହୋଇଯିବେ ନାହିଁ ? କେବଳ ଟଙ୍କା ନୁହେଁ- କେବଳ ପଣ୍ଡାଘରର ଝିଅ ନୁହେଁ- ତାଙ୍କ ନିଜ ବାପଘରର ପରମାତ୍ମୀୟ ଲୋକେ - ତାଙ୍କ ଶାଶୂଘରର ସେ ତାଳପତ୍ର ପୋଥି- ସମସ୍ତେ ତାଙ୍କୁ ପାଗଳିନୀ କରିଦେବେ। ସେ ଛନ୍ଦ, କପଟ ଜାଣନ୍ତି ନାହିଁ। ମାୟା, ଚକ୍ରାନ୍ତ ବୁଝନ୍ତି ନାହିଁ। ଏ ସମସ୍ତେ ତାଙ୍କୁ ଆଜି ଏ ଚକ୍ରାନ୍ତରେ ବନ୍ଧନରେ ଛନ୍ଦି ମଜା ଦେଖୁଛନ୍ତି।

ଚମ୍ପାବତୀ ନାନୀଙ୍କ ମୁହଁକୁ ଚାହିଁ ତଟସ୍ଥ ହୋଇଯାଇଛନ୍ତି। ଭଣଜା କଥା ଶୁଣି ସେ ଚମକି ଉଠିଥିବେ। ନାନୀ ଯଦି ସତକଥା କହି ଦେଇଥାଆନ୍ତେ, ଭଣଜା ଭାଣିଜୀବୋହୂଙ୍କ ପାଖରେ ସେ ମୁହଁଟେକି ଚାହିଁ ପାରିଥାନ୍ତେ ତ !

ହେମାଙ୍ଗିନୀଙ୍କ ହାତ ଧରିପକାଇ ସେ କହିଲେ, ତମ ହାତ ଧରୁଛି ନାନୀ ! ଏ ଘରକଥା ପଦାକୁ ଯେପରି ନଯାଏ। ତାହାହେଲେ ମୁଁ ଭଣଜା, ଭାଣିଜୀବୋହୂଙ୍କ ପାଖରେ ମୁହଁ ଦେଖାଇପାରିବି ନାହିଁ।

ଭାଉଜ ମୁହଁକୁ ଚାହିଁଲେ ହେମାଙ୍ଗିନୀ। କିଛି ଉତ୍ତର ଦେଲେ ନାହିଁ। ମୁହଁର କଥା ପେଟରେ ତାଙ୍କୁ ସାଇତି ରଖିବାକୁ ହେବ। ଆଚାର୍ଯ୍ୟ ପରିବାର ଆଉ ମିଶ୍ର ପରିବାରର କ୍ଷୁଦ୍ରତା, ସଂକୀର୍ଣ୍ଣତା ସେ ପଣ୍ଡାଘରର ଝିଅ ଜ୍ୱାଇଁଙ୍କ ଆଗରେ ପ୍ରକାଶ କରିପାରିବେ ନାହିଁ।

ମରିଯାଇଥିଲେ ସେ ତରି ଯାଇଥାଆନ୍ତେ।

ଏହିସବୁ ଦୃଶ୍ୟ ଦେଖିବାପାଇଁ, ଏହିସବୁ କଥା ଶୁଣିବାପାଇଁ ତାଙ୍କୁ ଜୀଇଁରହିବାକୁ ହେଲା !

XXX

ଦେହରୁ ଜ୍ୱରର ଉତ୍ତାପ ଓହ୍ଲାଇଯାଇଛି, କିନ୍ତୁ ମନରେ ଚିନ୍ତାର ଉତ୍ତାପ କ୍ରମେ ବୃଦ୍ଧି ପାଇଛି। ହେମାଙ୍ଗିନୀ ଭାବିବାକୁ ଚେଷ୍ଟା କରି ମଧ୍ୟ କିଛି ଭାବିପାରୁ ନାହାନ୍ତି। ରୋଗରେ ପଡ଼ିଥିବାବେଳେ ବୋହୂ ତାଙ୍କର କଅଣ ସେବା କରିଥିଲା, ସେ କଥା ବୁଝିବା ଅବସ୍ଥାରେ ସେ ନଥିଲେ। କିନ୍ତୁ ରୋଗରୁ ଉଠିବାପରେ ସେ ତାଙ୍କର କି ସେବାଧର୍ମ କରୁଛି, ସେକଥା ସେ ଆଖିରେ ଦେଖୁଛନ୍ତି, ଅଙ୍ଗେ ନିଭାଉଛନ୍ତି।

ଡେଙ୍ଗା ନଡ଼ିଆ ଗଛର ବାହୁଙ୍ଗା ଉପରେ ବହିଯାଉଥିବା ଶିରି ଶିରି ଶୀତୁଆ ପବନ ଭଳି, ପଛଦିନର କଥାସବୁ ତାଙ୍କର ମନଉପର ଦେଇ ପହଁରିଯାଉଛି। ଗୋଟି ଗୋଟି କଥା ତାଙ୍କର ମନେ ପଡ଼ିଯାଉଛି। ନବୁଝି ନଶୁଝି ଟଙ୍କା ଚୋରିପାଇଁ ନିରୁପମାକୁ ସେ ଦାୟୀ କରିଥିଲେ। ତା ବାପ, ଭାଇଙ୍କୁ ଖୁଣ୍ଟା ଦେଇଥିଲେ। ଏତେ ଗଞ୍ଜଣା, ଏତେ ଅପମାନ ସହି ନପାରି ସେ ବାପଘରକୁ ଚାଲିଗଲା ବୋଲି ପୁଆଣୀସଜ ନ ଦେଲେ ତାକୁ ଘରକୁ ଆଣିବେ ନାହିଁ ବୋଲି ଖବର ପଠାଇଥିଲେ।

ତଥାପି ତାଙ୍କ ଦେହକଥା ଶୁଣି ସେ ବାପଘରେ ଥୟଧରି ରହିପାରିଲା ନାହିଁ, ସାନଭାଇକୁ ସାଙ୍ଗରେ ଧରି ତାଙ୍କ ସେବା କରିବାକୁ ଛୁଟିଆସିଲା।

କାହିଁକି ? କେଉଁ ଆକର୍ଷଣରେ ? କେଉଁ ସୁଖ ଲୋଭରେ ?

ଗାଆଁରେ ଏତେ ବୋହୂ ଅଛନ୍ତି, ଶାଶୂ ପଦେ କହିଲେ ପାଞ୍ଚପଦ ଚଢ଼ାଉ ଉତ୍ତର ଦେଉଛନ୍ତି। ସତରେ ମିଛରେ ଲଗେଇ ସ୍ୱାମୀ ଆଗରେ ବାରକଥା କହି ଘର ଭାଙ୍ଗୁଛନ୍ତି। କଳିଗୋଳରେ ଗାଆଁ ଉଛୁଳୁଛି। ପାଠୋଇ ବୋହୂ ଯେଉଁଦିନ ଘରକୁ ଆସିଲା, ହେମାଙ୍ଗିନୀ ସେଦିନ ଭାବିଥିଲେ, ଘରେ ତାଙ୍କର ନିତି ଠିଆପାଲା ଚାଲିବ। ପାଟିଗୋଳରେ ଘର କମ୍ପିବ। ପଣ୍ଡାଘରର ଝିଅ, ମାନସମ୍ମାନ କଅଣ ଜାଣି ନଥିବ। ତାକୁ ମୂଳରୁ ଶାସନ ନକଲେ ତାଙ୍କ ମାନଇଜ୍ଜତ ରହିବ ନାହିଁ।

ସେହି କଳ୍ପନା ଅନୁସାରେ ନିରୁପମା ପ୍ରତି କମ୍ ଅନ୍ୟାୟ ସେ କରିନାହାନ୍ତି। କିନ୍ତୁ ଓଷିକଥା ଜାଣିଲାପରେ, ସେ ସବୁକଥା ଭାବିବସିଲେ ଛାତିଭିତର ଥରିଉଠୁଛି। ତାଙ୍କର ଏତେ ଅନ୍ୟାୟ, ଏତେ ଅବିଚାର ସେ ହସି ହସି ସହିଛି !

ଗାଆଁ ଲୋକଙ୍କ ମୁହଁରୁ ସେ ଶୁଣିଛନ୍ତି, ନିଜ ଜୀବନକୁ ପାଣି ଛଡ଼େଇ, ଖାଇବା ପିଇବା ଭୁଲି, ନିରୁପମା ତାଙ୍କର ସେବା କରିଛି। ନିଜ ହାତରେ ପୋଷ ପୋଷ କରି

ବାନ୍ତି ଉଠାଇବାରେ, ଝାଡ଼ା ସଫା କରିବାବେଳେ କେହି ତା ମୁହଁରେ ଘୃଣାର ବ୍ୟଞ୍ଜନା ଦେଖିନାହାନ୍ତି ।

ନୂପୁର ବଞ୍ଚିଥିଲେ କଅଣ ତାଙ୍କର ଏପରି ସେବା କରିଥାଆନ୍ତା ?

ଗାଆଁରେ ଅନେକ ଝିଅ ସେ ଦେଖିଛନ୍ତି । ବାପା, ବୋଉ ବେମାର ପଡ଼ିଛନ୍ତି ବୋଲି ଶୁଣିଲେ ଶାଶୂଘର ଫଳ କିମ୍ବା ମିଠେଇ, ରସଗୋଲା ନେଇ ଦେଖିବାକୁ ଆସନ୍ତି । ଦିନେ ସେବା କରିସାରିଲେ ଦ୍ୱିତୀୟ ଦିନକୁ ଶାଶୂଘର କଥା ମନେପଡ଼େ । ଭଗବାନଙ୍କ ଉପରେ ସବୁ ଛାଡ଼ିଦେଇ ଜରୁରୀ କାମ ଥିବାର ଛଳନା କରି ପୁଣି ଫେରିଯାଆନ୍ତି । ନ ଆସିଥିଲେ ଲୋକେ ଖରାପ ଭାବିଥାଆନ୍ତେ, ଏଇଥିପାଇଁ ସେ ଯିବା ଆସିବା !

କିନ୍ତୁ ପଣ୍ଡାଘରର ଝିଅ ନିରୁପମା... ।

ଆଚାର୍ଯ୍ୟ ଘର ଲୋକପାଇଁ ତା ପ୍ରାଣରେ ଏପରି ଆନ୍ତରିକତା କୁଆଡୁ ଆସିଲା ?

ହେମାଙ୍ଗିନୀଙ୍କ ଚିନ୍ତାଧାରା ସବୁ ଗୋଳମାଳ ହୋଇଯାଏ ।

ତାଙ୍କର ଧାରଣା ହୁଏ, ଅକାରଣରେ ସ୍ୱାମୀ ତାଙ୍କ ମନରେ ଏ ଆଭିଜାତ୍ୟର ଜୀବାଣୁ ଭରିଦେଇଛନ୍ତି । ଆଚାର୍ଯ୍ୟ ପରିବାରର ସେ ବଂଶାନୁକ୍ରମିକ ଇତିହାସ ପୋଥି ସ୍ୱାମୀଙ୍କ ମୁଣ୍ଡ ଖରାପ କରି ଦେଇଥିଲା । ତାଙ୍କ ମୁଣ୍ଡ ବି ଖାଇ ନଷ୍ଟ କରିଦେଇଛି । ସେଇ ଜରାଜୀର୍ଣ୍ଣ ତାଳପତ୍ର ପୋଥିକୁ ବିଶ୍ୱାସ କରୁଥିଲେ ବୋଲି ସ୍ୱାମୀ ନୂପୁରକୁ ବଞ୍ଚିବାକୁ ଦେଲେ ନାହିଁ । ସ୍ୱାମୀଙ୍କ କଥାକୁ ସତ ମଣିଥିଲେ ବୋଲି ନିରୁପମାକୁ ବି ସେ ଦୂରକୁ ଠେଲି ଦେଇଥିଲେ ।

ଆଜି ସେ ତାଳପତ୍ର ପୋଥି ପ୍ରତି ହେମାଙ୍ଗିନୀଙ୍କର ଆକଣ୍ଠ ଘୃଣା ।

ସେ ଆଜି କାହାରି କଥା ବିଶ୍ୱାସ କରିବାକୁ ରାଜି ନୁହନ୍ତି । ମିଶ୍ର ବଂଶର ଝିଅ ହୋଇ ଓଷା ଯଦି ଟଙ୍କା ଚୋରି କରିପାରେ, ସେ ବଂଶର ଆଭିଜାତ୍ୟ ପ୍ରତି ତାଙ୍କର କୌଣସି ମମତା ନାହିଁ । ପଣ୍ଡାଘରର ଝିଅ ହୋଇ ପରିବାରର ମଙ୍ଗଳପାଇଁ ସଂଧ୍ୟା ଦୀପର ସଳିତାଭଳି ନିଜକୁ ଜାଳି ଆଚାର୍ଯ୍ୟ ବଂଶର ପଥ ଆଜି ଉଜ୍ଜ୍ୱଳ କରିପାରିଛି ନିରୁପମା, ତେବେ ତାକୁ ସେ ସବୁ ପରମ୍ପରା ଭାଙ୍ଗି କୋଳକୁ ଟେକିନେବେ... ।

ସେ ମାଆ !

ନିର୍ମଳ ତାଙ୍କର ଏକମାତ୍ର ଆଶାର ଦୀପ ।

ସଳିତା ହୋଇ ଯେଉଁ ବୋହୂ ସେ ଆଶାର ଦୀପରେ ଜଳୁଛି, ତାକୁ ସେ ଲିଭାଇଦେଇ ପାରିବେ ନାହିଁ–ନା–ନା ।

ହେମାଙ୍ଗିନୀଙ୍କ ଦେହରୁ ଝାଳ ବହିଗଲା ।

ତାଙ୍କ ଦେହ ଓ ମନରେ ଅପୂର୍ବ ଶିହରଣ, ହୃଦୟରେ ଆଜି ବିଚିତ୍ର ଏକ ସ୍ପନ୍ଦନ ସେ ଅନୁଭବ କରୁଛନ୍ତି । ଏ ଘର ପାଇଁ, ଏ ପରିବାରର ସମସ୍ତଙ୍କ ପାଇଁ ନୂତନ ଆକର୍ଷଣରେ ଭରିଉଠୁଛି ତାଙ୍କର ଶୂନ୍ୟ ମନର କୋଣ, ଅନୁକୋଣ ।

ନାନୀ ! ଏଇ ତମ ବୋହୂ ଏ କଅଣ କହୁଛନ୍ତି ଶୁଣ । ରମା ନୂଆ'ଉଙ୍କ କଣ୍ଠ ଶୁଭିଲା ।

ଦ୍ୱାରମୁହଁ ଆରପଟେ ନିରୁପମା ଆଉ ସେ ଠିଆହୋଇ କଅଣ କଥାବାର୍ତ୍ତା ହେଉଥିଲେ ।

ବୋହୂ କଅଣ କହୁଛି ? ପ୍ରଶ୍ନ କଲେ ହେମାଙ୍ଗିନୀ ।

ହଁ-ଅପୂର୍ବ କଥା କହୁଛନ୍ତି । ସେ ବାପଘରକୁ ଫେରିଯିବେ- ରମା ନୂଆ'ଉ ନିରୁପମା ଆଡ଼କୁ ଚାହିଁ ହେମାଙ୍ଗିନୀଙ୍କ ଉଦ୍ଦେଶ୍ୟରେ କହିଲେ ।

ବାପଘରକୁ ଯିବ- କାହିଁକି ? - କଅଣ ପାଇଁ ?- ନୂତନ ଚମକର ଶିହରଣ ସଞ୍ଚରିଗଲା ହେମାଙ୍ଗିନୀଙ୍କ ଦେହରେ ।

ବୋହୂ କହୁଛନ୍ତି ତମ ସେବା କରିବାକୁ ସେ ଆସିଥିଲେ । ତମେ ତ ଭଲ ହୋଇଗଲଣି । ସେ ବାପଘରକୁ ଯାଇ ପୁଆଣୀସଜ ନେଇ ଆସିବେ । ପ୍ରଥମ ପୁଆଣୀଘର ତ...

ରମା ନୂଆ'ଉ ନିରୁପମାର ପକ୍ଷନେଇ ବୁଢ଼ୀଙ୍କୁ ବୁଝାଇଲେ ।

ନିଜ ସର୍ତ୍ତ କଥା ମନେପଡ଼ିଗଲା ହେମାଙ୍ଗିନୀଙ୍କର । ବୋହୂକୁ ବୁଝାଇବା ପାଇଁ ସେ ଭାଷା ପାଇଲେ ନାହିଁ । କେବଳ ଅସ୍ଥିର ଭାବରେ ସେ ଉତ୍ତର ଦେଲେ, ନା-ନା- ପୁଆଣୀସଜ ମୋର ଚୁଲିକି ଯାଉ-ମୋର କିଛି ଲୋଡ଼ା ନାହିଁ- ଲକ୍ଷ୍ମୀ ମୋର ଘର ଛାଡ଼ିଯିବ ନାଇଁ...

ରମା ନୂଆ'ଉଙ୍କ ପଛଆଡ଼େ ଠିଆହୋଇ ଶୁଣୁଥିଲା ସବୁ ନିରୁପମା । ଶାଶୂଙ୍କ ଶେଷକଥା ଶୁଣି ସେ ଶିହରିଉଠିଲା ।

ଲକ୍ଷ୍ମୀ ମୋର ଘରଛାଡ଼ି ଯିବନାଇଁ !

ରମା ନୂଆ'ଉ ନିଜ ତରଫରୁ କହିଲେ, ଆଚାର୍ଯ୍ୟ ଘରର ମାନ ମର୍ଯ୍ୟାଦା କଥା ତ ପୁଣି ଅଛି ! ପୁଆଣୀସଜ ନ ଆଣିଲେ ତମେ କିଛି ନକୁହ- ଲୋକେ କଅଣ କହିବେ ? ଆଉ ସେ ଯେତେବେଳେ ଯିବାକୁ ବାହାରିଲେଣି.. ବାପା, ବୋଉ ଗାଁରୁ ବି ଖବର ଦେଇଛନ୍ତି...

ବସିବା ସ୍ଥାନରୁ ଉଠିପଡ଼ିଲେ ହେମାଙ୍ଗିନୀ ।

କାନ୍ଥକୁ ଭରାଦେଇ ଉଠିଲେ ।

ଉତ୍ତେଜନାରେ ଥରି ଥରି ଉଠୁଥିଲା ତାଙ୍କର ରୋଗଶୀର୍ଣ୍ଣ ଦେହ ।

ସେ କହିଲେ, ସେ ଯିବ? ବାପା ବୋଉ ତାର ଖବର ଦେଇଛନ୍ତି? ନା, ସେ କାହାରି ଝିଅ ନୁହେଁ- ମୋ'ରି ଝିଅ-ନୂପୁର ଯାଇଛି- ମୋର କୋଳକୁ ଫେରି ଆସିଛି ନିରୁପମା - ସେ ମୋ ବୋହୂ-ମୋ ଝିଅ- କହ ତାକୁ ରମାବୋଉ-ସେ ଯିବ ନାହିଁ - ନହେଲେ ମୁଁ ମରିଯିବି - ସେ ଯାଇପାରିବ ନାହିଁ-

ନିରୁପମା ଚମକିଉଠିଲା। ବିସ୍ଫୋରିତ ହୋଇଗଲା ତା'ର ଦୁଇ ଆଖିଡୋଳା। ଶାଶୂଙ୍କ କଣ୍ଠରେ ଆର୍ତ୍ତସ୍ୱର- ଦୁଇ ଆଖିରେ ଛଳଛଳ ଲୁହ। ମୁହଁରେ କାନ୍ଦ କାନ୍ଦ ଭାବ। ଶାଶୂଙ୍କଠାରେ ଏ ଭାବାନ୍ତର, ଏ ଘଟାନ୍ତର ପ୍ରଥମଥର ଦେଖୁଛି ନିରୁପମା।

ଚିତ୍କାର କରି କାନ୍ଥକୁ ଛାଡ଼ି ପଡ଼ିଯାଇଥାନ୍ତେ ହେମାଙ୍ଗିନୀ। ଛୁଟି ଆସି ତାଙ୍କୁ ଧରିନେଲା ନିରୁପମା। ଉଚ୍ଛ୍ୱସିତ କଣ୍ଠରେ ଡାକିଲା, ବୋଉ!

କିଏ? ମାଆ? ନା' - ତୁ ଯିବୁନାଇଁ- ଯାଇପାରିବୁ ନାଇଁ-ହେମାଙ୍ଗିନୀଙ୍କ କଣ୍ଠରେ ସେଇ'କଥା, ସେଇ ସ୍ୱର, ସେଇ ଅନୁନୟ।

XXX

ମୁଁ ଯିବି, ନିରୁପମା ବାଷ୍ପରୁଦ୍ଧ କଣ୍ଠରେ ନିଜର ମନୋଭାବ ବ୍ୟକ୍ତ କଲା। ବାରିପଦା ଫେରିଯିବା ପାଇଁ ବିଛଣାପତ୍ର ବନ୍ଧାବନ୍ଧି କରୁଥିଲା ନିର୍ମଳ। ଜିଲ୍ଲା କର୍ତ୍ତୃପକ୍ଷଙ୍କଠାରୁ ଜରୁରୀ ଚିଠି ପାଇ ସେ ଯିବାପାଇଁ ପ୍ରସ୍ତୁତ ହେଉଥିଲା। ବୋଉ ଭଲହୋଇଗଲାଣି। ଛୁଟି ପୂରି ନଥିଲେ ବି ଆଉ ଅଟକି ରହିବାର କିଛି କାରଣ ନାହିଁ।

ହଠାତ୍ ନିରୁପମାର କଣ୍ଠସ୍ୱର ଶୁଣି ସେ ପଛକୁ ଫେରି ଚାହିଁଲା।

ନିରୁପମା କଣ୍ଠରେ ସେଇ ପୁରୁଣା ସ୍ୱର ଶୁଣି ସେ ଆହତ ଦୃଷ୍ଟିରେ ତାକୁ ଚାହିଁ ରହିଲା।

ନିରପୁମା ବାପଘରକୁ ଫେରିଯିବ। ବୋଉର ଆକୁଳବେଦନା ଶୁଣିବାକୁ ସେ ରାଜି ହେଉନାହିଁ। କାହିଁକି? ବୋଉ ଯଦି ତାକୁ କେବେ ପୁଆଣୀସଜ ନ ଆଣିଲେ ବାପଘରୁ ଆସିବ ନାହିଁ ବୋଲି ସର୍ତ୍ତ ରଖିଥିଲା, ରୋଗରୁ ଉଠିଲା ପରେ ପୁଣି ତ ସେ ତା ନିଜ ମତ ବଦଳାଇ ଆଉ ନିରୁପମାକୁ ବାପଘରକୁ ଫେରି ନ ଯିବାକୁ ଅନୁନୟଭରା କଣ୍ଠରେ ବାରଣ କରିଛି। ବୋଉର ନିରୁପମା ପ୍ରତି ଏ ମତବଦଳରେ ଖୁସିହୋଇଥିଲା ନିର୍ମଳ। ଶାଶୂ ବୋହୂଙ୍କ ମଧ୍ୟରେ ଥିବା ତିକ୍ତତା, ଭୁଲ୍ ବୁଝାମଣା ଦୂର ହୋଇ ଯାଇଥିବାରୁ ମନେ ମନେ ସେ ଆନନ୍ଦିତ ହୋଇଥିଲା। ନିଜ ସେବା ଯତ୍ନ, ଆନ୍ତରିକତା ଫଳରେ ବୋଉର ମନକୁ ବଦଳେଇ ପାରି ଥିବାରୁ ନିରୁପମା ପ୍ରତି ସ୍ନେହ, ଶ୍ରଦ୍ଧା ବହୁଗୁଣରେ ବଢ଼ିଯାଇଥିଲା। ସେ ଭାବିଥିଲା, ନିରୁପମା ବୋଉର ସେ ଅତୀତ ବ୍ୟବହାର, ଆଘାତ ପ୍ରତିଘାତକୁ ଭୁଲିଯିବ। ବହୁଦିନର ତିକ୍ତତା, ଭୁଲ୍ ବୁଝାମଣା ପରେ ସଂସାରରେ ତା'ର

ଫେରିଆସିବ ଚିରନ୍ତନ ଶାନ୍ତି, ସ୍ୱାଭାବିକ ସୌହାର୍ଦ୍ଦପୂର୍ଣ୍ଣ ବାତାବରଣ। କିନ୍ତୁ ନିରୁପମା ମୁହଁରେ ପୁଣି ସେଇ ବାପଘରକୁ ଫେରିଯିବାର ପୁରାତନ ଜିଦ୍ ଦେଖି ସେ ବିବ୍ରତ ହେଲା, ବିଚଳିତ ହେଲା।

ଆହତ କଣ୍ଠରେ ସେ କହିଲା, ବୋଉ ତା'ର ଭୁଲ୍ ବୁଝି ତମକୁ ବାପଘରକୁ ଫେରି ନ ଯିବାକୁ ଏତେ ଅନୁନୟ କଲା। ତମ ପ୍ରତି କରିଥିବା ଅନ୍ୟାୟ, ଅତ୍ୟାଚାର ପାଇଁ ସେ ଆଜି ସବୁଠୁଁ ବଳି ମର୍ମାହତ। ଆଘାତ ଉପରେ ଆଘାତ ଦେଇ ପୁଣି ତମେ ବାପଘରକୁ ଫେରିଯିବାପାଇଁ ଜିଦ୍ କରୁଛ ? ବାପଘରର ଅଭିମାନ ତମର ଏବେ ସୁଦ୍ଧା ତୁଟିଲା ନାହିଁ ?

ଅଶ୍ରୁ ଛଳଛଳ କଣ୍ଠରେ ନିରୁପମା କହିଲା, ନା-ମୁଁ ବାପା, ବୋଉଙ୍କ ପାଖକୁ ଫେରିଯିବାକୁ କହୁନାହିଁ। ମୁଁ ଯିବି...

ମାନେ... ? ନିର୍ମଳ ନିରୁପମାର କଥା କିଛି ବୁଝି ନପାରି ବିସ୍ମୟ ଭରା ଦୃଷ୍ଟିରେ ନିଜର ପ୍ରିୟତମା ପତ୍ନୀଆଡ଼କୁ ପ୍ରଶ୍ନିଳ ଭଙ୍ଗିରେ ଚାହିଁରହିଲା।

ନିର୍ମଳର ବକ୍ଷ ସଂଲଗ୍ନ ହୋଇ ନିରୁପମା କହିଲା, ବାପଘରକୁ ବାପା, ବୋଉଙ୍କ ପାଖକୁ ନୁହେଁ, ତମସାଙ୍ଗରେ ତମ ପାଖକୁ ମୁଁ ଯିବି।

ନିରୁପମାର କଥା ଶୁଣି ନିର୍ମଳର ସାରା ଦେହରେ ଶିହରଣର ତଡ଼ିତ୍ ପ୍ରବାହ ସଞ୍ଚାରିତ ହେଲା।

ବୁଝି ସୁଦ୍ଧା ନ ବୁଝିଲାଭଳି ସେ ପ୍ରଶ୍ନକଲା, ସାଙ୍ଗରେ ମୋ ପାଖକୁ ଯିବ ?

ଶଙ୍ଖୀ ବିଲେଇଟି ଭଳି ନିର୍ମଳର ଲୋମଶ ଛାତିରେ ମୁହଁ ଘଷୁ ଘଷୁ ନିରୁପମା କହିଲା; ହଁ-ତମସାଙ୍ଗରେ ଯିବି। ମତେ ନବାପାଇଁ ତ ଅନେକ ଆଗରୁ ତମେ କହୁଥିଲ। ଆଜି ମତେ ଦୂରକୁ ଠେଲିଦିଅ ନାହିଁ....

ସାଙ୍ଗେ ସାଙ୍ଗେ କିଛି କହିପାରିଲା ନାହିଁ ନିର୍ମଳ। ତା'ର ଭାବନା ଚିନ୍ତା ସବୁ ଗୋଳମାଳ ହୋଇଗଲା।

କିଛି ସମୟ ପରେ ସେ କହିଲା, କିନ୍ତୁ ହଠାତ୍ -

ହଠାତ୍ ନୁହେଁ - ଅନେକ ଦିନୁ ମୋର ତମପାଖକୁ ଯିବାର ଥିଲା। ତମ ଦେହ କଅଣ ହେଲାଣି ? ଛାତିର ହାଡ଼ ଗଣି ହୋଇଯାଉଛି, ମୁହଁ ଶୁଖିଯାଇଛି। ତୁମକୁ ଛାଡ଼ି କେମିତି କେଉଁଠି ମୁଁ ରହିପାରିବି କୁହ ? ତମେ ତ ଛୋଟ ପିଲାଙ୍କଠୁଁ ବଳି ଅମାନିଆ। ତମକୁ କେମିତି ବୁଝାଇବି ଯେ....

ଉଦ୍‌ଗତ ଅଶ୍ରୁର ସ୍ରୋତକୁ ନିରୁପମାର ଆଖିପତା ଧରିରଖି ପାରିଲା ନାହିଁ। ସେ ଉଷ୍ଣଲୋତକର ସ୍ପର୍ଶରେ ସିକ୍ତ ହେବାକୁ ଲାଗିଲା ନିର୍ମଳର ଛାତି।

ଆବେଗ-ସ୍ପନ୍ଦିତ କଣ୍ଠରେ ସେ କହିଲା, ତମେ ଯିବ-କିନ୍ତୁ ଯଦି ବୋଉ କିଛି ଭାବେ...

ନିରୁପମା ଉତ୍ତର ଦେଲା, ନା... ଆଉକିଛି ଭାବିବେ ନାହିଁ। ଉଷାକୁ ଆସିବାପାଇଁ ମୁଁ ଖବର ପଠାଇଛି। ସେ ସବୁ ବୁଝିଛନ୍ତି- ଆଉ କୌଣସି ପୋଥି, ଆଉ କୌଣସି କଥା ତାଙ୍କୁ ଭୁଲ୍ ବୁଝାଇପାରିବ ନାହିଁ। ଆଉ ମୋ କଥା ? ମୋ ମତ ? ମୁଁ ବଧୂ-ଦ୍ୱିଧାବିଭକ୍ତ ମୋର ମନ। ଗୋଟିଏ ପଟେ ଶାଶୂ ସଂସାର-ଅନ୍ୟପଟେ ସ୍ୱାମୀ, ସନ୍ତାନ, ଭବିଷ୍ୟତ। ଶାଶୂଙ୍କ ପାଖରୁ ମୋର କାମ ସରିଛି। ଭଙ୍ଗା ମନକୁ ମୁଁ ଗଢ଼ିତୋଳିଛି। ଉଜୁଡ଼ା ସଂସାରକୁ ମୁଁ ସଜାଡ଼ି ସାରିଛି। ବର୍ତ୍ତମାନ ମୋର ଦୃଢ଼, ନିଶ୍ଚିତ ଭବିଷ୍ୟତକୁ ମତେ ଭାବି ଦେଖିବାକୁ ହେବ... ତମ ଅମାନିଆ ମନକୁ ପୋଷା ମନାଇବାକୁ ପଡ଼ିବ। ମତେ ତମେ ମନାକର ନାହିଁ...।

ଏକ ବିଚିତ୍ର ଆବେଗରେ ସ୍ପନ୍ଦିତ ହୋଇଉଠିଲା ନିର୍ମଳର ସମଗ୍ର ଚେତନା, ଆତ୍ମସତ୍ତା। ସେ ନିରୀକ୍ଷଣ କରି ନିରୁପମାର ମୁହଁକୁ ଚାହିଁଲା। ଏଇ, ଏଇ ତା'ର ପ୍ରିୟତମା, ସହଧର୍ମିଣୀ। ତୁଳସୀ ଚଉରା ମୂଳରେ ସନ୍ଧ୍ୟା ଦୀପ ଭଳି ଶାନ୍ତ, ଉଜ୍ଜ୍ୱଳ, ପବିତ୍ର, ଆଉ ଅର୍ଦ୍ଧମୁକୁଳିତ ଭୀରୁ ଯୁଥିକାଭଳି ସ୍ନିଗ୍ଧ, ସୁରଭିତ। ତା ଜୀବନ ଅୟନର ସୁଦୀର୍ଘ ଯାତ୍ରା ପଥରେ ହାସ୍ୟମୟୀ, ଲାସ୍ୟମୟୀ, ଆବେଗମୟୀ ସହଯାତ୍ରିଣୀ ଏଇ ନାରୀ... ବଧୂ ନିରୁପମା !

ନିର୍ମଳର ବିସ୍ମୟ-ବିମୂଢ଼ ଭାବ ଦେଖି ନିରୁପମା ଉଚ୍ଚକିତା ହେଲା।

କହିଲା, ଆରେ... ଠିଆ ହୋଇ ରହିଲ କାହିଁକି ? ବେଳ ଡେରି ହୋଇଯାଉଛି ଯେ। ତମେ ଆସ-ହାତବଢ଼ାଅ। ମୁଁ ଧରେ- ତମରି ହାତଧରି ମତେ ଚାଲିବାକୁ ହେବ। ଆଲୁଅ ମୁଁ ଜାଣେ ନାହିଁ। କଣ୍ଟାଝଣ୍ଟା ମୁଁ ମାନେନାହିଁ। ତମେ ପାଖେ ପାଖେ ଥିଲେ ମୋର ସବୁ ଅଛି...।

ନିର୍ମଳର ହାତଧରିଲା ନିରୁପମା।

ସହସ୍ର ସହସ୍ର ମଲ୍ଲୀ-କଳିକା ହଠାତ୍ ମୁକୁଳିତ ହୋଇଉଠିଲା ଭଳି ନିର୍ମଳର ଦୁଇ ଓଠର ଉପାନ୍ତରେ ଅଜସ୍ର ହସର ଆଲୋକ ଝଲସିତ ହୋଇଉଠିଲା।

ପୌଷ ପୂର୍ଣ୍ଣମୀ, ୧୯୬୫

କଟକ